HEYNE BÜCHER

SCIENCE FICTION

Herausgegeben
von Wolfgang Jeschke

Von Lois McMaster Bujold erschienen in der Reihe
HEYNE SCIENCE FICTION & FANTASY:

Die Quaddies von Cay Habitat · 0605243 (in Vorb.)

DER BARRAYAR-ZYKLUS:

Scherben der Ehre · 0604968
Barrayar · 0605061
Der Kadett · 0605020
Der Prinz und der Söldner · 0605109
Ethan von Athos · (in Vorb.)
Grenzen der Unendlichkeit · (in Vorb.)
Waffenbrüder · (in Vorb.)
Spiegeltanz · (in Vorb.)

Lois McMaster Bujold

DER PRINZ UND DER SÖLDNER

Vierter Roman des
BARRAYAR-ZYKLUS

Aus dem Amerikanischen übersetzt
von
MICHAEL MORGENTAL

Deutsche Erstausgabe

WILHELM HEYNE VERLAG
MÜNCHEN

HEYNE SCIENCE FICTION & FANTASY
Band 0605109

Titel der amerikanischen Originalausgabe
THE VOR GAME
Deutsch von Michael Morgental
Das Umschlagbild malte Michael Hasted

2. Auflage

Redaktion: Wolfgang Jeschke

Erstausgabe by Bean Publishing Enterprise,
Simon & Schuster, New York
(eine limitierte und signierte Hardcover-Ausgabe
erschien bei Easton Press)

Printed in Germany 1994
Umschlaggestaltung: Atelier Ingrid Schütz, München
Technische Betreuung: Manfred Spinola
Satz: Schaber, Satz- und Datentechnik, Wels
Druck und Bindung: Elsnerdruck, Berlin

ISBN 3-453-07274-X

KAPITEL 1

»Schiffsdienst!« gluckste der Fähnrich, der als vierter vor Miles in der Reihe stand. Sein Gesicht strahlte vor Freude, als er seinen Marschbefehl überflog. Die Plastikfolie in seinen Händen raschelte leise. »Ich werde zweiter Waffenoffizier auf dem Kaiserlichen Kreuzer *Kommodore Vorhalas.* Soll mich sofort im Shuttlehafen von Basis Tanery melden, zur Verlegung in den Orbit.« Auf einen gezielten Stoß hin machte er mit einem unmilitärischen Hüpfer den Weg frei für den nächsten Mann in der Reihe und zischte dabei noch leise vor Freude.

»Fähnrich Plause.« Der ältliche Sergeant hinter dem Schreibtisch brachte es fertig, gelangweilt und überlegen zugleich auszusehen, während er den nächsten Umschlag bedächtig mit Daumen und Zeigefinger hochhielt. Wie lange hat er schon diesen Posten an der Kaiserlichen Militärakademie inne, fragte sich Miles. Wie viele Hunderte, ja Tausende von jungen Offizieren waren unter seinem gleichgültigen Blick hier vorübergezogen, in dieser ersten großen Stunde ihrer Karriere? Sahen sie für ihn nach ein paar Jahren nicht alle gleich aus? Die gleichen frischen grünen Uniformen. Die gleichen glänzenden Plastikrechtecke als Zeichen des glänzenden, neu erworbenen Ranges an den hohen Krägen. Die gleichen hungrigen Augen der wild entschlossenen Absolventen der höchsten Eliteschule der Kaiserlichen Streitkräfte, in deren Köpfen Visionen ihrer militärischen Bestimmung spukten. *Wir marschieren der Zukunft nicht einfach entgegen, wir erstürmen sie.*

Plause trat zur Seite, drückte seinen Daumenballen auf die Verschlußfläche und öffnete dann seinen Umschlag.

»Na?« sagte Ivan Vorpatril, der in der Reihe direkt vor Miles stand. »Mach's nicht so spannend.«

»Sprachenschule«, sagte Plause, während er noch las.

Plause beherrschte schon alle vier einheimischen Sprachen von Barrayar perfekt. »Als Student oder als Instruktor?« erkundigte sich Miles.

»Als Student.«

»Aha, dann wird es sich um galaktische Sprachen handeln. Danach wird dich der Nachrichtendienst haben wollen. Du bist sicher für eine Aufgabe außerhalb des Planeten bestimmt«, sagte Miles.

»Nicht notwendigerweise«, sagte Plause. »Die könnten mich auch einfach irgendwo in einen Betonkasten setzen, wo ich Übersetzungscomputer programmiere, bis ich schwarz werde.« Aber in seinen Augen funkelte Hoffnung.

Barmherzigerweise unterließ Miles es, auf den größten Nachteil des Nachrichtendienstes hinzuweisen, auf die Tatsache nämlich, daß man am Ende für den Chef des Kaiserlichen Sicherheitsdienstes arbeitete, für Simon Illyan, den Mann, der sich an alles erinnerte. Aber vielleicht würde Plause auf seiner Ebene dem herben Illyan gar nicht begegnen.

»Fähnrich Lobachik.«

Lobachik war der zweiternsteste Mann, den Miles je getroffen hatte; deshalb war er nicht überrascht, als Lobachik seinen Umschlag öffnete und hervorstieß: »Sicherheitsdienst. Der Fortgeschrittenenkurs für Sicherheit und Verhinderung von Attentaten.«

»Aha, Schule der Palastwache«, sagte Ivan mit Interesse, während er über Lobachiks Schulter kiebitzte.

»Das ist eine ziemliche Ehre«, bemerkte Miles. »Illyan holt sich seine Studenten gewöhnlich aus den Leuten mit zwanzig Jahren Dienstzeit und Haufen von Medaillen.«

»Vielleicht hat Kaiser Gregor Illyan um jemanden gebeten, der seinem eigenen Alter näher ist«, deutete Ivan an, »um die Szene ein bißchen zu beleben. Diese

Fossilien mit ihren Dörrpflaumengesichtern, mit denen Illyan ihn für gewöhnlich umgibt, die würden *mich* in Depressionen stürzen. Laß dir da ja nicht anmerken, daß du Sinn für Humor hast, Lobachik, ich glaube, der führt automatisch zur Disqualifikation.«

Wenn dem wirklich so war, so bestand für Lobachik keine Gefahr, den Posten zu verlieren, überlegte Miles.

»Werde ich wirklich dem Kaiser begegnen?« fragte Lobachik und blickte Miles und Ivan nervös an.

»Du wirst ihm vermutlich jeden Tag beim Frühstück zuschauen«, sagte Ivan, »Armer Kerl.« Meinte er Lobachik oder Gregor? Zweifellos Gregor.

»Ihr Vor-Typen kennt ihn – wie ist er?«

Miles beeilte sich mit seiner Antwort, bevor das Funkeln in Ivans Augen sich in irgendeinem Streich äußern konnte: »Er ist sehr offen und direkt. Du wirst mit ihm gut auskommen.«

Lobachik trat beiseite; er sah halbwegs beruhigt aus und las seine Folie ein zweitesmal.

»Fähnrich Vorpatril«, verkündete der Sergeant, »Fähnrich Vorkosigan.«

Der große Ivan nahm seinen Umschlag entgegen, und Miles den seinen, und sie schlossen sich ihren beiden Kameraden an.

Ivan zog seinen Umschlag auf! »Ha. Ich komme ins Kaiserliche Hauptquartier nach Vorbarr Sultana. Hört mal, ich bin vorgesehen als Adjutant von Kommodore Jollif im Planungszentrum.« Er beugte sich vor und drehte die Folie um. »Es geht wirklich schon morgen los.«

»Oh«, sagte der Fähnrich, der Schiffsdienst gezogen hatte und noch leicht wippte, »Ivan wird *Sekretär.* Paß nur auf, wenn General Lamitz dich bittet, auf seinem Schoß Platz zu nehmen. Ich habe gehört, er …«

Ivan machte ihm eine freundschaftliche, derbe Geste. »Neid, schierer Neid. Ich werde leben wie ein Zivilist. Arbeit von sieben bis fünf, mein eigene Wohnung in der Stadt – auf eurem Schiff dort oben wird es keine Mädchen geben, wenn ich darauf hinweisen darf.« Ivans Stimme klang ruhig und munter, nur seinen Augen gelang es nicht, seine Enttäuschung ganz zu verbergen. Auch Ivan hatte sich Schiffsdienst gewünscht. Alle hatten sich Schiffsdienst gewünscht.

Auch Miles. *Schiffsdienst. Am Ende ein Kommando, wie mein Vater, und sein Vater, und seiner, und seiner ...* Ein Wunsch, ein Gebet, ein Traum ... Er zögerte aus Selbstdisziplin, aus Furcht, einem letzten übriggebliebenen Augenblick hoher Hoffnungen zuliebe, Dann drückte er den Daumen auf die Verschlußfläche und zog den Umschlag mit bedachtsamer Präzision auf. Eine einzige Pastikfolie, eine Handvoll von Reiseausweisen ... Seine Bedachtsamkeit dauerte nur den kurzen Moment, den er brauchte, um den kurzen Absatz vor seinen Augen aufzunehmen. Er stand ungläubig erstarrt da und begann noch einmal von vorn zu lesen.

»Na, was gibt's, Cousin?« Ivan blickte Miles über die Schulter.

»Ivan«, sagte Miles mit halb erstickter Stimme, »habe ich jetzt einen Anfall von Gedächtnisstörung oder hatten wir in unserem naturwissenschaftlichen Unterricht tatsächlich nie einen Kurs über Meteorologie?«

»Mathematik fünfdimensionaler Räume, ja. Xenobotanik, ja.« Ivan kratzte sich geistesabwesend. »Geologie und Geländebestimmung, ja. Nun, da gab es den Kurs über Flugwetter, damals in unserem ersten Jahr.«

»Ja, aber ...«

»Na, was haben sie dir diesmal angetan?« fragte Plause deutlich bereit, Glückwünsche oder Mitgefühl auszusprechen, je nachdem, was angebracht schien.

»Ich bin als Chefoffizier für Meteorologie der Basis Lazkowski zugeteilt. Wo, zum Teufel, ist die Basis Lazkowski? Ich habe überhaupt noch nie davon gehört.«

Der Sergeant am Schreibtisch blickte mit einem

plötzlichen boshaften Grinsen auf. »Ich habe davon gehört, Sir«, meldete er sich. »Sie liegt auf einer Insel namens Kyril, droben nahe dem Polarkreis. Eine Basis zum Wintertraining für die Infanterie. Die armen Schweine nennen sie Camp Permafrost.«

»Infanterie?« sagte Miles.

Ivan hob die Augenbrauen und schaute mit gerunzelter Stirn auf Miles herab. »Infanterie? Du? Da scheint etwas nicht zu stimmen.«

»Nein, scheint es nicht«, sagte Miles schwach. Eiskalt überkam ihn das Bewußtsein seiner körperlichen Behinderungen.

Nach Jahren geheimnisvoller medizinischer Torturen war es fast gelungen, die schweren Mißbildungen zu korrigieren, an denen er bei seiner Geburt beinahe gestorben wäre. Fast gelungen. War er in seiner Kindheit zusammengekrümmt gewesen wie ein Frosch, so stand er jetzt fast gerade. Die Knochen, einstmals Kalkstecken, brüchig wie Talkum, waren jetzt fast stark. Einst verschrumpelt wie ein kindlicher Homunkulus, war er jetzt fast 1,45 m groß. Zuletzt war es ein Kompromiß gewesen zwischen der Länge seiner Knochen und ihrer Stärke, und sein Doktor meinte immer noch, die letzten fünfzehn Zentimeter seien ein Fehler gewesen. Miles hatte sich letztlich die Beine oft genug gebrochen, um dem Arzt zuzustimmen, aber da war es schon zu spät. Aber er war kein Mutant, kein … – es spielte fast keine Rolle mehr. Wenn sie ihn nur seine Kräfte in den Dienst des Kaisers stellen ließen, dann würde er sie seine Schwächen vergessen machen. Dieser Handel galt als abgemacht.

Es mußte tausend Aufgaben in den Streitkräften geben, wo sein seltsames Aussehen und seine verborgene Zerbrechlichkeit kein bißchen Unterschied machen würden. Wie Adjutant, oder Übersetzer beim Nachrichtendienst. Oder sogar als Waffenoffizier eines Schiffes, der seine Computer überwacht. Es galt als abgemacht, sicherlich galt es als abgemacht. Aber Infanterie? – Irgend jemand trieb da ein unfaires Spiel. Oder es war ein Fehler unterlaufen. Das wäre nicht zum erstenmal. Er zögerte einen langen Augenblick, seine Faust umklammerte fest die Folie, dann ging er zur Tür.

»Wohin gehst du?« fragte Ivan.

»Zu Major Cecil.«

Ivan prustete. »So? Na dann viel Glück!«

Verbarg der Sergeant am Schreibtisch ein feines Lächeln, als er den Kopf senkte, um den nächsten Stapel Umschläge zu sortieren? »Fähnrich Draut«, rief er. Die Reihe rückte wieder um einen Platz vor.

Major Cecil lehnte mit einer Hüfte am Schreibtisch seines Schreibers und beratschlagte mit ihm über irgend etwas auf dem Vid, als Miles sein Büro betrat und salutierte.

Major Cecil warf einen schnellen Blick auf Miles und dann auf sein Chrono. »Aha, weniger als zehn Minuten. Ich habe die Wette gewonnen.« Der Major erwiderte Miles' militärischen Gruß, während der Schreiber säuerlich lächelnd einen kleinen Packen Geldscheine aus seiner Tasche holte, einen Einmarkschein herauszog und ihn wortlos seinem Vorgesetzten hinschob. Das Gesicht des Majors war nur äußerlich amüsiert; er nickte in Richtung auf die Tür, der Schreiber riß die Plastikfolie heraus, die seine Maschine gerade erstellt hatte, und verließ den Raum.

Major Cecil war ein Mann von ungefähr fünfzig Jahren, mager, von ausgeglichenem Temperament, wachsam. Sehr wachsam. Obwohl er nicht der offizielle Leiter der Personalabteilung war (dieser Verwaltungsposten gehörte einem ranghöheren Offizier), hatte Miles Cecil schon lange zuvor als den Mann ausgemacht, der die endgültigen Entscheidungen fällte. Durch Cecils Hände gingen zumindest alle Ernennungen für alle

Absolventen der Akademie. Miles hatte ihn immer als einen zugänglichen Mann gefunden, mehr Lehrer und Wissenschaftler als Offizier. Sein Witz war trocken und außergewöhnlich, und er widmete sich seinem Dienst mit tiefer Hingabe. Miles hatte ihm immer vertraut. Bis jetzt.

»Sir«, begann er. Er hielt seinen Marschbefehl mit einer frustrierten Geste vor sich hin. »Was ist das?«

Cecils Augen funkelten noch in seinem privaten Vergnügen, als er die Marknote einsteckte. »Wollen Sie von mir, daß ich es Ihnen vorlese, Vorkosigan?«

»Sir, ich frage ...« Miles brach ab, biß sich auf die Zunge, begann erneut: »Ich habe ein paar Fragen über meine Versetzung.«

»Meteorologie-Offizier auf Basis Lazkowski«, rezitierte Major Cecil.

»Es ist ... also kein Fehler? Ich habe den richtigen Umschlag bekommen?«

»Wenn das da geschrieben steht, dann haben Sie ihn bekommen.«

»Sind ... Sie sich dessen bewußt, daß der einzige Kurs in Meteorologie, den ich hatte, nur Flugwetter behandelte?«

»Ja.« Der Major verriet mit keiner Miene, was er dachte.

Miles hielt inne. Daß Cecil seinen Schreiber hinausgeschickt hatte, war ein deutliches Signal, daß die Aussprache offen sein sollte. »Ist das eine Art von Bestrafung?« *Was habe ich Ihnen je angetan?*

»Warum, Fähnrich?« Cecils Stimme war sanft. »Es ist eine völlig normale Aufgabe. Hatten Sie eine außergewöhnliche erwartet? Mein Job ist es, Personalanforderungen mit den verfügbaren Kandidaten zu erfüllen. Jede Anforderung muß mit jemandem erfüllt werden.«

»Jeder Absolvent einer Technikerschule könnte diese hier erfüllen.« Miles bemühte sich, kein Knurren in seiner Stimme anklingen zu lassen und öffnete seine Fäuste. »Besser gesagt: Dafür ist kein Kadett von der Akademie nötig.«

»Das ist richtig«, stimmte der Major zu.

»Warum dann?« brach es aus Miles hervor. Seine Stimme klang lauter, als er es beabsichtigt hatte.

Cecil seufzte und richtete sich auf. »Weil ich bemerkt habe, Vorkosigan, als ich Sie beobachtete – und Sie wissen sehr wohl, daß Sie der am besten beobachtete Kadett waren, der je durch diese Hallen geschritten ist, abgesehen von Kaiser Gregor selbst...«

Miles nickte kurz.

»Daß Sie trotz der Brillanz, die Sie auf manchen Gebieten zeigten, auch einige chronische Schwächen an den Tag gelegt haben. Und ich beziehe mich dabei nicht auf Ihre physischen Probleme, von denen jeder außer mir dachte, sie würden Sie scheitern lassen, bevor noch das erste Jahr um wäre – Sie haben sich in dieser Hinsicht überraschend vernünftig gezeigt...«

Miles zuckte die Achseln. »Schmerz tut weh, Sir. Ich suche ihn nicht.«

»Sehr gut. Aber Ihr schlimmstes chronisches Problem besteht auf dem Gebiet der – wie soll ich es genau formulieren? – Unterordnung. Sie widersprechen zu viel.«

»Nein, tue ich nicht«, begann Miles ungehalten, dann schloß er sofort den Mund.

Über Cecils Gesicht huschte ein Grinsen. »Genau. Dazu Ihre ziemlich irritierende Gewohnheit, Ihre vorgesetzten Offiziere zu behandeln wie Ihre... hm...« Cecil hielt inne und suchte offensichtlich wieder nach dem richtigen Wort.

»Gleichgestellten?« schlug Miles vor.

»Rindviecher«, korrigierte Cecil wohlüberlegt. »Die nach Ihrem Willen getrieben werden sollen. Sie sind ein Manipulator par excellence, Vorkosigan. Ich habe Sie jetzt drei Jahre lang beobachtet, und Ihre Gruppendynamik ist faszinierend. Ob Sie die Leitung hatten oder nicht, irgendwie war es immer Ihre Idee, die am Ende ausgeführt wurde.«

»Bin ich ... so respektlos gewesen, Sir?« Miles wurde es ganz kalt im Bauch.

»Im Gegenteil. Wenn man Ihren Hintergrund in Betracht zieht, dann ist es ein Wunder, wie Sie diese ... hm ... kleine arrogante Ader so gut verbergen. Aber, Vorkosigan« – Cecil wurde jetzt endlich vollkommen ernst – »die Kaiserliche Akademie ist nicht das Ganze der Kaiserlichen Streitkräfte. Sie haben Ihre Kameraden hier dazu gebracht, Sie zu schätzen, weil hier Grips hoch im Kurs steht. Der Grund, weshalb Sie für jedes strategische Team als erster und für jeden rein körperlichen Wettbewerb als letzter ausgewählt wurden, war immer derselbe – diese jungen Heißsporne wollten gewinnen. Die ganze Zeit. Worum auch immer es ging.«

»Ich kann nicht gewöhnlich sein und trotzdem überleben, Sir.«

Cecil neigte den Kopf. »Ich stimme Ihnen zu. Aber dennoch, irgendwann müssen Sie lernen, wie man gewöhnliche Männer kommandiert. Und wie man von ihnen kommandiert wird.

Das ist keine Strafe, Vorkosigan, und ich beabsichtige damit auch keinen Scherz. Von meiner Wahl kann nicht nur das Leben unserer neugebackenen Offiziere abhängen, sondern auch das jener Unschuldigen, auf die ich sie loslasse. Wenn ich mich ernstlich verkalkuliere, einen Mann mit einer Aufgabe überfordere oder auf eine falsche Stelle setze, dann bringe ich nicht nur ihn in Gefahr, sondern auch diejenigen, die um ihn herum sind. Nun, in sechs Monaten – plus noch ungeplante Verzögerungen – wird die Kaiserliche Weltraumwerft die *Prinz Serg* in Dienst stellen.«

Miles hielt den Atem an.

»Sie haben es kapiert«, Cecil nickte, »das neueste, schnellste, tödlichste Ding, das Seine Kaiserliche Majestät je in den Weltraum geschickt hat. Und mit der größten Reichweite. Es wird hinausfahren und länger draußen bleiben als alles, was wir je zuvor hatten. Daraus folgt, daß alle an Bord länger als je zuvor ohne Unterbrechung eng aufeinander hocken werden. Zur Abwechslung widmet das Oberkommando diesmal den psychologischen Profilen tatsächlich einige Aufmerksamkeit.

Hören Sie jetzt mal zu«, Cecil lehnte sich vor. Miles tat es ihm unwillkürlich gleich. »Wenn Sie es fertigbringen, einfach sechs Monate lang auf einem isolieren Posten hier unten sich nichts zuschulden kommen zu lassen – frei heraus gesagt, wenn Sie beweisen, daß Sie mit Camp Permafrost fertigwerden, dann nehme ich an, daß Sie mit allem fertigwerden, was die Streitkräfte Ihnen auferlegen könnten. Und dann werde ich Ihren Antrag auf Versetzung zur *Prinz Serg* befürworten. Aber wenn Sie es vermasseln, dann gibt es nichts, was ich oder irgend jemand anderer für Sie tun kann. Untergehen oder schwimmen – Sie haben die Wahl, Fähnrich.«

Fliegen, dachte Miles. *Ich will fliegen.* »Sir … – was für eine gottverlassene Gegend ist das denn?«

»Ich möchte Sie nicht voreingenommen machen, Fähnrich Vorkosigan«, sagte Cecil begütigend.

Und ich mag Sie auch, Sir. »Aber … Infanterie. Meine physischen Grenzen … werden meinen Dienst nicht behindern, wenn man sie in Betracht zieht, aber ich kann nicht so tun, als wären sie nicht da. Oder ich könnte genau so gut von einer Mauer herunterspringen, mich sofort dabei umbringen und so allen Zeit sparen.« *Verdammt, warum hat man mich drei Jahre lang einen Platz in den teuersten Unterrichtsräumen von Barrayar einnehmen lassen, wenn man die Absicht hatte, mich direkt umzubringen?* »Ich hatte immer angenommen, daß sie in Betracht gezogen würden.«

»Meteorologie-Offizier ist eine technische Spezialaufgabe, Fähnrich«, beruhigte ihn der Major. »Niemand wird versuchen, Ihnen ein komplettes Marschgepäck aufzuhalsen und Sie so plattzumachen. Ich bezweifle, daß es in den Streitkräften einen Offizier gibt, der gerne dem Admiral den Grund für Ihren Tod erklären möchte.« Seine Stimme wurde etwas kühler. »Das ist Ihre Rettung, Mutant.«

Cecil war ohne Vorurteil: er testete nur. Testete immer. Miles zog den Kopf ein. »Wie ich vielleicht die Rettung für die Mutanten bin, die nach mir kommen.«

»Sie haben sich das so ausgerechnet, nicht wahr?« Cecils Blick wurde plötzlich forschend, leicht zustimmend.

»Schon vor Jahren, Sir.«

»Hm.« Cecil lächelte leicht, stieß sich vom Schreibtisch ab, kam auf Miles zu und streckte die Hand aus. »Dann viel Glück, Lord Vorkosigan.«

Miles schüttelte die Hand. »Danke, Sir.« Er blätterte den Stapel Reiseausweise durch und sortierte sie.

»Welches ist Ihre erste Station?« fragte Cecil.

Wieder testete er. Das mußte ein verdammter Reflex bei ihm sein. Miles antwortete unerwarteterweise: »Das Archiv der Akademie.«

»Aha!«

»Um mir das Meteorologie-Handbuch der Streitkräfte auf Diskette zu kopieren. Und ergänzendes Material.«

»Sehr gut. Übrigens, Ihr Vorgänger auf dem Posten wird noch ein paar Wochen bleiben, um Ihre Einführung abzuschließen.«

»Ich bin außerordentlich froh, das zu hören, Sir«, sagte Miles aufrichtig.

»Wir versuchen nicht, es unmöglich zu machen, Fähnrich.«

Lediglich sehr schwierig. »Ich bin auch froh, das zu wissen, Sir.« Zum Abschied salutierte Miles fast wie ein Untergebener.

Die letzte Strecke zur Insel Kyril reiste Miles in einer großen automatischen Luftfrachtshuttle mit einem gelangweilten Reservepiloten und achtzig Tonnen Nachschub. Den größten Teil dieser einsamen Reise verbrachte er mit hektischem Pauken über das Wetter. Da der Flugplan wegen stundenlanger Verzögerungen an den beiden letzten Ladeaufenthalten bald durcheinandergeriet, fand sich Miles zu dem Zeitpunkt, als das Shuttle endlich rumpelnd auf Basis Lazkowski landete, beruhigenderweise in seinen Studien weiter fortgeschritten, als er es erwartet hatte.

Die Türen des Frachtraums öffneten sich und ließen das wässerige Licht einer Sonne herein, die sich am Horizont herumdrückte. Die Hochsommerbrise war etwa fünf Grad über dem Gefrierpunkt. Die ersten Soldaten, die Miles sah, waren eine Mannschaft von Männern in schwarzen Overalls, die unter Anleitung eines müde aussehenden Korporals mit Verladegeräten auf die Fähre zukamen. Niemand schien speziell dazu abkommandiert zu sein, einen neuen Wetteroffizier abzuholen. Miles schlüpfte in seinen Parka und näherte sich ihnen. Ein paar der schwarzgekleideten Männer, die ihm zusahen, wie er von der Rampe herunterhüpfte, machten untereinander Bemerkungen in barrayaranischem Griechisch, einem Minderheitendialekt irdischen Ursprungs, der in der Epoche der Isolation gründlich verwildert war. Da Miles von seiner Reise müde war und der Ausdruck auf ihren Gesichtern, den er nur allzu gut kannte, ihn warnte, entschied er sich prompt, alles zu ignorieren, was sie miteinander redeten. Er gab einfach vor, ihre Sprache nicht zu verstehen. Plause hatte ihm sowieso oft genug gesagt, er habe im Griechischen einen abscheulichen Akzent.

»Schaut mal! Ist das ein Kind?«

»Ich habe ja gewußt, daß sie uns junge Offiziere schicken, aber das ist ein neuer Rekord.«

»He, das ist kein Kind. Das ist eine Art Zwerg. Bei dem hat die Hebamme wohl daneben gegriffen. Schaut euch den mal an, das ist ein Mutant!«

Miles bemühte sich, seinen Blick nicht den Urhebern dieser Bemerkungen zuzuwenden. Die waren sich zunehmend sicher, daß er sie nicht verstand, und gingen vom Flüsterton zu normaler Lautstärke über.

»Und was macht der dann in einer Uniform, na?«

»Vielleicht ist er unser neues Maskottchen.«

Die alten genetischen Ängste waren so tief eingewurzelt und selbst jetzt noch so beherrschend, daß einer zu Tode geprügelt werden konnte von Leuten, die nicht einmal genau wußten, warum sie ihn haßten, sondern einfach von der Erregung eines Gruppenfeedbacks mitgerissen wurden. Miles wußte sehr gut, daß der Rang seines Vaters ihn immer geschützt hatte, aber sozial weniger gut gestellten Behinderten konnten schlimme Dinge passieren. Da hatte es vor gerade zwei Jahren einen gräßlichen Vorfall im Altstadtbezirk von Vorbarr Sultana gegeben, wo man einen verarmten Krüppel aufgefunden hatte, der von einer Bande Betrunkener mit einer zerbrochenen Weinflasche kastriert worden war. Man hielt es schon für einen Fortschritt, daß es einen Skandal darum gab und daß das Ganze nicht einfach hingenommen wurde. Vor kurzem hatte eine Kindstötung im eigenen Distrikt der Vorkosigans das Problem noch drastischer aufgezeigt. Ja, ein höherer Rang, ob sozial oder militärisch, hatte seine Vorteile. Miles war entschlossen, alles zu erreichen, was er konnte, bevor er fertig war.

Er zupfte seinen Parka zurecht, so daß seine Offiziersabzeichen am Kragen deutlich sichtbar wurden. »Hallo, Korporal. Ich habe Befehl, mich bei einem Leutnant Ahn zu melden, dem Meteorologie-Offizier der Basis. Wo kann ich ihn finden?«

Miles wartete einen Herzschlag lang auf den korrekten Gruß des Korporals. Es dauerte eine Weile, der

Korporal glotzte immer noch auf ihn herab. Schließlich dämmerte es ihm, daß Miles vielleicht wirklich ein Offizier war.

Verspätet salutierte er. »Entschuldigen Sie ... äh ... was haben Sie gesagt, Sir?«

Miles erwiderte den Gruß höflich und wiederholte seine Worte in ruhigem Ton.

»Aha, Leutnant Ahn, richtig. Gewöhnlich versteckt er sich – das heißt, gewöhnlich ist er in seinem Büro. Im zentralen Verwaltungsgebäude.« Der Korporal schwang seinen Arm herum, um auf einen zweistöckigen Plattenbau zu zeigen, der aus einer Reihe halbvergrabener Lagerhäuser am Ende des Rollfeldes etwa einen Kilometer entfernt herausragte. »Sie können es nicht verfehlen, es ist das höchste Gebäude auf der Basis.«

Außerdem, bemerkte Miles, gut gekennzeichnet durch die Ansammlung verschiedenster Antennen, die auf dem Dach aufragten. Sehr gut.

Sollte er nun sein Gepäck diesen Trotteln übergeben und darum beten, daß es ihm dann zu seinem endgültigen Ziel folgte, wo immer das auch sein mochte? Oder ihre Arbeit unterbrechen und einen Ladewagen für den Transport abkommandieren? Einen Augenblick lang stellte er sich vor, wie er auf dem Vorderteil dieses Dings stand wie die Galionsfigur eines Segelschiffs und zusammen mit einer halben Tonne ›Unterwäsche, Warm, Lang, 2 Dutzend pro Kiste, Ausführung Nr. 6774932‹ zur Begegnung mit seiner Bestimmung geschoben wurde. Da entschied er sich, seinen Sack zu schultern und zu Fuß zu gehen.

»Danke, Korporal.« Er marschierte in die gezeigte Richtung los und war sich dabei seines Hinkens und der Beinschienen, die unter seinen Hosenbeinen verborgen ihren Teil des Extragewichts trugen, nur allzu bewußt. Es war weiter, als es ausgesehen hatte, aber Miles achtete darauf, nicht innezuhalten und nicht zu schwanken, bevor er hinter der ersten Lagerhauseinheit außer Sicht war.

Die Basis schien nahezu verlassen. Natürlich. Den Großteil ihrer Insassen bildeten die Infanterierekruten, die in zwei Schüben pro Winter kamen und gingen. Jetzt war nur die Dauermannschaft hier, und Miles vermutete, daß die meisten ihren Haupturlaub während dieser kurzen Atempause im Sommer nahmen. Im Innern des Verwaltungsgebäudes hielt er keuchend an. Er war niemandem begegnet.

Das Display des elektronischen Orientierungsplans war außer Betrieb, wie ein handgeschriebenes Schildchen mitteilte, das über die Vidscheibe geklebt war. Miles wanderte den ersten und einzigen Korridor auf der rechten Seite entlang und suchte nach irgendeinem Dienstzimmer, in dem irgend jemand arbeitete. Die meisten Türen waren zu, aber nicht abgesperrt, die Lichter waren ausgeschaltet. In einem Büro mit dem Schild ›Allgemeine Buchhaltung‹ saß ein Mann in schwarzer Arbeitsuniform mit roten Leutnantsabzeichen am Kragen völlig vertieft vor seinem Holovid, das lange Tabellen von Daten anzeigte, und fluchte leise vor sich hin.

»Wo ist das Meteorologie-Büro?« rief Miles durch die Tür. »Erster Stock.« Der Leutnant zeigte nach oben, ohne sich umzuwenden, kauerte sich noch mehr zusammen und begann wieder zu fluchen. Miles ging auf Zehenspitzen davon, ohne ihn weiter zu stören.

Er fand endlich das Büro im ersten Stock, eine geschlossene Tür mit einem Schild in verblichenen Buchstaben. Er machte davor halt, setzte sein Gepäck ab und legte sein Parka gefaltet darauf. Dann überprüfte er sein Aussehen. Vierzehn Stunden Reise hatten seine ursprüngliche Schneidigkeit etwas in Mitleidenschaft gezogen. Es war ihm jedoch gelungen, seine grüne Interimsuniform und seine Halbstiefel von Essensflecken, Schlamm und anderen Verunreinigungen freizuhalten. Er strich seine Mütze glatt und steckte sie vorschriftsmäßig in den Gürtel. Einen halben Planeten und ein halbes Lebensalter hatte er durchmessen, um diesen Augenblick zu erreichen. Drei Jahre fieberhaften Trainings lagen hinter ihm. Aber die Jahre an der Akademie hatten immer einen leichten Hauch von bloßem Anschein gehabt, von ›Wir üben ja nur‹; jetzt befand er sich endlich der Wirklichkeit gegenüber, seinem ersten echten kommandierenden Offizier. Erste Eindrücke konnten von vitaler Bedeutung sein, besonders in seinem Fall. Er holte Atem und klopfte.

Eine rauhe, gedämpfte Stimme klang durch die Tür, die Worte waren nicht zu verstehen. Eine Einladung? Miles öffnete und trat ein.

Er hatte einen flüchtigen Eindruck von Computerterminals und Vid-Displays, die an einer Wand leuchteten und glühten. Die Hitze, die sein Gesicht traf, ließ ihn fast zurücktaumeln. Die Luft in dem Büro hatte Körpertemperatur. Abgesehen von den Vid-Displays war der Raum im Halbdunkel. Auf eine Bewegung zu seiner Linken hin wandte Miles sich um und salutierte. »Fähnrich Miles Vorkosigan meldet sich zum Dienst wie befohlen, Sir«, sprudelte er hervor, blickte auf und sah niemanden.

Die Bewegung war von weiter unten gekommen. Ein unrasierter Mann von etwa vierzig Jahren, nur in Unterwäsche gekleidet, saß auf dem Boden, mit dem Rücken gegen das Pult der Kommunikationskonsole gelehnt. Er lächelte zu Miles empor, hob eine Flasche mit einer bernsteingelben Flüssigkeit, murmelte: »Salü, mein Junge, höchst erfreut!« und kippte langsam um.

Miles blickte einen langen, langen nachdenklichen Moment auf ihn hinab.

Der Mann begann zu schnarchen.

Nachdem er die Hitze etwas heruntergeschaltet, seine Jacke ausgezogen und eine Decke über Leutnant Ahn geworfen hatte (denn um den handelte es sich), gönnte sich Miles eine beschauliche halbe Stunde und untersuchte seine neue Domäne gründlich. Es gab keinen Zweifel, er würde Instruktionen bezüglich des Betriebs dieses Büros brauchen. Außer den Echtzeitbildern von den Satelliten schienen automatisch erhobene Daten von einem Dutzend Anlagen einzulaufen, die zur Erfassung des Mikroklimas über die Insel verteilt waren. Falls es je Betriebshandbücher gegeben hatte, so waren sie jetzt nicht vorhanden, nicht einmal auf den Computern. Zunächst zögerte Miles und betrachtete nachdenklich die schnarchende, zuckende Gestalt auf dem Boden, doch dann überwand er seine Hemmungen und nutzte die Gelegenheit, Ahns Schreibtisch und die Dateien der Komkonsole zu durchsuchen.

Die Entdeckung einiger relevanter Fakten half ihm, die Szene, deren Zeuge er geworden war, besser zu verstehen. Leutnant Ahn war allem Anschein nach ein Mann mit zwanzigjähriger Dienstzeit, der wenige Wochen vor seinem Ausscheiden stand. Seine letzte Beförderung lag schon sehr lange zurück. Noch weiter zurück lag seine letzte Versetzung: in den letzten fünfzehn Jahren war er der einzige Wetteroffizier auf Kyril gewesen.

Dieser arme Hund hockt auf diesem Eisberg, seit ich sechs Jahre alt war, rechnete Miles nach und schauderte innerlich. Zu diesem späten Zeitpunkt war es schwer zu sagen, ob Ahns Alkoholproblem Ursache oder Wirkung war. Nun ja, wenn er wieder ausreichend nüchtern sein sollte, um Miles zu zeigen, worin seine Aufgaben bestanden, dann war es schön und gut. Wenn nicht, dann konnte Miles sich ein halbes Dutzend Methoden vorstellen (darunter auch grausame und ungewöhnliche), um ihn wieder auf die Beine zu bringen, ob er zu Bewußtsein kommen wollte oder nicht. Wenn Ahn wenigstens dazu gebracht werden konnte, eine fachliche Einführung von sich zu geben, dann durfte er, soweit es Miles betraf, ruhig wieder in sein Koma fallen, bis man kam, um ihn zum Abtransport zu karren.

Nachdem Ahns Schicksal entschieden war, zog Miles seine Uniformjacke wieder an, verstaute seine Sachen hinter dem Schreibtisch und ging auf Entdeckungsreise. Irgendwo in der Befehlskette mußte es ein bei Bewußtsein befindliches, nüchternes und geistig gesundes menschliches Wesen geben, das tatsächlich seine Arbeit machte, sonst könnte dieser Laden nicht einmal auf diesem Niveau funktionieren. Oder wurde er vielleicht von kundigen Korporalen geleitet? In diesem Fall, so vermutete Miles, bestand seine nächste Aufgabe darin, den effektivsten verfügbaren Korporal ausfindig zu machen und seiner Kontrolle zu unterstellen.

In der Vorhalle im Erdgeschoß näherte sich Miles eine menschliche Gestalt, zunächst als Silhouette vor dem Licht, das durch die Eingangstüren fiel. Die Gestalt joggte präzis im Rhythmus des Schnellschritts und verwandelte sich in einen großen, kräftig gebauten Mann in Trainingshosen, T-Shirt und Sportschuhen. Er war offensichtlich gerade von einem konditionsfördernden Fünfkilometerlauf zurückgekommen, vielleicht mit ein paar hundert Liegestützen zum Dessert. Eisengraue Haare, eisenharte Augen: vielleicht handelte sich bei ihm um einen besonders mürrischen Ausbildersergeanten. Er machte jäh halt und blickte erstaunt auf Miles herab. Er kniff verblüfft die Lippen zusammen und runzelte die Stirn.

Miles stand mit leicht gespreizten Beinen da, warf den Kopf in den Nacken und erwiderte den Blick mit gleicher Intensität. Der Mann schien Miles' Kragenabzeichen völlig zu ignorieren. Aufgebracht versetzte Miles: »Sind alle Verantwortlichen hier im Urlaub, oder gibt es tatsächlich jemanden, der diesen verdammten Laden leitet?«

Die Augen des Mannes funkelten, als wäre ihr Eisen auf Feuerstein geschlagen, und dieses Funkeln entzündete ein kleines Warnlicht in Miles' Gehirn, einen geschwätzigen Moment zu spät. *Hallo, schauen Sie, Sir!* schrie der hysterische Spötter im Hintergrund von Miles' Bewußtsein, mit Sprung, Verbeugung und Schwenk. *Ich bin Ihr neuestes Ausstellungsstück!* Miles unterdrückte diese Stimme unbarmherzig. In keiner Falte des runzeligen Gesichts, das da über ihm drohend aufragte, gab es auch nur das geringste Anzeichen von Humor.

Mit einem kalten Zucken seiner scharf geschnittenen Nasenflügel blickte der Kommandant der Basis wütend auf Miles herab und knurrte: »Ich leite diesen Laden, Fähnrich.«

Dichter Nebel wälzte sich von der fernen, murmelnden See heran, als Miles endlich den Weg zu seiner neuen Unterkunft gefunden hatte. Die Offizierskaserne und alles um sie herum war in eine graue, frostige Düsternis gehüllt. Miles kam zu dem Schluß, daß es sich hierbei um ein Omen handelte.

O Gott, das würde ein langer Winter werden.

KAPITEL 2

Miles war ziemlich überrascht, als er am nächsten Morgen zu einer Stunde, die, wie er meinte, den Schichtbeginn darstellen könnte, in Ahns Büro erschien und dort den Leutnant wach, nüchtern und in Uniform antraf. Nicht daß der Mann direkt gut aussah: mit käsigem Gesicht und schwer atmend saß er zusammengekauert da und starrte mit verkniffenen Augen auf ein vom Computer koloriertes Wettervid. Das Holo zoomte und verschob sich verwirrend nach Signalen aus der Fernsteuerung, die er mit einer feuchten und zitternden Hand umklammert hielt.

»Guten Morgen, Sir.« Miles ließ seine Stimme aus Mitleid sanft klingen und schloß die Tür hinter sich, ohne sie zuzuschlagen.

»Hö?« Ahn blickte auf und erwiderte den militärischen Gruß automatisch. »Wer, zum Teufel, sind Sie äh … Fähnrich?«

»Ich bin Ihr Nachfolger, Sir. Hat Ihnen niemand gesagt, daß ich komme?«

»O ja!« Ahns Gesicht hellte sich auf. »Sehr gut. Kommen Sie herein!« Miles, der schon drinnen war, lächelte statt dessen kurz. »Ich wollte Sie eigentlich von der Transportfähre abholen«, fuhr Ahn fort. »Sie sind früh dran. Aber Sie scheinen ja Ihren Weg allein gefunden zu haben.«

»Ich bin schon gestern angekommen, Sir.«

»Oha. Da hätten Sie sich aber melden sollen.«

»Ich habe mich gemeldet, Sir.«

»Oh.« Ahn blinzelte Miles besorgt an. »Haben Sie?«

»Sie versprachen, Sie würden mir heute morgen eine vollständige fachliche Einführung für das Büro geben, Sir«, fügte Miles hinzu, um die Gelegenheit beim Schopf zu packen.

»Oh.« Ahn blinzelte. »Gut.« Der besorgte Ausdruck auf seinem Gesicht ließ etwas nach. »Also gut, ah...« Ahn rieb das Gesicht und blickte sich um. Er beschränkte seine Reaktion auf Miles' körperliche Erscheinung auf einen verstohlenen Blick, und da er vielleicht den Schluß zog, daß sie die gesellschaftlichen Pflichten der Vorstellung schon tags zuvor absolviert hatten, begann er sofort mit einer Beschreibung der an der Wand aufgereihten Geräte, in der Reihenfolge von links nach rechts.

Es war buchstäblich eine Vorstellung, denn alle Computer hatten Frauennamen. Abgesehen von der Tendenz, über seine Maschinen zu sprechen, als wären sie menschlich, schien Ahn klar genug im Kopf zu sein, während er seine Aufgabe genau beschrieb; nur wenn er zufällig vom Thema abkam, geriet er ins Ungefähre und dann in Phasen des Schweigens. Miles steuerte ihn mit einschlägigen Fragen wieder sanft zum Wetter zurück und machte sich Notizen. Nach einer konfusen Wanderung durch das Zimmer nach Art der Brownschen Molekularbewegungen entdeckte Ahn endlich wieder die Disketten mit seinen Büroprozeduren, die an den Unterseiten ihrer jeweiligen Geräte befestigt waren. Er machte Kaffee mit einer privaten Kaffeemaschine, die ›Georgette‹ hieß und diskret in einem Eckschrank abgestellt war, dann nahm er Miles auf das Dach des Gebäudes, um ihm die dortige Datensammelanlage zu zeigen.

Ahn stellte die dort versammelten Meß-, Sammel- und Prüfgeräte ziemlich oberflächlich vor. Sein Kopfweh schien mit den Anstrengungen des Morgens schlimmer zu werden. Er stützte sich schwer auf das korrosionsbeständige Geländer, das die automatisierte Station umgab, und blickte mit zusammengekniffenen Augen zum fernen Horizont. Miles folgte ihm pflichtgetreu, als er über jede der vier Haupthimmelsrichtungen einige Minuten tief zu meditieren schien. Oder vielleicht bedeutete dieser nach innen gerichtete Blick nur, daß Ahn nahe daran war, sich zu übergeben.

Es war hell und klar an diesem Morgen, die Sonne war schon am Himmel – die Sonne war schon seit zwei Stunden nach Mitternacht am Himmel gewesen, erinnerte sich Miles. Sie hatten gerade die kürzesten Nächte des Jahres in diesen Breiten hinter sich gebracht. Von diesem ungewöhnlich hohen Aussichtspunkt blickte Miles mit Interesse auf Basis Lazkowski und die flache Landschaft dahinter.

Die Insel Kyril war ein eiförmiger Klumpen, etwa 60 Kilometer breit und 160 Kilometer lang, über 500 Kilometer von der nächsten nennenswerten Landmasse entfernt. Mit *klumpig und braun* war der größte Teil beschrieben, sowohl von der Basis wie von der Insel. Die Mehrzahl der Gebäude, einschließlich der Offizierskaserne, wo Miles wohnte, war in den Boden eingegraben und mit einheimischem Torf bedeckt. Niemand hatte sich hier mit landwirtschaftlicher Bodenformung Mühe gegeben. Die Insel hatte ihre ursprüngliche barrayaranische Ökologie beibehalten, allerdings von Gebrauch und Mißbrauch gezeichnet. Lange dicke Wellen von Torf bedeckten die Kasernen für die Winterrekruten der Infanterie; jetzt waren sie alle still und leer. Schlammige, mit Wasser gefüllte Fahrspuren liefen fächerförmig hinaus zu verlassenen Schießplätzen, Hindernisparcours und pockennarbigen Arealen für Übungen mit scharfer Munition.

Im nahen Süden wogte die bleierne See und wollte trotz aller Bemühungen der Sonne nicht funkeln. Im entfernten Norden markierte eine graue Linie die Grenze der Tundra an einer Kette von erloschenen Vulkanen.

Miles hatte seinen eigenen Offizierskurzkurs für Wintermanöver in den Schwarzen Hängen absolviert, einem Berggebiet tief in Barrayars zweitem Kontinent: dort gab es sicherlich jede Menge Schnee und mörderisches Terrain, aber die Luft war trocken und frisch und anregend gewesen. Selbst heute, im Hochsommer, schien hier die Feuchtigkeit der See unter seinen lockeren Parka zu schlüpfen und seine Knochen an jeder alten Bruchstelle anzunagen. Miles schüttelte sich dagegen, doch ohne Wirkung.

Ahn, der noch über dem Geländer hing, blickte auf diese Bewegung hin Miles von der Seite an. »Also sagen Sie mir … äh … Fähnrich, haben Sie irgend etwas mit *dem* Vorkosigan zu tun? Ich habe mich das gefragt, als ich den Namen kürzlich auf dem Marschbefehl las.«

»Mein Vater«, sagte Miles knapp.

»Guter Gott.« Ahn blinzelte und richtete sich auf, dann sackte er wieder unsicher auf seine Ellbogen zusammen wie zuvor. »Guter Gott«, wiederholte er. Er kaute fasziniert an seiner Lippe, und in seinen trüben Augen erwachte für kurze Zeit aufrichtige Neugier. »Wie ist er wirklich?«

Was für eine unmögliche Frage, dachte Miles ungehalten. Admiral Graf Aral Vorkosigan. Der Koloß der barrayaranischen Geschichte in dieser Hälfte des Jahrhunderts. Eroberer von Komarr, Held des schrecklichen Rückzugs von Escobar. Sechzehn Jahre lang Lordregent von Barrayar während der unruhigen Epoche von Kaiser Gregors Minderjährigkeit; des Kaisers getreuer Premierminister in den seitdem verflossenen vier Jahren. Bezwinger von Vordarians Thronräuberschaft; Organisator des seltsamen Sieges im dritten cetagandanischen Krieg, unerschütterlicher Reiter auf dem Tiger von Barrayars mörderischer Politik in den letzten beiden Jahrzehnten. Der Vorkosigan.

Ich habe ihn aus purem Vergnügen lachen sehen, als er an der Bootsanlegestelle in Vorkosigan Surleau stand und Instruktionen über das Wasser rief, an jenem Morgen, als ich zum erstenmal segelte, umkippte und dann das Segelboot selbst wieder aufrichtete. Ich habe ihn weinen sehen, bis seine Nase lief, viel schlimmer betrunken, als Sie es gestern waren, Ahn, an jenem Abend, als wir erfuhren, daß Major Duvallier wegen Spionage hingerichtet wurde. Ich habe ihn wütend gesehen, so knallrot, daß wir um sein Herz fürchteten, als die Berichte eintrafen, die detailliert die Dummheiten beschrieben, die zu den letzten Unruhen in Solstice geführt hatten. Ich habe ihn im Palais Vorkosigan im Morgengrauen in Unterwäsche herumwandern sehen, wie er gähnte und meine schläfrige Mutter antrieb, ihm zu helfen, zwei passende Socken zu finden. Er ist nicht wie irgend jemand, Ahn. Er ist das Original.

»Er sorgt sich um Barrayar«, sagte Miles schließlich laut, als das Schweigen peinlich wurde. »Er ist ... ein Vorbild, dem zu folgen schwer ist.« *Und, o ja, sein einziges Kind ist ein mißgebildeter Mutant. Auch das gehört dazu.*

»Das glaub ich gern.« Ahn atmete hörbar aus, aus Mitgefühl, oder war es vielleicht Ekel?

Miles entschied, daß er Ahns Mitgefühl würde ertragen können. Es schien keine Andeutung darin zu sein von jenem verdammten herablassenden Mitleid, und auch nicht, interessanterweise, von dem gewöhnlicheren Widerwillen. *Das kommt daher, daß ich hier sein Nachfolger bin,* schloß Miles. *Ich könnte zwei Köpfe haben, und er wäre trotzdem überglücklich, mir zu begegnen.*

»Heißt das, was Sie tun, in die Fußstapfen des Alten zu treten?« fragte Ahn gleichmütig. Und etwas unsicherer, wobei er sich umblickte: »Hier?«

»Ich bin ein Vor«, sagte Miles ungeduldig. »Ich diene. Oder ich versuche es jedenfalls. Wo auch immer ich hingestellt werde. Das war die Abmachung.«

Ahn zuckte verwirrt die Achseln; ob wegen Miles oder wegen der wunderlichen Einfälle der Streitkräfte, die ihn nach Kyril geschickt hatten, wußte Miles nicht zu sagen. »Nun gut.« Er stieß sich mit einem Knurren vom Geländer hoch. »Keine Wahwah-Warnungen heute.«

»Was für Warnungen?«

Ahn gähnte und tippte auf seinem Reportpanel eine Reihe von Zahlen ein, die er, nach Miles' Beobachtung, aus dem hohlen Bauch geholt hatte und die eine stundenweise Vorhersage des heutigen Wetters darstellten. »Wahwah. Hat Ihnen niemand etwas von den Wahwahs erzählt?«

»Nein ...«

»Das hätte man tun sollen, als erstes. Verdammt gefährlich, das Wahwah.«

Miles begann sich zu fragen, ob Ahn ihn verscheißern wollte. Üble Späße, hatte Miles herausgefunden, konnten eine ziemlich subtile Form der Schikane darstellen, die sogar den Schutz des Rangs durchdrang. Der ehrliche Haß einer Prügelei hatte nur körperlichen Schmerz zur Folge.

Ahn lehnte sich wieder über das Geländer, um etwas zu zeigen. »Sehen Sie all diese Seile, die zwischen den Gebäuden von Tür zu Tür gespannt sind? Die sind dafür da, wenn das Wahwah kommt. Man hängt sich an sie dran, damit man nicht weggeblasen wird. Wenn man sich nicht mehr halten kann, dann darf man nicht die Arme ausstrecken und versuchen, sich zu stoppen. Ich habe schon eine Menge Kerle gesehen, die sich auf diese Weise die Handgelenke gebrochen haben. Man muß sich dann zu einer Kugel zusammenducken und rollen.«

»Was, zum Teufel, ist ein Wahwah, Sir?«

»Ein gewaltiger Wind. Plötzlich. Ich habe schon ein Wahwah erlebt, das in sieben Minuten von der Windstille bis zu einer Windgeschwindigkeit von 160 Kilometern losgebraust ist, mit einem Temperatursturz von zehn Grad über Null auf zwanzig unter dem Gefrierpunkt. Es kann zwischen zehn Minuten und bis zu zwei Tagen dauern. Sie kommen hier fast immer aus dem Nordwesten, wenn ganz bestimmte Bedingungen herrschen. Die Außenstation an der Küste warnt uns etwa zwanzig Minuten vorher. Wir lassen dann eine Sirene heulen. Das heißt, Sie dürfen nie ohne Ihre Kälteausrüstung losgehen oder weiter als fünfzehn Minuten weg von einem Bunker. Auf den Übungsgeländen der Rekruten dort draußen gibt es überall Bunker.« Ahn fuchtelte mit seinem Arm in diese Richtung. Er wirkte ganz ernst und aufrichtig. »Wenn Sie diese Sirene hören, dann müssen Sie wie der Teufel zum nächsten Unterschlupf rennen. Bei Ihrer Größe ... also wenn der Wind Sie hochhebt und ins Meer bläst, da würde man Sie nie mehr finden.«

»In Ordnung«, sagte Miles und beschloß im stillen, bei der ersten Gelegenheit diese angeblichen Fakten in den Wetteraufzeichnungen der Basis zu überprüfen. Er streckte seinen Hals aus für einen Blick auf Ahns Reportpanel. »Wo haben Sie diese Zahlen abgelesen, die Sie da eben eingegeben haben?«

Ahn blickte überrascht auf sein Panel. »Nun – das sind ... ah ... die richtigen Zahlen.«

»Ich habe nicht ihre Genauigkeit in Frage gestellt«, sagte Miles geduldig. »Ich möchte wissen, wie Sie darauf gekommen sind. Damit ich das morgen machen kann, solange Sie noch hier sind, um mich zu korrigieren.«

Ahn winkte mit seiner freien Hand in einer ratlosen Geste. »Nun ja ...«

»Sie haben sich die Zahlen nicht einfach nur ausgedacht, nicht wahr?« sagte Miles mißtrauisch.

»Nein!« sagte Ahn. »Daran habe ich nicht gedacht, aber ... nun, es ist die Art, wie der Tag riecht, vermute ich.« Er holte zur Demonstration tief Luft.

Miles kräuselte seine Nase und schnüffelte versuchsweise. Kälte, Seesalz, Küstenschlamm, Feuchtigkeit und Moder. Erhitzte Schaltkreise in einigen der blinkenden und herumwirbelnden Instrumente neben ihm. Die Durchschnittstemperatur, der Luftdruck und die Luftfeuchtigkeit des gegenwärtigen Augenblicks, geschweige denn der nächsten achtzehn Stunden, waren in den Geruchsinformationen, die durch seine Nasenlöcher eintrafen, nicht zu finden. Er zeigte mit dem Daumen auf die Anordnung der meteorologischen Geräte. »Gibt es da irgendso etwas wie einen Geruchsmesser, um das zu wiederholen, was auch immer Sie machen?«

Ahn schaute echt verwirrt drein, als wäre sein inneres System, woraus auch immer es bestand, durch seine Befangenheit erschüttert worden. »Es tut mir leid, Fähnrich Vorkosigan. Wir haben natürlich die standardmäßigen computerisierten Projektionen, aber um Ihnen die Wahrheit zu sagen, ich habe sie seit Jahren nicht mehr benutzt. Sie sind nicht genau genug.«

Miles starrte Ahn an und kam zu einer schrecklichen Erkenntnis. Ahn log nicht, machte keine Witze und täuschte nichts vor. Es waren die Erfahrungen von fünfzehn Jahren, die ins Unterbewußtsein übergegangen waren und diese subtilen Funktionen ausführten. Ein Vorrat an Erfahrung, den Miles nicht übernehmen konnte. *Und ich würde das auch gar nicht wollen,* gestand er sich selbst ein.

Später am selben Tag überprüfte Miles alle von Ahns verwirrenden Behauptungen anhand der meteorologischen Archive der Basis, wobei er völlig wahrheitsgemäß erklärte, daß er sich mit den Systemen vertraut machte. Ahn hatte nicht geschwindelt, was die Wahwahs anging. Noch schlimmer, er hatte nicht geschwindelt, was die computerisierten Projektionen betraf. Die automatisierten Systeme produzierten lokale Vorhersagen mit einer Genauigkeit von 86 %; bei den Vorhersagen über den Zeitraum einer Woche ging das zurück auf 73 %. Ahn und seine magische Nase erreichten eine Genauigkeit von 96 %, und 94 % über den Zeitraum einer Woche. *Wenn Ahn hier weggeht, dann erlebt diese Insel einen Rückgang der Genauigkeit der Wettervorhersage um 11 bis 21 %. Das wird man merken.*

Wetteroffizier auf Camp Permafrost zu sein, war ganz deutlich ein verantwortlicherer Posten, als Miles zuerst gedacht hatte. Das Wetter hier konnte tödlich sein.

Und dieser Kerl läßt mich auf dieser Insel allein zurück, mit sechstausend bewaffneten Männern, und sagt mir, ich solle nach Wahwahs schnüffeln?

Am fünften Tag, als Miles gerade zu dem Schluß gekommen war, sein erster Eindruck sei zu ungünstig gewesen, erlitt Ahn einen Rückfall. Miles wartete eine Stunde darauf, daß Ahn und seine Nase sich im Wetterbüro zeigten, um den Tagesdienst zu beginnen. Schließlich holte er die Routineausgaben aus dem zweitklassigen computerisierten System, trug sie auf alle Fälle ein und machte sich auf die Suche.

Er stöberte Ahn schließlich in dessen Schlafkoje auf, in der Unterkunft in der Offizierskaserne, total besoffen und schnarchend und nach schalem … hm … Obstschnaps oder so ähnlich riechend. Miles schauderte. Er schüttelte und stieß Ahn und schrie ihm ins Ohr, aber er konnte ihn damit nicht zum Aufstehen bewegen. Ahn stöhnte nur und vergrub sich noch tiefer in seine Bettücher und ungesunden Ausdünstungen. Miles schob mit Bedauern Gedanken an Gewaltanwendung beiseite und bereitete sich darauf vor, allein weiterzumachen. Er würde sowieso bald genug ganz auf sich allein gestellt sein.

Miles hinkte zur Fahrbereitschaft. Tags zuvor hatte Ahn ihn zu einer planmäßigen Wartungsfahrt zu den fünf Wetterstationen nahe der Basis mitgenommen. Die weiter draußen liegenden sechs waren für diesen Tag vorgesehen. Die routinemäßige Fortbewegung auf der Insel Kyril geschah mit einem Geländefahrzeug, das Scatcat genannt wurde, und es hatte sich herausgestellt, daß es fast soviel Spaß machte, ein Scatcat zu fahren wie einen Antigrav-Schlitten. Scatcats waren in den Regenbogenfarben schillernde tropfenförmige Fahrzeuge, die sich an den Boden drückten und die Tundra aufrissen, aber sie boten eine Garantie, von den Wahwah-Winden nicht weggerissen zu werden. Die Besatzung der Basis, so hatte man Miles zu verstehen gegeben, war es überdrüssig geworden, verlorene Antigrav-Schlitten aus dem kalten Meer zu fischen.

Die Fahrbereitschaft war ebenfalls ein halb eingegrabener Bunker wie die meisten übrigen Gebäude von Basis Lazkowski, nur größer. Miles machte den Korporal ausfindig (wie hieß er noch mal? Ach ja, Olney), der Ahn und ihm am Vortag das Fahrzeug zugewiesen hatte. Der Mechaniker, der ihm assistierte und das Scatcat aus der unterirdischen Garage zum Eingang herauffuhr, kam ihm auch irgendwie bekannt vor. Groß, schwarze Arbeitsuniform, dunkle Haare – damit waren achtzig Prozent der Männer auf der Basis beschrieben –, erst als er sprach, brachte sein starker Akzent Miles auf die richtige Fährte. Er war einer der Spötter, die Miles auf dem Landeplatz der Fähre belauscht hatte. Miles beherrschte sich und zeigte keine Reaktion.

Er ging die Ausrüstungsliste des Fahrzeugs sorgfältig durch, bevor er sie unterzeichnete, wie Ahn es ihn gelehrt hatte. Alle Scatcats mußten jederzeit eine komplette Kälteüberlebensausrüstung an Bord haben. Korporal Olney beobachtete mit leichter Verachtung, wie Miles herumfummelte, um alles zu finden. *Nun gut, ich bin halt langsam,* dachte Miles gereizt. *Neu und unerfahren. Dies ist die einzige Methode, wie ich weniger neu und unerfahren werde. Schritt für Schritt.* Er bemühte sich, Herr über seine Befangenheit zu werden. Vorausgegangene schmerzvolle Erfahrungen hatten ihn gelehrt, daß dies ein äußerst gefährlicher Geisteszustand war. *Konzentriere dich auf deine Aufgabe, nicht auf das verdammte Publikum. Du hast immer ein Publikum gehabt. Und wirst vermutlich immer eins haben.*

Miles breitete die Folie mit der Landkarte auf dem Rumpf des Scatcats aus und zeigte dem Korporal seine geplante Route. Ahn zufolge war eine solche Unterrichtung auch eine Standardsicherheitsprozedur. Olney knurrte bestätigend mit einem fein dosierten Ausdruck lang ertragener Langeweile, spürbar zwar, aber noch nicht so explizit, daß Miles gezwungen gewesen wäre, es zu bemerken.

Der schwarzgekleidete Techniker, Pattas, blickte über Miles' schräge Schulter, verzog die Lippen und sagte: »Oh, *Herr* Fähnrich.« Wieder machte die Betonung kurz vor der Ironie halt. »Sie fahren hinauf zu Station Neun?«

»Ja?«

»Vielleicht wollen Sie auf Nummer Sicher gehen und Ihr Scatcat … hm … vor dem Wind geschützt parken, in dem Loch direkt unter der Station.« Ein dicker Finger berührte die Landkartenfolie auf einem blau markierten Gebiet. »Sie werden es sehen. Auf diese Weise stellen Sie sicher, daß Sie Ihr Scatcat wieder starten können.«

»Die Energiezelle in diesen Maschinen ist für den Weltraum ausgelegt«, sagte Miles, »wieso sollte sie nicht wieder starten können?«

Olneys Augen funkelten auf, dann wurden sie plötzlich ganz unbeteiligt. »Ja, aber im Falle eines plötzlichen Wahwahs, da wollen Sie doch nicht, daß das Scatcat Ihnen davongeweht wird.«

Ich würde noch eher weggeweht werden. »Ich dachte, diese Scatcats seien zu schwer, um weggeweht zu werden.«

»Nun ja, nicht weg, aber sie sind, wie man weiß, schon umgeweht worden«, murmelte Pattas.

»O ja. Na gut, danke.«

Korporal Olney hustete. Pattas winkte fröhlich, als Miles losfuhr.

Miles' Kinn zuckte nach oben mit dem alten nervösen Tick. Er holte tief Atem und beschloß, guter Stimmung zu sein, als er das Scatcat von der Basis weglenkte und querfeldein fuhr. Er gab Gas, um eine noch befriedigendere Geschwindigkeit zu erreichen, und fegte durch den braunen, farnähnlichen Bodenbewuchs. Wie lange war er an der Kaiserlichen Akademie gewesen, anderthalb Jahre? Zwei Jahre? Da hatte er seine Fähigkeiten jedem verdammten Mann, dem er über den Weg lief, bewiesen und noch mal bewiesen, jedesmal, wenn er irgend etwas tat. Das dritte Jahr hatte ihn vielleicht verdorben, er war aus der Übung. Würde es jedesmal so sein wie jetzt, wenn er einen neuen Posten übernahm? Vermutlich, dachte er bitter und gab noch etwas mehr Gas. Aber er hatte gewußt, daß dies ein Teil des Spiels war, als er danach verlangt hatte, es zu spielen.

Das Wetter war fast warm, die bleiche Sonne strahlte fast, und Miles war fast fröhlich, als er Station Sechs erreichte, an der Ostküste der Insel. Es war ein Vergnügen, zur Abwechslung mal allein zu sein, nur er und seine Aufgabe. Keine Zuschauer. Zeit, um sich Zeit zu lassen und alles richtig zu machen. Er arbeitete sorgfältig, überprüfte die Energiezellen, entleerte die Proben, schaute nach Anzeichen von Korrosion, Beschädigungen oder losen Verbindungen an den Geräten. Und wenn er ein Werkzeug fallen ließ, dann gab es da niemanden, der Bemerkungen über spastische Mutanten machte. Als die Spannung nachließ, machte er weniger Mißgriffe, und der Tick verschwand. Er kam zum Ende, streckte sich, atmete gut gelaunt die feuchte Luft ein und genoß den ungewohnten Luxus des Alleinseins. Er nahm sich sogar ein paar Minuten Zeit, um an der Küste entlangzugehen und die komplizierten Formen der kleinen Meerestiere zu betrachten, die da an Land gespült worden waren.

Eines der Prüfgeräte von Station Acht war beschädigt, ein Feuchtigkeitsmesser zerstört. Als er ihn ersetzt hatte, wurde ihm klar, daß sein Zeitplan allzu optimistisch gewesen war. Die Sonne neigte sich schon dem grünen Dämmerlicht zu, als er Station Acht verließ. Als er Station Neun erreichte, in einem Gebiet an der Nordküste, wo sich Tundra und Felsbrocken mischten, war es schon fast dunkel.

Station Zehn, so vergewisserte sich Miles auf seiner Landkartenfolie beim Licht seiner Federhalterlampe, war droben in den vulkanischen Bergen inmitten der Gletscher. Das beste war, nicht im Dunkeln dort auf die Suche zu gehen. Er würde einfach die kurzen vier Stunden bis zur Morgendämmerung abwarten. Er meldete seine Planänderung über Kommunikator an die Basis, die 160 km weit im Süden lag. Der Diensthabende klang nicht schrecklich interessiert. Gut.

Da ihn niemand beobachtete, ergriff Miles glücklich die Gelegenheit, die ganze faszinierende Ausrüstung auszuprobieren, die hinten auf das Scatcat gepackt war. Es war viel besser, jetzt zu üben, wenn die Bedingungen gut waren, als später mitten in einem Schneesturm. Das kleine blasenförmige Zweimannschutzzelt erschien Miles bei seiner Größe fast wie ein Palast. Im Winter sollte es mit zusammengeballtem Schnee isoliert werden. Er stellte es auf der dem Wind abgewandten Seite des Scatcats auf, das er an der empfohlenen niedrigen Stelle geparkt hatte, ein paar hundert Meter von der Wetterstation entfernt, die auf einem Felsen saß.

Miles dachte über die Relation zwischen dem Gewicht des Schutzzeltes und dem des Scatcats nach. Ein Vid über ein typisches Wahwah, das Ahn ihm gezeigt hatte, war ihm in lebhafter Erinnerung. Die tragbare Latrine, die seitwärts gedreht mit einer Geschwindigkeit von hundert Stundenkilometern durch die Luft flog, war besonders eindrucksvoll gewesen. Ahn hatte ihm nicht sagen können, ob zu dem Zeitpunkt, als das

Vid aufgenommen wurde, jemand in dem Aborthäuschen drin gewesen war. Miles ergriff die zusätzliche Vorsichtsmaßnahme, das Schutzzelt mit einer kurzen Kette an dem Scatcat zu befestigen. Befriedigt krabbelte er hinein.

Die Ausrüstung war erstklassig. Er hängte ein Heizrohr am Dach auf und schaltete es ein, setzte sich im Schneidersitz hin und ließ sich wohlig wärmen. Der Proviant war von der besseren Kategorie: eine Menüplatte mit Schmorbraten, Gemüse und Reis. Miles zog den Aktivierungsstreifen ab, und das Essen wurde automatisch aufgewärmt. Er mischte sich ein annehmbares Fruchtgetränk mit dem dafür vorgesehenen Pulver. Nachdem er gegessen und die Überreste weggeräumt hatte, ließ er sich auf einem bequemen Polster nieder, schob eine Buchdiskette in seinen Handprojektor und bereitete sich darauf vor, die kurze Nacht lesend zu verbringen.

Er war in diesen letzten paar Wochen ziemlich angespannt gewesen. In diesen letzten paar Jahren. Die Buchdiskette, ein betanischer Gesellschaftsroman, den seine Mutter, die Gräfin, ihm empfohlen hatte, befaßte sich nicht im geringsten mit Barrayar, militärischen Manövern, Mutation, Politik oder dem Wetter. Miles bemerkte nicht einmal, um wieviel Uhr er einschlummerte.

Er schrak aus dem Schlaf hoch und blinzelte in die tiefe Dunkelheit, in der nur das schwache kupferfarbene Licht aus dem Heizrohr schimmerte. Er hatte das Gefühl, lange geschlafen zu haben, aber die transparenten Sektoren des Schutzzelts waren pechschwarz. Eine unsinnige Panik griff nach seiner Kehle. Verdammt, es machte doch nichts aus, wenn er verschlafen hatte, hier gab es kein Examen, zu dem er zu spät kommen würde. Er blickte auf die Leuchtanzeige seines Armbandchronos.

Eigentlich müßte helles Tageslicht herrschen.

Die biegsamen Wände des Schutzzelts wurden nach innen gedrückt. Nicht einmal ein Drittel des ursprünglichen Rauminhalts war noch übrig, und der Boden warf Falten. Miles drückte einen Finger gegen das dünne, kalte Plastik. Es gab langsam nach, wie weiche Butter, und die Vertiefung blieb. Was, *zum Teufel* ...?

In seinem Kopf hämmerte es, seine Kehle zog sich zusammen; die Luft war stickig und feucht. Es war genau die Empfindung wie... wie Sauerstofferschöpfung und CO_2-Überschuß bei einem Raumnotfall. Hier? Das Schwindelgefühl seiner Desorientiertheit erzeugte den Eindruck, als neige sich der Boden.

Der Boden *hatte* sich geneigt, stellte er irritiert fest, und wurde an einer Seite tief nach unten gezogen und quetschte dabei eines seiner Beine ein. Dieser Griff ließ ihn krampfhaft zusammenzucken. Er kämpfte gegen die CO_2-induzierte Panik an, legte sich auf den Rücken und versuchte, langsamer zu atmen und schneller zu denken.

Ich bin unter der Erde. In einer Art Treibsand versunken. Treibschlamm. Hatten diese beiden verdammten Kerle bei der Fahrbereitschaft ihn reingelegt? Er war reingefallen, buchstäblich reingefallen.

Vielleicht war es träger Schlamm. In der Zeit, die er gebraucht hatte, um dieses Schutzzelt aufzubauen, war das Scatcat nicht wahrnehmbar eingesunken. Sonst hätte er die Falle bemerkt. Natürlich, es war dunkel gewesen. Aber wenn er schon seit Stunden gesunken war, im Schlaf...

Entspanne dich, sagte er sich selber verzweifelt. Die Oberfläche der Tundra, die freie Luft, sie mochten bloße zehn Zentimeter über ihm sein. Oder zehn Meter... *Entspanne dich!* Er tastete im Zelt herum nach etwas, das er als Sonde benutzen könnte. Da war doch ein langes, nach Teleskopart ausziehbares Rohr mit einem Messer vorn dran gewesen, das dazu diente, Eisproben von einem Gletscher zu nehmen. Es war im Scatcat verpackt. Zusammen mit dem Kommunikator. Und das Scatcat befand sich jetzt, wie Miles aus der Neigung des Bodens errechnete, etwa zweieinhalb Meter unter ihm, westlich von seiner gegenwärtigen Position. Es war das Scatcat, was ihn nach unten zog. Das Schutzzelt allein hätte wohl gut auf dem von der Tundra verborgenen Schlammtümpel schwimmen können. Wenn er die Kette abmachen könnte, würde dann das Zelt wieder aufsteigen? Nicht schnell genug. Sein Brustkasten fühlte sich an, wie mit Baumwolle vollgestopft. Er würde bald zur Luft durchbrechen oder ersticken müssen. Mutterschoß, Grab. Würden seine Eltern hier anwesend sein, wenn er endlich gefunden war, und zuschauen, wie dieses Grab geöffnet wurde, wenn Scatcat und Schutzzelt von einem schweren Luftkissenkran aus dem Sumpf gehievt wurden... sein Körper erfroren, mit aufgerissenem Mund, in dieser schrecklichen Parodie einer Fruchtblase... *Entspanne dich!*

Er stand auf und drückte nach oben gegen das schwere Dach. Seine Füße sanken in dem breiigen Boden ein, aber er konnte eine der inneren Rippen des Zeltes losreißen, die jetzt schon in einer überzogenen Kurve gebogen war. Von der Anstrengung in der dicken Luft wurde er fast ohnmächtig. Er fand die Oberkante der Öffnung des Zeltes und schob seine Finger ein paar Zentimeter durch den Klettverschluß hindurch. Gerade genug, um den Zeltstab durchzustecken. Er hatte gefürchtet, der schwarze Schlamm würde hereinströmen und ihn mit einemmal ertränken, aber er drang nur in erstarrten Klumpen herein, die zu Boden plumpsten. Der Vergleich war offensichtlich und widerwärtig. *Gott, und ich hatte geglaubt, ich wäre schon früher einmal tief in der Scheiße gesessen.*

Er schob die Zeltrippe nach oben. Sie leistete Widerstand, rutschte in seinen schwitzenden Handflächen. Nicht zehn Zentimeter. Nicht zwanzig. Ein Meter, ein weiterer Meter, und ein dritter, und jetzt war seine Sonde am Ende. Er machte eine Pause, griff erneut zu, schob wieder. Ließ der Widerstand nach? War er zur Oberfläche durchgebrochen? Er zog die Rippe hin und her, aber stets schloß der saugende Schlamm das Loch wieder.

Vielleicht, vielleicht war es nur ein bißchen weniger als seine eigene Größe, von der Spitze des Zeltes bis zur Atemluft. Atemluft, Todesgruft. Wie lang brauchte er, wenn er sich durchwühlte? Wie schnell schloß sich ein Loch in diesem Zeug? Vor seinen Augen wurde es dunkel, und der Grund dafür war nicht, daß das Licht nachließ. Er schaltete das Heizrohr ab und steckte es in die Vordertasche seiner Jacke. Die unheimliche Dunkelheit erfüllte ihn mit Schrecken. Oder war es vielleicht das CO_2? Jetzt oder nie!

Auf einen Impuls hin bückte er sich und öffnete die Verschlüsse seiner Stiefel und seine Gürtelschnalle, dann zog er den Klettverschluß nach Gefühl auf. Er begann zu graben wie ein Hund, schob große Portionen von Schlamm hinab in den wenigen Raum, der in der Blase des Zeltes noch übrig war. Er quetschte sich durch die Öffnung, straffte sich, holte zum letztenmal Atem und drückte nach oben.

In seiner Brust pochte es, er sah verschwommenes Rot, als sein Kopf zur Oberfläche durchstieß. Luft! Er spuckte schwarzen Dreck und Fetzen Farn aus und blinzelte, versuchte mit wenig Erfolg seine Augen und seine Nase zu reinigen. Er kämpfte eine Hand nach oben durch, dann die andere, und versuchte sich in die Horizontale hinaufzuziehen, platt wie ein Frosch. Die Kälte verwirrte ihn. Er spürte, wie der Schlamm sich wieder um seine Beine schloß, ihn benommen machte wie die Umarmung einer Hexe. Seine Zehen drückten voll gegen das Dach des Zeltes. Es sank, und er kam einen Zentimeter höher. Den letzten Teil der Hebelwirkung konnte er durch Drücken erreichen. Nun mußte er ziehen. Seine Hände schlossen sich über dem Farn. Der gab nach. Mehr. Mehr. Er machte einen kleinen Fortschritt, die kalte Luft kratzte in seiner dankbaren Kehle. Der Griff der Hexe wurde fester. Er zappelte mit seinen Beinen, vergebens, ein letztesmal. Gut, jetzt. Hauruck!

Seine Beine glitten aus den Stiefeln und den Hosen, seine Hüften rutschten heraus, und er rollte sich zur Seite. Er lag mit gespreizten Beinen und Armen, um auf der tückischen Oberfläche eine möglichst große Unterlage zu haben, das Gesicht dem grauen, wirbelnden Himmel zugekehrt. Seine Uniformjacke und seine langen Unterhosen waren mit Schlamm durchtränkt, er hatte eine Wärmeschutzsocke verloren, beide Stiefel und seine Hose.

Vom Himmel fiel ein Graupelschauer.

Man fand ihn Stunden später, zusammengerollt um das schwächer werdende Heizrohr, eingezwängt in eine leergeräumte Gerätenische in der automatisierten Wetterstation. Seine Augenhöhlen wirkten leer in dem schwarz verschmierten Gesicht, seine Zehen und Ohren waren weiß. Seine tauben, violetten Finger ruckten unablässig zwei Drähte gegeneinander in einem ständigen hypnotischen Rhythmus, dem Notsignal der Streitkräfte. Das angezeigt werden sollte in Ausbrüchen von Störungen an dem Luftdruckmesser im Wetterraum der Station. Falls und sobald irgend jemand sich die Mühe gemacht hätte, die plötzlich fehlerhafte Anzeige aus dieser Station anzuschauen, oder das Muster im weißen Rauschen erkannt hätte.

Seine Finger zuckten in diesem Rhythmus noch einige Minuten weiter, nachdem man ihn aus seiner kleinen Kiste herausgezogen hatte. Eis brach vom Rücken seiner Uniformjacke ab, als man versuchte, seinen Körper aufzurichten. Lange Zeit konnte man überhaupt kein Wort aus ihm herausbringen, nur ein zitterndes Zischen. Nur seine Augen brannten.

KAPITEL 3

Während er im Hitzetank des Lazaretts der Basis schwamm, überlegte sich Miles verschiedene Methoden der Kreuzigung für die beiden Saboteure aus der Fahrbereitschaft. Zum Beispiel mit dem Kopf nach unten. Über dem Meer in geringer Höhe von einem Antigrav-Schlitten hängend. Noch besser, mit dem Gesicht nach oben an einen Pfahl gebunden in einem Sumpf im Schneesturm... Aber als sein Körper sich erwärmt und der Sanitäter ihn aus dem Tank geholt hatte, damit er abgetrocknet, nochmals untersucht und mit einer überwachten Mahlzeit versorgt würde, da hatte sich sein Kopf abgekühlt.

Es war kein Attentatsversuch gewesen. Und deshalb keine Angelegenheit, die er gezwungenermaßen hätte Simon Illyan übergeben müssen, dem gefürchteten Chef des Kaiserlichen Sicherheitsdienstes und der linken Hand von Miles' Vater. Die Vorstellung, wie die finsteren Sicherheitsoffiziere kamen, um diese beiden Witzbolde wegzuholen, ganz weit weg, war zwar hübsch, aber unpraktisch, wie wenn man mit Maserkanonen auf Mäuse schoß. Überhaupt, wohin könnte der Sicherheitsdienst sie denn schicken, wo es noch schlimmer wäre als hier?

Ohne Zweifel war es ihre Absicht gewesen, daß sein Scatcat im Sumpf versank, während er die Wetterstation wartete, und daß er in die Verlegenheit geriet, in der Basis schweres Gerät anfordern zu müssen, um das Scatcat wieder herauszuziehen. Das war peinlich, aber nicht tödlich. Sie konnten nicht vorhergesehen haben – niemand konnte es –, daß Miles auf die sicherheitsbewußte Vorsichtsmaßnahme mit der Kette verfallen würde, was ihn letztendlich fast umgebracht hätte. Höchstenfalls war dies ein Fall für die Sicherheitsabteilung der Streitkräfte, schon das war schlimm genug, oder für normale Bestrafung.

Er ließ seine Zehen über die Kante des Bettes baumeln, das in einer Reihe von Betten im leeren Lazarett stand, und schob die letzten Bissen seines Essens auf dem Tablett hin und her. Der Sanitäter kam wieder herein und warf einen Blick auf die Essensreste.

»Fühlen Sie sich jetzt wohl, Sir?«

»Gut«, sagte Miles mürrisch.

»Sie haben aber nicht aufgegessen.«

»Das tu ich oft nicht. Ich bekomme immer zu viel.«

»Jawohl, ich glaube, Sie sind ziemlich … hm …« Der Sanitäter gab eine Notiz an seinem Berichtspanel ein, beugte sich dann über Miles, um seine Ohren zu untersuchen, und bückte sich, um die Zehen zu prüfen, indem er sie mit erfahrenen Fingern herumdrehte. »Es sieht nicht so aus, als würden Sie hier irgendwelche Teile verlieren. Sie haben Glück.«

»Behandeln Sie viele Erfrierungen?« *Oder bin ich der einzige Idiot?* Der gegenwärtige Augenschein legte diesen Gedanken nahe.

»Oh, wenn erst mal die Rekruten ankommen, dann ist es hier bald knüllevoll. Erfrierungen, Lungenentzündungen, Knochenbrüche, Quetschungen, Gehirnerschütterungen … hier wird es richtig lebhaft, wenn mal der Winter gekommen ist. Von Wand zu Wand lauter Idi … – Rekruten, die Pech gehabt haben. Und ein paar vom Pech getroffene Instruktoren, die sie mit sich mitgerissen haben.« Der Sanitäter stand auf und tippte ein paar weitere Eingaben an seinem Panel ein. »Ich fürchte, ich muß Sie nun als genesen eintragen, Sir.«

»Sie fürchten?« Miles hob fragend seine Augenbrauen.

Der Sanitäter richtete sich auf und nahm unbewußt die Haltung eines Mannes an, der offiziell eine schlechte Nachricht zu überbringen hat. Dieser alte Gesichtsausdruck, von ›Man hat mich beauftragt,

Ihnen dies zu sagen; es ist nicht meine Schuld‹. »Sie sollen sich im Büro des Kommandanten melden, sobald ich Sie hier entlasse, Sir.«

Miles erwog einen plötzlichen Rückfall. Nein. Es war besser, die unangenehmen Dinge hinter sich zu bringen. »Sagen Sie mir, Sanitäter, hat jemals zuvor jemand ein Scatcat versinken lassen?«

»Oh, sicher. Die Rekruten verlieren fünf oder sechs in jeder Saison. Dazu noch ein paar kleinere Schäden. Die Techniker werden richtig stocksauer deshalb. Der Kommandant hat ihnen versprochen, das nächstemal würde er … hm.« Der Sanitäter verstummte.

Wunderbar, dachte Miles. Ganz großartig. Er sah nun, was auf ihn zukam. Ja, ganz gewiß sah er das.

Miles eilte zurück zu seiner Unterkunft, um schnell seine Kleider zu wechseln, denn er vermutete, daß Lazarettkleidung für das bevorstehende Gespräch nicht passend wäre. Er bemerkte sofort, daß er sich in einer Klemme befand. Seine schwarze Arbeitsuniform erschien ihm zu leger, seine Ausgehuniform zu formell als Dienstkleidung irgendwo außerhalb des Kaiserlichen Hauptquartiers in Vorbarr Sultana. Die Hosen seiner Interimsuniform und seine Halbstiefel befanden sich noch auf dem Grund des Sumpfes. Er hatte von jeder Uniformausführung nur ein Exemplar mitgebracht; seine Ersatzkleidung war noch nicht eingetroffen, vermutlich war sie noch unterwegs.

Er war auch nicht in der Lage, sich eine von einem Kameraden auszuborgen. Seine Uniformen wurden privat für ihn maßgeschneidert und kosteten etwa viermal soviel wie die von den Streitkräften gestellte Kleidung. Ein Teil dieser Kosten entstand durch das Bemühen, sie äußerlich vom maschinellen Schnitt ununterscheidbar zu machen und gleichzeitig durch die Geschicklichkeit manueller Schneiderei die Eigentümlichkeiten seines Körpers teilweise zu verbergen. Er fluchte leise und zog seine grüne Ausgehuniform an, dazu spiegelblanke Stiefel, die bis zu den Knien reichten. Wenigstens machten die Stiefel die Beinschienen überflüssig.

General Stanis Metzov, stand auf dem Schild an der Tür, *Standortkommandant.* Miles war seit ihrem ersten unglücklichen Zusammentreffen dem Standortkommandanten geflissentlich aus dem Weg gegangen. In Ahns Gesellschaft war das nicht schwer, obwohl in diesem Monat die Besatzung von Kyril reduziert war; Ahn ging jedermann aus dem Weg. Jetzt wünschte sich Miles, er hätte sich mehr bemüht, mit seinen Offizierskameraden in der Messe ins Gespräch zu kommen. Es war ein Fehler gewesen, daß er sich erlaubt hatte, isoliert zu bleiben, selbst wenn es darum ging, sich auf seine neuen Aufgaben zu konzentrieren. Während dieser fünf Tage hätte sicherlich irgend jemand auch in den beiläufigsten Gesprächen den gierigen Mörderschlamm der Insel erwähnen müssen.

Ein Korporal, der die Komkonsole im Vorzimmer bediente, führte ihn hindurch zum inneren Büro. Miles mußte nun versuchen, zu Metzovs guter Seite vorzustoßen, die es vielleicht gab. Er brauchte Verbündete. General Metzov blickte ohne Lächeln über seinen Schreibtisch hinweg, als Miles salutierte und wartend stehenblieb.

Der General war aggressiv in eine schwarze Arbeitsuniform gekleidet. Bei Metzovs Stellung in der Hierarchie deutete diese Kleiderwahl für gewöhnlich auf eine wohlüberlegte Identifikation mit der ›kämpfenden Truppe‹ hin. Das einzige Zugeständnis an seinen Rang bestand darin, daß die Uniform frisch gebügelt und sauber war. Seine Ehrenzeichen waren auf bloße bescheidene drei beschränkt, alles hohe Kampfauszeichnungen. Pseudobescheidenheit: da sie sozusagen von dem sie umgebenden Laub befreit waren, sprangen sie um so mehr ins Auge. Innerlich zollte Miles der Wirkung Beifall, beneidete sie sogar. Metzov wirkte in seiner Rolle des Kampfkommandanten absolut und unbewußt natürlich.

Es gab eine Fifty-fifty-Chane mit der Uniform, und ich habe die falsche gewählt, sagte sich Miles ärgerlich, während Metzovs Blick sarkastisch von oben bis unten und wieder zurück über den gedämpften Glanz von Miles' grüner Uniform wanderte. Na schön, signalisierten Metzovs Augenbrauen, Miles sah jetzt aus wie so ein Vor-Schnösel aus dem Hauptquartier. Ein anderer, durchaus bekannter Typ. Miles beschloß, sich nicht lächerlich machen zu lassen und Metzovs Inspektion abzubrechen, indem er die Eröffnung erzwang. »Ja, Sir?«

Metzov lehnte sich auf seinem Stuhl zurück und verzog die Lippen. »Ich sehe, Sie haben ein paar Hosen gefunden, Fähnrich Vorkosigan. Und, oho … auch Reitstiefel. Wie Sie wissen, gibt es keine Pferde auf dieser Insel.«

Auch keine im Hauptquartier, dachte Miles gereizt. *Diese verdammten Stiefel habe ich doch nicht erfunden.* Sein Vater hatte einmal ironisch angemerkt, seine Stabsoffiziere bräuchten solche Stiefel, um ihre Steckenpferde zu reiten oder sich aufs hohe Roß zu setzen. Da er sich keine passende Antwort auf den Geistesblitz des Generals ausdenken konnte, blieb Miles in würdevollem Schweigen stehen, mit angehobenem Kinn, in Rührt-euch-Haltung. »Sir.«

Metzov beugte sich vor, verschränkte seine Hände und ließ seinen schwerfälligen Humor fahren; seine Augen waren wieder hart geworden. »Sie haben den Verlust eines wertvollen voll ausgerüsteten Scatcat verschuldet, weil Sie es in einem Gebiet abstellten, das deutlich als Permafrostinversionszone gekennzeichnet ist. Bringt man euch an der Kaiserlichen Akademie kein Kartenlesen mehr bei, oder befassen sich die Neuen Streitkräfte nur noch mit Diplomatie – wie man mit den Damen richtig Tee trinkt?«

Miles rief sich die Landkarte ins Gedächtnis zurück. Er konnte sie deutlich sehen. »Die blauen Gebiete waren mit P.I.Z. bezeichnet. Diese Abkürzung wurde nicht erläutert. Weder in der Kartenlegende noch sonstwo.«

»Daraus schließe ich, daß Sie auch versäumt haben, Ihr Handbuch zu lesen.«

Miles war seit seiner Ankunft mit Handbüchern schier überschüttet worden. Prozeduren des Wetterbüros, Gerätespezifikationen… »Welches Handbuch, Sir?«

»Dienstvorschriften für Basis Lazkowski.«

Miles versuchte verzweifelt, sich zu erinnern, ob er eine solche Diskette je gesehen hatte. »Ich… glaube, Leutnant Ahn hat mir vielleicht ein Exemplar gegeben… vorgestern abend.« Ahn hatte in der Tat einen ganzen Karton mit Disketten auf Miles' Bett in der Offiziersunterkunft abgeladen. Er habe schon mit dem Packen begonnen, hatte er gesagt, und er vermache Miles seine Bibliothek. Miles hatte zwei Wetterdisketten gelesen, bevor er an jenem Abend ins Bett ging. Ahn war offensichtlich in seine eigene Bude zurückgekehrt, um sich einer kleinen Vorfeier hinzugeben. Am nächsten Morgen war Miles mit dem Scatcat losgefahren…

»Und Sie haben es noch nicht gelesen?«

»Nein, Sir.«

»Warum nicht?«

Ich wurde reingelegt, jammerte Miles' Denken. Er konnte die höchst interessierte Anwesenheit von Metzovs Schreiber spüren, der nicht weggeschickt worden war und als Zeuge hinter ihm an der Tür stand. Dadurch wurde das Ganze von einer privaten zu einer öffentlichen Standpauke. Und wenn er nur das verdammte Handbuch gelesen hätte, hätten dann die beiden Scheißkerle von der Fahrbereitschaft ihn reinlegen können? Wohl oder übel wurde er jetzt dafür zusammengestaucht. »Ich habe keine Entschuldigung, Sir.«

»Nun gut, Fähnrich, in Kapitel Drei der Dienstvorschriften für Basis Lazkowski werden Sie eine vollständige Beschreibung aller Permafrostzonen finden, zusammen mit den Regeln, wie man sie vermeidet. Sie könnten da vielleicht mal reinschauen, wenn Sie ein bißchen freie Zeit vom… Teetrinken erübrigen können.«

»Jawohl, Sir.« Miles' Gesicht war starr wie Glas. Der General hatte ein Recht, ihn mit einem Vibra-Messer zu häuten, wenn er das wollte – unter vier Augen. Die Autorität, die Miles mit seiner Uniform verliehen war, wog knapp die Mißbildungen auf, die ihn zu einem Ziel von Barrayars historisch begründeten starken genetischen Vorurteilen machten. Eine öffentliche Demütigung, die diese Autorität vor anderen Männern, die er auch zu befehligen hatte, unterhöhlte, kam einem Akt der Sabotage sehr nahe. Mit Absicht oder unbewußt?

Der General war erst dabei, in Fahrt zu kommen. »Die Streitkräfte mögen immer noch eine Bewahranstalt für überzählige Vor-Herrchen im Kaiserlichen Hauptquartier haben, aber hier draußen in der realen Welt, wo gekämpft werden muß, da haben wir keine Verwendung für Drohnen. Nun, ich habe meinen Weg durch die Ränge nach oben gekämpft. Ich habe Opfer während Vordarians Thronraub gesehen, bevor Sie noch geboren waren…«

Ich war ein Opfer von Vordarians Thronraub, bevor ich geboren wurde, dachte Miles, während seine Gereiztheit zunahm. Das Soltoxin-Gas, das seine schwangere Mutter fast getötet und Miles zu dem gemacht hatte, was er war, war eine chemische Waffe gewesen.

»… und habe die Revolte von Komarr bekämpft. Ihr jungen Spunde, die ihr erst in den letzten zehn Jahren hochgekommen seid, habt keine Vorstellung vom Kampf. Diese langen Perioden von ununterbrochenem Frieden schwächen die Streitkräfte. Wenn das noch lange so weitergeht, dann werden in einer Krise keine Männer mehr da sein, die noch praktische Erfahrungen mit kritischen Situationen haben.«

Miles' innerer Druck ließ seine Augen leicht schielen. *Dann sollte also Seine Kaiserliche Majestät alle fünf Jahre für einen Krieg sorgen, als günstige Gelegenheit für Karriereförderung seiner Offiziere?* Miles' Denken hatte leichte Schwierigkeiten mit dem Begriff ›praktische Erfahrungen‹. War das vielleicht der erste Hinweis darauf, warum dieser großartige Offizier auf Kyril gestrandet war?

Metzov schwadronierte aus eigenem Ansporn weiter. »In einer echten Kampfsituation ist die Ausrüstung eines Soldaten von vitaler Bedeutung. Sie kann den Unterschied zwischen Sieg und Niederlage bedeuten. Ein Mann, der seine Ausrüstung verliert, verliert seine Wirksamkeit als Soldat. Ein Mann, der in einem technologisch geführten Krieg entwaffnet wird, könnte genausogut eine Frau sein, nutzlos! Und Sie haben sich selbst entwaffnet.«

Miles fragte sich säuerlich, ob der General dann zustimmen würde, daß eine bewaffnete Frau in einem technologisch geführten Krieg genausogut ein Mann sein könnte... Nein, wahrscheinlich nicht. Nicht als Barrayaraner seiner Generation.

Metzovs Stimme fiel wieder, da er von Militärtheorie zum unmittelbar Praktischen überging. »Die übliche Strafe für einen Mann, der ein Scatcat im Sumpf versenkt, ist, es selbst wieder auszugraben. Eigenhändig. Wie ich höre, ist das nicht durchführbar, denn die Tiefe, bis zu der Sie Ihres haben sinken lassen, ist ein neuer Lagerrekord. Trotzdem, Sie werden sich um 14 Uhr bei Leutnant Bonn von der Pionierabteilung melden, um ihm nach seinem Gutdünken zu helfen.«

Nun, das war sicherlich fair. Und würde sicherlich auch einen erzieherischen Effekt haben. Miles betete zum Himmel, daß dieses Gespräch sich dem Ende näherte. *Darf ich jetzt gehen?* Aber der General verfiel in Schweigen, starrte finster vor sich hin und dachte nach.

»Für den Schaden, den Sie an der Wetterstation angerichtet haben«, begann Metzov langsam, dann setzte er sich entschlossener auf, wobei in seinen Augen, Miles konnte es fast schwören, ein schwaches rotes Glühen aufleuchtete und ein Winkel dieses faltigen Mundes nach oben zuckte, »werden Sie eine Woche lang einen Trupp bei elementaren Arbeiten überwachen. Vier Stunden am Tag. Zusätzlich zu Ihren anderen Pflichten. Melden Sie sich bei Sergeant Neuve von der Wartungsabteilung, täglich um 5 Uhr morgens.«

Der Korporal, der immer noch hinter Miles stand, hielt hörbar den Atem an. Miles wußte das nicht zu deuten. Ein Lachen? Entsetzen?

Aber ... *ungerecht!* Und er würde einen beträchtlichen Teil der kostbaren Zeit verlieren, die ihm noch blieb, um technisches Wissen bei Ahn abzuschöpfen ...

»Der Schaden, den ich an der Wetterstation anrichtete, war kein dummer Unfall wie die Geschichte mit dem Scatcat, Sir! Er war notwendig zu meinem Überleben.«

General Metzov fixierte ihn mit einem sehr kalten Blick. »Machen Sie das sechs Stunden am Tag, Fähnrich Vorkosigan.«

Miles sprach durch Zähne, abgehackt, als würden ihm die Worte mit einer Zange herausgezogen: »Hätten Sie dieses Gespräch lieber geführt, wenn ich es mir erlaubt hätte zu erfrieren, Sir?«

Schweigen trat ein, Totenstille, und schwoll an, wie ein totes Tier auf einer Straße in der Sommersonne.

»Sie können wegtreten, Fähnrich«, zischte General Metzov schließlich. Seine Augen waren funkelnde Schlitze.

Miles salutierte, machte eine Kehrtwendung und marschierte hinaus, steif wie ein altmodischer Ladestock. Oder ein Brett. Oder eine Leiche. Sein Blut pochte in den Ohren; sein Kinn ruckte nach oben. Am Korporal vorbei, der stillstand wie eine Wachsfigur. Zur Tür hinaus, dann durch die äußere Tür. Schließlich stand er allein im unteren Korridor des Verwaltungsgebäudes.

Erst verfluchte er sich schweigend, dann laut. Er mußte wirklich versuchen, eine normalere Haltung gegenüber vorgesetzten Offizieren zu entwickeln. Seine verdammte Erziehung war die Wurzel des Problems. Zu viele Jahre war er im Palais Vorkosigan über Scharen von Generälen, Admirälen und höheren Stabsoffizieren gestolpert, beim Mittagessen, beim Abendessen, zu allen Tageszeiten. Zu lange Zeit war er still gesessen wie eine Maus, hatte seine Unsichtbarkeit kultiviert und dabei Gelegenheit gehabt, ihren außerordentlich beschränkten Streitereien und Debatten über hundert verschiedene Themen zu lauschen. Er sah sie vielleicht so, wie sie einander sahen. Wenn ein normaler Fähnrich auf seinen Kommandanten schaute, dann sollte er wohl ein gottähnliches Wesen sehen, nicht einen... einen... zukünftigen Untergebenen. Neue Fähnriche wurden sowieso für eine untermenschliche Gattung gehalten.

Und doch... *Um was geht es eigentlich bei diesem Kerl Metzov?* Er hatte schon andere dieses Typs getroffen, von unterschiedlicher politischer Einstellung. Viele von ihnen waren fröhliche und fähige Soldaten, solange sie sich von der Politik fernhielten. Als Partei waren die konservativen Militärs in der Versenkung verschwunden, seit dem blutigen Zusammenbruch der Offiziersintrige, die für die verhängnisvolle Invasion von Escobar vor über zwei Jahrzehnten verantwortlich gewesen war. Aber die Gefahr einer Revolution von der extremen Rechten, einer möglichen Junta, die sich zusammenfand, um den Kaiser vor seiner eigenen Regierung zu retten, blieb im Denken seines Vaters ganz real, wie Miles wußte.

Hatten sich also Miles' Nackenhaare wegen irgendeines politischen Geruchs gesträubt, der von Metzov ausging? Sicherlich nicht. Ein Mann von wirklicher politischer Subtilität würde versuchen, Miles zu benutzen, nicht zu beleidigen. *Oder bist du nur sauer, weil er dich zu einem demütigenden Sondereinsatz als Müllmann verdonnert hat?* Ein Mann mußte nicht politisch extrem sein, um eine gewisse sadistische Freude daran zu haben, wenn er es einem Vertreter der Vor-Klasse zeigen konnte. Es konnte sein, daß Metzov in der Vergangenheit einmal selber von einem arroganten Vor-Lord übers Ohr gehauen worden war. Politisch, sozial, genetisch ... die Möglichkeiten waren endlos.

Miles schüttelte sich die Gedanken aus dem Kopf und hinkte fort, um seine schwarze Arbeitsuniform anzuziehen und die Pionierabteilung ausfindig zu machen. Er konnte es nicht ändern, er steckte tiefer im Schlamm als sein Scatcat. Er mußte einfach in den nächsten sechs Monaten Metzov so weit wie möglich aus dem Weg gehen. Alles, was Ahn so gut konnte, konnte er sicher auch.

Leutnant Bonn traf Vorbereitungen, nach dem Scatcat zu sondieren. Der Pionierleutnant war ein schmächtiger Mann, vielleicht achtundzwanzig oder dreißig Jahre alt, mit einem runzeligen Gesicht, dessen pockennarbige, bläßliche Haut nun von Kälte und Wind gerötet war. Kluge braune Augen, tüchtig aussehende Hände und eine sarkastische Art, die er nach Miles' Empfinden vielleicht ständig an den Tag legte, und nicht nur gegen ihn. Bonn und Miles patschten oberhalb des Sumpfes herum, während zwei Pioniere in schwarzen wärmeisolierten Overalls auf ihrem schweren Luftkissenkran saßen, der auf einem Felsen in der Nähe sicher geparkt war. Die Sonne schien bleich, der unaufhörliche Wind blies kalt und feucht.

»Versuchen Sie es ungefähr hier, Sir«, schlug Miles

vor und zeigte auf eine Stelle, wobei er versuchte, Winkel und Entfernungen an einem Ort zu schätzen, den er nur in der Dämmerung gesehen hatte. »Ich glaube, Sie müssen mindestens zwei Meter nach unten gehen.«

Leutnant Bonn blickte ihn freudlos an, hob seine lange metallene Sonde in die Vertikale und schob sie in den Sumpf. Sie stieß fast sofort auf Widerstand. Miles runzelte überrascht die Stirn. Das Scatcat konnte doch sicher nicht nach oben getrieben sein …

Bonn, der gleichmütig dreinschaute, stützte sein Gewicht auf die Sonde und drehte sie um ihre eigene Achse. Sie begann sich knirschend hinabzusenken.

»Auf was sind Sie denn gestoßen?« fragte Miles.

»Eis«, knurrte Bonn. »Jetzt ungefähr drei Zentimeter dick. Wir stehen auf einer Schicht von Eis, unter diesem Dreck an der Oberfläche, genau wie auf einem gefrorenen See, außer daß es hier gefrorener Schlamm ist.«

Miles stampfte versuchsweise auf. Es war feucht, aber fest. Ganz wie es sich angefühlt hatte, als er hier drauf kampierte.

Bonn, der ihn beobachtete, fügte hinzu: »Die Eisdicke variiert mit dem Wetter. Von ein paar Zentimeter bis zu fest-bis-zum-Boden. Mitten im Winter könnte man ein Frachtshuttle auf diesem Sumpf parken. Wenn der Sommer kommt, dann wird es dünner. Es kann in wenigen Stunden von scheinbar fest zu flüssig auftauen, wenn die Temperatur entsprechend ist, und dann wieder gefrieren.«

»Ich … glaube, das habe ich herausgefunden.«

»Drücken«, befahl Bonn lakonisch, und Miles faßte mit seinen Händen um die Sonde und half stoßen. Er spürte das Knirschen, als die Sonde an der Eisschicht vorbeischrammte. Und wenn die Temperatur in jener Nacht, als er hinabgesunken war, noch ein bißchen tiefer gefallen wäre, hätte er sich dann durch die Eisdecke hindurch nach oben bohren können? Er schauderte innerlich und zog den Reißverschluß seines Parka halb hoch, über seine schwarze Arbeitsuniform.

»Ist Ihnen kalt?« sagte Bonn.

»Ich denke nach.«

»Gut. Machen Sie's ruhig zu einer Gewohnheit.« Bonn berührte einen Hebel, und die Schallsonde piepste in einer Frequenz, bei der einem die Zähne weh taten. Das Ausgabedisplay zeigte eine helle, tropfenähnliche Form von ein paar Metern Durchmesser. »Da ist es.« Bonn betrachtete die Zahlen auf dem Display. »Es liegt wirklich da unten, nicht wahr? Ich würde Sie es mit einem Teelöffel ausgraben lassen, Fähnrich, aber ich nehme an, der Winter würde kommen, bevor Sie fertig wären.« Er seufzte und blickte auf Miles herab, als stellte er sich die Szene bildhaft vor.

Miles konnte sie sich auch vorstellen. »Jawohl, Sir«, sagte er vorsichtig.

Sie zogen die Sonde wieder heraus. Ihre Oberfläche war glitschig von dem kalten Schlamm. Bonn markierte die Stelle und winkte seinen Technikern: »Hier, Jungs!« Sie winkten zurück und schwangen sich in die Führerkabine des Luftkissenkrans. Bonn und Miles kletterten aus dem Weg, auf die Felsen hinauf in Richtung auf die Wetterstation.

Der Luftkissenkran erhob sich jaulend in die Luft und positionierte sich über dem Sumpf. Sein für den Weltraum berechneter Hochleistungstraktorstrahl bohrte sich nach unten. Schlamm, Pflanzenfetzen und Eis spritzten unter Getöse in alle Richtungen. In wenigen Minuten schuf der Strahl einen triefenden Krater mit einer schimmernden Perle auf seinem Grund. Die Seiten des Kraters begannen sofort nach innen zu rutschen, aber der Bediener des Luftkissenkrans bündelte den Strahl und kehrte ihn um. Das Scatcat wurde angehoben und geräuschvoll aus seiner Umgebung herausgesaugt. Das schlaffe, blasenförmige Schutzzelt baumelte an seiner Kette – ein widerlicher Anblick. Der Luftkissenkran setzte seine Last in dem felsigen Bereich sanft ab und landete daneben.

Bonn und Miles gingen hinüber, um die durchweichten Überbleibsel in Augenschein zu nehmen. »Sie waren doch nicht etwa in diesem Schutzzelt, oder, Fähnrich?« sagte Bonn während er mit dem Fuß dagegen stieß.

»Doch, Sir, ich war da drin. Ich wartete auf das Tageslicht. Ich bin … eingeschlafen.«

»Aber Sie sind doch herausgekommen, bevor es sank.«

»Hm, nein. Als ich aufwachte, da war es schon unten.«

Bonn runzelte die Stirn. »Wie weit?«

Miles hielt seine flache Hand vors Kinn.

Bonn blickte überrascht drein. »Wie sind Sie aus dem Sog herausgekommen?«

»Mit Schwierigkeiten. Und mit Adrenalin, glaube ich. Ich bin aus meinen Stiefeln und meiner Hose geschlüpft. Das erinnert mich daran: darf ich mal eine Minute hingehen und nach meinen Stiefeln suchen, Sir?«

Bonn winkte zustimmend. Miles trottete zurück zum Sumpf, umrundete den Ring von Schlamm, den der Traktorstrahl ausgespieen hatte, und hielt sich in sicherer Entfernung von dem Krater, der sich jetzt mit Wasser füllte. Er fand einen schlammbedeckten Stiefel, aber nicht den zweiten. Sollte er ihn aufheben, für den Fall, daß ihm vielleicht eines Tages ein Bein amputiert würde? Es würde vermutlich das falsche Bein sein. Er seufzte und kletterte zu Bonn zurück.

Bonn blickte mit gerunzelter Stirn auf den ruinierten Stiefel, der an Miles' Hand baumelte. »Sie hätten umkommen können«, sagte er in einem Ton, als sei ihm das erst jetzt aufgegangen.

»Insgesamt dreimal. Erstickt in dem Schutzzelt, gefangen im Sumpf oder erfroren beim Warten auf Rettung.«

Bonn blickte ihn durchbohrend an. »Stimmt.« Er ging von dem schlaffen Zelt weg, lässig, als suchte er einen größeren Blickwinkel. Miles folgte ihm. Als sie außer Hörweite der Techniker waren, hielt Bonn an und suchte mit den Augen den Sumpf ab. Im Plauderton bemerkte er: »Ich habe – inoffiziell – gehört, daß ein bestimmter Techniker der Fahrbereitschaft namens Pattas einem seiner Kumpel gegenüber prahlte, daß er Sie hiermit hereingelegt hat. Und daß Sie zu dumm waren, um zu erkennen, daß Sie reingelegt wurden. Diese Prahlerei wäre ... nicht sehr klug gewesen, wenn Sie umgekommen wären.«

»Wenn ich umgekommen wäre, dann hätte es keine Rolle gespielt, ob er geprahlt hat oder nicht.« Miles hob die Schultern. »Was einer Untersuchung der Streitkräfte entgangen wäre, das hätte eine Untersuchung des Kaiserlichen Sicherheitsdienstes herausgebracht, da bin ich mir sicher.«

»Sie wußten, daß Sie reingelegt worden waren?« Bonn studierte den Horizont.

»Ja.«

»Ich bin überrascht, daß Sie sich dann nicht an den Sicherheitsdienst gewandt haben.«

»So? Denken Sie darüber nach, Sir.«

Bonns Blick kehrte wieder zu Miles zurück, als stellte er eine Liste mit dessen abstoßenden Mißbildungen auf. »Ich kann mir auf Sie keinen Reim machen, Vorkosigan. Warum hat man Sie in die Streitkräfte gelassen?«

»Was meinen Sie?«

»Ein Vor-Privileg.«

»Genau getroffen.«

»Warum sind Sie dann aber hier? Mit einem Vor-Privileg wird man ins Hauptquartier geschickt.«

»Vorbarr Sultana ist wunderschön um diese Jahreszeit«, gab Miles freundlich zu. Und wie genoß es sein Cousin Ivan gerade jetzt? »Aber ich möchte in den Schiffsdienst.«

»Und Sie konnten das nicht arrangieren?« sagte Bonn skeptisch.

»Mir wurde gesagt, ich solle es mir verdienen. Deshalb bin ich hier. Um zu beweisen, daß ich mich in den Streitkräften behaupten kann. Oder ... auch nicht. Wenn ich schon eine Woche nach meinem Dienstantritt ein Wolfsrudel des Sicherheitsdienstes kommen ließe, damit sie die ganze Basis auf den Kopf stellen und nach einer Attentatsverschwörung suchen, die es meiner Meinung nach gar nicht gibt, so brächte mich das in Richtung auf mein Ziel nicht weiter. Egal, wie unterhaltsam es auch wäre.« Es wäre vertrackt, sie zu bezichtigen: sein Wort stünde gegen das dieser beiden. Und selbst wenn er auf einer formellen Untersuchung beharrte und ein Verhör mit der Wahrheitsdroge Schnell-Penta bewiese, daß er recht hatte, so könnte die ganze Aufregung ihm auf lange Sicht mehr schaden als seine beiden Quälgeister. Nein, keine Rache war soviel wert wie die *Prinz Serg*.

»Die Fahrbereitschaft untersteht der Befehlskette der Pionierabteilung. Wenn der Kaiserliche Sicherheitsdienst darüber herfallen würde, dann würden sie auch über mich herfallen.« Bonns braune Augen funkelten.

»Sie sind herzlich eingeladen, über jeden herzufallen, wie es Ihnen gefällt, Sir. Aber wenn Sie inoffizielle Wege haben, um Informationen zu bekommen, dann folgt daraus, daß Sie auch inoffizielle Wege haben müssen, um Informationen weiterzugeben. Und alles in allem haben Sie ja nur mein Wort für das, was geschehen ist.« Miles hob seinen nutzlosen einzelnen Stiefel hoch und schleuderte ihn zurück in den Sumpf.

Nachdenklich beobachtete Bonn, wie der Stiefel im

hohen Bogen flog und in eine Pfütze aus braunem Schmelzwasser platschte. »Das Wort eines Vor-Lords?«

»Bedeutet nichts, in diesen degenerierten Zeiten.« Miles grinste breit. »Fragen Sie, wen Sie wollen.«

»So?« Bonn schüttelte den Kopf und machte sich auf den Weg zurück zum Luftkissenkran.

Am nächsten Morgen meldete sich Miles in der Wartungshalle zur zweiten Hälfte der Aufgabe der Wiedergewinnung des Scatcats, nämlich zur Reinigung der gesamten schlammverschmierten Gerätschaft. Die Sonne leuchtete klar und stand schon seit Stunden am Himmel, aber Miles' Körper wußte, daß es erst 5 Uhr früh war. Nachdem er eine Stunde mit dieser Arbeit verbracht hatte, begann er warm zu werden, sich besser zu fühlen und seinen Rhythmus zu finden.

Um 6:30 Uhr kam Leutnant Bonn mit ausdruckslosem Gesicht und lieferte zwei Helfer bei ihm ab.

»Aha, Korporal Olney. Pionier Pattas. So treffen wir uns also wieder«, sagte Miles fröhlich und grinste bissig. Die beiden tauschten besorgte Blicke aus. Miles blieb völlig gelassen.

Dann hielt er sie alle, auch sich selbst, in flotter Bewegung. Das Gespräch schien sich automatisch auf kurze technische Einzelheiten zu beschränken. Zu dem Zeitpunkt, als Miles aufhören und sich bei Leutnant Ahn melden mußte, waren das Scatcat und der größte Teil seiner Ausrüstung in besserem Zustand als vor seinem Abenteuer.

Er wünschte seinen beiden Helfern, die vor Ungewißheit beinahe zappelten, ernsthaft einen guten Tag. Nun ja, wenn es ihnen bis jetzt nicht aufgegangen war, dann waren sie hoffnungslose Fälle. Miles fragte sich bitter, warum er soviel mehr Glück zu haben schien, wenn es darum ging, mit klugen Leuten wie Bonn Kontakt herzustellen. Cecil hatte recht gehabt: Wenn

Miles nicht herausfand, wie man auch die Dumpfschädel befehligte, dann würde er nie als Offizier bei den Streitkräften Erfolg haben. Jedenfalls nicht in Camp Permafrost.

Am nächsten Morgen, dem dritten seiner offiziellen sieben Straftage, stellte sich Miles bei Sergeant Neuve vor. Der Sergeant seinerseits präsentierte Miles ein Scatcat voller Ausrüstung, eine Diskette mit den entsprechenden Bedienungshandbüchern und dem Arbeitsplan für die Wartung der Entwässerungsgraben und Abzugskanäle auf Basis Lazkowski. Offensichtlich sollte dies eine weitere Lektion sein. Miles fragte sich, ob General Metzov diese Aufgabe persönlich ausgesucht hatte. Er nahm es an.

Ein Pluspunkt war, daß er wieder seine beiden Helfer hatte. Diese spezielle Aufgabe aus dem Bereich Tiefbau war anscheinend Olney und Pattas nie zuvor zugefallen, deshalb hatten sie nicht den Vorteil überlegener Kenntnisse, mit denen sie Miles hätten ein Bein stellen können. Auch sie mußten zuerst anhalten und die Handbücher lesen. Miles studierte die Prozeduren und leitete die Maßnahmen mit einer guten Laune, die schon fast manisch war, während seine Helfer immer niedergeschlagener wurden.

Von den raffinierten Geräten zur Reinigung der Kanalisation ging dennoch eine gewisse Faszination aus. Und eine gewisse Erregung. Rohre mit Hochdruck zu spülen konnte einige überraschende Effekte erzielen. Da gab es chemische Verbindungen, die einige durchaus militärische Eigenschaften aufwiesen; zum Beispiel konnte eine alles mögliche auf der Stelle auflösen, menschliches Gewebe eingeschlossen. An den folgenden drei Tagen lernte Miles mehr über die Infrastruktur von Basis Lazkowski, als er je hatte wissen wollen. Er hatte sogar die Stelle errechnet, wo eine gut plazierte Sprengladung das ganze System lahmlegen konnte, falls er sich je dafür entscheiden sollte, die Anlage zu zerstören.

Am sechsten Tag wurden Miles und sein Team beauftragt, einen blockierten Bachdurchlaß draußen im Trainingsgelände der Rekruten zu reinigen. Der Platz war leicht zu finden. Eine silbrige Wasserfläche schwappte plätschernd gegen die eine Seite des erhöhten Fahrdamms; auf der anderen Seite sickerte nur ein schwaches Rinnsal heraus und rann am Boden eines tiefen Grabens dahin.

Miles nahm eine lange ausziehbare Stange aus dem hinteren Teil ihres Scatcats und sondierte durch die undurchsichtige Wasserfläche hinab. Nichts schien die überflutete Seite des Durchlasses zu blockieren. Was immer es war, es mußte tiefer drin stecken. Wie schön! Er gab die Stange an Pattas zurück und ging auf die andere Seite der Straße und blickte hinab in den Graben. Der Durchlaß hatte einen Durchmesser von etwas mehr als einem halben Meter, stellte Miles fest. »Geben Sie mir ein Licht«, sagte er zu Olney.

Dann schlüpfte er aus seinem Parka, warf ihn in das Scatcat und kletterte in den Graben hinab. Er richtete das Licht auf die Öffnung. Der Durchlaß machte offensichtlich einen leichten Bogen; Miles konnte nicht das geringste sehen. Er seufzte. Für das, was jetzt getan werden mußte, waren die Schultern von Olney und Pattas zu breit.

Gab es etwas, das weiter vom Schiffsdienst entfernt war als das hier? Kaum etwas, das er bisher gemacht hatte, ließ sich mit dem hier vergleichen, allenfalls die Höhlenforschung in den Dendarii-Bergen vor langer Zeit. Erde und Wasser, gegen Feuer und Luft. Er schien eine gewaltige Menge von Yin aufzubauen; das dazu gehörige komplementäre Yang mußte, wenn es ans Licht kam, enorm sein.

Er packte das Licht fester, ließ sich auf Hände und Knie fallen und kroch in den Abzugskanal.

Das eisige Wasser durchnäßte die Hose seiner Arbeitsuniform und ließ ihn fast erstarren. Wasser sickerte in einen seiner Handschuhe. Es fühlte sich an, als setze jemand eine Messerklinge an sein Handgelenk.

Miles dachte kurz über Olney und Pattas nach. Sie hatten in den letzten paar Tagen eine kühle, annehmbar effiziente Arbeitsbeziehung entwickelt. Doch Miles machte sich keine Illusionen: sie beruhte auf dem heiligen Schrecken, den Miles' guter Engel Leutnant Bonn den beiden Männern eingejagt hatte. Wie erlangte überhaupt Bonn diese stille Autorität? Er mußte das herausbringen. Bonn war gut in seinem Job, das war Punkt Eins, aber was sonst?

Miles schrammte um die Kurve, leuchtete mit seinem Licht auf den Klumpen vor ihm und fuhr fluchend zurück. Er hielt für einen Moment inne, um wieder die Kontrolle über seinen Atem zu gewinnen, untersuchte die Blockade etwas näher und zog sich dann zurück.

Er erhob sich am Boden des Grabens und richtete sein Rückgrat auf, einen knirschenden Wirbel nach dem anderen. Korporal Olney streckte oben seinen Kopf über das Straßengeländer. »Was ist da drin, Fähnrich?«

Miles grinste ihn an, während er noch um Atem rang. »Ein Paar Stiefel.«

»Das ist alles?« sagte Olney.

»Ihr Besitzer trägt sie noch.«

KAPITEL 4

Miles rief den leitenden Sanitätsoffizier der Basis über den Kommunikator des Scatcats an und ersuchte dringend um sein Erscheinen mit forensischer Ausrüstung, Leichensack und Sanitätstransporter. Miles und seine Leute blockierten dann das obere Ende des Abzugskanals mit einem Plastikschild, das sie auf einem der leeren Übungsplätze irgendwo abgerissen hatten. Da er jetzt sowieso schon völlig naß und kalt war, so daß es keinen Unterschied mehr machte, kroch Miles wieder in den Durchlaß, um ein Seil an den unbekannten gestiefelten Füßen zu befestigen. Als er wieder ans Tageslicht kam, waren der Sanitätsoffizier und sein Sanitäter schon eingetroffen.

Der Arzt, ein großer, fast glatzköpfiger Mann, guckte unsicher in das Abflußrohr. »Was konnten Sie da drinnen sehen, Fähnrich? Was ist passiert?«

»Von diesem Ende aus kann ich nichts anderes sehen als Beine, Sir«, berichtete Miles. »Der hat sich da drin ganz schön eingeklemmt. Und oberhalb von ihm hat sich vermutlich Dreck aus dem Abfluß angesammelt. Mal sehen, was mit ihm da alles herausgespült wird.«

»Was, zum Teufel, hat der da drinnen gemacht?« Der Arzt kratzte sich an seinem mit Sommersprossen übersäten Schädel.

Miles breitete die Hände aus. »Scheint eine seltsame Methode zu sein, Selbstmord zu begehen. Langsam und unsicher wenn es darum geht, sich zu ertränken.«

Der Sanitätsoffizier hob zustimmend die Augenbrauen. Miles und der Arzt mußten mit ihrem Gewicht Olney, Pattas und den Sanitäter beim Ziehen am Seil unterstützen, bevor der festgeklemmte steife Körper herauszurutschen begann.

»Der hängt aber fest«, knurrte der Sanitäter. Schließlich schoß die Leiche mit einem Schwall schmutzigen Wassers heraus. Pattas und Olney beobachteten die weiteren Maßnahmen aus der Entfernung; Miles blieb an der Seite des Arztes. Die schwarze Arbeitsuniform des Toten war ganz durchnäßt, sein Gesicht wächsern und blau. Anhand der Rangabzeichen am Kragen und des Inhalts seiner Taschen identifizierten sie ihn als einfachen Soldaten vom Nachschub. Sein Körper wies keine offensichtlichen Verletzungen auf, außer Abschürfungen an den Schultern und Kratzer an den Händen.

Der Arzt diktierte erste knappe negative Befunde in seinen Recorder: Keine Knochenbrüche, keine Blasen von Nervendisruptorfeuer. Vorläufige Hypothese: Tod durch Ertrinken oder Unterkühlung oder beides, innerhalb der letzten zwölf Stunden. Er schaltete seinen Recorder aus und fügte, über die Schulter gewandt, hinzu: »Sicher werde ich es erst sagen können, wenn wir ihn im Lazarett aufgebahrt haben.«

»Passiert so etwas hier oft?« erkundigte sich Miles behutsam.

Der Arzt warf ihm einen säuerlichen Blick zu. »Ich schicke jedes Jahr ein paar Idioten ins Leichenschauhaus. Was erwarten Sie denn, wenn man fünftausend Kinder zwischen achtzehn und zwanzig Jahren zusammen auf eine Insel schickt und ihnen sagt, sie sollten Krieg spielen? Ich gebe zu, der hier scheint eine völlig neue Methode entdeckt zu haben, um sich ins Leichenschauhaus zu bringen. Anscheinend gibt es immer wieder etwas, das man noch nicht gesehen hat.«

»Sie glauben also, er hat sich das selbst angetan?« Es wäre allerdings wirklich umständlich, einen Mann umzubringen und dann da hineinzustecken.

Der Sanitätsoffizier ging zu dem Durchlaß hinüber, kauerte sich nieder und starrte hinein. »Das darf man wohl annehmen. Ach, würden Sie noch mal einen Blick hineinwerfen, Fähnrich, für alle Fälle?«

»Jawohl, Sir.« Miles hoffte, daß dies sein letzter Ausflug in das Abflußrohr war. Er wäre nie darauf gekommen, daß das Reinigen der Kanalisation sich als ein solcher Nervenkitzel erweisen würde. Er rutschte die ganze Strecke unter der Straße hindurch bis zu dem undichten Plastikschild und überprüfte dabei jeden Zentimeter, fand aber nur das Handlicht des Toten, das auf den Boden gefallen war. Also war der Soldat offensichtlich vorsätzlich in das Rohr gekrochen. Mit Absicht. Welche Absicht? Warum kriecht einer mitten in der Nacht bei heftigem Regen in ein Abflußrohr? Miles kroch wieder heraus und übergab dem Arzt das Licht.

Er half dem Arzt und dem Sanitäter, die Leiche in dem Sack zu verstauen und aufzuladen, dann ließ er Olney und Pattas das blockierende Schild wieder hochholen und an seinen ursprünglichen Platz zurückbringen. Braunes Wasser strömte rauschend aus dem unteren Ende des Durchlasses und floß den Graben entlang davon. Der Arzt blieb neben Miles stehen, lehnte sich über das Straßengeländer und beobachtete, wie das Wasser in dem kleinen See sank.

»Glauben Sie, daß da auf dem Grund noch ein anderer liegen könnte?« forschte Miles mit geheimem Schauder.

»Beim Morgenappell wurde nur er als vermißt gemeldet«, erwiderte der Arzt, »also wird vermutlich kein anderer mehr dort liegen.« Er sah allerdings dabei nicht so aus, als würde er darauf wetten.

Das einzige, was auftauchte, als der Wasserspiegel sank, war der durchnäßte Parka des Soldaten. Er hatte ihn offensichtlich auf das Geländer geworfen, bevor er in den Durchlaß gekrochen war, und von dort war er ins Wasser gefallen oder geweht worden. Der Sanitätsoffizier nahm sie an sich.

»Sie nehmen das ganz schön cool«, bemerkte Pattas, als Miles sich von dem Sanitätswagen abwandte und der Arzt und der Sanitäter wegfuhren.

Pattas war nicht viel älter als Miles selbst. »Haben Sie noch nie eine Leiche anfassen müssen?«

»Nein. Sie?«

»Ja.«

»Wo?«

Miles zögerte. Erinnerungen an Ereignisse, die sich vor drei Jahren zugetragen hatten, blitzten in seinem Gedächtnis auf. Die wenigen Monate, in denen er in einen verzweifelten Kampf fern der Heimat verwickelt gewesen war, nachdem er sich zufällig einer Truppe von Weltraumsöldnern angeschlossen hatte, waren ein Geheimnis, das er hier nicht erwähnen, ja nicht einmal andeuten durfte. Die regulären kaiserlichen Truppen verachteten Söldner sowieso, ob lebendig oder tot. Aber die Tau-Verde-Kampagne hatte ihn sicherlich den Unterschied zwischen ›Übung‹ und ›Wirklichkeit‹ gelehrt, zwischen Kriegsspiel und Krieg, und daß der Tod subtilere Ansteckungswege hatte als nur die direkte Berührung. »Früher«, sagte Miles zurückhaltend, »ein paarmal.«

Pattas zuckte die Achseln. »Nun ja«, gab er widerwillig zu, »zumindest haben Sie keine Angst, sich Ihre Hände schmutzig zu machen, Sir.«

Miles runzelte nachdenklich die Stirn. *Nein. Davor habe ich keine Angst.*

Miles markierte den Bachdurchlaß auf seinem Berichtspanel als ›gereinigt‹, lieferte das Scatcat, die Geräte sowie Olney und Pattas, die sehr kleinlaut geworden waren, wieder bei Sergeant Neuve in der Wartungsabteilung ab und machte sich dann auf den Weg zu den Offiziersunterkünften. Noch nie hatte er in seinem ganzen Leben so sehr eine heiße Dusche nötig gehabt.

Er patschte den Korridor in Richtung auf sein Quartier entlang, als ein anderer Offizier seinen Kopf aus der Tür streckte. »Ah, Fähnrich Vorkosigan?«

»Ja?«

»Sie haben vor einer Weile einen Vid-Anruf bekommen. Ich habe die Bestätigung für Sie eingegeben.«

»Anruf?« Miles blieb stehen. »Von wo?«

»Aus Vorbarr Sultana.«

Miles fühlte ein Frösteln im Bauch. Ein Notfall zu Hause? »Danke.« Er drehte sich um und ging schnurstracks auf die Zelle mit der Vidkonsole zu, die sich die Offiziere auf diesem Stockwerk teilten.

Feucht wie er war, ließ er sich auf den Sitz fallen und rief die Nachricht auf. Die Nummer erkannte er nicht. Er gab sie ein, zusammen mit seinem Gebührencode, und wartete. Es läutete einige Male, dann erwachte die Vidscheibe zischend zum Leben. Das gutaussehende Gesicht seines Cousins Ivan erschien und grinste ihn an.

»Aha, Miles. Da bist du ja.«

»Ivan! Wo, zum Teufel, bist du? Was bedeutet das?«

»Oh, ich bin zu Hause. Und das heißt nicht, bei meiner Mutter. Ich dachte, du möchtest vielleicht mal meine neue Wohnung sehen.«

Miles hatte die vage, verwirrende Empfindung, irgendwie auf eine Leitung in eine Parallelwelt oder zu einer anderen Astralebene gestoßen zu sein. Vorbarr Sultana, ja. Er hatte selbst einmal in der Hauptstadt gelebt, in einer früheren Inkarnation. Vor einer Ewigkeit.

Ivan nahm sein Vid-Aufnahmegerät hoch und machte damit einen Runde durch seine Wohnung. »Sie ist voll eingerichtet. Den Mietvertrag habe ich von einem Hauptmann vom Planungszentrum übernommen, der nach Komarr versetzt wurde. Eine wirklich günstige Gelegenheit. Gestern bin ich eingezogen. Siehst du den Balkon?«

Miles sah den Balkon. Er war in das honigfarbene Licht der Spätnachmittagssonne getaucht. Dahinter erhob sich, im Sommerdunst verschwimmend, die Silhouette von Vorbarr Sultana wie eine Märchenstadt.

Scharlachrote Blumen quollen über die Balustrade der Terrasse, so rot in dem gleichmäßigen Licht, daß Miles' Augen fast schmerzten. Er hatte das Gefühl, er müßte gleich in seine Hemdtasche sabbern oder in Tränen ausbrechen. »Hübsche Blumen«, würgte er hervor.

»Ja, eine Freundin hat sie mir gebracht.«

»Freundin?« Ach ja, menschliche Wesen hatte es ja einmal in zwei Geschlechtern gegeben, vor langer Zeit. Das eine roch viel besser als das andere. Viel besser. »Welche?«

»Tatya.«

»Habe ich sie schon kennengelernt?« Miles versuchte, sich zu erinnern.

»Nö, sie ist neu.«

Ivan hörte auf, das Vid-Gerät herumzuschwenken, und erschien wieder auf der Vidscheibe. Miles' verwirrte Sinne beruhigten sich etwas. »Na, wie ist das Wetter dort oben bei euch?« Ivan guckte ihn näher an. »Bist du naß geworden? Was hast du so gemacht.«

»Forensische … Klempnerarbeit«, brachte Miles nach einer Pause hervor.

»Was?« Ivan zog seine Stirn kraus.

»Ach, hat nichts zu sagen.« Miles nieste. »Schau her, ich bin froh, ein vertrautes Gesicht zu sehen und so weiter«, er war wirklich froh – auf eine schmerzhafte, seltsame Weise, »aber ich bin hier mitten im Dienst.«

»Ich habe schon seit ein paar Stunden schichtfrei«, merkte Ivan an. »Und bald führe ich Tatya zum Dinner aus. Du hast mich gerade noch erwischt. Also sag mir schnell, wie ist das Leben in der Infanterie?«

»Oh, großartig. Basis Lazkowski ist das einzig Wahre, weißt du.« In welchem Sinn, erklärte er besser nicht. »Keine Bewahranstalt für überzählige Vor-Herrchen wie das Kaiserliche Hauptquartier.«

»Ich erledige meinen Job!« sagte Ivan, und es klang leicht pikiert. »Wirklich, dir würde mein Job gefallen. Wir verarbeiten Informationen. Es ist erstaunlich, worauf das Planungszentrum alles an einem Tag zugreift. Eine ganz tolle Sache. Das wäre genau dein Fall.«

»Komisch. Ich dachte, Basis Lazkowski wäre genau das Richtige für dich, Ivan. Stell dir mal vor, vielleicht hat man unsere Marschbefehle vertauscht?«

Ivan tippte sich an seine Nase und kicherte. »Das würde ich niemandem verraten.« Seine Stimmung wurde wieder nüchtern, mit einem Unterton echter Besorgnis. »Du, also, gib auf dich acht dort oben, ja? Du schaust wirklich nicht sonderlich gut aus.«

»Ich hatte einen strapaziösen Vormittag. Wenn du Schluß machen würdest, dann könnte ich mich unter die Dusche begeben.«

»Einverstanden. Also, paß auf dich auf.«

»Viel Spaß bei deinem Dinner.«

»Jawohl. Adieu.«

Eine Stimme aus einer anderen Welt. Dabei war Vorbarr Sultana nur ein paar Stunden suborbitalen Fluges entfernt. Theoretisch. Irgendwie war es tröstlich für Miles, daran erinnert zu werden, daß nicht der ganze Planet auf die bleigrauen Horizonte von Kyril zusammengeschrumpft war, auch wenn es für ihn so aussah.

Miles hatte den Rest dieses Tages Schwierigkeiten, sich auf das Wetter zu konzentrieren. Glücklicherweise schien dies sein Vorgesetzter nicht sehr zu bemerken. Seit dem Versinken des Scatcats neigte Ahn dazu, ein schuldbewußtes, nervöses Schweigen um Miles herum zu bewahren, außer wenn er direkt um spezifische Informationen angegangen wurde. Als der Dienst zu Ende ging, machte sich Miles direkt auf den Weg zum Lazarett.

Der Arzt arbeitete noch oder saß zumindest an der Konsole auf seinem Schreibtisch, als Miles seinen Kopf durch die Tür streckte. »Guten Abend, Sir.«

Der Sanitätsoffzier blickte auf. »Ja, Fähnrich? Um was geht es?«

Miles nahm dies als ausreichende Einladung, obwohl die Stimme des Arztes wenig ermutigend klang, und schlüpfte ins Zimmer. »Ich habe mich dauernd gefragt, was Sie über den Burschen herausgefunden haben, den wir heute morgen aus dem Durchlaß zogen.«

Der Arzt zuckte die Achseln. »Da gab es nicht so viel herauszufinden. Seine Identität wurde überprüft. Er starb durch Ertrinken. Alle physikalischen und metabolischen Spuren – Stress, Unterkühlung, Hämatome – stimmen damit überein, daß er etwas weniger als eine halbe Stunde vor seinem Tod dort drinnen steckenblieb. Ich habe auf Unglücksfall mit tödlichem Ausgang entschieden.«

»Ja, aber warum?«

»Warum?« Der Arzt hob die Augenbrauen. »Er hat sich selber zur Leiche gemacht; da werden Sie schon ihn selbst fragen müssen, oder?«

»Wollen Sie das nicht herausfinden?«

»Zu welchem Zweck?«

»Nun ja ... um es zu wissen, nehme ich an. Um sicher zu sein, daß Sie recht haben.«

Der Arzt blickte ihn gleichgültig an.

»Ich stelle nicht Ihre medizinischen Feststellungen in Frage, Sir«, fügte Miles hastig hinzu. »Aber es war doch so verdammt sonderbar. Sind Sie nicht neugierig?«

»Nicht mehr«, sagte der Arzt. »Ich bin zufrieden, daß es kein Selbstmord war und kein Verbrechen; also, wie auch immer die Einzelheiten aussehen mögen, es läuft am Ende auf Tod durch Dummheit hinaus, nicht wahr?«

Miles fragte sich, ob dies auch das endgültige Verdikt des Arztes über ihn selber gewesen wäre, wenn er sich mit dem Scatcat versenkt hätte. »Vermutlich, Sir.«

Als er danach in dem feuchten Wind vor dem Lazarett stand, zögerte Miles. Die Leiche war schließlich nicht sein persönliches Eigentum. Hier galt nicht: wer etwas findet, der darf es sich behalten. Er hatte die Angelegenheit der zuständigen Instanz übergeben. Sie war jetzt nicht mehr in seinen Händen. Und dennoch …

Es waren noch einige Stunden Tageslicht übrig. Miles hatte sowieso Schwierigkeiten einzuschlafen, an diesen fast endlosen Tagen. Er kehrte in seine Unterkunft zurück, zog Trainingshosen, Hemd und Sportschuhe an und ging joggen.

Die Straße war einsam, draußen bei den leeren Übungsplätzen. Die Sonne krebste dem Horizont zu. Miles fiel aus dem Joggen wieder ins Gehen, dann in einen noch langsameren Schritt. Seine Beinschienen scheuerten unter den Hosen. Irgendwann sehr bald würde er sich die Zeit nehmen, um sich die spröden Hauptknochen in den Beinen durch synthetische Knochen ersetzen zu lassen. Dabei wäre eine elektive Operation eine quasi legitime Methode, um sich von Kyril hinwegzuhebeln, wenn das Ganze vor dem Ablauf seiner sechs Monate zu hoffnungslos würde. Allerdings erschien ihm das wie Schummeln.

Er blickte sich um und versuchte, sich seine gegenwärtige Umgebung in Dunkelheit und heftigem Regen vorzustellen. Wenn er der Soldat gewesen wäre, der nachts auf dieser Straße dahinstapfte, was hätte er wohl gesehen? Was hätte möglicherweise die Aufmerksamkeit des Mannes auf den Graben gelenkt? Warum, zum Teufel, war er denn überhaupt mitten in der Nacht hier herausgekommen? Diese Straße führte nirgendwohin, außer zu einem Hindernisparcours und einem Schießplatz.

Da war der Graben … nein, sein Graben war der nächste, ein Stückchen weiter. Vier Bachdurchlässe durchbohrten den erhöhten Straßendamm auf dieser geraden Strecke von einem halben Kilometer Länge.

Miles fand den richtigen Graben, lehnte sich auf das Geländer und starrte auf das jetzt träge Rinnsal aus abfließendem Wasser. Jetzt hatte es nichts Anziehendes an sich, das war sicher. Warum, warum, warum ...?

Miles schlenderte auf der hohen Seite der Straße entlang, untersuchte die Oberfläche der Straße, das Geländer, den nassen braunen Farnwuchs dahinter. Er kam zu der Kurve und machte kehrt, um die andere Seite zu untersuchen. Er kam wieder am ersten Graben an, an dem der Basis zugewandten Ende der geraden Strecke, ohne daß er irgend etwas entdeckt hätte, das einen Reiz hatte oder Interesse weckte.

Miles hockte sich auf das Geländer und dachte nach. Na schön, jetzt war der richtige Zeitpunkt, um es mit ein bißchen Logik zu versuchen. Welche überwältigende Emotion hatte den Soldaten dazu veranlaßt, sich trotz der offensichtlichen Gefahr in das Abwasserrohr zu klemmen? Wut? Wen hatte er verfolgt? Angst? Wer konnte ihn verfolgt haben? Irrtum? Miles wußte Bescheid über Irrtümer. Wie, wenn der Mann sich den falschen Durchlaß ausgesucht hatte ...?

Einem Impuls folgend schlitterte Miles in den ersten Graben hinab. Entweder hatte der Mann seinen Weg systematisch durch alle Durchlässe gemacht – falls ja, hatte er dann vorwärts von der Basis aus begonnen oder rückwärts von dem Trainingsgelände? – oder aber er hatte sein beabsichtigtes Ziel in der Dunkelheit und im Regen verfehlt und war in den falschen geraten. Miles hätte sie alle durchkrabbelt, wenn es nötig gewesen wäre, aber er zog es vor, schon beim ersten auf den richtigen zu treffen. Selbst wenn niemand ihn beobachtete. Dieser Durchlaß war ein wenig weiter als der zweite, der tödliche. Miles zog sein Handlicht aus dem Gürtel, ging geduckt hinein und begann Zentimeter um Zentimeter zu untersuchen.

»Aha«, atmete er auf halbem Wege unter der Straße befriedigt auf. Da war seine Beute, mit einem Klebeband an der Oberseite des Durchlaßbogens befestigt. Ein Päckchen, in wasserfestes Plastik gewickelt. Wie *interessant.* Er rutschte hinaus und setzte sich am Ausgang des Durchlasses nieder, ohne auf die Feuchtigkeit zu achten, aber sorgsam darauf bedacht, daß ihn niemand von oben, von der Straße her, sah.

Er plazierte das Päckchen in seinem Schoß und studierte es mit wohliger Vorfreude, als wäre es ein Geburtstagsgeschenk. Was konnte das sein? Drogen, Schmuggelware, geheime Dokumente, schmutziges Geld? Miles persönlich hoffte, es wären geheime Dokumente, obwohl er sich schwer vorstellen konnte, daß irgend jemand irgendwas auf Kyril für geheim erklären würde, außer vielleicht die Leistungsberichte. Drogen wären schon gut, aber ein Spionagering wäre geradezu wunderbar. Dann würde aus ihm ein Held der Sicherheit – sein Geist eilte schon voran, dachte sich schon die nächsten Maßnahmen bei seinen verdeckten Ermittlungen aus. Aufgrund subtiler Hinweise den Spuren des Toten zu einem Rädelsführer zu folgen, der wer weiß wie hoch oben in der Hierarchie saß? Die dramatischen Verhaftungen, vielleicht ein Lob von Simon Illyan selbst ... Das Päckchen war klumpig, raschelte aber leicht – Plastikfolien?

Sein Herz klopfte, als er es vorsichtig öffnete – und dann folgten Verblüffung und Enttäuschung. Ein gequälter Laut, halb Lachen, halb Stöhnen, kam von seinen Lippen.

Gebäck. Ein paar Dutzend Lisetten, eine Art Miniaturdampfnudeln, glasiert und mit kandierten Früchten gefüllt; traditionell wurden sie für die Feier des Mittsommertages hergestellt. Gebäck, das anderthalb Monate alt war. Was für ein triftiger Grund, um dafür zu sterben ...

Miles Phantasie, angeregt von seiner Kenntnis des Kasernenlebens, konnte den Rest leicht genug ergänzen. Der Soldat hatte das Päckchen von der Freundin/Mutter/Schwester bekommen und versuchte, es vor seinen gefräßigen Kameraden zu schützen, die alles binnen Sekunden verschlungen hätten. Vielleicht hatte der Mann, nach Leckerbissen von zu Hause lechzend, sie sich Stück um Stück rationiert in einem sehnsüchtigen, masochistischen Ritual, bei dem Genuß und Schmerz in jedem Bissen gemischt waren. Oder vielleicht hatte er sie nur für irgendeinen besonderen Anlaß aufgehoben.

Dann kamen die zwei Tage mit ungewöhnlich heftigem Regen, und der Mann hatte begonnen, den… hm… Wasserstand bei seinem geheimen Schatz zu fürchten. Er war herausgekommen, um seine versteckten Vorräte zu retten, hatte im Dunkeln den ersten Graben verfehlt, war – als das Wasser stieg – mit äußerster Entschlossenheit in den zweiten hinabgestiegen, hatte seinen Fehler zu spät erkannt…

Traurig. Gräßlich. Aber nicht *nützlich.* Miles seufzte, packte die Lisetten wieder zusammen und trottete davon, mit dem Päckchen unter dem Arm, zurück zur Basis, um es dem Sanitätsoffizier zu übergeben.

Der einzige Kommentar des Arztes, als Miles ihn aufgesucht und ihm seinen Fund erklärt hatte, war: »Ja, Tod aus Dummheit, ganz richtig.« Geistesabwesend biß er in eine Lisette und rümpfte die Nase.

Miles' Zeit beim Sondereinsatz in der Wartungsabteilung endete am nächsten Tag, ohne daß er in den Abwasserkanälen etwas fand, das noch interessanter gewesen wäre als der Ertrunkene. Vermutlich war das auch ganz gut so. Am darauffolgenden Tag kam Ahns Bürokorporal von seinem langen Urlaub zurück. Miles entdeckte, daß der Korporal, der in dem Wetterbüro ungefähr zwei Jahre gearbeitet hatte, ein bereitwilliges Reservoir für den größten Teil derjenigen Informationen war, die er in den letzten zwei Wochen seinem Gehirn einzutrichtern versucht hatte. Allerdings hatte der Korporal nicht Ahns Nase.

Ahn verließ Camp Permafrost tatsächlich nüchtern und stieg aus eigener Kraft die Transportrampe hinauf. Miles ging zum Landeplatz des Shuttles, um Ahn zu verabschieden, wobei er sich nicht sicher war, ob er froh oder traurig darüber sein sollte, den Wettermann abreisen zu sehen. Ahn schaute jedoch glücklich aus, sein sonst so kummervolles Gesicht strahlte fast.

»Wo werden Sie denn jetzt hingehen, sobald Sie Ihre Uniform abgegeben haben?« fragte Miles ihn.

»Zum Äquator.«

»Aha. Und wo am Äquator?«

»*Irgendwo* am Äquator«, erwiderte Ahn mit Inbrunst.

Miles hoffte, daß er sich wenigstens einen Ort mit einer geeigneten Landmasse aussuchen würde.

Ahn zögerte auf der Rampe und blickte auf Miles herab. »Hüten Sie sich vor Metzov«, riet er ihm zuletzt.

Diese Warnung schien bemerkenswert spät zu kommen, ganz abgesehen davon, daß sie irritierend vage war. Miles blickte Ahn mit hochgezogenen Augenbrauen unwillig an. »Ich glaube nicht, daß ich oft in seinem privaten Terminkalender stehe.«

Ahn wand sich verlegen. »Das habe ich nicht gemeint.«

»Was meinen Sie dann?«

»Na ja ... ich weiß nicht. Ich habe einmal gesehen ...«

»Was?«

Ahn schüttelte den Kopf. »Nichts. Es ist schon lange her. Damals geschahen eine Menge verrückter Dinge, am Höhepunkt der Revolte von Komarr. Aber es ist besser, wenn Sie ihm aus dem Weg gehen.«

»Ich hatte schon früher mit alten Schleifern zu tun.«

»Oh, er ist nicht gerade ein Schleifer. Aber er hat so

einen Anflug von … er kann auf eine komische Art gefährlich sein. Bedrohen Sie ihn nie wirklich, ja?«

»Ich Metzov bedrohen?« Miles verzog verblüfft sein Gesicht. Vielleicht war Ahn doch nicht so nüchtern, wie er roch. »Kommen Sie, er kann nicht so schlimm sein, sonst hätte man ihn nie über die Rekruten gesetzt.«

»Er hat keinen Befehl über die Rekruten. Die haben ihre eigene Kommandostruktur, die mit ihnen mitkommt – die Instruktoren unterstehen ihrem eigenen Kommandanten. Metzov ist nur zuständig für die permanente Infrastruktur der Basis. Sie sind ein aufdringlicher kleiner Kerl, Vorkosigan. Sie sollten ihn einfach … nicht in die Ecke drängen, sonst würde es Ihnen leidtun. Und das ist alles, was ich sagen werde.« Ahn machte entschlossen den Mund zu und stieg die Rampe hinauf.

Es tut mir schon jetzt leid, wollte Miles ihm nachrufen. Nun gut, seine Strafwoche war jetzt vorbei. Vielleicht war es Metzovs Absicht gewesen, Miles mit dem Sondereinsatz zu demütigen, aber in Wirklichkeit war es ja sehr interessant gewesen. Daß er sein Scatcat hatte versinken lassen, na ja – das hatte ihn gedemütigt. Aber das hatte er sich ja selbst eingebrockt. Miles winkte ein letztesmal Ahn zu, als der in dem Transportshuttle verschwand, zuckte dann die Achseln und machte sich auf den Rückweg über das Rollfeld zu dem inzwischen schon vertrauten Verwaltungsgebäude.

Nachdem sein Korporal das Wetterbüro verlassen hatte, um zum Mittagessen zu gehen, dauerte es noch ein paar Minuten, bis Miles der Versuchung nachgab, die Fährte aufzunehmen, auf die Ahn ihn gebracht hatte. Er rief Metzovs öffentlich zugängliche Daten an der Komkonsole auf. Die bloße Auflistung der Lebensdaten, Versetzungen und Beförderungen des Stützpunktkommandanten war nicht sonderlich informativ, obwohl man mit ein bißchen historischem Wissen manches zwischen den Zeilen lesen konnte.

Metzov war vor etwa fünfunddreißig Jahren in die Streitkräfte eingetreten. Seine schnellsten Beförderungen hatten, das war nicht überraschend, während der Eroberung des Planeten Komarr vor fünfundzwanzig Jahren stattgefunden. Das an Wurmlöchern reiche Komarr-System war Barrayars einziges Tor zum größeren galaktischen Geflecht von Wurmlochrouten. Komarr hatte seine immense strategische Bedeutung für Barrayar früher in diesem Jahrhundert bewiesen, als seine herrschende Oligarchie bestochen worden war, um eine cetagandanische Invasionsflotte durch ihre Wurmlöcher passieren und Barrayar überfallen zu lassen. Die Cetagandaner wieder zu vertreiben hatte fast eine ganze barrayaranische Generation aufgerieben. Barrayar hatte in den Tagen von Miles' Vater die Konsequenzen aus dieser blutigen Lektion gezogen. In einem unvermeidbaren Nebeneffekt der Sicherung der Tore von Komarr war Barrayar von einer rückständigen Sackgasse zu einer nicht unbedeutenden galaktischen Macht geworden und rang jetzt immer noch mit den Folgen dieser Entwicklung.

Vor zwanzig Jahren, bei Vordarians Usurpation, einem rein barrayaranischen Versuch, dem fünfjährigen Kaiser Gregor und seinem Regenten die Macht zu entreißen, war es Metzov irgendwie gelungen, am Ende auf der richtigen Seite zu stehen – daß er bei diesem Bürgerkrieg die falsche Seite gewählt hätte, wäre Miles erste Vermutung gewesen, warum ein anscheinend so fähiger Offizier schließlich seine späten Jahre im Eis auf Kyril verbrachte. Aber der fatale Knick in Metzovs Karriere schien während der Revolte von Komarr stattgefunden zu haben, vor nun etwa sechzehn Jahren. In dieser Datei gab es keinen Hinweis auf den Grund, aber einen Verweis auf eine andere Datei. Mit einem Code des Kaiserlichen Sicherheitsdienstes, wie Miles erkannte. Da endete die Spur.

Oder vielleicht auch nicht. Miles preßte nachdenklich die Lippen zusammen und tippte an seiner Komkonsole einen anderen Code ein.

»Planungszentrum, Büro von Kommodore Jollif«, begann Ivan formell, während sein Gesicht auf der Vidscheibe der Komkonsole erschien, dann fuhr er fort: »Oh, hallo, Miles. Was gibt's?«

»Ich stelle ein paar Nachforschungen an. Dachte, du könntest mir dabei aushelfen.«

»Ich hätte wissen sollen, daß du mich nicht im Hauptquartier nur deshalb anrufen würdest, um mit mir ein bißchen zu plaudern. Also, was willst du?«

»Ach ... bist du im Augenblick im Büro allein?«

»Ja, der Alte steckt in einer Sitzung. Ein nettes kleines Problem – ein auf Barrayar registrierter Frachter wurde in der Hegen-Nabe auf der Station von Vervain beschlagnahmt, wegen Verdacht auf Spionage.«

»Können wir nicht dort hin? Und mit gewaltsamer Befreiung drohen?«

»Nicht an Pol vorbei. Barrayaranische militärische Raumschiffe dürfen nicht durch polianische Wurmlöcher springen, basta.«

»Ich dachte, wir wären irgendwie mit Pol befreundet.«

»Irgendwie schon. Aber die Vervani haben damit gedroht, die diplomatischen Beziehungen zu Pol abzubrechen, deshalb sind die Polianer besonders vorsichtig. Die komische Sache dabei ist, daß der fragliche Frachter nicht einmal einer unserer wirklichen Agenten ist. Scheint eine völlig fabrizierte Anschuldigung zu sein.«

Politik der Wurmlochrouten. Sprungschifftaktik. Gerade die Art von Herausforderung, für die Miles in seinen Kursen auf der Kaiserlichen Akademie trainiert worden war. Außerdem war es auf diesen Raumschiffen und Raumstationen vermutlich warm. Er seufzte neidisch.

Ivan kniff in verspätetem Mißtrauen die Augen zusammen. »Warum fragst du, ob ich allein bin?«

»Ich möchte, daß du für mich eine Datei rausholst. Alte Geschichte, keine aktuellen Ereignisse«, beruhigte Miles ihn und rasselte die Code-Nummer herunter.

»Aha.« Ivan fing an, sie einzutippen, dann hielt er inne. »Bist du verrückt? Das ist eine Datei des Sicherheitsdienstes. Das kann ich nicht machen.«

»Natürlich kannst du das machen, du bist doch direkt dran, oder nicht?«

Ivan schüttelte selbstgefällig den Kopf. »Nicht mehr. Das ganze Dateisystem des Sicherheitsdienstes wurde supersicher gemacht. Du kannst aus ihm keine Daten mehr übertragen außer durch ein codiertes Filterkabel, das physikalisch angeschlossen werden muß. Und wofür ich eine Unterschrift leisten müßte. Und dann eine Erklärung abgeben müßte, warum ich es haben will, und dann noch eine Genehmigung vorzulegen hätte. Hast du eine Genehmigung dafür? Ha. Ich dachte mir's doch, daß du keine hast.«

Miles runzelte frustriert die Stirn. »Sicherlich kannst du die Datei auf dem internen System aufrufen.«

»Auf dem internen System, ja. Was ich nicht tun kann, ist das interne System mit einem externen System für eine Datenübertragung zu verbinden. Also hast du kein Glück.«

»Hast du eine Komkonsole für das interne System in eurem Büro?«

»Sicher.«

»Also«, sagte Miles ungeduldig, »dann ruf die Datei auf, dreh dein Pult herum, und laß die beiden Vids miteinander reden. Das kannst du doch machen, nicht wahr?«

Ivan kratzte sich am Kopf. »Würde das funktionieren?«

»Versuch es!« Miles trommelte mit den Fingern, während Ivan das Pult herumdrehte und an der Fokussierung rumfummelte. Das Vidbild war schwächer, aber lesbar. »Ja, so habe ich es mir gedacht. Blättere für mich weiter, ja?«

Faszinierend, äußerst faszinierend. Die Datei enthielt eine Sammlung von geheimen Berichten einer Untersuchung des Sicherheitsdienstes über den mysteriösen Tod eines Gefangenen, für den Metzov zuständig gewesen war, einen komarranischen Rebellen, der seinen Wächter getötet hatte und selber getötet wurde, als er zu fliehen versuchte. Als der Sicherheitsdienst die Leiche des Komarraners für eine Autopsie anforderte, hatte Metzov Asche aus einer Kremation geschickt, zusammen mit einer Entschuldigung: wenn man ihm nur ein paar Stunden früher gesagt hätte, daß die Leiche gewünscht würde usw. Der untersuchende Offizier wies auf Anschuldigungen wegen illegaler Folter hin – vielleicht aus Rache für den Tod des Wächters? –, aber er konnte nicht genügend Beweise zusammenbringen, um die Genehmigung zu erhalten, die barrayaranischen Zeugen, darunter auch einen gewissen Fähnrich Ahn, unter Schnell-Penta zu vernehmen. Der untersuchende Offizier hatte einen formellen Protest eingelegt gegen die Entscheidung seines Vorgesetzten, den Fall abzuschließen, und das war das Ende. Anscheinend. Wenn es noch mehr Informationen zu dieser Geschichte gab, so existierten sie nur in Simon Illyans bemerkenswertem Kopf, einer geheimen Datei, die Miles nicht anzapfen konnte. Und doch war damals Metzovs Karriere abrupt zu einem Halt gekommen.

»Miles«, unterbrach Ivan zum viertenmal, »ich glaube, wir sollten das wirklich nicht tun. Das ist ein Zeug, von dem man hier sagt: Schlitz dir die Kehle auf, bevor du es liest.«

»Wenn wir es nicht tun sollten, dann sollten wir es auch nicht *können.* Du müßtest doch immer noch das Kabel für Direktübertragung dazu haben. Kein wirklicher Spion wäre dumm genug, dort stundenlang im Kaiserlichen Hauptquartier zu sitzen und solches Zeug von Hand durchzublättern und darauf zu warten, daß er erwischt und erschossen wird.«

»Jetzt reicht's.« Ivan brach mit einem Schlag seiner Hand auf die Tastatur die Anzeige der Datei des Sicherheitsdienstes ab. Das Vidbild schwankte heftig, als Ivan sein Pult wieder herumdrehte, dann hörte man ein schrubbendes Geräusch, denn er rieb hektisch mit seinem Stiefel über die Spuren auf dem Teppich. »Ich habe nichts getan, hörst du?«

»Ich habe doch nicht dich gemeint. *Wir* sind doch keine Spione.« Miles sank bedrückt zusammen. »Trotzdem … ich nehme an, irgend jemand sollte Illyan von dem kleinen Loch erzählen, das man in seinen Sicherheitsvorkehrungen übersehen hat.«

»Ich nicht!«

»Warum nicht du? Bring es als eine brillante theoretische Anregung ein. Vielleicht verdienst du dir eine lobende Erwähnung. Sag ihm natürlich nicht, daß wir es tatsächlich gemacht haben. Oder vielleicht haben wir nur deine Theorie getestet, was meinst du?«

»Du«, sagte Ivan streng, »bist Gift für meine Karriere. Verdunkle nie wieder meine Vidscheibe. Ausgenommen zu Hause, natürlich.«

Miles grinste und erlaubte seinem Cousin, sich auszuklinken. Er saß noch eine Weile in dem Büro, beobachtete, wie die bunten Wetterholos flimmerten und sich veränderten, und dachte über den Kommandanten der Basis nach und über die Arten von Unfällen, die trotzigen Gefangenen widerfahren konnten.

Nun gut, das war alles vor sehr langer Zeit gewesen.

In fünf Jahren würde Metzov vielleicht in den Ruhestand treten, mit seinem Status als Mann mit einer Dienstzeit von zweimal zwanzig Jahren und mit einer Pension, und damit in die Bevölkerungsgruppe der unangenehmen älteren Männer überwechseln. Also nicht so sehr ein Problem, das unbedingt gelöst werden mußte, sondern einfach überstanden, ausgestanden, zumindest was Miles anging. Er rief sich ins Gedächtnis, daß sein Endziel auf Basis Lazkowski darin bestand, von Basis Lazkowski zu verschwinden, so still wie ein Rauchwölkchen. Wenn der Zeitpunkt kam, würde er Metzov einfach zurücklassen.

In den nächsten Wochen fand Miles zu einer erträglichen Routine. Zunächst einmal kamen die Rekruten an. Insgesamt fünftausend Mann. Auf ihren Schultern erhielt Miles fast den Status eines Menschen. Basis Lazkowski erlebte den ersten echten Schnee der Saison, als die Tage kürzer wurden, und ein sanftes Wahwah, das fast einen halben Tag dauerte. Miles gelang es, beides genau vorherzusagen.

Noch mehr Glück hatte Miles, daß er vom Rang des berühmtesten Idioten der Insel (ein unerwünschter Ruhm, den er sich mit dem Versenken des Scatcats erworben hatte) verdrängt wurde durch eine Gruppe von Rekruten, denen es in einer Nacht gelang, ihre Kaserne in Flammen aufgehen zu lassen, während sie Furzlichter anzündeten. Beim Brandsicherheitstreffen der Offiziere am nächsten Tag gab Miles die strategische Anregung, sie sollten das Problem durch einen logistischen Angriff auf die Brennstoffvorräte des Feindes lösen, d. h. den Eintopf aus roten Bohnen vom Speiseplan streichen. Das wurde jedoch mit einem einzigen eisig zornigen Blick von General Metzov verworfen. Allerdings hielt später ein ernster Hauptmann von der Artillerie Miles in der Vorhalle an und dankte ihm für seinen Vorstoß.

Soviel also zum Glanz der Kaiserlichen Streitkräfte.

Miles gewöhnte sich an, viele Stunden allein im Wetterbüro zu verbringen, er studierte dabei die Chaostheorie, seine Computeranzeigen und die Wände. Drei Monate hatte er schon geschafft, drei Monate mußte er noch hinter sich bringen. Es wurde immer dunkler.

KAPITEL 5

Miles war aus dem Bett und schon halb angezogen, bevor es seinem vom Schlaf noch benommenen Gehirn klar wurde, daß das elektrisierende Gehupe nicht die Wahwah-Warnung war. Er hielt inne, mit einem Stiefel in der Hand. Kein Feuer und kein feindlicher Angriff. Also fiel es nicht in seine Zuständigkeit, was immer es auch war. Das rhythmische Tuten hörte auf. Das Sprichwort hatte recht: Schweigen war Gold.

Er warf einen prüfenden Blick auf die leuchtende Digitaluhr. Sie behauptete, es sei mitten am Abend. Er hatte nur ungefähr zwei Stunden geschlafen; nach einer langen Fahrt durch einen Schneesturm in den Norden der Insel zur Reparatur von Windschäden an der Wetterstation Elf war er erschöpft ins Bett gefallen. Der Kommunikator an seinem Bett blinkte nicht mit dem roten Ruflicht, das Miles sonst über irgendwelche überraschenden Aufgaben informierte, die er zu erfüllen hatte. Er konnte wieder ins Bett gehen.

Schweigen war *verwirrend.*

Er zog den zweiten Stiefel an und streckte seinen Kopf zur Tür hinaus. Ein paar andere Offiziere hatten das gleiche getan und stellten jetzt untereinander Mutmaßungen über den Anlaß des Alarms an. Leutnant Bonn kam aus seiner Unterkunft heraus, schritt den Korridor hinab und zog dabei seinen Parka über. Seine Miene verriet Anspannung, halb Besorgnis, halb Verdruß.

Miles griff nach seinem Parka und eilte hinter ihm her. »Brauchen Sie Hilfe, Leutnant?«

Bonn blickte auf ihn herab und verzog die Lippen. »Vielleicht«, gab er zu.

Miles schloß sich ihm an. Insgeheim freute er sich

über Bonns implizite Feststellung, daß er tatsächlich von Nutzen sein könnte. »Um was geht es denn?«

»Eine Art Unfall in einem Bunker mit toxischem Material. Wenn es der Bunker ist, an den ich denke, dann könnten wir ein echtes Problem bekommen.«

Sie gingen durch die doppelten Türen der wärmegedämmten Vorhalle der Offiziersunterkünfte direkt in die schneidend kalte Nacht hinaus. Feiner Schnee knirschte unter Miles' Stiefeln und wurde von einem schwachen Westwind über den Boden gefegt. Über ihnen behaupteten sich die hellsten Sterne gegen die Lichter der Basis. Die beiden Männer glitten in Bonns Scatcat. Ihr Atem dampfte vor ihnen, bis die Verdeckheizung in Betrieb war. Bonn fuhr mit hoher Geschwindigkeit von der Basis aus in westliche Richtung.

Ein paar Kilometer hinter den letzten Übungsplätzen duckte sich eine Reihe von torfbedeckten Hügeln in den Schnee. Einige Fahrzeuge standen am Ende eines Bunkers – ein paar Scatcats, darunter auch das des Brandoffiziers der Basis, und Sanitätstransporter. Handlichter bewegten sich zwischen ihnen hin und her. Bonn kurvte hinein, hielt an und öffnete die Tür. Miles folgte ihm mit knirschenden Schritten über das feste Eis.

Der Sanitätsoffizier dirigierte zwei Sanitäter, die eine in Metallfolie gewickelte Gestalt und einen weiteren, mit einem Overall bekleideten zitternden und hustenden Soldaten in den Sanitätstransporter luden. »Jeder von euch wirft alles, was er anhat, in den Vernichtungscontainer, sobald ihr durch die Tür seid«, rief er hinter ihnen her. »Laken, Bettzeug, Schienen, alles. Volle Dekontaminierungsduschen für alle, bevor ihr überhaupt anfangt, euch wegen seines gebrochenen Beins Gedanken zu machen. Der Schmerzstiller wird ihn durchhalten lassen, und wenn nicht, dann ignoriert ihn und macht weiter mit dem Schrubben. Ich komme gleich nach.« Der Arzt schüttelte sich, stieß einen Pfiff des Entsetzens aus und wandte sich ab.

Bonn ging auf die Bunkertür zu. »Nicht öffnen!« riefen der Arzt und der Brandoffizier gleichzeitig. »Da ist niemand mehr drin«, fügte der Arzt hinzu. »Alle schon evakuiert.«

»Was ist passiert?« Bonn scheuerte mit seiner behandschuhten Hand an dem vereisten Fenster in der Tür und versuchte hineinzuschauen.

»Ein paar Burschen haben Vorräte umgelagert, um Platz zu machen für ein neue Sendung, die morgen ankommt«, unterrichtete ihn knapp der Brandoffizier, ein Leutnant namens Yaski. »Sie haben ihren Lader umgekippt, ein Mann wurde darunter mit gebrochenem Bein eingeklemmt.«

»Um das fertigzubringen, muß man schon ... erfinderisch sein«, sagte Bonn, der sich offensichtlich die Mechanik des Laders bildlich vorstellte.

»Sie haben bestimmt Unfug getrieben«, sagte der Arzt ungeduldig. »Aber das ist noch nicht das Schlimmste. Sie haben auch einige Fässer mit Fetain dabeigehabt. Und mindestens zwei davon sind aufgeplatzt. Das Zeug ist jetzt da drinnen überall verstreut. Wir haben den Bunker so gut verschlossen, wie wir konnten. Das Aufräumen«, der Arzt atmete hörbar aus, »ist Ihr Problem. Ich gehe jetzt.« Er sah aus, als wollte er ebenso aus seiner eigenen Haut kriechen wie aus den Kleidern. Er winkte und lief zu seinem Scatcat, um seinen Sanitätern und deren Patienten durch die medizinische Dekontaminierung zu folgen.

»Fetain!« rief Miles überrascht aus. Bonn hatte sich hastig von der Tür zurückgezogen. Fetain war ein mutagenes Gift, das als Abschreckungswaffe erfunden, aber – soweit Miles wußte – noch nie im Kampf verwendet worden war. »Ich dachte, das Zeug wäre veraltet. Nicht mehr aktuell.« In seinem Akademiekurs über chemische und biologische Waffen war es kaum noch erwähnt worden.

»Es ist veraltet«, sagte Bonn grimmig. »Man hat seit zwanzig Jahren nichts mehr davon produziert. Soweit ich weiß, ist dies der letzte Vorrat auf Barrayar. Verdammt, diese Vorratsfässer dürften nicht einmal dann aufplatzen, wenn man sie aus einem Shuttle schmeißt.«

»Diese Vorratsfässer sind also dann mindestens zwanzig Jahre alt«, betonte der Brandoffizier. »War es Korrosion?«

»Falls ja«, Bonn reckte den Hals, »was ist dann mit den übrigen?«

»Genau.« Yaski nickte

»Wird Fetain nicht durch Hitze zerstört?« fragte Miles nervös und vergewisserte sich, daß sie bei dieser Erörterung auf der Windseite des Bunkers standen. »Chemisch aufgespalten in harmlose Komponenten, wie ich gehört habe.«

»Nun ja, nicht gerade harmlos«, sagte Leutnant Yaski. »Aber zumindest dröseln sie nicht die ganze DNS in Ihren Eiern auf.«

»Sind da drinnen irgendwelche Explosivstoffe gelagert, Leutnant Bonn?« fragte Miles.

»Nein, nur das Fetain.«

»Wenn man ein paar Plasmaminen durch die Tür hineinwirft, würde sich dann das ganze Fetain chemisch auflösen, bevor das Dach zusammenschmilzt?«

»Es ist nicht zu wünschen, daß das Dach zusammenschmilzt. Oder der Boden. Wenn dieses Zeug je im Permafrost freigesetzt würde... Aber wenn man die Minen auf langsame Hitzefreigabe einstellt und mit ihnen ein paar Kilo neutrales Plas-Dichtungsmaterial reinwirft, dann würde sich der Bunker vielleicht von selbst abdichten.« Bonns Lippen bewegten sich in stummen Berechnungen. »Klar, das würde funktionieren. Tatsächlich könnte das die sicherste Methode sein, um mit diesem Scheißzeug fertigzuwerden. Besonders wenn der Rest der Fässer auch schon seine Festigkeit verliert.«

»Das hängt davon ab, aus welcher Richtung der Wind kommt«, warf Leutnant Yaski ein und blickte zuerst auf die Basis zurück und dann auf Miles.

»Wir erwarten einen leichten Ostwind mit sinkenden Temperaturen bis etwa 7 Uhr morgen früh«, antwortete Miles auf Yaskis Blick. »Dann wird der Wind auf Nord umschlagen und heftiger werden. Mögliche Wahwah-Bedingungen treten morgen abend gegen 18 Uhr ein.«

»Wenn wir es auf diese Weise erledigen, dann sollten wir's also besser noch heute abend tun«, sagte Yaski.

»In Ordnung«, entschied Bonn. »Ich alarmiere meine Mannschaft, Sie die Ihre. Ich hole mir die Pläne für den Bunker, berechne die Freisetzungsrate der Ladungen und treffe Sie und den Waffenoffizier in einer Stunde im Verwaltungsgebäude.«

Bonn postierte den Sergeanten des Brandoffiziers als Wache; er sollte alle vom Bunker fernhalten. Ein Dienst, um den er nicht zu beneiden war, der aber unter den gegenwärtigen Umständen nicht unerträglich war, denn der Wächter konnte sich in sein Scatcat zurückziehen, wenn die Temperatur gegen Mitternacht fiel. Miles fuhr mit Bonn zum Verwaltungsgebäude zurück, um seine Versprechungen über die Windrichtung noch einmal im Wetterbüro zu überprüfen.

Miles schickte die neuesten Daten noch einmal durch die Wettercomputer, damit er Bonn die aktuellsten und besten Vorhersagen über die Windvektoren am nächsten 26.7-stündigen barrayaranischen Tag präsentieren konnte. Aber bevor er noch die Druckausgabe in der Hand hatte, sah er durch das Fenster, wie drunten

Bonn und Yaski aus dem Verwaltungsgebäude in die Dunkelheit forteilten. Vielleicht trafen sie sich mit dem Waffenoffizier woanders? Miles erwog, hinter ihnen herzurennen, aber die neue Vorhersage unterschied sich nicht signifikant von der älteren. War es wirklich notwendig, daß er zuschaute, wie sie den Giftmüll abbrannten? Es konnte interessant sein – lehrreich –, aber andererseits hatte er dort jetzt keine wirkliche Funktion. Da er das einzige Kind seiner Eltern war – der Vater, vielleicht, eines zukünftigen Grafen Vorkosigan –, konnte man durchaus in Frage stellen, ob er überhaupt das Recht hatte, sich selbst einer so schlimmen mutagenen Gefährdung aus purer Neugierde auszusetzen. Es schien sowieso keine unmittelbare Gefahr für die Basis zu bestehen, solange der Wind sich nicht drehte. Oder maskierte sich hier Feigheit als Logik? Klugheit war eine Tugend, hatte man ihm einmal gesagt.

Da er jetzt durch und durch wach war und zu aufgekratzt, um überhaupt wieder an Schlaf zu denken, stöberte er im Wetterbüro herum und erledigte all die Routinearbeiten, die er am Morgen zugunsten seiner Reparaturfahrt zurückgestellt hatte. Eine Stunde ständiger Plackerei brachte alles zu Ende, was selbst entfernt nach Arbeit ausgesehen hatte. Als er sich dabei ertappte, wie er zwanghaft Geräte und Regale abstaubte, entschied er, daß es Zeit war, wieder ins Bett zurückzukehren, egal, ob er schlafen konnte oder nicht. Aber ein schwankendes Licht, das er durch das Fenster sah, zog seinen Blick auf sich, ein Scatcat, das draußen anhielt.

Aha, Bonn und Yaski wieder zurück. Schon? Dann war das aber schnell gegangen, oder hatten sie noch gar nicht begonnen? Miles riß die Plastikfolie mit den neuen Winddaten ab und eilte die Treppe hinab in das Pionierbüro der Basis am Ende des Korridors.

Bonns Büro war dunkel. Aber aus dem Büro des

Kommandanten der Basis fiel Licht in den Korridor. Mit der Folie in der Hand trat Miles näher.

Die Tür zum inneren Büro stand offen. Metzov saß an seiner Schreibtischkonsole, mit einer geballten Faust auf der flimmernden farbigen Oberfläche. Bonn und Yaski standen nervös vor ihm. Miles raschelte vorsichtig mit der Folie, um seine Anwesenheit anzuzeigen.

Yaski wandte den Kopf, und sein Blick fiel auf Miles. »Schicken Sie Vorkosigan, er ist doch schon ein Mutant, oder?«

Miles salutierte in eine unbestimmte Richtung und sagte sofort: »Verzeihen Sie, Sir, aber nein, ich bin kein Mutant. Meine letzte Begegnung mit militärischem Gift bewirkte einen teratogenen Schaden, aber keinen genetischen. Meine zukünftigen Kinder dürften so gesund sein wie die von jedermann. Ach, übrigens, wohin mich schicken, Sir?«

Metzov blinkte finster auf Miles, ging aber auf Yaskis beunruhigende Anregung nicht ein. Miles übergab wortlos die Folie an Bonn, der einen Blick darauf warf, das Gesicht verzog und die Folie dann achtlos in seine Hosentasche steckte.

»Natürlich hatte ich beabsichtigt, daß sie Schutzkleidung tragen«, fuhr Metzov gereizt zu Bonn fort, »ich bin ja nicht verrückt.«

»Das habe ich verstanden, Sir. Aber die Männer weigern sich auch, den Bunker mit Kontaminationsausrüstung zu betreten«, berichtete Bonn mit ausdrucksloser, gleichmäßiger Stimme. »Ich kann ihnen da keinen Vorwurf machen. Nach meiner Einschätzung sind die Standardvorkehrungen bei Fetain unzureichend. Das Zeug hat einen unglaublich hohen Penetrationswert, wegen seines Molekulargewichts. Geht praktisch durch alles durch, was permeabel ist.«

»Sie können ihnen keinen *Vorwurf* machen?« wiederholte Metzov erstaunt. »Leutnant, Sie haben einen Befehl gegeben. Oder zumindest sollten Sie das getan haben.«

»Ich habe es getan, Sir, aber ...«

»Aber ...? Sie lassen sie Ihre eigene Unentschlossenheit spüren. Ihre Schwäche. Verdammt, wenn Sie einen Befehl geben, dann müssen Sie ihn geben, und nicht drumherum schleichen!«

»Warum müssen wir überhaupt dieses Zeug retten?« sagte Yaski mürrisch.

»Das haben wir doch schon abgehakt. Wir haben die Verantwortung«, knurrte Metzov ihn an. »Unsere Befehle. Sie können nicht von einem Mann Gehorsam verlangen, den Sie selbst nicht leisten.«

Wie, etwa blind? »Sicher hat die Forschung noch das Rezept«, warf Miles ein, der den Eindruck hatte, daß er endlich die alarmierende Tendenz dieses Streits erfaßte. »Die können doch sicherlich noch mehr davon zusammenmischen, falls sie es wirklich wollen. Frisch.«

»Halten Sie den Mund, Vorkosigan«, brummte Bonn verzweifelt aus dem Mundwinkel, während General Metzov ihn anfuhr: »Wenn heute abend noch ein weiteres Beispiel Ihres Humors über Ihre Lippen kommt, Fähnrich, dann werde ich Sie vor das Truppengericht bringen.«

Miles Lippen schlossen sich über seinen Zähnen zu einem verkniffenen, starren Lächeln. Unterordnung. Die *Prinz Serg,* erinnerte er sich selbst. Metzov sollte das verdammte Zeug saufen, wenn es nach Miles ginge. Das würde ihn nicht jucken.

»Haben Sie noch nie von der schönen alten Schlachtfeldsitte gehört, einen Mann zu erschießen, der Ihrem Befehl nicht gehorcht, Leutnant?« redete Metzov weiter auf Bonn ein.

»Ich ... glaube, ich kann das nicht androhen, Sir«, sagte Bonn verbissen.

Und außerdem, dachte Miles, *sind wir auf keinem Schlachtfeld. Oder?*

»Techniker!« sagte Metzov voller Abscheu. »Ich habe nichts von Androhen gesagt. Ich sagte: schießen. Statuieren Sie ein Exempel, und die übrigen werden parieren.«

Miles kam zu dem Schluß, daß er Metzovs Art von Humor auch nicht mochte. Oder meinte der General das buchstäblich?

»Sir, Fetain ist ein starkes Mutagen«, sagte Bonn hartnäckig. »Ich bin mir überhaupt nicht sicher, daß die übrigen parieren würden, egal, womit wir drohen. Es ist ein ziemlich unvernünftiges Thema. Ich bin ... selbst etwas unvernünftig in dieser Hinsicht.«

»Das sehe ich.« Metzov blickte in kalter Wut auf Bonn, dann auf Yaski, der schluckte und sich noch gerader hinstellte, so daß sein Rückgrat kein Entgegenkommen andeutete. Miles versuchte, unsichtbar zu sein.

»Wenn ihr weiter vorgeben wollt, Offiziere der Streitkräfte zu sein, dann braucht ihr Techniker eine Lektion, wie ihr eure Männer zum Gehorchen bringt«, entschied Metzov. »Sie beide gehen jetzt und versammeln in zwanzig Minuten Ihre Mannschaft vor dem Verwaltungsgebäude. Wir werden dann einen kleinen altmodischen Strafappell abhalten.«

»Sie denken doch nicht – ernsthaft daran, irgend jemanden zu erschießen, oder?« fragte Leutnant Yaski alarmiert.

Metzov lächelte säuerlich. »Ich zweifle, daß ich das tun muß.« Er blickte Miles an. »Welche Temperatur haben wir im Augenblick draußen, Wetteroffizier?«

»Fünf Grad minus, Sir«, antwortete Miles, der jetzt darauf achtete, nur zu sprechen, wenn er zuvor angesprochen wurde.

»Und der Wind?«

»Ostwind mit neun Kilometern pro Stunde, Sir.«

»Sehr gut.« In Metzovs Augen erschien ein wölfisches Glühen. »Sie können wegtreten, *meine Herren.* Schauen wir mal, ob Sie Ihre Befehle diesmal ausführen können.«

General Metzov stand mit schweren Handschuhen und in seinen Parka eingepackt neben der leeren Fahnenstange vor dem Verwaltungsgebäude und blickte die halbbeleuchtete Straße hinab. Wonach hielt er Ausschau? fragte sich Miles. Es ging jetzt auf Mitternacht zu. Yaski und Bonn ließen ihre Technikermannschaften in Appellaufstellung antreten, etwa fünfzehn Mann in Wärmeoveralls und Parkas.

Miles zitterte, und daran war nicht nur die Kälte schuld. Metzovs runzeliges Gesicht sah ärgerlich aus. Und müde. Und alt. Und unheimlich. Er erinnerte Miles ein bißchen an seinen Großvater an einem schlechten Tag. Doch Metzov war tatsächlich jünger als Miles' Vater: Miles war geboren worden, als sein Vater in mittlerem Alter war; hier gab es eine Verschiebung der Generationen. Sein Großvater, der alte General Graf Piotr selbst, hatte manchmal wie ein Flüchtling aus einem anderen Jahrhundert gewirkt. Nun, die wirklich altmodischen Strafappelle hatten auch bleigefüllte Gummischläuche erfordert. Wie weit zurück in der barrayaranischen Geschichte war Metzovs Denkweise verwurzelt?

Metzov lächelte, ein Lächeln, das sich wie ein äußerer Glanz über seine Wut legte, und drehte den Kopf, als sich auf der Straße etwas bewegte. In einer schrecklich freundlichen Stimme vertraute er sich Miles an: »Wissen Sie, Fähnrich, hinter der sorgfältig kultivierten Rivalität zwischen den verschiedenen Teilstreitkräften damals auf der guten alten Erde gab es ein Geheimnis. Wenn eine Meuterei stattfand, dann konnte man immer die Armee überreden, auf die Marine zu schießen und umgekehrt, wenn sie sich nicht länger selber disziplinieren konnten. Ein verborgener

Nachteil bei kombinierten Streitkräften wie den unseren.«

»Meuterei!« sagte Miles, zu verblüfft, als daß er sich an seinen Vorsatz hätte halten können, nur dann zu sprechen, wenn er zum Sprechen aufgefordert wurde. »Ich dachte, hier geht es um Gefährdung durch Gift.«

»Darum *ging* es. Unglücklicherweise hat Bonn die Sache falsch angepackt, und deshalb ist es jetzt eine Frage des Prinzips.« Die Muskeln spannten sich um Metzovs Kinn. »Das mußte ja einmal passieren, in den Neuen Streitkräften. Den Schlappen Streitkräften.«

Das war typisches Gerede der Alten Streitkräfte, alte Männer, die sich einander Scheiß erzählten darüber, wie hart sie in den alten Zeiten gewesen waren. »Prinzip, Sir, welches Prinzip? Es geht um *Abfallbeseitigung*«, würgte Miles hervor.

»Es geht um eine massenhafte Weigerung, einen Befehl zu befolgen, Fähnrich. Meuterei, nach der Definition eines jeden Kasernenjuristen. Glücklicherweise kann so etwas leicht erschüttert werden, wenn man schnell Maßnahmen ergreift, solange es noch klein und konfus ist.«

Die Bewegung auf der Straße stellte sich heraus als ein Zug von Rekruten in winterweißen Tarnanzügen, der unter Leitung eines Sergeanten der Basis heranmarschierte. Miles erkannte den Sergeanten als jemanden aus Metzovs persönlichem Machtgeflecht, einen alten Veteranen, der schon damals in der Zeit der Revolte von Komarr unter Metzov gedient hatte und der seinem Herrn und Meister dann gefolgt war.

Die Rekruten, sah Miles, waren ausgerüstet mit tödlichen Nervendisruptoren, also mit ausschließlich gegen Personen gerichteten Handwaffen. Trotz all der Zeit, die sie damit verbrachten, über solche Waffen zu lernen, war die Gelegenheit, voll geladene tödliche Waffen in die Hand zu bekommen, selbst für Fortgeschrittene selten, und Miles spürte von seinem Standort aus, wie nervös und aufgeregt sie waren.

Der Sergeant ließ die Rekruten in einer Kreuzfeueraufstellung rings um die still stehenden Techniker antreten und bellte einen Befehl. Sie präsentierten ihre Waffen und zielten mit ihnen; die glockenförmigen Mündungen schimmerten in dem Licht, das da und dort aus dem Verwaltungsgebäude drang. Ein Zucken ging durch Bonns Leute. Bonns Gesicht war gespenstisch weiß, seine Augen funkelten wie schwarzer Bernstein.

»Ausziehen«, befahl Metzov mit zusammengebissenen Zähnen. Zweifel, Verwirrung: nur einer oder zwei der Techniker begriffen, was verlangt wurde, und begannen sich zu entkleiden. Die anderen blickten unsicher um sich und folgten erst verspätet.

»Wenn ihr wieder bereit seid, euren Befehlen zu gehorchen«, fuhr Metzov fort, in einem Kasernenhofton, der jeden Mann erreichte, »dann könnt ihr euch anziehen und an die Arbeit gehen. Es liegt bei euch.« Er trat zurück, nickte seinem Sergeanten zu und nahm Rührteuch-Haltung ein. »Das wird sie abkühlen«, murmelte er zu sich selbst, kaum laut genug, daß Miles es verstehen konnte. Metzov blickte drein, als erwartete er durchaus, nach längstens fünf Minuten nicht mehr draußen zu sein; in Gedanken schien er schon in seiner warmen Unterkunft ein heißes Getränk zu sich zu nehmen.

Olney und Pattas waren unter den Technikern, stellte Miles fest, zusammen mit den meisten von der griechisch sprechenden Gruppe, die damals über Miles gespottet hatte. Andere hatte Miles schon mal auf der Basis gesehen, mit einigen hatte er gesprochen, als er seine privaten Nachforschungen über den Ertrunkenen anstellte, etliche kannte er kaum. Fünfzehn nackte Männer begannen heftig zu zittern, während der trockene Schnee um ihre Knöchel knisterte. Fünfzehn bestürzte Gesichter begannen erschreckt dreinzusehen. Blicke huschten zu den Nervendisruptoren, die auf sie gerichtet waren. *Gebt auf,* drängte Miles sie im stillen, *es ist es nicht wert.* Aber mehr als ein Augenpaar blickte flackernd auf ihn und dann wurde entschlossen zugekniffen.

Miles verfluchte im stillen den unbekannten intelligenten Wissenschaftler, der Fetain als Schreckenswaffe erfunden hatte, nicht wegen seiner Chemie, sondern wegen seines Einblicks in die barrayaranische Psyche. Fetain konnte sicherlich nie benutzt worden sein, konnte nie benutzt werden. Jede Gruppierung, die das versuchen würde, müßte sich gegen sich selbst erheben und sich in moralischen Erschütterungen zerfleischen.

Yaski, der abseits von seinen Männern stand, blickte völlig entsetzt drein. Bonn, dessen Gesichtsausdruck schwarz und hart wie Obsidian war, begann seine Handschuhe und seinen Parka abzulegen.

Nein, nein, nein! schrie Miles stumm in seinem Kopf. *Wenn Sie sich ihnen anschließen, dann werden sie nie nachgeben. Sie werden wissen, daß sie im Recht sind.* Ein schlimmer Fehler, schlimm … Bonn ließ den Rest seiner Kleider auf einen Haufen fallen, trat vor, gliederte sich in die Reihe ein, drehte sich um und blickte Metzov unverwandt an. Metzov kniff seine Augen in neuer Wut zusammen. »Also«, zischte er, »Sie verurteilen sich selbst. Dann erfrieren Sie doch!«

Wie hatte es sich so schnell so schlimm entwickelt? Jetzt wäre ein guter Zeitpunkt, sich an eine Aufgabe im Wetterbüro zu erinnern und, zum Teufel noch mal, hier abzuhauen. Wenn doch nur diese zitternden Mistkerle nachgäben, dann käme Miles durch diese Nacht ohne einen besonderen Eintrag in seine Dienstakte. Er hatte hier keine Verpflichtung, keine Funktion …

Metzovs Blick fiel auf Miles. »Vorkosigan, Sie können entweder eine Waffe aufnehmen und sich hier nützlich machen oder sich als entlassen betrachten.«

Er konnte weggehen. Konnte er weggehen? Als er sich nicht bewegte, kam der Sergeant herüber und drückte Miles einen Nervendisruptor in die Hand. Miles nahm ihn auf, während er noch versuchte, mit einem Gehirn zu denken, das sich plötzlich in Hafergrütze verwandelt hatte. Er behielt noch soviel Vernunft, sich zu vergewissern, daß die Waffe gesichert war, bevor er mit dem Disruptor vage in die Richtung der frierenden Männer deutete.

Daraus wird keine Meuterei. Daraus wird ein Massaker.

Einer der bewaffneten Rekruten kicherte nervös. Was hatte man ihnen darüber gesagt, was sie hier tun sollten? Was glaubten sie, was sie hier taten? Achtzehn-, Neunzehnjährige – konnten sie überhaupt einen verbrecherischen Befehl erkennen? Oder wissen, was zu tun war, wenn sie ihn erkannten?

Konnte Miles es?

Die Situation war unklar, das war das Problem. Sie paßte in kein Schema. Miles wußte über verbrecherische Befehle Bescheid, jeder Mann von der Akademie wußte Bescheid. Sein Vater kam persönlich und hielt um die Jahresmitte für die höheren Jahrgänge ein Eintagesseminar über dieses Thema. Dieses Seminar hatte er zu einer Pflichtveranstaltung für die Graduierung gemacht, durch kaiserlichen Erlaß, als er Regent war. Was genau einen verbrecherischen Befehl ausmachte, wann und wie ihm der Gehorsam zu verweigern sei. Mit Vidaufnahmen von verschiedenen historischen Testfällen und schlimmen Beispielen, wozu auch das politisch katastrophale Solstice-Massaker gehörte, das unter dem eigenen Kommando des Admirals stattgefunden hatte. Unweigerlich mußten immer ein paar Kadetten bei diesem Teil den Raum verlassen, weil ihnen schlecht wurde.

Die anderen Instruktoren haßten Vorkosigans Tag. Ihre Klassen waren danach für Wochen aufgewühlt. Das war einer der Gründe, weshalb Admiral Vorkosigan mit seinem Seminar nicht bis zu einem späteren Zeitpunkt im Jahr wartete; er mußte fast immer ein paar Wochen später noch einmal wiederkommen, um einen verstörten Kadetten davon abzubringen, fast am Ende seiner Ausbildung die Akademie zu verlassen. Nur die Akademiekadetten bekamen diese Vorlesung live, soweit Miles wußte, doch sein Vater sprach davon, sie auf Holovid aufnehmen zu lassen und zu einem Teil der Grundausbildung in den ganzen Streitkräften zu machen. Teile des Seminars waren selbst für Miles eine Offenbarung gewesen.

Aber das hier… Wenn die Techniker Zivilisten wären, dann hätte Metzov eindeutig unrecht. Wenn es sich in Kriegszeiten ereignet hätte, während sie von irgendeinem Feind heimgesucht würden, dann könnte sich Metzov im Rahmen seiner Rechte, vielleicht sogar seiner Pflicht, bewegen. Diese Situation hier war irgendwo dazwischen. Soldaten, die den Gehorsam verweigerten, allerdings passiv. Kein Feind in Sicht. Nicht einmal eine physikalische Bedingung, die zwangsläufig auf der Basis Menschenleben bedrohte (außer ihrem eigenen), doch wenn der Wind sich drehte, konnte sich das ändern. *Ich bin dafür nicht bereit, noch nicht, nicht schon so bald.* Was war richtig.

Meine Karriere… Klaustrophobische Panik kam in Miles auf, wie in einem Mann, dessen Kopf in einem Abwasserrohr festklemmte. Der Nervendisruptor schwankte ganz leicht in seiner Hand. Über den Parabolreflektor konnte er sehen, wie Bonn stumm dastand, zu erstarrt jetzt, um noch weiter zu argumentieren. Die Ohren der nackten Männer wurden allmählich weiß, wie die Finger und die Zehen. Einer sank zu einem bebenden Haufen zusammen, zeigte aber kein Zeichen der Kapitulation. Gab es in Metzovs Starrsinn noch einen Anflug von Zweifel, der ihn umstimmen konnte?

Einen irrsinnigen Augenblick lang stellte sich Miles

vor, wie er mit dem Daumen die Sicherung ausschaltete und Metzov erschoß. Und was dann – die Rekruten erschießen? Er konnte sie doch unmöglich alle erwischen, bevor sie ihn erledigten.

Ich bin hier wahrscheinlich der einzige Soldat unter dreißig, der schon einmal einen Feind getötet hat, innerhalb eines Kampfes oder außerhalb. Die Rekruten könnten vielleicht aus Unwissenheit feuern, oder aus bloßer Neugier. Sie wußten nicht genug, um nicht zu schießen. *Was wir in der nächsten halben Stunde tun, wird sich in unseren Köpfen immer wieder abspielen, solange wir leben.*

Er konnte versuchen, nichts zu tun. Nur Befehle zu befolgen. Wie viele Schwierigkeiten konnte er bekommen, wenn er nur Befehle befolgte? Jeder Kommandant, den er bisher gehabt hatte, stimmte darin überein, daß er Befehle besser befolgen mußte. *Meinst du etwa, du könntest dich dann an deinem Schiffsdienst erfreuen, Fähnrich Vorkosigan, du und dein Haufen erfrorener Gespenster? Wenigstens wirst du dann nie mehr einsam sein ...*

Miles stahl sich, noch immer den Nervendisruptor hochhaltend, nach hinten davon, aus der Sichtlinie der Rekruten, aus Metzovs Augenwinkel. Tränen ließen seinen Blick verschwimmen. Wegen der Kälte, zweifellos.

Er setzte sich auf den Boden. Zog seine Handschuhe und Stiefel aus. Ließ seinen Parka fallen, und dann seine Hemden. Hosen und Wärmeunterwäsche kamen oben auf den Haufen, und der Nervendisruptor wurde sorgfältig darauf gebettet. Er trat vor. Seine Beinschienen fühlten sich an den Waden wie Eiszapfen an.

Ich hasse passiven Widerstand. Ich hasse ihn wirklich, wirklich.

»Was, zum Teufel, glauben Sie da zu tun, Fähnrich?« fauchte Metzov, als Miles an ihm vorbeihumpelte.

»Dem hier ein Ende machen, Sir«, antwortete Miles

standhaft. Selbst jetzt schreckten einige der zitternden Techniker vor ihm zurück, als könnten seine Mißbildungen sie anstecken. Pattas allerdings zuckte nicht zurück. Und auch Bonn nicht.

»Bonn hat schon diesen Bluff versucht. Jetzt bereut er es. Das funktioniert bei Ihnen auch nicht, Vorkosigan.« Metzovs Stimme bebte ebenfalls, allerdings nicht wegen der Kälte.

Sie hätten ›Fähnrich‹ sagen sollen. Was bedeutet schon ein Name? Miles sah, wie diesmal eine Welle von Bestürzung durch die Rekruten lief. Nein, bei Bonn hatte das nicht funktioniert. Miles war hier vielleicht der einzige, bei dem diese Art von individueller Intervention funktionieren könnte. Das hing davon ab, wie weit Metzov der Irre jetzt schon ausgerastet war.

Miles richtete jetzt seine Worte sowohl an Metzov wie auch an die Rekruten: »Es ist – gerade noch – möglich, daß die Sicherheitsabteilung der Streitkräfte den Tod von Leutnant Bonn und seinen Männern nicht untersuchen würde, wenn Sie den Bericht frisierten und behaupteten, es sei ein Unfall gewesen. Ich garantiere Ihnen, daß der Kaiserliche Sicherheitsdienst meinen Tod untersuchen wird.«

Metzov grinste seltsam. »Nehmen wir mal an, es überleben keine Zeugen, die sich beschweren können?«

Metzovs Sergeant blickte so unnachgiebig drein wie sein Herr und Meister. Miles dachte an Ahn, den besoffenen Ahn, den schweigsamen Ahn. Was hatte Ahn gesehen, vor langer Zeit, als auf Komarr verrückte Dinge geschahen? Was für eine Art überlebender Zeuge war er gewesen? Vielleicht ein schuldiger? »T-t-tut mir leid, Sir, aber ich sehe mindestens zehn Zeugen, hinter diesen Nervendisruptoren.« Silberne Parabolmündungen – sie wirkten aus diesem neuen Blickwinkel riesig, wie Servierteller. Der Wechsel des Gesichtspunktes sorgte auf erstaunliche

Weise für Klarheit. Jetzt gab es keine Unklarheiten mehr.

Miles fuhr fort: »Oder haben Sie vor, Ihr Exekutionskommando zu exekutieren und dann sich selber zu erschießen? Der Kaiserliche Sicherheitsdienst wird jeden in Sichtweite unter Schnell-Penta verhören. Sie können mich nicht zum Schweigen bringen. Ob lebendig oder tot, ob durch meinen Mund oder Ihren – oder den der Rekruten dort –, ich werde Zeuge sein.« Zittern überfiel Miles Körper. Erstaunlich, die Wirkung von so einem bißchen Ostwind bei dieser Temperatur. Er bemühte sich, das Zittern aus seiner Stimme herauszuhalten, damit Kälte nicht als Furcht mißverstanden werden konnte.

»Geringer Trost, wenn Sie … hm … sich selbst erlauben zu erfrieren, würde ich sagen, Fähnrich.« Metzovs beißender Sarkasmus zerrte an Miles' Nerven. Der Mann dachte immer noch, er würde gewinnen. Irrsinnig.

Miles' nackte Füße fühlten sich jetzt seltsam warm an. An seinen Augenwimpern hing Eis. Er holte die andern schnell ein beim Erfrieren, ohne Zweifel aufgrund seiner geringeren Körpermasse. Auf seinem Körper zeigten sich purpurrote und blaue Flecken.

Die schneebedeckte Basis war so still. Er konnte fast hören, wie die einzelnen Schneekristalle über die Eisfläche glitten. Er konnte hören, wie die Knochen jedes einzelnen Mannes um ihn herum vibrierten, konnte das dumpfe, furchtsame Atmen der Rekruten heraushören. Die Zeit dehnte sich endlos.

Er konnte Metzov drohen, seine Selbstgefälligkeit mit dunklen Hinweisen auf Komarr zerbrechen, *die Wahrheit wird herauskommen* … Er konnte an den Rang und die Position seines Vaters appellieren. Er konnte … verdammt, Metzov mußte erkennen, daß er das Spiel zu weit getrieben hatte, egal wie verrückt er war. Sein Bluff mit dem Strafappell hatte nicht funktioniert, und jetzt hing er damit fest, verteidigte steinern seine Autorität bis zum Tod. *Er kann auf eine komische Art gefährlich sein, wenn Sie ihn wirklich bedrohen ...* Es war schwer, durch den Sadismus hindurch die zugrundeliegende Angst zu sehen. Aber sie mußte da sein, unten drunter ... Schieben funktionierte nicht. Metzov war praktisch versteinert vor Widerstand. Wenn man versuchte zu ziehen ...?

»Aber überlegen Sie, Sir«, Miles' hervorgestammelte Worte sollten überzeugend klingen, »welche Vorteile Sie selber haben, wenn Sie jetzt aufhören. Sie haben jetzt den klaren Beweis für eine meuterische ... äh ... Verschwörung. Sie können uns alle festnehmen lassen, uns ins Militärgefängnis werfen. Das ist eine bessere Rache, weil Sie alles bekommen und nichts verlieren. Ich verliere meine Karriere, werde unehrenhaft entlassen oder komme vielleicht ins Gefängnis – glauben Sie nicht, ich würde nicht lieber sterben? Die Sicherheitsabteilung der Streitkräfte bestraft den Rest von uns für Sie. Sie bekommen alles.«

Miles' Worte machten Wirkung auf Metzov, er hatte angebissen; Miles konnte es daran sehen, wie das rote Glühen in den zusammengekniffenen Augen nachließ, wie sich dieser so überaus starre Nacken leicht beugte. Miles mußte nur noch mehr Angelschnur geben, durfte nur nicht daran rucken und damit Metzovs Kampfeswut wieder wecken, *warten* ...

Metzov trat näher, eine dunkle Gestalt in dem Halblicht, von seinem Atemdampf wie von einem Heiligenschein umgeben. Er sprach leiser, nur für Miles' Ohren hörbar: »Eine schlappe Antwort, typisch Vorkosigan. Ihr Vater war schlapp mit dem Abschaum von Komarr. Das kostete uns Tote. Der kleine Sohn des Admirals vor dem Kriegsgericht – das könnte diesen scheinheiligen Scheißkerl fertigmachen, was?«

Miles schluckte eisige Spucke. *Die ihre Geschichte nicht kennen,* purzelten seine Gedanken, *sind dazu ver-*

urteilt, sie fortzusetzen. Leider waren dazu auch die verurteilt, die sie kannten, so schien es. »Verbrennen Sie das verdammte Fetain«, flüsterte er heiser, »und sehen Sie dann.«

»Ihr steht alle unter Arrest«, brüllte Metzov plötzlich und zog seine Schultern zusammen, »zieht euch an!«

Die anderen blickten ganz überwältigt vor Erleichterung drein. Nach einem letzten unsicheren Blick auf die Nervendisruptoren stürzten sie sich auf ihre Kleider und zogen sie hastig mit kältestarren Händen an. Aber Miles hatte das Ende sechzig Sekunden früher in Metzovs Augen gesehen. Es erinnerte ihn an jene Definition seiner Vaters: *Eine Waffe ist ein Gerät, mit dem du deinen Feind dazu bringst, sich anders zu besinnen.* Der Geist war das erste und letzte Schlachtfeld, alles dazwischen war nur Getöse.

Leutnant Yaski hatte die Gelegenheit ergriffen, die Miles' aufmerksamkeitheischender nackter Auftritt auf der Szene geboten hatte, um still ins Verwaltungsgebäude zu verschwinden und ein paar hektische Anrufe zu machen. Als Ergebnis davon trafen der Kommandant der Rekruten, der Sanitätsoffizier und Metzovs Stellvertreter ein, darauf vorbereitet, Metzov zu überreden oder vielleicht zu sedieren und einzusperren. Aber zu diesem Zeitpunkt waren Miles, Bonn und die Techniker schon wieder angezogen und marschierten stolpernd unter den Argusaugen der Nervendisruptoren zum Arrestbunker.

»S-soll ich Ihnen d-dafür d-danken?« fragte Bonn Miles mit klappernden Zähnen. Ihre Hände und Füße waren wie gelähmte Klumpen. Bonn stützte sich auf Miles, Miles hängte sich an ihn hin, und zusammen humpelten sie die Straße entlang.

»Wir haben bekommen, was wir wollten, oder? Er wird das Fetain mit Plasma an Ort und Stelle vernichten lassen, bevor sich der Wind am Morgen dreht. Niemand stirbt. Niemand bekommt seine Eier aufgedröselt. Wir gewinnen. Glaube ich.« Miles lachte krächzend mit tauben Lippen.

»Ich hatte nie geglaubt«, keuchte Bonn, »daß ich mal jemanden treffen würde, der noch verrückter ist als Metzov.«

»Ich habe nichts anderes getan als Sie«, protestierte Miles, »außer daß ich es zum Funktionieren gebracht habe. Sozusagen. Am Morgen wird sowieso alles anders aussehen.«

»Ja. Schlimmer«, prophezeite Bonn düster.

Miles ruckte auf seiner Pritsche aus einem unruhigen Schlummer hoch, als die Tür sich quietschend öffnete. Man brachte Bonn zurück.

Miles rieb sein unrasiertes Gesicht. »Wie spät ist es da draußen, Leutnant?«

»Morgendämmerung.« Bonn sah genauso bleich, stoppelbärtig und kriminell elend aus, wie Miles sich fühlte. Er ließ sich mit einem gequälten Grunzen auf seiner Pritsche nieder.

»Was geht da draußen vor sich?«

»Leute von der Sicherheitsabteilung der Streitkräfte sind überall. Sie haben einen Hauptmann vom Festland eingeflogen. Er ist gerade eingetroffen und hat anscheinend die Leitung. Metzov wird ihm die Ohren vollquatschen, glaube ich. Bisher sammeln sie nur Aussagen.«

»Kümmert man sich um das Fetain?«

»Ja.« Bonn kicherte grimmig. »Man hatte mich gerade geholt, um es zu überprüfen und die Sache als erledigt abzuhaken. Aus dem Bunker wurde ein hübscher kleiner Backofen, na ja.«

»Fähnrich Vorkosigan, Sie werden verlangt«, sagte der Sicherheitsmann, der Bonn abgeliefert hatte. »Kommen Sie jetzt mit.«

Miles stand auf und hinkte zur Zellentür. »Bis später, Leutnant.«

»In Ordnung. Wenn Sie dort draußen irgend jemanden mit einem Frühstück treffen, dann benutzen Sie Ihren politischen Einfluß und schicken Sie ihn zu mir, ja?«

Miles grinste trübe. »Ich werde es versuchen.«

Er folgte dem Wächter durch den kurzen Korridor des Gefängnisses. Das Militärgefängnis von Basis Lazkowski war nicht genau das, was man eine Hochsicherheitseinrichtung nennen würde, sondern eher ein Unterkunftsbunker mit Türen, die man nur von außen absperren konnte, und ohne Fenster. Das Wetter stellte gewöhnlich eine bessere Wache dar als eine Abschirmung durch eine Mannschaft, nicht zu vergessen der 500 km breite Eiswassergraben rings um die Insel.

Im Sicherheitsbüro der Basis herrschte an diesem Morgen Hochbetrieb. Zwei grimmig aussehende Fremde standen wartend vor der Tür, ein Leutnant und ein großer Sergeant mit dem Horusauge, dem Abzeichen des Kaiserlichen Sicherheitsdienstes, auf ihren gepflegten Uniformen. *Kaiserlicher* Sicherheitsdienst, nicht Sicherheitsabteilung der Streitkräfte. Miles' höchst persönlicher Sicherheitsdienst, der seine Familie durch das ganze politische Leben seines Vaters hindurch bewacht hatte. Miles betrachtete die Männer mit besitzergreifender Freude.

Der Schreiber des Sicherheitsbüros sah besorgt aus, seine Schreibtischkonsole war beleuchtet und blinkte. »Fähnrich Vorkosigan, Sir, ich brauche Ihren Händeabdruck hier drauf.«

»In Ordnung. Was unterzeichne ich denn da?«

»Nur den Reisebefehl, Sir.«

»Was? Aha ...« Miles stockte und hielt seine Hände hoch, die in Plastikhandschuhen steckten. »Welche?«

»Die rechte dürfte genügen, Sir.«

Mit einer gewissen Schwierigkeit schälte Miles mit seiner unbeholfenen linken Hand den rechten Handschuh herunter. Auf seiner Hand schimmerte das medizinische Gel, das die Erfrierungen heilen sollte. Seine Hand war geschwollen, rot gefleckt und sah entstellt aus, aber es mußte gehen. Alle seine Finger krümmten sich jetzt. Er mußte dreimal seine Handfläche auf das Identifikationsfeld drücken, bis der Computer ihn erkannte.

»Jetzt die Ihre, Sir«, der Schreiber nickte dem Leutnant vom Kaiserlichen Sicherheitsdienst zu. Der legte seine Hand auf das Feld, und der Computer piepste zustimmend. Der Leutnant hob seine Hand, blickte verwirrt auf die klebrige Schicht und sah sich vergeblich nach einem Handtuch um. Schließlich wischte er die Hand verstohlen an seiner Hosennaht ab, direkt hinter seinem Halfter mit dem Betäuber. Der Schreiber tupfte mit seinem Uniformärmel nervös auf das Identifikationsfeld und drückte einen Knopf auf seiner Gegensprechanlage.

»Bin ich froh, euch zu sehen«, sagte Miles zu dem Sicherheitsoffizier. »Ich wünschte, ihr wäret schon gestern abend hier gewesen.«

Der Leutnant erwiderte das Lächeln nicht. »Ich bin nur ein Kurier, Fähnrich. Ich darf Ihren Fall nicht erörtern.«

General Metzov kam durch die Tür aus dem inneren Büro, ein Bündel Plastikfolien in der Hand und einen Hauptmann der Sicherheitsabteilung neben sich, der seinem Kollegen von der kaiserlichen Seite bedächtig zunickte.

Der General lächelte fast. »Guten Morgen, Fähnrich Vorkosigan.« Sein Blick nahm die Leute von Kaiserlichen Sicherheitsdienst ohne Entsetzen zur Kenntnis. Verdammt, die Sicherheitsleute müßten eigentlich diesen Beinahemörder in seinen Kampfstiefeln erzittern lassen. »Es sieht so aus, als sei da eine Wendung in diesem Fall, die nicht einmal ich vorhergesehen habe. Wenn ein Vor-Lord sich in eine militärische Meuterei verwickeln läßt, dann folgt automatisch eine Anklage wegen Hochverrats.«

»Was?« Miles schluckte, um seine Stimme wieder normal klingen zu lassen. »Leutnant, ich bin doch nicht vom *Kaiserlichen* Sicherheitsdienst festgenommen, oder?«

Der Leutnant holte ein Paar Handschellen hervor und schickte sich an, Miles an den großen Sergeant anzuhängen. *Overholt* lautete der Name auf dem Abzeichen des Mannes, was Miles innerlich zu Overkill umtaufte. Der Sergeant brauchte nur seinen Arm zu heben, um Miles daran wie eine Katze baumeln zu lassen.

»Sie sind vorläufig verhaftet, bis zu einer weiteren Untersuchung«, sagte der Leutnant formell.

»Wie lang?«

»Auf unbestimmte Zeit.«

Der Leutnant ging zur Tür, der Sergeant und Miles folgten ihm, letzterer zwangsweise. »Wohin?« fragte Miles verzweifelt.

»Ins Hauptquartier des Kaiserlichen Sicherheitsdienstes.«

Vorbarr Sultana! »Ich muß noch meine Sachen holen...«

»Ihre Unterkunft wurde schon geräumt.«

»Werde ich wieder hierher kommen?«

»Ich weiß es nicht, Fähnrich.«

Die späte Morgendämmerung überzog Camp Permafrost mit Grau und Gelb, als das Scatcat sie am Shuttle-Landeplatz absetzte. Die suborbitale Kurierfähre der Kaiserlichen Sicherheit saß auf dem eisigen Beton wie ein Raubvogel, der versehentlich in einen Taubenschlag geraten war. Glänzend, schwarz und tödlich, schien sie die Schallmauer zu durchbrechen, indem sie einfach dort verharrte. Der Pilot war auf seinem Posten, die Triebwerke waren bereit für den Start.

Miles schlurfte unbeholfen die Rampe hinter Sergeant Overkill hinauf, wobei die Handschelle kalt an seinem Handgelenk ruckte. Winzige Eiskristalle tanzten im Wind, der aus Nordosten kam. Die Temperatur würde sich heute morgen stabilisieren; er konnte das erkennen durch den besonders trockenen Biß der relativen Feuchtigkeit in seinen Nebenhöhlen. Lieber Gott, es war höchste Zeit, von dieser Insel wegzukommen.

Miles holte ein letztesmal Luft, dann schlossen sich die Türen der Fähre mit einem schlangenhaften Zischen. Drinnen herrschte dichte, gepolsterte Stille, in die selbst das Heulen der Triebwerke kaum drang.

Wenigstens war es warm.

KAPITEL 6

Der Herbst in Vorbarr Sultana war eine schöne Jahreszeit, und heute war ein beispielhafter Herbsttag. Der Himmel war hoch und blau, die Temperatur kühl und vollkommen, und selbst die Beimischung von Industriedunst roch gut. Die Herbstblumen waren noch nicht dem Frost zum Opfer gefallen, aber die von der Erde importierten Bäume hatten schon ihre Herbstfarben angelegt. Als er aus dem Transporter des Sicherheitsdienstes zum Hintereingang des großen, klotzigen Gebäudes verfrachtet wurde, das das Hauptquartier des Kaiserlichen Sicherheitsdienstes beherbergte, konnte Miles einen Blick auf einen solchen Baum erhaschen. Ein Erdahorn, mit karneolroten Blättern und einem silbergrauen Stamm, auf der anderen Straßenseite. Dann schloß sich die Tür. Miles hielt sich diesen Baum vor sein geistiges Auge, versuchte ihn zu erinnern, für den Fall, daß er ihn nie wieder sah.

Der Leutnant holte Passierscheine heraus, mit denen Miles und Overholt schnell an den Türwachen vorbeikamen, und führte sie durch ein Labyrinth von Korridoren zu einem Paar von Liftrohren. Sie betraten das Rohr, das nach oben führte, nicht das nach unten. Also wurde Miles nicht direkt in den ultrasicheren Zellenblock unter dem Gebäude gebracht. Ihm wurde klar, was das bedeutete, und er hatte sehnsüchtiges Verlangen nach dem anderen Rohr.

Sie wurden in ein Büro auf einem der oberen Stockwerke geführt, an einem Hauptmann vorbei, dann in ein inneres Büro. Ein hagerer, kühler Mann in Zivilkleidung, mit braunem Haar, das an den Schläfen schon grau wurde, saß an einem Tisch mit einer sehr großen Komkonsole und studierte ein Vid. Er blickte zu Miles' Begleitern auf. »Danke, Leutnant, Sergeant. Sie können gehen.«

Overholt machte Miles von seinem Handgelenk los, während der Leutnant fragte: »Hm, sind Sie dabei sicher, Sir?«

»Ich nehme an«, sagte der Mann trocken.

Ja, aber was ist mit mir? jammerte Miles innerlich. Die beiden Soldaten gingen hinaus und ließen Miles allein stehen. Ungewaschen, unrasiert, immer noch in der schwach stinkenden schwarzen Arbeitsuniform, die er – erst gestern abend? – übergezogen hatte. Das Gesicht wettergegerbt, mit seinen geschwollenen Händen und Füßen, die noch in ihren medizinischen Hüllen aus Plastik steckten – seine Zehen krümmten sich jetzt in ihrer matschigen Nährmasse. Keine Stiefel. Während des zweistündigen Fluges hatte er in stoßweise auftretender Erschöpfung gedöst, ohne daß er spürbar erfrischt war. Seine Kehle war rauh, seine Nebenhöhlen fühlten sich an wie mit Verpackungsfasern vollgestopft, und seine Brust tat weh, wenn er atmete.

Simon Illyan, Chef des Kaiserlichen Sicherheitsdienstes von Barrayar, verschränkte seine Arme und musterte Miles langsam, vom Kopf bis zu den Zehen und wieder hinauf. Es gab Miles ein verdrehte Empfindung von *déjà vu*.

Praktisch jeder auf Barrayar fürchtete den Namen dieses Mannes, obwohl nur wenige sein Gesicht kannten. Dieser Effekt wurde von Illyan sorgsam kultiviert, wobei er teilweise – aber nur teilweise – auf dem Erbe seines gefährlichen Vorgängers, des legendären Sicherheitschefs Negri, aufbaute. Illyan und seine Abteilung hatten ihrerseits die Sicherheit von Miles' Vater in den zwanzig Jahren seiner politischen Karriere gewährleistet und dabei nur einmal einen Fehler begangen, während der Nacht des niederträchtigen Soltoxinattentats. Auf Anhieb kannte Miles niemanden, den Illyan fürchtete, außer Miles' Mutter. Miles hatte einmal seinen Vater gefragt, ob das ein Schuldgefühl sei, wegen des Soltoxins, aber Graf Vorkosigan hatte geantwortet:

Nein, das sei nur die anhaltende Wirkung lebhafter erster Eindrücke. Miles hatte Illyan sein ganzes Leben lang ›Onkel Simon‹ genannt, bis er in die Streitkräfte eingetreten war; danach nannte er ihn ›Sir‹.

Als er jetzt auf Illyans Gesicht schaute, dachte Miles, daß er jetzt endlich den Unterschied verstünde zwischen Ärger und höchstem Ärger.

Illyan beendete seine Inspektion, schüttelte den Kopf und stöhnte: »Wunderbar. Einfach wunderbar.«

Miles räusperte sich. »Bin ich... wirklich unter Arrest, Sir?«

»Das wird dieses Gespräch ergeben«, seufzte Illyan und lehnte sich in seinem Stuhl zurück. »Ich bin seit zwei Uhr morgens aufgewesen wegen dieser Eskapade. Gerüchte schwirren überall in den Streitkräften umher, so schnell wie das Vidnetz sie übertragen kann. Die Fakten scheinen alle vierzig Minuten zu mutieren, wie Bakterien. Ich glaube nicht, daß du dir eine öffentlichere Methode der Selbstzerstörung hättest aussuchen können? Versuchen, den Kaiser mit deinem Taschenmesser während der Geburtstagsparade zu ermorden, zum Beispiel, oder während der Hauptverkehrszeit auf dem Großen Platz ein Schaf zu vergewaltigen?« Der Sarkasmus ging über in echte Pein. »Er hatte so große Hoffnungen in dich gesetzt. Wie konntest du ihn so verraten?«

Es war nicht notwendig zu fragen, wer ›er‹ war. *Der* Vorkosigan. »Ich... glaube nicht, Sir. Ich weiß es nicht.«

Ein Licht blinkte auf Illyans Komkonsole auf. Er atmete hörbar aus, mit einem scharfen Seitenblick auf Miles, und drückte einen Knopf. Eine zweite Tür zu seinem Büro, die in der Wand rechts von seinem Schreibtisch verborgen war, glitt zur Seite, und zwei Männer in der grünen Uniform traten ein.

Premierminister Admiral Graf Aral Vorkosigan trug die Uniform so natürlich, wie ein Tier sein Fell trägt. Er war ein Mann von nicht mehr als mittlerer Größe, kräftig gebaut, grauhaarig, mit schweren Kinnbacken und von Narben bedeckt; er hatte fast den Körperbau eines Schlägers und doch auch die durchdringendsten grauen Augen, denen Miles je begegnet war. Er wurde von seinem Adjutanten flankiert, einem großen blonden Leutnant namens Jole. Miles hatte Jole bei seinem letzten Heimaturlaub getroffen. Nun, hier war ein vollkommener Offizier, tapfer und brillant – er hatte im Weltraum gedient, war dekoriert worden für etwas Mut und schnelles Denken während eines schrecklichen Unfalls an Bord, hatte verschiedene Abteilungen im Hauptquartier durchlaufen, während er sich von seinen Verletzungen erholte, und war dann prompt vom Premierminister, der einen scharfen Blick für vielversprechende neue Talente hatte, weggeschnappt und zu dessen militärischem Sekretär gemacht worden. Obendrein noch prächtig aussehend, hätte er Vids zur Anwerbung von Rekruten machen sollen. Miles seufzte jedesmal in hoffnungsloser Eifersucht, wenn er ihm begegnete. Jole war noch schlimmer als Ivan, der zwar geheimnisvoll gutaussehend war, den aber noch nie jemand der Brillanz bezichtigt hatte.

»Danke, Jole«, murmelte Graf Vorkosigan seinem Adjutanten zu, als sein Blick auf Miles fiel. »Ich sehe Sie dann später im Büro.«

»Jawohl, Sir.« So entlassen ging Jole wieder hinaus, warf Miles und seinem Vorgesetzten nochmals einen besorgten Blick zu, und dann schloß sich die Tür wieder zischend.

Illyan hielt mit seiner Hand immer noch einen Knopf auf seinem Schreibtisch gedrückt. »Sind Sie offiziell hier?« fragte er Graf Vorkosigan.

»Nein.«

Illyan schaltete etwas aus – ein Aufnahmegerät, erkannte Miles. »Nun gut«, sagte er, doch in seiner Stimme klang Zweifel an.

Miles salutierte vor seinem Vater. Sein Vater ignorierte den militärischen Gruß, umarmte ihn ernst und wortlos, setzte sich auf den einzigen anderen Stuhl im Zimmer, überkreuzte seine Arme und seine gestiefelten Füße und sagte: »Fahren Sie fort, Simon.«

Illyan, der mitten in etwas unterbrochen worden war, was sich nach Miles' Einschätzung zu einer wirklich klassischen Standpauke entwickelt hätte, kaute frustriert auf seiner Unterlippe. »Die Gerüchte mal beiseite«, sagte er zu Miles, »was ist gestern abend auf dieser verdammten Insel wirklich geschehen?«

In den neutralsten und prägnantesten Ausdrücken, die ihm zur Verfügung standen, beschrieb Miles die Ereignisse des vorangegangenen Abends, beginnend mit dem Verschütten des Fetains und endend mit seiner Verhaftung durch die Kaiserliche Sicherheit. Sein Vater sagte während der ganzen Erzählung gar nichts, aber er hatte einen Lichtgriffel in der Hand, den er ständig geistesabwesend herumdrehte und mit dem er sich immer wieder auf sein Knie klopfte.

Als Miles geendet hatte, herrschte Schweigen. Der Lichtgriffel trieb Miles zum Wahnsinn. Er wünschte, sein Vater würde das verdammte Ding weglegen oder fallen lassen oder was.

Sein Vater schob den Lichtgriffel wieder in seine Brusttasche, Gott sei Dank, lehnte sich zurück, legte seine Fingerspitzen zusammen und runzelte die Stirn. »Daß ich das richtig verstehe: du sagst, Metzov hat die Befehlskette übersprungen und *Rekruten* zu seinem Erschießungskommando gezwungen?«

»Zehn von ihnen. Ich weiß nicht, ob sie Freiwillige waren oder nicht, denn bei der Auswahl war ich nicht zugegen.«

»Rekruten.« Graf Vorkosigans Gesicht war düster. »Jungen.«

»Er brabbelte etwas, es sei wie Armee gegen Marine, damals auf der guten alten Erde.«

»Was?« sagte Illyan.

»Ich glaube, daß Metzov nicht sehr stabil war, als er nach seinen Schwierigkeiten bei der Revolte von Komarr auf die Insel Kyril ins Exil geschickt wurde, und fünfzehn Jahre des Brütens darüber haben seinen Geisteszustand nicht verbessert.« Miles zögerte. »Wird ... General Metzov überhaupt über seine Aktionen befragt?«

»General Metzov hat nach deiner Darstellung«, sagte Admiral Vorkosigan, »einen Zug von Achtzehnjährigen in etwas hineingezogen, das um Haaresbreite ein Massenmord geworden wäre.«

Miles nickte in Erinnerung an die Ereignisse. Sein Körper schmerzte noch von den verschiedenen Qualen.

»Für dieses Vergehen gibt es kein Loch, das tief genug wäre, um ihn vor meinem Zorn zu verstecken. Man wird sich mit Metzov befassen, auf jeden Fall.« Graf Vorkosigan klang erschreckend grimmig.

»Was geschieht mit Miles und den Meuterern?« fragte Illyan.

»Notwendigerweise werden wir das als eine getrennte Angelegenheit behandeln müssen, fürchte ich.«

»Oder zwei getrennte Angelegenheiten«, regte Illyan an.

»Mm. Also, Miles, erzähl mir über die Männer, auf die gezielt wurde.«

»Meistens Techniker, Sir. Eine Menge Griechen.«

Illyan zuckte zusammen. »Guter Gott, hatte denn der Mann überhaupt kein politisches Gespür?«

»Keines, das ich je wahrgenommen hätte. Ich dachte, das würde ein Problem werden.« Nun ja, später hatte er daran gedacht, als er auf seiner Pritsche in der Zelle wach lag, nachdem die Sanitäter gegangen waren. Da waren ihm die anderen politischen Weiterungen durch den Kopf gegangen. Über die Hälfte der langsam erfrierenden Techniker hatten zur griechisch sprechenden Minderheit gehört. Die Sprachseparatisten hätten auf den Straßen einen Aufruhr veranstaltet, wenn aus dem Vorfall ein Massaker geworden wäre; sie hätten dann sicher behauptet, der General habe den Griechen aus rassistischer Schikane die Aufräumung des Fetains befohlen. Mehr Tote, Chaos als Echo wie bei den Folgen des Solstice-Massakers? »Es ... kam mir der Gedanke, wenn ich mit ihnen sterben würde, dann wäre es zumindest ganz klar, daß dies kein Komplott deiner Regierung oder der Vor-Oligarchie gewesen war. Also, wenn ich überlebte, hätte ich gewonnen, und falls ich gestorben wäre, hätte ich auch gewonnen. Oder zumindest gedient. Eine Art Strategie.«

Barrayars größter Strategie dieses Jahrhunderts rieb seine Schläfen, als ob sie ihm schmerzten. »Nun ja ... eine Art, ja.«

»Also«, Miles schluckte, »was geschieht jetzt, meine Herren? Werde ich des Hochverrats angeklagt?«

»Zum zweitenmal in vier Jahren?« sagte Illyan. »Zum Teufel, nein. Ich mache das nicht noch einmal mit. Ich werde dich einfach verschwinden lassen, bis Gras über die Sache gewachsen ist. Wohin, das habe ich noch nicht ganz ausgeknobelt. Die Insel Kyril geht ja nicht mehr.«

»Freut mich, das zu hören.« Miles kniff seine Augen zusammen. »Was ist mit den anderen?«

»Den Rekruten?« sagte Illyan.

»Den Technikern. Meinen ... Mitmeuterern.«

Illyan zuckte bei diesem Wort zusammen.

»Es wäre eine bedenkliche Ungerechtigkeit, wenn ich aufgrund von Vor-Privilegien davonkäme und sie auf der Anklagebank allein zurückließe«, fügte Miles an.

»Der öffentliche Skandal deines Prozesses würde die zentristische Koalition deines Vaters gefährden. Deine moralischen Skrupel mögen bewundernswert sein, Miles, aber ich bin mir nicht sicher, daß ich sie mir leisten kann.«

Miles blickte unverwandt auf den Premierminister Graf Vorkosigan. »Sir?«

Graf Vorkosigan saugte nachdenklich an seiner Unterlippe. »Ja, ich könnte die Anklagen gegen sie niederschlagen lassen, durch kaiserlichen Erlaß. Das würde allerdings einen anderen Preis fordern.« Er lehnte sich gespannt nach vorn und blickte Miles eindringlich an. »Du könntest nie wieder dienen. Gerüchte wandern auch ohne einen Prozeß. Kein Kommandant würde dich danach haben wollen. Keiner könnte dir vertrauen, könnte glauben, daß du ein wirklicher Offizier bist, nicht ein Artefakt, das durch besondere Privilegien geschützt wird. Ich kann niemanden bitten, dich zu befehligen, wenn er dabei ständig seinen Hals verdrehen müßte.«

Miles atmete langsam und hörbar aus. »In einem seltsamen Sinn waren sie meine Männer. Tu es. Schlage die Anklagen nieder.«

»Wirst du dann deine Offiziersstelle aufgeben?« fragte Illyan. Er sah enttäuscht aus.

Miles war übel, er fühlte sich dem Erbrechen nahe und ihm war kalt. »Werde ich.« Seine Stimme klang dünn.

Illyan starrte ausdruckslos brütend auf seine Komkonsole, dann blickte er plötzlich auf. »Miles, wie hast du von General Metzovs fragwürdigen Aktionen während der Komarr-Revolte erfahren? Dieser Fall war geheim.«

»Ach … hat Ivan Ihnen nichts über die kleine undichte Stelle in den Dateien des Sicherheitsdienstes erzählt?«

»Was?«

Zum Teufel mit Ivan. »Darf ich mich setzen, Sir?« sagte er schwach. Der Raum schwankte, in seinem Kopf hämmerte es. Ohne auf Erlaubnis zu warten, setzte er sich mit überkreuzten Beinen auf den Boden und blinzelte. Sein Vater machte eine besorgte Bewegung in seine Richtung, hielt sich dann aber zurück. »Ich überprüfte Metzovs Hintergrund wegen einer Sache, die Leutnant Ahn angedeutet hatte. Übrigens, wenn Sie sich mit Metzov befassen, dann empfehle ich nachdrücklich, als erstes Ahn unter Schnell-Penta zu verhören. Er weiß mehr, als er gesagt hat. Sie werden ihn irgendwo am Äquator finden, nehme ich an.«

»Meine *Dateien,* Miles.«

»Ach ja, nun gut, es stellte sich heraus, wenn man eine gesicherte Konsole mit einer nach draußen gehenden Konsole konfrontiert, dann kann man von überall im Vidnetz Sicherheitsdateien lesen. Natürlich braucht man jemanden im Hauptquartier, der die Konsolen ausrichten kann und will und der die Dateien aufruft. Und man kann dabei nicht Daten direkt übertragen. Aber ich dachte, das sollten Sie wissen, Sir.«

»Perfekte Sicherheit«, sagte Graf Vorkosigan mit erstickter Stimme. Glucksend, wie Miles verblüfft erkannte.

Illyan schaute drein, als hätte er auf eine Zitrone gebissen. »Wie hast du das«, begann Illyan, hielt dann inne und warf einen wütenden Blick auf den Grafen, dann begann er erneut: »Wie hast du das herausgefunden?«

»Es war offensichtlich.«

»Hermetische Sicherheit, haben Sie gesagt«, murmelte Graf Vorkosigan, der erfolglos ein kicherndes Lachen zu unterdrücken suchte. »Das teuerste System, das je entworfen wurde. Gesichert gegen die cleversten Viren, gegen die raffiniertesten Abhörgeräte. Und zwei Fähnriche knacken es ganz einfach?«

Pikiert versetzte Illyan: »Ich habe nicht versprochen, daß es idiotensicher ist!«

Graf Vorkosigan wischte seine Augen und seufzte. »Ach, der menschliche Faktor. Wir werden den Defekt korrigieren, Miles. Danke!«

»Du bist eine verdammt lockere Kanone, Junge, und

feuerst in alle Richtungen«, knurrte Illyan und reckte seinen Hals, um über seinen Schreibtisch hinweg Miles anzusehen, der als Häufchen Elend auf dem Boden saß. »Dafür, zusätzlich zu deiner früheren Eskapade mit diesen verdammten Söldnern, zusätzlich zu all dem anderen… – Hausarrest reicht da nicht aus. Ich werde nicht ruhig schlafen können, solange du nicht in einer Zelle eingesperrt bist, mit den Händen hinter dem Rücken gefesselt.«

Miles, der dachte, er könnte jetzt für eine anständige Stunde Schlaf einen Mord begehen, war nur zu einem Achselzucken fähig. Vielleicht konnte man Illyan dazu überreden, daß er ihn bald in diese nette ruhige Zelle gehen ließ.

Graf Vorkosigan war in Schweigen verfallen, seine Augen begannen seltsam und nachdenklich zu glimmen. Auch Illyan bemerkte dies und machte eine Pause.

»Simon«, sagte Graf Vorkosigan, »es gibt keinen Zweifel, der Sicherheitsdienst wird Miles auch weiterhin zu beobachten haben. Um seinetwillen ebenso wie um meinetwillen.«

»Und um den Kaisers willen«, warf Illyan mürrisch ein. »Und um Barrayars willen. Und um der unschuldigen Zuschauer willen.«

»Aber welche bessere, direktere und effektivere Methode gibt es für den Sicherheitsdienst, ihn zu überwachen, als wenn man ihn zum Sicherheitsdienst versetzt?«

»Was?« sagten Illyan und Miles gleichzeitig, im gleichen scharfen, entsetzten Ton. »Sie meinen das nicht im Ernst«, fuhr Illyan fort, und Miles fügte hinzu: »Der Sicherheitsdienst stand nie auf meiner Wunschliste der zehn liebsten Aufgaben.«

»Es geht nicht um Wunsch, sondern um Eignung. Major Cecil hat es einmal mit mir diskutiert, wie ich mich erinnere. Aber wie Miles sagt, hat er das nicht auf seine Liste gesetzt.«

Wetterbeobachtung in der Arktis hatte er auch nicht auf seine Liste gesetzt, erinnerte sich Miles.

»Sie hatten vorhin recht«, sagte Illyan. »Kein Kommandant in den Streitkräften wird ihn jetzt wollen. Dabei schließe ich mich nicht aus.«

»Es gibt keinen, auf den ich moralischen Druck ausüben könnte, ihn zu übernehmen. Außer Sie selbst. Ich habe mich immer« – auf Graf Vorkosigans Gesicht erschien ein eigenartiges Grinsen – »auf Sie verlassen, Simon.«

Illyan sah leicht verwirrt drein, wie ein Spitzentaktiker, der einzusehen beginnt, daß er sich selbst ausmanövriert hat.

»Das läuft auf verschiedenen Ebenen«, fuhr Graf Vorkosigan mit derselben sanften, überredenden Stimme fort. »Wir können das Gerücht verbreiten, daß es sich um eine inoffizielle interne Verbannung handelt, um unehrenhafte Degradierung. Das wird meine politischen Feinde befriedigen, die sonst versuchen würden, Profit aus dem Schlamassel zu ziehen. Es wird den Eindruck mildern, daß wir eine Meuterei durchgehen lassen, was sich kein Militär leisten kann.«

»Echte Verbannung also«, sagte Miles, »wenn auch inoffiziell und intern.«

»O ja«, stimmte Graf Vorkosigan sanft zu. »Aber … tja – keine echte Ungnade.«

»Kann man sich auf ihn verlassen?« sagte Illyan zweifelnd.

»Anscheinend.« Das Lächeln des Grafen war wie das Aufblitzen einer Messerklinge. »Der Sicherheitsdienst kann seine Talente nutzen. Mehr als alle anderen Bereiche braucht der Sicherheitsdienst seine Talente.«

»Um zu sehen, was offensichtlich ist?«

»Und was weniger offensichtlich ist. Vielen Offizieren kann man das Leben des Kaisers anvertrauen. Ziemlich wenigen seine Ehre.«

Illyan machte widerstrebend eine vage Geste der Einwilligung. Graf Vorkosigan bemühte sich – vielleicht klugerweise – zu diesem Zeitpunkt nicht, mehr Begeisterung in seinem Sicherheitschef zu wecken, sondern wandte sich an Miles und sagte: »Du siehst aus, als müßtest du auf die Krankenstation.«

»Ich brauche ein Bett.«

»Was hältst du von einem Bett auf einer Krankenstation?«

Miles hustete und blinzelte mit trüben Augen. »Ja, geht in Ordnung.«

»Los, suchen wir eins.«

Miles stand auf und wankte an seines Vaters Arm hinaus, wobei seine Füße in ihren Plastikumhüllungen patschten.

»Von alldem abgesehen, wie war es auf Kyril, Fähnrich Vorkosigan?« forschte der Graf. »Du hast nicht viele Vidbotschaften nach Hause geschickt, wie deine Mutter feststellte.«

»Ich war beschäftigt. Laß mal sehen. Das Klima war hart, der Boden war lebensgefährlich, ein Drittel der Mannschaft, mein unmittelbarer Vorgesetzter eingeschlossen, war die meiste Zeit besoffen. Der durchschnittliche Intelligenzquotient entsprach der mittleren Temperatur in Grad Celsius, es gab keine Frau im Umkreis von fünfhundert Kilometern, und der Kommandant der Basis war ein mörderischer Psychopath. Von alldem abgesehen war es – nett.«

»Hört sich nicht an, als hätte es sich seit fünfundzwanzig Jahren auch nur im geringsten verändert.«

»Bist du schon einmal dort gewesen?« Miles schielte zu seinem Vater. »Und doch hast du *mich* dorthin schicken lassen?«

»Ich war einmal fünf Monate lang Kommandant von Basis Lazkowski, als ich darauf wartete, Kapitän des Raumkreuzers *General Vorkraft* zu werden. Während jener Zeit war meine Karriere politisch sozusagen im Niedergang begriffen.«

Sozusagen. »Wie hat es dir gefallen?«

»Ich kann mich nicht mehr an viel erinnern. Ich war die meiste Zeit betrunken. Jeder findet seine eigene Methode, um mit Camp Permafrost fertigzuwerden. Ich möchte meinen, dir ist es besser gelungen als mir.«

»Daß du im Anschluß daran überlebt hast, finde ich ermutigend, Sir.«

»Das dachte ich mir schon. Deshalb habe ich es auch erwähnt. Ansonsten ist es keine Erfahrung, die ich als Beispiel hinstellen möchte.«

Miles schaute zu seinem Vater auf. »Habe ... ich das Richtige getan, Sir? Gestern abend?«

»Ja«, sagte der Graf einfach. »Ein Richtiges. Vielleicht nicht das beste aller möglichen Richtigen. In drei Tagen denkst du vielleicht an eine klügere Taktik, aber du warst zu dem Zeitpunkt eben der Mann vor Ort. Ich versuche, meine Feldkommandanten nicht im nachhinein zu kritisieren.«

Zum erstenmal, seit er Kyril verlassen hatte, hob sich Miles' Herz in seiner schmerzenden Brust.

Miles dachte, sein Vater brächte ihn vielleicht in den großen und vertrauten Komplex des Kaiserlichen Militärkrankenhauses, ein paar Kilometer entfernt auf der anderen Seite der Stadt, aber sie fanden eine Krankenstation, die näher war, drei Stockwerke tiefer im Hauptquartier des Sicherheitsdienstes. Diese Einrichtung war klein, aber komplett, mit einigen Untersuchungsräumen, Privatzimmern, Zellen für die Behandlung von Gefangenen und von bewachten Zeugen, einen Operationssaal und eine geschlossene Tür mit einer Aufschrift, die frösteln machte: *Labor für Vernehmungschemie.* Illyan mußte schon vorher hier angerufen haben, denn ein Sanitäter wartete, um sie in Empfang zu nehmen. Ein Sanitätsoffizier des Sicherheitsdienstes traf kurz darauf ein, etwas atemlos noch. Er glättete seine Uniform und salutierte pedantisch vor Graf Vorkosigan, bevor er sich Miles zuwandte.

Miles stellte sich vor, daß der Arzt mehr daran gewöhnt war, Leute nervös zu machen, als sich von ihnen nervös machen zu lassen, und daß ihm diese Umkehrung der Rollen unangenehm war. War es eine Aura vergangener Gewalt, die seinem Vater immer noch nach all den Jahren anhaftete? Die Macht, die Geschichte? Ein persönliches Charisma, das vormals energische Männer niederzwang wie kuschende Hunde? Miles konnte diese Ausstrahlung vollkommen deutlich spüren, und doch schien sie auf ihn nicht die gleiche Wirkung zu haben.

Vielleicht war er akklimatisiert. Der frühere Lordregent war der Mann, der – ungeachtet irgendwelcher Krisen (außer einem Krieg) – jeden Tag zwei Stunden lang Mittagspause gemacht hatte und in seine Residenz verschwunden war. Nur Miles kannte diese Stunden von innen: wie der große Mann in der grünen Uniform in fünf Minuten ein Sandwich runterschlang und dann die nächsten anderthalb Stunden auf dem Fußboden verbrachte zusammen mit seinem Sohn, der nicht gehen konnte, und mit ihm spielte und sprach und ihm laut vorlas. Manchmal, wenn Miles in hysterischem Widerstand gegen irgendeine neue schmerzhafte physikalische Therapie verkrampft war und damit seine Mutter und sogar Sergeant Bothari erschreckte, dann war sein Vater der einzige gewesen, der fest darauf *bestanden* hatte, daß er diese zehn besonders quälenden Beinstreckungen über sich ergehen ließ, sich artig der Behandlung mit Hypospray unterzog, eine weitere Runde von Operationen duldete, oder die eisigen Chemikalien, die auf seinen Venen brannten. »Du bist ein Vor. Du darfst deine Lehensleute nicht mit einer solchen Vorstellung der Unbeherrschtheit erschrecken, Lord Miles.« Der stechende

Geruch dieser Krankenstation und der angespannte Doktor weckten eine Flut von Erinnerungen. Kein Wunder, überlegte Miles, daß es ihm nicht gelungen war, Metzov genügend zu fürchten. Als Graf Vorkosigan gegangen war, wirkte die Krankenstation völlig leer.

In dieser Woche schien sich im Hauptquartier des Sicherheitsdienstes nicht viel zu ereignen. Die Krankenstation war einschläfernd ruhig, abgesehen von dem Rinnsal von Mitarbeitern des Hauptquartiers, die von dem nachgiebigen Sanitäter Medikamente gegen Kopfweh, Erkältung oder Brummschädel schnorrten. Ein paar Techniker verbrachten an einem Abend drei Stunden damit, aufgrund eines Eilauftrages im Labor herumzuklappern, und eilten dann wieder weg. Der Arzt brachte Miles' gerade ausbrechende Lungenentzündung zum Stillstand, bevor sie sich in eine galoppierende entwickelte. Miles brütete vor sich hin, wartete darauf, daß die auf sechs Tage angesetzte Antibiotikatherapie ihren Lauf nahm und plante Details für einen Heimaturlaub in Vorbarr Sultana, der ihm sicherlich bevorstand, wenn die Medizinmänner ihn entließen.

»Warum kann ich nicht nach Hause gehen«, beschwerte sich Miles bei seiner Mutter, als sie ihn besuchte. »Niemand sagt mir irgend etwas. Wenn ich nicht unter Arrest bin, warum kann ich dann keinen Urlaub nehmen? Wenn ich unter Arrest bin, warum sind dann die Türen nicht abgesperrt? Ich fühle mich, als würde ich in der Luft hängen.«

Gräfin Cordelia Vorkosigan gab ein undamenhaftes Schnauben von sich. »Du hängst in der Luft, mein Kleiner.« Ihr betanischer Akzent klang warm für Miles' Ohren, trotz ihres sarkastischen Untertons. Sie warf den Kopf zurück – sie trug ihr kastanienbraunes, mit grauen Fäden durchsetztes Haar heute nach hinten zurückgesteckt und lose über den Rücken fallend, wo es über der herbstbraunen Jacke schimmerte, die mit silberner Stickerei besetzt war, und bis zu den schwingenden Röcken einer Frau der Vor-Klasse reichte. Sie hatte auffallende graue Augen, und ihr bleiches Gesicht mit den darüber hinweghuschenden Gedanken wirkte so lebendig, daß man kaum merkte, keine außergewöhnliche Schönheit vor sich zu haben. Einundzwanzig Jahre galt sie schon als Vor-Dame im Kielwasser des Großen Mannes, aber immer noch erschien sie so unbeeindruckt wie je von barrayaranischen Hierarchien – allerdings nicht, dachte Miles, unberührt von barrayaranischen Wunden.

Also, warum denke ich nie von meinem Ziel als einem Schiffskommando von der Art, wie es meine Mutter vor mir hatte? Captain Cordelia Naismith vom Betanischen Astronomischen Erkundungsdienst hatte sich der riskanten Aufgabe gewidmet, das Geflecht der Wurmlöcher Sprung um Sprung auszudehnen, für die Menschheit, für pures Wissen, für den wirtschaftlichen Fortschritt von Kolonie Beta, für … – was *hatte* sie motiviert? Sie hatte ein mit sechzig Personen bemanntes Erkundungsschiff befehligt, weit weg von zu Hause und von Hilfe – es gab bestimmte beneidenswerte Aspekte ihrer früheren Karriere, das stand fest. Die Befehlskette zum Beispiel war eine gesetzliche Fiktion gewesen, draußen in der unbekannten Weite, und die Wünsche des betanischen Hauptquartiers waren nur Gegenstand von Spekulationen und Wetten.

Sie bewegte sich so unspektakulär durch die barrayaranische Gesellschaft, daß nur ihre vertrautesten Beobachter erkannten, wie losgelöst sie von ihr war, niemanden fürchtend, nicht einmal den furchtbaren Illyan, von niemandem kontrolliert, nicht einmal vom Admiral selbst. Es war die beiläufige Furchtlosigkeit, schloß Miles, die seine Mutter so beunruhigend machte. Des Admirals Captain. In ihren Fußstapfen zu folgen wäre, wie durchs Feuer zu gehen.

»Was geht dort draußen vor sich?« fragte Miles. »Hier hat man fast soviel Spaß wie in Einzelhaft, weißt du? Hat man beschlossen, daß ich alles in allem ein Meuterer bin?«

»Ich glaube nicht«, sagte die Gräfin. »Sie entlassen die anderen – deinen Leutnant Bonn und die übrigen – nicht gerade unehrenhaft, aber ohne Abfindungen oder Pensionen oder diesen Status des kaiserlichen Lehensmanns, der barrayaranischen Männern soviel zu bedeuten scheint...«

»Stell es dir als eine komische Art von Reservist vor«, riet Miles. »Was ist mit Metzov und den Rekruten?«

»Er wird auf dieselbe Art entlassen. Er hat am meisten verloren, denke ich.«

»Sie lassen ihn einfach los?« Miles runzelte die Stirn.

Gräfin Vorkosigan zuckte die Achseln. »Weil es keine Toten gab, kam Aral zu der Überzeugung, daß er kein Kriegsgerichtsverfahren mit einer härteren Strafandrohung ansetzen konnte. Man beschloß, die Rekruten mit keinerlei Vorwürfen zu belasten.«

»Hm. Ich bin froh, glaube ich. Und... hm... ich?«

»Du bleibst offiziell registriert als vom Kaiserlichen Sicherheitsdienst inhaftiert. Auf unbestimmte Zeit.«

»Das In-der-Luft-Hängen soll also unbegrenzt weitergehen.« Er zupfte an seiner Bettdecke. Seine Fingerknöchel waren noch geschwollen. »Wie lange?«

»So lange auch immer es braucht, bis der gewünschte psychologische Effekt eintritt.«

»Was, mich verrückt zu machen? Weitere drei Tage dürften schon reichen.«

Ihre Lippen zuckten. »Lange genug, um die barrayaranischen Militaristen davon zu überzeugen, daß du für dein... hm... Verbrechen angemessen bestraft wirst. So lange du in diesem ziemlich düsteren Gebäude festgehalten wirst, dürfen sie sich vorstellen, daß du der Behandlung ausgesetzt bist, die – wie auch immer – ihrer Vorstellung nach hier verabreicht wird. Wenn man dir erlaubt, in der Stadt von Party zu Party zu flattern, dann wird es viel schwieriger sein, die Illusion aufrechtzuerhalten, daß du hier mit dem Kopf nach unten an der Kellerwand hängst.«

»Es erscheint alles so … unwirklich.« Er kauerte sich wieder in sein Kissen. »Ich wollte doch nur dienen.«

Ein kurzes Lächeln huschte über ihren breiten Mund und verschwand wieder. »Bist du bereit, eine andere Art von Arbeit zu erwägen, mein Lieber?«

»Ein Vor zu sein ist mehr als nur ein Job.«

»Ja, es ist etwas Pathologisches. Ein zwanghafter Wahn. Die Galaxie ist gewaltig groß, Miles. Es gibt andere Arten zu dienen, und es gibt größere … Verantwortungsbereiche.«

»Warum bleibst du dann hier?« gab er zurück.

»Ach.« Sie lächelte trübe über diesen Treffer. »Die Bedürfnisse mancher Leute sind zwingender als Schußwaffen.«

»Apropos Papa, wird er wiederkommen?«

»Hm. Nein. Ich soll dir sagen, daß er sich für eine Weile distanziert. Damit er sich nicht den Anschein gibt, als billige er deine Meuterei, während er dich tatsächlich unter der Lawine hervorholt. Er hat beschlossen, für die Öffentlichkeit zornig auf dich zu sein.«

»Und ist er's wirklich?«

»Natürlich nicht. Jedoch … er hatte begonnen, für dich in seinen gesellschaftspolitischen Reformvorhaben einige Pläne mit längerer Perspektive zu machen, davon ausgehend, daß du eine solide militärische Karriere abschließt … er sah Wege, wie sogar deine angeborenen Schäden Barrayar dienen könnten.«

»Ja, ich weiß.«

»Nun gut, mach dir keine Sorgen. Er wird zweifellos überlegen, wie er auch diese Situation zunutze machen kann.«

Miles seufzte niedergeschlagen. »Ich möchte etwas *tun.* Ich möchte meine *Kleider* wiederhaben.«

Seine Mutter verzog ihre Lippen und schüttelte den Kopf.

Am gleichen Abend versuchte er, Ivan anzurufen.

»Wo bist du?« fragte Ivan mißtrauisch.

»Ich hänge in der Luft.«

»Nun, da möchte ich auf keinen Fall hängen«, sagte Ivan grob und schaltete sein Gerät ab.

KAPITEL 7

Am nächsten Morgen wurde Miles in ein anderes Quartier verlegt. Sein Führer brachte ihn nur ein Stockwerk tiefer und zerstörte damit Miles' Hoffnungen, wieder den Himmel zu sehen. Der Offizier öffnete mit einem eingetippten Code eines der gesicherten Apartments, das gewöhnlich von geschützten Zeugen benutzt wurde. Und, überlegte Miles, von gewissen politischen Unpersonen. War es möglich, daß sein in der Luft hängendes Leben einen Chamäleon-Effekt hatte und ihn durchscheinend machte?

»Wie lange werde ich hier bleiben?« fragte Miles den Offizier.

»Ich weiß es nicht, Fähnrich«, antwortete der Mann und ließ ihn allein.

Sein Seesack, der mit seinen Kleidern vollgestopft war, und eine hastig gepackte Kiste lagen mitten auf dem Fußboden des Apartments. Alle seine weltlichen Güter von Kyril. Sie rochen muffig, mit einem kalten Hauch arktischer Feuchtigkeit. Miles durchstöberte sie – alles schien dabei zu sein, einschließlich seiner Wetterbibliothek – und erforschte dann sein neues Quartier. Es bestand aus einem Zimmer mit Bad und Kochnische und war schäbig möbliert in dem Stil, der vor zwanzig Jahren üblich gewesen war, mit ein paar bequemen Stühlen und einem Bett, leeren Kleiderschränken und Regalen und Einbauschränken. Es gab keine zurückgelassenen Kleiderstücke oder Gegenstände oder sonstige Hinterlassenschaften, die einen Hinweis auf die Person irgendeines früheren Bewohners gegeben hätten.

Es mußte Wanzen geben. Jede glänzende Oberfläche konnte eine Vidkamera verbergen, und die Lauschohren befanden sich wahrscheinlich nicht einmal innerhalb des Zimmers. Aber waren sie eingeschaltet? Oder – fast eine noch schlimmere Beleidigung – machte sich Illyan vielleicht nicht einmal die Mühe, sie einzuschalten?

Im äußeren Korridor gab es eine Wache und Fernüberwachungsgeräte, aber Miles schien zur Zeit keine Nachbarn zu haben. Er entdeckte, daß er den Korridor verlassen und in den wenigen Bereichen des Gebäudes herumgehen konnte, für die nicht die höchste Sicherheitsstufe galt, doch die Wachen an den Außentüren, die über seine Identität informiert waren, wiesen ihn höflich, aber bestimmt zurück. Er stellte sich vor, die Flucht zu versuchen, indem er sich vom Dach abseilte – dabei würde er vermutlich erschossen werden und die Karriere irgendeines armen Wachsoldaten ruinieren.

Ein Sicherheitsoffizier fand ihn, wie er ziellos umherwanderte, führte ihn zu seinem Apartment zurück, händigte ihm eine Handvoll Gutscheine für die Cafeteria des Gebäudes aus und gab ihm nachdrücklich zu verstehen, man würde es zu schätzen wissen, wenn er zwischen den Mahlzeiten in seinem Quartier bliebe. Nachdem der Offizier gegangen war, zählte Miles mit morbider Neugier die Gutscheine und versuchte daraus auf die voraussichtliche Dauer seines Aufenthalts zu schließen. Es waren genau hundert Gutscheine. Miles schauderte.

Er packte seine Kiste und seinen Sack aus, sortierte alles heraus, was durch die Schallwäsche gehen sollte, um den letzten noch verbliebenen Geruch von Camp Permafrost zu beseitigen, hängte seine Uniformen auf, putzte seine Stiefel, arrangierte seine Besitztümer ordentlich in ein paar Regalfächern, duschte und zog eine frische grüne Interimsuniform an.

Damit war eine Stunde rumgebracht. Wie viele folgten noch?

Er versuchte zu lesen, konnte sich aber nicht konzentrieren, und schließlich setzte er sich auf den bequemsten Stuhl, schloß die Augen und tat so, als sei dieses fensterlose, hermetisch abgeschlossene Zimmer eine Kabine an Bord eines Raumschiffs. Auf der Ausreise.

Zwei Abende später saß er auf demselben Stuhl und verdaute gerade ein bleischweres Abendessen aus der Cafeteria, als es an der Tür läutete.

Überrascht stand er auf und humpelte los, um eigenhändig zu öffnen. Vermutlich kein Erschießungskommando, obwohl man ja nie wußte.

Fast änderte er seine Vermutung über das Erschießungskommando, als er vor der Tür Sicherheitsoffiziere mit stahlharten Gesichtern in grünen Uniformen warten sah. »Verzeihen Sie, Fähnrich Vorkosigan«, murmelte einer mechanisch und schob sich an ihm vorbei, um eine Scanner-Überprüfung von Miles' Unterkunft zu beginnen. Miles blinzelte, dann sah er, wer hinter ihnen im Korridor stand. Er kapierte und hauchte: »Ah ja.« Auf einen bloßen Blick des Manns mit dem Scanner hin hob Miles folgsam seine Arme und drehte sich um, um sich abscannen zu lassen.

»In Ordnung, Sir«, berichtete der Mann mit dem Scanner, und Miles war sich sicher, daß es stimmte. Diese Burschen ließen niemals etwas aus, nicht einmal im Herzen des Sicherheitsdienstes selbst.

»Danke sehr. Lassen Sie uns bitte allein. Sie können hier draußen warten«, sagte der dritte Mann. Die Sicherheitsoffiziere nickten und stellten sich zu beiden Seiten von Miles' Tür in Rührt-euch-Haltung auf.

Da er und sein Besucher beide grüne Interimsuniformen trugen, salutierte Miles vor dem dritten Mann, obwohl dessen Uniform weder Rang- noch Dienstbereichsabzeichen trug. Er war dünn, von mittlerer Größe, mit dunklem Haar und intensiven nußbraunen Augen. Ein schiefes Lächeln erschien in dem ernsten jungen Gesicht, dem Lachfalten fehlten.

»Majestät«, sagte Miles förmlich.

Kaiser Gregor Vorbarra machte einen Ruck mit dem Kopf, und Miles schloß die Tür vor dem Sicherheitsduo. Der dünne junge Mann entspannte sich leicht. »Hallo, Miles.«

»Hallo selbst. Uff...« Miles ging zu den Lehnstühlen. »Willkommen in meiner bescheidenen Hütte. Arbeiten die Wanzen?«

»Ich habe gebeten, daß nicht, aber ich wäre nicht überrascht, wenn Illyan mir nicht gehorcht, zu meinem eigenen Besten.« Gregor verzog das Gesicht und folgte Miles. An seiner linken Hand hing ein Plastikbeutel, aus dem es gedämpft klirrte. Er ließ sich auf dem größeren Stuhl nieder, demselben, den Miles vorhin gerade verlassen hatte, lehnte sich zurück, hängte ein Bein über eine Armlehne und seufzte matt, als wäre alle Luft aus ihm gewichen. Er hielt den Beutel hoch. »Hier. Elegante Anästhesie.«

Miles nahm den Beutel und guckte hinein. Zwei Flaschen Wein, bei Gott, schon gekühlt. »Gott segne dich, mein Sohn. Ich habe mir schon gewünscht, ich könnte mich tagelang besaufen. Wie hast du das herausbekommen? Apropos, wie bist du hier hereingekommen? Ich dachte, ich befände mich in Einzelhaft.« Miles stellte die zweite Flasche in den Kühlschrank, holte zwei Gläser und blies den Staub aus ihnen fort.

Gregor zuckte die Achseln. »Sie konnten mich schwerlich draußen halten. Ich werde immer besser darin, auf etwas zu bestehen, weißt du. Doch Illyan hat dafür gesorgt, daß mein privater Besuch wirklich privat ist, darauf kannst du wetten. Und ich kann nur bis 25 Uhr bleiben.« Gregors Schultern sanken zusammen, niedergedrückt von seinem bis auf die Minute bestimmten Zeitplan. »Außerdem gewährt die Religion deiner Mutter eine Art gutes Karma für den Besuch von Kranken und Gefangenen, und ich habe gehört, daß du beides in einem gewesen bist.«

Aha, also hatte seine Mutter Gregor diesen Tip gegeben. Miles hätte das schon ahnen können aufgrund des privaten Etiketts der Vorkosigans auf dem Wein – Himmel, sie hatte diesen *guten* Stoff geschickt. Er hörte auf, die Flasche an ihrem Hals herumzuschwenken und hielt sie mit größerem Respekt. Miles war jetzt einsam genug, um ob dieser mütterlichen Intervention eher dankbar als verlegen zu sein. Er öffnete den Wein, goß ein und nahm nach barrayaranischer Sitte den ersten Schluck. Ambrosia! Er lümmelte sich auf den anderen Stuhl in einer Haltung, die der Gregors ähnelte. »Freut mich jedenfalls, dich zu sehen.«

Miles betrachtete seinen alten Spielkameraden. Wenn sie sich vom Alter her noch etwas näher gewesen wären, dann hätten sie noch mehr die Rollen von Pflegebrüdern übernehmen können; Graf und Gräfin Vorkosigan waren Gregors offizielle Vormunde gewesen, seit dem Chaos und dem Blutvergießen während Vordarians Versuch, den Thron zu rauben. In ihrer Kindergruppe waren sie jedenfalls als ›sichere‹ Kameraden zusammen gewesen, Miles, Ivan, Elena, die fast gleichaltrig waren, und Gregor, der sich schon damals würdevoll benahm und Spiele tolerierte, für die er eigentlich schon ein bißchen zu alt war.

Gregor nahm sein Weinglas und trank einen Schluck. »Tut mir leid, daß es sich für dich nicht so gut entwickelt hat«, sagte er schroff.

Miles legte seinen Kopf schräg. »Ein kurzer Soldat, eine kurze Karriere.« Er nahm einen größeren Schluck. »Ich hatte gehofft, ich würde den Planeten verlassen. Im Schiffsdienst.«

Gregor hatte die Kaiserliche Akademie zwei Jahre vor Miles' Eintritt absolviert. Er hob zustimmend die Augenbrauen. »Tun wir doch alle.«

»Du hattest ein Jahr aktiven Dienst im Weltraum«, betonte Miles.

»Meistens im Orbit. Angebliche Patrouillen, umgeben von Sicherheitsshuttles. Dieses ganze So-tun-als-ob wurde nach einiger Zeit ziemlich quälend. So tun, als ob ich ein Offizier wäre, so tun, als ob ich eine Aufgabe erfüllte, anstatt die Aufgabe aller anderen bloß durch meine Anwesenheit schwerer zu machen… dir wurde zumindest echte Gefahr erlaubt.«

»Das meiste davon war ungeplant, das versichere ich dir.«

»Ich bin zunehmend überzeugt, daß das der Trick an der Sache ist«, fuhr Gregor fort. »Dein Vater, meiner, unsere beiden Großväter – alle überlebten echte militärische Situationen. Dadurch wurden sie zu echten Offizieren, nicht durch diese… Studien.« Seine freie Hand machte eine Bewegung, als wollte er etwas abhacken.

»Sie gerieten gegen ihren Willen in diese Situationen«, widersprach Miles. »Meines Vaters militärische Karriere begann offiziell an dem Tag, als das Todeskommando von Yuri dem Wahnsinnigen hereinstürmte und die meisten Mitglieder seiner Familie umbrachte – ich glaube, er war damals elf oder so. Auf eine solche Art von Initiation würde ich lieber verzichten, nein danke. So etwas würde sich niemand aussuchen, der noch bei klarem Verstand ist.«

»Mm.« Gregor sank deprimiert zusammen. Auf ihm lastete an diesem Abend, vermutete Miles, sein legendärer Vater, Prinz Serg, so wie auf Miles dessen lebender Vater, Graf Vorkosigan. Miles dachte kurz über seine Idee von den ›Zwei Sergs‹ nach. Einer – vielleicht die einzige Version, die Gregor kannte? – war der tote Held, tapfer auf dem Schlachtfeld geopfert oder zumindest sauber im Orbit atomisiert. Der andere, der Verheimlichte Serg: der hysterische Kommandant und sadistische Sodomit, dessen früher Tod in der unseligen Invasion von Escobar vielleicht der größte politische Glücksfall gewesen war, den Barrayar je gehabt hatte… Hatte je ein Hinweis auf die vielen Facetten dieser Persönlichkeit zu Gregor durchdringen dürfen? Niemand, der Serg gekannt hatte, sprach über ihn, Graf Vorkosigan am allerwenigsten. Miles war einmal einem von Sergs Opfern begegnet. Er hoffte, daß Gregor so etwas erspart bliebe.

Miles beschloß, das Thema zu wechseln. »Da wir nun alle wissen, was mit mir passiert ist, was war eigentlich mit dir los in den letzten drei Monaten? Es tut mir leid, daß ich deine letzte Geburtstagsparty versäumt habe. Oben auf Kyril haben sie deinen Geburtstag mit Besaufen gefeiert, was ihn praktisch ununterscheidbar von jedem beliebigen anderen Tag gemacht hat.«

Gregor grinste, dann seufzte er. »Zu viele Zeremonien. Zu viele Stunden, die ich irgendwo aufrecht herumstehen muß – ich glaube, ich könnte bei der Hälfte meiner Funktionen durch ein lebensgroßes Plastikmodell ersetzt werden, und niemand würde es merken. Eine Menge Zeit habe ich damit verbracht auszuweichen, wenn einer meiner verschiedenen Ratgeber mir einen Wink mit dem Zaunpfahl bezüglich einer Heirat gab.«

»Da ist tatsächlich etwas dran«, gab Miles zu bedenken. »Wenn du morgen ... von einem Teewagen überfahren wirst, dann stellt sich für alle die Nachfolgefrage in großem Stil. Ich weiß auf Anhieb mindestens sechs Kandidaten mit vertretbaren Interessen am Kaisertum, und weitere würden bestimmt noch auftauchen. Einige ohne persönliche Ambitionen würden dennoch Morde begehen, damit einige andere nicht zum Zuge kämen. Das ist ja genau der Grund, weshalb du bisher noch keinen namentlich bestimmten Erben hast.«

Gregor hob herausfordernd den Kopf. »Du gehörst ja selbst zu den Kandidaten, wie du weißt.«

»Mit diesem Körper?« Miles schnaubte. »Sie müßten ... wirklich jemanden sehr hassen, um statt dessen mich dafür auszuersehen. Dann wäre es wirklich höchste Zeit, von zu Hause wegzulaufen. Weit und schnell. Tu mir einen Gefallen. Verheirate dich, gründe eine Familie und bekomm wirklich schnell sechs kleine Vorbarras.«

Gregor schaute jetzt noch deprimierter drein. »Tja, das wäre eine Idee. Von daheim weglaufen. Ich frage mich, wie weit ich käme, bevor Illyan mich wieder einholt?«

Beide blickten unwillkürlich nach oben, obwohl Miles sich wirklich noch nicht sicher war, wo die Wanzen versteckt waren. »Besser, wenn Illyan dich einholt, bevor es irgend jemand anderer tut.« Gott, dieses Gespräch wurde allmählich morbide.

»Ich weiß nicht mehr genau, gab es da nicht einmal einen Kaiser von China, der damit endete, daß er irgendwo mit dem Besen kehrte? Und tausend geringere Emigranten – Gräfinnen, die Restaurants betrieben... Flucht *ist* möglich.«

»Flucht vor der Tatsache, daß du ein Vor bist? Das wäre eher wie... zu versuchen, vor dem eigenen Schatten davonzulaufen.« Es würde Augenblicke geben, im Dunkeln, wo es den Anschein hätte, als wäre ein Erfolg erreicht, aber dann... Miles schüttelte den Kopf und untersuchte den restlichen Inhalt des Plastikbeutels. »Aha! Du hast ein Takti-Go mitgebracht.« Er hatte nicht die geringste Lust, Takti-Go zu spielen, es hatte ihn schon mit vierzehn Jahren gelangweilt, aber irgend etwas war besser als nichts. Er holte es heraus und stellte es mit gewollter Fröhlichkeit zwischen ihnen auf. »Bringt alte Zeiten zurück.« Ein gräßlicher Gedanke.

Gregor raffte sich auf und machte einen Eröffnungszug. Er gab vor, daran interessiert zu sein, Miles zu vergnügen, welcher Interesse daran simulierte, Gregor aufzumuntern, welcher so tat, als ob... Miles war zerstreut und schlug Gregor in der ersten Runde zu schnell; dann spielte er aufmerksamer. In der nächsten Runde hielt er es enger und wurde mit einem Funken echten Interesses – gesegnetes Selbstvergessen – auf Gregors Seite belohnt. Sie öffneten die zweite Flasche Wein. Zu diesem Zeitpunkt begann Miles die Wirkungen des Alkohols zu spüren, die Zunge wurde schwer, er selber wurde schläfrig und stupide; es machte ihm kaum Mühe, Gregor die nächste Runde fast gewinnen zu lassen.

»Ich glaube, ich habe dich in diesem Spiel nicht geschlagen, seit du vierzehn warst«, seufzte Gregor, der seine geheime Genugtuung darüber verbarg, daß bei der letzten Runde die Punktestände nur wenig auseinanderlagen. »Du solltest Offizier bleiben, verdammt noch mal.«

»Das ist kein gutes Kriegsspiel, sagt Papa«, kommentierte Miles. »Nicht genug Zufallsfaktoren und unkontrollierte Überraschungen, um die Realität zu simulieren. Ich hab's gern auf diese Art.« Es war fast wohltuend: eine geistlose Routine an Logik, Hindernis und Gegenangriff, multiple verkettete Züge mit immer vollkommen objektiven Optionen.

»Du solltest es ja wissen.« Gregor blickte auf. »Ich begreife immer noch nicht, warum sie dich nach Kyril geschickt haben. Du hast schon eine echte Raumflotte befehligt. Auch wenn es nur ein zerlumpter Haufen Söldner war.«

»Psst. Diese Episode ist kommt offiziell in meinen militärischen Akten nicht vor. Glücklicherweise. Es würde meine Vorgesetzten nicht entzücken. Ich hatte nämlich kommandiert, nicht gehorcht. Allerdings habe ich die Dendarii-Söldner weniger kommandiert als hypnotisiert. Ohne Kapitän Tung, der sich entschloß, meine Ambitionen zugunsten seiner eigenen Zwecke zu unterstützen, hätte alles sehr unangenehm geendet. Und viel früher.«

»Ich dachte immer, Illyan würde mehr mit ihnen anfangen, danach«, sagte Gregor. »Wenn vielleicht auch ohne Absicht, so hast du doch eine ganze militärische Organisation insgeheim in den Dienst von Barrayar gebracht.«

»Ja, ohne daß sie selbst es wußten. Nun, das ist geheim. Aber gib doch zu: daß sie Illyans Abteilung unterstellt wurden, war nur eine juristische Fiktion, jedermann wußte das.« Und würde sich seine eigene Unterstellung unter Illyans Abteilung sich auch als juristische Fiktion erweisen? »Illyan ist zu vorsichtig, um sich in intergalaktische militärische Abenteuer hineinziehen zu lassen. Ich befürchte, sein Hauptinteresse an den Dendarii-Söldnern besteht darin, sie so weit wie möglich von Barrayar wegzuhalten. Söldner florieren durch das Chaos anderer Leute.

Außerdem haben sie eine eigentümliche Truppenstärke, weniger als ein Dutzend Schiffe, drei- bis viertausend Mann. Das ist nicht euer unsichtbares sechsköpfiges Grundteam für verdeckte Operationen, obwohl sie auch solche Teams aufstellen können, und doch sind sie zu klein, um planetarische Operationen zu übernehmen. Sie haben ihre Basis im Weltraum, sind keine Bodentruppe. Wurmlochblockaden waren ihre Spezialität. Sicher, schonend im Umgang mit den Geräten, meistens unbewaffnete Zivilisten drangsalierend – so traf ich sie zuerst an, als unser Frachter durch ihre Blockade gestoppt wurde. Mir wird jetzt noch mulmig, wenn ich an die Risiken denke, die ich einging. Doch ich habe mich oft gefragt, ob ich, wenn ich gewußt hätte, was ich jetzt weiß, hätte können ...« Miles hielt inne und schüttelte den Kopf. »Oder vielleicht ist es wie mit der Höhenangst. Besser nicht nach unten schauen. Sonst wird man starr vor Angst und stürzt hinab.« Miles mochte Höhen nicht.

»Wie war es als militärische Erfahrung verglichen mit Basis Lazkowski?« fragte Gregor nachdenklich.

»Oh, es gab gewisse Parallelen«, gab Miles zu. »Beides waren Aufgaben, für die ich nicht trainiert worden war, beide waren potentiell tödlich. Bei beiden bin ich um Haaresbreite davongekommen – und habe ein paar Haare verloren. Die Dendarii-Episode war … schlimmer. Ich verlor Sergeant Bothari. In einem gewissen Sinn verlor ich Elena. Zumindest in Camp Permafrost ist es mir gelungen, niemanden zu verlieren.«

»Vielleicht wirst du besser«, gab Gregor zu bedenken. Miles schüttelte den Kopf und trank. Er hätte für etwas Musik sorgen sollen. Die undurchdringliche Stille dieses Zimmers war bedrückend, wenn das Gespräch stockte. Die Zimmerdecke war vermutlich keine hydraulische Konstruktion, die herunterkommen und ihn in seinem Schlaf zermalmen konnte; der Sicherheitsdienst hatte viel weniger schmutzige Methoden, um mit widerspenstigen Gefangenen fertigzuwerden. Es schien nur so, als senkte sich die Decke auf ihn herab. *Nun ja, ich bin klein. Vielleicht erwischt sie mich nicht.*

»Ich nehme an, es wäre … unschicklich«, begann Miles zögernd, »dich zu bitten, daß du versuchst, mich hier herauszuholen. Es ist mir immer ziemlich peinlich vorgekommen, um eine kaiserliche Gunst zu bitten. Wie Schummeln oder so etwas.«

»Was, du bittest einen Gefangenen des Kaiserlichen Sicherheitsdienstes, einen anderen zu befreien?« Gregors nußbraune Augen blickten ihn unter schwarzen Augenbrauen ironisch an. »Es ist ein bißchen peinlich, gegen die Grenzen meiner absoluten kaiserlichen Herrschaft anzutreten. Dein Vater und Illyan umfassen mich wie zwei Klammern.« Mit einer quetschenden Bewegung schloß er seine gewölbten Hände.

Es war ein unterschwelliger Effekt dieses Zimmers, sagte sich Miles. Auch Gregor spürte ihn.

»Ich würde, wenn ich könnte«, fügte Gregor entschuldigend an. »Aber Illyan hat kristallklar zu verstehen gegeben, daß er dich in der Versenkung haben will. Jedenfalls für einige Zeit.«

»Zeit.« Miles nahm den letzten Schluck aus seinem Weinglas und entschied, daß er sich besser nichts mehr eingoß. Alkohol war ein Beruhigungsmittel, hieß es. »Für wie lange Zeit? Verdammt, wenn ich nicht bald etwas zu tun bekomme, dann werde ich zum ersten auf Vid aufgezeichneten Fall von spontaner menschlicher Verbrennung.« Er machte mit dem Finger eine derbe Geste zur Zimmerdecke. »Ich brauche nicht einmal ... – ich muß nicht einmal das Gebäude verlassen, aber wenigstens könnten sie mir etwas *Arbeit* geben. In einem Büro oder als Hausmeister – ich bin schrecklich gut im Reinigen der Kanalisation –, irgend etwas. Als Papa mit Illyan darüber sprach, mich zum Sicherheitsdienst zu versetzen – da dies die einzige Abteilung wäre, die mich noch nähme –, da muß er an mehr gedacht haben als nur an ein M ... M ... Maskottchen.« Er schenkte sich wieder ein und trank, um seinen Wortschwall zu stoppen. Er hatte zuviel gesagt. Verdammter Wein. Verdammter Wein.

Gregor hatte aus Takti-Go-Steinen einen kleinen Turm gebaut, den er jetzt mit einem Finger wieder einstürzte. »Oh, ein Maskottchen zu sein ist keine schlechte Arbeit, wenn du dich drauf verstehst.« Er stocherte zögernd in dem Haufen Spielsteinen herum. »Ich werde sehen, was ich tun kann. Aber ich verspreche nichts.«

Miles wußte nicht, ob es am Kaiser lag, an den Wanzen, oder an Rädern, die schon in Bewegung gewesen waren (sich jedoch nur langsam drehten), aber zwei Tage später fand er sich mit dem Job eines Verwaltungsassistenten des Wachkommandanten des Gebäudes betraut. Es war Komkonsolenarbeit: Zeitpläne aufstellen, Personallisten führen, Computerdateien updaten. Der Job war eine Woche lang interessant, solange Miles ihn erlernte, danach geisttötend. Am Ende eines Monats begannen die Langeweile und die Banalität an seinen Nerven zu zehren. War er loyal oder nur dumm? Wächter, das erkannte Miles jetzt, mußten auch den ganzen Tag im Gefängnis zubringen. Tatsächlich war es jetzt für ihn als Wächter eine seiner Aufgaben, auf sich selber aufzupassen. Verdammt clever von Illyan, niemand anderer hätte ihn drinbehalten können, wenn er zur Flucht entschlossen gewesen wäre. Einmal fand er ein Fenster und blickte hinaus. Draußen fiel Schneeregen.

Würde er aus diesem verdammten Kasten noch vor dem Winterfest herauskommen? Wie lang brauchte die Welt, um ihn sowieso zu vergessen? Wenn er Selbstmord beginge, konnte er dann offiziell als von einem Wachposten auf der Flucht erschossen registriert werden? Versuchte Illyan, ihn zum Wahnsinn oder nur aus seiner Abteilung zu treiben?

Ein weiterer Monat ging vorüber. Miles beschloß, als geistige Übung seine dienstfreien Stunden damit auszufüllen, daß er jedes Trainingsvid aus der Militärbibliothek anschaute, und zwar in strikt alphabetischer Reihenfolge. Die Sammlung war wirklich erstaunlich. Besonders nachdenklich stimmte ihn ein dreißigminütiges Vid (unter ›H: Hygiene‹), das erklärte, wie man sich duscht – na ja, es gab vielleicht Rekruten aus dem Hinterland, die eine solche Anleitung wirklich nötig hatten. Nach ein paar Wochen hatte er sich durchgearbeitet bis ›L: Laser-Gewehr Modell D-67; Energiezellen-Schaltungen, Wartung und Reparatur‹, als er von einem Anruf unterbrochen wurde, der ihm befahl, sich in Illyans Büro zu melden.

Illyans Büro war fast unverändert gegenüber Miles' letztem peinigendem Besuch – dasselbe fensterlose innere Zimmer, dessen Hauptinhalt ein Komkonsolenpult war, das aussah, als könnte man damit ein Sprungschiff steuern –, aber jetzt standen da zwei zusätzliche Stühle. Einer war vielversprechend leer. Vielleicht würde Miles in dieser Runde nicht auf dem Teppich sitzen müssen? Der andere Stuhl war besetzt von einem Mann in grüner Interimsuniform mit den Rangabzeichen eines Hauptmanns und dem Horusauge des Kaiserlichen Sicherheitsdienstes am Kragen.

Interessanter Bursche, dieser Hauptmann. Miles schätzte ihn mit einem Blick aus den Augenwinkeln ab, während er vor Illyan salutierte. Vielleicht fünfunddreißig Jahre alt, hatte er etwas von Illyans unauffälligem, gleichgültig kühlem Aussehen im Gesicht, war aber schwerer gebaut. Bleich. Er konnte leicht als subalterner Bürokrat durchgehen, ein Mann, der sein Leben sitzend in einem Haus zubrachte. Aber dieser besondere Ausdruck konnte auch dadurch erworben sein, daß er viel Zeit in Raumschiffen eingepfercht gewesen war.

»Fähnrich Vorkosigan, das ist Hauptmann Ungari. Hauptmann Ungari ist einer meiner galaktischen Detektive. Er hat zehn Jahre Erfahrung im Sammeln von Informationen für diese Abteilung. Seine Spezialität ist die militärische Auswertung.«

Ungari nickte Miles' höflich zu und bestätigte damit, daß sie damit einander vorgestellt waren. Sein emotionsloser Blick schätzte nun seinerseits Miles ab. Miles fragte sich, zu welcher Beurteilung des vor ihm stehenden zwergenhaften Soldaten der Spion wohl käme, und versuchte, aufrechter zu stehen. Aus Ungaris Reaktion auf Miles war nichts abzulesen.

Illyan lehnte sich in seinem Drehstuhl zurück. »Also sagen Sie mir, Fähnrich, was haben Sie in letzter Zeit von den Dendarii-Söldnern gehört?«

»Sir?« Miles war überrascht. Das war *nicht* die Wendung, die er erwartet hatte... »Ich... in letzter Zeit, nichts. Ich hatte eine Nachricht vor etwa einem Jahr von Elena Bothari – das heißt Bothari-Jesek. Aber die war rein privat... hm... Geburtstagsgrüße.«

»Die habe ich.« Illyan nickte.

Hast du, du Mistkerl.

»Nichts seither?«

»Nein, Sir.«

»Hm.« Illyan winkte mit der Hand auf den freien Stuhl. »Setz dich, Miles.« Seine Stimme wurde lebhafter und geschäftsmäßiger. Kamen sie jetzt endlich zum Wesentlichen? »Befassen wir uns ein bißchen mit Astrographie. Geographie ist die Mutter der Strategie, sagt man.« Illyan fummelte an ein paar Schaltern an seiner Komkonsole herum.

Über der Holovidscheibe bildete sich eine leuchtende, dreidimensionale Routenkarte des Wurmlochgeflechts. Sie sah eher aus wie ein aus Kugeln und Stäbchen gebildetes Modell irgendeines seltsamen organischen Moleküls; Kugeln stellten die zu durchquerenden Lokalräume dar, Stäbchen die zwischen ihnen liegenden Wurmlochsprünge. Das Modell war schematisch, komprimierte die Informationen und war nicht unbedingt maßstabgerecht. Illyan zoomte auf einen Teilbereich ein, rote und blaue Funken im Mittelpunkt einer sonst leeren Kugel, von der in schiefen Winkeln vier Stäbchen zu komplexeren Kugeln führten, wie bei einem abgeschrägten keltischen Kreuz. »Sieht das bekannt aus?«

»Das in der Mitte ist die Hegen-Nabe, nicht wahr, Sir?«

»Gut.« Illyan überreichte ihm sein Steuergerät. »Geben Sie mir ein strategisches Resümee der Hegen-Nabe, Fähnrich.«

Miles räusperte sich. »Sie ist ein Doppelsternsystem ohne bewohnbare Planeten, mit ein paar Stationen und Energiesatelliten und sonst sehr wenig, um sich dort länger aufzuhalten. Wie die meisten Verbindungen im Geflecht ist sie mehr eine Route als ein Ort; sie bekommt ihren Wert durch das, was ringsherum ist. In diesem Fall vier anschließende Regionen von Lokalraum mit besiedelten Planeten.« Zur Unterstreichung seiner Ausführungen ließ Miles immer den Teil des Bildes, über den er gerade sprach, heller erscheinen.

»Aslund. Aslund ist eine Sackgasse wie Barrayar; die Hegen-Nabe ist sein einziges Tor zum größeren galaktischen Netz. Die Hegen-Nabe ist für Aslund so lebenswichtig wie unser Durchgang Komarr für uns.

Jackson's Whole. Die Hegen-Nabe ist nur einer der fünf Ausgänge aus dem jacksonischen Lokalraum; jenseits von Jackson's Whole liegt die Hälfte der erforschten Galaxis.

Vervain. Vervain hat zwei Ausgänge: einen zur Nabe, den anderen in diejenigen Sektoren des Geflechts, die vom cetagandanischen Imperium beherrscht werden.

Und viertens, natürlich, unser ... äh ... guter Nachbar, Planet und Republik von Pol. Der seinerseits Verbindung zu unserem Komarr hat, das vielfach im Geflecht verknüpft ist. Von Komarr aus gibt es auch unseren einzigen direkten Sprung in den cetagandanischen Sektor, und diese Route wird entweder strikt kontrolliert oder für cetagandanischen Verkehr total gesperrt, seit wir Komarr erobert haben.« Miles blickte auf Illyan, ob der ihm zustimmte; er hoffte, daß er sich auf der richtigen Fährte befand. Illyan blickte auf Ungari, der seine Augenbrauen leicht hob. Was bedeutete das?

»Wurmlochstrategie. Das Fadenspiel des Teufels«, murmelte Illyan erklärend. Er blickte mit zusammengekniffenen Augen auf sein leuchtendes Schema. »Vier Spieler, ein Spielbrett. Eigentlich müßte es einfach sein ...«

»Auf jeden Fall«, Illyan streckte die Hand nach dem Steuergerät aus und lehnte sich mit einem Seufzer zurück, »die Hegen-Nabe ist mehr als ein potentieller Würgepunkt für die vier angrenzenden Systeme. Fünfundzwanzig Prozent unseres eigenen Handelsverkehrs passieren sie, über Pol. Und obwohl Vervain für cetagandanische militärische Schiffe gesperrt ist, so wie Pol für die unsrigen, verschiffen die Cetas beträchtliche Mengen ziviler Handelsgüter durch den gleichen Durchgang und dann weiter hinaus an Jackson's Whole vorbei. Alles – wie zum Beispiel ein Krieg –, was die Hegen-Nabe blockiert, erschiene für Cetaganda fast so schädlich wie für uns.

Und doch, nach Jahren kooperativen Desinteresses und gleichgültiger Neutralität wimmelt diese leere Region plötzlich von etwas, das ich nur als Wettrüsten bezeichnen kann. Alle vier Nachbarn scheinen militärische Interessen zu entwickeln. Pol hat die Bewaffnung auf allen seinen sechs mit der Nabe verknüpften Sprungpunktstationen verstärkt – und dabei sogar Kräfte von der uns zugewandten Seite abgezogen, was ich ein bißchen überraschend finde, da Pol uns gegenüber immer extrem wachsam war, seit wir Komarr eingenommen haben. Das Konsortium von Jackson's Whole tut dasselbe auf seiner Seite. Vervain hat eine Söldnerflotte angeheuert, die Randall's Rangers heißt.

All diese Aktivitäten verursachen eine leichte Panik unter den Aslundern, deren Interesse an der Hegen-Nabe aus offensichtlichen Gründen am kritischsten ist. Sie verwenden die Hälfte ihres militärischen Budgets in diesem Jahr für eine größere Sprungpunktstation – ha, für eine schwebende Festung – und um die Lücken während der Vorbereitungen zu schließen, haben auch sie Bewaffnete angeheuert. Mit denen bist du vielleicht vertraut. Sie wurden die Flotte der Freien Dendarii-Söldner genannt.« Illyan machte eine Pause, hob die Augenbrauen und beobachtete Miles' Reaktion.

Endlich Verbindungen – oder? Miles atmete hörbar aus. »Sie waren einmal Blockadespezialisten. Das macht Sinn, nehme ich an. Ach … wurden die Dendarii genannt? Haben sie ihr Etikett gewechselt?«

»Sie sind kürzlich anscheinend zu ihrer ursprünglichen Bezeichnung Oserische Söldner zurückgekehrt.«

»Seltsam. Warum?«

»Warum, ja warum?« Illyan preßte die Lippen zusammen.

»Eine von vielen Fragen, obwohl kaum die drängendste. Aber es ist die cetagandanische Verbindung – oder ihr Fehlen –, was mich am meisten beunruhigt. Allgemeines Chaos in der Region wäre für Cetaganda ebenso schädlich wie für uns. Aber falls nach dem Ende des Chaos Cetaganda irgendwie die Kontrolle über die Hegen-Nabe erlangt hätte – o je! Dann könnten die Cetagandaner den barrayaranischen Verkehr blockieren oder kontrollieren, so wie wir es mit dem ihrigen durch Komarr tun. In der Tat, wenn man die andere Seite des Sprunges Komarr-Cetaganda als unter ihrer Kontrolle befindlich betrachtet, dann würden sie über zwei unserer vier hauptsächlichen galaktischen Routen dominieren. Etwas Labyrinthisches, Indirektes – es riecht nach den Methoden von Cetaganda. Oder würde riechen, wenn ich ihre klebrigen Hände dabei ertappen könnte, daß sie irgendwelche dieser Fäden ziehen. Sie müssen da sein, selbst wenn ich sie noch nicht sehen kann …« Illyan schüttelte grübelnd den Kopf. »Wenn der Sprung nach Jackson's Whole abgeschnitten wäre, dann müßten alle anderen ihre Routen durch das cetagandanische Imperium verlegen … der Profit da …«

»Oder durch unser Gebiet«, betonte Miles. »Warum sollte Cetaganda uns diesen Gefallen tun?«

»Ich habe an eine Möglichkeit gedacht. Tatsächlich habe ich an neun Möglichkeiten gedacht, aber diese eine ist für dich, Miles. Was ist die beste Methode, um einen Sprungpunkt zu erobern?«

»Von beiden Enden aus zugleich«, sagte Miles automatisch auf.

»Was einer der Gründe ist, warum Pol sorgsam darauf bedacht war, uns nie eine militärische Präsenz in der Hegen-Nabe aufbauen zu lassen. Aber nehmen wir einmal an, daß irgend jemand auf Pol auf das häßliche Gerücht stößt, das aus der Welt zu schaffen mir soviel Schwierigkeiten bereitet hat, nämlich daß die Dendarii-Söldner die private Armee eines bestimmten barrayaranischen Vor-Lords sind? Was werden sie denken?«

»Sie werden denken, daß wir uns darauf vorbereiten, sie zu überfallen«, sagte Miles. »Sie könnten paranoid werden – in Panik geraten –, sogar eine zeitweise Allianz mit, sagen wir mal, Cetaganda eingehen?«

»Sehr gut«, nickte Illyan.

Hauptmann Ungari, der bisher zugehört hatte mit der höflichen Geduld eines Mannes, der das alles schon einmal früher mitgemacht hat, blickte auf Miles, als sei er leicht ermutigt, und stimmte dieser Hypothese mit einem Kopfnicken zu.

»Aber selbst wenn man sie als eine unabhängige Kraft betrachtet«, fuhr Illyan fort, »dann bedeuten die Dendarii einen weiteren destabilisierenden Einfluß in der Region. Die ganze Situation ist beunruhigend – wird von Tag zu Tag gespannter, ohne ersichtlichen Grund. Nur ein kleines bißchen Gewalt mehr – ein Fehler, ein tödlicher Vorfall – könnte Turbulenzen auslösen, klassisches Chaos, den Ernstfall, unaufhaltsam. Gründe, Miles! Ich möchte Informationen haben.«

Im allgemeinen verlangte Illyan nach Informationen mit der gleichen Leidenschaft, mit der ein unter Entzugserscheinungen leidender Juba-Süchtiger nach einer Nadel verlangt. Er wandte sich jetzt an Ungari. »Also, was meinen Sie, Hauptmann? Eignet er sich?«

Ungari ließ sich Zeit mit der Antwort. »Er ist … physisch auffälliger, als ich dachte.«

»Als Tarnung ist das nicht unbedingt ein Nachteil. In seiner Gesellschaft müßten Sie eigentlich nahezu unsichtbar sein. Als Jäger, der sich hinter einem Bock verbirgt.«

»Vielleicht. Aber kann er die Belastung aushalten?

Ich werde nicht viel Zeit für Babysitting haben.« Ungaris Stimme war ein kultivierter Bariton; offensichtlich gehörte er zu den modernen, gebildeten Offizieren, obwohl er keine Akademie-Nadel trug.

»Der Admiral scheint es zu glauben. Soll ich dem widersprechen?«

Ungari blickte auf Miles. »Sind Sie sicher, daß das Urteil des Admirals nicht durch ... persönliche Hoffnungen beeinflußt ist?«

Sie meinen durch Wunschdenken, übersetzte Miles im stillen dieses leichte Zögern.

»Wenn das so wäre, dann zum erstenmal.« Illyan hob die Schultern. *Und für alles gibt es ein erstesmal,* hing unausgesprochen im Raum. Illyan fixierte jetzt Miles mit einem Blick voller grimmiger Eindringlichkeit. »Miles, glaubst du, du könntest – falls nötig – noch einmal die Rolle von Admiral Naismith spielen, für kurze Zeit?«

Er hatte es kommen sehen, aber die laut ausgesprochenen Worte bewirkten doch einen seltsamen kalten Schauder. Diese unterdrückte Persönlichkeit wieder zu aktivieren ... *Es war nicht nur eine Rolle, Illyan.* »Ich könnte wieder Naismith spielen, sicher. *Aufzuhören* Naismith zu spielen ist, was mir Angst macht.«

Illyan gestattete sich ein frostiges Lächeln, da er dies als Scherz aufnahm. Miles' Lächeln war etwas gezwungener. *Sie wissen nicht, Sie wissen nicht, wie das war ...* Drei Teile Schwindel und Mumpitz, und ein Teil ... etwas anderes. Zen, Gestaltpsychologie, Wahn? Unkontrollierbare Momente von Hochstimmung im Alpha-Zustand ... Konnte er es wieder tun? Vielleicht wußte er jetzt zu viel. *Zuerst erstarrst du, und dann fällst du.* Vielleicht wäre es diesmal nur Schauspielerei.

Illyan lehnte sich zurück, hielt seine Hände mit zusammengelegten Handflächen hoch und ließ sie dann auseinanderfallen. »Also gut, Hauptmann Ungari. Er gehört Ihnen. Verwenden Sie ihn, wie Sie es für richtig halten. Ihre Mission ist also, Informationen über die gegenwärtige Krise in der Hegen-Nabe zu sammeln; zweitens, wenn möglich, Fähnrich Vorkosigan dazu zu verwenden, die Dendarii-Söldner von der Bühne verschwinden zu lassen. Wenn Sie beschließen, sich eines Scheinvertrags zu bedienen, um sie aus der Hegen-Nabe abzuziehen, dann können Sie das Konto für verdeckte Operationen benutzen, um eine überzeugende Vorauszahlung zu leisten. Sie wissen, welche Ergebnisse ich erwarte. Es tut mir leid, daß ich meine Befehle nicht genauer ausführen kann vor dem Eintreffen der Informationen, die Sie selbst sammeln müssen.«

»Das macht mir nichts aus, Sir«, sagte Ungari und lächelte leicht.

»Hm. Genießen Sie Ihre Unabhängigkeit, solange Sie sie noch haben. Sie endet mit Ihrem ersten Fehler.« Illyans Ton war sardonisch, aber sein Blick war zuversichtlich, bis er ihn auf Miles richtete. »Miles, du wirst als ›Admiral Naismith‹ reisen, der selbst wiederum incognito reist, um möglicherweise zu der Dendarii-Flotte zurückzukehren. Sollte Hauptmann Ungari entscheiden, daß du die Naismith-Rolle aktivierst, dann wird er als dein Leibwächter auftreten, damit er immer in der Lage ist, die Situation zu kontrollieren. Es ist ein bißchen zuviel verlangt von Ungari, daß er außer für seine Mission auch für deine Sicherheit verantwortlich ist, deshalb wirst du auch noch einen wirklichen Leibwächter haben. Dieses Arrangement wird Hauptmann Ungari ungewöhnliche Bewegungsfreiheit geben, denn so wird plausibel, warum du ein persönliches Raumschiff besitzt – wir haben einen Sprungpiloten und einen Schnellkurier, die wir bekommen haben von … – ach, mach dir keine Gedanken, woher, aber er hat keine Verbindung mit Barrayar. Er ist zur Zeit auf Jackson's Whole registriert, was gut in den mysteriösen Hintergrund von Admiral Naismith paßt. Es ist so offensichtlicher Schwindel, daß niemand nach einer zweiten Schicht von... hm... Schwindelei sucht.« Illyan machte eine Pause. »Du wirst natürlich Hauptmann Ungaris Befehlen folgen. *Das* versteht sich von selbst.« Illyans direkter Blick war so kalt wie Mitternacht auf Kyril.

Miles lächelte pflichtbewußt, um zu zeigen, daß er den Wink verstanden hatte. *Ich werde gut sein, Sir – lassen Sie mich nur vom Planeten weg ins All!* Vom Gespenst zum Bock – war das eine Beförderung?

KAPITEL 8

Victor Rotha, Agent für Beschaffungen. Das klang fast wie ein Zuhälter. Unschlüssig betrachtete Miles seine neue Persönlichkeit, die über die Vidscheibe in seiner Kabine verdoppelt wurde. Was war denn überhaupt falsch an einem simplen spartanischen Spiegel? *Woher* hatte Illyan dieses *Schiff* bekommen? Es stammte aus betanischer Produktion und war mit betanischen technischen Spielereien der Luxusklasse vollgestopft. Miles vergnügte sich mit einer schauerlichen Vision, was geschehen könnte, wenn je bei der Programmierung des komplizierten sonischen Zahnreinigers etwas danebenging.

›Rotha‹ war unbestimmt gekleidet, mit Rücksicht auf seinen vermeintlichen Herkunftsort. Miles hatte vor einem betanischen Sarong haltgemacht, Station Sechs von Pol war bei weitem nicht warm genug dafür. Seine weiten grünen Hosen wurden allerdings von einer betanischen Sarongschnur gehalten. Er trug dazu betanische Sandalen, ein grünes Hemd aus billiger synthetischer Seide (Made on Escobar) und eine teure bauschige cremefarbene Jacke im gleichen Stil. Die bunt zusammengewürfelte Kleidung von jemand, der ursprünglich von Kolonie Beta kam und sich schon eine Weile mit mancherlei Auf und Ab in der Galaxis herumgetrieben hat. Gut. Er hielt halblaut gemurmelte Selbstgespräche, um seinen lang nicht mehr benutzten betanischen Akzent wieder zu üben, während er in der bestens eingerichteten Eignerkabine herumtrödelte.

Sie hatten ohne einen Zwischenfall einen Tag zuvor hier an Pol Sechs angedockt. Die ganze dreiwöchige Reise von Barrayar hierher war ohne Zwischenfall verlaufen. Ungari schien es so zu mögen. Der Sicherheitshauptmann hatte die meiste Zeit auf der Reise damit verbracht, Dinge zu zählen, Bilder aufzunehmen und wieder zu zählen: Schiffe, Truppen, zivile wie auch militärische Sicherheitswachen. Sie hatten es geschafft, Vorwände dafür zu finden, an vier der sechs Sprungpunktstationen auf der Strecke zwischen Pol und der Hegen-Nabe haltzumachen, wobei Ungari auf dem ganzen Weg gezählt, gemessen, eingeteilt, in den Computer eingegeben und gerechnet hatte. Nun waren sie an Pols letztem (oder erstem, je nach der Reiserichtung) Außenposten angekommen, an seinem Brückenkopf in der Hegen-Nabe selbst.

Früher einmal hatte Pol Sechs nur den Sprungpunkt markiert, war nicht mehr gewesen als ein Nothalt und eine Verbindungsstation zur Nachrichtenübertragung. Noch hatte niemand das Problem gelöst, wie man Nachrichten durch einen Wurmlochsprung brachte, außer daß man sie physikalisch auf dem Sprungschiff transportierte. In den am meisten entwickelten Regionen des Wurmlochgeflechts machten Kommunikationsschiffe den Sprung stündlich oder noch öfter, um einen Dichtstrahlimpuls auszusenden, der mit Lichtgeschwindigkeit zum nächsten Sprungpunkt in diesem Bereich des Lokalraums wanderte, wo die Nachrichten aufgenommen und dann wieder weiterübertragen wurden; dies war der schnellstmögliche Informationsfluß. In weniger entwickelten Regionen mußte man einfach warten, manchmal Wochen oder Monate, bis ein Schiff zufällig vorbeikam, und dann hoffen, daß die Leute an Bord nicht vergessen würden, die ihnen anvertraute Post abzugeben.

Jetzt war Pol Sechs nicht mehr bloß zur Markierung da, sondern ganz offen auch zur Bewachung. Ungari hatte aufgeregt mit der Zunge geschnalzt, als er die Schiffe der polianischen Raumflotte identifizierte und zusammenaddierte, die in dem Gebiet um die neue Konstruktion versammelt waren. Die Barrayaraner hatten ihr Raumschiff in einer spiralförmigen Flugbahn zum Dock manövriert; auf diese Weise hatten sie alle Seiten der Station sehen können, sowie alle Schiffe, die an der Station angedockt waren oder sich um sie herum bewegten.

»Ihre Hauptaufgabe hier«, hatte Ungari zu Miles gesagt, »wird sein, allen, die uns beobachten, etwas Interessanteres zur Beobachtung zu geben als mich. Gehen Sie herum. Ich glaube, Sie brauchen sich nicht besonders anzustrengen, um aufzufallen. Entwickeln Sie Ihre Tarnidentität – mit Glück werden Sie sogar den einen oder anderen Kontakt herstellen, der weiterer Untersuchung wert ist. Obwohl ich bezweifle, daß Sie sofort auf etwas von großem Wert stoßen werden; so einfach funktioniert es nämlich nicht.«

Jetzt legte Miles seinen Musterkoffer offen auf sein Bett und überprüfte ihn nochmals. *Ich bin nur ein reisender Handelsvertreter.* Ein Dutzend Handwaffen, deren Energiezellen herausgenommen worden waren, schimmerten ihm tückisch entgegen. Eine Reihe von Viddisketten beschrieb größere und interessantere Waffensysteme. Eine noch interessantere – man konnte sogar sagen, eine noch ›fesselndere‹ – Sammlung von winzigen Disketten war in Miles Jacke versteckt. *Tod. Ich habe ihn en gros im Angebot.*

Miles Leibwächter traf ihn an der Luke zum Dock. Warum, o Gott, hatte Illyan Sergeant Overkill dieser Mission zugeteilt? Aus demselben Grund, weshalb er ihn nach Kyril geschickt hatte: weil man ihm vertraute, ohne Zweifel; aber es brachte Miles in Verlegenheit, mit einem Mann zusammenzuarbeiten, der ihn einmal verhaftet hatte. Was hielt Overholt jetzt von Miles? Glücklicherweise gehörte der große Mann zum schweigsamen Typ.

Overholt war ebenso informell und kunterbunt gekleidet wie Miles, allerdings mit Sicherheitsstiefeln statt Sandalen. Er sah genau aus wie ein Leibwächter, der versuchte, wie ein Tourist auszusehen. Genau die

Art von Mann, die ein unbedeutender Waffenhändler wie Victor Rotha engagieren würde. *Sowohl zweckmäßig wie auch dekorativ, er schneidet, würfelt und hackt ...* Miles und Overholt waren schon jeder für sich allein bemerkenswert. Zusammen, nun ja ... Ungari hatte recht. Sie brauchten nicht zu befürchten, daß man sie übersehen würde.

Miles ging Overholt voran durch das Andockrohr und nach Pol Sechs hinein. Die Speiche, an der sie angedockt hatten, schleuste die Ankommenden zu einem Zollbereich, wo Miles' Musterkoffer und Person sorgfältig überprüft wurden und Overholt einen Waffenschein für seinen Betäuber vorlegen mußte. Von dort aus hatten sie freien Zugang zu den Einrichtungen der Transitstation, abgesehen von bestimmten bewachten Korridoren, die natürlich zu den militärischen Zonen führten. Diese Bereiche, das hatte Ungari klargemacht, waren seine Angelegenheit, nicht Miles'.

Miles, der noch reichlich Zeit hatte bis zu seinem ersten Termin, schlenderte gemächlich dahin und genoß die Empfindung, auf einer Raumstation zu sein. Hier ging es zwar nicht so frei und ungebunden zu wie auf Kolonie Beta, aber ohne Frage war dieser Ort von der maßgebenden galaktischen Technokultur geprägt. Ganz anders als das arme, halb rückständige Barrayar. Die fragile künstliche Umgebung atmete ihren eigenen Hauch von Gefahr, einen Hauch, der sich im Falle eines plötzlichen Druckabfalls sofort zu einem klaustrophobischen Schrecken aufblähen konnte. Eine zentrale Halle, die mit Läden, Gastquartieren und Speiselokalen gesäumt war, bildete die Begegnungszone.

Ein merkwürdiges Trio lungerte genau gegenüber Miles in der belebten Halle herum. Ein großer Mann in lockerer Kleidung, die ideal zum Verbergen von Waffen war, suchte das ganze Gebiet unruhig mit den Augen ab. Ein professionelles Gegenstück zu Sergeant Overkill, ohne Zweifel. Er und Overholt entdeckten sich gegenseitig, tauschten grimmige Blicke aus und ignorierten einander danach sorgfältig. Der langweilige Mann, den der andere beschützte, verblaßte fast zur Unsichtbarkeit neben seiner Begleiterin.

Sie war klein, aber erstaunlich energisch. Ihre schmächtige Figur und ihr sehr kurz geschnittenes weißblondes Haar gaben ihr ein seltsames, elfenhaftes Aussehen. Ihr schwarzer Overall schien mit elektrischen Funken zu changieren und floß über ihre Haut wie Wasser – Abendkleidung während des Tageszyklus. Schwarze Schuhe mit dünnen Absätzen machten sie ein paar unbedeutende Zentimeter größer. Ihre Lippen waren blutrot karmin gefärbt, passend zu dem schimmernden Tuch, das um den alabasterfarbenen Hals geschlungen war und so von beiden Schultern herabfiel, daß es die nackte weiße Haut ihres Rückens einrahmte. Sie sah … kostspielig aus.

Sie fing Miles' faszinierten Blick auf, hob ihr Kinn und blickte kühl zurück.

»Victor Rotha?« Die Stimme neben ihm ließ Miles aufschrecken.

»Ah … Mr. Liga?« Miles wandte sich schnell um. Kaninchenhafte, bleiche Gesichtszüge, eine vorstehende Lippe, schwarzes Haar: dies war der Mann, der behauptete, er wolle die Bewaffnung seiner Sicherheitswachen auf seiner Asteroidenbergwerksanlage verbessern. Gewiß. Wie – und wo – hatte Ungari Liga aufgegabelt? Miles war sich nicht sicher, ob er das überhaupt wissen wollte.

»Ich habe einen privaten Raum für unser Gespräch reserviert«, sagte Liga lächelnd und wies mit dem Kopf auf den Eingang eines Gastquartiers in der Nähe. »Nicht wahr«, fügte Liga hinzu, »es sieht aus, als würde alle Welt heute vormittag Geschäfte machen.« Er nickte in Richtung auf das Trio auf der anderen Seite der Halle, das jetzt zu einem Quartett geworden war und sich entfernte. Die Enden des Halstuches flatterten wie Fahnen hinter der schnell davonschreitenden Blondine her.

»Wer war diese Frau?« fragte Miles.

»Ich weiß es nicht«, sagte Liga. »Aber der Mann, hinter dem die drei hergehen, ist Ihr Hauptkonkurrent hier. Der Agent des Hauses Fell, der jacksonischen Rüstungsspezialisten.«

Er sah mehr wie der Typ eines Geschäftsmannes in mittleren Jahren aus, zumindest von hinten. »Pol läßt die Jacksonier hier operieren?« fragte Miles. »Ich dachte, es gäbe zwischen ihnen starke Spannungen.«

»Zwischen Pol, Aslund und Vervain, ja«, sagte Liga. »Das Konsortium von Jackson's Whole beteuert laut seine Neutralität. Sie hoffen, von allen Seiten profitieren zu können. Aber hier ist nicht der beste Ort, um über Politik zu reden. Gehen wir hinein, oder?«

Wie Miles erwartet hatte, etablierte Liga sie in einem ansonsten nicht belegten Zimmer des Quartiers, das er speziell für diesen Zweck gemietet hatte. Miles begann sein auswendig gelerntes Verkaufsgespräch, handelte die Handwaffen ab und quasselte etwas über verfügbare Vorräte und über Liefertermine daher.

»Ich hatte gehofft«, sagte Liga, »etwas... Maßgeblicheres zu sehen.«

»Ich habe eine andere Auswahl von Mustern an Bord meines Schiffes«, erklärte Miles. »Ich wollte den polianischen Zoll nicht damit belästigen. Aber ich kann Ihnen einen Überblick per Vid geben.«

Miles führte das Handbuch über schwere Waffen vor. »Dieses Vid dient natürlich nur zur Information, denn der Besitz dieser Waffen durch Privatpersonen ist im polianischen Lokalraum illegal.«

»Im Raum von Pol, ja«, stimmte Liga zu. »Aber die Gesetze von Pol gelten nicht in der Hegen-Nabe. Noch nicht. Alles, was Sie tun müssen, ist, von Pol Sechs abzulegen und einen kleinen Flug über die Zehntausend-Kilometer-Grenze für Handelskontrolle hinaus zu unternehmen, wo Sie vollkommen legal jede Art von Geschäft machen können, die Sie wollen. Das Problem entsteht dann, wenn Sie die Fracht zurück in den lokalen Raum von Pol liefern wollen.«

»Schwierige Lieferungen sind eine meiner Spezialitäten«, versicherte ihm Miles. »Für einen kleinen Aufschlag, natürlich.«

»Wie? – Na gut…« Liga blätterte den Vidkatalog schnell durch. »Diese Hochleistungsplasmabögen, nun… wie sind die im Vergleich zu den Nervendisruptoren der Geschützstufe?«

Miles hob die Schultern. »Das hängt ganz davon ab, ob Sie nur Menschen wegpusten wollen, oder Menschen und Hab und Gut. Ich kann Ihnen einen sehr guten Preis für die Nervendisruptoren machen.« Er nannte eine Zahl in polianischen Credits.

»Ich habe schon ein besseres Angebot bekommen, kürzlich, für ein Gerät mit der gleichen Kilowatt-Leistung«, erwähnte Liga desinteressiert.

»Aber sicher!« lächelte Miles. »Das Gift kostet ein Credit, das Gegengift einhundert Credits.«

»Was soll das bedeuten, ha?« fragte Liga mißtrauisch. Miles entrollte sein Jackenrevers, fuhr mit dem Daumen an der Unterseite entlang und zog eine winzige Viddiskette hervor. »Schauen Sie sich das mal an.« Er legte die Diskette in den Vidprojektor ein. Eine Figur wurde lebendig und drehte eine Pirouette. Sie war vom Kopf bis zu den Finger- und Zehenspitzen in etwas gekleidet, was wie ein glitzerndes, hautenges Netz erschien.

»Ein bißchen zugig für lange Unterwäsche, was?« sagte Liga skeptisch.

Miles lächelte gequält. »Was Sie hier sehen, würde jede bewaffnete Macht in der Galaxis gern in die Finger bekommen. Das perfekte Schutznetz für Einzelpersonen gegen Nervendisruptoren. Der neueste technologische Trumpf von Kolonie Beta.«

Ligas Augen weiteten sich. »Ich höre zum erstenmal, daß so etwas auf dem Markt ist.«

»Nicht auf dem offenen Markt. Diese hier sind gewissermaßen private Vorverkäufe.« Kolonie Beta machte nur für seine zweit- oder drittneuesten Errungenschaften Reklame; allen anderen immer ein paar Schritte in Forschung und Entwicklung vorauszusein war schon seit einigen Generationen die besondere Masche dieses rauhen Planeten. Zu gegebener Zeit würde Kolonie Beta sein neues Produkt in der ganzen Galaxis vermarkten. In der Zwischenzeit jedoch...

Liga leckte seine aufgeworfene Unterlippe. »Wir verwenden Nervendisruptoren sehr viel.«

Für Sicherheitswachen? Ganz recht, sicherlich. »Ich habe einen begrenzten Vorrat an Schutznetzen. Wer zuerst kommt, mahlt zuerst.«

»Und der Preis?«

Miles nannte eine Zahl in betanischen Dollars.

»Unverschämt!« Liga fuhr auf seinem Schwebestuhl zurück.

Miles zuckte die Schultern. »Denken Sie darüber nach. Es könnte für Ihre... Organisation von erheblichem Nachteil sein, nicht als erste ihre Verteidigung zu verbessern. Ich bin sicher, Sie können sich das vorstellen.«

»Ich werde... das überprüfen müssen. Also kann ich diese Diskette mal haben, um sie meinem... äh... Vorgesetzten zu zeigen?«

Miles verzog seine Lippen. »Lassen Sie sich aber nicht damit erwischen.«

»Keineswegs.« Liga ließ das Demovid noch einmal durchlaufen und blickte fasziniert auf die funkelnde Soldatenfigur, bevor er die Diskette einsteckte.

Also. Der Köder war am Haken und in dunkle Wasser geworfen. Es würde sehr interessant sein zu sehen, was da anbiß: kleine Fische oder monströse Meeresungeheuer. Liga gehörte zu der Unterklasse der Saugfische, schätzte Miles. Nun ja, er mußte irgendwo beginnen.

Wieder draußen in der Halle murmelte Miles Overholt besorgt zu: »Habe ich alles richtig gemacht?«

»Sehr geschickt, Sir«, beruhigte ihn Overholt. Na ja, vielleicht. Es hatte ihm ein gutes Gefühl gegeben, nach Plan zu verfahren. Er spürte fast, wie er in die ölige Persönlichkeit von Victor Rotha eintauchte.

Zum Mittagessen führte Miles Overholt zu einer Cafeteria, die zur Halle hin offen war; so konnte sie jeder, der Ungari nicht sehen sollte, besser beobachten. Er kaute ein Sandwich mit künstlich erzeugtem Protein und entspannte seine Nerven ein bißchen. Eigentlich dürfte diese Vorstellung in Ordnung sein. Nicht annähernd so aufputschend wie …

»Admiral Naismith!«

Miles erstickte fast an einem halbgekauten Bissen, sein Kopf fuhr alarmiert herum, um zu erkennen, woher der überraschte Ausruf gekommen war. Overholt war sofort in Alarmbereitschaft, doch es gelang ihm, seine Hände davon abzuhalten, vorzeitig nach dem versteckten Betäuber zu greifen.

Zwei Männer waren neben dem Tisch stehengeblieben. Den einen erkannte Miles nicht. Der andere … verdammt! Er kannte das Gesicht. Mit kantigem Kinn, brauner Haut, zu ordentlich und zu fit für sein Alter, um für was anderes als einen Soldaten gehalten zu werden, trotz der polianischen zivilen Kleidung. Der Name, der Name …! Einer von Tungs Kommandos, Kommandant einer Kampfshuttlemannschaft. Miles hatte ihn zum letztenmal gesehen, als sie sich zusammen in der Waffenkammer der *Triumph* ausrüsteten und auf einen Enterkampf vorbereiteten. Clive Chodak, so hieß er.

»Es tut mir leid, Sie irren sich.« Miles' Leugnen war ein reiner spinaler Reflex. »Mein Name ist Victor Rotha.«

Chodak blinzelte. »Was? Oh! Entschuldigung. Das heißt – Sie sehen jemandem sehr ähnlich, den ich einmal kannte.« Er betrachtete Overholt von oben bis unten. Dann musterten seine Augen Miles hartnäckig. »Hm, dürfen wir uns zu Ihnen setzen?«

»Nein!« sagte Miles scharf und übernervös. Nein, warte. Einen möglichen Kontakt sollte er wohl nicht sausen lassen. Das hier war eine Komplikation, auf die er hätte vorbereitet sein sollen. Aber Naismith voreilig zu aktivieren, ohne Ungaris Befehle… »Jedenfalls nicht hier«, verbesserte er sich hastig.

»Ich… verstehe, Sir.« Mit einem kurzen Nicken zog sich Chodak sofort zurück und zog seinen widerstrebenden Begleiter mit sich. Er brachte es fertig, nur einmal über die Schulter zurückzublicken. Miles unterdrückte den Impuls, in seine Serviette zu beißen. Die beiden Männer mischten sich unter die Menschen in der Halle. Nach ihren heftigen Gesten zu schließen, schienen sie zu streiten.

»War das geschickt?« fragte Miles kleinlaut.

Overholt schaute leicht bestürzt drein. »Nicht sehr.« Er blickte mit gerunzelter Stirn in die Halle, in die Richtung, wo die beiden Männer verschwunden waren.

Chodak brauchte nicht mehr als eine Stunde, um Miles an Bord seines betanischen Schiffs im Dock aufzuspüren. Ungari war noch unterwegs.

»Er sagt, er will mit Ihnen sprechen«, sagte Overholt. Er und Miles schauten prüfend auf den Vidmonitor für die Luke, wo Chodak ungeduldig von einem Fuß auf den anderen trat. »Was, glauben Sie, will er wirklich?«

»Vermutlich mit mir sprechen«, sagte Miles. »Verdammt, wenn ich nicht auch mit ihm sprechen will.«

»Wie gut haben Sie ihn gekannt?« fragte Overholt mißtrauisch, während er Chodaks Abbild betrachtete.

»Nicht gut«, gab Miles zu. »Er schien ein fähiger Unteroffizier zu sein. Kannte sein Gerät, hielt seine Leute in Bewegung, hielt unter Feuer stand.« In Wirklichkeit, wenn Miles zurückdachte, so waren seine tatsächlichen Kontakte mit dem Mann kurz gewesen, alle rein sachlich ... aber einige dieser Minuten waren kritisch gewesen, in der wilden Unsicherheit des Kampfes an Bord eines Raumschiffes. Waren Miles' instinktive Empfindungen wirklich eine adäquate Sicherheitsüberprüfung für einen Mann, den er fast vier Jahre nicht mehr gesehen hatte? »Tasten Sie ihn ab, auf jeden Fall. Aber lassen wir ihn herein und sehen wir mal, was er zu sagen hat.«

»Wenn Sie es so befehlen, Sir«, sagte Overholt neutral.

»Ich befehle es.«

Chodak schien nichts dagegen zu haben, abgetastet zu werden. Er trug nur einen registrierten Betäuber. Allerdings war er auch ein Experte im Nahkampf gewesen, erinnerte sich Miles, eine Waffe, die niemand konfiszieren konnte. Overholt eskortierte ihn in das Kasino des kleinen Schiffes – die Betaner hätten es den Erfrischungsraum genannt.

»Mr. Rotha«, Chodak nickte, »ich ... hm ... hoffte, wir könnten hier privat miteinander reden.« Er schaute mißtrauisch auf Overholt. »Oder sind Sie der Nachfolger von Sergeant Bothari?«

»Keineswegs.« Miles gab Overholt ein Zeichen, ihm in den Korridor zu folgen, und sprach erst, als die Türen zugegangen waren. »Ich glaube, Ihre Anwesenheit ist hinderlich, Sergeant. Hätten Sie etwas dagegen, draußen zu warten?« Miles machte nicht deutlich, für wen Overholt hinderlich war. »Sie können natürlich über Monitor zuschauen.«

»Eine schlechte Idee«, sagte Overholt mit Stirnrunzeln. »Angenommen, er fällt über Sie her?«

Miles' Finger klopften nervös auf seine Hosennaht.

»Das ist eine Möglichkeit. Aber unser nächstes Ziel ist Aslund, wo die Dendarii stationiert sind, sagt Ungari. Chodak kann nützliche Informationen bei sich haben.«

»Wenn er die Wahrheit sagt.«

»Sogar Lügen können etwas enthüllen.« Mit diesem zweifelhaften Argument schlüpfte Miles wieder in das Kasino und ließ Overholt hinter sich.

Er nickte seinem Besucher zu, der sich an einen Tisch gesetzt hatte. »Korporal Chodak.«

Chodaks Gesicht hellte sich auf. »Sie erinnern sich.«

»O ja. Und, ach ... sind Sie immer noch bei den Dendarii?«

»Jawohl, Sir. Jetzt Sergeant Chodak.«

»Sehr gut. Ich bin nicht überrascht.«

»Und, hm ... die Oserischen Söldner.«

»Wie ich gehört habe. Ob das gut ist oder nicht, bleibt zu sehen.«

»Als was treten Sie auf, Sir?«

»Victor Rotha ist ein Waffenhändler.«

»Das ist eine gute Tarnung.« Chodak nickte nachdenklich.

Miles versuchte, seinen nächsten Worten einen beiläufigen Klang zu geben, indem er an einem Automaten zwei Kaffees anforderte. »Und was tun Sie so auf Pol Sechs? Ich dachte, die Den ... die Flotte sei auf Aslund angeheuert?«

»Auf der Aslund-Station, hier in der Nabe«, verbesserte Chodak. »Es ist nur ein Flug von ein paar Tagen, durch das System. Das heißt, auf dem, was schon da ist von der Station. Ach, die Lieferanten der Regierung!« Er schüttelte den Kopf.

»Hinter dem Plan zurück und die Kosten überschritten?«

»Sie haben es erfaßt.« Er nahm den Kaffee ohne Zögern an, hielt ihn in seinen schmalen Händen und nahm einen einleitenden Schluck. »Ich kann nicht lange bleiben.« Er drehte die Tasse und stellte sie auf den Tisch. »Sir, ich glaube, ich habe Ihnen vielleicht zufällig einen schlechten Dienst erwiesen. Ich war so verblüfft, Sie hier zu sehen ... Auf jeden Fall wollte ich Sie ... warnen, vermute ich. Sind Sie unterwegs zurück zur Flotte?«

»Ich fürchte, ich kann nicht über meine Pläne sprechen. Nicht einmal mit Ihnen.«

Chodak blickte ihn mit seinen schwarzen Mandelaugen forschend an. »Sie waren immer raffiniert.«

»Bevorzugen Sie als im Kampf erfahrener Soldat Frontalangriffe?«

»Nein, Sir!« Chodak lächelte leicht.

»Das will ich doch meinen. Ich nehme an, Sie sind einer der Geheimagenten der Flotte, die über die Nabe verstreut sind. Es sind doch hoffentlich mehr als nur einer von euch da, oder die Organisation ist während meiner Abwesenheit arg auseinandergefallen.« Tatsächlich waren zur Zeit vielleicht die Hälfte der Bewohner von Pol Sechs Spione der einen oder anderen Richtung, wenn man die Zahl der möglichen Mitspieler in diesem Spiel in Betracht zog. Nicht zu vergessen die Doppelagenten – sollte man die doppelt zählen?

»Warum sind Sie so *lang* weggewesen, Sir?« Chodaks Ton war fast anklagend.

»Es war nicht meine Absicht«, lavierte Miles. »Einen Teil der Zeit war ich Gefangener an einem ... Ort, den ich lieber nicht beschreiben will. Ich bin erst vor etwa drei Monaten entflohen.« Nun ja, so konnte man die Insel Kyril auch beschreiben.

»Sie, Sir! Wir hätten Sie befreien können!«

»Nein, hättet ihr nicht können«, sagte Miles scharf. »Die Situation war extrem heikel, wurde jedoch zu meiner Befriedigung gelöst. Aber ich war dann konfrontiert mit ... beträchtlichen Aufräumarbeiten in anderen meiner Operationsgebiete, die nicht die Dendarii-Flotte berühren. Weitentfernte Gebiete. Es tut mir leid, aber ihr seid nicht meine einzige Unternehmung. Trotzdem bin ich beunruhigt. Ich hätte mehr von Kommodore Jesek hören sollen.« In der Tat, das hätte er.

»Kommodore Jesek führt nicht länger das Kommando. Es gab vor etwa einem Jahr eine finanzielle Umorganisation und eine Umstrukturierung der Kommandos, durch das Komitee der Kapitäne-Eigner und Admiral Oser. Mit Admiral Oser an der Spitze.«

»Wo ist Jesek?«

»Er wurde zum Flotteningenieur degradiert.«

Beunruhigend, aber Miles konnte es verstehen. »Nicht notwendigerweise eine schlechte Sache. Jesek war nie so aggressiv wie zum Beispiel Tung. Und was ist mit Tung?«

Chodak schüttelte den Kopf. »Er wurde vom Stabschef zum Personaloffizier degradiert. Ein unwichtiger Job.«

»Das erscheint mir als ... Verschwendung eines Talents.«

»Oser traut Tung nicht. Und Tung mag auch Oser nicht. Oser versucht seit einem Jahr, ihn hinauszudrängen, aber Tung bleibt weiter, trotz der Erniedrigung von ... hm. Es ist nicht leicht, ihn loszuwerden. Oser kann es sich nicht leisten – noch nicht –, sein Personal zu dezimieren, und zu viele Leute in Schlüsselstellungen sind Tung persönlich loyal.«

Miles hob die Augenbrauen. »Eingeschlossen Sie selbst?«

Chodak sagte zurückhaltend: »Er hat etwas zuwege gebracht. Ich hielt ihn für einen überragenden Offizier.«

»Ich auch.«

Chodak nickte kurz. »Sir. die Sache ist ... der Mann, der mit mir in der Cafeteria war, ist hier mein Vorgesetzter. Und er ist einer von Osers Leuten. Ich weiß eigentlich keinen Weg, wie ich ihn hindern könnte, unsere Begegnung zu melden, außer ihn umzubringen.«

»Ich habe kein Verlangen, einen Bürgerkrieg in meiner eigenen Kommandostruktur anzufangen«, sagte Miles sanft. *Noch nicht.* »Ich glaube, es ist wichtiger, daß er Sie nicht verdächtigt, mit mir privat gesprochen zu haben. Lassen Sie ihn berichten. Ich habe schon vorher mit Admiral Oser Abkommen getroffen, zu unserem gegenseitigen Nutzen.«

»Ich bin nicht sicher, daß Oser das so sieht. Ich glaube, er denkt, daß er von Ihnen reingelegt wurde.«

Miles lachte bellend. »Was?! Ich habe die Größe der Flotte während des Krieges von Tau Verde verdoppelt. Selbst als dritter Offizier hatte er am Schluß mehr unter sich als zuvor, ein kleineres Stück von einem größeren Kuchen.«

»Aber die Seite, die uns den ursprünglichen Auftrag gab, hat verloren.«

»Nein. Beide Seiten haben an dem Waffenstillstand gewonnen, den wir erzwungen haben. Es war ein Ergebnis von Gewinn & Gewinn, abgesehen von dem bißchen Gesichtsverlust. Wie, kann Oser sich nicht vorstellen, daß er gewonnen hat, wenn nicht jemand anderer verliert?«

Chodak blickte grimmig drein. »Ich glaube, das trifft vielleicht zu, Sir. Er sagt – ich habe es selbst gehört –, Sie hätten uns beschwindelt. Sie seien nie ein Admiral gewesen, niemals ein Offizier, egal welcher Art. Wenn Tung nicht mit ihm ein falsches Spiel getrieben hätte, dann hätte er Ihnen einen Arschtritt in die Hölle gegeben.« Chodaks Blick ruhte nachdenklich auf Miles. »Was waren Sie wirklich?«

Miles lächelte freundlich. »Ich war der Gewinner. Erinnern Sie sich?«

Chodak prustete, halb amüsiert: »Ja kla-ar.«

»Lassen Sie sich durch Osers revisionistische Geschichtsschreibung nicht den Geist vernebeln. Sie waren doch an Ort und Stelle dabei.«

Chodak schüttelte wehmütig den Kopf. »Sie hatten

meine Warnung wirklich nicht nötig, nicht wahr.« Er schickte sich an aufzustehen.

»Lassen Sie sich nie zu Annahmen verleiten. Und, ach ... passen Sie auf sich auf. Das heißt, hauen Sie rechtzeitig ab. Ich werde später an Sie denken.«

»Sir.« Chodak nickte. Overholt, der im Korridor in der Pose eines kaiserlichen Wachpostens wartete, eskortierte ihn zur Luke der Fähre.

Miles saß im Kasino und knabberte am Rand seiner Kaffeetasse herum, während er über gewisse überraschende Parallelen zwischen der Umstrukturierung des Kommandos in einer freien Söldnerflotte und den gegenseitigen Vernichtungskriegen der barrayaranischen Vor nachdachte. Konnte man in den Söldnern eine vereinfachte Miniatur- oder Laborversion der Realität sehen? *Oser hätte während Vordarians Griff nach dem Thron dabeisein sollen und sehen, wie die großen Kerle operieren.* Doch Miles sollte lieber die potentiellen Gefahren und Komplexitäten der Situation nicht unterschätzen. Der Tod in einem Miniaturkonflikt wäre genau so absolut wie in einem großen.

Zum Teufel, was für ein Tod? Was hatte er denn überhaupt mit den Dendarii oder den Oseranern zu tun? Oser hatte recht, es war ein Schwindel gewesen, und das einzig Erstaunliche daran war, wie lange der Mann gebraucht hatte, diese Tatsache zu begreifen. Miles sah keine unmittelbare Notwendigkeit, weshalb er sich überhaupt wieder mit den Dendarii einlassen sollte. In der Tat konnte er auf eine gefährliche politische Komplikation gut verzichten. Laß Oser die Söldner behalten, sie haben ihm sowieso zuerst gehört.

Ich habe drei durch Eid gebundene Lehnsleute in dieser Flotte. Meine eigene, persönliche Gefolgschaft.

Wie *leicht* war es gewesen, wieder in die Rolle von Naismith zu schlüpfen ...

Wie dem auch sei, Naismith zu aktivieren, war nicht

Miles' Entscheidung. Dafür war Hauptmann Ungari zuständig.

Ungari machte ihm das auch sofort klar, als er später zurückkam und Overholt ihn informierte. Er war ein Mann von Selbstbeherrschung; sein Zorn zeigte sich in subtilen Zeichen: seine Stimme wurde etwas schärfer, die Falten der Spannung um Augen und Mund etwas tiefer. »Sie haben Ihre Tarnung beschädigt. Sie sollen niemals Ihre Tarnung aufgeben. Das ist die erste Regel zum Überleben in diesem Geschäft.«

»Sir, darf ich respektvoll darauf hinweisen, ich habe die Tarnung nicht aufgehoben«, erwiderte Miles standhaft. »Chodak hat es getan. Er schien das auch zu erkennen, er ist nicht dumm. Er hat sich entschuldigt, so gut er konnte.« Chodak mochte in der Tat raffinierter sein, als es auf den ersten Blick den Anschein hatte, denn jetzt hatte er einen Draht zu beiden Seiten in der mutmaßlichen Spaltung des Kommandos der Dendarii, egal, wer sich an der Spitze behauptete. Berechnung oder Zufall? Chodak war entweder klug, oder er hatte Glück, in jedem Fall konnte er eine nützliche Ergänzung von Miles' Seite sein ... *Welche Seite denn? Ungari wird mich nach diesem Vorfall nicht an die Dendarii nahe ranlassen.*

Ungari blickte mit Stirnrunzeln auf die Vidscheibe, wo gerade die Aufzeichnung von Miles' Gespräch mit dem Söldner abgespielt worden war. »Es klingt mehr und mehr, als wäre vielleicht die Naismith-Tarnung zu gefährlich, um überhaupt aktiviert zu werden. Wenn der kleine Palastputsch Ihres Oser sich auch nur annähernd so darstellt, wie dieser Bursche es andeutet, dann ist Illyans Phantasie, daß Sie den Dendarii einfach befehlen abzuhauen, eine Seifenblase. Ich dachte mir schon, daß sich das zu einfach anhörte.« Ungari ging im Kasino auf und ab und schlug mit seiner rechten Faust in seine linke Hand. »Nun gut, wir können noch etwas Nutzen aus Victor

Rotha ziehen. So gern ich Sie in Ihre Unterkunft einsperren würde ...«

Seltsam, wie viele seiner Vorgesetzten das gesagt hatten.

»... Liga will Rotha heute abend noch mal treffen. Vielleicht um eine Bestellung für etwas aus unserer fiktiven Fracht abzugeben. Ziehen Sie es hin – ich möchte, daß Sie an ihm vorbei die nächste Ebene seiner Organisation erreichen. Seinen Boss, oder den Boss seines Bosses.«

»Wem gehört Liga? Was haben Sie da für einen Verdacht?«

Ungari blieb stehen und drehte seine Hände nach außen. »Den Cetagandanern? Jackson's Whole? Irgendeinem aus einem halben Dutzend anderer? Der Kaiserliche Sicherheitsdienst ist hier nur sehr schwach vertreten. Aber wenn bewiesen würde, daß Liga und seine kriminelle Organisation Marionetten der Cetagandaner sind, dann könnte es sich lohnen, einen hauptamtlichen Agenten zu schicken, der in ihre Reihen eindringt. Also finden Sie es heraus! Weisen Sie darauf hin, daß Sie noch mehr Bonbons in Ihrem Sack haben. Nehmen Sie Bestechungen an. Passen Sie sich an. Und bringen Sie es voran. Ich bin hier fast fertig, und Illyan will speziell wissen, wann die Aslund-Station als Verteidigungsbasis voll einsatzbereit sein wird.«

Miles drückte die Türglocke des Zimmers im Gästequartier. Sein Kinn zuckte nervös nach oben. Er räusperte sich und richtete seine Schultern gerade. Overholt blickte den leeren Korridor hinauf und hinunter.

Mit einem Zischen öffnete sich die Tür. Miles blinzelte erstaunt.

»Ah, Mr. Rotha.« Die leichte, kühle Stimme gehörte der kleinen Blondine, die er in der Halle an diesem Morgen gesehen hatte. Sie trug jetzt einen Overall aus hautenger roter Seide mit einem tiefen Ausschnitt und einem glitzernden roten Rüschenkragen, der sich in ihrem Nacken erhob und ihren wohlgeformten Kopf einrahmte. Dazu hatte sie hochhackige rote Wildlederstiefel an. Sie schenkte ihm ein Lächeln von tausend Volt.

»Entschuldigung«, sagte Miles automatisch, »ich muß mich in der Tür geirrt haben.«

»Keineswegs.« Ihre schlanke Hand öffnete sich in einer weiten, begrüßenden Geste. »Sie sind pünktlich.«

»Ich hatte hier eine Verabredung mit einem Mr. Liga.«

»Ja, und ich habe die Verabredung übernommen. Treten Sie ein. Mein Name ist Livia Nu.«

Nun ja, bei ihrer Kleidung konnte sie praktisch keine verborgenen Waffen tragen. Miles trat ein. Er war nicht überrascht, ihren Leibwächter zu sehen, der in einer Ecke des Zimmers herumlungerte. Der Mann nickte Overholt zu, der zurücknickte, beide wachsam wie zwei Katzen. Und wo war der dritte Mann? Nicht hier, offensichtlich.

Sie wanderte zu einem mit einer Flüssigkeit gefüllten Sofa und ließ sich darauf nieder.

»Sind Sie ... hm ... Mr. Ligas Vorgesetzte?« fragte Miles. Nein, Liga hatte ja geleugnet zu wissen, wer sie sei ...

Sie zögerte minimal. »In einem gewissen Sinn, ja.«

Einer von ihnen log – nein, nicht unbedingt. Wenn sie tatsächlich einen hohen Rang in seiner Organisation einnahm, dann hätte Liga sie gegenüber Rotha natürlich nicht identifiziert. Verdammt.

»... aber Sie dürfen in mir eine Agentin für Beschaffungen sehen.«

Gott! Pol Sechs war wirklich mit Spionen überschwemmt. »Für wen?«

»Ach«, sie lächelte, »einer der Vorteile des Handels mit kleinen Lieferanten ist immer ihre Politik, keine Fragen zu stellen. Einer der wenigen Vorteile.«

»Keine Fragen zu stellen ist der Slogan des Hauses Fell, glaube ich. Die haben den Vorteil einer festen und sicheren Basis. Ich habe gelernt, vorsichtig zu sein im Verkauf von Waffen an Leute, die in der nahen Zukunft auf mich schießen könnten.«

Ihre blauen Augen weiteten sich. »Wer würde auf Sie schießen wollen?«

»Irregeleitete Menschen«, schüttelte Miles die Frage ab. Ihr Götter. Er hatte dieses Gespräch nicht in der Hand. Er wechselte einen gequälten Blick mit Overholt, der von seinem Pendant an gleichgültiger Miene übertroffen wurde.

»Wir müssen miteinander plaudern.« Sie tätschelte einladend das Kissen neben ihr. »Setzen Sie sich, Victor. Ach«, sie nickte ihrem Leibwächter zu, »warum wartest du nicht draußen?«

Miles setzte sich auf den Rand des Sofas und versuchte, das Alter der Frau zu erraten. Ihr Teint war glatt und weiß. Nur die Haut ihrer Augenlider war weich und zeigte leichte Fältchen. Miles dachte an Ungaris Befehle – nehmen Sie Bestechungen, passen Sie sich an ... »Vielleicht sollten Sie auch draußen warten«, sagte er zu Overholt.

Overholt war offensichtlich hin- und hergerissen, aber von den beiden Fremden wollte er offensichtlich eher den großen, bewaffneten Mann im Auge behalten. Er nickte – anscheinend ergeben, tatsächlich zustimmend – und folgte ihrem Leibwächter nach draußen.

Miles lächelte auf – wie er hoffte – freundliche Art. Sie sah wirklich verführerisch aus. Miles machte es sich vorsichtig in den Kissen bequem und versuchte, verführbar auszusehen. Eine echte Begegnung aus einer Spionagephantasie von der Art, wie sie nach Ungaris Worten nie stattfand. Vielleicht passierte sowas nur Ungari nicht, na? *Meine Güte, was für scharfe Zähne Sie haben, Miss.*

Ihre Hand griff in ihr Dekolleté – eine fesselnde Geste – und zog eine winzige, wohlbekannte Viddiskette heraus. Sie beugte sich vor, um sie in den Vidprojektor auf dem niedrigen Tisch vor ihnen einzulegen, und Miles brauchte einen Augenblick, um seine Aufmerksamkeit auf das Vid zu lenken. Die kleine, glitzernde Soldatenfigur führte wieder ihre stilisierten Gesten vor. Ha. Also, sie war wirklich Ligas Vorgesetzte. Sehr gut, jetzt kam er irgendwie voran.

»Das ist wirklich bemerkenswert, Victor. Wie sind Sie da rangekommen?«

»Ein glücklicher Zufall.«

»Wie viele können Sie liefern?«

»Eine streng begrenzte Zahl. Sagen wir fünfzig. Ich bin kein Hersteller. Hat Liga Ihnen gegenüber den Preis erwähnt?«

»Ich hielt ihn für arg hoch.«

»Wenn Sie einen anderen Lieferanten finden können, der sie billiger liefert, dann werde ich glücklich sein, meinen Preis dem seinen anzupassen und zehn Prozent nachzulassen.« Miles schaffte es, sich im Sitzen zu verneigen.

Sie gab einen leicht amüsierten Laut von sich, tief in ihrer Kehle. »Die angebotene Menge ist zu gering.«

»Es gibt verschiedene Methoden, wie Sie sogar von einer kleinen Anzahl profitieren könnten, wenn Sie früh genug in den Handel einsteigen. Wie zum Beispiel Versuchsmodelle an interessierte Regierungen zu verkaufen. Ich habe vor, mir einen Anteil an diesem Profit zu sichern, bevor der Markt gesättigt ist und der Preis fällt. Das könnten Sie auch.«

»Warum tun Sie's nicht? Direkt an Regierungen verkaufen, meine ich.«

»Weshalb glauben Sie, daß ich das nicht getan habe?« Miles lächelte. »Aber – bedenken Sie meine Route, wenn ich diese Gegend verlasse. Ich kam über Barrayar und Pol herein. Ich muß entweder über

Jackson's Whole oder über das Imperium von Cetaganda ausreisen. Unglücklicherweise habe ich auf beiden Routen ein hohes Risiko, daß ich um diese spezielle Fracht ohne irgendeine Entschädigung erleichtert werde.« Ach ja, woher hatte übrigens Barrayar sein Versuchsmodell des Schutzanzugs herbekommen? Gab es einen echten Victor Rotha, und wo war er jetzt? Woher hatte Illyan ihr Schiff bekommen?

»Also führen Sie sie bei sich?«

»Das habe ich nicht gesagt.«

»Hm.« Sie lächelte. »Können Sie ein Stück heute abend liefern?«

»Welche Größe?«

»Klein.« Ein Finger mit langem Nagel zeichnete eine Linie an ihrem Körper entlang, von der Brust bis zum Oberschenkel, um genau zu zeigen, wie klein.

Miles seufzte bedauernd. »Unglücklicherweise wurde die Größe für den durchschnittlichen bis großen Kämpfer bemessen. Zu kürzen ist ein beträchtliches technisches Problem – genaugenommen arbeite ich daran noch selbst.«

»Wie gedankenlos vom Hersteller.«

»Ich stimme völlig mit Ihnen überein, Bürgerin Nu.«

Sie schaute ihn gründlicher an. Wurde ihr Lächeln jetzt etwas echter?

»Wie dem auch sei, ich ziehe es vor, sie in Großhandelsmengen zu verkaufen. Wenn Ihre Organisation das finanziell nicht schafft ...«

»Es könnte jedoch eine Vereinbarung getroffen werden.«

»Auf der Stelle, hoffe ich. Ich werde bald weiterreisen.«

Sie murmelte geistesabwesend: »Vielleicht nicht ...«, dann blickte sie mit einem schnellen Stirnrunzeln auf: »Wo ist Ihr nächster Halt?«

Ungari mußte sowieso einen öffentlichen Flugplan eintragen. »Aslund.«

»Hm... ja, wir müssen zu einer Vereinbarung kommen. Absolut.«

War das Flackern dieser blauen Augen das, was man einen Schlafzimmerblick nannte? Die Wirkung war einlullend, fast hypnotisch. *Ich habe endlich eine Frau getroffen, die kaum größer ist als ich, und ich weiß nicht einmal, auf welcher Seite sie steht.* Von allen Männern dürfte gerade er geringe Körpergröße nicht mit Schwäche oder Hilflosigkeit verwechseln.

»Kann ich Ihren Boss sprechen?«

»Wen?« Sie senkte ihre Augenbrauen.

»Den Mann, mit dem ich Sie beide heute morgen gesehen habe.«

»... oh. Dann haben Sie ihn also schon gesehen.«

»Vereinbaren Sie für mich ein Treffen. Kommen wir zum ernsthaften Geschäft. Betanische Dollars, denken Sie daran.«

»Erst das Vergnügen, dann die Arbeit, gewiß.« Ihr Atem streifte sein Ohr, ein schwacher, aromatischer Hauch.

Versuchte sie ihn weichzumachen. *Wofür?* Ungari hatte gesagt, er solle seine Tarnung nicht aufgeben. Sicherlich würde es dem Charakter von Victor Rotha entsprechen, alles zu nehmen, was er bekommen konnte. Plus zehn Prozent. »Sie brauchen das nicht zu tun«, brachte er noch hervor. Sein Herz schlug viel zu schnell.

»Ich tue nicht *alles* aus geschäftlichen Gründen«, schnurrte sie.

Warum in der Tat sollte sie sich die Mühe machen, einen schäbigen kleinen Waffenhändler zu verführen? Welches Vergnügen lag für sie darin? Was lag für sie darin *außer* Vergnügen? *Vielleicht mag sie mich?* Miles zuckte zusammen, als er sich vorstellte, wie er Ungari diese Erklärung anbot. Ihr Arm umschlang seinen Nacken. Seine Hand hob sich unwillkürlich, um den feinen Pelz ihrer Haare zu streicheln. Ein höchst ästhetisches Tasterlebnis, genau, wie er es sich vorgestellt hatte...

Ihre Hand wurde fester. In einem reinen Nervenreflex sprang Miles auf die Füße.

Und stand da und kam sich wie ein Idiot vor. Das war eine Liebkosung gewesen, nicht der Beginn einer Erdrosselung. Für die Hebelwirkung eines Angriffs war der Winkel völlig falsch.

Sie warf sich in dem Sitz zurück und streckte oben auf den Kissen einen schlanken Arm aus. »Victor!« Ihre Stimme klang amüsiert, ihre Augenbrauen waren hochgezogen. »Ich hatte nicht vor, Sie in den Hals zu beißen.«

Sein Gesicht war heiß. »Ich-muß-jetzt-gehen.« Er räusperte sich, um in seiner Stimme wieder der tieferen Töne Herr zu werden. Seine Hand sauste herab, um die Viddiskette aus dem Gerät zu ziehen. Ihre Hand zuckte danach, fiel dann schlaff zurück und simulierte Desinteresse. Miles tippte auf den Türschalter.

Overholt war sofort da, als sich die Tür zur Seite gleitend öffnete. Miles' Inneres entspannte sich. Wenn sein Leibwächter verschwunden wäre, dann hätte Miles sofort gewußt, daß dies eine Art Falle war. Zu spät, natürlich.

»Vielleicht später«, brabbelte Miles. »Wenn Sie die Lieferung übernommen haben. Da könnten wir zusammenkommen.« Lieferung einer nicht existierenden Fracht? Was sagte er da?

Sie schüttelte ungläubig den Kopf. Ihr Gelächter folgte ihm den Korridor entlang. Es klang gereizt.

Miles war mit einem Ruck wach, als die Lichter in seiner Kabine angingen. Ungari stand in voller Kleidung in der Tür. Hinter ihm stand nervös und unsicher ihr Sprungpilot, nur in Unterwäsche und mit einem verschlafenen Ausdruck im Gesicht.

»Ziehen Sie sich später an«, knurrte Ungari den Piloten an. »Sorgen Sie nur dafür, daß wir vom Dock loskommen und steuern Sie uns dann über die Zehntausend-Kilometer-Grenze hinaus. Ich werde in ein paar Minuten bei Ihnen oben sein und Ihnen helfen, den Kurs festzulegen.« Er fügte hinzu, halb zu sich selbst gesprochen: »Sobald ich weiß, wohin, zum Teufel, wir fliegen. Los, *Bewegung!*«

Der Pilot machte sich aus dem Staub. Ungari trat an Miles' Bett. »Vorkosigan, was, zum Teufel, ist in dem Zimmer im Gästequartier passiert?«

Miles kniff die Augen zusammen, sowohl gegen das grelle Licht wie auch gegen Ungaris zornigen Blick, und unterdrückte einen Impuls, sich unter der Bettdecke vor beiden zu verstecken. »Ha?« Sein Mund war noch trocken vom Schlaf.

»Ich habe gerade eine Vorwarnung bekommen – Vorwarnung von nur ein paar Minuten –, daß vom zivilen Sicherheitsbüro von Pol Sechs ein Haftbefehl für Victor Rotha ausgestellt wurde.«

»Aber ich habe die Dame doch gar nicht angefaßt!« protestierte Miles verwirrt.

»Liga wurde ermordet in eurem Begegnungszimmer aufgefunden.«

»Was!«

»Das Sicherheitslabor hat gerade die Zeitbestimmung abgeschlossen – für etwa den Zeitpunkt, als ihr euch getroffen habt. Treffen wolltet. Der Haftbefehl wird in wenigen Minuten auf den Netz sein, und wir werden hier eingesperrt sein.«

»Aber ich habe es nicht getan. Ich habe Liga nicht einmal getroffen, nur seinen Boss, Livia Nu. Ich meine – wenn ich so etwas getan hätte, dann hätte ich es Ihnen doch sofort gemeldet, Sir!«

»Danke«, sagte Ungari trocken. »Freut mich, das zu wissen.« Seine Stimme wurde schärfer. »Natürlich will jemand Ihnen was anhängen.«

»Wer...« Ja. Es konnte noch eine schlimmere Methode für Livia Nu gegeben haben, Liga diese äußerst geheime Viddiskette abzunehmen. Aber wenn sie nicht Ligas Vorgesetzte war oder vielleicht überhaupt kein Mitglied seiner polianischen kriminellen Organisation, wer war sie dann? »Wir müssen mehr wissen, Sir! Dies könnte der Anfang von etwas sein.«

»Dies könnte das *Ende* unserer Mission sein. Verdammt! Und jetzt können wir uns nicht über Pol nach Barrayar zurückziehen. Der Weg ist abgeschnitten. Wohin als nächstes?« Ungari ging auf und ab und dachte dabei offensichtlich laut nach. »Ich möchte nach Aslund gehen. Sein Auslieferungsvertrag mit Pol ist im Augenblick aufgehoben... aber dann sind da Ihre Komplikationen mit den Söldnern. Nachdem die jetzt Rotha mit Naismith in Verbindung gebracht haben. Dank Ihrer Nachlässigkeit.«

»Dem zufolge, was Chodak gesagt hat, glaube ich, daß man Admiral Naismith nicht unbedingt mit offenen Armen begrüßen würde«, stimmte Miles widerstrebend zu.

»Die Station des Konsortiums von Jackson's Whole hat mit niemandem einen Auslieferungsvertrag. Ihre Tarnung ist völlig kaputt. Rotha und Naismith sind beide nutzlos. Wir müssen also zum Konsortium. Ich werde dieses Schiff dort stehenlassen, untertauchen und auf eigene Faust Richtung Aslund kehrtmachen.«

»Und was ist mit mir, Sir?«

»Sie und Overholt werden sich von mir trennen und auf den langen Weg nach Hause machen müssen.«

Nach Hause. Nach Hause in Schande. »Sir... wegzulaufen sieht schlecht aus. Angenommen, wir rühren uns nicht vom Fleck und entlasten Rotha von der Beschuldigung? Wir wären nicht mehr abgeschnitten, und Rotha wäre immer noch eine brauchbare Tarnung. Es ist doch möglich, daß man uns genau dazu drängen will, daß wir abhauen.«

»Ich sehe nicht, wie irgend jemand etwas von meiner Quelle im polianischen zivilen Sicherheitsbüro hätte wissen können. Ich glaube, man wollte uns hier am Dock festhalten.« Ungari schlug einmal mit seiner rechten Faust in die linke Hand, diesmal als Geste der Entschlossenheit. »Auf zum Konsortium!« Er drehte sich um und ging hinaus. Seine Stiefeltritte stapften das Deck hinab. Eine Veränderung in der Vibration und im Luftdruck und ein etwas gedämpftes Klirren zeigten Miles an, daß ihr Schiff nun von Pol Sechs abhob.

Miles sagte laut zu der leeren Kabine: »Aber was, wenn die anderen Pläne für beide Eventualitäten haben? Ich würde sie haben.« Er schüttelte zweifelnd den Kopf und stand auf, um sich anzuziehen und Ungari zu folgen.

KAPITEL 9

Die Sprungpunktstation des Konsortiums von Jackson's Whole unterschied sich von der Station von Pol hauptsächlich durch das Sortiment, das die Händler hier zum Verkauf anboten, erkannte Miles. Er stand vor dem Verkaufsautomaten für Buchdisketten in einer Halle, die der von Pol Sechs sehr ähnlich war, und blätterte auf dem Vid einen umfangreichen Katalog mit Pornographie schnell vorwärts durch. Nun ja, meistens schnell vorwärts, doch seine Suche wurde durch einige Pausen unterbrochen, manchmal war er verwirrt, manchmal verblüfft. Er widerstand vornehm der Neugier und erreichte die Abteilung Militärgeschichte, wo er allerdings nur eine enttäuschend magere Sammlung von Titeln fand.

Er führte seine Kreditkarte ein, und die Maschine spuckte drei Scheibchen aus. Nicht daß er sonderliches Interesse hatte für *Skizze der Trigonalstrategie in den Kriegen von Minos IV,* aber die Heimreise würde lang und langweilig werden, und Sergeant Overholt versprach nicht, der geistreichste Reisegefährte zu sein. Was für eine Verschwendung an Zeit, Mühe und Erwartungen diese Mission doch gewesen war!

Ungari hatte den ›Verkauf‹ von Victor Rothas Schiff, Pilot und Ingenieur an einen Strohmann arrangiert, der alles zuletzt wieder beim Kaiserlichen Sicherheitsdienst von Barrayar abliefern würde. Miles flehentliche Vorschläge an seinen Vorgesetzten, wie man mehr Nutzen aus Rotha, Naismith oder sogar Fähnrich Vorkosigan ziehen könnte, waren von einer ultra-codierten Botschaft aus dem Hauptquartier des Sicherheitsdienstes unterbrochen worden, die nur für Ungaris Augen bestimmt war. Ungari hatte sich zurückgezogen, um sie zu dechiffrieren, und war dann nach einer halben Stunde wieder erschienen, leichenblaß im Gesicht.

Er hatte dann seinen Zeitplan vorverlegt und war binnen einer Stunde auf einem Handelsschiff nach der Aslund-Station abgereist. Allein. Und hatte es abgelehnt, den Inhalt der Botschaft Miles oder selbst Sergeant Overholt mitzuteilen. Hatte es abgelehnt, Miles mitzunehmen. Hatte Miles die Erlaubnis verweigert, wenigstens die militärischen Beobachtungen selbständig auf dem Gebiet des Konsortiums fortzusetzen.

Ungari überließ Overholt Miles, oder umgekehrt. Es war ein bißchen schwer zu sagen, wer für wen verantwortlich war. Overholt schien sich die ganze Zeit weniger wie ein Untergebener zu verhalten als wie ein Kindermädchen und entmutigte Miles' Versuche der Erforschung des Konsortiums, indem er darauf bestand, daß Miles sicher in seinem Quartier bleiben solle. Sie warteten nun darauf, an Bord eines escobaranischen Handelslinienschiffs zu gehen, das nonstop nach Escobar flog, wo sie sich bei der Botschaft von Barrayar melden würden, die sie ohne Zweifel heimwärts schicken würde. Heimwärts, und mit nichts in der Hand, was sie vorweisen konnten.

Miles blickte auf sein Chrono. Noch zwanzig Minuten totzuschlagen, bevor sie an Bord gehen konnten. Ebensogut konnten sie sich irgendwo hinsetzen. Mit einem gereizten Blick auf seinen Schatten Overholt stapfte Miles müde die Halle entlang. Overholt folgte und signalisierte mit einem Stirnrunzeln allgemeine Mißbilligung.

Miles grübelte über Livia Nu nach. Indem er vor ihrer erotischen Einladung geflohen war, war ihm sicher das Abenteuer seines jungen Lebens entgangen. Allerdings war der Ausdruck auf ihrem Gesicht nicht Liebe gewesen. Wie dem auch sei, eine Frau, die sich auf den ersten Blick wahnsinnig in Victor Rotha verlieben konnte, würde ihm sicher Sorgen bereiten. Das Funkeln in ihren Augen war mehr nach Art eines Gourmets gewesen, der ein ungewöhnliches

Horsd'œuvre betrachtet, das ihm der Kellner gerade präsentiert. Miles kam sich vor, als steckte ihm Petersilie in den Ohren.

Sie mochte wie eine Kurtisane gekleidet gewesen sein, sich wie eine Kurtisane bewegt haben, aber da war nichts an ihr gewesen vom Eifer der Kurtisane zu gefallen, keine Unterwürfigkeit. Die Gesten der Macht in den Gewändern der Machtlosigkeit. Beunruhigend.

Aber sie war schön.

Kurtisane, Kriminelle, Spionin, was war sie wirklich? Vor allem, zu wem gehörte sie? War sie Ligas Boss oder Ligas Gegnerin? Oder Ligas Schicksal? Hatte sie den kaninchenhaften Mann selbst getötet? Was auch immer sie sonst sein mochte, Miles kam zunehmend zu der Überzeugung, daß sie ein entscheidendes Teil im Puzzlespiel der Hegen-Nabe war. Sie hätten sie verfolgen sollen, nicht vor ihr fliehen. Sex war nicht das einzige, was er verpaßt hatte. Das Treffen mit Livia Nu würde ihn noch lange Zeit beschäftigen.

Miles blickte auf und fand seinen Weg blockiert von einem Paar von Konsortium-Schlägern – zivilen Sicherheitsbeamten, korrigierte er seinen Gedanken ironisch. Er blieb stehen, die Füße fest auf den Boden gepflanzt, und hob sein Kinn. Was nun? »Ja, meine Herren?«

Der Größere blickte den Beleibteren an, der sich seinerseits räusperte. »Mr. Victor Rotha?«

»Falls ich der bin, was dann?«

»Jemand hat einen Haftbefehl für Sie erwirkt. Er beschuldigt Sie der Ermordung eines gewissen Sydney Liga. Wollen Sie überbieten?«

»Wahrscheinlich.« Miles verzog wütend die Lippen. Was für eine Entwicklung. »Wer hat ein Gebot für meine Verhaftung abgegeben?«

»Jemand namens Cavilo.«

Miles schüttelte den Kopf. »Kenne ich nicht einmal. Ist er zufällig bei der polianischen zivilen Sicherheit?«

Der Beamte blickte auf sein Reportpanel. »Nein.« Geschwätzig fügte er hinzu: »Die Polianer machen fast nie Geschäfte mit uns. Die denken, wir sollten ihnen Kriminelle umsonst liefern. Als ob wir irgendwelche zurückhaben wollten!«

»Haha! Bei Ihnen geht das also nach Angebot und Nachfrage.« Miles atmete hörbar aus. Illyan würde nicht entzückt sein über diese Belastung seines Spesenkontos. »Wieviel hat dieser Cavilo für mich geboten?«

Der Beamte schaute wieder auf sein Panel. Seine Augenbrauen hoben sich. »Zwanzigtausend betanische Dollar. Der muß gewaltiges Verlangen nach Ihnen haben.«

Miles entfuhr ein leichtes Stöhnen. »Soviel habe ich nicht *bei* mir.«

Der Beamte zog seinen Dalli-Dalli-Stock heraus.

»Ich werde das erst arrangieren müssen.«

»Sie werden das von der Haftanstalt aus arrangieren müssen.«

»Aber ich werde mein Schiff verpassen.«

»Das ist wahrscheinlich der Zweck der Sache«, stimmte der Beamte zu. »Wenn man das Timing und alles bedenkt.«

»Angenommen, das ist alles, was dieser Cavilo will – zieht er dann sein Gebot zurück?«

»Er wird eine beträchtliche Pfandsumme verlieren.«

Die jacksonische Justiz war wirklich blind. Käuflich für jedermann. »Hm, darf ich mich kurz mit meinem Assistenten beraten?«

Der Beamte schürzte die Lippen und musterte Overholt mißtrauisch. »Machen Sie schnell.«

»Was meinen Sie, Sergeant?« Miles wandte sich Overholt zu und fragte ihn leise. »Die scheinen keinen Haftbefehl für Sie zu haben ...«

Overholt sah angespannt aus, der Mund war verärgert zusammengepreßt, in den Augen zeigte sich fast Panik. »Wenn wir es bis zum Schiff schaffen ...«

Der Rest blieb unausgesprochen. Die Escobaraner teilten die polianische Mißbilligung des ›Rechtssystems‹ des Konsortiums von Jackson's Whole. Sobald er an Bord des Linienschiffes wäre, befände sich Miles auf escobaranischem ›Boden‹; der Kapitän würde ihn nicht freiwillig ausliefern. Könnte oder würde dieser Cavilo in der Lage sein, genügend zu bieten, um das ganze escobaranische Schiff festhalten zu lassen? Die entsprechende Summe wäre astronomisch hoch. »Versuchen Sie's.«

Miles drehte sich wieder zu den Beamten des Konsortiums, lächelte und hielt ihnen ergeben seine Handgelenke hin. Overholt trat explosionsartig in Aktion.

Der erste Fußtritt des Sergeanten beförderte den Dalli-Dalli-Stock des beleibten Beamten in die Luft. Overholts Schwung ging in eine schnelle Kreisbewegung über, und seine zusammengelegten Hände trafen mit Wucht den Kopf des zweiten Schlägers. Miles war schon in Bewegung. Er wich einem heftigen Zugriff aus und sprintete, so schnell er konnte, die Halle hinauf. In diesem Augenblick erkannte er den dritten Schläger in Zivilkleidung. Er erkannte ihn an dem Glitzern des Wirrnetzfeldes, das er vor Miles' stampfende Beine schleuderte. Der Mann prustete vor Lachen, als Miles kopfüber hinstürzte und zu rollen versuchte, um seine spröden Knochen zu retten. Miles schlug auf dem Boden der Halle mit einem Bums auf, der ihm die Luft aus den Lungen quetschte. Er atmete durch die zusammengebissenen Zähne ein und schrie nicht auf, als der Schmerz in seiner Brust das Brennen des Wirrnetzes um seine Fußknöchel zu übertrumpfen suchte. Er drehte sich auf dem Boden herum und blickte dorthin zurück, woher er gekommen war.

Der weniger beleibte Schläger stand nach vorn gebeugt, die Hände an den Kopf gepreßt, offensichtlich verwirrt. Der andere hob eben seinen Dalli-Dalli-Stock auf. Folglich mußte der betäubte Haufen auf dem Pflaster Sergeant Overholt sein.

Der Schläger mit dem Stock starrte auf Overholt und schüttelte den Kopf, dann stieg er über ihn hinweg und kam auf Miles zu. Der verwirrte Schläger zog seinen Stock, versetzte dem niedergeschlagenen Mann einen Schock am Kopf und folgte dann seinem Kollegen, ohne noch einen Blick zurückzuwerfen. Niemand wollte anscheinend Overholt kaufen.

»Das gibt einen zehnprozentigen Aufschlag für Widerstand gegen die Verhaftung«, bemerkte der Sprecher des Trios kühl zu Miles. Miles schielte an den glänzenden Säulen der Stiefel des Mannes empor. Der Schockstab sauste herunter wie eine Keule.

Beim dritten brennenden Schlag begann er zu schreien. Beim siebten wurde er ohnmächtig.

Miles kam viel zu früh wieder zu sich, während er noch zwischen den beiden uniformierten Männern dahingeschleift wurde. Er zitterte unkontrollierbar. Sein Atem war irgendwie durcheinander, ein unregelmäßiges, flaches Keuchen, das ihm nicht genug Luft verschaffte. Wellen von Kribbeln pulsten durch sein Nervensystem. Er bekam kaleidoskopisch verzerrte Eindrücke von Liftrohren und Korridoren und weiteren kahlen, rein funktionalen Korridoren. Endlich blieben sie mit einem Ruck stehen. Als die Schläger seine Arme losließen, fiel er zuerst auf Hände und Knie, dann sank er auf den kalten Boden.

Ein anderer ziviler Sicherheitsbeamter guckte über ein Komkonsolenpult hinweg auf ihn. Eine Hand packte Miles' Kopf an den Haaren und riß ihn zurück; das rote Flackern eines Retinascanners blendete ihn für einen Moment. Seine Augen schienen außerordentlich empfindlich gegen Licht zu sein. Seine zitternden Hände wurde hart gegen eine Art Identifizierungsfläche gedrückt. Als sie ihn losließen, sackte er wieder zusammen. Seine Taschen wurden nach außen gekehrt; Betäuber, Ausweise, Flugtickets, Geld – alles wurde durcheinander in einen Plastikbeutel geworfen. Miles stieß ein gedämpftes Quieksen der Verzweiflung aus, als man seine weiße Jacke mit all ihren nützlichen Geheimnissen auch in den Beutel stopfte. Zuletzt quetschte man seinen Daumen auf das Schloß; der Abdruck wurde zum Verschlußcode.

Der Haftbeamte reckte seinen Hals. »Wünscht er zu überbieten?«

»Ung...«, konnte Miles gerade noch antworten, als sein Kopf wieder zurückgerissen wurde.

»Er sagte ja«, sagte der verhaftende Schläger hilfsbereit.

Der Haftbeamte schüttelte den Kopf. »Wir müssen warten, bis der Schock nachläßt. Ihr Jungs habt übertrieben, glaube ich. Der ist doch nur ein Zwerg.«

»Ja, schon, aber hatte einen großen Kerl bei sich, der uns Schwierigkeiten machte. Der kleine Mutant schien der Verantwortliche zu sein, also zahlten wir es ihm für beide heim.«

»Das ist fair«, gestand der Haftbeamte zu. »Nun gut, das wird eine Weile dauern. Werft ihn in den Kühler, bis er aufhört zu zittern, damit man mit ihm reden kann.«

»Bist du sicher, daß das eine gute Idee ist? So komisch der Kerl auch aussieht, vielleicht möchte er seinen Gegner austricksen. Vielleicht kauft er sich noch frei.«

»Mm.« Der Haftoffizier schaute Miles bedächtig von oben bis unten an. »Dann werft ihn in den Warteraum mit den Technikern von Marda. Das sind ruhige Kerle, die werden ihn nicht belästigen. Und sind ja bald weg.«

Miles wurde wieder geschleift – seine Beine gehorchten seinem Willen überhaupt nicht, zuckten nur krampfhaft. Die Beinschienen hatten anscheinend einen verstärkenden Effekt auf die Schocks gehabt, die ihm da zugefügt worden waren, oder vielleicht war es die Kombination mit dem Wirrnetzfeld. Ein langer Raum wie in einer Kaserne, mit einer Reihe von Feldbetten entlang jeder Wand, verschwamm vor seinen Augen. Die Bullen hievten ihn nicht unfreundlich auf ein leeres Bett im weniger belegten Teil des Raums. Der ranghöhere versuchte andeutungsweise, ihn irgendwie geradezustrecken, warf eine leichte Decke über seine noch unkontrollierbar zuckenden Glieder, und dann ließen sie ihn allein.

Es verging eine kleine Weile, ohne daß ihn etwas vom vollen Genuß und von der Würdigung seiner neuen physischen Erfahrungen ablenkte. Er dachte, er hätte schon von jeder Art von Qual, die es gab, gekostet, aber die Schockstäbe der Bullen hatten in ihm Nerven, Synapsen und Ganglienknoten herausgefunden, von denen er bisher nicht einmal gewußt hatte. Nichts hilft einem so sehr wie Schmerz, um die Aufmerksamkeit auf sich selber zu konzentrieren. Ein praktisch solipsistischer Zustand. Aber es schien nachzulassen – wenn doch nur sein Körper mit diesen epilepsieähnlichen Anfällen aufhören würde, die ihn so erschöpften…

Ein Gesicht kam schwankend in sein Blickfeld. Ein vertrautes Gesicht.

»Gregor! Bin ich froh, dich zu sehen«, plapperte Miles albern drauflos. Er spürte, wie seine brennenden Augen sich weiteten. Seine Hände schossen hervor, um Gregors Hemd zu packen, den blaßblauen Kittel eines Gefangenen. *»Was, zum Teufel, tust du hier?«*

»Das ist eine lange Geschichte.«

»Ach! Ach!« Miles kämpfte sich auf seine Ellbogen hoch und blickte wild umher nach Attentätern, Halluzinationen, nach… – er wußte nicht was. »Gott! Wo ist…?«

Gregor drückte ihn wieder mit einer Hand auf der

Brust zurück. »Beruhige dich.« Und leise: »Und halt den Mund! Du solltest dich lieber ein bißchen ausruhen. Im Augenblick schaust du nicht sehr gut aus.«

Tatsächlich schaute auch Gregor selber nicht sonderlich gut aus, wie er hier auf dem Rand von Miles' Feldbett saß. Sein Gesicht war bleich und müde, übersät mit Bartstoppeln. Sein Haar, normalerweise militärisch geschnitten und gekämmt, war zerzaust. Seine nußbraunen Augen blickten nervös drein. Miles würgte seine Panik hinunter.

»Mein Name ist Greg Bleakman«, informierte der Kaiser Miles hastig.

»Ich kann mich nicht erinnern, wie mein Name im Augenblick lautet«, stotterte Miles. »Oh – ja. Victor Rotha. Glaube ich. Aber wie bist du von ...?«

Gregor blickte sich undeutlich um. »Die Wände haben Ohren, glaube ich.«

»Ja, vielleicht.« Miles ließ sich ein wenig niedersinken. Der Mann auf dem nächsten Bett schüttelte den Kopf mit einem Ausdruck, der besagte: ›Gott schütze mich vor diesen Arschlöchern‹, drehte sich auf die andere Seite und legte sich sein Kissen über den Kopf. »Aber, wie ... bist du hierhergekommen? Etwa in eigener Regie?«

»Unglücklicherweise ist alles meine Schuld. Erinnerst du dich an damals, als wir Witze darüber machten, von zu Hause wegzulaufen?«

»Ja.«

»Na ja«, Gregor holte Atem, »es stellte sich heraus, daß das eine wirklich schlechte Idee war.«

»Hättest du das nicht schon vorher herausfinden können?«

»Ich ...«, Gregor brach ab und blickte den langen Raum entlang, als ein Wächter seinen Kopf durch die Tür streckte und brüllte: »Noch fünf Minuten!«

»Oh, zum Teufel!«

»Wie? Was?«

»Sie kommen uns holen.«

»Wer kommt wen holen, was, zum Teufel, geht hier vor, *Gregor* ... Greg ...«

»Ich hatte einen Platz auf einem Frachter, dachte ich, aber sie schmissen mich hier raus. Ohne Bezahlung«, erklärte Gregor schnell. »Haben mich geprellt. Ich hatte nicht einmal eine Halbmark dabei. Ich versuchte auf einem Schiff anzuheuern. das bald abreiste, aber bevor ich das schaffte, wurde ich wegen Vagabundierens verhaftet. Das jacksonische Recht ist irrsinnig«, fügte er nachdenklich hinzu.

»Ich weiß. Was dann?«

»Sie machten anscheinend eine wohlüberlegte Razzia, um Leute zur Zwangsanwerbung zu schnappen. Anscheinend verkauft ein Unternehmer an die Aslunder technisch ausgebildete Arbeiterkolonnen, die dann auf ihrer Naben-Station arbeiten sollen, weil die mit ihrem Zeitplan im Verzug ist.«

Miles blinzelte. »Sklavenarbeit?«

»So ähnlich. Der Köder besteht darin, daß wir nach Ablauf der Strafe auf der Aslund-Station entlassen werden. Den meisten dieser Techniker scheint das nicht viel auszumachen. Keine Bezahlung, aber wir – sie – werden verpflegt und untergebracht und entkommen dem jacksonischen Sicherheitsdienst, also werden sie am Ende nicht schlimmer dran sein als am Anfang, pleite und arbeitslos. Die meisten von ihnen denken, daß sie schließlich auf Schiffen anheuern können, die von Aslund abfahren. Ohne Geld zu sein, ist dort kein so gräßliches Verbrechen.«

In Miles' Kopf hämmerte es. »Sie holen dich von hier weg?«

In Gregors Augen zeigte sich eine Spannung, die er aber zügelte und nicht auf den Rest seines unbeweglichen Gesichts übergreifen ließ. »Jetzt gleich, denke ich.«

»Gott! Ich kann doch nicht zulassen ...«

»Aber wie hast du mich hier gefunden...«, begann Gregor seinerseits, dann schaute er frustriert durch den Raum, wo Männer und Frauen in blauen Kitteln sich murrend erhoben. »Bist du hier, um zu...«

Miles blickte verzweifelt um sich. Der blaugekleidete Mann auf dem Feldbett neben ihm lag jetzt auf der Seite und beobachtete sie mit einem gelangweilten, düsteren Blick. Er war nicht übermäßig groß...

»Du da!« Miles kletterte aus dem Bett und kauerte sich neben den Mann. »Willst du aus diesem Trip aussteigen?«

Der Mann blickte etwas weniger gelangweilt drein. »Wie?«

»Tauschen wir die Kleider. Tauschen wir die Ausweise. Du nimmst meinen Platz, ich nehme deinen.«

Der Mann schaute ihn mißtrauisch an. »Was ist der Haken an der Sache?«

»Kein Haken. Ich habe eine Menge Kredit. Ich war dabei, mich hier nach einer Weile herauszukaufen.« Miles machte eine Pause. »Es gibt allerdings einen Aufschlag, weil ich mich der Verhaftung widersetzt habe.«

»Aha.« Da ein Haken identifiziert war, sah der Mann jetzt etwas interessierter aus.

»Bitte! Ich muß mit... mit meinem Freund gehen. Jetzt gleich.« Das Gebrabbel ringsum wurde lauter, während sich die Techniker am anderen Ende des Raums beim Ausgang versammelten. Gregor wanderte hinter dem Bett des Mannes umher.

Der Mann verzog seine Lippen. »Nö«, entschied er. »Wenn das, was dich erwartet, schlimmer ist als das hier, dann möchte ich nichts damit zu tun haben.« Er schwang sich in eine sitzende Stellung hoch und schickte sich an, aufzustehen und sich der Reihe anzuschließen.

Miles, der immer noch auf dem Boden kauerte, hob flehend die Hände: »Bitte...«

Gregor, der perfekt plaziert war, stürzte plötzlich nach vorn. Er packte den Mann mit einem sauberen Würgegriff am Hals und zog ihn mit einem Ruck über die Seite des Bettes, so daß er außer Sicht war. Gott sei Dank bestand die barrayaranische Aristokratie immer noch auf militärischem Training für ihre Sprößlinge. Miles kam taumelnd auf die Füße, um die Sicht vom Ende des Raums her besser zu versperren. Am Boden gab es ein paar dumpfe Schläge. Kurz darauf wurde ein blauer Gefangenenkittel unter dem Feldbett durchgeworfen und blieb vor Miles' mit Sandalen bekleideten Füßen liegen. Miles kauerte sich hin und zog ihn über seine grüne Seidenkleidung – glücklicherweise war der Kittel etwas groß –, dann schlüpfte er in die weite Hose, die hinterherkam. Dann war ein Geschiebe zu hören, als der Körper des Bewußtlosen außer Sicht unter das Bett gestoßen wurde. Schließlich stand Gregor auf. Er keuchte etwas und war ganz weiß im Gesicht.

»Ich bring diese verdammten Gürtelschnüre nicht zu«, sagte Miles. Sie glitten ihm aus den zitternden Händen.

Gregor band Miles' Hosen fest und rollte ihm die überlangen Hosenbeine hoch. »Du brauchst seine Identitätskarte, sonst kriegst du nichts zu essen und kannst deine Arbeitspunkte nicht registrieren lassen«, zischte Gregor aus dem Mundwinkel und lehnte sich kunstvoll in müßiger Pose gegen das Ende des Bettes.

Miles durchsuchte seine Tasche und fand die Standardcomputerkarte. »In Ordnung.« Er stellte sich neben Gregor und zeigte mit einem sonderbaren Grinsen seine Zähne. »Ich kippe gleich um.«

Gregors Hand packte ihn fest am Ellbogen. »Nicht. Das würde die Aufmerksamkeit auf uns lenken.«

Sie gingen durch den Raum und schlossen sich am Ende der schlurfenden, maulenden, blau gekleideten Reihe an. Ein schläfrig dreinblickender Wächter an der

Tür ließ sie durch und überprüfte die Identitätskarten mit einem Scanner.

»... dreiundzwanzig, vierundzwanzig, fünfundzwanzig. So ist's recht. Bring sie weg!«

Sie wurden einer anderen Wachmannschaft übergeben, die nicht die Uniform des Konsortiums trug, sondern die Livree eines kleineren jacksonischen Hauses, Gold und Schwarz. Miles hielt sein Gesicht nach unten gerichtet, als sie aus dem Haftbereich getrieben wurden. Nur Gregors Hand hielt ihn auf den Füßen. Sie gingen durch einen Korridor, ein weiteren Korridor, ein Liftrohr hinab – Miles mußte sich während der Abwärtsfahrt fast übergeben –, dann noch einen Korridor entlang. *Was, wenn diese verdammte Karte ein Ortungssignal abgibt?* dachte Miles plötzlich. Beim nächsten Abwärtsrohr warf er sie weg; die kleine glitzernde Karte flatterte davon in den düsteren Abgrund, still und unbemerkt. Eine Andockbucht, ein Gang durch die Luke, die kurze Gewichtslosigkeit des flexiblen Andockrohrs, und sie gingen an Bord eines Schiffes. *Sergeant Overholt, wo sind Sie jetzt?*

Es war sichtlich ein Transporter für Innersystemverkehr, kein Sprungschiff, und nicht sehr groß. Die Männer wurden von den Frauen getrennt und dann zu den gegenüberliegenden Enden eines Korridors geführt, der mit Türen gesäumt war, die zu Kabinen mit je vier Kojen führten. Die Gefangenen verteilten sich und suchten sich ihre Quartiere ohne offensichtliche Einmischung der Wachen aus.

Miles zählte und multiplizierte schnell. »Wir können eine für uns allein haben, wenn wir es versuchen«, flüsterte er hastig Gregor zu. Er schlüpfte in die nächste Kabine, und sie drückten schnell auf die Türsteuerung. Ein weiterer Gefangener schickte sich an, ihnen hineinzufolgen, aber er traf auf ein gemeinsam geknurrtes »Hau ab!« und zog sich hastig zurück. Die Tür öffnete sich nicht mehr.

Die Kabine war schmutzig, und es fehlten solche Annehmlichkeiten wie Bettzeug für die Matratzen, aber die sanitären Installationen funktionierten. Als Miles einen Schluck lauwarmen Wassers nahm, hörte und spürte er, wie die Luke sich schloß und das Schiff sich vom Dock löste. Für den Augenblick waren sie sicher. Wie lange?

»Wann, meinst du, wacht der Kerl auf, den du gewürgt hast?« fragte Miles Gregor, der auf dem Rand einer Koje saß.

»Ich bin mir nicht sicher. Ich habe noch nie zuvor einen Mann gewürgt.« Gregor sah nicht gut aus. »Ich ... habe etwas Seltsames unter meiner Hand gespürt. Ich fürchte, ich habe ihm vielleicht den Hals gebrochen.«

»Er hat aber noch geatmet«, sagte Miles. Er ging zum gegenüberliegenden unteren Bett und untersuchte es. Keine Anzeichen von Ungeziefer. Er setzte sich behutsam hin. Die heftigen Krämpfe ließen nach, nur ein leichtes Zittern blieb übrig. Aber er fühlte sich immer noch schwach in den Knien. »Wenn er aufwacht – sobald sie ihn finden, egal ob er aufwacht oder nicht –, dann wird es nicht lange brauchen, bis sie herausfinden, wohin ich gegangen bin. Ich hätte einfach warten und dir dann folgen sollen, und dich dann freikaufen. Vorausgesetzt, ich hätte mich selbst freibieten können. Das war eine *blödsinnige* Idee. Warum hast du mich nicht daran gehindert?«

Gregor starrte ihn an. »Ich dachte, du wüßtest, was du tust. Folgt dir nicht Illyan auf den Fersen?«

»Nicht, soweit ich weiß.«

»Ich dachte, du seist jetzt in Illyans Abteilung. Ich dachte, du wurdest geschickt, um mich zu finden. Ist das ... nicht ein etwas bizarres Rettungsunternehmen?«

»Nein!« Miles schüttelte den Kopf und bereute im selben Augenblick diese Bewegung. »Vielleicht erzählst du besser alles von Anfang an.«

»Ich war eine Woche lang auf Komarr gewesen. Unter den Kuppeln. Gipfelgespräche über Verträge betreffs Wurmlochrouten – wir versuchen immer noch, die Escobaraner dazu zu bewegen, daß sie die Passage unserer Militärschiffe erlauben. Es gibt da die Idee, daß wir ihre Inspektionsteams unsere Waffen während der Passage versiegeln lassen. Unser Generalstab denkt, das sei zu viel, der ihrige denkt, es sei zu wenig. Ich habe ein paar Vereinbarungen unterzeichnet – was auch immer der Ministerrat mir vorgelegt hat…«

»Papa läßt dich sie sicher *lesen.*«

»O ja. Wie dem auch sei, es gab an diesem Nachmittag eine Truppenschau. Und ein Staatsbankett am Abend, das früh zu Ende ging, weil ein paar der Unterhändler ihre Schiffe erreichen mußten. Ich ging zurück in mein Quartier, das alte Stadthaus eines Oligarchen. Großes Haus am Rand der Kuppel, nahe dem Raumhafen. Meine Suite war hoch oben in diesem Gebäude. Ich ging auf den Balkon hinaus – es half nicht viel. Ich hatte immer noch Platzangst, unter der Kuppel.«

»Die Komarraner ihrerseits fühlen sich unter freiem Himmel nicht wohl«, merkte Miles fair an. »Ich habe mal einen gekannt, der hatte immer Atemprobleme – wie Asthma –, wenn er ins Freie gehen mußte. Psychosomatisch.«

Gregor zuckte die Achseln und blickte auf seine Schuhe. »Wie dem auch sei, ich stellte fest… Es waren zur Abwechslung mal keine Wachen zu sehen. Ich weiß nicht, warum diese Lücke, denn vorher war ein Mann dagewesen. Sie dachten wohl, ich schliefe schon, nehme ich mal an. Es war nach Mitternacht. Ich konnte nicht schlafen. Lehnte mich über den Balkon und dachte, wenn ich jetzt da herunterfiele…« Gregor zögerte.

»Dann ginge es wenigstens schnell«, ergänzte Miles trocken. Er kannte diesen Gemütszustand, o ja.

Gregor blickte zu ihm auf und lächelte ironisch. »Ja. Ich war ein bißchen betrunken.«

Du warst ganz schön betrunken.

»Schnell, ja. Meinen Schädel zertrümmern. Es würde zwar arg weh tun, aber nicht lange. Vielleicht nicht mal so arg. Vielleicht gäbe es nur einen heißen Blitz.«

Unter seinem von dem Schockstab verursachten Zittern schauderte Miles insgeheim.

»Ich fiel über die Brüstung – ich bekam diese Pflanzen zu packen. Dann erkannte ich, daß ich genauso leicht hinunterklettern konnte wie hinauf. Sogar leichter. Ich fühlte mich so frei, als wäre ich gestorben. Ich lief los. Niemand hielt mich auf. Die ganze Zeit erwartete ich, daß jemand mich aufhielte.

Ich kam schließlich am Ende des Raumhafens an, wo die Lagerhallen stehen. In einer Bar. Ich sagte diesem Burschen, einem Freihändler, ich sei ein Normalraum-Navigator. Ich hatte diese Funktion schon mal gehabt, bei meinem Schiffsdienst. Ich sagte weiter, ich hätte meinen Ausweis verloren und fürchtete, die barrayaranischen Sicherheitsleute würden mich übel zurichten. Er glaubte mir – oder glaubte zumindest teilweise. Jedenfalls gab er mir eine Stelle an Bord. Wir verließen vermutlich den Orbit, noch bevor mein Kammerdiener am Morgen in mein Schlafzimmer kam, um mich zu wecken.«

Miles kaute an seinen Fingerknöcheln. »Vom Standpunkt des Sicherheitsdienstes aus gesehen, bist du aus einem streng bewachten Raum verschwunden. Keine Notiz, keine Spur – und das auf *Komarr*.«

»Das Schiff fuhr direkt nach Pol – ich blieb an Bord – und dann nonstop zur Konsortium-Station. Ich kam am Anfang nicht allzu gut zurecht auf dem Frachter. Ich hatte gedacht, ich könnte es besser. Vielleicht nicht. Aber ich dachte, Illyan wäre sowieso vermutlich direkt hinter mir her.«

»Komarr«, Miles rieb sich die Schläfen, »bist du dir

im klaren, was dort jetzt wohl los ist? Illyan wird überzeugt sein, daß es sich um eine Art politischer Entführung handelt. Ich wette, er läßt alle Sicherheitsdetektive und die halbe Armee die Kuppeln Schraube um Schraube auseinandernehmen und nach dir suchen. Du bist ihnen ein ganz schönes Stück voraus. Sie werden nicht außerhalb von Komarr suchen, bis...« Miles zählte Tage an seinen Fingern ab. »Doch Illyan dürfte alle seine Außenagenten alarmiert haben... vor fast einer Woche. Ha! Ich wette, das war die Botschaft, die Ungari so aus dem Häuschen brachte, bevor er in solcher Eile abhaute. An Ungari geschickt, nicht an mich.« *Nicht an mich. Niemand rechnet überhaupt mit mir.* »Aber es hätte doch überall in den Nachrichten kommen müssen...«

»Kam es auch, sozusagen«, brachte Gregor vor. »Es gab eine knappe Mitteilung, daß ich krank gewesen sei und mich nach Vorkosigan Surleau zurückgezogen hätte, um mich dort in Abgeschiedenheit auszuruhen. Sie unterdrücken es.«

Miles konnte es sich genau vorstellen. »Gregor, wie konntest du das nur tun! Bei uns zu Hause werden doch alle wahnsinnig!«

»Es tut mir leid«, sagte Gregor steif. »Ich wußte, daß es ein Fehler war... fast sofort. Noch bevor der Katzenjammer kam.«

»Warum bist du denn dann nicht in Pol ausgestiegen und zur Botschaft von Barrayar gegangen?«

»Ich dachte, ich könnte noch... verdammt«, er brach ab, »warum sollten diese Leute mich *besitzen?*«

»Kindischer Trick«, sagte Miles unter Zähneknirschen.

Gregors Kopf fuhr ärgerlich hoch, aber er sagte nichts.

Die volle Erkenntnis seiner Lage begann gerade in Miles Geist einzudringen, wie Blei in seinen Bauch. *Ich bin der einzige Mensch im Universum, der weiß, wo sich im*

Augenblick der Kaiser von Barrayar befindet. Wenn Gregor irgend etwas passiert, könnte ich sein Erbe sein. Und wenn Gregor tatsächlich was passiert, dann werden sehr viele Leute denken, ich hätte ...

Und wenn man in der Hegen-Nabe herausfand, wer Gregor wirklich war, dann könnte ein allgemeines Gerangel von epischen Ausmaßen die Folge sein. Die Jacksonier würden ihn einfach als Geisel zur Erpressung von Lösegeld benutzen. Aslund, Pol, Vervain, jeder von ihnen oder alle zusammen könnten Machtspiele versuchen. Am meisten von allen die Cetagandaner – wenn sie Gregor heimlich in ihren Besitz bekämen, wer weiß, was für eine subtile psychologische Umprogrammierung sie versuchen würden, und wenn öffentlich, welche Drohungen? Und Miles und Gregor saßen beide in der Falle auf einem Schiff, das sie nicht kontrollierten – Miles konnte jeden Augenblick von Bullen des Konsortiums oder noch Schlimmeren weggeholt werden ...

Miles war jetzt ein Offizier des Kaiserlichen Sicherheitsdienstes, egal wie untergeordnet oder in Ungnade gefallen. Und die mit heiligen Eiden beschworene Pflicht des Sicherheitsdienstes war die Sicherheit des Kaisers. Der Kaiser, Barrayars Symbol der Einheit. Gregor, widerwilliges Fleisch, das in diese Form gepreßt wurde. Symbol, Fleisch, welches von beiden beanspruchte Miles' Loyalität? *Beide. Er gehört mir. Ein Gefangener auf der Flucht, von Gott weiß was für Feinden verfolgt, in selbstmörderischer Depression, und ganz mein.*

Miles würgte ein irres Gelächter hinunter.

KAPITEL 10

Als die Nachwirkungen der Schockstabbehandlung nachließen und Miles wieder nachdenken konnte, erkannte er bald, daß er sich verstecken mußte. Aufgrund seiner Stellung als Kontraktsklave hätte Gregor auf dem ganzen Weg bis zur Aslund-Station eine warme Unterkunft, Verpflegung und Sicherheit, wenn Miles ihn nicht gefährdete. Vielleicht. Miles erweiterte die Liste der Lektionen seines Lebens um Regel 27B: »Treffe niemals wesentliche taktische Entscheidungen, während du elektro-konvulsive Anfälle hast!«

Miles untersuchte die Kabine. Das Schiff war nicht für den Gefangenentransport gebaut; die Kabine war für billigen Transport entworfen worden, nicht als gesicherte Zelle. Die leeren Vorratsschränke unter den beiden Doppelstockkojen waren zu groß und als Versteck zu offensichtlich. Eine Bodenplatte konnte hochgehoben werden, dann hatte man Zugang zu den zwischen den Decks befindlichen Steuer-, Kühlwasser- und Stromleitungen und zum Gravitationsgitter. Dieser Zwischenraum war lang, eng, flach... Rauhe Stimmen auf dem Korridor beschleunigten Miles' Entschluß. Er drückte sich in das bißchen Platz, mit dem Gesicht nach oben und den Armen dicht an seinen Seiten, und atmete aus.

»Du warst immer gut beim Versteckspielen«, sagte Gregor bewundernd und drückte die Platte wieder an ihren Platz.

»Damals war ich kleiner«, murmelte Miles mit gequetschten Backen. Rohre und Schaltkästen drückten in seinen Rücken und sein Gesäß. Gregor machte die Halterungen wieder fest, und alles war ein paar Minuten lang dunkel und still. Wie in einem Sarg. Wie eine gepreßte Blume. Eine Art biologisches Musterexemplar jedenfalls. Konservierter Fähnrich.

Die Tür öffnete sich zischend, Schritte gingen über Miles' Körper hinweg und drückten ihn noch weiter zusammen. Würde man merken, daß an diesem Teil des Bodens das Echo gedämpft war?

»Auf die Beine, Techie.« Die Stimme eines Wächters, an Gregor gerichtet. Bumsen und Knallen: die Matratzen wurden herumgeschleudert und die Schranktüren aufgerissen. Ja, er hatte recht gehabt: die Schränke waren nutzlos.

»Wo ist er, Techie?« Aus der Richtung der schleifenden Geräusche schloß Miles, daß Gregor jetzt an der Wand stand, mit einem Arm hinter seinen Rücken gedreht.

»Wo ist wer?« sagte Gregor in einem undeutlichen Ton. Gesicht gegen die Wand, das erklärte alles.

»Dein kleiner Mutantenkumpel.«

»Der komische kleine Kerl, der mir hier herein gefolgt ist? Der ist kein Kumpel von mir. Er ist abgehauen.«

Mehr schleifende Geräusche – »Au!« Der Arm des Kaisers war soeben weitere fünf Zentimeter höher gedreht worden, schätzte Miles.

»Wohin ist er gegangen?«

»Ich weiß es nicht! Er sah nicht so gut aus. Irgend jemand hat ihn mit einem Schockstab behandelt. Kürzlich. Ich wollte da nicht hineingezogen werden. Er ist wieder abgezogen, ein paar Minuten, bevor wir abgelegt haben.«

Guter Gregor! Er war vielleicht deprimiert, aber nicht dumm. Miles' Kopf war seitwärts gedreht, die eine Wange gegen den Boden über ihm gepreßt, die andere gegen etwas gedrückt, das sich wie eine Käsereibe anfühlte. Er versuchte zu grinsen.

Noch mehr dumpfe Schläge. »Ich sag's euch doch! Er ist abgezogen! Schlagt mich nicht!«

Unverständliches Knurren der Wachen, das Knistern eines Schockstabes, ein vernehmliches Atemholen, ein Geräusch, als plumpste ein zusammengerollter Körper auf eine der unteren Bettstellen.

In der Stimme eines zweiten Wächters klang Unsicherheit an: »Er muß wieder kehrtgemacht haben, zurück zum Konsortium, bevor wir abgelegt haben.«

»Deren Problem, gut. Aber wir sollten besser das ganze Schiff durchsuchen, um sicher zu sein. Die Leute von der Haftabteilung haben so getan, als würden sie uns wegen dem eins auf den Deckel geben.«

»Auf den Deckel geben oder auf den Deckel bekommen?«

»Ha. *Ich* geh da keine Wetten ein.«

Die Stiefelschritte – zwei Paar Stiefel, schätzte Miles – bewegten sich auf die Kabinentür zu. Die Tür schloß sich zischend. Schweigen.

Miles kam zu dem Schluß, er würde wirklich eine bemerkenswerte Sammlung von blauen Flecken auf seinem Hinterteil haben, sobald Gregor dazu käme, den Deckel hochzuheben. Da sein Brustkorb eingequetscht war, konnte er nur halbe Atemzüge tun. Er mußte pinkeln. Komm endlich, Gregor …

Sicherlich mußte er nach ihrer Ankunft auf der Aslund-Station Gregor so bald wie möglich aus seinem Sklavenarbeitskontrakt befreien. Kontraktarbeiter dieser Ordnung wurden mit den schmutzigsten und gefährlichsten Arbeiten betraut, waren am meisten radioaktiver Strahlung ausgesetzt, zweifelhaften Life-Support-Systemen und langen, erschöpfenden, unfallträchtigen Arbeitsstunden. Allerdings war dies auch ein Inkognito, das kein Feind schnell durchschauen würde. Sobald sie sich frei bewegen konnten, mußten sie Ungari finden, den Mann mit den Kreditkarten und den Kontakten; danach – nun gut, danach wäre Gregor Ungaris Problem, oder? Ja, alles einfach, richtig und genau. Kein Grund, in Panik auszubrechen.

Hatten sie Gregor mitgenommen? Sollte er es wagen, sich selbst zu befreien und zu riskieren …

Schlurfende Schritte. Der Lichtspalt weitete sich. Sein Deckel wurde hochgehoben. »Sie sind weg«, flüsterte Gregor. Miles erhob sich aus seiner Gußform, einen schmerzvollen Zentimeter nach dem anderen, und kletterte hinaus auf den Boden, wo er eine Verschnaufpause einlegen konnte. Noch eine kleine Weile, dann würde er versuchen aufzustehen.

Gregor hielt eine Hand auf ein rotes Mal auf seiner Wange gedrückt. Dann ließ er sie befangen sinken. »Sie haben mich mit einem Schockstab geschlagen. Es … war nicht so schlimm, wie ich es mir vorgestellt hatte.« Womöglich war er ein bißchen stolz auf sich.

»Sie haben Schwachstrom benutzt«, knurrte Miles zu ihm hinauf. Gregors Gesicht wurde maskenhafter. Er hielt Miles eine Hand hin, um ihn hochzuziehen. Miles nahm sie, kam grunzend auf die Füße und plumpste auf ein Bett. Er erzählte Gregor von seinem Plan, Ungari zu finden.

Gregor zuckte die Achseln, dumpf ergeben. »Sehr gut. Das wird schneller gehen als bei meinem Plan.«

»Dein Plan?«

»Ich wollte den Konsul von Barrayar auf Aslund kontaktieren.«

»Oh. Gut.« Miles sank zusammen. »Ich vermute, du … brauchtest meine Befreiung gar nicht wirklich.«

»Ich hätte es auch allein schaffen können. Ich bin schon so weit gekommen. Aber … da war dann noch mein anderer Plan.«

»Oh?«

»*Nicht* den Konsul von Barrayar zu kontaktieren … Vielleicht ist es doch gut, daß du gerade zu diesem Zeitpunkt aufgetaucht bist.« Gregor legte sich auf seinem Bett zurück und starrte blind nach oben. »Eins ist sicher, eine Gelegenheit wie diese wird nie wieder kommen.«

»Zu fliehen? Und wie viele würden zu Hause sterben, um deine Freiheit zu erkaufen?«

Gregor schürzte die Lippen. »Wenn man Vordarians Griff nach dem Thron als Maßstab für Palastrevolten nimmt – sagen wir mal, sieben- oder achttausend.«

»Du zählst nicht die auf Komarr mit.«

»Ach ja. Die von Komarr dazuzurechnen würde die Zahl vergrößern«, gestand Gregor zu. Sein Mund zuckte mit einer Ironie, der es völlig an Humor fehlte. »Mach dir keine Sorgen, ich meine das nicht ernst. Ich wollte es ... nur wissen. Ich hätte es allein geschafft, glaubst du nicht?«

»Natürlich! Das ist nicht die Frage.«

»War es aber für mich.«

»Gregor«, Miles' Finger trommelten frustriert auf sein Knie. »Du tust dir das selbst an. Du *hast* wirkliche Macht. Papa hat während der ganzen Regentschaft dafür gekämpft, sie dir zu bewahren. Bemühe dich nur um eine positivere Einstellung!«

»Und, Fähnrich, wenn ich, dein oberster Befehlshaber, dir befehlen würde, dieses Schiff auf der Aslund-Station zu verlassen und zu vergessen, daß du mich je gesehen hast, würdest du das tun?«

Miles schluckte. »Major Cecil sagte, ich hätte ein Problem mit der Unterordnung.«

Gregor grinste fast. »Guter alter Cecil. Ich erinnere mich an ihn.« Sein Grinsen verschwand. Er stützte sich auf einen Ellbogen hoch. »Aber wenn ich nicht einmal über einen ziemlich kleinen Fähnrich gebieten kann, um wieviel weniger dann über eine Armee oder eine Regierung? Macht ist nicht die Frage. Ich habe alle Vorträge deines Vaters über Macht gehört, über ihre Illusionen und ihren Gebrauch. Sie wird mir mit der Zeit zukommen, ob ich sie will oder nicht. Aber habe ich die Stärke, um mit ihr umzugehen? Denk nur an die schlechte Figur, die ich vor vier Jahren während Vordrozdas und Hessmans Komplott abgegeben habe.«

»Wirst du diesen Fehler noch einmal begehen? Einem Schmeichler zu vertrauen?«

»Den nicht mehr, nein.«

»Also gut dann.«

»Aber ich muß es besser machen. Sonst wäre es für Barrayar genauso schlecht, wie wenn es überhaupt keinen Kaiser gäbe.«

Wie unabsichtlich war dieser Sturz vom Balkon denn wirklich gewesen? Miles knirschte mit den Zähnen. »Ich habe deine Frage – über Befehle – nicht als Fähnrich beantwortet. Ich habe sie als Lord Vorkosigan beantwortet. Und als Freund.«

»Aha.«

»Schau, du brauchst keine Befreiung durch mich. So wie die Dinge stehen. Durch Illyan vielleicht, durch mich nicht. Aber es gibt *mir* ein besseres Gefühl.«

»Es ist immer ein schönes Gefühl, nützlich zu sein«, stimmte Gregor zu. Sie lächelten sich unsicher an. Gregors Lächeln verlor seine Bitterkeit. »Und ... es ist schön, Gesellschaft zu haben.«

Miles nickte. »Das ist wahr.«

Während der nächsten beiden Tage verbrachte Miles ziemlich viel Zeit zusammengequetscht unter dem Boden oder in einen Schrank gekauert, aber ihre Kabine wurde nur einmal durchsucht, und das sehr früh. Zweimal kamen andere Gefangene herein, um mit Gregor zu plaudern, und einmal erwiderte Gregor, auf Miles' Anregung hin, den Besuch. Gregor verhielt sich wirklich ganz gut, dachte Miles. Er teilte seine Rationen automatisch mit Miles, ohne Beschwerde oder irgendeinen Kommentar, und wollte auch keine größere Portion annehmen, obwohl Miles sie ihm aufdrängte.

Sobald das Schiff an der Aslund-Station angedockt hatte, wurde Gregor mit dem Rest der Arbeitsmannschaft hinausgetrieben. Miles wartete nervös und versuchte, so lange wie möglich an Bord zu bleiben, bis das Schiff zur Ruhe kam und die Besatzung nicht mehr achtgab, aber doch nicht so lange, daß er riskierte, daß das Schiff wieder ablegte und mit ihm davonbrauste.

Als Miles seinen Kopf vorsichtig hinausstreckte, war der Korridor dunkel und verlassen. Die Andockluke war auf dieser Seite unbewacht. Miles trug immer noch den blauen Kittel und die blauen Hosen über seinen anderen Kleidern, da er annahm, die Arbeitstrupps würden als Kalfakter behandelt, mit freiem Zugang zur Station, und er könnte sich so unter sie mischen, daß es zumindest aus der Entfernung gesehen nicht auffiel.

Er trat mit festem Schritt nach draußen und geriet fast in Panik, als er einen Mann in der goldenschwarzen Hauslivree vor dem Lukenausgang herumstehen sah. Der Mann hatte seinen Betäuber im Halfter; in den Händen hielt er einen dampfenden Plastikbecher. Seine schielenden roten Augen betrachteten Miles ohne Neugier. Miles schenkte ihm ein kurzes Lächeln und ging einfach weiter. Der Wächter antwortete mit einem sauren Gesicht. Offensichtlich war seine Aufgabe, Fremde vom Betreten des Schiffes abzuhalten, nicht vom Verlassen.

Jenseits der Luke, in der Ladebucht der Station, hielt sich ein halbes Dutzend in Overalls gekleidete Wartungstechniker auf, die ruhig an dem einen Ende arbeiteten. Miles holte tief Atem und spazierte beiläufig durch die Bucht, ohne sich umzuschauen, als wüßte er genau, wohin er ginge. Nur ein Laufbursche. Niemand grüßte ihn.

Sicherer geworden, ging er jetzt entschlossen aufs Geratewohl los. Eine breite Rampe führte in eine große Halle, wo mit viel Lärm noch gebaut wurde und Teams in verschiedener Kleidung geschäftig bei der Arbeit waren – an einer Bucht zum Auftanken und Reparieren von Kampfschiffen, nach der halb montierten Anlage zu schließen. Genau die Art von Objekt, die

Ungari interessierte. Miles vermutete, daß er nicht soviel Glück haben würde, um ... nein. Es gab kein Anzeichen dafür, daß Ungari verkleidet bei einer dieser Mannschaften war. Miles sah auch eine Anzahl von Männern und Frauen in den dunkelblauen Militäruniformen der Aslunder, aber sie schienen überarbeitete und ganz in Anspruch genommene Ingenieure zu sein, keine mißtrauischen Wachen. Er ging trotzdem zügig weiter in einen anderen Korridor.

Er fand ein Aussichtsportal, dessen durchsichtiges Plexiglas auswärts gebaucht war, um den Vorübergehenden einen Weitwinkelausblick zu gewähren. Er setzte einen Fuß auf den unteren Rand und lehnte sich ganz beiläufig vor – und schluckte ein paar kräftige Flüche herunter. Einige Kilometer entfernt glitzerte die kommerzielle Transitstation. Als winziger funkelnder Lichtpunkt dockte gerade eben ein Schiff an. Die militärische Station war anscheinend als getrennte Einrichtung geplant, oder zumindest noch nicht mit der anderen Station verbunden. Kein Wunder, daß hier die Blaukittel nach Belieben herumwandern konnten. Miles starrte leicht frustriert über den Abgrund. Nun gut, zuerst würde er diese Station hier nach Ungari durchsuchen, die andere dann später. Irgendwie. Er wandte sich um und ...

»He du! Kleiner Techie!«

Miles erstarrte und unterdrückte den Reflex loszusprinten – diese Taktik hatte ja schon beim letztenmal nicht funktioniert –, drehte sich um und versuchte, einen höflich fragenden Ausdruck auf seinem Gesicht zu zeigen. Der Mann, der ihm zugerufen hatte, war groß, aber unbewaffnet und trug den gelbbraunen Overall eines Aufsehers. Er schaute beunruhigt drein. »Ja, Sir?« sagte Miles.

»Du bist genau der, den ich brauche.« Die Hand des Mannes fiel schwer auf Miles' Schulter. »Komm mit mir!«

Miles folgte gezwungenermaßen und versuchte, dabei ruhig zu bleiben und vielleicht nur etwas gelangweilt und verdrossen auszusehen.

»Worauf bist du spezialisiert?« fragte der Mann.

»Kanalisation«, gab Miles an.

»Perfekt!«

Verzweifelt folgte Miles dem Mann zu einer Stelle, wo zwei halbfertige Korridore aufeinandertrafen. Da gähnte ein Torbogen, roh und ohne die Verkleidung mit Preßteilen. Allerdings lagen die Preßteile daneben, bereit zum Einbau.

Der Aufseher zeigte auf einen engen Zwischenraum zwischen zwei Wänden. »Siehst du das Rohr?«

Kanalisation, nach der grauen Farbgebung zu schließen, Luft und Gravitationsmittel wurden da durchgepumpt. Das Rohr verschwand in der Dunkelheit. »Ja?«

»Da ist irgendwo ein Leck, hinter dieser Korridorwand. Kriech rein und finde es, damit wir nicht wieder diese ganze Verkleidung runterreißen müssen, die wir gerade angebracht haben.«

»Haben Sie ein Licht?«

Der Mann fischte in seinen Overalltaschen und holte ein Handlicht heraus.

»In Ordnung«, seufzte Miles. »Ist es schon angeschlossen?«

»Sollte gerade werden. Bei dem verdammten Ding hat der Abschlußtest für Druck nicht hingehauen.«

Nur Luft würde also ausgestoßen werden. Miles' Stimmung hob sich leicht. Vielleicht war sein Glück gerade dabei, sich zu wenden.

Er schlüpfte hinein und bewegte sich auf der glatten, runden Oberfläche des Rohres zentimeterweise voran, lauschend und tastend. Nach etwa sieben Metern fand er es: kalte Luft kam aus einem Riß unter seinen Händen, ganz deutlich. Er schüttelte den Kopf, versuchte sich in dem engen Zwischenraum umzudrehen und trat dabei mit dem Fuß durch die Verkleidung.

Erstaunt steckte er seinen Kopf zu dem Loch hinaus, das so entstanden war, und blickte den Korridor hinauf und hinab. Er riß ein Stückchen der Verkleidung vom Rand des Loches ab und starrte es an, während er es in seinen Händen drehte.

Zwei Männer, die mit funkensprühenden Werkzeugen Beleuchtungskörper anbrachten, wandten sich um und schauten auf ihn. »Was, zum Teufel, machst du da?« sagte einer in einem gelbbraunen Overall. Es klang empört.

»Inspektion zur Qualitätskontrolle«, sagte Miles schlagfertig, »und, mein Lieber, da habt ihr ein Problem.«

Miles überlegte, ob er das Loch vergrößern, durchkriechen und zu seinem Ausgangspunkt zurückgehen sollte, aber dann drehte er sich statt dessen um und robbte langsam auf dem Rohr zurück. Neben dem besorgt wartenden Aufseher kam er wieder heraus.

»Ihr Leck ist in Abschnitt Sechs«, berichtete Miles. Dann überreichte er dem Mann das Stück von der Verkleidung. »Wenn diese Korridorpaneele aus brennbarem Faserstoff sein sollen anstatt aus gesponnenem Siliziumdioxid, und das auf einer militärischen Einrichtung, die feindlichem Feuer standhalten soll, dann hat irgend jemand einen wirklich jämmerlichen Konstrukteur engagiert. Wenn sie nicht aus Faserstoff sein sollen – dann schlage ich vor, daß Sie sich ein paar von den großen Schlägertypen mit dem Schockstäben nehmen und Ihrem Lieferanten einen Besuch abstatten.«

Der Aufseher fluchte. Mit zusammengepreßten Lippen griff er nach dem nächsten Rand der Verkleidung an der Wand und drehte kräftig. Ein faustgroßes Stück knackte und riß ab. »Sauerei. Wieviel ist schon von diesem Zeug verbaut?«

»Jede Menge«, bemerkte Miles fröhlich. Er wandte

sich ab, um zu entkommen, bevor der Aufseher, der Fragmente von der Verkleidung abriß und leise vor sich hin brummelte, an eine andere Arbeit für ihn dachte. Mit rotem Kopf und schwitzend rannte Miles los und entspannte sich erst, als er die übernächste Ecke umrundet hatte.

Er kam an zwei bewaffneten Männern in grauweißen Uniformen vorbei. Einer drehte sich um und blickte ihm nach. Miles lief einfach weiter, die Zähne auf die Unterlippe gepreßt, und schaute nicht zurück.

Dendarii! oder: Oseraner! Hier, an Bord dieser Station – wie viele, wo? Diese beiden waren die ersten, die er gesehen hatte. Sollten sie nicht irgendwo draußen auf Patrouille sein? Er wünschte sich, er wäre wieder zwischen den Wänden, wie eine Ratte in der Wandverkleidung.

Aber wenn die meisten der Söldner hier eine Gefahr für ihn waren, so gab es doch jemanden – echte Dendarii, nicht Oseraner –, der ihm helfen konnte. Falls er Kontakt herstellen konnte. Falls er es wagte, Kontakt herzustellen. Elena... er könnte Elena ausfindig machen... Seine Phantasie eilte ihm davon.

Miles hatte Elena vor vier Jahren als Ehefrau von Baz Jesek zurückgelassen, als Tungs militärische Schülerin, unter soviel Schutz, wie er ihr zu jener Zeit besorgen konnte. Aber er hatte keine Nachrichten mehr von Baz bekommen, seit Oser mit seinem Coup das Kommando an sich gebracht hatte – fing vielleicht Oser ihre Botschaften ab? Baz war nun degradiert, Tung anscheinend in Ungnade gefallen – welche Stellung hatte Elena jetzt in der Söldnerflotte inne?

Welche Stellung in seinem Herzen? Er hielt in schwerem Zweifel an. Er hatte sie einmal leidenschaftlich geliebt. Einmal hatte sie ihn besser gekannt als jeder andere Mensch. Aber ihr Bann über sein Gemüt war vergangen, wie seine Trauer über ihren toten Vater, Sergeant Bothari. Vergangen in den Aufregungen seines neuen Lebens. Außer einem gelegentlichen Schmerz, wie bei einem alten Knochenbruch. Er wollte / wollte nicht / sie wiedersehen. Wieder mit ihr sprechen. Sie wieder berühren …

Aber mehr ans Praktische gedacht: sie würde Gregor erkennen; sie waren in ihrer Kindheit alle Spielkameraden gewesen. Eine zweite Verteidigungslinie für den Kaiser? Wieder Kontakt mit Elena aufzunehmen mochte emotional unangenehm sein – nun ja, emotional verheerend. Aber es war besser als dieses erfolglose und gefährliche Herumwandern. Nachdem er nun die Lage ausgekundschaftet hatte, mußte er irgendwie seine Ressourcen in Position bringen. Wieviel menschliche Glaubwürdigkeit besaß Admiral Naismith noch? Eine interessante Frage.

Er mußte einen Platz finden, von dem aus er beobachten konnte, ohne gesehen zu werden. Es gab alle möglichen Methoden, in voller Sicht unsichtbar zu sein, wie sein blauer Kittel im Augenblick bewies. Aber seine ungewöhnliche Körpergröße – nun ja, Körperkürze – ließ ihn zögern, sich nur auf Kleider zu verlassen. Er brauchte – ha! – Werkzeuge, wie zum Beispiel den Kasten, den ein Mann in gelbbraunem Overall gerade im Korridor abgesetzt hatte, bevor er in einen Waschraum schlüpfte. Im Nu hatte Miles den Kasten in der Hand und war um die Ecke.

Ein paar Ebenen entfernt fand er einen Korridor, der zu einer Cafeteria führte. Hm. Jeder mußte essen; deshalb mußte jeder irgendwann einmal hier vorbeikommen. Die Gerüche der Speisen erregten seinen Magen, der mit Knurren gegen die halben Rationen (oder noch weniger) der letzten drei Tage protestierte. Miles ignorierte das Knurren. Er zog ein Paneel von der Wand, legte eine Schutzbrille aus dem Werkzeugkasten als bescheidene Gesichtsverkleidung an, kletterte in die Wand hinein, um seine Körpergröße zur Hälfte zu verbergen und begann mit einer vorgeblichen Arbeit an einem Steuerkasten und einigen Rohren, wobei er dekorativ diagnostische Scanner angeordnet hatte. Er hatte den Korridor entlang eine ausgezeichnete Sicht.

Aus den herangewehten Düften schloß Miles, daß man in der Cafeteria ein ungewöhnlich gutes künstliches Rindfleisch servierte, obwohl man da dem Gemüse etwas Böses antat. Er bemühte sich, keinen Speichel in den Strahl des kleinen Laserlötgeräts tropfen zu lassen, mit dem er hantierte, während er die Vorübergehenden studierte. Sehr wenige trugen Zivilkleidung; Rothas Outfit wäre viel auffälliger gewesen als der blaue Kittel. Eine Menge von verschiedenfarbigen Overalls, blaue Kittel, ein paar ähnliche Kittel in Grün, nicht wenige Aslunder in blauen Uniformen, meistens niedere Ränge. Aßen die Dendarii – die Oseraner – die Söldner –, die auf der Station waren, woanders? Er überlegte, ob er seinen Vorposten aufgeben sollte – er hatte die Steuerkästen inzwischen fast zu Tode repariert –, als ein Duo in Grau und Weiß vorüberging. Da es keine Gesichter waren, die er kannte, ließ er sie vorbeigehen, ohne sie anzurufen.

Er erwog zögernd die Chancen. Von all den paar tausend Söldnern, die sich jetzt rund um den Wurmlochsprungpunkt der Aslunder aufhielten, mochte er vielleicht ein paar hundert vom Sehen kennen, noch weniger dem Namen nach. Nur einige der Schiffe der Söldnerflotte waren jetzt an dieser halbfertigen militärischen Station angedockt. Und von diesem Teil eines Teils, wie vielen Leuten konnte er absolut vertrauen? Fünf? Er ließ ein Quartett in Grau und Weiß passieren, obwohl er sicher war, daß die ältere blonde Frau eine Ingenieurin von der *Triumph* war, die einst loyal zu Tung gehalten hatte. Einst. Er bekam allmählich einen Bärenhunger.

Aber das lederfarbene Gesicht an der Spitze der nächsten Gruppe in Grau und Weiß, die den Korridor hinabging, ließ Miles seinen Magen vergessen. Es war

Sergeant Chodak. Sein Glück hatte sich gewendet – vielleicht. Für sich selbst mußte er die Chance ergreifen, aber Gregor in Gefahr bringen …? Jetzt war es zu spät, noch lange Überlegungen anzustellen, denn jetzt hatte Chodak seinerseits Miles erspäht. Die Augen des Sergeanten weiteten sich vor Erstaunen, bevor sein Gesicht jäh ausdruckslos wurde.

»Oh, Sergeant«, sprach ihn Miles fröhlich an, während er auf einen Steuerkasten klopfte, »können Sie sich das hier mal anschauen, bitte?«

»Ich bin in einer Minute da«, Chodak gab seinem Begleiter ein Zeichen, einem Mann in der Uniform eines einfachen Soldaten von Aslund.

Als ihre Köpfe zusammensteckten und ihre Rücken dem Korridor zugekehrt waren, zischte Chodak: »Sind Sie von allen guten Geistern verlassen? Was tun Sie hier?« Es war ein Zeichen seiner Erregung, daß er sein gewohnheitsmäßiges ›Sir‹ wegließ.

»Das ist eine lange Geschichte. Im Augenblick brauche ich Ihre Hilfe.«

»Aber wie sind Sie hier hereingekommen? Admiral Oser hat überall auf der Transitstation Wachen, die nach Ihnen Ausschau halten. Man könnte keinen Sandfloh einschmuggeln.«

Miles grinste überzeugend. »Ich habe meine Methoden.« Und sein nächster Plan war gewesen, einen Weg auszuhecken, wie er genau zu dieser Transitstation da drüben kam … Wahrhaftig, Gott beschützte Narren und Verrückte. »Im Augenblick brauche ich einen Kontakt mit Oberstleutnant Elena Bothari-Jesek. Dringend. Oder, wenn es mit ihr nicht geht, dann zu Kommodore Jesek. Ist sie hier?«

»Sie sollte hier sein. Die *Triumph* liegt im Dock. Kommodore Jesek ist meines Wissens mit dem Reparaturtender draußen.«

»Nun gut, wenn nicht Elena, dann Tung. Oder Arde Mayhew. Oder Leutnant Elli Quinn. Aber ich ziehe

Elena vor. Sagen Sie ihr – aber niemandem anderen –, daß ich unseren alten Freund Greg bei mir habe. Sagen Sie ihr, sie soll mich in einer Stunde in den Quartieren der Kontraktarbeiter treffen, in Greg Bleakmans Unterkunft. Geht das?«

»Es geht, Sir.« Chodak eilte davon, dabei sah er beunruhigt aus. Miles flickte seine arg lädierte Wand wieder zusammen, brachte das Paneel wieder an Ort und Stelle an, nahm seinen Werkzeugkasten auf und ging ganz lässig davon, wobei er das Gefühl zu unterdrücken suchte, als hätte er ein blinkendes rotes Licht auf dem Kopf. Er behielt seine Schutzbrille auf und hielt sein Gesicht gesenkt, und außerdem wählte er die am wenigsten bevölkerten Korridore, die er finden konnte. Sein Magen knurrte. *Elena wird dich speisen,* sagte Miles ihm mit Nachdruck. Später. Die blauen und grünen Kittel wurden mehr, und daran erkannte Miles, daß er sich den Quartieren der Kontraktarbeiter näherte.

Es gab ein automatisches Verzeichnis der Bewohner. Miles zögerte, dann tippte er ein: »Bleakman, G.« Modul B, Raum 8. Er fand das Modul, sah auf sein Chrono – Gregor müßte jetzt schichtfrei haben – und klopfte. Die Tür öffnete sich mit einem Seufzen, und Miles schlüpfte hinein. Gregor war da: er saß schläfrig auf seinem Bett. Es war ein Schlafraum für eine Person. Hier war man ungestört, wenn es auch kaum Platz genug zum Umdrehen gab. Ungestörtheit war ein größerer psychologischer Luxus als Raum. Selbst Technikersklaven mußten ein Minimum an Glück haben; sie hatten zuviel Möglichkeiten zur Sabotage, und deshalb konnte man es nicht riskieren, sie durchdrehen zu lassen.

»Wir sind gerettet«, verkündete Miles. »Ich habe gerade Kontakt mit Elena aufgenommen.« Er ließ sich auf das Ende des Bettes plumpsen; jetzt, da auf dieser Insel der Sicherheit seine Spannung plötzlich nachließ, fühlte er sich schwach.

»Elena ist hier?« Gregor fuhr sich mit der Hand durch sein Haar. »Ich dachte, du wolltest zu deinem Hauptmann Ungari.«

»Elena ist der erste Schritt zu Ungari. Oder, wenn Ungari nicht erreichbar ist, dann der erste Schritt, um uns hier herauszuschmuggeln. Wenn Ungari nicht so verdammt darauf bestanden hätte, daß die linke Hand nicht wissen darf, was die rechte tut, dann wäre es viel leichter. Aber es wird funktionieren.« Er musterte Gregor besorgt. »Ist bei dir alles gutgegangen?«

»Ein paar Stunden lang Beleuchtungskörper anzubringen, ruiniert meine Gesundheit noch nicht, da kannst du beruhigt sein«, sagte Gregor trocken.

»War das die Arbeit, die man dir zu tun gab? Irgendwie nicht gerade das, was ich mir vorgestellt hatte...«

Gregor schien jedenfalls in Ordnung zu sein. Tatsächlich äußerte sich der Kaiser fast vergnügt über seine Tätigkeit als Arbeitssklave, sofern man Gregors morosen Maßstab von Vergnügtheit zugrundelegte. *Vielleicht sollten wir ihn jedes Jahr für zwei Wochen in die Salzminen schicken, um ihn glücklich und mit seiner regulären Aufgabe zufrieden zu halten. Miles entspannte sich ein bißchen.*

»Es ist schwer, sich Elena Bothari als Söldnerin vorzustellen«, sagte Gregor nachdenklich.

»Unterschätze sie nicht.« Miles verbarg einen Moment elementaren Zweifels. Fast vier Jahre. Er wußte, wie sehr er sich während dieser vier Jahre verändert hatte. Wie stand es mit Elena? Ihre Jahre konnten kaum weniger hektisch gewesen sein. *Die Zeiten ändern sich. Die Menschen ändern sich mit ihnen*... Nein. Dann müßte er sich ebenso in Zweifel ziehen wie Elena.

Das halbstündige Warten, bis sein Chrono den vereinbarten Zeitpunkt erreicht hatte, war eine ungute Pause: genug, um die Spannung, die Miles antrieb, zu lockern und ihn von Müdigkeit überfluten zu lassen, aber nicht genug, um ihn ausruhen zu lassen oder ihn zu erfrischen. Er war sich kläglich bewußt, daß er seinen Schwung verlor, daß Wachsamkeit gerade jetzt dringend notwendig war, wo Wachsamkeit und folgerichtiges Denken wie Sand zwischen seinen Fingern zerronnen. Er blickte abermals auf sein Chrono. *Eine Stunde* war zu unbestimmt gewesen. Er hätte die genaue Minute nennen sollen. Aber wer wußte, welche Schwierigkeiten und Aufschübe Elena von ihrer Seite her überwinden mußte?

Miles blinzelte heftig. An seinen schwankenden und unzusammenhängenden Gedanken erkannte er, daß er dabei war, im Sitzen einzuschlafen. Die Tür öffnete sich zischend, ohne daß Gregor auf den Knopf gedrückt hatte.

»Hier ist er, Leute!«

Eine halbe Korporalschaft grau und weiß gekleideter Söldner füllte die Öffnung und den dahinter liegenden Korridor. Es brauchte kaum die Betäuber und Schockstäbe in ihren Händen und die gezielte Attacke auf seine Person, um Miles zu verdeutlichen, daß diese unangenehme Truppe nicht im Auftrag von Elena kam. Der Adrenalinstoß vertrieb kaum den Nebel der Müdigkeit in seinem Kopf. *Und was gebe ich jetzt vor zu sein? Ein bewegliches Ziel?* Er sackte gegen die Wand und regte sich nicht einmal auf, obwohl Gregor sich mit einem Ruck erhob und in dem beschränkten Raum einen tapferen Versuch der Verteidigung unternahm: mit einem treffsicheren Karatetritt stieß er einem der anstürmenden Söldner den Betäuber aus der Hand. Daraufhin schmetterten zwei Männer Gregor gegen die Wand. Miles zuckte zusammen.

Dann wurde Miles selbst mit einem Ruck aus der Koje geholt, um von einem Wirrnetzfeld umwickelt, dreifach umwickelt zu werden. Das Feld verursachte ihm einen brennenden Schmerz. Sie benutzten eine Stärke, die ausgereicht hätte, um ein galoppierendes

Pferd zu lähmen. *Was denkt ihr denn bloß, was ich bin, Jungs?*

Der aufgeregte Anführer der Gruppe rief in den Kommunikator an seinem Handgelenk: »Ich habe ihn, Sir!«

Miles hob ironisch die Augenbrauen. Der Anführer wurde rot und stellte sich kerzengerade hin, seine Hand zuckte bei dem Bemühen, nicht zu salutieren. Miles lächelte leicht. Der Anführer preßte seine Lippen aufeinander. *Ha. Habe ich dich fast dazu gebracht, nicht wahr?*

»Nehmt sie mit!« befahl der Anführer.

Miles wurde zwischen zwei Männern zur Tür hinausgetragen; seine gebundenen Füße baumelten lächerliche Zentimeter über den Boden. Hinter ihm wurde der stöhnende Gregor dahingeschleift. Als sie an einem Querkorridor vorbeikamen, sah Miles aus den Augenwinkeln Chodaks angespanntes Gesicht in den Schatten.

Er verfluchte sein schlechtes Urteilsvermögen. Du dachtest, du könntest die Leute durchschauen. *Dein einziges vorführbares Talent. Richtig. Sicher. Hätte sollen, hätte sollen, hätte sollen,* spottete sein Geist, wie das Krächzen eines üblen aasfressenden Vogels, der an einem Kadaver überrascht worden ist.

Als sie durch eine große Andockbucht und eine kleine Personalluke geschleppt wurden, wußte er sofort, wo sie waren. Die *Triumph,* das kleine Schlachtschiff, das gelegentlich als Flaggschiff der Flotte gedient hatte, erfüllte jetzt wieder diesen Dienst. Tung, dessen Status jetzt zweifelhaft war, war einst vor dem Krieg von Tau Verde Kapitän-Eigner der *Triumph* gewesen. Oser hatte gewöhnlich seine *Peregrine* als Flaggschiff vorgezogen – war dies eine bewußte politische Aussage? Die Korridore des Schiffes waren von einer seltsamen, schmerzlichen, mächtigen Vertrautheit. Die Gerüche von Menschen, Metall und Maschinerie. Dieser verbogene Durchgang, Auswirkung des verrückten Rammens, mit dem das Schiff bei der ersten Begegnung mit Miles erobert worden war, war immer noch nicht ganz in Ordnung gebracht ... *Ich dachte, ich hätte mehr vergessen.*

Sie wurden schnell und geheim vorangebracht, zwei Männer aus dem Kommando gingen voran, um den Korridor vor ihnen von Zeugen freizuhalten. Dies wäre dann also eine sehr private Unterhaltung. Schön, das paßte Miles. Er hätte es vorgezogen, Oser überhaupt aus dem Weg zu gehen, aber wenn sie sich wieder begegnen mußten, dann würde er einfach eine Methode finden müssen, um daraus Nutzen zu ziehen. Er überprüfte seine Rolle, als zöge er seine Manschetten zurecht – Miles Naismith, Weltraumsöldner und geheimnisvoller Unternehmer, in die Hegen-Nabe gekommen, um ... um was? Und sein deprimierter, wenn auch treuer Kumpan Greg, natürlich – er würde sich eine besonders vorteilhafte Erklärung für Gregor ausdenken müssen.

Sie trampelten den Korridor entlang, vorbei am Taktikraum, dem Nervenzentrum der *Triumph* im Kampf, und kamen schließlich auf der gegenüberliegenden Seite im kleineren der beiden Besprechungsräume an. Die Holovidscheibe in der Mitte des glänzenden Konferenztisches war dunkel und still. Admiral Oser saß ebenso dunkel und still am Kopfende des Tisches, flankiert von einem bleichen blonden Mann, der, wie Miles annahm, ein Oser loyaler Leutnant war; er war Miles von früher nicht bekannt. Miles und Gregor wurden mit Gewalt auf zwei Stühle gesetzt, die etwas abseits vom Tisch standen, damit ihre Hände und Füße offen sichtbar waren. Oser schickte alle Wachen bis auf einen Mann hinaus auf den Korridor.

Osers Erscheinung hatte sich in den vier Jahren nicht viel verändert, stellte Miles fest. Immer noch hager und mit einem Falkengesicht, das dunkle Haar an den

Schläfen vielleicht ein bißchen grauer. Miles hatte ihn größer in Erinnerung, aber er war in Wirklichkeit kleiner als Metzov. Oser erinnerte Miles irgendwie an den General. War es das Alter, der Körperbau? Der feindlich düstere Blick, die mörderischen Nadelspitzen roten Lichts in den Augen?

»Miles«, murmelte Gregor mit dem Mundwinkel, »was hast du dem Kerl angetan, daß er so stocksauer ist?«

»Nichts!« protestierte Miles leise. »Nichts absichtlich jedenfalls.«

Gregor sah keineswegs beruhigt drein.

Oser legte seine Hände flach auf den Tisch vor sich, beugte sich vor und blickte Miles mit der Intensität eines Raubtiers an. Wenn Oser ein Tiger wäre, dann würde seine Schwanzspitze jetzt vor- und zurückzucken, stellte sich Miles vor. »Was tun Sie hier?« begann Oser unverblümt, ohne irgendeine Einleitung.

Sie haben mich hierher gebracht, wissen Sie das nicht? Es war nicht der richtige Zeitpunkt, den Schlaumeier zu spielen, nein. Miles war sich in hohem Maß der Tatsache bewußt, daß er nicht besonders gut aussah. Aber Admiral Naismith würde das nichts ausmachen, er war zu sehr auf sein Ziel fixiert. Naismith würde auch weitermachen, wenn er blau angemalt wäre, wenn er weitermachen müßte. Er antwortete ebenso unverblümt: »Ich wurde engagiert, um eine militärische Einschätzung der Hegen-Nabe zu erstellen, und zwar für einen interessierten Nichtkombattanten, der Transporte durch die Nabe durchführt.« Das war die Wahrheit, und hier würde man sie sicher nicht glauben. »Da meine Auftraggeber keine Lust haben, Bergungsexpeditionen auszurüsten, wollten sie rechtzeitig gewarnt werden, um ihre Bürger aus der Nabe abzuziehen, bevor die Feindseligkeiten ausbrechen. Nebenbei handle ich ein bißchen mit Waffen. Eine Tarnung, die sich selbst bezahlt macht.«

Osers Augen verengten sich. »Nicht Barrayar …«

»Barrayar hat seine eigenen Agenten.«

»So auch Cetaganda … Aslund fürchtet die Ambitionen von Cetaganda.«

»Das ist gut so.«

»Barrayar ist gleich weit entfernt.«

»Nach meiner fachlichen Meinung«, mit dem Wirrnetzfeld kämpfend verneigte Miles sich leicht in Richtung auf Oser und setzte sich dann wieder hin – Oser war fast daran, zurückzunicken, unterdrückte dann aber die Geste –, »ist Barrayar in dieser Generation keine Bedrohung für Aslund. Um die Hegen-Nabe zu kontrollieren, müßte Barrayar Pol kontrollieren. Mit der Terraformung seines eigenen zweiten Kontinents und der Erschließung des Planeten Sergyar hat Barrayar gegenwärtig eher zuviel Neuland. Und dann gibt es da noch das Problem, das widerspenstige Komarr im Zaum zu halten. Ein militärisches Abenteuer gegen Pol wäre gerade jetzt eine ernsthafte Überbeanspruchung von Barrayars menschlichen Ressourcen. Es ist billiger, befreundet zu sein, oder zumindest neutral.«

»Alsund fürchtet auch Pol.«

»Es ist unwahrscheinlich, daß die Polianer kämpfen, wenn sie nicht zuvor angegriffen wurden. Mit Pol Frieden zu halten, ist billig und leicht. Man braucht einfach nichts zu tun.«

»Und Vervain?«

»Ich habe noch keine Einschätzung von Vervain vorgenommen. Es ist der nächste Punkt auf meiner Liste.«

»So?« Oser lehnte sich in seinem Sessel zurück und verschränkte die Arme. Es war keine entspannte Geste. »Als Spion könnte ich Sie hinrichten lassen.«

»Aber ich bin kein *feindlicher* Spion«, antwortete Miles und simulierte Ungezwungenheit. »Ein freundlicher Neutraler oder – wer weiß? – ein potentieller Verbündeter.«

»Und was für ein Interesse haben Sie an meiner Flotte?«

»Mein Interesse für die Denda... für die Söldner ist rein akademisch, das versichere ich Ihnen. Sie sind einfach ein Teil der Szenerie. Sagen Sie mir, wie sieht Ihr Vertrag mit Aslund aus?« Miles hob herausfordernd den Kopf, als wollte er fachsimpeln.

Beinahe hätte Oser ihm geantwortet, dann preßte er verärgert die Lippen zusammen. Wenn Miles eine Zeitbombe gewesen wäre, hätte er die Aufmerksamkeit des Söldners nicht totaler bannen können als jetzt.

»Ach, kommen Sie schon«, sagte Miles spöttisch in das länger werdende Schweigen. »Was könnte ich tun, ich allein mit einem Mann?«

»Ich erinnere mich an das letztemal. Sie kamen in den Lokalraum von Tau Verde mit einem Stab von vier Leuten. Vier Monate später diktierten Sie die Bedingungen. Also, was planen Sie jetzt?«

»Sie überschätzen meinen Einfluß. Ich habe nur Leuten weitergeholfen in die Richtung, in die sie sowieso gehen wollten. Ein Beschleuniger sozusagen.«

»Nicht für mich. Ich habe drei Jahre gebraucht, um den Boden wieder zu gewinnen, den ich verloren hatte. In meiner eigenen Flotte.«

»Es ist schwer, jedermann zu gefallen.« Miles fing Gregors Blick stummen Schreckens auf und dämpfte sich etwas. Wenn er es sich recht überlegte, so war Gregor nie Admiral Naismith begegnet, oder? »Selbst Sie hatten keinen ernsthaften Schaden.«

Oser preßte seine Kiefer noch heftiger aufeinander. »Und wer ist der da?« Er zeigte mit dem Daumen auf Gregor.

»Greg? Der ist nur mein Offiziersbursche«, sagte Miles, bevor Gregor den Mund auftun konnte.

»Er schaut nicht wie ein Bursche aus. Er sieht aus wie ein Offizier.«

Gregor schien sich unvernünftigerweise über dieses unvoreingenommene Kompliment zu freuen.

»Man kann nicht nach dem Aussehen gehen. Kommodore Tung zum Beispiel sieht wie ein Ringer aus.«

Osers Augen wurden plötzlich starr. »In der Tat. Und wie lange haben Sie mit Kapitän Tung korrespondiert?«

An dem flauen Gefühl im Magen erkannte Miles, daß es ein grober Fehler gewesen war, Tung zu erwähnen. Er versuchte, auf seinem Gesicht einen kühl ironischen Ausdruck zu bewahren und sein Unbehagen nicht zu verraten. »Wenn ich mit Tung korrespondiert hätte, dann hätte ich mir nicht diese Mühe mit der persönlichen Einschätzung der Aslund-Station gemacht.«

Die Ellbogen auf dem Tisch und die Hände verschränkt, studierte Oser Miles schweigend eine volle Sekunde lang. Schließlich öffnete er eine Hand und zeigte damit auf den Wächter, der aufmerksam Haltung annahm. »Schmeißt sie ins All hinaus«, befahl Oser.

»Was?!« schrie Miles auf.

»Sie«, der zeigende Finger schloß auch Osers schweigenden Leutnant ein, »gehen mit ihnen. Schauen Sie, daß es erledigt wird. Benutzen Sie die Zugangsschleuse auf der Backbordseite, sie ist am nächsten. Wenn er ...« – er zeigte auf Miles – »zu reden anfängt, dann bringen Sie seine Zunge zum Schweigen. Sie ist sein gefährlichstes Organ.«

Der Wächter befreite Miles' Füße aus dem Wirrnetzfeld und zerrte ihn auf die Beine.

»Wollen Sie mich nicht einmal chemisch verhören?« fragte Miles, dem ob dieser plötzlichen Wendung ganz schwindelig wurde.

»Und damit meine Leute, die Sie verhören, infizieren lassen? Das allerletzte, was ich will, ist, Sie zu irgend jemandem frei reden zu lassen. Ich kann mir nichts Fataleres vorstellen, als daß die Fäulnis der Illoyalität in meiner eigenen Nachrichtenabteilung beginnt. Was für eine Rede auch immer Sie geplant haben, Ihnen die Luft zu nehmen, wird sie neutralisieren. Sie überzeugen ja beinahe *mich.*« Oser schauderte es fast.

Wir sind so gut miteinander ausgekommen, ja … »Aber ich …« – sie hievten auch Gregor auf die Beine – »aber Sie brauchen doch nicht …«

Zwei wartende Mitglieder des Kommandos schlossen sich an, als Miles und Gregor zur Tür hinausgeschleift und mit auf den Rücken gedrehten Armen schnell den Korridor hinabgeschleppt wurden. »Aber …!« Die Tür des Konferenzraums schloß sich mit einem Zischen.

»Das geht nicht gut«, bemerkte Gregor; auf seinem bleichen Gesicht mischten sich auf seltsame Weise Gleichgültigkeit, Empörung und Entsetzen. »Hast du noch irgendwelche tollen Ideen?«

»Du bist derjenige, der mit dem flügellosen Flug experimentiert hat. Ist das hier schlimmer, als wenn man etwa vom Balkon stürzt?«

»Aus freiem Willen«, Gregor ließ seine Füße schleifen und begann sich zu sträuben, als die Luftschleusenkammer in Sicht kam, »nicht nach der Laune einer Bande von …«, jetzt waren drei Wächter nötig, um mit ihm fertigzuwerden, »verdammten *Bauern!*«

Miles geriet ernsthaft in Panik. Zum Teufel mit der verdammten Tarnung. »Wißt ihr«, rief er laut, »daß ihr Burschen dabei seid, ein Vermögen an Lösegeld zur Luftschleuse hinauszuschmeißen!«

Zwei der Wächter rangen weiter mit Gregor, aber der dritte hielt inne. »Ein Vermögen? Wie groß?«

»Riesig«,versprach Miles. »Damit könnt ihr euch eure eigene Flotte kaufen.«

Der Leutnant ließ Gregor los und kam auf Miles zu, wobei er ein Vibra-Messer zog. Der Leutnant interpretierte seine Befehle erschreckend wörtlich, erkannte

Miles, als der Mann nach seiner Zunge griff. Er erwischte sie fast – das böse insektenhafte Sirren des Messers kam bis auf Zentimeter an Miles' Nase heran. Miles biß in die kräftigen Finger, als sie sich in seinen Mund schoben, und wand sich gegen den Griff des Wächters, der ihn hielt. Das Wirrnetzfeld, das Miles' Arme an seinen Rumpf band, sirrte und knisterte, es war unzerbrechlich. Miles rammte nach hinten in die Leistengegend des Mannes hinter ihm. Der jaulte auf, als das Feld ihm einen Schlag versetzte. Sein Griff ließ nach, Miles fiel hin und knallte gegen die Knie des Leutnants. Es war nicht gerade ein Judowurf, der Leutnant stolperte mehr oder weniger über ihn.

Gregors zwei Gegner waren abgelenkt, von der barbarischen Erwartung der blutigen Szene mit dem Vibra-Messer ebenso wie von Miles' letztlich nutzlosem Kampf. Sie sahen den ledergesichtigen Mann nicht, der aus einem Querkorridor trat, mit seinem Betäuber zielte und schoß. Sie krümmten sich in Krämpfen, als die sirrende Ladung ihre Rücken traf, und sie fielen übereinander auf den Boden. Der Mann, der Miles gehalten hatte und jetzt versuchte, ihn wieder zu packen, während Miles ihm auswich wie ein zappelnder Fisch, drehte sich um und bekam genau in diesem Augenblick einen Strahl direkt ins Gesicht.

Miles warf sich auf den Kopf des blonden Leutnants und drückte ihn – leider nur für einen Moment – auf den Boden. Miles wand sich, um das Wirrnetzfeld in das Gesicht des Mannes zu drücken, dann wurde er mit einem Fluch abgeworfen. Der Leutnant kam auf ein Knie hoch, bereitete eine Attacke vor und suchte schwankend nach seinem Ziel, als Gregor ihn ansprang und gegen das Kinn trat. Eine Betäuberladung traf den Leutnant im Hinterkopf, und er brach zusammen.

»Verdammt feine Arbeit«, sagte Miles keuchend zu Sergeant Chodak in die plötzliche Stille hinein. »Ich glaube, die haben nicht einmal gesehen, was sie getroffen hat.« *Also, beim erstenmal habe ich ihn doch als zuverlässig eingestuft. Also habe ich mein Gefühl doch noch nicht verloren. Gott segne Sie, Sergeant.*

»Sie beide sind auch nicht so schlecht, wenn man bedenkt, daß Ihnen die Hände hinter dem Rücken gebunden sind.« Chodak schüttelte den Kopf, halb belustigt, halb bestürzt, und machte sich daran, die Wirrnetzfelder zu entfernen.

»Was für ein Team«, sagte Miles.

KAPITEL 11

Schnelle Stiefelschritte weiter oben im Korridor lenkten Miles' Aufmerksamkeit auf sich. Er stieß einen lang zurückgehaltenen Seufzer der Erleichterung aus und stand auf. *Elena.*

Sie trug die Interimsuniform eines Söldneroffiziers: eine grau-weiße Jacke mit Taschen, Hosen und Halbstiefel, die an ihren langen, langen Beinen glänzten. Sie war immer noch groß, immer noch schlank, hatte immer noch eine bleiche, reine Haut, bernsteinbraune Augen, eine aristokratisch gebogene Nase und eine lange, wie von einem Bildhauer modellierte Kinnpartie. *Sie hat sich ihr Haar abschneiden lassen,* dachte Miles ganz benommen. Verschwunden war die glattglänzende schwarze Kaskade, die bis zu ihrer Taille gereicht hatte. Jetzt war es über den Ohren gestutzt, nur kleine schwarze Spitzen blieben als Ornament über ihren hohen Wangenknochen und ihrer Stirn, eine ähnliche Spitze als Echo über ihrem Nacken: streng, praktisch, sehr schneidig. Soldatenhaft.

Sie trat heran und betrachtete Miles, Gregor und die vier Oseraner. »Gute Arbeit, Chodak.« Sie ließ sich neben dem Körper, der ihr am nächsten lag, auf ein Knie nieder und suchte an seinem Hals nach einem Puls. »Sind sie tot?«

»Nein, nur betäubt«, erklärte Miles.

Sie blickte mit einem gewissen Bedauern auf die offene innere Tür der Luftschleuse. »Wahrscheinlich können wir sie nicht in den Raum hinauswerfen.«

»Sie waren gerade dabei, uns hinauszuwerfen, doch nein. Aber wir sollten wohl dafür sorgen, daß niemand sie sieht, während wir abhauen«, sagte Miles.

»In Ordnung.« Sie stand auf und nickte Chodak zu. Er half Gregor, die betäubten Männer in die Luftschleuse zu schleifen. Elena blickte mit Stirnrunzeln auf den blonden Leutnant, der mit den Füßen voran an ihr vorbeigezogen wurde. »Das soll nicht heißen, daß ein Sturz in den Weltraum nicht gewisse Persönlichkeiten *verfeinern* würde.«

»Kannst du uns ein Schlupfloch zeigen?«

»Deshalb sind wir ja gekommen.« Sie wandte sich den drei Soldaten zu, die ihr vorsichtig gefolgt waren. Ein vierter hielt am nächsten Querkorridor Wache. »Es scheint, daß wir direkt Glück gehabt haben«, sagte sie zu ihnen. »Geht mal vor und macht die Durchgänge auf unserer Fluchtroute frei – ganz diskret. Dann verschwindet. Ihr seid nicht hier gewesen und habt nichts gesehen.«

Sie nickten und zogen sich zurück. Miles hörte sie im Weggehen murmeln: »War *er* das?« »Ja, klar ...«

Miles, Gregor und Elena drängten sich neben die Betäubten in die Schleuse und schlossen vorübergehend die innere Tür. Chodak hielt draußen Wache. Elena half Gregor, dem Oseraner, der seiner Körpergröße am nächsten kam, die Stiefel auszuziehen, während Miles die blaue Gefangenenkleidung ablegte und dann in Victor Rothas zerknitterter Kleidung dastand, die jetzt um so schlimmer aussah, da er sie vier Tage getragen und darin geschlafen und geschwitzt hatte. Miles wünschte sich Stiefel anstatt der Sandalen, die die Füße verwundbar machten, aber hier waren keine in seiner Größe dabei.

Während Gregor sich eine grau-weiße Uniform überzog und seine Füße in die Stiefel steckte, tauschten er und Elena vorsichtige Blicke aus. Jeder war über den anderen erstaunt.

»Du bist es wirklich.« Elena schüttelte entsetzt den Kopf. »Was tust du hier?«

»Es war alles ein Irrtum«, sagte Gregor.

»Keine Lüge bitte. Wessen Irrtum?«

»Meiner, fürchte ich«, sagte Miles. Es ärgerte ihn ein wenig, daß Gregor ihm nicht widersprach.

Ein eigentümliches Lächeln, ihr erstes, verzog Elenas Lippen. Miles nahm sich vor, sie nicht um eine Erklärung dieses Lächelns zu bitten. Dieser eilige Wortwechsel glich nicht im geringsten auch nur einem der vielen, vielen Gespräche, die er in seinem Kopf für diese erste, herzergreifende Begegnung mit ihr eingeübt hatte.

»In wenigen Minuten wird die Suche losgehen, wenn diese Kerle sich nicht zurückmelden«, sagte Miles nervös. Er hob zwei Betäuber auf, das Wirrnetzfeld und das Vibra-Messer und steckte sie in seinen Hosenbund. Nach reiflicher Überlegung erleichterte er schnell die vier Oseraner um ihre Kreditkarten, Passierscheine, Ausweise und um ihr Bargeld, stopfte alles in seine und Gregors Taschen und stellte sicher, daß Gregor seine aufspürbare Gefangenenkennkarte wegwarf. Zu seinem geheimen Entzücken fand er auch einen nur halb verzehrten Nahrungsriegel, von dem er dann und wann etwas abbiß. Er kaute, während Elena sie wieder aus der Schleuse führte. Pflichtbewußt bot er Gregor einen Biß an, aber der schüttelte nur den Kopf. Wahrscheinlich hatte Gregor in dieser Cafeteria gegessen.

Chodak strich hastig Gregors Uniform zurecht, und dann marschierten sie alle los, Miles in der Mitte, halb versteckt, halb bewacht. Bevor er wegen seiner Auffälligkeit halb paranoid wurde, nahmen sie ein Liftrohr nach unten, kamen einige Decks weiter unten wieder heraus und befanden sich in einer großen Frachtschleuse, die an eine Fähre angekoppelt war. Ein Mann von Elenas Vorkommando, der scheinbar müßig an einer Wand lehnte, nickte ihnen zu. Chodak salutierte andeutungsweise, dann trennte er sich von ihnen und eilte davon. Miles und Gregor folgten Elena durch die Gelenkdichtung der Fährenluke in den leeren Frachtraum einer der Fähren der *Triumph,* dabei traten sie aus dem künstlichen Schwerkraftfeld des Mutterschiffes abrupt in den Schwindel des freien Falls. Sie schwebten nach vorn zur Pilotenkabine. Elena verschloß die Kabinenluke hinter ihnen und wies Gregor mit hastigen Gesten auf den leeren Sitz am Platz des Bordingenieuers und Kommunikationsoffiziers.

Die Plätze des Piloten und des Copiloten waren besetzt. Arde Mayhew grinste Miles über die Schulter fröhlich zu, winkte grüßend und salutierte. Miles erkannte den glattgeschorenen Rundkopf des zweiten Mannes, noch bevor der sich umdrehte.

»Hallo, mein Sohn.« Ky Tungs Lächeln war weit mehr ironisch als fröhlich. »Willkommen zurück. Du hast dir ja ganz schön Zeit gelassen.« Tung hielt die Arme gekreuzt und salutierte nicht.

»Hallo, Ky.« Miles nickte dem Eurasier zu. Tung hatte sich jedenfalls nicht verändert. Er schaute immer noch so aus, als könnte er jedes Alter zwischen vierzig und siebzig haben. Er war immer noch gebaut wie ein Panzer aus alter Zeit. Immer noch schien er mehr zu sehen als er sagte, und das war außerordentlich unbequem für Leute mit schlechtem Gewissen.

Mayhew, der Pilot, sprach in seinen Kommunikator: »Verkehrskontrolle, ich habe jetzt herausgefunden, was mit dem roten Licht auf meiner Steuertafel los war. Fehlerhafte Druckanzeige. Alles repariert. Wir sind bereit zum Start.«

»Es wird Zeit, C-2«, erwiderte eine körperlose Stimme. »Ihr könnt starten.«

Die flinken Hände des Piloten aktivierten die Steuerung zum Schließen der Luke und richteten die Steuerdüsen aus. Es zischte und klirrte ein bißchen, dann legte die Fähre von ihrem Mutterschiff ab und begann ihre Flugbahn. Mayhew schaltete den Kommunikator ab und stieß einen langen Seufzer der Erleichterung aus. »Wir sind sicher. Vorläufig.«

Elena zwängte sich hinter Miles auf die andere Seite des Durchgangs und verschränkte ihre langen Beine.

Miles hakte einen Arm um einen Haltegriff, um sich gegen Mayhews gegenwärtige sanfte Beschleunigung zu verankern. »Ich hoffe, du hast recht«, sagte Miles, »aber was veranlaßt dich, das zu glauben?«

»Er meint: sicher zum Reden«, sagte Elena. »Nicht sicher in irgendeinem kosmischen Sinn. Dies ist ein geplanter Routineflug, abgesehen von uns nicht registrierten Passagieren. Wir wissen, daß euer Fehlen noch nicht bemerkt wurde, sonst hätte die Verkehrskontrolle uns gestoppt. Oser wird zuerst die *Triumph* und die militärische Station nach euch durchsuchen. Wir können euch vielleicht sogar wieder an Bord der *Triumph* schmuggeln, sobald die Suche auf größere Gebiete ausgedehnt wurde.«

»Das ist Plan B«, erklärte Tung, der sich mit seinem Sitz herumdrehte und Miles jetzt sein Profil zeigte. »Oder vielleicht Plan C. Plan A beruhte auf der Annahme, daß eure Befreiung viel geräuschvoller vor sich ginge, und bestand darin, sofort zur *Ariel* zu fliehen, die jetzt in einer Vorpostenstellung positioniert ist, und die Revolution auszurufen. Ich bin dankbar für die Chance, die Dinge ein bißchen ... hm ... weniger spontan ins Rollen zu bringen.«

Miles würgte. »Gott! Das wäre schlimmer gewesen als beim erstenmal.« Eingebunden in eine ineinandergreifende Kette von Ereignissen, die er nicht kontrollierte, abkommandiert als Bannerträger einer Söldnermeuterei, an die Spitze ihres Zugs gestoßen mit so viel freiem Willen wie ein Kopf auf einem Spieß ... »Nein. Keine spontanen Sachen, nein danke. Ganz bestimmt nicht.«

»Also«, Tung legte seine kräftigen Finger an den Spitzen zusammen, »wie *ist* dein Plan?«

»Mein was?«

»Plan«, Tung sprach das Wort mit sarkastischer Sorgfalt aus. »Mit anderen Worten: Warum bist du hier?«

»Die gleiche Frage hat mir Oser auch gestellt«, seufzte Miles. »Würdet ihr mir glauben, daß ich nur aufgrund eines Zufalls hier bin? Oser würde es nicht. Ihr wißt nicht zufällig, warum er mir nicht glauben würde, hm?«

Tung verzog seine Lippen. »Zufall? Vielleicht. Deine ›Zufälle‹, das habe ich einmal angemerkt, haben eine Art, deine Feinde darin zu verstricken, daß reife und sorgfältige Strategen ganz grün vor Neid werden. Da alles viel zu folgerichtig war für bloße Zufälle, bin ich zu dem Schluß gekommen, daß es sich um unbewußtes Wollen handeln muß. Wenn du nur bei mir geblieben wärst, mein Sohn, dann hätten wir zusammen … – oder vielleicht bist du nur ein überragender Opportunist. In diesem Fall richte ich deine Aufmerksamkeit auf die gute Gelegenheit, die jetzt vor dir liegt, nämlich die Dendarii-Söldner wieder zu übernehmen.«

»Du hast meine Frage nicht beantwortet«, merkte Miles an.

»Du hast meine nicht beantwortet«, entgegnete Tung.

»Ich will die Dendarii-Söldner nicht haben.«

»Ich schon.«

»Oh.« Miles machte eine Pause. »Warum spaltest du dich dann nicht ab mit den Leuten, die dir gegenüber loyal sind und startest dann deine eigene Sache? Das hat es schon einmal gegeben.«

»Sollen wir durchs All schwimmen?« Mit winkenden Fingern imitierte Tung Fischflossen und blies die Backen auf. »Oser kontrolliert das gesamte Material. Mein Schiff eingeschlossen. Die *Triumph* ist alles an Besitz, was ich in einer dreißigjährigen Karriere angesammelt habe. Was ich durch deine Machenschaften verloren habe. Irgend jemand schuldet mir ein Schiff. Wenn nicht Oser, dann …« Tung blickte mit finsterem Gesicht vielsagend auf Miles.

»Ich versuchte, dir zum Tausch eine ganze Flotte zu

geben«, sagte Miles gequält. »Wie hast du die Kontrolle darüber verloren – du alter Stratege?«

Tung klopfte mit einem Finger auf seine linke Brust, in einer Geste, die andeutete, daß er einen Treffer eingesteckt hatte. »Die Dinge liefen zuerst ganz gut, ein Jahr oder anderthalb Jahre lang, nachdem wir Tau Verde verlassen hatten. Ich bekam zwei hübsche kleine Kontrakte hintereinander, draußen in Richtung Ostnetz – Kommandooperationen kleinen Ausmaßes, sichere Sachen. Nun gut, nicht zu sicher – wir mußten schon auf Draht sein. Aber wir schafften es.«

Miles warf einen Blick auf Elena. »Ich hatte davon gehört, ja.«

»Beim dritten kamen wir in Schwierigkeiten. Baz Jesek hatte sich immer mehr und mehr mit Ausrüstung und Wartung beschäftigt – er ist ein guter Ingenieur, das gestehe ich ihm zu –, ich war taktischer Kommandant, und Oser befaßte sich mit den administrativen Problemen. Damals dachte ich, er tue das einfach, weil wir ihm diese Funktion übrig ließen, aber jetzt denke ich, er übernahm sie mit Absicht. Es wäre eine gute Sache gewesen – jeder tut, was er am besten kann –, wenn Oser mit uns gearbeitet hätte, und nicht gegen uns. Ich hätte in der gleichen Situation Attentäter geschickt. Oser engagierte Guerillabuchhalter.

Bei diesem dritten Kontrakt bezogen wir ein bißchen Prügel. Baz steckte bis über beide Ohren in Ingenieur- und Reparaturarbeiten, und als ich wieder aus der Krankenstation kam, hatte Oser einen seiner kampflosen Sonderaufträge arrangiert – Wurmlochwachdienst. Ein langfristiger Kontrakt. Schien zu jenem Zeitpunkt eine gute Idee zu sein. Aber es gab ihm einen Ansatzpunkt. Da keine tatsächlichen Kämpfe stattfanden«, Tung räusperte sich, »langweilte ich mich, paßte nicht auf. Oser hatte mich überlistet, bevor ich erkannte, daß da ein Krieg im Gange war. Er überraschte uns plötzlich mit der finanziellen Reorganisation ...«

»Schon sechs Monate zuvor hatte ich dir gesagt, du solltest ihm nicht vertrauen«, warf Elena mit einem Stirnrunzeln ein, »nachdem er versucht hatte, mich zu verführen.«

Tung zuckte verlegen die Achseln. »Diese Versuchung erschien mir verständlich.«

»Die Frau seines Kommandanten zu bumsen?« Elenas Augen funkelten. »Irgend jemands Frau? Damals erkannte ich, daß er nicht ehrlich war. Wenn meine Eide ihm nichts bedeuteten, wie wenig bedeuteten ihm dann seine eigenen?«

»Er akzeptierte dein Nein als Antwort, hast du gesagt«, entschuldigte sich Tung. »Wenn er dich weiter unter Druck gesetzt hätte, dann wäre ich bereit gewesen einzuschreiten. Ich dachte, du solltest geschmeichelt sein, es ignorieren und dann wie gewohnt weitermachen.«

»Avancen dieser Art enthalten eine Beurteilung meines Charakters, die ich alles andere als schmeichelhaft finde, nein danke«, versetzte Elena.

Miles biß sich heimlich ganz fest in die Fingerknöchel, da er sich an sein eigenes Verlangen erinnerte. »Vielleicht war das nur ein früher Zug in seinem Spiel um die Macht«, warf er ein. »In den Verteidigungen des Feindes nach Schwächen zu suchen. Und in diesem Fall keine zu finden.«

»Hm.« Diese Sichtweise schien Elena ein wenig zu trösten. »Wie dem auch sei, Ky war keine Hilfe, und ich wurde es müde, Kassandra zu spielen. Natürlich konnte ich es Baz nicht sagen. Aber Osers Doppelspiel hat nicht *alle* von uns völlig überrascht.«

Tung runzelte frustriert die Stirn. »In Anbetracht des Kerns aus seinen eigenen übriggebliebenen Schiffen brauchte er nur die Stimmen der Hälfte der anderen Kapitän-Eigner auf seine Seite zu kriegen. Auson stimmte mit ihm. Ich hätte den Mistkerl erwürgen können.«

»Du hast Auson selbst verloren, mit deinem Gejammer über die *Triumph*«, warf Elena ein, die immer noch sauer war. »Er dachte, du bedrohtest seine Stellung als Kapitän des Schiffes.«

Tung zuckte die Achseln. »Solange ich taktischer Stabschef war und im tatsächlichen Kampfgeschehen den Befehl hatte, da glaubte ich nicht, daß er meinem Schiff wirklich schaden könnte. Ich war damit zufrieden, die *Triumph* mitfahren zu lassen, als gehörte sie der Flottenkorporation. Ich konnte warten – bis *du* zurückkämst«, seine dunklen Augen richteten sich funkelnd auf Miles, »und wir herausfänden, was da vor sich ging. Und dann kamst du nicht mehr zurück.«

»Der König wird wiederkehren, oder?« murmelte Gregor, der fasziniert zugehört hatte. Er blickte Miles an und hob die Augenbrauen.

»Laß es dir eine Lehre sein«, murmelte Miles seinerseits mit zusammengebissenen Zähnen. Gregor sank zusammen, sein Humor ließ nach.

Miles wandte sich an Tung. »Sicher hat Elena dich über die Irrigkeit einer solchen unmittelbaren Erwartung aufgeklärt.«

»Ich versuchte es«, murmelte Elena. »Obwohl ... ich wohl selbst ein bißchen die Hoffnung hegte – ob ich wollte oder nicht –, daß du vielleicht ... dein anderes Projekt aufgeben und zu uns zurückkommen würdest.«

Wenn ich an der Akademie durchgerasselt wäre, wie? »Es war kein Projekt, das ich verlassen konnte, außer durch Tod.«

»Das weiß ich jetzt.«

»In spätestens fünf Minuten«, meldete sich Arde Mayhew, »muß ich mich entweder in die Verkehrskontrolle der Transitstation zum Andocken einklinken oder zur *Ariel* abhauen. Was soll's denn sein, Leute?«

»Ich kann auf ein Wort hin über hundert loyale Offiziere und Unteroffiziere hinter dich stellen«, sagte Tung zu Miles. »Vier Schiffe.«

»Warum nicht hinter dich selbst?«

»Wenn ich das könnte, dann hätte ich es schon getan. Aber ich werde nicht die Flotte auseinanderreißen, solange ich nicht sicher bin, daß ich sie auch wieder zusammensetzen kann. Ganz und gar. Aber mit dir als Führer, mit deinem Ruf – der durch das, was alles immer wieder erzählt wird, noch zugenommen hat…«

»Als Führer? Oder als Galionsfigur?« Das Bild mit dem Spieß erschien wieder vor Miles' geistigem Auge.

Tung öffnete die Hände, als wollte er sich nicht festlegen. »Wie du es wünschst. Die Mehrzahl der Offiziere wird sich auf die Seite des Siegers schlagen. Das bedeutet, wir müssen den Eindruck erwecken, daß wir schnell siegen, falls wir überhaupt etwas unternehmen. Oser hat etwa weitere hundert, die ihm persönlich loyal sind und die wir physisch überwältigen müßten, wenn er darauf besteht durchzuhalten – was mir die Idee eingibt, daß ein zeitlich gut geplantes Attentat eine Menge Leben retten könnte.«

»Prima. Ich glaube, du und Oser, ihr habt zu lange zusammengearbeitet, Ky. Du beginnst schon zu denken wie er. Noch mal: Ich bin nicht hierhergekommen, um das Kommando über eine Söldnerflotte zu übernehmen. Ich habe andere Prioritäten.« Er bemühte sich, nicht auf Gregor zu blicken.

»Welche höheren Prioritäten?«

»Wie steht's mit der Vermeidung eines planetarischen Bürgerkriegs? Vielleicht eines interstellaren Kriegs?«

»Daran habe ich kein berufliches Interesse.« Es klang fast wie ein Scherz.

In der Tat, was bedeuteten Tung Barrayars Qualen? »Hast du schon, wenn du auf der Seite bist, die dem Untergang geweiht wäre. Du wirst nur für das Siegen bezahlt, und du kannst deinen Lohn auch nur ausgeben, wenn du lebst, Söldner.«

Tungs schmale Augen verengten sich noch mehr. »Was weißt du, das ich nicht weiß? *Sind* wir auf der dem Untergang geweihten Seite?«

Ich bin es, wenn ich Gregor nicht zurückbringe. Miles schüttelte den Kopf. »Tut mir leid. Ich kann darüber nicht sprechen. Ich muß nach ...« Pol war ihm versperrt, die Station des Konsortiums blockiert und Aslund jetzt noch gefährlicher geworden, »Vervain.« Er blickte zu Elena. »Bringt uns beide nach Vervain.«

»Arbeitest du für die Vervani?« fragte Tung.

»Nein.«

»Für wen dann?« Tungs Hände zuckten, so angespannt ob seiner Neugierde, daß es schien, als wollten sie mit roher Gewalt Informationen aus Miles herausquetschen.

Auch Elena bemerkte die unbewußte Geste. »Ky, laß das«, sagte sie scharf. »Wenn Miles Vervain haben will, dann soll er Vervain bekommen.«

Tung blickte auf Elena, auf Mayhew. »Unterstützt ihr ihn oder mich?«

Elena hob ihr Kinn. »Wir sind beide durch Eid an Miles gebunden. Auch Baz.«

»Und du fragst mich, warum ich dich brauche?« sagte Tung erregt zu Miles und zeigte auf das Paar. »Was ist dieses größere Spiel, über das ihr alle alles zu wissen scheint und ich nichts?«

»Ich weiß überhaupt nichts«, piepste Mayhew, »ich halte mich einfach an Elena.«

»Ist das eine Befehlskette oder eine Kette der Leichtgläubigkeit?«

»Gibt es da einen Unterschied?« erwiderte Miles grinsend.

»Du hast uns enttarnt, indem du hierhergekommen bist«, argumentierte Tung. »Denk mal nach! Wir helfen dir, du haust ab, und wir bleiben zurück, Osers Wut ausgeliefert. Es gibt schon zu viele Zeugen. Mit einem Sieg kann man Sicherheit gewinnen, aber nicht mit halben Sachen.«

Miles schaute voller Schmerz auf Elena und stellte sich ganz lebhaft im Licht seiner jüngsten Erfahrungen vor, wie sie von gemeinen, hirnlosen Schlägern aus einer Luftschleuse gestoßen wurde. Tung bemerkte mit Befriedigung, welche Wirkung sein Appell auf Miles hatte, und lehnte sich selbstgefällig zurück. Elena starrte Tung zornig an.

Gregor meldete sich verlegen. »Ich meine… solltet ihr um Unseretwillen zu Flüchtlingen werden«, (Elena, das konnte Miles sehen, erkannte, daß Gregor im Pluralis majestatis sprach, während Tung und Mayhew es natürlich nicht mitbekamen), »so werden Wir dafür sorgen, daß ihr nicht zu leiden habt. Zumindest nicht finanziell.«

Elena nickte, zum Zeichen, daß sie verstanden und akzeptiert hatte. Tung lehnte sich zu Elena und wies mit seinem Daumen auf Gregor. »Na schön, und wer ist der Kerl?« Elena schüttelte stumm den Kopf.

Tung gab ein leises Zischen von sich. »Du hast keinerlei Mittel zu deiner Unterstützung dabei, die für mich sichtbar wären, mein Sohn. Was ist, wenn wir um deinetwillen zu Leichen werden?«

Elena bemerkte: »Zu Leichen zu werden haben wir schon für viel weniger riskiert.«

»Weniger als was?« versetzte Tung.

Mayhew, dessen Blick kurz in die Ferne ging, berührte den Kommunikationsstöpsel in seinem Ohr. »Zeit zur Entscheidung, Leute.«

»Kann dieses Schiff das System durchqueren?« fragte Miles.

»Nein. Hat nicht genug Treibstoff dafür«, Mayhew zuckte entschuldigend die Achseln.

»Ist nicht schnell genug und auch nicht gut genug gepanzert«, sagte Tung.

»Ihr werdet uns auf einen kommerziellen Transporter hinausschmuggeln müssen, vorbei an den Sicherheitsbehörden der Aslunder«, sagte Miles unglücklich.

Tung blickte sich in seinem widerspenstigen kleinen Komitee um und seufzte: »Die Sicherheitsüberprüfungen sind strenger beim Ankommen als beim Starten. Ich glaube, wir können es schaffen. Bring uns hin, Arde!«

Nachdem Mayhew das Frachtshuttle in seiner zugewiesenen Ladenische an der Transitstation der Aslunder angedockt hatte, hielten sich Miles, Gregor und Elena in der Pilotenkabine eingeschlossen versteckt. Tung und Mayhew gingen weg, »um zu sehen, was wir tun können«, wie Tung es ausdrückte, ziemlich vage für Miles' Vorstellungen. Miles saß da, knabberte nervös an seinen Fingerknöcheln und bemühte sich, nicht bei jedem Stampfen, Klirren oder Zischen aufzufahren, das von den Laderobotern kam, die auf der anderen Seite des Schotts Nachschub für die Söldner stapelten. Elenas ruhiges Profil zuckte nicht bei jedem kleinen Geräusch, bemerkte Miles neidisch. *Ich habe sie einmal geliebt. Wer ist sie jetzt?*

Hatte man die Wahl, sich *nicht* wieder total in diese neue Person zu verlieben? Eine Chance der Wahl? Elena erschien jetzt robuster, mehr gewillt, ihre Meinung frei zu äußern – das war gut –, jedoch hatten ihre Worte einen bitteren Beiklang. Und das war nicht gut. Diese Bitterkeit schmerzte ihn.

»Ist es dir gutgegangen?« fragte er sie zögernd. »Abgesehen von diesem Zeug mit der Befehlsstruktur, meine ich. Behandelt dich Tung ordentlich? Er sollte dein Mentor sein. Das Training, das ich im Unterrichtszimmer bekam, dir in der Praxis geben ...«

»Oh, er ist ein guter Mentor. Er stopft mich voll mit militärischen Informationen, mit Taktik und Geschichte... Ich kann jetzt jede Phase eines Kampfstoßtruppeinsatzes leiten, mit Logistik, Kartographie, Angriff, Rückzug, sogar Notstart und Notlandung mit einem Shuttle, wenn man ein paar Beulen ignoriert. Ich bin schon fast in der Lage, wirklich mit meinem fiktiven Rang fertigzuwerden, zumindest bei der Ausrüstung der Flotte. Er unterrichtet gern.«

»Mir schien es, als gäbe es da ein bißchen ... Spannung, zwischen dir und ihm.«

Sie warf den Kopf zurück. »Im Augenblick steht alles unter Spannung. Es ist nicht möglich, von diesem Zeug mit der Befehlsstruktur ›abzusehen‹. Obwohl ... ich nehme an, ich habe Tung noch nicht ganz dafür vergeben, daß er in dieser Hinsicht nicht unfehlbar war. Ich dachte nämlich zuerst, er wäre es.«

»Na ja, es kursiert eine Menge Fehlbarkeit in diesen Zeiten«, sagte Miles voller Unbehagen. »Hm ... wie geht es Baz?« *Behandelt dein Mann dich gut?* wollte er fragen, aber er tat es nicht.

»Er ist wohlauf«, erwiderte sie und sah dabei nicht glücklich aus, »aber entmutigt. Dieser Kampf um die Macht war für ihn fremd, abstoßend, glaube ich. Er ist im tiefsten Herzen ein Techniker; wenn er eine Aufgabe sieht, die getan werden muß, dann tut er sie ... Tung deutet an, wenn Baz sich nicht in seine Ingenieurarbeit vergraben hätte, dann hätte er die Übernahme voraussehen – verhindern – bekämpfen können, aber ich glaube, es war umgekehrt. Er konnte sich nicht dazu erniedrigen, auf Osers Dolchstoßniveau zu kämpfen, also zog er sich dahin zurück, wo er seine eigenen Maßstäbe der Ehrlichkeit ... noch ein bißchen länger erfüllen konnte. Diese Spaltung hat die Moral auf allen Ebenen beeinträchtigt.«

»Das tut mir leid«, sagte Miles.

»Das sollte es dir auch tun.« Ihre Stimme schnappte über, festigte sich wieder, wurde scharf. »Baz empfand, er hätte dich enttäuscht, aber du hast uns zuerst enttäuscht, als du nicht mehr zurückkamst. Du konntest von uns nicht erwarten, die Illusion für immer aufrechtzuerhalten.«

»Illusion?« sagte Miles. »Ich wußte... es würde schwierig sein, aber ich dachte, ihr könntet... in eure Rollen hineinwachsen. Die Söldner euch zu eigen machen.«

»Die Söldner mögen genug sein für Tung. Ich dachte, sie könnten es auch für mich sein, bis es zum Töten kam... Ich hasse Barrayar, aber es ist besser, Barrayar zu dienen als niemandem, oder dem eigenen Ego.«

»Wem dient Oser?« fragte Gregor neugierig, der bei dieser gemischten Tirade auf ihre Heimatwelt die Stirn gerunzelt hatte.

»Oser dient Oser. ›Der Flotte‹, sagt er, aber die Flotte dient Oser, so ist es einfach ein Zirkelschluß«, sagte Elena. »Die Flotte ist kein Heimatland. Kein Gebäude, keine Kinder... steril. Es macht mir jedoch nichts aus, den Aslundern auszuhelfen, sie brauchen es. Ein armer Planet, und voller Angst.«

»Du und Baz – und Arde –, ihr hättet die Flotte verlassen können, auf eigene Faust weggehen«, begann Miles.

»Wie?« sagte Elena. »Du hast uns die *Verantwortung* für die Dendarii übergeben. Baz war schon einmal desertiert. Nie wieder.«

Es ist alles meine Schuld, stimmt, dachte Miles. *Großartig.*

Elena wandte sich Gregor zu, dessen Gesicht einen seltsam zurückhaltenden Ausdruck angenommen hatte, während er ihren Vorwürfen lauschte, daß Miles die Dendarii im Stich gelassen habe. »Du hast noch nicht gesagt, was du überhaupt hier tust, außer in Fettnäpfchen zu treten. Sollte das eine Art geheimer diplomatischer Mission sein?«

»Erklär du es«, sagte Miles zu Gregor und bemühte sich, nicht mit den Zähnen zu knirschen. *Erzähl ihr von dem Balkon, los.*

Gregor zuckte die Achseln, seine Augen wichen Elenas ruhigem Blick aus. »Wie Baz bin ich desertiert. Wie Baz habe ich gefunden, daß es nicht die Verbesserung brachte, die ich mir erhofft hatte.«

»Du kannst dir vorstellen, warum Gregor unbedingt so schnell wie möglich nach Hause gebracht werden muß«, warf Miles ein. »Daheim denkt man, er sei vermißt. Vielleicht sogar entführt.« Miles berichtete Elena kurzgefaßt, wie er und Gregor einander zufällig in der Haftabteilung der Konsortium-Station begegnet waren.

»Gott!« Elena verzog die Lippen. »Ich sehe ein, daß du ihn unbedingt irgendwie loswerden mußt. Wenn ihm in deiner Begleitung irgend etwas zustieße, dann würden fünfzehn verschiedene Gruppierungen schreien: ›Verräterische Verschwörung!‹«

»Dieser Gedanke ist mir auch schon gekommen, ja«, knurrte Miles.

»Die zentristische Koalitionsregierung deines Vaters würde als erstes fallen«, fuhr Elena fort. »Die militärische Rechte würde sich hinter Graf Vorinnis zusammenscharen, nehme ich an, und sich zum Kampf mit den antizentralistischen Liberalen aufstellen. Die Frankophonen würden Vorville wollen, die Russischsprachigen Vortugalow – oder ist der schon gestorben?«

»Die rechtsextremen isolationistischen Spinner mit ihrem Schlachtruf ›Sprengt das Wurmloch!‹ würden Graf Vortifrani in Front bringen gegen die progalaktische Anti-Vor-Gruppe, die eine geschriebene Verfassung haben will«, warf Miles niedergeschlagen ein. »Und ich meine ›Front‹ hier wortwörtlich.«

»Graf Vortifrani macht mir Angst.« Elena zitterte. »Ich habe ihn sprechen hören.«

»Es ist die ölige Art, mit der er den Schaum von seinen Lippen wischt«, sagte Miles. »Die Aktivisten der griechischen Minderheit würden die Gelegenheit ergreifen und die Sezession probieren …«

»Hört auf damit!« sagte Gregor, der die Stirn auf die Hände gestützt hatte, hinter der Barriere seiner Arme hervor.

»Ich dachte, das sei *deine* Aufgabe«, sagte Elena schroff. Als er den Kopf hob und sie seinen düsteren Blick sah, wurde sie etwas sanfter, und ihr Mund zuckte nach oben. »Zu schade, daß ich dir keine Aufgabe in der Flotte anbieten kann. Wir können immer Offiziere mit guter Formalausbildung gebrauchen, um die übrigen zu drillen, wenn nichts anderes zu tun ist.«

»Söldner?« sagte Gregor. »Das wäre ein Gedanke ...«

»Oh, sicher. Eine Menge unserer Leute sind ehemalige reguläre Militärs. Einige sogar mit korrekter Entlassung.«

Eine Phantasievorstellung ließ Gregors Augen kurzzeitig vergnügt aufleuchten. Er blickte an seinem grauweißen Jackenärmel hinunter. »Ach, wenn du doch hier nur den Befehl hättest, Miles.«

»Nein!« rief Miles mit belegter Stimme.

Das Licht in Gregors Augen erlosch. »Es war nur ein Scherz.«

»Das ist nicht komisch.« Miles atmete vorsichtig und betete darum, daß es Gregor nicht einfallen würde, einen *Befehl* daraus zu machen ... »Jedenfalls werden wir jetzt versuchen, zum Konsul von Barrayar auf der Station von Vervain zu gelangen. Ich hoffe, es gibt das Konsulat noch. Ich habe schon seit Tagen keine Nachrichten mehr gehört – was ist bei den Vervani los?«

»Soweit ich weiß, alles wie sonst, außer daß sie mißtrauischer geworden sind«, sagte Elena. »Vervain steckt seine Ressourcen in Schiffe, nicht in Stationen ...«

»Das ist sinnvoll, wenn man mehr als ein Wurmloch bewachen muß«, räumte Miles ein.

»Aber dann werden die Vervani in den Aslundern potentielle Angreifer sehen. Es gibt eine Gruppe in Aslund, die tatsächlich auf einen Erstschlag drängt, bevor die neue Vervani-Flotte in Dienst gestellt wird. Glücklicherweise haben sich bisher die Defensivstrategen durchsetzen können. Oser hat den Preis für einen Schlag durch uns unerschwinglich hoch angesetzt. Er ist nicht dumm. Er weiß, daß die Aslunder uns keine Rückendeckung geben könnten. Auch Vervain hat eine Söldnerflotte als Lückenbüßer angeheuert – tatsächlich sind dadurch die Aslunder erst auf die Idee gekommen, uns anzuheuern. Sie werden Randall's Rangers genannt, doch ich habe gehört, daß Randall nicht mehr lebt.«

»Wir werden ihnen aus dem Weg gehen«, erklärte Miles nachdrücklich.

»Ich habe gehört, ihr neuer zweiter Offizier sei ein Barrayaraner. Du könntest dort vielleicht etwas Hilfe kriegen.«

Gregor runzelte nachdenklich die Stirn: »Einer von Illyans Geheimagenten? Klingt wie sein Werk.«

War Ungari dorthin gegangen? »Jedenfalls nähern wir uns ihm nur mit Vorsicht«, meinte Miles.

»Es wird Zeit dafür«, kommentierte Gregor leise.

»Der Name des Kommandanten der Rangers ist Cavilo …«

»Was?« schrie Miles auf.

Elena hob ihre geschwungenen Augenbrauen. »Nur Cavilo. Niemand scheint zu wissen, ob das der Vorname oder der Nachname ist.«

»Cavilo ist die Person, die versuchte, mich – oder Victor Rotha – auf der Station des Konsortiums zu kaufen. Für zwanzigtausend betanische Dollar.«

Elenas Augenbrauen blieben oben. »Warum?«

»Ich weiß nicht, warum.« Miles überdachte nochmals ihr Ziel. Pol, das Konsortium, Aslund … Nein, es lief immer noch auf Vervain hinaus. »Aber wir gehen entschieden den Söldnern der Vervani aus dem Weg. Wir steigen aus dem Schiff aus und gehen direkt zum Konsul, tauchen dort unter und machen keinen

Muckser, bis Illyans Männer ankommen, um uns nach Hause zu nehmen, Punkt. Klar?«

Gregor seufzte: »Klar.«

Jetzt würde er nicht mehr Geheimagent spielen. Seine besten Bemühungen hatten nur dazu geführt, daß Gregor beinahe ermordet worden wäre. Es war Zeit, sich weniger Mühe zu geben, entschied Miles.

»Seltsam«, sagte Gregor und blickte Elena an – die neue Elena, vermutete Miles –, »zu denken, daß du mehr Kampferfahrung gehabt hast als jeder von uns beiden.«

»Als ihr beide zusammen«, korrigierte Elena trocken. »Ja, nun gut ... wirklicher Kampf ... ist viel stupider, als ich mir vorgestellt hatte. Wenn zwei Gruppen in dem unglaublichen Ausmaß kooperieren können, das nötig ist für eine Kampfbegegnung, warum investieren sie nicht ein Zehntel dieser Anstrengungen in Gespräche? Das trifft allerdings nicht auf Guerillakriege zu«, fuhr Elena nachdenklich fort. »Ein Guerilla ist ein Feind, der sich nicht an die Spielregeln hält. Das erscheint mir sinnvoller. Wenn man schon gemein wird, warum dann nicht total gemein? Dieser dritte Kontrakt – wenn ich je in einen weiteren Guerillakrieg verwickelt werde, dann möchte ich auf der Seite der Guerillas sein.«

»Es ist schwerer, Frieden zu schließen zwischen total gemeinen Feinden«, überlegte Miles. »Krieg ist kein Selbstzweck, ausgenommen bei einem katastrophalen Abrutschen in absolute Verdammnis. Der Zweck, der gewünscht wird, ist der Frieden. Ein besserer Frieden als der, mit dem begonnen wurde.«

»Wer am längsten am gemeinsten sein kann, der gewinnt?« spekulierte Gregor.

»Das trifft historisch nicht zu, glaube ich. Wenn das, was man während des Kriegs tut, einen so korrumpiert, daß der nächste Frieden schlimmer ist ...« Stimmen aus der Ladebucht ließen Miles mitten im Satz verstummen, aber es waren Tung und Mayhew, die zurückkehrten.

»Los!« drängte Tung. »Wenn Arde sich nicht an den Zeitplan hält, dann lenkt er Aufmerksamkeit auf sich.«

Sie marschierten hintereinander in den Frachtraum, wo Mayhew das Steuerkabel einer Schwebepalette hielt, auf der ein paar Packkisten aus Plastik standen. »Dein Freund kann als ein Soldat der Flotte durchgehen«, sagte Tung zu Miles. »Für dich habe ich eine Kiste gefunden. Es hätte mehr Klasse, dich in einen Teppich zu rollen, aber da der Kapitän des Frachters ein Mann ist, fürchte ich, daß die historische Anspielung verschwendet wäre.«

Mißtrauisch betrachtete Miles die Kiste. Sie schien keine Luftlöcher zu haben. »Wohin bringst du mich?«

»Wir haben eine reguläre irreguläre Abmachung, um Offiziere des Nachrichtendienstes der Flotte heimlich herein- und hinauszubringen. Ich habe den Kapitän eines Frachters für Innersystemverkehr engagiert, einen unabhängigen Eigner – er ist ein Vervani, aber wir haben ihn früher schon dreimal engagiert. Er bringt euch rüber und durch den Zoll der Vervani. Danach seid ihr auf euch allein gestellt.«

»Wieviel Gefahr bedeutet dieses Arrangement für euch alle?« fragte Miles besorgt.

»Nicht viel«, sagte Tung, »wenn man alles in Betracht zieht. Er denkt, daß er noch mehr Söldneragenten transportieren wird, zu einem guten Preis, und so wird er natürlich den Mund halten. Es wird Tage dauern, bevor er zurückkommt und überhaupt befragt werden kann. Ich habe es alles selbst arrangiert. Elena und Arde sind nicht in Erscheinung getreten, also kann er sie nicht verraten.«

»Danke«, sagte Miles leise.

Tung nickte und seufzte. »Wenn du nur bei uns geblieben wärst. Was für einen Soldaten hätte ich in diesen letzten drei Jahren aus dir machen können.«

»Wenn ihr euch ohne Job wiederfindet, als Folge eurer Hilfe für uns«, fügte Gregor hinzu, »dann wird Elena wissen, wie ihr Kontakt mit uns aufnehmen könnt.«

Tung verzog das Gesicht. »Kontakt mit wem, hm?«

»Es ist besser, das nicht zu wissen«, sagte Elena, die Miles half, sich in der Packkiste einzurichten.

»In Ordnung«, brummte Tung, »aber… in Ordnung.«

Miles fand sich Auge in Auge mit Elena, zum letztenmal bis – wann? Sie umarmte ihn, aber dann schenkte sie Gregor die gleiche schwesterliche Umarmung. »Grüß deine Mutter von mir«, sagte sie zu Miles. »Ich denke oft an sie.«

»In Ordnung. Hm… grüße Baz von mir. Sag ihm, es ist alles in Ordnung. Eure persönliche Sicherheit kommt zuerst, deine und seine. Die Dendarii sind… waren…«, er konnte sich nicht ganz dazu bringen zu sagen *nicht wichtig* oder *ein naiver Traum* oder *eine Illusion,* obwohl das letzte am nächsten kam, »ein guter Versuch«, schloß er lahm.

Der Blick, mit dem sie ihn ansah, war kühl, schneidend, nicht zu entziffern – nein, leicht zu entschlüsseln, fürchtete er. *Idiot,* oder schlimmere Wörter der gleichen Bedeutung. Er setzte sich nieder, senkte den Kopf auf die Knie und ließ Mayhew den Deckel befestigen; dabei kam er sich vor wie ein zoologisches Musterexemplar, das für den Transport ins Labor verpackt wurde.

Der Transport ging glatt. Miles und Gregor fanden sich in einer kleinen, aber annehmbaren Kabine einquartiert, die für den gelegentlichen Frachtaufseher des Frachters bestimmt war. Etwa drei Stunden, nachdem sie an Bord gekommen waren, legte das Schiff ab, weg von der Aslund-Station und der Gefahr der Entdeckung. Keine Suchtrupps der Oseraner, keine Tumulte… Tung machte immer noch gute Arbeit, das mußte Miles zugeben.

Miles war außerordentlich dankbar für die Möglichkeit, sich zu waschen, für die Gelegenheit, seine restlichen Kleider zu reinigen, für eine echte Mahlzeit und Schlaf in Sicherheit. Die kleine Mannschaft des Schiffes schien gegen ihren Korridor allergisch zu sein; er und Gregor wurden strikt allein gelassen. Sicherheit für drei Tage, während er wieder quer durch die Hegen-Nabe flog, wieder mit einer neuen Identität. Der nächste Halt war das Konsulat von Barrayar auf der Vervain-Station.

O Gott, er würde einen Bericht über all das schreiben müssen, wenn sie dort ankamen. Wahre Bekenntnisse, in dem bewährten offiziellen Stil des Kaiserlichen Sicherheitsdienstes (trocken wie Staub, nach den Beispielen zu urteilen, die er bisher gelesen hatte). Wenn Ungari nun die gleiche Fahrt gemacht hätte, dann würde er ganze Tabellen mit konkreten, objektiven Daten produziert haben, alles fix und fertig, um auf sechs verschiedene Weisen analysiert zu werden. Was hatte Miles gezählt? *Nichts, ich war in einer Kiste.* Er hatte wenig anzubieten außer intuitiven Schlüssen, die auf den begrenzten Eindrücken beruhten, die er aufgeschnappt hatte, während er anscheinend vor jedem Sicherheitsbullen im System davonlief. Vielleicht sollte er in den Mittelpunkt seines Berichts die Sicherheitskräfte stellen, oder? Die Stellungnahme eines Fähnrichs. Der Generalstab wäre so beeindruckt.

Also, worin bestand jetzt seine Stellungnahme? Nun gut, Pol schien nicht die Quelle der Schwierigkeiten in der Hegen-Nabe zu sein; Pol reagierte nur, agierte nicht. Das Konsortium schien höchst desinteressiert an militärischen Abenteuern zu sein, und die einzige Partei, die schwach genug war, daß die eklektischen Jacksonier sich mit ihr in einen Kampf eingelassen und sie geschlagen hätten, war Aslund, und Aslund zu erobern, eine kaum terraformte agrikulturelle Welt, würde wenig Profit abwerfen. Aslund war paranoid genug, um gefährlich zu sein, aber nur halb vorbereitet und von einer Söldnerstreitmacht abgeschirmt, die nur auf den richtigen Funken wartete, um sich selbst in einander bekämpfende Gruppen aufzuspalten. Keine andauernde Bedrohung von dieser Seite. Die Aktion, die Energie für die Destabilisierung mußte also von oder über Vervain kommen. Wie konnte man das herausfinden... nein. Er hatte der Tätigkeit eines Geheimagenten abgeschworen. Vervain war das Problem von jemand anderem.

Miles fragte sich matt, ob er wohl Gregor überreden könnte, ihn mit einem kaiserlichen Pardon vom Abfassen des Berichts zu befreien, und ob Illyan das akzeptieren würde. Wahrscheinlich nicht.

Gregor war sehr ruhig. Miles, der ausgestreckt auf seinem Bett lag, verschränkte die Hände hinter dem Kopf und lächelte, um seine innere Unruhe zu verbergen, während Gregor seine gestohlene Dendarii-Uniform beiseite legte – mit ein bißchen Bedauern, wie es Miles schien – und zivile Kleidung anzog, die Arde Mayhew beigesteuert hatte. Hose, Hemd und Jacke, alle drei schäbig, hingen etwas kurz und locker an seiner mageren Figur; in dieser Kleidung wirkte er wie vom Glück verlassener Herumtreiber mit tiefliegenden Augen. Miles entschloß sich insgeheim, ihn von hohen Plätzen fernzuhalten.

Gregor erwiderte seinen Blick. »Du warst unheimlich als Admiral Naismith, weißt du das? Fast wie eine ganz andere Person.«

Miles zuckte die Achseln und stützte sich auf einem Ellbogen hoch. »Ich nehme an, Naismith – das bin ich ohne Bremsen. Ohne Beschränkungen. Er muß nicht ein guter kleiner Vor sein, oder überhaupt keine Art von Vor. Er hat keine Probleme mit der Unterordnung, er ist niemandem untergeordnet.«

»Das habe ich bemerkt.« Gregor legte die Dendarii-

Uniform ordentlich zusammen, wie es der barrayaranischen Armeeordnung entsprach. »Tut es dir leid, daß du von den Dendarii abhauen mußt?«

»Ja ... nein ... ich weiß es nicht.« *Zutiefst.* Die Befehlskette, so schien es, zog nach beiden Seiten an einem mittleren Glied. Wenn man hart genug zog, dann mußte dieses Glied sich verdrehen und zerspringen ... »Ich hoffe, es tut dir nicht leid, daß du der Kontraktsklaverei entkommen bist.«

»Nein ... es war nicht das, was ich mir vorgestellt hatte. Allerdings, dieser Kampf an der Luftschleuse war sonderbar. Völlig Fremde wollten mich töten, ohne überhaupt zu wissen, wer ich war. Wenn völlig Fremde den Kaiser von Barrayar zu töten versuchten, so kann ich das verstehen. Aber das ... ich werde darüber nachdenken müssen.«

Miles erlaubte sich ein knappes, schiefes Lächeln. »Es ist, wie wenn du um deiner selbst willen geliebt wirst, nur anders.«

Gregor warf ihm einen scharfen Blick zu. »Es war auch seltsam, Elena wiederzusehen. Botharis pflichtbewußte Tochter ... sie hat sich verändert.«

»Das hatte ich beabsichtigt«, bekannte Miles.

»Sie scheint sehr an ihrem Mann, diesem Deserteur, zu hängen.«

»Ja«, sagte Miles knapp.

»Hattest du das auch beabsichtigt?«

»Das hatte ich nicht zu entscheiden. Es ... folgt logisch aus der Integrität ihres Charakters. Ich hätte es vorhersehen können. Da ihre Überzeugungen über Loyalität gerade unser beider Leben gerettet haben, kann ich diese Überzeugungen wohl kaum ... kaum bedauern, oder?«

Gregors Augenbrauen hoben sich, ein indirekter Kommentar. Miles unterdrückte seine Irritation. »Auf jeden Fall hoffe ich, daß es ihr gut geht. Oser hat sich als gefährlich erwiesen. Sie und Baz scheinen nur durch Tungs zugegebenermaßen bröckelnde Machtbasis geschützt zu werden.«

»Ich bin überrascht, daß du Tungs Angebot nicht angenommen hast.« Gregor grinste so kurz, wie Miles es getan hatte. »Auf der Stelle Admiral zu werden. All die lästigen Zwischenstufen zu überspringen, die es da auf Barrayar gibt.«

»Tungs Angebot?« Miles schnaubte. »Hast du ihm nicht genau zugehört? Ich dachte, du sagtest, daß mein Vater dich all diese Verträge lesen läßt. Tung hat mir nicht ein Kommando angeboten, sondern einen Kampf, mit den Chancen fünf zu eins dagegen. Er hat einen Verbündeten gesucht, einen Strohmann oder Kanonenfutter, keinen Boss.«

»Oh. Hm.« Gregor ließ sich wieder auf sein Bett nieder. »So ist das also. Aber ich fragte mich trotzdem, ob du nicht etwas anderes gewählt hättest als diesen klugen Rückzug, wenn ich nicht dabeigewesen wäre.« Seine Augen waren zu einem scharfen Blick zusammengekniffen.

Miles wurde von Visionen überflutet. Eine genügend freizügige Auslegung von Illyans vager Anweisung »Benutzen Sie Fähnrich Vorkosigan, um die Dendarii-Söldner aus der Nabe zu entfernen« hätte dahingehend ausgelegt werden können, daß sie auch unter anderem … nein. »Nein. Wenn ich nicht auf dich gestoßen wäre, dann wäre ich jetzt unterwegs nach Escobar, zusammen mit meinem Kindermädchen Sergeant Overholt. Und du, nehme ich an, würdest immer noch Beleuchtungskörper installieren.« Natürlich abhängig davon, was der mysteriöse Cavilo – Kommandant Cavilo? – mit Miles machen wollte, sobald er ihn aus der Haftabteilung der Konsortium-Station abgeholt hätte.

Wo war Overholt also jetzt? Hatte er sich beim Hauptquartier gemeldet oder versucht, mit Ungari Kontakt aufzunehmen? War er von Cavilo aufgegriffen worden? Oder war er Miles gefolgt? Zu schade, daß

Miles Sergeant Overholt nicht hatte zu Ungari folgen können – nein, hier biß sich die Katze in den Schwanz. Es war alles sehr sonderbar, und sie hatten es glücklich hinter sich.

»Wir haben es glücklich hinter uns«, meinte Miles zu Gregor.

Gregor rieb den grau-bleichen Fleck auf seinem Gesicht, das nachlassende Zeichen seiner Begegnung mit dem Schockstab. »Ja, wahrscheinlich. Ich war allerdings gerade dabei, recht geschickt bei der Montage der Beleuchtung zu werden.«

Fast vorbei, dachte Miles, als er und Gregor dem Frachterkapitän durch die Lukenröhre in die Andockbucht der Vervain-Station folgten. Nun ja, vielleicht nicht ganz. Der vervanische Kapitän war nervös, unterwürfig, deutlich verkrampft. Allerdings, wenn der Mann diesen Transport von Spionen schon dreimal zuvor geschafft hatte, dann sollte er jetzt wissen, was er tat.

Die Andockbucht mit ihren grellen Lichtern war die übliche kalte, widerhallende Höhle, dem rigiden Geschmack der Roboter für Gittermuster angepaßt, nicht menschlichen Kurven. Sie war in der Tat menschenleer, und die Maschinerie stand still. Der Weg vor ihnen war freigeräumt worden, nahm Miles an, obwohl er, wenn er diese Flucht eingefädelt hätte, die arbeitsreichste chaotische Periode des Ladens oder Entladens gewählt hätte, um jemanden durchzuschleusen.

Die Augen den Kapitäns wanderten hin und her. Miles mußte einfach seinen Blicken folgen. Sie stoppten in der Nähe einer nicht besetzten Steuerkabine.

»Wir warten hier«, sagte der Frachterkapitän. »Es werden einige Männer kommen, die euch den Rest den Weges mitnehmen.« Er lehnte sich gegen die Wand der Zelle und stieß sanft mit einem Stiefelabsatz in einem müßigen, zwanghaften Rhythmus dagegen, einige Minuten lang, dann hörte er damit auf, straffte sich und wandte den Kopf.

Schritte. Ein halbes Dutzend Männer kam aus einem nahen Korridor. Miles erstarrte. Uniformierte Männer, mit einem Offizier, nach ihrer Haltung zu schließen, aber sie trugen nicht die Kleidung des vervanischen Sicherheitsdienstes, weder des zivilen noch des militärischen, sondern fremde, kurzärmelige, sehr gepflegte, gelbbraune Uniformen, mit schwarzen Abzeichen, dazu kurze schwarze Stiefel. Sie trugen Betäuber, gezogen und einsatzbereit. *Aber wenn sie wie ein Festnahmekommando gehen und wie ein Festnahmekommando reden und wie ein Festnahmekommando auftreten ...*

»Miles«, murmelte Gregor zweifelnd, als er die gleichen Details erfaßte, »gehört das zum Drehbuch?« Die Betäuber zeigten auf sie.

»Er hat das schon dreimal gemacht«, erklärte Miles, ohne daß ihn das beruhigte. »Warum nicht noch ein viertesmal?«

Der Frachterkapitän lächelte dünn und trat von der Wand zurück, aus der Schußlinie. »Ich habe das zweimal gemacht«, informierte er sie. »Beim drittenmal wurde ich erwischt.«

Miles' Hände zuckten. Er hielt sie sorgfältig von sich weg und schluckte einige Flüche hinunter. Langsam hob auch Gregor die Hände, wobei sein Gesicht wunderbar ausdruckslos war. Eins zu Null für Gregors Selbstbeherrschung, wie immer, für die einzige Tugend, die sein eingeengtes Leben ihm sicher eingeprägt hatte.

Tung hatte diese Flucht eingefädelt. Er allein. Hatte Tung hiervon gewußt? Verraten und verkauft von *Tung? Nein!* – »Tung sagte, Sie seien zuverlässig«, krächzte Miles zu dem Frachterkapitän.

»Was bedeutet mir Tung?« knurrte der Mann zurück. »Ich habe eine Familie.«

Während die Betäuber auf sie zielten, traten zwei

Soldaten vor – Gott, schon wieder Schläger! –, lehnten Miles und Gregor mit den Händen gegen die Wand, durchsuchten sie und nahmen ihnen ihre schwer gewonnenen oserischen Waffen, Ausrüstungsgegenstände und Ausweise ab. Der Offizier überprüfte die Beute. »Jawohl, das sind Männer von Oser, in Ordnung.« Er sprach in seinen Kommunikator am Handgelenk. »Wir haben sie.«

»Macht weiter!« erwiderte eine dünne Stimme. »Wir kommen gleich runter. Cavilo Ende.«

Randall's Rangers, offensichtlich, daher die unbekannten Uniformen. Aber warum waren keine Vervani in Sicht? »Verzeihung«, sagte Miles sanft zu dem Offizier, »aber handeln Sie unter der irrigen Annahme, daß wir Agenten der Aslunder sind?«

Der Offizier blickte auf ihn herab und schnaubte bloß.

»Ich frage mich, ob es nicht Zeit wäre, unsere wirkliche Identität anzunehmen«, murmelte Gregor vorsichtig Miles zu.

»Interessantes Dilemma«, erwiderte Miles aus dem Mundwinkel. »Wir sollten besser herausfinden, ob sie Spione erschießen.«

Energische Stiefelschritte kündeten einen neuen Ankömmling an. Die Männer des Kommandos strafften sich, als die Geräusche um die Ecke kamen. Auch Gregor nahm Haltung an, in einer automatischen militärischen Höflichkeit, wobei seine gerade Figur mit den an ihm hängenden Kleidern von Arde Mayhew sehr seltsam aussah. Miles sah zweifellos von allen am wenigsten militärisch aus, mit seinem Mund, der vor Schock offenstand. Er schloß ihn schnell, um nicht aus Versehen etwas Törichtes zu sagen.

Einen Meter zweiundfünfzig groß, mit einem bißchen Zugabe durch unmilitärisch hohe Absätze. Auf dem gut modellierten Kopf kurzgeschnittenes blondes Haar wie eine Aureole aus Löwenzahnblüten.

Eine schneidige, gelbbraun-schwarze Uniform mit goldenen Rangabzeichen, perfekt angepaßt zur Ergänzung ihrer Körpersprache. *Livia Nu.*

Der Offizier salutierte. »Kommandantin Cavilo, Madame.«

»Sehr gut, Leutnant.« Als ihr Blick auf Miles fiel, weiteten sich ihre blauen Augen in echter Überraschung, die aber sofort verborgen wurde. »Warum, *Victor,* Liebling«, ihre Stimme wurde zuckersüß mit übertriebenem Vergnügen und Entzücken, »*phantastisch,* dich hier zu treffen. Verkaufst du immer noch Wunderanzüge an die Unwissenden?«

Miles breitete seine leeren Hände aus. »Das ist mein gesamtes Gepäck, Madame. Sie hätten kaufen sollen, als Sie noch konnten.«

»Ich wundere mich.« Ihr Lächeln war verkniffen und abwägend. Das Funkeln in ihren Augen beunruhigte Miles. Gregor schwieg und blickte völlig verwirrt drein.

Also, Ihr Name war nicht Livia Nu, und Sie waren keine Beschaffungsagentin. Warum, zum Teufel, traf sich also die Kommandantin der Söldnerstreitmacht von Vervain inkognito auf der Station von Pol mit einem Repräsentanten des mächtigsten Hauses des jacksonischen Konsortiums? *Das war kein bloßes Waffengeschäft, Liebling.*

Cavilo/Livia Nu hob ihr Armbandkommunikator an die Lippen. »Krankenstation, *Kurins Hand.* Hier Cavilo. Ich schicke euch zwei Gefangene zum Verhör. Vielleicht komme ich selbst dazu.« Sie schaltete ab.

Der Frachterkapitän trat vor, halb ängstlich, halb kämpferisch. »Meine Frau und mein Sohn. Beweisen Sie mir jetzt, daß sie sicher sind.«

Sie musterte ihn wohlüberlegt. »Sie können vielleicht noch eine Fahrt machen. In Ordnung.« Sie machte einem Soldaten ein Zeichen. »Nehmen Sie diesen Mann zum Schiffsgefängnis der *Kurin* und lassen

Sie ihn einen Blick auf die Monitore werfen. Dann bringen Sie ihn zu mir zurück. Sie sind ein Verräter, der Glück hat, Kapitän. Ich habe noch eine Aufgabe für Sie, mit der Sie ihnen …«

»Ihre Freiheit erkaufen kann?« fragte der Frachterkapitän.

Sie runzelte ein wenig die Stirn bei dieser Unterbrechung. »Warum sollte ich Ihren Lohn in die Höhe treiben? Eine weitere Woche Leben.«

Er ging im Gefolge des Soldaten weg, die Fäuste ärgerlich geballt, die Zähne klugerweise zusammengebissen.

Was, zum Teufel, war jetzt das? dachte Miles. Er wußte nicht viel über Vervain, aber er war sich ziemlich sicher, daß nicht einmal das vervanische Kriegsrecht es vorsah, daß unschuldige Verwandte als Geiseln festgehalten werden konnten, um noch nicht verurteilte Verräter zu gutem Benehmen zu zwingen.

Als der Frachterkapitän gegangen war, schaltete Cavilo wieder ihren Kommunikator ein. »Sicherheitsdienst, *Kurins Hand?* Ja, gut. Ich sende euch meinen Lieblingsdoppelagenten. Laßt zu seiner Motivation noch mal die Aufnahme ablaufen, die wir letzte Woche von Zelle Sechs gemacht haben. Laßt ihn nicht wissen, daß es nicht live ist … in Ordnung. Cavilo Ende.«

War also die Familie des Mannes frei? Schon tot? Wurde sie woanders festgehalten? In was gerieten sie hier hinein?

Neue Stiefelschritte kamen um die Ecke, schwere, soldatische Tritte. Cavilo lächelte säuerlich, verwandelte jedoch den Ausdruck in etwas Reizenderes, als sie sich umdrehte, um den Neuankömmling zu begrüßen.

»Stanis, Liebling. Schau, was wir diesmal eingefangen haben. Das ist der kleine betanische Renegat, der auf der Station von Pol gestohlene Waffen handeln wollte. Es scheint, daß er überhaupt kein Unabhängiger ist.«

Die gelbbraun-schwarze Uniform wirkte auch an General Metzov einfach gut, bemerkte Miles verrückterweise. Jetzt wäre es ein wunderbarer Zeitpunkt, die Augen zu verdrehen und ohnmächtig zu werden, wenn er diesen Trick nur beherrschte.

General Metzov stand gleicherweise wie angenagelt; in seinen eisengrauen Augen flammte plötzlich eine unheilige Freude auf. »Das ist kein Betaner, Cavie.«

KAPITEL 12

Er ist ein Barrayaraner. Und nicht einfach irgendein Barrayaraner. Wir müssen ihn schleunigst von hier wegschaffen, damit ihn niemand sieht«, fuhr Metzov fort.

»Wer hat ihn denn dann geschickt?« Cavilo starrte wieder auf Miles und schürzte mißtrauisch die Lippen.

»Gott«, erklärte Metzov leidenschaftlich, »Gott hat ihn meinen Händen ausgeliefert.« Mit seiner Fröhlichkeit bot Metzov einen ungewöhnlichen und alarmierenden Anblick. Sogar Cavilo hob die Augenbrauen.

Metzov warf zum erstenmal einen Blick auf Gregor. »Wir werden ihn mitnehmen und auch seinen – Leibwächter, nehme ich an …« Er hielt inne.

Die Bilder auf den Marknoten sahen Gregor nicht sehr ähnlich, da sie schon einige Jahre alt waren, aber der Kaiser war in zahlreichen Vidsendungen erschienen – natürlich nicht so gekleidet wie jetzt … Miles konnte fast sehen, wie Metzov dachte: *Das Gesicht kenne ich, ich komme jetzt nur nicht auf seinen Namen …* Vielleicht würde er Gregor nicht erkennen. Vielleicht würde er es nicht *glauben.*

Gregor, der sich zu einer würdigen Haltung aufgerichtet hatte, die sein Entsetzen verbarg, sprach zum erstenmal: »Ist das noch einer von deinen alten Freunden, Miles?«

Es war die gemessene, kultivierte Stimme, die die Verbindung herstellte. Metzovs Gesicht, zuerst rot vor Aufregung, wurde plötzlich bleich. Er schaute sich unwillkürlich um – nach Illyan, vermutete Miles.

»Hm, das ist General Stanis Metzov«, erklärte Miles.

»Der Metzov von der Insel Kyril?«

»Ja.«

»Oh.« Gregor behielt seine verschlossene Zurückhaltung bei, blieb nahezu ausdruckslos.

»Wo ist Ihr Sicherheitsteam, Sir?« wollte Metzov von Gregor wissen, und seine Stimme war rauh vor uneingestandener Furcht.

Sie schauen direkt darauf, dachte Miles traurig.

»Nicht weit hinter mir, denke ich mir«, versuchte es Gregor kühl. »Lassen Sie Uns Unseres Weges gehen, und man wird Sie nicht behelligen.«

»Wer ist der Kerl?« Cavilo klopfte ungeduldig mit einem Stiefel auf den Boden.

»Was«, Miles konnte nicht anders, als Metzov zu fragen, »was tun Sie hier?«

Metzov wurde grimmig: »Wie soll ein Mann meines Alters leben, wenn man ihm seine Kaiserliche Pension – die Ersparnisse seines Lebens – weggenommen hat? Hatten Sie gehofft, ich würde mich hinsetzen und ruhig verhungern? Nicht mit mir.«

Es war nicht opportun gewesen, Metzov an seinen Groll zu erinnern, erkannte Miles. »Es ... sieht aus, als hätten Sie sich gegenüber der Insel Kyril verbessert«, deutete Miles hoffnungsvoll an. Er kam aus dem Staunen nicht heraus. Metzov sollte unter einer Frau arbeiten? Die interne Dynamik dieser Befehlskette mußte faszinierend sein. Stanis *Liebling?*

Miles' Worte schienen Metzov nicht zu amüsieren.

»Wer sind die beiden?« fragte Cavilo noch einmal.

»Macht. Geld. Strategischer Einfluß. Mehr als du dir vorstellen kannst«, antwortete Metzov.

»Schwierigkeiten«, warf Miles ein. »Mehr als Sie sich vorstellen können.«

»Du bist ein eigener Fall, Mutant«, sagte Metzov.

»Ich erlaube mir, anderer Meinung zu sein, General«, sagte Gregor in seiner besten kaiserlichen Sprechweise. Er suchte nach sicherem Boden in diesem dahintreibenden Wortwechsel, verbarg allerdings seine Verwirrung gut.

»Wir müssen sie sofort auf die *Kurins Hand* bringen. Außer Sichtweite«, sagte Metzov zu Cavilo. Er blickte schnell auf das Verhaftungskommando. »Außer Hörweite. Wir werden damit intern weitermachen.«

Von der Patrouille eskortiert, marschierten sie los. Miles fühlte Metzovs Blick in seinem Rücken wie eine Messerklinge, stechend und sondierend. Sie gingen durch verschiedene menschenleere Andockbuchten, bis sie zu einer größeren kamen, wo die Wartung eines Schiffes im Gange war. Des Kommandoschiffes, nach der Anzahl und der Förmlichkeit der diensttuenden Wachen zu schließen.

»Bringt sie in die Sanitätsabteilung zum Verhör«, befahl Cavilo dem Kommando, als der wachhabende Offizier sie an einer Personalluke einließ.

»Halt, noch nicht!« sagte Metzov. Er blickte sich in den Querkorridoren um und zitterte fast. »Hast du einen Wächter, der taubstumm ist?«

»Wohl kaum!« Cavilo schaute ungehalten auf ihren rätselhaft erregten Untergebenen. »Dann zum Schiffsgefängnis.«

»Nein«, sagte Metzov scharf. Er zögerte, den Kaiser in eine Zelle zu werfen, wie Miles erkannte. Metzov wandte sich an Gregor und sagte mit völligem Ernst: »Dürfte ich Ihr Ehrenwort haben, Sire – Sir?«

»Was?« schrie Cavilo. »Ist bei dir eine Schraube locker, Stanis?«

»Ein Ehrenwort«, merkte Gregor würdevoll an, »ist ein Versprechen, das zwischen ehrenhaften Feinden gegeben wird. Ich bin bereit, Ihre Ehrenhaftigkeit anzunehmen. Aber erklären Sie sich damit zu Unserem Feind?«

Eine ausgezeichnete Wortklauberei, erkannte Miles an.

Metzovs Blick fiel auf Miles. Seine Lippen wurden schmal. »Vielleicht nicht Ihr Feind. Aber Sie sind unklug bei der Wahl Ihrer Favoriten. Ganz zu schweigen von den Ratgebern.«

Gregors Gesichtsausdruck war jetzt sehr schwer zu entziffern. »Manche Bekanntschaften werden mir aufgedrängt. Auch manche Ratgeber.«

»In meine Kabine«, Metzov hob abwehrend die Hand, als Cavilo ansetzte, ihm zu widersprechen, »vorläufig. Für unser Einleitungsgespräch. Ohne Zeugen und ohne Sicherheitsaufnahmen. Danach entscheiden wir, Cavie.«

Cavilo kniff die Augen zusammen. »In Ordnung, Stanis. Bring sie weg.« Ihre offene Hand wölbte sich ironisch und wies die Männer an, weiterzugehen.

Metzov postierte zwei Wachen vor der Tür seiner Kabine und schickte die übrigen weg. Als die Tür sich hinter ihnen wieder geschlossen hatte, fesselte er Miles mit einem Strick und setzte ihn auf den Boden. Aus tief eingewurzelter Ehrerbietung ließ er dann Gregor auf dem gepolsterten Stuhl vor dem Komkonsolenpult, dem besten in dem spartanisch eingerichteten Raum, Platz nehmen.

Cavilo, die mit überkreuzten Beinen auf dem Bett saß und das Spiel beobachtete, widersprach der Logik von Metzovs Vorgehen. »Warum den Kleinen fesseln und den Großen nicht?«

»Du kannst ja deinen Betäuber ziehen, falls er dich beunruhigt«, riet Metzov. Schwer atmend stellte er sich hin, die Hände in die Hüften gestemmt und musterte Gregor. Er schüttelte den Kopf, als könnte immer noch nicht seinen Augen trauen.

»Warum nicht deinen Betäuber?«

»Ich habe mich noch nicht entschieden, ob ich in seiner Gegenwart eine Waffe ziehe.«

»Wir sind jetzt *allein,* Stanis», sagte Cavilo mit einem sarkastischen Unterton. »Würdest du mir freundlicherweise erklären, was dieser Unsinn soll? Und es sollte schon überzeugend klingen.»

»O ja. Der da …» – er zeigte auf Miles – »ist Lord Miles Vorkosigan, der Sohn des Premierministers von Barrayar. Admiral Aral Vorkosigan – ich hoffe, du hast von ihm schon gehört.»

Cavilo senkte ihre Augenbrauen. »Was hatte er dann auf Pol Sechs zu tun, in der Verkleidung eines betanischen Waffenhändlers?»

»Da bin ich mir nicht sicher. Das letzte, was ich gehört hatte, war, daß er unter Arrest des Kaiserlichen Sicherheitsdienstes stand, obwohl natürlich niemand glaubte, daß es denen ernst damit wäre.»

»Vorläufige Haft», korrigierte Miles. »Rein formal.»

»Und er …» – Metzov drehte sich um und zeigte auf Gregor – »ist der Kaiser von Barrayar. Gregor Vorbarra. Was er hier tut, kann ich mir nicht vorstellen.»

»Bist du sicher?» Sogar Cavilo war verblüfft. Als Metzov hartnäckig nickte, begannen ihre Augen hoffnungsvoll zu funkeln. Sie schaute Gregor an, als sehe sie ihn zum erstenmal. »*Wirklich.* Wie *interessant*.»

»Aber wo ist sein Sicherheitsteam? Wir müssen sehr vorsichtig vorgehen, Cavie.«

»Was ist er ihnen wert? Oder dem Höchstbietenden?«

Gregor lächelte sie an. »Ich bin ein Vor, Madame. In einem gewissen Sinn der Vor. Risiko im Dienst ist der Beruf des Vor. An Ihrer Stelle würde ich nicht annehmen, daß mein Wert unbegrenzt wäre.«

Gregors Beschwerde hatte einen wahren Kern, dachte Miles; wenn er nicht gerade dabei war, Kaiser zu sein, dann schien er überhaupt kaum jemand zu sein. Aber er spielte sicherlich seine *Rolle* gut.

»Eine Gelegenheit, ja«, sagte Metzov, »aber wenn wir uns einen Feind schaffen, mit dem wir nicht fertigwerden …«

»Wenn wir *ihn* als Geisel behalten, dann sollten wir doch mit ihnen leicht fertigwerden können«, merkte Cavilo nachdenklich an.

»Ein anderer und klügerer Weg wäre«, warf Miles dazwischen, »uns zu helfen, daß wir schnell und sicher weiterkommen, und dafür ein lukratives und ehrenvolles Dankeschön zu bekommen. Gewissermaßen eine Strategie des doppelten Gewinns.«

»Ehrenvoll?« Metzovs Augen glühten. Er verfiel in ein brütendes Schweigen, dann murmelte er: »Aber was machen die hier? Und wo ist diese Schlange Illyan? Ich möchte auf jeden Fall den Mutanten haben. Verdammt! Man muß das Spiel kühn spielen, oder überhaupt nicht.« Er starrte boshaft auf Miles. »Vorkosigan... also. Und was bedeutet jetzt Barrayar für mich? Eine Armee, die mir nach fünfunddreißig Jahren Dienst einen Dolchstoß in den Rücken versetzt hat...« Er richtete sich entschlossen auf, zog aber noch nicht, wie Miles bemerkte, eine Waffe in Anwesenheit des Kaisers. »Ja, laß sie ins Schiffsgefängnis bringen, Cavie.«

»Nicht so schnell«, sagte Cavilo nachzudenklich. »Schick den Kleinen in den Bunker, wenn du magst. Er ist nichts wert, sagst du?«

Der einzige Sohn des mächtigsten militärischen Führers auf Barrayar hielt zur Abwechslung einmal den Mund. Wenn, wenn, wenn...

»Vergleichsweise«, sagte Metzov hinhaltend; er schien plötzlich zu befürchten, daß er um seine Beute betrogen würde.

»Sehr gut.« Cavilo steckte den Betäuber lautlos in ihr Halfter; sie hatte schon vor einer Weile aufgehört, damit zu zielen und statt dessen mit ihm herumgespielt. Sie trat zur Tür, öffnete sie und winkte den Wachen. »Bringt ihn«, sie zeigte auf Gregor, »in Kabine Neun, Deck G. Klemmt die herausführende Kommunikationsleitung ab, versperrt die Tür und postiert eine Wache mit einem Betäuber davor. Aber versorgt ihn mit allem vertretbaren Komfort, den er vielleicht verlangt.« Sie fügte zu Gregor flüsternd hinzu: »Es ist das komfortabelste Quartier für besuchende Offiziere, das die *Kurins Hand* zur Verfügung stellen kann … äh …«

»Nennen Sie mich Greg«, seufzte Gregor.

»Greg. Ein hübscher Name. Kabine Neun liegt direkt neben meiner. Wir werden dieses Gespräch in Kürze fortsetzen, nachdem Sie sich … äh … erfrischt haben. Vielleicht beim Dinner. Beaufsichtige seine Unterbringung dort, ja, Stanis?« Sie schenkte beiden Männern ein unparteiisches glitzerndes Lächeln und schwebte hinaus, eine hübsche Mieze in Stiefeln. Dann streckte sie den Kopf noch einmal herein und zeigte auf Miles. »Bringt *ihn* zum Schiffsgefängnis!«

Der zweite Wächter winkte Miles mit dem Betäuber und stupste ihn mit einem glücklicherweise nicht aktivierten Schockstab, damit er Cavilo folgte.

Die *Kurins Hand* war, nach seinen Eindrücken unterwegs zu schließen, ein viel größeres Kommandoschiff als die *Triumph,* und konnte größere und stärkere Kampf- und Enterkräfte ins Feld schicken, war aber entsprechend schwerfällig zu manövrieren. Das Schiffsgefängnis war auch größer, entdeckte Miles kurz darauf, und wirkungsvoller gesichert. Durch einen einzigen Eingang kam man zu einer optimal gestalteten Wachmonitorstation, von der zwei Flure als Sackgassen zu den Zellen führten.

Der Frachterkapitän verließ gerade die Wachstation unter dem wachsamen Auge des Soldaten, der den Befehl hatte, ihn zu begleiten. Er warf Cavilo einen feindseligen Blick zu.

»Wie Sie sehen, sind sie bei guter Gesundheit«, sagte Cavilo zu ihm. »Meine Hälfte des Handels, Kapitän. Schauen Sie, daß Sie weitermachen, um Ihren Teil zu erfüllen.«

Wollen wir doch mal sehen, was geschieht … »Sie haben nur eine Aufnahme gesehen«, mischte Miles sich ein. »Verlangen Sie, sie leibhaftig zu sehen.«

Cavilo biß ihre weißen Zähne fest aufeinander, aber

der Ärger auf ihrem Gesicht ging nahtlos in ein listiges Lächeln über, als der Frachterkapitän herumfuhr. »Was? Sie...« Er pflanzte sich störrisch vor ihr auf. »Also, wer von euch beiden lügt?«

»Kapitän, das ist die einzige Garantie, die Sie bekommen«, sagte Cavilo und zeigte auf die Monitore. »Sie haben sich entschieden, ein Risiko einzugehen, und jetzt sollten Sie das Spiel schon weiterspielen.«

»Dann ist dies...« – er zeigte auf Miles – »das letzte Ergebnis, das Sie bekommen.«

Eine unmerkliche Bewegung ihrer Hand an ihrer Hosennaht alarmierte die Wachen, die ihre Betäuber zogen. »Bringt ihn raus!« befahl sie.

»Nein!«

»Also gut«, ihre Augen weiteten sich wütend, »bringt ihn in Zelle Sechs. Und sperrt ihn ein.«

Als der Frachterkapitän sich umwandte, hin- und hergerissen zwischen Widerstand und Ungeduld, machte Cavilo dem Wächter ein Zeichen, sich von seinem Gefangenen etwas zu entfernen. Er trat zurück und hob fragend die Augenbrauen. Cavilo warf Miles einen Blick zu und lächelte, als wollte sie sagen: *Also gut, du Klugscheißer, jetzt schau mir mal zu!* Mit einer kühlen, geschmeidigen Bewegung öffnete Cavilo den Verschluß ihres linken Halfters, zog einen Nervendisruptor heraus, zielte sorgfältig und feuerte auf den Hinterkopf des Kapitäns. Er zuckte einmal krampfhaft zusammen und stürzte; er war tot, bevor er auf dem Boden aufschlug.

Sie ging zu ihm hin und stieß nachdenklich mit der Spitze ihres Stiefels gegen die Leiche, dann blickte sie auf Miles, dem der Mund offenstand. »Sie *werden* nächstesmal Ihren Mund halten, nicht wahr, kleiner Mann?«

Miles' Mund klappte zu. *Du mußtest es ja ausprobieren...* Wenigstens wußte er jetzt, wer Liga umgebracht hatte. Der Tod des kaninchenhaften Polianers, von dem er bisher nur berichtsweise gehört hatte, erschien ihm plötzlich wirklich und real. Der begeisterte Ausdruck, der über Cavilos Gesicht hinweggehuscht war, als sie den Frachterkapitän umpustete, erschreckte und faszinierte Miles zugleich. *Wen hast du wirklich im Visier gehabt, Liebling?* »Ja, Madame«, würgte er hervor und versuchte, sein Zittern zu verbergen, die verzögerte Reaktion auf diese schockierende Wende. *Zum Teufel* mit seiner Zunge …

Sie ging zurück zur Sicherheitsmonitorstation und sagte zu der Technikerin, die wie erstarrt an ihrem Platz saß: »Entladen Sie die Aufnahme von General Metzovs Kabine für die letzte halbe Stunde und geben Sie sie mir. Legen Sie eine neue ein.« Sie steckte die Diskette in eine Brusttasche und schloß sorgfältig die Klappe. »Den hier bringt in Zelle vierzehn«, sie nickte in Richtung auf Miles. »Oder … äh … in Zelle dreizehn, falls sie leer ist.«

Die Wachen durchsuchten Miles nochmals und behandelten ihn erkennungsdienstlich. Cavilo informierte sie kühl, daß sein Name als Victor Rotha registriert werden sollte.

Während er wieder auf die Beine gestellt wurde, brachten zwei Männer mit Sanitätsabzeichen eine Schwebetrage, um die Leiche zu entfernen. Cavilo, die ausdruckslos zusah, bemerkte müde zu Miles: »Sie haben sich dafür entschieden, die Nützlichkeit meines Doppelagenten zu beeinträchtigen. Das war der Streich eines Vandalen. Er hätte für bessere Zwecke verwendet werden können als für einen Anschauungsunterricht für einen Narren. Ich hebe nichts Nutzloses auf. Sie sollten anfangen nachzudenken, wie Sie sich für mich nützlicher machen können, als nur ein Spielzeug für General Metzov zu sein.« Sie lächelte matt und blickte in eine unbestimmte Entfernung. »Allerdings ist er ganz scharf auf Sie, nicht wahr? Seine Motive werde ich noch erforschen müssen.«

»Was ist eigentlich der Nutzen von Stanis-Liebling für Sie?« wagte Miles zu fragen, störrisch und herausfordernd in seinem Strudel von Ärger und Schuldgefühl. War Metzov ihr Liebhaber? Ein abstoßender Gedanke.

»Er ist ein erfahrener Kommandant im Bodenkampf.«

»Welchen Bedarf für einen Bodenkommandanten hat eine Raumflotte, die Wachdienst vor einem Wurmloch macht?«

»Nun ja«, sie lächelte süß, »er amüsiert mich.« Das hätte vermutlich die erste Antwort sein sollen. »Über Geschmack soll man sich nicht streiten«, murmelte Miles. Sollte er sie vor Metzov warnen? Wenn er es sich recht überlegte: Sollte er Metzov vor *ihr* warnen?

In seinem Kopf kreiste immer noch alles um dieses neue Dilemma, als die glatte Tür seiner Einzelzelle sich hinter ihm schloß.

Es dauerte nicht lange, bis der Reiz der Neuheit seiner neuen Unterkunft für Miles erschöpft war, der Reiz eines Raumes, der nur wenig größer war als zwei mal zwei Meter, möbliert nur mit zwei gepolsterten Bänken und einer ausklappbaren Toilette. Kein Bibliotheksprojektor, keine Befreiung aus dem Kreislauf seiner Gedanken, die im Sumpf seiner Selbstbezichtigungen steckenblieben.

Ein Feldrationen-Speiseriegel der Rangers, der etwas später durch eine abgesicherte Öffnung in der Tür geschoben wurde, erwies sich als noch widerlicher als die kaiserlich-barrayaranische Version: er ähnelte einem Hundeknabberknochen aus Rohleder. Befeuchtete man ihn mit Speichel, dann wurde er ein wenig weich, genug, um zähe Stückchen abzureißen, falls man gesunde Zähne hatte. Er war mehr als nur eine zeitweilige Ablenkung, er versprach bis zur nächsten Ausgabe vorzuhalten. Wahrscheinlich höllisch nahrhaft. Miles fragte sich, was Cavilo Gregor zum Dinner servierte. War das genauso wissenschaftlich ausgewogen hinsichtlich der Vitamine?

Sie waren ihrem Ziel schon so nahe gewesen. Selbst jetzt war das Konsulat von Barrayar nur ein paar Schleusen und Ebenen entfernt, weniger als einen Kilometer. Wenn er nur von hier nach dort gelangen könnte. Wenn eine Chance käme… Andrerseits, wie lange würde Cavilo zögern, die diplomatischen Gepflogenheiten zu mißachten und in das Konsulat einzudringen, wenn sie darin einen Nutzen sah? Etwa so lange, wie sie gezögert hatte, den Frachterkapitän hinterrücks zu erschießen, schätzte Miles. Sie hatte sicherlich inzwischen schon befohlen, das Konsulat und alle bekannten barrayaranischen Agenten auf der Vervain-Station zu beobachten. Miles zog seine Zähne aus einem Stück des Speiseleders und zischte.

Ein Piepsen des Codeschlosses warnte Miles, daß er gleich Besuch bekommen würde. Ein Verhör so bald? Er hatte erwartet, daß Cavilo zuerst Gregor fürstlich bewirten und dabei ausloten würde und erst dann zu ihm zurückkäme. Oder war er nur eine Aufgabe für ihre Handlanger? Er schluckte, der Klumpen der Ration blieb fast in seiner Kehle stecken, und dann setzte er sich auf und versuchte unerschütterlich und furchtlos auszusehen.

Die Tür glitt zur Seite, und General Metzov erschien, der immer noch äußerst militärisch und effizient aussah in der gelbbraun-schwarzen Arbeitsuniform der Rangers.

»Sind Sie sicher, daß Sie mich nicht brauchen, Sir?« fragte der Wächter neben ihm, als Metzov durch die Öffnung drängte.

Metzov warf einen verächtlichen Blick auf Miles, der gewöhnlich und unmilitärisch aussah, in Victor Rothas jetzt schlaffem und schmutzigem grünen Seidenhemd, in der ausgebeulten Hose und mit den nackten

Füßen – die Wächter hatten ihm bei der erkennungsdienstlichen Behandlung seine Sandalen abgenommen. »Kaum. *Der* geht nicht auf mich los.«

Verdammt richtig, stimmte Miles mit Bedauern zu.

Metzov tippte an seinen Kommunikator am Handgelenk. »Ich werde Sie rufen, wenn ich fertig bin.«

»Sehr wohl, Sir.« Die Tür schloß sich ächzend. Die Zelle erschien plötzlich in der Tat sehr winzig. Miles zog seine Beine hoch und saß defensiv zusammengekauert auf seiner Pritsche. Metzov stand gelassen da und betrachtete Miles einen langen, befriedigenden Moment lang, dann ließ er sich bequem auf der gegenüberliegenden Bank nieder.

»Tja nun«, sagte Metzov und verzog dabei den Mund, »was für eine Wendung des Schicksals.«

»Ich dachte, Sie würden mit dem Kaiser dinieren«, sagte Miles.

»Kommandantin Cavilo kann unter Stress ein bißchen konfus werden. Wenn sie sich wieder beruhigt, wird sie einsehen, wie notwendig meine Sachkenntnis in barrayaranischen Angelegenheiten ist«, sagte Metzov in gemessenem Ton.

Mit anderen Worten: Sie waren nicht eingeladen. »Sie haben den Kaiser mit ihr allein gelassen?« *Gregor, paß auf, was du da tust!*

»Gregor ist keine Gefahr. Ich fürchte, seine Erziehung hat aus ihm einen Schwächling gemacht.«

Miles schnürte es die Kehle zu.

Metzov lehnte sich zurück und trommelte mit den Fingern auf sein Knie. »Also sagen Sie mir, Fähnrich Vorkosigan – wenn Sie noch Fähnrich Vorkosigan sind. Da es in dieser Welt keine Gerechtigkeit gibt, nehme ich an, daß Sie Ihren Rang und Ihren Sold behalten haben. Was tun Sie hier? Mit *ihm?*«

Miles war versucht, sich auf Name, Rang und Personenkennziffer zu beschränken; allerdings kannte Metzov die ja schon. War Metzov eigentlich ein Feind? Das heißt: ein Feind von Barrayar, nicht von Miles persönlich. Hielt Metzov dies in seinem Denken auseinander? »Der Kaiser wurde von seinem Sicherheitsteam getrennt. Wir hofften, mit ihnen über das hiesige Konsulat von Barrayar wieder Kontakt aufzunehmen.« Seine Aussage enthielt nichts, was nicht völlig offensichtlich war.

»Und von woher seid ihr gekommen?«

»Von Aslund.«

»Machen Sie sich nicht die Mühe, den Idioten zu spielen, Vorkosigan. Ich kenne Aslund. Wer hat Sie überhaupt dorthin geschickt? Und machen Sie sich auch nicht die Mühe zu lügen, ich kann den Frachterkapitän ins Kreuzverhör nehmen.«

»Nein, können Sie nicht. Cavilo hat ihn getötet.«

»Oh?« Überraschung zeigte sich auf seinem Gesicht, wurde aber sofort unterdrückt. »Schlau von ihr. Er war der einzige Zeuge, der wußte, wohin ihr gegangen seid.«

War das ein Teil von Cavilos Überlegung gewesen, als sie ihren Nervendisruptor gezückt hatte? Wahrscheinlich. Und doch ... der Frachterkapitän war auch der einzige Zeuge gewesen, der wußte, *woher* sie gekommen waren. Vielleicht war Cavilo doch nicht so formidabel, wie sie auf den ersten Blick schien.

»Noch einmal«, sagte Metzov geduldig – Miles konnte sehen, daß er sich vorkam, als hätte er alle Zeit der Welt – »wie ist es dazu gekommen, daß Sie mit dem Kaiser zusammen sind?«

»Was meinen Sie?« erwiderte Miles, um Zeit zu gewinnen.

»Irgendein Komplott, natürlich.« Metzov zuckte die Achseln.

Miles stöhnte. »Oh, natürlich!« Er richtete sich in seiner Empörung auf. »Und welche vernünftige – oder meinetwegen auch verrückte – Kette von Verschwörungen ist in Ihrer Vorstellung verantwortlich dafür, daß wir hierherkamen, allein, von Aslund aus? Ich will damit sagen, ich weiß, was wirklich los war, ich habe es ja erlebt, aber wonach sieht es Ihrer Meinung nach aus?« *Das heißt, nach Meinung eines professionellen Paranoikers.* »Ich würde es einfach gern hören.«

»Nun ja…« Metzov wurde unwillkürlich aus seiner Reserve gelockt. »Sie haben den Kaiser irgendwie von seinem Sicherheitsteam getrennt. Entweder fädeln Sie ein wohldurchdachtes Attentat ein, oder Sie planen, in irgendeiner Form seine Persönlichkeit unter Ihre Kontrolle zu bringen.«

»Das ist es also, was einem einfach so in den Sinn kommt, wie?« Miles stieß seinen Rücken mit einem frustrierten Knurren gegen die Wand und ließ sich zusammensinken.

»Oder vielleicht seid ihr auf einer geheimen – und deshalb unehrenhaften – diplomatischen Mission. Irgendein Verrat.«

»Wenn dem so ist, wo ist dann Gregors Sicherheitsteam?« sagte Miles. »Dann sollten Sie lieber aufpassen.«

»Also trifft meine erste Hypothese zu.«

»In diesem Fall, wo ist dann *mein* Sicherheitsteam?« knurrte Miles. Ja wirklich, wo war es?

»Ein Vorkosigan-Komplott – nein, vielleicht keines des Admirals. Er beherrscht Gregor zu Hause…«

»Danke, darauf wollte ich auch schon hinweisen.«

»Ein verdrehtes Komplott eines verdrehten Kopfes. Träumen Sie davon, sich selber zum Kaiser von Barrayar zu machen, Sie Mutant?«

»Das wäre mir ein Alptraum, das versichere ich Ihnen. Fragen Sie Gregor.«

»Darauf kommt es kaum an. Unsere Mediziner werden eure Geheimnisse aus euch herausquetschen, sobald Cavilo das Startzeichen gibt. In gewisser Weise ist es schade, daß Schnell-Penta überhaupt erfunden wurde. Ich würde es genießen, jeden Knochen in

Ihrem Körper zu brechen, bis Sie reden. Oder schreien. Sie werden sich hier nicht hinter Ihres Vater …« – er grinste kurz – »Röcken verstecken können, Vorkosigan.« Er wurde nachdenklich. »Vielleicht werde ich es sowieso tun. Einen Knochen pro Tag, so lange sie reichen.«

206 Knochen im menschlichen Körper. 206 Tage. Illyan sollte in der Lage sein, uns in 206 Tagen einzuholen. Miles lächelte düster.

Metzov schien allerdings im Augenblick nicht daran zu denken, aufzustehen und diesen Plan sofort in die Tat umzusetzen. Dieses eher spekulative Gespräch stellte kaum ein ernsthaftes Verhör dar. Aber wenn er kein Verhör anstellen oder Miles aus Rache foltern wollte, warum war der Mann dann hier?

Seine Geliebte hat ihn rausgeworfen, er fühlte sich einsam und fremd und wollte mit jemand Bekanntem reden. Sogar mit einem bekannten Feind. Es war auf seltsame Weise verständlich. Abgesehen von der Invasion in Komarr hatte Metzov wahrscheinlich Barrayar nie verlassen, sein Leben zum größten Teil in der begrenzten, geordneten, vorhersehbaren Sekundärwelt des kaiserlichen Militärs zugebracht. Jetzt war der rigide Mann wurzellos und mit mehr freien Willensentscheidungen konfrontiert, als er sich je vorgestellt hatte. *Gott! Der Verrückte hat Heimweh.* Eine Einsicht, die frösteln machte.

»Ich glaube allmählich, daß ich Ihnen zufälligerweise etwas Gutes getan habe«, begann Miles. Wenn Metzov schon in einer gesprächigen Stimmung war, warum ihn nicht noch weiter ermuntern? »Cavilo sieht sicher besser aus als Ihr letzter Befehlshaber.«

»Ja, das stimmt.«

»Ist auch die Bezahlung besser?«

»Jeder zahlt besser als die Kaiserlichen Streitkräfte«, schnaubte Metzov.

»Und es ist auch nicht langweilig. Auf Kyril glich ein Tag dem anderen. Hier weiß man nicht, was als nächstes geschieht. Oder zieht Cavilo Sie in ihr Vertrauen?«

»Ich bin für ihre Pläne wesentlich.« Metzov grinste affektiert.

»Als Schlafzimmerkrieger? Ich dachte, Sie gehörten zur Infanterie. In Ihrem Alter noch das Spezialgebiet zu wechseln?«

Metzov lächelte nur. »Jetzt werden Sie durchsichtig, Vorkosigan.«

Miles zuckte die Achseln. *Wenn dem so ist, dann bin ich hier das einzige, was durchsichtig ist.* »Wie ich mich erinnere, hielten Sie nicht viel von weiblichen Soldaten. Cavilo hat Sie anscheinend Ihre Meinung ändern lassen.«

»Überhaupt nicht.« Metzov lehnte sich selbstgefällig zurück. »Ich erwarte, binnen sechs Monaten das Kommando der Randall's Rangers zu übernehmen.«

»Wird diese Zelle nicht abgehört?« fragte Miles verblüfft. Nicht, daß es ihm etwas ausmachte, wieviel Schwierigkeiten Metzov sich mit seinem Mund einhandelte ...

»Im Augenblick nicht.«

»Plant Cavilo etwa, sich zur Ruhe zu setzen?«

»Es gibt eine Reihe von Methoden, mit denen ihr Rücktritt beschleunigt werden könnte. Den tödlichen Unfall, den Cavilo für Randall arrangierte, könnte man leicht wiederholen. Oder ich könnte sogar einen Weg finden, sie damit anzuklagen, da sie dumm genug war, im Bett mit dem Mord zu prahlen.«

Sie hat nicht geprahlt, sie hat dich gewarnt, Dummkopf. Miles Augen gerieten fast ins Schielen, als er sich das Bettgeflüster zwischen Metzov und Cavilo vorstellte. »Sie beide müssen viel gemeinsam haben. Kein Wunder, daß Sie so gut miteinander auskommen.«

Metzovs Amüsement ließ nach. »Ich habe mit dieser Söldnerschlampe überhaupt nichts gemeinsam. Ich war ein kaiserlicher Offizier.« Er blickte finster vor sich hin. »Fünfunddreißig Jahre lang. Und man hat mich kaltgestellt. Nun ja, man wird schon noch entdecken, daß das ein Fehler war.«

Metzov warf einen Blick auf sein Chrono. »Ich verstehe immer noch nicht, warum Sie hier sind. Sind Sie sicher, daß es nicht etwas anderes gibt, was Sie mir jetzt sagen wollen, privat, bevor Sie morgen alles Cavilo unter Schnell-Penta sagen?«

Miles kam zu dem Schluß, daß Cavilo und Metzov das alte Spiel des Verhörs mit verteilten Rollen geplant hatten: zuerst kommt der gute Kerl und fragt, dann der böse. Nur hatten sie ihre Zeichen verwechselt und beide zufällig die Rolle des Bösen übernommen. »Wenn Sie wirklich hilfreich sein wollen, dann bringen Sie Gregor zum Konsul von Barrayar. Oder schicken Sie wenigstens eine Nachricht dorthin, daß er hier ist.«

»Zur rechten Zeit könnten wir das tun. Unter passenden Bedingungen.« Metzov kniff seine Augen zusammen und musterte Miles. Gab ihm Miles ebensoviel Rätsel auf, wie er Miles? Nach längerem Schweigen rief Metzov den Wächter über seinen Armbandkommunikator und zog sich zurück. Zum Abschied sagte er nichts Bedrohlicheres als: »Ich sehe Sie dann morgen, Vorkosigan.« Das war unheilvoll genug.

Ich verstehe auch nicht, warum Sie hier sind, dachte Miles, als sich die Tür zischend schloß und das Schloß piepste. Offensichtlich wurde irgendein planetarischer Bodenangriff geplant. Sollten Randall's Rangers den Stoßkeil einer vervanischen Invasionsstreitmacht spielen? Cavilo hatte sich heimlich mit einem hochrangigen Repräsentanten des Konsortiums von Jackson's Whole getroffen. Warum? Um die Neutralität des Konsortiums während des bevorstehenden Angriffs zu sichern? Das machte vorzüglich Sinn, aber warum hatten die Vervani nicht direkt verhandelt? Damit sie Cavilos Arrangements ableugnen konnten, wenn der Ballon zu früh aufstieg?

Und wer oder was war das Ziel? Nicht die Station des Konsortiums, offensichtlich, und auch nicht deren ferner Mutterplanet Jackson's Whole. Da blieben noch Aslund und Pol übrig. Aslund, eine Sackgasse, war strategisch keine Versuchung. Es wäre besser, zuerst Pol zu nehmen, Aslund von der Nabe abzuschneiden (mit Unterstützung des Konsortiums) und dann in Ruhe den schwachen Planeten zu erledigen. Aber Pol hatte Barrayar hinter sich, das nichts lieber hätte als eine Allianz mit seinem nervösen Nachbarn, die dem Kaiserreich einen Brückenkopf in der Hegen-Nabe einräumen würde. Ein offener Angriff müßte Pol in die wartenden Arme von Barrayar treiben. Dann blieb also nur Aslund übrig, aber …

Das ergibt keinen Sinn. Dies war fast noch beunruhigender als der Gedanke, daß Gregor unbewacht mit Cavilo dinierte, oder die Angst vor dem angekündigten chemischen Verhör. *Ich verstehe gar nichts. Das gibt alles keinen Sinn.*

Den ganzen Nachtzyklus hindurch, den das gedämpfte Licht markierte, drehte sich die Hegen-Nabe mit ihrer ganzen strategischen Komplexität in Miles' Kopf. Die Nabe, und Bilder von Gregor. Gab Cavilo ihm bewußtseinsverändernde Drogen zu essen? Hundekuchen, wie sie ihm serviert wurden? Oder Steak und Champagner? Wurde Gregor gefoltert? Verführt? Visionen von Cavilos/Livia Nus dramatischem roten Abendkleid wallten vor Miles' geistigem Auge. Verlebte Gregor wunderbare Stunden? Miles glaubte, daß Gregor nur wenig mehr Erfahrungen mit Frauen gehabt hatte als er selbst, aber er hatte in diesen letzten paar Jahren wenig Kontakt mit dem Kaiser gehabt; nach allem, was er wußte, hielt sich Gregor jetzt einen Harem. Nein, das konnte nicht sein, sonst hätte Ivan die Fährte aufgenommen und darüber Kommentare von sich gegeben. Ausführliche Kommentare. Wie empfänglich war Gregor für eine sehr altmodische Art der Bewußtseinsmanipulation?

Der Tageszyklus kroch vorbei, und Miles erwartete jeden Augenblick, daß er zu seiner allerersten Erfahrung eines Schnell-Penta-Verhörs abgeholt würde. Was würden Cavilo und Metzov mit der bizarren Wahrheit von Miles' und Gregors Odyssee anfangen? Drei Kauriegel trafen nach unbestimmbaren Intervallen ein, und die Lichter wurden wieder gedämpft und markierten eine weitere Schiffsnacht. Drei Mahlzeiten und kein Verhör. Was hielt die da draußen auf? Es gab keine Geräusche oder subtile Gravitationsschwankungen, die darauf hingedeutet hätten, daß das Schiff das Dock verließ; sie waren immer noch mit der Vervain-Station verbunden. Miles versuchte, sich körperlich müde zu machen, indem er hin- und herlief: zwei Schritte, Wendung, zwei Schritte, Wendung, zwei Schritte … aber der einzige Erfolg bestand darin, daß sein Körpergeruch intensiver wurde und daß ihm schwindelte.

Ein weiterer Tag schlängelte sich vorbei, und eine weitere ›Nacht‹ mit gedämpftem Licht. Ein weiterer Frühstücksknabberriegel fiel durch die Öffnung auf den Boden. Dehnte oder komprimierte man künstlich die Zeit, um seine biologische Uhr zu verwirren, damit er für das Verhör weichgemacht würde? Warum die Mühe?

Er kaute an seinen Fingernägeln. Er kaute an seinen Zehennägeln. Er zog winzige grüne Fäden aus seinem Hemd und versuchte damit seine Zähne wie mit Zahnseide zu reinigen. Dann versuchte er aus winzigen, winzigen Knoten kleine grüne Muster zu machen. Schließlich verfiel er auf die Idee, Botschaften zu flechten. Konnte er ›Hilfe, ich bin gefangen …‹ als Makramee knüpfen und mit Hilfe statischer Aufladung auf dem Rücken von irgend jemands Jacke anbringen? Das heißt, falls überhaupt jemals wieder jemand käme? Er hatte schon H, I, L in zarter Spinnwebschrift geschafft, da blieb der Faden an einem Niednagel hängen, während er sein stoppeliges Kinn rieb, und aus seiner Bitte wurde ein unleserliches grünes Knäuel. Er zog einen weiteren Faden heraus und begann aufs neue.

Das Schloß blinkte und piepste. Miles schreckte hoch und erkannte erst jetzt, daß er in dem Gemurmel seiner Isolation in einen fast hypnotischen Dämmerschlaf verfallen war. Wieviel Zeit war vergangen?

Sein Besucher war Cavilo, forsch und geschäftsmäßig in ihrer Ranger-Uniform. Ein Wächter bezog Posten direkt vor der Zellentür, die sich hinter Cavilo schloß. Eine weitere private Plauderei, so schien es. Miles bemühte sich, seine Gedanken zusammenzubekommen, sich zu erinnern, was er vorhatte.

Cavilo ließ sich gegenüber Miles an derselben Stelle nieder, die auch Metzov gewählt hatte, in fast der gleichen entspannten Haltung, und beugte sich vor, die Hände locker auf den Knien verschränkt, aufmerksam und selbstsicher. Miles saß mit überkreuzten Beinen, an die Wand gelehnt, und er fühlte sich deutlich im Nachteil.

»Lord Vorkosigan, ah ...« Sie hob den Kopf, brach ab und bemerkte: »Sie schauen überhaupt nicht gut aus.«

»Einzelhaft bekommt mir nicht.« Seine Stimme, die er lange nicht mehr benutzt hatte, klang krächzend, er mußte innehalten und sich räuspern. »Vielleicht ein Bibliotheksprojektor ...« – sein Gehirn kam knirschend in Gang –, »oder besser, eine Gelegenheit zur körperlichen Bewegung.« Die ihn aus seiner Zelle und in Kontakt mit Menschen bringen würde, die er zu irgend etwas anstiften könnte. »Meine medizinischen Probleme zwingen mich zu einer disziplinierten Lebensweise, wenn sie nicht akut werden und mich behindern sollen. Ich brauche unbedingt eine Bewegungspause, oder ich werde wirklich krank.«

»Hm. Wir werden sehen.« Sie fuhr mit der Hand

durch ihr kurzes Haar und faßte ihn wieder ins Auge. »Also, Lord Vorkosigan, erzählen Sie mir von Ihrer Mutter.«

»Hä?« Eine höchst verwirrende, jähe Wendung für ein militärisches Verhör. »Weshalb?«

Sie lächelte gewinnend. »Gregs Erzählungen haben mein Interesse geweckt.«

Gregs Erzählungen? War der Kaiser mit Schnell-Penta behandelt worden? »Was ... wollen Sie wissen?«

»Nun gut ... ich habe gehört, Gräfin Vorkosigan stamme von einem anderen Planeten, sei eine Betanerin, die in Ihre Aristokratie eingeheiratet hat.«

»Die Vor sind eine Kriegerkaste, aber ja.«

»Wie wurde sie von der herrschenden Schicht – wie auch immer die sich nennt – aufgenommen? Ich hatte gedacht, die Barrayaraner seien total provinziell, voller Vorurteile gegen Leute von anderen Planeten.«

»Das sind wir auch«, gab Miles fröhlich zu. »Der erste Kontakt, den die meisten Barrayaraner – aller Schichten – mit Leuten von anderen Planeten hatten, nach dem Ende der Zeit der Isolation, als Barrayar wiederentdeckt wurde, war der Kontakt mit den Invasionsstreitkräften der Cetagandaner. Sie haben einen schlechten Eindruck hinterlassen, der noch jetzt anhält, drei, vier Generationen, nachdem wir sie abgeschüttelt haben.«

»Aber dennoch hat niemand die Entscheidung Ihres Vaters in Frage gestellt?«

Miles hob verblüfft das Kinn. »Er war schon über vierzig. Und ... und er war *Lord Vorkosigan.*« *Das bin ich auch. Warum funktioniert es bei mir nicht genauso?*

»Ihre Vorgeschichte machte keinen Unterschied?«

»Sie war Betanerin. Ist Betanerin. Zuerst im Astronomischen Erkundungsdienst, dann als Kampfoffizierin. Kolonie Beta hatte gerade dazu beigetragen, uns gründlich zu schlagen bei dem dummen Versuch, den wir mit der Invasion von Escobar machten.«

»Obwohl sie also eine Feindin war, half ihr ihre militärische Vorgeschichte tatsächlich, Respekt und Anerkennung bei den Vor zu gewinnen?«

»Ich nehme es an. Dazu kam, daß sie sich einen ausgesprochen lokalen militärischen Ruf in den Kämpfen während Vordarians Griff nach dem Thron erwarb, in dem Jahr, als ich geboren wurde, und das zweimal. Sie führte loyale Truppen, oh, einige Male, wenn mein Vater nicht an zwei Orten gleichzeitig sein konnte.« Und war persönlich für die Sicherheit des versteckten fünfjährigen Kaisers verantwortlich gewesen. Erfolgreicher als bisher ihr Sohn für den fünfundzwanzigjährigen Gregor *Total vermasselt,* das war der Ausdruck, der ihm dazu einfiel. »Niemand hat sich seither mit ihr noch angelegt.«

»Hm.« Cavilo lehnte sich zurück und murmelte halb zu sich selbst: »Also, es ist gegangen. Deshalb kann es gehen.«

Was? Was kann gehen? Miles rieb sich mit der Hand übers Gesicht; er versuchte sich wachzumachen und zu konzentrieren. »Wie geht es Gregor?«

»Sehr vergnüglich.«

Gregor der Traurige ... vergnüglich? Aber wenn Cavilos Sinn für Humor dem Rest ihrer Persönlichkeit entsprach, dann war es vermutlich ein übler Humor. »Ich meinte seine Gesundheit.«

»Eher besser als Ihre, nach Ihrem Aussehen zu schließen.«

»Ich hoffe, daß er besser ernährt wird.«

»Was, eine Kostprobe des wirklichen militärischen Lebens ist zu stark für Sie, Lord Vorkosigan? Sie haben das gleiche zu essen bekommen wie meine Leute.«

»Das kann nicht sein.« Miles hielt einen halb abgeknabberten Frühstücksriegel hoch. »Sie hätten inzwischen schon gemeutert.«

»Oh, mein Lieber.« Sie betrachtete das widerliche Stück mit einem mitleidigen Stirnrunzeln. »Die! Ich dachte, sie wären schon für ungenießbar erklärt worden. Wie sind die hierhergekommen? Irgend jemand muß hier knausern. Soll ich Ihnen ein reguläres Menü bestellen?«

»Ja, danke«, sagte Miles sofort und machte dann eine Pause. Sie hatte seine Aufmerksamkeit hübsch von Gregor auf ihn selbst gelenkt. Er mußte sich auf den Kaiser konzentrieren. Wieviel *nützliche* Informationen hatte Gregor inzwischen ausgespuckt?

»Sie müssen einsehen«, sagte Miles vorsichtig, »daß Sie einen massiven interplanetarischen Vorfall zwischen Vervain und Barrayar schaffen.«

»Überhaupt nicht«, sagte Cavilo vernünftig. »Ich bin Gregs Freundin. Ich habe ihn davor bewahrt, in die Hände der vervanischen Geheimpolizei zu fallen. Er ist jetzt unter meinem Schutz, bis sich die Gelegenheit ergibt, ihn wieder auf seinen rechtmäßigen Platz zu setzen.«

Miles blinzelte. »Haben die Vervani so etwas wie eine Geheimpolizei?«

»Etwas ganz Ähnliches.« Cavilo hob die Schultern. »Barrayar hat natürlich zweifellos eine. Stanis scheint sich wegen ihr ziemliche Sorgen zu machen. Sie müssen beim Kaiserlichen Sicherheitsdienst sehr in Verlegenheit darüber sein, daß sie ihren Schützling so gründlich verloren haben. Ich glaube, daß ihr Ruf übertrieben ist.«

Nicht ganz. Ich gehöre zum Sicherheitsdienst, und ich weiß, wo Gregor ist. So hat der Sicherheitsdienst praktisch die Situation im Griff. Miles wußte nicht, ob er lachen oder weinen sollte. *Oder die Situation den Sicherheitsdienst.*

»Wenn wir alle so gute Freunde sind«, sagte Miles, »warum bin ich dann in diese Zelle gesperrt?«

»Natürlich auch zu Ihrem Schutz. Schließlich hat General Metzov offen gedroht, Ihnen ... ah ... – was war es noch mal? –, alle Knochen im Leib zu brechen.«

Sie seufzte. »Ich fürchte, der liebe Stanis ist dabei, seine Nützlichkeit zu verlieren.«

Miles erblaßte, als er sich daran erinnerte, was Metzov sonst noch bei dem Gespräch gesagt hatte. »Wegen ... Illoyalität?«

»Überhaupt nicht. Illoyalität kann manchmal sehr nützlich sein, unter richtiger Leitung. Aber die gesamte strategische Situation kann sich demnächst drastisch ändern. Unvorstellbar. Und nach all der Zeit, die ich damit verschwendet habe, ihn mir warmzuhalten. Ich hoffe, daß nicht alle Barrayaraner so langweilig sind wie Stanis.« Sie lächelte kurz. »Das hoffe ich doch sehr.«

Sie lehnte sich vor und sah ihn gespannt an. »Ist es wahr, daß Gregor ... äh ... von zu Hause weglief, um dem Druck seiner Berater zu entgehen, eine Frau zu heiraten, die er nicht ausstehen konnte?«

»Er hatte es mir gegenüber nicht erwähnt«, sagte Miles verblüfft. Warte mal – was hatte Gregor dort draußen vor? Er sollte lieber vorsichtig sein und nicht aus der Reihe tanzen. »Allerdings gibt es da Besorgnis. Wenn er in absehbarer Zeit ohne Erben sterben sollte, dann befürchten viele, daß ein Kampf zwischen verschiedenen Gruppen ausbrechen könnte.«

»Er hat keinen Erben?«

»Die verschiedenen Gruppen können sich nicht einigen. Außer auf Gregor.«

»Also wären seine Berater froh, wenn er heiratete.«

»Überglücklich, nehme ich an. Hm ...« Miles' Unbehagen an dieser Wendung des Gespräches verwandelte sich plötzlich in eine Erleuchtung, wie der Blitz vor der Druckwelle. »Kommandantin Cavilo – Sie stellen sich doch *nicht* etwa vor, Sie könnten sich zur Kaiserin von Barrayar machen, oder?«

Ihr Lächeln wurde wölfisch. »Natürlich könnte ich das nicht. Aber Greg könnte es.« Sie richtete sich auf, offensichtlich verärgert über die Verblüffung auf Miles'

Gesicht. »Warum nicht? Ich habe das richtige Geschlecht. Und offensichtlich auch die richtige militärische Vorgeschichte.«

»Wie alt sind Sie?«

»Lord Vorkosigan, wirklich, was für eine unhöfliche Frage.« Ihre blauen Augen funkelten. »Wenn wir auf derselben Seite wären, könnten wir zusammenarbeiten.«

»Kommandantin Cavilo, ich glaube, Sie verstehen Barrayar nicht. Oder die Barrayaraner.« Tatsächlich hatte es Epochen in der Geschichte von Barrayar gegeben, in die Cavilos Art der Kommandoführung gepaßt hätte. Zum Beispiel die Terrorherrschaft von Kaiser Yuri dem Wahnsinnigen. Aber man hatte die letzten zwanzig Jahre versucht, von alldem wegzukommen.

»Ich brauche Ihre Kooperation«, sagte Cavilo. »Oder zumindest könnte sie sehr nützlich sein. Für beide von uns. Ihre Neutralität könnte ich … tolerieren. Ihre aktive Opposition wäre jedoch ein Problem. Für Sie. Aber wir sollten es vermeiden, uns schon in diesem frühen Stadium in den Fallen negativer Einstellungen zu verfangen, nicht wahr?«

»Was ist mit der Frau und dem Kind dieses Frachterkapitäns geschehen? Mit der Witwe und dem Waisenkind vielmehr?« fragte Miles durch die Zähne.

Cavilo zögerte kurz. »Der Mann war ein Verräter. Von der schlimmsten Sorte. Hat seinen Planeten für Geld verkauft. Er wurde bei einem Akt der Spionage gefaßt. Es gibt keinen moralischen Unterschied zwischen dem Befehl zu einer Exekution und ihrer Ausführung.«

»Da stimme ich zu. Und eine Reihe von Rechtssystemen auch. Was ist mit dem Unterschied zwischen Exekution und Mord? Vervain befindet sich nicht im Krieg. Seine Handlungen mögen illegal gewesen sein und Verhaftung, Prozeß und Gefängnisstrafe oder soziopathologische Therapie erforderlich gemacht haben – wo ist dabei der Prozeß geblieben?«

»Ein Barrayaraner, der sich um Legalität streitet? Wie seltsam.«

»Und was ist mit seiner Familie passiert?«

Sie hatte einen Augenblick Zeit zum Nachdenken gehabt, verdammt noch mal. »Die langweiligen Vervani haben ihre Freilassung verlangt. Natürlich wollte ich nicht, daß er erfuhr, daß sie nicht mehr in meinen Händen waren, sonst hätte ich ja meinen Zugriff auf sein Verhalten aus der Ferne verloren.«

Lüge oder Wahrheit? Es gab keine Methode, dies festzustellen. *Aber sie macht einen Rückzieher von ihrem Fehler. Bevor sie sich auf sicherem Boden fühlte, ließ sie ihre Reaktionen davon bestimmen, daß sie ihre Dominanz durch Terror erreichte. Weil sie sich nicht auf sicherem Boden fühlte. Ich kenne den Ausdruck, der auf ihrem Gesicht war. Mörderische Paranoiker sind mir so vertraut wie das Frühstück, ich hatte einen siebzehn Jahre lang als Leibwächter.* Für einen kurzen Moment erschien Cavilo vertraut und alltäglich, wenn auch nicht weniger gefährlich. Aber er sollte sich bemühen, überzeugt zu erscheinen und nicht bedrohlich, auch wenn es ihn dabei würgte.

»Es stimmt«, räumte er ein, »es ist krasse Feigheit, einen Befehl zu geben, den man selbst nicht auszuführen gewillt ist. Und Sie sind kein Feigling, Kommandantin, das gebe ich zu.« Das war jetzt der richtige Ton: Miles konnte überredet werden, änderte aber seine Haltung nicht zu verdächtig schnell.

Sie hob spöttisch die Augenbrauen, als wollte sie sagen: *Wer bist du, um das zu beurteilen?* Aber ihre Spannung ließ leicht nach. Sie warf einen Blick auf ihr Chrono und stand auf. »Ich werde Sie jetzt verlassen, damit Sie über die Vorteile der Zusammenarbeit nachdenken können. Sie sind in der Theorie vertraut mit der Mathematik des ›Dilemmas des Gefangenen‹, hoffe ich. Es wird ein interessanter Test für Ihre Intelligenz sein zu sehen, ob Sie Theorie mit Praxis verbinden können.«

Miles' Erwiderung war ein seltsames Lächeln. Ihre Schönheit, ihre Energie, selbst ihr aufgeblasenes Ego übten eine wirkliche Faszination aus. War Gregor tatsächlich von Cavilo... aktiviert worden? Gregor hatte schließlich nicht gesehen, wie sie ihren Nervendisruptor zückte und... Welche Waffe sollte ein guter Mann des Sicherheitsdienstes benutzen, angesichts dieses persönlichen Überfalls auf Gregor? Versuchen, sie ihrerseits zu verführen? Sich selbst für den Kaiser zu opfern, indem er sich auf Cavilo stürzte, war ebenso verlockend, wie etwa sich auf eine gezündete Schallgranate zu werfen.

Außerdem bezweifelte er, daß er das schaffte. Die Tür schob sich vor ihr messerscharfes Lächeln. Zu spät hob er die Hand, um sie an ihr Versprechen zu erinnern, seine Verpflegung zu ändern.

Aber sie hatte es nicht vergessen. Das Mittagessen kam auf einem Servierwagen, mit einem erfahrenen, wenn auch ausdruckslosen Offiziersburschen, der es in fünf eleganten Gängen servierte mit zwei Sorten Wein und mit Espresso als Gegenmittel. Miles glaubte auch nicht, daß Cavilos Truppen so speisten. Er stellte sich einen Zug von lächelnden, übersättigten und korpulenten Gourmets vor, die glücklich in die Schlacht schlenderten... die Hundekuchen waren viel wirksamer, um das Aggressionspotential zu verstärken.

Auf eine zufällige Bemerkung zu seinem Bediener hin brachte dieser mit der nächsten Mahlzeit auf dem Servierwagen ein Päckchen mit, das saubere Unterwäsche enthielt, eine abzeichenlose Arbeitsuniform der Rangers, auf seine Größe zugeschnitten, und ein Paar weiche Filzpantoffeln; dazu eine Tube Haarentferner und diverse Toilettenartikel. Miles wurde dazu angeregt, sich im Waschbecken der ausklappbaren Toilette zu waschen, nach und nach den ganzen Körper, und zu rasieren, bevor er sich umzog. Er kam sich fast wie ein Mensch vor. Ach, die Vorzüge der Kooperation. Cavilo war nicht gerade schwierig.

Gott, woher war sie gekommen? Als altgediente Söldnerin mußte sie schon seit geraumer Zeit dabeigewesen sein, um so hoch zu steigen, selbst mit Abkürzungen. Tung könnte es wissen. *Ich glaube, sie muß schon wenigstens einmal eine schlimme Niederlage erlebt haben.* Er wünschte sich, daß Tung jetzt hier wäre. Zum Teufel, er wünschte, daß jetzt *Illyan* hier wäre.

Ihre Extravaganz war, so empfand es Miles zunehmend, ein wirkungsvolles Theater, das wie eine Bühnendekoration aus einer gewissen Entfernung betrachtet werden sollte und das dazu bestimmt war, ihre Leute zu blenden. Aus dem richtigen Abstand mochte es ziemlich gut funktionieren, wie bei dem populären barrayaranischen General aus der Generation seines Großvaters, der auf seine Umwelt Eindruck gemacht hatte, indem er ein Plasmagewehr wie ein Offiziersstöckchen mit sich herumtrug. Gewöhnlich ungeladen, hatte Miles privat gehört – der Mann war ja nicht dumm. Oder ein Vor-Fähnrich, der einen bestimmten alten Dolch bei jeder Gelegenheit getragen hatte. Ein Markenzeichen, eine Standarte. Ein bißchen kalkulierte Massenpsychologie. Cavilos öffentliche Persönlichkeit war sicherlich die Hülle für diese Strategie. War sie innerlich ängstlich, weil sie wußte, daß sie sich übernommen hatte? *Das wünschst du dir.*

Ach! Nach einer Dosis Cavilo kam ein Gedanke an Cavilo, der die eigenen taktischen Berechnungen vernebelte. Klar denken, Fähnrich! Hatte sie Victor Rotha vergessen? Hatte Gregor sich irgendeinen Scheiß ausgedacht, der ihre Begegnung auf der Pol-Station erklärte? Gregor schien Cavilo mit verdrehten Tatsachen zu füttern – oder waren sie wirklich verdreht? Vielleicht gab es da wirklich eine Braut, die man ihm vorgeschlagen hatte und die er nicht mochte, und vielleicht hatte Gregor Miles nur einfach nicht genug vertraut, um es zu erwähnen. Miles begann zu bereuen, daß er immer so bissig zu Gregor gewesen war.

Seine Gedanken rannten immer noch wie eine aufgeputschte Ratte in einem Laufrad, ständig ziellos rotierend, als das Türschloß wieder piepste. Ja, er würde Kooperation vortäuschen, alles mögliche versprechen, wenn sie ihm nur eine Gelegenheit gäbe, Gregor zu überprüfen.

Cavilo erschien mit einem Soldaten im Schlepptau. Der Mann sah irgendwie bekannt aus – einer der Schläger, die ihn verhaftet hatten? Nein …

Der Mann duckte den Kopf unter der Zellentür durch, starrte einen Augenblick nachdenklich auf Miles und wandte sich dann an Cavilo.

»Ja, das ist er, ganz recht. Admiral Naismith, von dem Krieg um den Tau-Verde-Ring. Ich würde diesen Zwerg überall wiedererkennen.« Er fügte an Miles gerichtet hinzu: »Was tun Sie hier, Sir?«

Miles übertrug in seiner Vorstellung die gelbbraunschwarze Uniform des Mannes in Grau und Weiß. Ja. Es waren einige tausend Söldner in den Tau-Verde-Krieg verwickelt gewesen. Sie mußten jetzt alle irgendwohin gegangen sein.

»Danke, das ist alles, Sergeant.« Cavilo nahm den Mann am Arm und zog ihn entschlossen weg. Während sie weggingen, war noch der Rat des Unteroffiziers gedämpft aus dem Zellenflur zu hören: »Sie sollten versuchen und ihn engagieren, Madame, er ist ein militärisches Genie …«

Cavilo erschien einen Augenblick später und stand in der Öffnung, die Hände auf den Hüften und das Kinn in ungläubiger Entrüstung vorgereckt. »Wie viele Persönlichkeiten sind Sie denn überhaupt?«

Miles öffnete die Hände und lächelte schwach. So

als wäre er gerade dabei gewesen, sich seinen Weg aus diesem Loch herauszuschwatzen ...

»Uff.« Sie machte auf dem Absatz kehrt, die Tür schloß sich und ließ wieder Stille in der Kabine einkehren.

Was jetzt? Am liebsten würde er frustriert die Faust gegen die Wand knallen, aber die Wand würde sicherlich mit größerem Schaden zurückschlagen.

KAPITEL 13

Jedoch wurde allen seinen drei Identitäten an diesem Nachmittag eine Bewegungspause gewährt. Ein kleines Gymnastikstudio an Bord wurde für seinen exklusiven Gebrauch reserviert. Eine Stunde lang untersuchte er die gesamte Anlage gründlich, während er verschiedene Geräte ausprobierte, und prüfte die Entfernungen und die Wege zu bewachten Ausgängen. Er sah eine Reihe von Möglichkeiten, wie Ivan auf einen Wächter hätte losgehen und dann ausbrechen können. Nicht aber der zerbrechliche, kurzbeinige Miles. Einen Moment lang wünschte er tatsächlich, er hätte Ivan dabei.

Auf seinem Weg zurück zu Zelle 13 mit seinem Begleiter kam Miles an einem anderen Gefangenen vorbei, der gerade an der Wachstation eingeliefert wurde. Der andere ging schlurfend und blickte wild drein, sein blondes Haar war so schweißnaß, daß es braun wirkte. Der Schock des Wiedererkennens traf Miles um so mehr, als er sah, welche Veränderungen der Mann durchgemacht hatte. *Osers Leutnant.* Der Killer mit dem kühlen Gesicht war wie verwandelt.

Er trug nur graue Hosen, sein Oberkörper war nackt. Seine Haut war gesprenkelt mit bläulichen Malen der Schockstab-Folter. Frische Hypospray-Einspritzstellen zogen sich wie kleine rosafarbene Pfotenabdrücke seinen Arm hinauf. Er murmelte dauernd mit feuchten Lippen, zitterte und kicherte. Er schien gerade von einem Verhör zurückzukommen.

Miles war so überrascht, daß er nach der linken Hand des Mannes griff, um nachzusehen – ja, er erkannte seine verschorften Bißspuren an den Knöcheln, Erinnerung an den Kampf letzte Woche in der Luftschleuse der *Triumph,* auf der anderen Seite des Systems. Der schweigende Leutnant schwieg nicht mehr.

Miles' Wächter forderten ihn streng auf weiterzugehen. Er stolperte fast, als er über die Schulter zurückschaute, bis die Tür von Zelle 13 sich seufzend schloß.

Was tun Sie hier? Das mußte die am häufigsten gestellte und am wenigsten beantwortete Frage in der Hegen-Nabe sein, sagte sich Miles. Doch war er sicher, daß Osers Leutnant sie beantwortet hatte – Cavilo mußte eine der besten Gegenspionageabteilungen in der Nabe befehligen. Wie schnell hatte der oserische Söldner Miles und Gregor hier aufgespürt? Wie schnell hatten Cavilos Leute ihn enttarnt und geschnappt? Die Male auf seinem Leib waren nicht älter als einen Tag ...

Die wichtigste Frage von allen: war der Oseraner auf die Vervain-Station im Rahmen einer allgemeinen, systematischen Suche gekommen, oder war er spezifischen Hinweisen gefolgt – war Tung bloßgestellt? Elena verhaftet? Miles lief es eiskalt über den Rücken, und rannte verzweifelt und hilflos hin und her. *Habe ich gerade meine Freunde umgebracht?*

Also, was Oser wußte, das wußte jetzt auch Cavilo, die ganze alberne Mischung aus Wahrheit, Lügen, Gerüchten und Irrtümern. Also war die Identifikation von Miles als ›Admiral Naismith‹ nicht unbedingt von Gregor ausgegangen, wie Miles zuerst angenommen hatte. (Der Veteran von Tau Verde war offensichtlich als unvoreingenommener Zeuge zu einer Überprüfung herbeigeholt worden.) Wenn Gregor Cavilo systematisch Informationen vorenthielt, so würde sie es jetzt erkennen. Wenn er überhaupt etwas vorenthielt. Vielleicht war er schon in sie verliebt. In Miles' Kopf hämmerte es, und es kam ihm vor, als würde sein Kopf bald explodieren.

Die Wachen kamen in der Mitte des Nachtzyklus, um ihn zu holen und hießen ihn, sich anzuziehen. Endlich das Verhör, oder? Er dachte an den sabbernden Oseraner und duckte sich. Er bestand darauf, sich zu waschen, und brachte alle Klettverschlüsse und Ärmel- wie Hosenaufschläge seiner Ranger-Uniform so langsam und bedächtig in Ordnung, bis die Wachen ungeduldig vom einen Fuß auf den anderen zu treten und mit den Fingern vielsagend auf die Schockstäbe zu klopfen begannen. Auch er würde in Kürze ein sabbernder Narr sein. Andrerseits, was konnte er möglicherweise zu diesem Zeitpunkt noch unter Schnell-Penta sagen, das die Sache noch schlimmer machen würde? Cavilo wußte doch schon alles, soweit er es sagen konnte. Er schüttelte die Griffe der Wachen ab und marschierte zwischen ihnen aus dem Schiffsgefängnis mit all der einsamen Würde, die er aufbieten konnte.

Sie führten ihn durch das nächtlich dämmerige Schiff und verließen ein Liftrohr an einer Stelle, die mit ›G-Deck‹ bezeichnet war. Miles wurde hellwach. Gregor sollte hier irgendwo in der Nähe sein … Sie kamen zu einer Kabinentür, die nur die Aufschrift ›10A‹ trug; die Wachen tippten am Schloß den Code für die Bitte um Erlaubnis zum Eintreten ein. Die Tür glitt zur Seite.

Cavilo saß am Komkonsolenpult, ein Lichtkegel ließ in dem düsteren Raum ihr weißblondes Haar glänzen und leuchten. Sie befanden sich jetzt offensichtlich im persönlichen Büro der Kommandantin, das sich an ihre Unterkunft anschloß. Miles suchte mit Augen und Ohren nach Anzeichen der Anwesenheit des Kaisers. Cavilo war in voller Montur, in ihrer gepflegten Arbeitsuniform. Wenigstens war Miles nicht der einzige, der zur Zeit wenig Schlaf hatte; er stellte sich optimistisch vor, daß sie ein bißchen müde wäre. Sie legte einen Betäuber auf ihr Pult, bedenklich bereit für ihre rechte Hand, und entließ die Wachen. Miles reckte den Hals und hielt nach dem Hypospray Ausschau. Sie streckte sich und lehnte sich zurück. Der Duft ihres Parfüms, ein frischerer, herberer, weniger nach Moschus riechender Duft als der, den sie als Livia Nu getragen hatte, ging von ihrer weißen Haut aus und kitzelte Miles' Nase. Er schluckte.

»Setzen Sie sich, Lord Vorkosigan.«

Er setzte sich auf den Stuhl, auf den sie gezeigt hatte, und wartete. Sie beobachtete ihn mit einem abwägenden Blick. Seine Nasenlöcher begannen abscheulich zu jucken. Er hielt die Hände unten und möglichst still. Die erste Frage dieses Gesprächs sollte ihn nicht mit dem Finger in der Nase erwischen.

»Ihr Kaiser ist in schrecklichen Schwierigkeiten, kleiner Vor-Lord. Um ihn zu retten, müssen Sie zu den Oserischen Söldnern zurückkehren und sie wieder übernehmen. Wenn Sie dort wieder das Kommando haben, werden wir weitere Instruktionen übermitteln.«

Miles stutzte. »Gefahr von wem?« stieß er hervor. »Von Ihnen?«

»Überhaupt nicht! Greg ist mein bester Freund. Die Liebe meines Lebens, zumindest. Ich würde alles für ihn tun. Ich würde sogar meine Karriere aufgeben.« Sie lächelte scheinheilig. Miles verzog angewidert den Mund; Cavilo grinste. »Wenn es Ihnen einfällt, den Aktionen irgendeinen anderen Verlauf zu geben, statt Ihre Instruktionen auf den Buchstaben zu befolgen, nun dann könnte Greg in unvorstellbare Schwierigkeiten kommen. In die Hände seiner schlimmsten Feinde.«

Schlimmer als Sie? Nicht möglich..., – oder doch? »Warum wollen Sie, daß ich die Leitung der Dendarii-Söldner übernehme?«

»Das kann ich Ihnen nicht sagen.« Ihre Augen weiteten sich, sie funkelten geradezu ob ihres privaten, ironischen Scherzes. »Es ist eine Überraschung.«

»Was würden Sie mir geben, um dieses Unternehmen zu unterstützen?«

»Transport zur Aslund-Station.«

»Was sonst? Truppen, Geschütze, Schiffe, Geld?«

»Man hat mir gesagt, Sie könnten es mit Ihrem Grips allein schaffen. Das möchte ich gern sehen.«

»Oser wird mich umbringen. Er hat es schon einmal versucht.«

»Das Risiko muß ich eingehen.«

Dieses ›ich‹ habe ich wirklich gern, Lady. »Sie wollen, daß ich umgebracht werde«, war Miles Schlußfolgerung. »Was ist, wenn ich statt dessen Erfolg habe?« Seine Augen begannen zu tränen, er schniefte. Bald würde er seine Nase reiben müssen, sie juckte wie verrückt.

»Der Schlüssel der Strategie, kleiner Vor«, erklärte sie liebenswürdig, »ist nicht, einen Pfad zum Sieg zu wählen, sondern es so einzurichten, daß alle Pfade zu einem Sieg führen. Idealerweise. Ihr Tod hat einen Nutzen für mich; Ihr Erfolg einen anderen. Ich will betonen, daß jeder verfrühte Versuch, mit Barrayar Kontakt aufzunehmen, sich als sehr kontraproduktiv erweisen könnte. Sehr.«

Einen hübschen Aphorismus über Strategie hatte sie da von sich gegeben; den würde er sich merken müssen. »Lassen Sie mich dann meinen Marschbefehl von meinem eigenen Oberbefehlshaber hören. Lassen Sie mich mit Gregor sprechen.«

»Ach, *das* wird Ihre Belohnung sein, wenn Sie Erfolg haben.«

»Der letzte Kerl, der diesen Satz geglaubt hat, wurde für seine Leichtgläubigkeit in den Hinterkopf geschossen. Was halten Sie davon, wenn wir uns weitere Schritte sparen und Sie mich einfach jetzt auf der Stelle erschießen?« Er blinzelte und schniefte; an der Innenseite seiner Nase liefen jetzt Tränen herab.

»*Ich* will Sie nicht erschießen.« Sie zwinkerte ihm doch tatsächlich zu. Dann richtete sie sich auf und runzelte die Stirn. »Wirklich, Lord Vorkosigan, ich hatte kaum erwartet, daß Sie sich in Tränen auflösen.«

Er atmete tief ein; seine Hände machten eine hilflose, flehentliche Geste. Bestürzt warf sie ihm ein Taschentuch aus ihrer Brusttasche zu. Ein Taschentuch mit dem frischen Duft. Da er nichts anderes zur Hand hatte, preßte er das Tuch gegen sein Gesicht.

»Hören Sie auf zu weinen, Sie Feig ...« Ihr scharfer Befehl wurde von seinem ersten gewaltigen Niesen unterbrochen, gefolgt von einer Salve schneller Wiederholungen.

»Ich weine nicht, Sie Miststück, ich bin allergisch gegen Ihr gottverdammtes Parfüm!« konnte Miles zwischen den Anfällen hervorstoßen.

Sie hielt ihre Hand an die Stirn und brach in Gekicher aus; zur Abwechslung war es echtes Gekicher, keine gekünstelte Masche. Endlich die echte, spontane Cavilo; er hatte recht gehabt, ihr Sinn für Humor war übel. »Oh, mein Lieber«, keuchte sie, »das bringt mich auf die großartigste Idee für eine Gasgranate. Schade, daß ich nie ... na ja, gut.«

Seine Nebenhöhlen pochten wie Kesselpauken. Sie schüttelte hilflos den Kopf und tippte etwas an ihrer Komkonsole ein.

»Ich denke, ich sollte Sie möglichst schnell auf die Reise schicken, bevor Sie explodieren«, sagte sie.

Als er sich auf seinem Stuhl niesend nach vorn beugte, fiel sein wässeriger Blick auf seine braunen Filzpantoffeln. »Kann ich wenigstens ein Paar Stiefel für diese Reise haben?«

Sie schürzte die Lippen für einen Augenblick des Nachdenkens. »Nein«, entschied sie dann. »Es wird interessanter sein zu sehen, wie Sie genau so weiterkommen, wie Sie jetzt sind.«

»In dieser Uniform werde ich auf Aslund auffallen wie ein bunter Hund«, protestierte er. »Ohne Warnung aus Versehen niedergeschossen.«

»Aus Versehen ... mit Absicht ... du meine Güte, Sie werden eine interessante Zeit haben.« Sie tippte den Code zum Öffnen des Türschlosses ein.

Er nieste und keuchte immer noch, als Wachen kamen, um ihn wegzubringen. Cavilo lachte hinter ihm drein.

Es dauerte eine halbe Stunde, bis die Wirkungen ihres giftigen Parfüms nachließen; zu diesem Zeitpunkt war er eingesperrt in einer winzigen Kabine an Bord eines Schiffs für Innersystemverkehr. Sie waren über eine Schleuse der *Kurins Hand* an Bord gegangen; er hatte nicht einmal mehr den Fuß auf die Vervain-Station gesetzt. Keine Chance für einen Fluchtversuch.

Er untersuchte die Kabine. Ihr Bett und ihre Toiletteneinrichtung erinnerten sehr an seine letzte Zelle. Dienst im Weltraum, ha! Die unermeßlichen Perspektiven des riesigen Universums, ha! Der Ruhm der Kaiserlichen Streitkräfte – nicht-ha! Er hatte Gregor verloren… *Ich mag klein sein, aber ich vermassele alles in großen Dimensionen, weil ich auf den Schultern von RIESEN stehe.* Er versuchte es mit Schlägen gegen die Tür und Schreien in die Bordsprechanlage. Niemand kam.

Es ist eine Überraschung.

Er könnte sie alle überraschen, indem er sich aufhängte; für kurze Zeit erschien ihm diese Vorstellung attraktiv. Aber es gab nichts, was hoch genug war, daß er seinen Gürtel daran hätte befestigen können.

In Ordnung. Dieses Schiff vom Typ eines Kuriers war schneller als der schwerfällige Frachter, in dem er und Gregor letztesmal drei Tage gebraucht hatten, um das System zu durchqueren, aber es würde nicht sofort dort ankommen. Er hatte wenigstens anderthalb Tage Zeit, um ernsthaft nachzudenken – er und Admiral Naismith.

Es ist eine Überraschung. Gott!

Ein Offizier und ein Wächter kamen ihn holen, und zwar ziemlich nahe dem Zeitpunkt, den Miles für ihre Ankunft an der Verteidigungsperipherie der Aslund-

Station geschätzt hatte. *Aber wir haben noch nicht angedockt. Das erscheint mir verfrüht.* Sein erschöpftes Nervensystem reagierte immer noch auf einen Adrenalinstoß; er atmete tief ein und versuchte, sein von Wahngedanken vernebeltes Hirn freizumachen, um wieder hellwach zu werden. Noch mehr von diesen Verwicklungen, dann würde allerdings keine Adrenalinmenge mehr ihm etwas Gutes tun. Der Offizier führte ihn durch die kurzen Korridore des kleinen Schiffs zum Navigationsraum.

Der Ranger-Kapitän war anwesend; er beugte sich über die Kommunikationskonsole, die mit seinem zweiten Offizier besetzt war. Der Pilot und der Flugingenieur waren an ihren Plätzen beschäftigt.

»Wenn sie an Bord gehen, werden sie ihn verhaften, und damit wird er automatisch abgeliefert sein wie befohlen«, sagte der zweite Offizier.

»Wenn sie ihn verhaften, dann könnten sie auch uns verhaften. Sie hatte gesagt, wir sollten ihn einschleusen, und es war ihr egal, ob mit Kopf oder Füßen zuerst. Sie hat nicht befohlen, daß wir uns internieren lassen«, sagte der Kapitän.

Aus der Kommunikationsanlage ertönte eine Stimme: »Hier spricht Patrouillenschiff *Ariel* von den Vertragshilfstruppen von Aslund. Wir rufen C6-WG, unterwegs von der Naben-Station von Vervain. Stellen Sie Ihre Beschleunigung ein, und bereiten Sie Ihre Backbordschleuse vor, damit das Team für die Inspektion vor dem Andocken an Bord gehen kann.« Die Stimme nahm einen fröhlichen Ton an. »Ich behalte mir das Recht vor, das Feuer zu eröffnen, wenn Sie nicht binnen einer Minute Ihre Triebwerke abschalten und unsere Anweisungen befolgen. Ihr habt uns lang genug hingehalten, Jungs.« Als die Stimme ironisch wurde, kam sie Miles auf einmal höchst bekannt vor. *Bel?*

»Stoppt die Beschleunigung«, befahl der Kapitän

und gab dem zweiten Offizier ein Zeichen, den Kommunikationskanal abzuschalten. »Hallo Sie, Rotha«, rief er zu Miles. »Kommen Sie hier herüber.«

Also bin ich wieder ›Rotha‹. Miles setzte ein öliges Lächeln auf und rückte näher heran. Er faßte den Projektor ins Auge und bemühte sich, sein gieriges Interesse zu verbergen. Die *Ariel?* Ja, da war er auf dem Vid-Display, der elegante Kreuzer, auf Illyrica gebaut ... Kommandierte ihn noch Bel Thorne? *Wie kann ich auf dieses Schiff gelangen?*

»Schmeißen Sie mich nicht hier raus!« protestierte Miles eindringlich. »Die Oseraner wollen mir an den Kragen. Ich schwöre, ich wußte nicht, daß die Plasmabögen defekt waren!«

»Was für Plasmabögen?« fragte der Kapitän.

»Ich bin Waffenhändler. Ich habe ihnen ein paar Plasmabögen verkauft. Billig. Es stellte sich heraus, daß sie eine Tendenz zum Blockieren bei Überbelastung haben und dann die Hand ihres Benutzers wegpusten. Ich wußte das nicht, ich hatte sie en gros eingekauft.«

Die rechte Hand des Ranger-Kapitäns öffnete und schloß sich in einer Geste des Nachempfindens. Unbewußt rieb er seine Handfläche an den Hosen ab, hinter seinem Plasmabogenhalfter. Er musterte Miles und blickte säuerlich drein. »Also mit dem Kopf zuerst«, sagte er nach einem Augenblick. »Leutnant, Sie und der Korporal nehmen diesen kleinen Mutanten zur Personalschleuse auf Backbord, packen ihn in ein Bodpod und werfen ihn hinaus. Wir fahren heim.«

»Nein«, sagte Miles schwach, als jeder von den beiden ihn bei einem Arm nahm. *Ja!* Er ließ seine Füße schleifen und achtete darauf, daß er nicht soviel Widerstand leistete, daß er seine Knochen gefährdete. »Ihre werdet mich nicht in den Raum hinauswerfen ...!« Die *Ariel,* mein Gott ...

»Oh, die Aslunder-Söldner werden Sie auffischen«,

sagte der Kapitän. »Vielleicht. Falls sie nicht zu dem Schluß kommen, Sie seien eine Bombe, und dann versuchen, Sie im Raum detonieren zu lassen, mit Plasmafeuer von ihrem Schiff aus oder sowas.« Bei dieser Vorstellung grinste er, dann drehte er sich wieder zur Kommunikationsanlage und begann einen gelangweilten Singsang für die Flugsicherung: »*Ariel* ... äh ... hier ist die C6-WG. Wir haben entschieden ... äh ... unseren registrierten Flugplan zu ändern und zur Vervain-Station zurückzukehren. Wir haben deshalb keinen Bedarf für eine Inspektion vor dem Andocken. Wir lassen Ihnen jedoch ein ... äh ... kleines Abschiedsgeschenk zurück. Sehr klein. Was Sie damit machen wollen, ist Ihr Problem ...«

Die Tür des Navigationsraums schloß sich hinter ihnen. Ein paar Meter Korridor und eine scharfe Wendung brachte Miles und seine Betreuer zu einer Personalluke. Der Korporal hielt Miles, der sich wehrte; der Leutnant öffnete einen Spind und holte ein Bodpod heraus.

Das Bodpod war eine billige aufblasbare Lebenserhaltungs-Einheit, die dafür konstruiert war, daß gefährdete Passagiere sie binnen Sekunden betreten konnten, entweder bei Notfällen mit dem Luftdruck oder zum Verlassen des Schiffes. Das Bodpod wurde auch Idiotenballon genannt. Bedienungskenntnisse waren dafür nicht erforderlich, da es keine Steuereinrichtungen besaß, nur eine Luftaufbereitungsanlage, die ein paar Stunden durchhielt, und einen Ortungspiepser. Passiv, idiotensicher und nicht für Klaustrophobe empfohlen, war das Bodpod sehr kosteneffektiv beim Retten von Menschenleben – wenn geeignete Rettungsschiffe rechtzeitig eintrafen.

Miles ließ einen echt klingenden Schrei los, als er in das dumpfige, nach Plastik riechende Innere des Bodpods gesteckt wurde. Ein Ruck an der Reißleine, und es schloß sich automatisch und wurde ebenso automatisch aufgeblasen. Miles erlebte eine kurze, schreckliche Rückerinnerung an das im Schlamm versunkene Blasenzelt auf der Insel Kyril und würgte einen echten Aufschrei zurück. Er wurde herumgeschleudert, als die Ranger das Bodpod in die Luftschleuse rollten. Ein Zischen, ein dumpfer Schlag, ein Ruck – und er befand sich schon im freien Fall in pechschwarzer Dunkelheit.

Das kugelförmige Bodpod hatte einen Durchmesser von wenig mehr als einem Meter. Miles saß zusammengekrümmt und tastete um sich, wobei sein Magen und sein Innenohr gegen den Drall protestierten, den die Kugel durch den Stoß nach draußen mitbekommen hatte, bis seine zitternden Finger etwas fanden, das, wie er hoffte, ein Kaltlichtrohr war. Er drückte es und wurde mit einem ekelhaft grünlichen Leuchten belohnt.

Tiefes Schweigen herrschte, abgesehen von dem leisen Zischen des Luftrecyclers und Miles' stoßweisen Atem. *Nun ja ...: es ist besser als beim letzten Mal, als jemand versuchte, mich zu einer Luftschleuse hinauszustoßen.* Er hatte einige Minuten Zeit, um sich all die möglichen Aktionen auszumalen, die die *Ariel* unternehmen könnte, anstatt ihn aufzulesen. Er hatte sich gerade mit Gänsehaut vorgestellt, wie das Schiff das Feuer auf ihn eröffnete, und ging über zum Erstickungstod in kalter Dunkelheit, als er und sein Bodpod von einem Traktorstrahl angezogen wurden.

Der Bediener des Traktorstrahls war offensichtlich ein Tolpatsch und litt an Schüttellähmung, aber nach ein paar Minuten des Herumjonglierens zeigte die Rückkehr von Schwerkraft und Außengeräuschen Miles an, daß er sicher in eine funktionierende Luftschleuse verfrachtet worden war. Das Zischen der Innentür; verzerrte menschliche Stimmen. Ein weiterer Augenblick, und der Idiotenballon begann zu rollen. Er schrie laut auf und kauerte sich kugelförmig zusammen, um mit seiner Hülle zu rollen, bis die Bewegung aufhörte. Er setzte sich auf, holte tief Atem und versuchte seine Uniform zu ordnen.

Gedämpfte Schläge gegen die Außenwand des Bodpods. »Ist da drin jemand?«

»Ja!« rief Miles zurück.

»Eine Minute noch…«

Quietschen, Klirren, dann ein reißendes Knirschen, als der Verschluß aufgebrochen wurde. Das Bodpod begann zusammenzusinken, als die Luft daraus entwich. Miles bahnte sich seinen Weg aus den Falten des Bodpods und stand wackelig da, mit all der Unbeholfenheit und Würdelosigkeit eines frisch ausgebrüteten Kükens.

Er befand sich in einem kleinen Frachtraum. Drei grauweiß uniformierte Soldaten standen in einem Kreis um ihn herum und zielten mit Betäubern und Nervendisruptoren auf seinen Kopf. Ein schlanker Offizier mit Kapitänsabzeichen, einen Fuß auf einen Kanister gestützt, beobachtete, wie Miles aus dem Bodpod hervorkam.

Die schmucke Uniform und das weiche braune Haar des Offiziers gaben keinen Hinweis, ob man auf einen grazilen Mann oder eine ungewöhnlich entschlossene Frau blickte. Diese Zweideutigkeit war bewußt kultiviert; Bel Thorne war ein betanischer Hermaphrodit, Angehöriger einer Minderheit und Nachkomme eines sozio-genetischen Experiments, das vor einem Jahrhundert stattgefunden, sich aber nicht durchgesetzt hatte. Thornes Gesichtsausdruck wandelte sich von Skepsis zu Erstaunen, als Miles zum Vorschein kam.

Miles grinste zurück. »Hallo, Pandora. Die Götter haben euch ein Geschenk geschickt. Aber da ist ein Haken dabei.«

»Ist nicht immer einer dabei?« Thornes Gesicht leuchtete freudig auf, er trat vor und faßte Miles mit übersprudelnder Begeisterung um die Taille. »Miles!«

Thorne ließ Miles wieder los und blickte wißbegierig auf sein Gesicht herab. »Was tust du hier?«

»Irgendwie habe ich mir gedacht, daß dies deine erste Frage sein würde«, seufzte Miles.

»... und was tust du in der Ranger-Kleidung?«

»*Meine Güte,* bin ich froh, daß du nicht zu den Typen gehörst, die zuerst schießen und dann fragen.« Miles befreite seine pantoffelgekleideten Füße aus dem zusammengesunkenen Bodpod. Die Soldaten zielten, etwas unsicher, immer noch auf ihn. »Ach...«, Miles zeigte auf sie.

»Zieht euch zurück, Leute«, befahl Thorne. »Es ist alles in Ordnung.«

»Ich wünsche, das wäre wahr«, sagte Miles. »Bel, wir müssen miteinander reden.«

In Thornes Kabine an Bord der *Ariel* erlebte Miles die gleiche schmerzliche Mischung von Vertrautheit und Wandel, die ihm in allen Söldnerdingen begegnet war. Das Aussehen, die Geräusche, die Gerüche des Innern der *Ariel* lösten Sturzfluten von Erinnerungen aus. Die Kapitänskabine war jetzt mit Bels persönlichen Habseligkeiten angefüllt: Vid-Bibliothek, Waffen, Erinnerungsstücke an Kampfeinsätze (darunter der halbgeschmolzene Helm einer Raumrüstung, der zu Schlacke geworden war, als er Thornes Leben gerettet hatte, und jetzt als Lampe diente), ein kleiner Käfig, der ein exotisches Haustier von der Erde beherbergte, das Thorne einen *Hamster* nannte.

Throne bereitete Miles eine Tasse aus seinem privaten Vorrat an nichtsynthetischem Tee. Zwischen den einzelnen Schlucken erzählte Miles Thorne die Admiral Naismith-Version der Realität, sehr ähnlich derjenigen, die er Oser und Tung erzählt hatte: der Auftrag der Einschätzung der Hegen-Nabe, der mysteriöse Auftraggeber usw. Gregor wurde darin natürlich verschwiegen, ebenso jeder Hinweis auf Barrayar; Miles

Naismith sprach mit einem rein betanischen Akzent. Andrerseits hielt sich Miles so nahe, wie er konnte, an die Fakten seines Aufenthalts bei Randall's Rangers.

»Also ist Leutnant Lake von unseren eigenen Konkurrenten geschnappt worden«, sagte Thorne nachdenklich nach Miles' Beschreibung des blonden Leutnants, dem er im Schiffsgefängnis auf der *Kurins Hand* begegnet war. »Könnte keinem netteren Burschen passieren, aber – wir sollten besser wieder unsere Codes ändern.«

»Ganz recht.« Miles setzte seine Tasse ab und beugte sich vor. »Ich war von meinem Auftraggeber nicht nur autorisiert zu beobachten, sondern auch, Krieg in der Hegen-Nabe zu verhindern, wenn möglich.« Nun ja, gewissermaßen. »Ich fürchte, das wird nicht länger möglich sein. Wie sieht das von deiner Seite aus?«

Thorne runzelte die Stirn. »Wir waren vor fünf Tagen das letztemal im Dock. Das war, als die Aslunder sich diese Inspektion vor dem Andocken ausgedacht haben. Alle kleineren Schiffe wurden diesbezüglich zum Dienst rund um die Uhr vergattert. Da sich jetzt ihre militärische Station der Fertigstellung nähert, werden unsere Auftraggeber immer nervöser im Hinblick auf Sabotage – Bomben, biologische Waffen ...«

»Darüber möchte ich mich nicht streiten. Wie steht es mit ... hm ... internen Angelegenheiten der Flotte.«

»Du meinst die Gerüchte von deinem Tod, deinem Leben und/oder deiner Auferstehung? Sie sind alle erledigt, vierzehn verzerrte Versionen. Ich hätte nichts darauf gegeben – du bist schon früher mal gesichtet worden, weißt du –, aber dann hat Oser plötzlich Tung verhaftet.«

»Was?« Miles biß sich auf die Lippe. »Nur Tung? Nicht Elena, Mayhew, Chodak?«

»Nur Tung.«

»Das gibt keinen Sinn. Wenn er Tung verhaftet hat, dann würde er ihn unter Schnell-Penta verhört haben, und der müßte dann Elena verpfiffen haben. Es sei denn, sie ist als Köder frei geblieben.«

»Die Lage wurde wirklich gespannt, als Tung verhaftet wurde. Explosiv. Ich glaube, wenn Oser gegen Elena und Baz vorgegangen wäre, dann hätte das schon den Krieg ausgelöst. Aber er hat keinen Rückzieher gemacht und Tung nicht wieder eingesetzt. Alles ist sehr instabil. Oser bemüht sich, den alten inneren Kreis getrennt zu halten, das ist der Grund, weshalb ich schon fast eine ganze verdammte Woche hier draußen bin. Aber das letztemal, als ich Baz sah, da war er so gereizt, daß er fast nahe dran war zu kämpfen. Und das war eigentlich das letzte, was er tun wollte.«

Miles atmete langsam und bedächtig aus. »Ein Kampf ... ist genau das, was Kommandantin Cavilo wünscht. Das ist der Grund, weshalb sie mich zurückgeschickt hat, als Geschenk eingepackt in diese ... würdelose Verpackung. Das Bodpod der Zwietracht. Es ist ihr gleich, ob ich gewinne oder verliere, solange die Kräfte ihres Feindes sich in chaotischem Zustand befinden, sobald sie ihre *Überraschung* losläßt.«

»Hast du schon herausbekommen, worin ihre Überraschung besteht?«

»Nein. Die Rangers waren an einem bestimmten Punkt dabei, sich für eine Art Bodenangriff vorzubereiten. daß sie mich hierher geschickt haben, läßt vermuten, daß Aslund ihr Ziel ist, entgegen aller strategischen Logik. Oder etwas anderes? Die Gedanken dieser Frau sind unglaublich verdreht. Ha!« Er klopfte mit der Faust in einem nervösen Rhythmus in seine Hand. »Ich muß mit Oser reden. Und diesmal muß er mir zuhören. Ich habe darüber nachgedacht. Eine Kooperation zwischen uns ist möglicherweise die einzige Vorgehensweise, die Cavilo nicht erwartet und die nicht einen halb durchgesägten Ast ihres Strategiebaums für mich bereithält ... Bist du bereit, dies alles für mich einzufädeln, Bel?«

Thorne verzog abwägend die Lippen. »Von hier aus, ja. Die *Ariel* ist das schnellste Schiff der Flotte. Ich kann der Vergeltung entkommen, wenn es sein muß.« Thorne grinste.

Sollten wir nach Barrayar abhauen? Nein – Cavilo hatte noch Gregor in ihrer Gewalt. Lieber den Eindruck erwecken, als folgte er ihren Anweisungen. Noch eine kleine Weile.

Miles holte lang Atem und ließ sich auf dem Sitz im Navigationsraum der *Ariel* nieder. Er hatte sich gründlich gereinigt und eine grau-weiße Söldneruniform von der kleinsten Frau auf dem Schiff ausgeborgt. Die hochgerollten Hosenaufschläge waren nicht zu sehen: hübsch in Stiefel gestopft, die fast paßten. Ein Gürtel überdeckte die Schließe, die am zu engen Hosenbund offenstand. Die lockere Jacke sah gut aus, wenn er sich hinsetzte. Die endgültigen Änderungen hatten Zeit für später. Er nickte Thorne zu. »In Ordnung. Mach deinen Kanal auf.«

Ein Summen, ein Glitzern, und Admiral Osers Falkengesicht erschien auf der Vidscheibe. »Ja, was ist los – Sie!« Sein Mund klappte zu wie ein Schnabel; seine Hand, an der Seite verschwommen sichtbar, tippte auf Tasten der Bordsprechanlage und auf die Vidschaltung.

Diesmal kann er mich nicht zur Luftschleuse hinauswerfen, aber er kann mich abstellen. Jetzt mußte schnell gesprochen werden.

Miles lehnte sich vor und lächelte. »Hallo, Admiral Oser. Ich habe meine Einschätzung der Streitkräfte der Vervani in der Hegen-Nabe abgeschlossen. Und meine Schlußfolgerung ist, daß Sie sich in großen Schwierigkeiten befinden.«

»Wie kommen Sie auf diesen gesicherten Kanal?« knurrte Oser. »Dichtstrahl, doppelte Verschlüsselung… Kommunikationsoffizier, finden Sie das heraus!«

»Wie, das werden Sie erst in ein paar Minuten bestimmen können. Sie werden mich auf Sendung halten müssen, bis Sie es herausfinden«, sagte Miles. »Aber Ihr Feind befindet sich auf der Vervain-Station, nicht hier. Nicht auf Pol, nicht auf Jackson's Whole. Und ganz sicher bin ich es nicht. Ist Ihnen aufgefallen, daß ich Vervain-Station gesagt habe, nicht Vervain. Kennen Sie Cavilo? Ihr Gegenstück auf der anderen Seite des Systems?«

»Ich bin ihr ein paarmal begegnet.« Osers Gesicht war jetzt zurückhaltend; er wartete darauf, daß sein hektisch suchendes Technikerteam ihm Bericht erstattete.

»Gesicht wie ein Engel, Gemüt wie eine tollwütige Schleichkatze?«

Osers Lippen zuckten ganz leicht. »Sie sind ihr begegnet.«

»O ja. Cavilo und ich, wir hatten einige offene Aussprachen, die … ah … lehrreich waren. Informationen sind zur Zeit in der Nabe das wertvollste Handelsgut. Jedenfalls sind sie meins. Ich will einen Handel machen.«

Oser hielt die Hand hoch, zum Zeichen für eine Pause, und ging kurz offline. Als sein Gesicht wieder erschien, war sein Gesichtsausdruck düster. »Kapitän Thorne, das ist Meuterei!«

Thorne lehnte sich in den Aufnahmebereich der Vidkamera und sagte munter: »Nein, Sir, ist es nicht. Wir versuchen Ihren undankbaren Hals zu retten, wenn Sie es erlauben. Hören Sie auf den Mann. Er hat Informationen, die wir nicht haben.«

»Er hat Informationen, nun gut«, und leise: »Verdammte Betaner, die halten zusammen …«

»Ob Sie nun mich bekämpfen oder ich Sie bekämpfe, Admiral Oser, wir verlieren beide«, sagte Miles schnell.

»Sie können nicht gewinnen«, sagte Oser. »Sie können nicht meine Flotte übernehmen. Nicht mit der *Ariel.*«

»Die *Ariel* wäre nur ein Anfang, wenn es dazu käme. Aber nein, ich kann vermutlich nicht gewinnen. Was ich tun kann, ist ein fürchterliches Durcheinander anrichten. Ihre Streitkräfte aufspalten – Ihre Beziehungen zu Ihrem Auftraggeber stören –, jede Waffenladung, die Sie verbrauchen, jedes Stück Ausrüstung, das beschädigt wird, jeder Soldat, der verletzt oder getötet wird, ist *reiner Verlust* bei einem inneren Kampf wie diesem. Niemand gewinnt, außer Cavilo, die nichts dafür aufwendet. Das ist genau der Grund, aus dem sie mich hierhergeschickt hat. Wieviel Profit erwarten Sie davon, daß Sie genau das tun, was Ihr Feind von Ihnen erwartet, na?«

Miles wartete atemlos. Osers Kiefer mahlten; er kaute an dieser leidenschaftlichen Argumentation. »Was ist Ihr Profit?« fragte er schließlich.

»Aha. Ich fürchte, ich bin die gefährliche Variable in dieser Rechnung, Admiral. Ich bin nicht um des Profits willen dabei.« Miles grinste. »Deshalb ist es mir egal, was ich ruiniere.«

»Informationen, die Sie von Cavilo bekommen haben, sind alle nur Scheiße wert«, sagte Oser.

Er beginnt zu verhandeln – er zappelt am Haken, er zappelt am Haken! – Miles schluckte einen Jubelschrei runter und bemühte sich um ein ernstes Gesichts. »Alles, was Cavilo sagt, muß sicherlich mit großer Sorgfalt gesiebt werden. Aber, ah … Schönheit ist, was Schönheit tut. Und ich habe ihre verwundbare Seite herausgefunden.«

»Cavilo hat keine verwundbare Seite.«

»Doch, sie hat eine. Ihre Leidenschaft für Ertrag. Ihr Erwerbssinn.«

»Ich kann nicht sehen, wie das sie verwundbar macht.«

»Das ist ja genau der Grund, weshalb Sie *mich* sofort

in Ihren Stab aufnehmen müssen. Sie brauchen meinen Weitblick.«

»Sie engagieren!« Oser zuckte erstaunt zurück.

Nun, Miles hatte auf jeden Fall eine Überraschung erreicht. So etwas wie ein militärisches Ziel. »Ich habe gehört, der Posten des Stabschefs für Taktik sei jetzt frei.«

Osers Gesichtsausdruck wechselte von Erstaunen über Verblüffung zu einer Art amüsierter Wut. »Sie sind verrückt.«

»Nein, nur in schrecklicher Eile. Admiral, zwischen uns ist nichts unwiderruflich schiefgegangen. Noch nicht. Sie haben mich angegriffen – nicht umgekehrt –, und jetzt erwarten Sie, daß ich Sie meinerseits angreife. Aber ich bin nicht im Urlaub, und ich habe keine Zeit zu verschwenden für so persönliche Vergnügen wie Rache.«

Oser Augen verengten sich. »Was ist mit Tung?«

Miles hob die Schultern. »Lassen Sie ihn vorerst eingesperrt, wenn Sie darauf bestehen. Unversehrt natürlich.« *Nur sagen Sie ihm nicht, daß ich das gesagt habe.*

»Nehmen wir mal an, ich lasse ihn aufhängen.«

»Ach … *das* wäre unwiderruflich.« Miles hielt inne. »Ich möchte darauf hinweisen, Tung einzusperren ist, wie wenn Sie sich Ihre rechte Hand abhacken, bevor Sie in den Kampf gehen.«

»Welcher Kampf? Gegen wen?«

»Das ist eine Überraschung. Cavilos Überraschung. Allerdings habe ich ein paar Ideen zu diesem Problem entwickelt, die ich mitzuteilen bereit wäre.«

»Wären Sie?« Oser hatte den gleichen Gesichtsausdruck eines Mannes, der eine Zitrone aussaugt, den Miles dann und wann auf Illyans Gesicht hervorgerufen hatte. Dieser Ausdruck kam Miles fast heimatlich vertraut vor.

Miles fuhr fort: »Als Alternative dazu, daß ich von Ihnen engagiert werde, bin ich bereit, Ihr Auftraggeber zu werden. Ich bin autorisiert, Ihnen einen soliden Vertrag anzubieten, mit allem, was üblich ist: Vergütungen, Ersatz für Ausrüstung, Versicherung, von meinem … Sponsor.« *Illyan, hören Sie meine Bitte.* »Das kollidiert nicht mit Aslunds Interessen. Sie können zweimal für den gleichen Kampf kassieren, und Sie müssen nicht einmal die Seiten wechseln. Der Traum eines Söldners.«

»Welche Garantien können Sie im voraus geben?«

»Es scheint mir, daß ich derjenige bin, der Anspruch auf eine Garantie hat, Sir. Lassen Sie uns mit kleinen Schritten beginnen. Ich werde keine Meuterei beginnen; Sie hören auf, mich aus Luftschleusen hinauszustoßen. Ich werde mich Ihnen offen anschließen – alle sollen wissen, daß ich angekommen bin –, und ich werde meine Informationen Ihnen zugänglich machen.« Wie dünn seine ›Informationen‹ erschienen in der Brise dieser windigen Versprechungen! Zahlen, keine Truppenbewegungen; alles *Absichten,* sich verschiebende mentale Topographien von Loyalität, Ehrgeiz und Verrat. »Wir werden miteinander konferieren. Sie mögen vielleicht sogar einen Aspekt kennen, der mir fehlt. Dann machen wir von dort aus weiter.«

Oser preßte die Lippen zusammen, verwirrt, halb überredet, zutiefst mißtrauisch.

»Das Risiko, darauf möchte ich hinweisen«, sagte Miles, »das persönliche Risiko ist mehr auf meiner als auf Ihrer Seite.«

»Ich glaube …«

Miles wartete gespannt auf die Worte des Söldners.

»Ich glaube, das werde ich bereuen«, seufzte Oser.

Es brauchte noch einen halben Tag ausführlicher Verhandlungen, nur um die *Ariel* ins Dock zu bringen. Als die anfängliche Erregung sich legte, wurde Thorne nachdenklicher. Als die *Ariel* tatsächlich in ihre Halterung manövriert wurde, wurde Thorne ausgesprochen grüblerisch.

»Ich weiß immer noch nicht genau, was Oser davon abhalten soll, uns hereinzuholen, zu betäuben und in aller Ruhe aufzuhängen«, sagte Thorne, während er eine Seitenwaffe anschnallte, mit gedämpfter Stimme aus Rücksicht auf die Ohren des Begleitkommandos, das sich in der Nähe im Fährenlukenkorridor der *Ariel* bereitmachte.

»Neugier«, sagte Miles zuversichtlich.

»Also gut, dann halt betäuben, mit Schnell-Penta behandeln und aufhängen.«

»Wenn er mich unter Schnell-Penta verhört, dann werde ich ihm genau die Fakten sagen, die ich ihm sowieso sagen wollte.« *Und leider noch ein paar mehr.* »Und er wird weniger Zweifel haben. Also um so besser.«

Das Klirren und Zischen des Einrastens der Anschlußrohre bewahrte Miles davor, noch mehr leeres Gerede von sich zu geben. Thornes Sergeant löste ohne Zögern die Klammern der Luke, allerdings achtete er auch sorgfältig darauf, nicht als Silhouette in der Öffnung zu stehen, wie Miles bemerkte.

»Kommando antreten!« befahl der Sergeant. Seine sechs Leute überprüften ihre Betäuber. Thorne und der Sergeant trugen zusätzlich noch Nervendisruptoren, eine fein berechnete Mischung von Waffen: Betäuber, um menschliche Irrtümer einzukalkulieren, die Nervendisruptoren, um die andere Seite dazu zu bringen, keine Fehler zu riskieren. Miles ging unbewaffnet. Er hatte in Gedanken vor Cavilo salutiert – nun ja, mit einer derben Geste allerdings – und seine Filzpantoffel wieder angezogen. Mit Thorne an seiner Seite übernahm er die Führung der kleinen Prozession und marschierte durch die Anschlußröhre in eine der fast fertiggestellten Andockbuchten der militärischen Station von Aslund.

Seinem Wort getreu hatte Oser eine Gruppe von Zeugen aufgestellt und wartete mit ihnen. Das Kommando von etwa zwanzig Leuten trug eine Mischung von Waffen, die fast der der Gruppe von der *Ariel* glich. »Wir sind in der Minderheit«, murmelte Thorne.

»Es hängt alles vom Geist ab«, antwortete Miles murmelnd. »Marschiere, als hättest du ein ganzes Imperium hinter dir.« *Und schau nicht über die Schulter zurück; es könnte uns vielleicht einholen. Es sollte uns lieber einholen.* »Je mehr Leute mich sehen, um so besser.«

Oser stand wartend in Rührt-euch-Haltung und sah ausgesprochen mürrisch drein. Elena – *Elena!* – stand an seiner Seite, unbewaffnet, mit erstarrtem Gesicht. Sie preßte die Lippen aufeinander und blickte ihn angespannt voller Mißtrauen an, vielleicht Mißtrauen nicht gegenüber seinen Motiven, aber gewiß gegenüber seinen Methoden. *Was für eine Torheit ist das jetzt?* fragten ihre Augen. Miles nickte ihr ganz kurz ironisch zu, bevor er vor Oser salutierte.

Widerstrebend erwiderte Oser den militärischen Gruß. »Nun ›Admiral‹ – kehren wir zur *Triumph* zurück, und kommen wir zum Geschäft«, sagte er heiser.

»In der Tat, ja. Aber machen wir doch zuerst unterwegs einen kleinen Rundgang durch die Station? Natürlich durch die Bereiche, die nicht der obersten Geheimhaltungsstufe unterliegen. Meine letzte Besichtigung wurde nämlich so… ah… unsanft unterbrochen. Nach Ihnen, Admiral?«

Oser knirschte mit den Zähnen. »Oh, nach Ihnen, Admiral.«

Es wurde eine Parade daraus. Miles führte sie gut fünfundvierzig Minuten herum, darin eingeschlossen war ein Gang durch die Cafeteria während der mittäglichen Stoßzeit mit verschiedenen geräuschvollen Unterbrechungen, um die wenigen alten Dendarii, die er erkannte, mit Namen zu grüßen und den anderen ein strahlendes Lächeln zu schenken. In seinem Kielwasser gab es Gerede; die Unwissenden suchten Erklärungen bei den Wissenden.

Eine Aslunder Arbeitsmannschaft war damit beschäftigt, Faserstoffplatten aus der Wand zu reißen, und er hielt an, um ihnen Komplimente wegen ihrer Arbeit zu machen. Als Oser einen Augenblick abgelenkt war, ergriff Elena die Gelegenheit, sich niederzubeugen und grimmig in Miles' Ohr zu flüstern: *»Wo ist Gregor?«*

»Daran hängt – hänge ich, wenn ich es nicht schaffe, ihn zurückzubringen«, flüsterte Miles zurück. »Zu kompliziert, erzähl ich dir später.«

»O Gott.« Sie rollte mit den Augen.

Als er, nach Osers zunehmend finsterer werdendem Gesicht zu urteilen, fast die Grenze von dessen arg beanspruchter Duldsamkeit erreicht hatte, duldete Miles es seinerseits, wieder zur *Triumph* geführt zu werden. Cavilos Befehlen gehorchend, hatte Miles keinen Versuch unternommen, Kontakt mit Barrayar aufzunehmen. Aber wenn Ungari ihn nach diesem Spektakel nicht finden konnte, dann war es Zeit, diesen Mann zu feuern. Ein Prärievogel, der einen verrückten Paarungstanz auf den Boden trommelt, hätte kaum ein auffälligeres Schauspiel darbieten können.

Die letzten Handgriffe des Aufbaus waren in der Andockbucht der *Triumph* noch im Gange, als Miles mit seiner Parade dort durchkam. Ein paar Aslunder Arbeiter in Gelbbraun, Hellblau und Grün lehnten sich herüber, um von den Laufplanken herunterzuglotzen. Militärtechniker in ihren dunkelblauen Uniformen hielten mitten in der Installation inne, um ihn anzustarren, danach mußten sie ihre Verbindungen neu sortieren und ihre Schrauben neu festziehen. Miles unterließ es zu lächeln und zu winken, damit nicht Osers zusammengebissene Zähne abbrachen. Kein Ködern mehr, jetzt war es Zeit, ernsthaft zu werden. Die ungefähr dreißig Söldner konnten beim nächsten Rollen des Würfels sich von einer Ehrenwache in eine Gefängniswache verwandeln.

Thornes großer Sergeant, der neben Miles ging, schaute sich in der Bucht um und bemerkte, daß einiges neu eingebaut war. »Die Laderoboter sollten morgen um diese Zeit vollautomatisch funktionieren«, merkte er an. »Das wird eine Verbesserung sein – *Scheiße!*« Sein Hand fiel plötzlich auf Miles' Kopf und schob ihn nach unten. Der Sergeant drehte sich halb herum und griff nach seinem Halfter, als ihn der knisternde blaue Blitz einer Nervendisruptorladung voll in die Brust traf, und zwar in der Höhe, wo Miles' Kopf gewesen war. Er zuckte krampfhaft zusammen, sein Atem stand still. Der Geruch von Ozon, heißem Plastik und verbranntem Fleisch drang an Miles' Nase. Miles versuchte sich in Deckung zu werfen, schlug auf dem Boden auf, rollte davon. Ein zweiter Blitz klatschte auf das Deck, das von ihm ausgehende Feld stach wie zwanzig Wespen entlang Miles' ausgestrecktem Arm. Miles zog ruckartig die Hand zurück.

Als der Körper des Sergeanten zusammensackte, packte Miles die Jacke des Mannes und verbarg sich unter ihm, er vergrub seinen Kopf und sein Rückgrat dort, wo das Fleisch am kräftigsten war, unter dem Rumpf des Sergeanten. Er zog seine Arme und Beine so eng an sich, wie er nur konnte. Ein weiterer Blitz knisterte in der Nähe in den Boden, dann trafen zwei kurz hintereinander den Körper des Sergeanten. Selbst mit der absorbierenden Masse dazwischen war es schlimmer als der Schlag eines Schockstabes mit Starkstrom.

Miles hörte Schreien, Plumpsen, Kreischen, Rennen, Chaos. Das zirpende Summen von Betäuberfeuer. Eine Stimme: »Er ist dort oben! Los, schnappt ihn!«, und eine andere Stimme, hoch und heiser. »Du hast ihn entdeckt, er gehört dir. Schnapp du ihn!« Noch ein Blitz traf das Deck.

Das Gewicht des großen Mannes und der Gestank seiner tödlichen Wunden drückten auf Miles' Gesicht. Miles wünschte sich, der Kerl hätte noch weitere fünfzig Kilo Masse an sich gehabt. Kein Wunder, daß Cavilo bereit gewesen war, zwanzigtausend betanische Dollar für einen Schutzanzug zu zahlen. Von all den abscheulichen Waffen, mit denen Miles je konfrontiert worden war, war diese wohl die persönlich schrecklichste. Eine Kopfverletzung, die ihn nicht ganz tötete, aber ihm sein Menschsein stahl und ihn als ein Tier oder eine Pflanze zurückließ, war der schlimmste Alptraum. Sein Intellekt war sicherlich die einzige Rechtfertigung für seine Existenz. Ohne ihn …

Das Knistern eines Nervendisruptors, der nicht auf ihn zielte, drang an sein Ohr. Miles drehte den Kopf, um zu schreien, gedämpft durch Stoff und Fleisch. »Betäuber! Betäuber! Wir wollen ihn lebendig für ein Verhör!« *Er gehört dir, schnapp du ihn …* Er sollte sich unter diesem Körper hervorschieben und an dem Kampf teilnehmen. Aber wenn er das besondere Ziel des Attentäters war, und warum sollte man Ladungen in eine Leiche pumpen … Vielleicht sollte er doch bleiben, wo er war. Er wand sich und versuchte, seine Hände und Beine noch enger an sich zu ziehen.

Das Geschrei ebbte ab, das Schießen hörte auf. Jemand kniete neben ihm nieder und versuchte, den Körper des Sergeanten von Miles herunterzurollen. Miles brauchte einen Augenblick, bis er erkannte, daß er die Uniformjacke des Mannes loslassen mußte, damit er befreit werden konnte. Er hatte Schwierigkeiten, seine Finger auszustrecken.

Thornes Gesicht schwebte über ihm, bleich und heftig atmend. »Bist du unverletzt, Admiral?«

»Ich glaube«, keuchte Miles.

»Er hat auf dich gezielt«, berichtete Thorne, »nur auf dich.«

»Das habe ich bemerkt«, stotterte Miles. »Ich bin nur

leicht geröstet.« Thorne half ihm, sich aufzusetzen. Miles zitterte so schlimm wie nach der Prügel mit dem Schockstab. Er betrachtete seine zuckenden Hände, berührte mit einer den Leichnam neben sich in morbidem Erstaunen. *Jeder Tag meines restlichen Lebens wird dein Geschenk sein. Und ich weiß nicht einmal deinen Namen.* »Dein Sergeant – wie war sein Name?«

»Collins.«

»Collins. Danke.«

»Ein guter Mann.«

»Das habe ich bemerkt.«

Oser kam heran; er sah angespannt aus. »Admiral Naismith, damit habe ich *nichts* zu tun.«

»Oh?« Miles blinzelte. »Hilf mir hoch, Bel ...« Das mochte ein Fehler gewesen sein, denn Thorne mußte ihm dann helfen stehenzubleiben, während seine Muskeln zuckten. Er fühlte sich schwach, erschöpft wie ein Kranker. *Elena – wo? Sie hatte keine Waffe ...*

Da war sie, mit einer weiteren Söldnerin. Sie schleppten einen Mann in der dunklen Uniform eines einfachen Aslunder Soldaten auf Miles und Oser zu. Jede der beiden Frauen hielt einen gestiefelten Fuß; die Arme des Mannes schleiften empfindungslos über das Deck. Betäubt? Tot? Sie ließen die Füße mit einem Plumps neben Miles fallen, mit dem selbstverständlichen Gehabe von Löwinnen, die ihren Jungen Beute brachten. Miles blickte auf ein tatsächlich sehr bekanntes Gesicht hinab. *General Metzov. Was tun Sie hier?*

»Erkennen Sie diesen Mann?« fragte Oser den Aslunder Offizier, der sich ihnen eilends angeschlossen hatte. »Ist er einer von euren Leuten?«

»Ich kenne ihn nicht ...« Der Aslunder kniete sich nieder, um nach Ausweisen zu suchen. »Er hat einen gültigen Paß ...«

»Er hätte mich umlegen können und wäre davongekommen«, sagte Elena zu Miles, »aber er feuerte dauernd auf dich. Du warst klug genug, dich nicht von der Stelle zu rühren.«

Ein Triumph seiner Intelligenz oder ein Versagen seiner Nerven? »Ja, ganz recht.« Miles machte einen weiteren Versuch, selbst zu stehen, gab es auf und stützte sich auf Thorne. »Ich hoffe, du hast ihn nicht getötet.«

»Nur betäubt«, sagte Elena und hielt die Waffe zum Beweis hoch. Irgend jemand Intelligenter mußte sie ihr zugeworfen haben, als das Durcheinander begann. »Sein Handgelenk ist wahrscheinlich gebrochen.«

»Wer *ist* er?« fragte Oser. Ganz ehrlich, sagte sich Miles.

»Nun ja, Admiral«, Miles fletschte die Zähne, »ich habe Ihnen gesagt, daß ich Ihnen mehr geheime Informationen geben würde, als Ihr Nachrichtendienst in einem Monat zusammenbringen kann. Darf ich Ihnen überreichen«, fast wie eine Vorspeise – Miles machte eine Geste, die an einen Kellner erinnern sollte, der eine Wärmeglocke von einem Silbertablett hob, aber vermutlich sah es nur wie eine weitere Muskelzuckung aus, »General Stanis Metzov, Stellvertretender Kommandant von Randall's Rangers.«

»Seit wann verüben höhere Stabsoffiziere Attentate an der Front?«

»Entschuldigung, vor drei Tagen war er noch Stellvertretender Kommandant. Das kann sich geändert haben. Er steckte bis zu seinem sehnigen Hals in Cavilos Plänen. Sie, ich und er – wir werden eine Verabredung mit Hypospray haben.«

Oser starrte Miles an. »Haben Sie das geplant?«

»Was meinen Sie, warum ich die letzte Stunde damit verbracht habe, hier auf der Station herumzuflitzen, wenn nicht, um ihn herauszulocken?« sagte Miles munter. *Er muß diese ganze Zeit hinter mir hergepirscht sein. Ich glaube, ich werde gleich kotzen. Habe ich gerade behauptet, brillant zu sein, oder unglaublich dumm?* Oser blickte drein, als versuchte er, die Antwort auf die gleiche Frage zu finden.

Miles blickte auf Metzovs bewußtlose Gestalt hinab und versuchte zu denken. War Metzov von Cavilo geschickt worden, oder war dieser Mordversuch ganz allein seine Idee? Falls von Cavilo geschickt – hatte sie geplant, daß er lebend in die Hände der Feinde fiel? Wenn nicht, war da noch ein zweiter Attentäter irgendwo in der Nähe, und falls dem so wäre, war sein Ziel Metzov, wenn Metzov erfolgreich war, oder Miles, wenn Metzov keinen Erfolg hatte? Oder beide? *Ich muß mich hinsetzen und ein Flußdiagramm zeichnen.*

Sanitätskommandos waren eingetroffen. »Ja, zur Krankenstation«, sagte Miles matt. »Bis mein alter Freund hier aufwacht.«

»Ich bin damit einverstanden«, sagte Oser und schüttelte bestürzt den Kopf.

»Es ist besser, wenn Sie unserem Gefangenen außer einer Gefängniswache noch eine Schutzwache zuteilen. Ich weiß nicht, ob man beabsichtigt hatte, daß er die Gefangennahme überlebt.«

»Richtig«, stimmte Oser nachdenklich zu.

Mit einem Arm auf Thorne, mit dem anderen auf Elena gestützt, taumelte Miles heim in die Luke der *Triumph*.

KAPITEL 14

Miles saß zitternd auf einer Bank in einem kleinen verglasten Schlafraum, der auf der Krankenstation der *Triumph* normalerweise zur biologischen Quarantäne benutzt wurde, und beobachtete, wie Elena General Metzov mit einer Schnur an einen Stuhl band. Miles hätte sich selbstgefällig auf den Umschwung etwas eingebildet, wenn die Vernehmung, zu der sie sich jetzt anschickten, nicht so sehr mit gefährlichen Komplikationen belastet gewesen wäre. Elena war wieder entwaffnet. Zwei mit Betäubern bewaffnete Männer standen auf der anderen Seite der schalldichten, durchsichtigen Tür und blickten gelegentlich zu ihnen herein. Miles hatte seine ganze Beredsamkeit aufbieten müssen, um die Zuhörerschaft dieses ersten Verhörs auf ihn selbst, Oser und Elena zu beschränken.

»Wie heiß können die Informationen dieses Mannes sein?« hatte Oser gereizt gefragt. »Man hat ihn doch an die Front hinausgehen lassen.«

»Heiß genug, daß ich meine, Sie sollten eine Chance haben, es zu überdenken, bevor Sie die Informationen einem ganzen Komitee verkünden«, hatte Miles argumentiert. »Sie werden immer noch die Aufzeichnung haben.«

Metzov sah aus, als sei ihm übel, und schwieg, verschlossen und teilnahmslos. Sein rechtes Handgelenk war ordentlich bandagiert. Das Aufwachen aus der Betäubung war schuld für die Übelkeit; das Schweigen war nutzlos, und jeder wußte es. Es war eine Art seltsamer Höflichkeit, ihn nicht mit Fragen zu behelligen, bevor Schnell-Penta ins Spiel kam.

Jetzt blickte Oser stirnrunzelnd auf Miles: »Sind Sie dafür schon fit genug?«

Miles blickte auf seine noch zitternden Hände. »Solange mich niemand auffordert, Gehirnoperationen durchzuführen, ja. Machen Sie weiter. Ich habe Grund für den Verdacht, daß Zeit wesentlich ist.«

Oser nickte Elena zu, die ein Hypospray hochhielt, um die Dosis zu kalibrieren und es dann gegen Metzovs Hals drückte. Metzov schloß kurz seine Augen in Verzweiflung. Einen Augenblick später öffneten sich seine geballten Fäuste. Die Muskeln in seinem Gesicht entspannten sich und erschlafften zu einem kontrollierten, idiotischen Lächeln. Es war eklig, diese Verwandlung zu beobachten. Ohne die innere Anspannung sah sein Gesicht alt aus.

Elena überprüfte Metzovs Puls und Pupillen. »In Ordnung. Er gehört Ihnen, meine Herren.« Sie trat zurück und lehnte sich mit verschränkten Armen gegen den Türrahmen; ihr Gesichtsausdruck war fast so verschlossen, wie der von Metzov gewesen war.

Miles öffnete die Hand. »Nach Ihnen, Admiral.«

Oser verzog seinen Mund. »Danke, Admiral.« Er ging hin und blickte abwägend in Metzovs Gesicht. »General Metzov. Ist Ihr Name Stanis Metzov?«

Metzov grinste. »Ja, das bin ich.«

»Zur Zeit Stellvertretender Kommandant bei Randall's Rangers?«

»Ja.« Er wackelte belustigt mit dem Kopf.

»Wer hat Sie geschickt, Admiral Naismith zu ermorden?«

Metzovs Gesicht nahm einen Ausdruck heiterer Verwirrung an. »Wen?«

»Nennen Sie mich Miles«, schlug Miles vor. »Er kennt mich unter einem… Pseudonym.« Seine Chance, durch dieses Gespräch zu kommen, ohne daß seine Identität gelüftet würde, glich der Chance eines Schneeballs, einen Wurmlochsprung in das Zentrum der Sonne zu überstehen, aber warum sollte man die Komplikationen beschleunigen?

»Wer hat Sie geschickt, um Miles umzubringen?«

»Cavie war's. Natürlich. Er ist entkommen, wie Sie sehen. Ich war der einzige, dem sie vertrauen konnte … vertrauen … das Miststück …«

Miles' Augenbrauen zuckten. »Tatsächlich hat Cavilo mich selbst hierher zurückbringen lassen«, informierte er Oser. »General Metzov wurde folglich in eine Falle gelockt. Aber zu welchem Zweck? Jetzt bin ich an der Reihe, glaube ich.«

Oser machte eine Geste, die besagte: »Nach Ihnen!« und trat zurück. Miles erhob sich schwankend von seiner Bank und wankte in Metzovs Blickfeld. Trotz der von Schnell-Penta induzierten Euphorie schnaubte Metzov wütend, dann grinste er schurkisch.

Miles beschloß, mit der Frage zu beginnen, die ihn die längste Zeit am meisten umgetrieben hatte. »Gegen wen – welches Ziel – war euer Bodenangriff geplant?«

»Vervain«, sagte Metzov.

Sogar Oser ließ seine Kinnlade fallen. Für einen Moment schwiegen alle verblüfft. Das Blut pochte in Miles' Ohren.

»Vervain ist euer *Auftraggeber*«, stieß Oser hervor.

»Gott – Gott! – endlich paßt es zusammen!« Miles machte fast einen Luftsprung, aber daraus wurde ein Taumeln, und Elena löste sich mit einem Ruck von der Wand, um ihn aufzufangen. »Ja, ja, *ja* …«

»Es ist *Wahnsinn*«, sagte Oser. »Also das ist Cavilos Überraschung.«

»Ich wette aber, das ist noch nicht alles. Cavilos Luftlandetruppen sind weit größer als die unseren, aber sie sind keineswegs groß genug, um sich auf einen Bodenkampf mit einem voll besiedelten Planeten wie Vervain einzulassen. Sie können nur einen Überfall machen und dann abhauen.«

»Überfallen und abhauen, richtig«, sagte Metzov mit gleichmütigem Lächeln.

»Was war dann euer spezielles Ziel?« fragte Miles eindringlich.

»Banken... Kunstmuseen... Genbanken... Geiseln...«

»Das ist ein *Piraten*überfall«, sagte Oser. »Was, zum Teufel, wolltet ihr mit der Beute machen?«

»Sie auf Jackson's Whole absetzen, auf dem Weg nach draußen; sie verkaufen es dann an Hehler.«

»Wie habt ihr euch denn vorgestellt, der Raumflotte der erzürnten Vervani zu entkommen?« fragte Miles.

»Ihnen einen Schlag versetzen, kurz bevor die neue Flotte in Dienst gestellt wird. Eine cetagandanische Invasionsflotte wird sie im orbitalen Dock schnappen. Sitzende Ziele. Das ist leicht.«

Diesmal herrschte völliges Schweigen.

»Das also ist Cavilos Überraschung«, flüsterte Miles schließlich. »Ja, das ist ihrer *würdig*.«

»Cetagandanische... Invasion?« Oser begann unbewußt an einem Fingernagel zu kauen.

»Gott, es paßt zusammen, es paßt zusammen!« Miles begann in dem Krankenzimmer mit ungleichen Schritten hin und her zu gehen. »Was ist die einzige Methode, einen Wurmlochsprung zu nehmen? Von beiden Seiten zugleich. Die Vervani sind nicht Cavilos Auftraggeber – die Cetagandaner sind es.« Er wandte sich um und zeigte auf den schlafflippigen, nickenden General. »Und nun sehe ich Metzovs Platz in dem Plan klar wie Sonnenlicht.«

»Als Pirat«, Oser zuckte die Achseln.

»Nein – als Sündenbock.«

»Was?«

»Dieser Mann wurde – das wissen Sie anscheinend nicht – aus den Kaiserlich Barrayaranischen Streitkräften wegen Brutalität unehrenhaft entlassen.«

Oser blinzelte. »Aus den Barrayaranischen Streitkräften? Da muß er schon was angestellt haben.«

Miles schluckte einen Anflug von Befangenheit hinunter. »Nun ja. Er, hm... hatte sich das falsche Opfer ausgesucht. Aber wie dem auch sei, sehen Sie es nicht?

Die cetagandanische Invasionsflotte springt auf Cavilos Einladung hin in den Lokalraum von Vervain – vermutlich auf Cavilos Signal hin. Die Cetagandaner ›retten‹ in ihrer Herzensgüte den Plan vor den verräterischen Söldnern. Die Rangers hauen ab. Metzov wird als Sündenbock zurückgelassen – genau wie der Kerl, der aus der Troika den Wölfen zur Ablenkung hingeworfen wird …« – hoppla, das war keine sehr betanische Metapher –, »um von den Cetagandanern öffentlich gehängt zu werden, damit sie ihre ›redlichen Absichten‹ demonstrieren können. Schaut, dieser üble Barrayaraner hat euch das angetan, ihr braucht den Schutz unseres Imperiums gegen die Bedrohung durch das Kaiserreich von Barrayar, und hier sind wir.

Und Cavilo wird *dreimal* bezahlt. Einmal von den Vervani, einmal von den Cetagandanern, und das drittemal von Jackson's Whole, wenn sie ihre Beute auf dem Weg nach draußen an die Hehler verkauft. Alle profitieren davon. Ausgenommen die Vervani natürlich.« Er machte eine Pause, um Atem zu holen.

Oser blickte überzeugt drein – und besorgt. »Glauben Sie, daß die Cetagandaner planen, in die Nabe vorzustoßen? Oder werden sie auf Vervain haltmachen?«

»Natürlich werden sie durchstoßen. Die Nabe ist das strategische Ziel; Vervain ist nur ein Sprungbrett auf dem Weg dorthin. Daher die abgekartete Sache mit den ›bösen Söldnern‹. Die Cetagandaner wollen so wenig Energie wie möglich aufwenden, um die Vervani zu befrieden. Sie werden Vervain vermutlich das Etikett einer ›verbündeten Satrapie‹ verpassen, die Raumfahrtrouten besetzen und kaum auf dem Planeten landen. Ihn dann über eine Generation hinweg ökonomisch aufsaugen. Die Frage ist, werden die Cetagandaner auf Pol haltmachen? Werden sie versuchen, es mit diesem einen Zug zu nehmen, oder als einen Puffer zwischen sich und Barrayar lassen? Eroberung oder Werbung? Wenn sie die Barrayaraner ködern könnten, ohne Erlaubnis durch Pol hindurch anzugreifen, so könnte das sogar die Polianer in ein Bündnis mit den Cetagandanern treiben – uff!« Er ging wieder auf und ab.

Oser blickte drein, als hätte er in etwas Ekliges gebissen. Noch mit einem halben Wurm drin. »Ich wurde nicht angeheuert, um mich mit dem Imperium von Cetaganda in einen Kampf einzulassen. Ich erwartete höchstens, gegen die Söldner der Vervani zu kämpfen, wenn die ganze Geschichte nicht einfach im Sand verliefe. Wenn die Cetagandaner hier in der Nabe ankommen, mit großer Zahl, dann werden wir … in der Falle sitzen. Eingepfercht mit einer Sackgasse im Rücken.« Und dann fügte er gemurmelt hinzu: »Vielleicht sollten wir uns überlegen, hier herauszukommen, solange das noch geht …«

»Aber Admiral Oser, erkennen Sie nicht«, Miles zeigte auf Metzov, »*sie* hätte ihn nie aus ihrer Sichtweite gelassen mit all dem Zeug in seinem Kopf, wenn dies noch ein aktiver Plan wäre. Sie mag beabsichtigt haben, daß er bei dem Versuch, mich umzubringen, umkommt, aber da gab es immer die Möglichkeit, daß er überlebte – daß genau diese Art von Verhör herauskäme. All dies ist der alte Plan. Es muß noch einen neuen Plan geben.« *Und ich glaube, ich weiß, worin er besteht.* »Da ist … ein anderer Faktor. Eine neue Unbekannte in der Gleichung.« *Gregor.* »Wenn ich mich nicht ganz täusche, dann bringt die cetagandanische Invasion Cavilo jetzt in beträchtliche Verlegenheit.«

»Admiral Naismith, ich wäre bereit zu glauben, daß Cavilo mit jedem, den Sie nennen mögen, falsches Spiel treiben würde – außer mit den Cetagandanern. Die würden eine ganze Generation darauf verwenden, Rache zu nehmen. Sie könnte nicht weit genug davonlaufen. Sie würde nicht überleben, um ihren Profit auszugeben. Nebenbei bemerkt, welcher vorstellbare Profit wiegt dreifache Bezahlung auf?«

Aber wenn sie erwartet, das Barrayaranische Kaiserreich zu haben, um sich vor Vergeltung zu schützen – all unsere Sicherheitsressourcen … »Ich sehe einen Weg, auf dem sie erwarten könnte davonzukommen«, sagte Miles. »Wenn das funktioniert, wie sie es will, dann wird sie allen Schutz haben, den sie wünscht. Und den ganzen Profit.«

Es könnte funktionieren, es könnte wirklich funktionieren. Wenn Gregor tatsächlich in ihrem Bann stünde. Und wenn zwei unangenehm feindlich gesinnte Leumundszeugen, Miles und General Metzov, sich praktischerweise gegenseitig umbrächten. Sie könnte ihre Flotte verlassen, Gregor nehmen, vor den ankommenden Cetagandanern fliehen und sich dann den Barrayaranern als die Frau präsentieren, die unter großen persönlichen Opfern Gregor ›gerettet‹ hätte; wenn dann obendrein noch ein in sie verknallter Gregor sie drängte, seine Frau zu werden, würdige Mutter für einen zukünftigen Sprößling der Kriegerkaste – die romantische Wirkung des Dramas könnte genügend öffentliche Unterstützung einbringen, um das Urteilsvermögen kühlerer Berater zu überwältigen. Miles' Mutter hatte weiß Gott das Fundament für ein solches Szenario gelegt. *Sie könnte das wirklich fertigbringen. Kaiserin Cavilo von Barrayar. Klingt sogar gut.* Und sie könnte ihre Karriere damit krönen, daß sie absolut *jeden* verriete, sogar ihre eigenen Streitkräfte …

»Miles, der Blick in deinem Gesicht …«, sagte Elena besorgt.

»Wann?« sagte Oser. »Wann werden die Cetagandaner angreifen?« Er lenkte Metzovs herumschweifende Aufmerksamkeit auf sich und wiederholte die Frage.

»Nur Cavie weiß es.« Metzov kicherte. »Cavie weiß alles.«

»Es muß unmittelbar bevorstehen«, argumentierte

Miles. »Es mag vielleicht sogar gerade beginnen. Das schließe ich aus Cavilos Timing für meine Rückkehr hierher. Es war ihre Absicht, die De… die Flotte mit unseren inneren Kämpfen gerade jetzt zu lähmen.«

»Wenn das wahr ist«, murmelte Oser, »was ist dann zu tun…?«

»Wir sind zu weit weg. Anderthalb Tage weg vom Schauplatz. Der wird am Wurmloch der Vervain-Station sein. Und jenseits davon, im Lokalraum der Vervani. Wir müssen näher herankommen. Wir müssen die Flotte zur anderen Seite des Systems bewegen – Cavilo gegen die Cetagandaner festnageln. Sie blockieren.«

»Brr! Ich fange doch nicht Hals über Kopf einen Angriff auf das cetagandanische Imperium an!« unterbrach ihn Oser scharf.

»Sie müssen. Sie werden früher oder später gegen sie kämpfen müssen. Entweder wählen Sie den Zeitpunkt, oder die Cetagandaner werden es tun. Die einzige Chance, sie zu stoppen, ist am Wurmloch. Wenn sie einmal hindurch sind, dann ist es unmöglich.«

»Wenn ich meine Flotte von Aslund fortbewegte, dann würden die Vervani denken, daß wir sie angreifen wollen.«

»Und sie würden mobilmachen, sich in Alarmbereitschaft versetzen. Gut. Aber sie würden in die falsche Richtung schauen – nicht gut. Und wir würden am Ende ein Ablenkungsmanöver für Cavilo darstellen. Verdammt! Das ist zweifellos ein anderer Zweig ihres Strategiebaums.«

»Nehmen wir mal an – wenn die Cetagandaner nun Cavilo in solche Verlegenheit bringen, wie Sie behaupten –, daß sie ihnen nicht das Stichwort gibt?«

»Oh, sie braucht sie noch. Aber für einen anderen Zweck. Sie braucht sie, um vor ihnen zu fliehen. Und dafür, daß die Cetagandaner alle Zeugen für Cavilos Verrat en masse umbringen. Aber sie braucht sie nicht, um Erfolg zu haben. Tatsächlich ist es für Cavilo jetzt notwendig, daß die cetagandanische Invasion steckenbleibt. Falls sie wirklich in ihrem neuen Plan so langfristig denkt, wie sie sollte.«

Oser schüttelte den Kopf, als ob er ihn freimachen wollte. »Warum?«

»Unsere einzige Hoffnung – Aslunds einzige Hoffnung – ist, Cavilo zu fangen und die Cetagandaner durch Kampf zu einem Stillstand am Wurmloch der Vervain-Station zu bringen. Nein, warten Sie – wir müssen beide Seiten des Sprunges zwischen der Nabe und Vervain besetzen. Bis Verstärkungen eintreffen.«

»Was für Verstärkungen?«

»Aslund, Pol – sobald die Cetagandaner in großer Zahl auf der Bildfläche erscheinen, werden die anderen die Bedrohung erkennen. Und wenn Pol sich auf die Seite von Barrayar schlägt anstatt auf die Seite der Cetagandaner, dann kann Barrayar auf dem Weg über Pol Truppen durchschicken. Die Cetagandaner können gestoppt werden, wenn alles in der richtigen Reihenfolge geschieht.« Aber konnte Gregor lebend gerettet werden? Nicht ein Pfad zum Sieg, sondern alle Pfade…

»Würden sich die Barrayaraner beteiligen?«

»Oh, ich denke schon. Die Spionageabwehr Ihrer Flotte muß doch auf dem laufenden sein über solche Dinge – hat man nicht hier in der Nabe in den letzten paar Tagen eine plötzliche Zunahme barrayaranischer Spionageaktivität festgestellt?«

»Jetzt, wo Sie das erwähnen, ja. Ihr codierter Nachrichtenverkehr hat sich vervierfacht.«

Gott sei Dank. Vielleicht war die Hilfe näher, als er zu hoffen gewagt hatte. »Haben Sie einen ihrer Codes entschlüsselt?« fragte Miles heiter, weil er schon bei diesem Thema war.

»Nur den am wenigsten wichtigen, bis jetzt.«

»Aha, gut. Das heißt, zu schlecht.«

Oser stand mit verschränkten Armen da und nagte an seiner Lippe, eine ganze Minute lang konzentriert nach innen gerichtet. Miles fühlte sich unangenehm an den nachdenklichen Gesichtsausdruck des Admirals erinnert, kurz bevor Oser befohlen hatte, ihn durch die nächste Luftschleuse nach draußen zu stoßen, vor kaum einer Woche. »Nein«, sagte Oser schließlich. »Danke für die Informationen. Dafür werde ich vermutlich Ihr Leben schonen. Aber wir ziehen uns zurück. Das ist ein Kampf, den wir unmöglich gewinnen können. Nur irgendwelche von Propaganda geblendete planetarische Streitkräfte, mit den Ressourcen eines Planeten hinter sich, können sich diese Art von wahnsinniger Selbstopferung leisten. Ich habe, verdammt noch mal, meine Flotte als ein großartiges taktisches Instrument entwickelt, nicht als einen ... einen Türstopper aus Leichen. Ich bin nicht ein – wie Sie sagen – Sündenbock.«

»Nicht ein Sündenbock, sondern ein Stoßkeil.«

»Ihr ›Stoßkeil‹ hat keinen Stoß hinter sich. Nein.«

»Ist das Ihr letztes Wort, Sir?« fragte Miles mit dünner Stimme.

»Ja.« Oser schaltete seinen Armbandkommunikator ein, um die wartenden Wachen hereinzurufen. »Korporal, diese Gesellschaft geht zum Schiffsgefängnis. Rufen Sie nach unten und informieren Sie die Leute dort.«

Der Wächter salutierte durch die Glaswand, als Oser wieder abschaltete.

»Aber, Sir«, Elena trat näher, ihre Arme in einer bittenden Geste gehoben. Ihr Handgelenk schnellte wie der Kopf einer Schlange ruckartig seitwärts, und sie stach das Hypospray gegen die Seite von Osers Hals. Seine Augen weiteten sich, sein Puls schlug ein-, zwei-, dreimal, während sich seine Lippen wütend verzogen. Er setzte an, sie zu schlagen, aber sein Schlag wurde mitten in der Luft kraftlos.

Die Wachen auf der anderen Seite der Glaswand sprangen auf Osers plötzliche Bewegung in Bereitschaft und zogen ihre Betäuber. Elena nahm Osers Hand und küßte sie mit dankbarem Lächeln. Die Wachen entspannten sich; einer gab dem anderen einen Stoß und sagte etwas ziemlich Unanständiges, nach ihrem Grinsen zu schließen, aber Miles war momentan zu verwirrt, um zu versuchen, die Worte von ihren Lippen abzulesen.

Oser schwankte und keuchte und kämpfte gegen die Droge an. Elena machte sich näher an den Arm heran, den sie ergriffen hatte, und ließ eine Hand um Osers Taille gleiten, dann drehte sie Oser halb herum, so daß sie beide mit dem Rücken zur Tür standen. Das stereotype törichte Grinsen des mit Schnell-Penta Behandelten erschien auf Osers Gesicht, verschwand noch einmal und setzte sich dann in seinen Zügen fest.

»Er hat sich benommen, als wäre ich unbewaffnet.« Elena schüttelte wütend den Kopf und ließ das Hypospray in ihre Jackentasche gleiten.

»Was nun?« zischte Miles aufgeregt, als der Korporal von der Wache sich über das Codeschloß der Tür beugte.

»Wir gehen alle zum Schiffsgefängnis, nehme ich an. Tung ist schon dort«, sagte Elena.

»Ah ...« Oh-zum-Teufel-wir-werden-das-nie-schaffen. Mußten es versuchen. Miles lächelte den eintretenden Wachen fröhlich zu und half ihnen, Metzov loszubinden, wobei er sich ihnen vor allem in den Weg stellte und ihre Aufmerksamkeit von dem seltsam glücklich dreinschauenden Oser ablenkte. In einem Moment, als sie ihre Augen woanders hatten, stellte er Metzov ein Bein, und der stolperte daraufhin.

»Sie sollten ihn lieber jeder an einem Arm nehmen, er ist nicht sonderlich gut auf den Beinen«, sagte Miles den Wachen. Er war selbst auch nicht besonders sicher auf den Beinen, aber es gelang ihm, den Ausgang so zu blockieren daß zuerst die Wachen mit Metzov an der Spitze gingen, dann kam er, und Elena folgte als letzte, Arm in Arm mit Oser. »Komm, Lieber, komm«, hörte er hinter sich Elena säuseln, wie eine Frau, die einer Katze auf ihrem Schoß gut zuredet.

Das war der längste kurze Gang, den er je getan hatte. Er fiel etwas zurück, um aus den Mundwinkeln Elena zuzuknurren: »Schön, wir kommen zum Schiffsgefängnis, aber das wird mit Osers besten Leuten besetzt sein. Was dann?«

Sie biß sich auf die Lippe. »Weiß ich nicht.«

»Genau das habe ich befürchtet. Wenden wir uns hier nach rechts.« Sie gingen um die nächste Ecke.

Einer der Wächter blickte über die Schulter zurück. »Sir?«

»Macht weiter, Jungs«, rief Miles. »Wenn ihr diesen Spion eingelocht habt, dann meldet euch wieder bei uns in der Kabine des Admirals.«

»Jawoll, Sir.«

»Geh einfach weiter«, flüsterte Miles. »Lächle einfach weiter ...«

Die Schritte der Wachen verhallten. »Wohin jetzt?« fragte Elena. Oser strauchelte. »Das halten wir nicht durch.«

»Die Kabine des Admirals, warum nicht?« entschied Miles. Sein Grinsen war fest und übermütig. Elenas inspirierter meuterischer Eingriff hatte ihm die beste Chance des Tages gegeben. Jetzt war er in Fahrt. Er würde nicht aufhören, bis er körperlich zu Fall gebracht würde. In seinem Kopf drehte sich alles vor unaussprechlicher Erleichterung darüber, daß er endlich das veränderliche, sich schlängelnde, zwitschernde *könnte-sein-könnte-sein-könnte-sein* zu einem unveränderlichen *ist* festgenagelt hatte. *Jetzt ist der Augenblick gekommen. Es geht los!*

Vielleicht. Falls.

Sie kamen an ein paar oserischen Technikern vorbei.

Oser nickte ihnen irgendwie zu. Miles hoffte, sie würden es als eine beiläufige Erwiderung auf ihr Salutieren ansehen. Jedenfalls drehte sich niemand um und rief: »He da!« Zwei Ebenen und ein weiterer Schwenk brachten sie in die vertrauten Korridore des Offiziersbereichs. Sie kamen an der Kabine des Kapitäns vorbei (Gott, Miles würde sich auch mit Auson auseinandersetzen müssen, und das bald); Osers Handfläche, die von Elena gegen das Schloß gedrückt wurde, öffnete ihnen den Zugang zu dem Quartier, das Oser zu seinem Flaggbüro gemacht hatte. Als die Türen sich hinter ihnen gleitend schlossen, wurde Miles bewußt, daß er seinen Atem angehalten hatte.

»Jetzt stecken wir drin«, sagte Elena und sackte einen Augenblick lang mit ihrem Rücken gegen die Tür. »Wirst du uns wieder im Stich lassen?«

»Diesmal nicht«, antwortete Miles grimmig. »Du hast vielleicht bemerkt, daß ich ein Thema nicht zur Sprache gebracht habe, drunten in der Krankenstation.«

»Gregor.«

»Genau. Cavilo hält ihn zu diesem Zeitpunkt als Geisel an Bord ihres Flaggschiffes.«

Elena beugte verzweifelt den Hals. »Hat sie denn vor, ihn den Cetagandanern gegen einen Bonus zu verkaufen?«

»Nein. Schlimmer. Sie hat vor, ihn zu heiraten.«

Elena verzog überrascht die Lippen. »Was? Miles, es ist doch nicht möglich, daß sie auf einen solch unmöglichen Gedanken gekommen ist, wenn nicht ...«

»Wenn nicht Gregor ihn ihr eingegeben hat. Was er meiner Meinung nach getan hat. Hat ihn auch gewässert und gedüngt. Was ich nicht weiß, ist, ob es ihm ernst damit war oder ob er auf Zeit spielt. Sie hat sehr darauf geachtet, uns getrennt zu halten. Du kanntest Gregor fast so gut wie ich selbst. Was glaubst du?«

»Es ist schwer, sich vorzustellen, daß Gregor so verknallt ist, daß er darüber den Verstand verloren hat. Er war immer ... ziemlich ruhig. Fast, nun ja, sexuell unterentwickelt. Verglichen mit Ivan zum Beispiel.«

»Ich bin mir nicht sicher, ob das ein fairer Vergleich ist.«

»Nein, du hast recht. Nun gut, dann verglichen mit dir.«

Miles fragte sich, wie er das wohl auffassen sollte. »Gregor hatte nie viele Gelegenheiten, als wir jünger waren. Ich meine, kein Privatleben. Immer den Sicherheitsdienst im Nacken. Das ... kann einen Mann hemmen, wenn er nicht gerade ein Exhibitionist ist.«

Ihre Hand bewegte sich, als wollte sie Gregors glatte, grifflose Oberfläche abmessen. »Das war er nicht.«

»Sicher muß Cavilo achtgeben, daß sie nur ihre attraktivste Seite zeigt.«

Elena fuhr sich nachdenklich mit der Zunge über die Lippen. »Ist sie hübsch?«

»Ja, wenn man zufällig machtgierige, mörderische blonde Irre mag, dann könnt sie ganz überwältigend sein, nehme ich an.« Er ballte die Faust: die Erinnerung daran, wie sich Cavilos pelziges Haar angefühlt hatte, war wie ein Jucken auf seiner Handfläche. Er rieb sie an seiner Hosennaht.

Elenas Gesicht hellte sich etwas auf. »Aha, du magst sie nicht.«

Miles blickte zu ihr auf. »Sie ist für meinen Geschmack zu klein.«

Elena grinste. »Das glaube ich dir.« Sie führte den schlurfenden Oser zu einem Stuhl und setzte ihn hin. »Wir müssen ihn bald festbinden oder so.«

Der Kommunikator summte. Miles ging zu Osers Tischkonsole, um zu antworten. »Ja?« sagte er mit seiner ruhigsten, gelangweiltesten Stimme.

»Hier Korporal Meddis, Sir. Wir haben den vervanischen Agenten in Zelle Neun gesteckt.«

»Danke, Korporal. Ach ...« Es war einen Versuch wert: »Wir haben noch etwas Schnell-Penta übrig. Würden Sie beide bitte Kapitän Tung hier heraufbringen zu einer Vernehmung?«

Außer Reichweite der Vidkamera hob Elena hoffnungsvoll ihre dunklen Augenbrauen.

»Tung, Sir?« In der Stimme des Wächters klang Zweifel an. »Hm, soll ich dann mein Kommando noch mit ein paar Leuten verstärken?«

»Sicher ... schauen Sie mal, ob Sergeant Chodak in der Nähe ist, er hat vielleicht ein paar Leute bereit für Extradienst. In der Tat, steht er nicht selber auf dem Dienstplan für Sondereinsatz?« Er blickte auf und sah, wie Elena Daumen und Zeigefinger zu einem O zusammengelegt hochhielt.

»Ich glaube schon, Sir.«

»Schön, wie auch immer. Machen Sie weiter. Naismith Ende.« Er schaltete den Kommunikator aus und starrte ihn an, als hätte er sich in Aladins Lampe verwandelt. »Ich glaube nicht, daß es mir bestimmt ist, heute zu sterben. Ich muß wohl bis übermorgen noch verschont bleiben.«

»Meinst du?«

»O ja. Ich werde dann eine viel größere, öffentlichere und spektakulärere Chance haben, alles hinwegzufegen. In der Lage sein, Tausende weiterer Leben mit mir hinabzureißen.«

»Bekomm jetzt bloß nicht deinen törichten Bammel, du hast dafür keine Zeit.« Sie klopfte ihm mit dem Hypospray empfindlich auf seine Fingerknöchel. »Du mußt dir etwas ausdenken, um uns aus diesem Loch herauszubringen.«

»Ja, Madame«, sagte Miles sanft und rieb sich die Hand. *Was ist denn mit dem ›Mylord‹ geschehen? Kein Respekt, niemand ...* Aber er war auf seltsame Weise getröstet. »Übrigens, als Oser Tung verhaften ließ, weil er meine Flucht arrangiert hatte, warum machte er nicht weiter und nahm dich und Arde und Chodak und die übrigen von eurem Kader nicht auch fest?«

»Er hat Tung nicht deshalb verhaftet. Zumindest glaube ich das nicht. Er piesackte Tung, was seine Gewohnheit war, sie waren beide zur gleichen Zeit auf der Brücke – das war ungewöhnlich –, und Tung verlor schließlich die Beherrschung und versuchte, ihn niederzuschlagen. Schlug ihn sogar zu Boden, hörte ich, und war drauf und dran, ihn zu erwürgen, als die Sicherheitsleute ihn wegzogen.«

»Es hatte also nichts mit uns zu tun?« Das war eine Erleichterung.

»Ich bin... nicht sicher. Ich war nicht an Ort und Stelle. Es könnte ein Ablenkungsmanöver gewesen sein, damit genau diese Verbindung Osers Aufmerksamkeit entging.« Elena nickte in Richtung auf den immer noch sanft lächelnden Oser. »Und jetzt?«

»Wir lassen ihn ungebunden, bis Tung gebracht wird. Wir alle sind hier einfach glückliche Verbündete.« Miles verzog das Gesicht. »Aber laß um Gottes willen niemanden versuchen, mit ihm zu reden.«

Das Türsignal summte. Elena stellte sich hinter Osers Stuhl, legte eine Hand auf seine Schulter und bemühte sich so verbündet wie möglich auszusehen. Miles ging zur Tür und aktivierte das Schloß. Die Tür glitt zur Seite.

Ein Kommando aus sechs nervösen Männern umringte einen feindselig dreinblickenden Ky Tung. Tung trug den hellgelben Pyjama eines Gefangenen und strahlte Groll aus wie eine kleine Sonne, die demnächst zu einer Nova explodieren wird. Er biß die Zähne völlig verwirrt aufeinander, als er Miles sah.

»Ah, danke, Korporal«, sagte Miles. »Wir werden eine kleine informelle Stabsbesprechung nach diesem Verhör abhalten. Ich würde es zu schätzen wissen, wenn Sie und Ihr Kommando dort draußen Wache hielten. Und für den Fall, daß Kapitän Tung wieder gewalttätig wird, sollten wir lieber – o ja, Sergeant Chodak und ein paar von Ihren Leuten hier drinnen haben.« Er betonte das ›Ihre‹ ohne Veränderung in der Stimme, aber mit einem direkten Blick in Chodaks Augen.

Chodak verstand den Wink. »Jawohl, Sir. Gefreiter, kommen Sie mit mir.«

Ich befördere Sie zum Leutnant, dachte Miles, trat zur Seite und ließ den Sergeanten und den Mann seiner Wahl Tung hineinführen. Oser, der fröhlich aussah, war einen Augenblick lang für das Kommando deutlich sichtbar, bevor sich die Tür wieder zischend schloß.

Oser war auch für Tung deutlich sichtbar. Tung schüttelte seine Bewacher ab und trat vor den Admiral. »Was jetzt, du Scheißkerl, denkst du, du ...?« Tung hielt inne, als Oser ihn auch weiterhin bekloppt anlächelte. »Was ist denn mit ihm los?«

»Nichts«, Elena zuckte die Achseln. »Ich glaube, diese Dosis Schnell-Penta hat seine Persönlichkeit wirklich verbessert. Zu schade, daß das nur vorübergehend ist.«

Tung warf den Kopf zurück, lachte bellend und wirbelte herum, um Miles an den Schultern zu packen und zu schütteln. »Du hast es geschafft, du kleiner ... du bist zurückgekommen. Wir sind im Geschäft!«

Chodaks Mann zuckte, als sei er unsicher, in welche Richtung oder auf wen er losstürmen sollte. Chodak packte ihn am Arm, schüttelte schweigend den Kopf und zeigte auf die Wand neben der Tür. Er steckte seinen Betäuber in das Halfter und lehnte sich mit verschränkten Armen gegen den Türrahmen; nach einem Moment der Verwirrung folgte sein Mann seinem Beispiel und flankierte die andere Seite der Tür. »Jetzt kannst du Mäuschen spielen«, sagte Chodak zu ihm aus dem Mundwinkel und grinste. »Betrachte es als ein Geschenk.«

»Es war nicht gerade freiwillig«, sagte Miles zu Tung. Er biß die Zähne zusammen, und das nur zum Teil deshalb, weil er sich bei dem Begeisterungsausbruch des Eurasiers nicht in die Zunge beißen wollte. »Und wir sind noch nicht im Geschäft.« *Tut mir leid, Ky. Ich kann diesmal nicht dein Strohmann sein. Du mußt mir folgen.* Miles machte die eisige Miene und entfernte nachdrücklich Tungs Hände von seinen Schultern. »Dieser vervanische Frachterkapitän, den du ausgesucht hast, hat mich direkt an Kommandantin Cavilo ausgeliefert. Und ich habe mich seitdem gefragt, ob das ein Zufall war.«

»Ach!« Tung trat zurück und sah aus, als hätte ihn Miles gerade in den Magen geboxt.

Miles fühlte sich so, als hätte er es getan. Nein, Tung war kein Verräter. Aber Miles wagte nicht, den einzigen Vorteil aufzugeben, den er hatte. »Verrat oder Pfusch, Ky?« *Und hast du aufgehört, deine Frau zu schlagen?*

»Pfusch«, flüsterte Tung, der ganz blaß geworden war. »Verdammt, ich werde diesen falschen Hund umbringen …«

»Das wurde schon erledigt«, sagte Miles kalt. Tung hob die Augenbrauen in Überraschung und Respekt.

»Ich bin in die Hegen-Nabe aufgrund eines Kontraktes gekommen«, fuhr Miles fort, »der jetzt fast unrettbar durcheinandergebracht ist. Ich bin nicht hierher zurückgekommen, um dir das faktische Kampfkommando über die Dendarii zu übergeben …« – ein Schlag, wie Tungs besorgte Züge bewiesen, doch er versuchte sofort, diesen Ausdruck verschwinden zu lassen – »es sei denn, du bist bereit, *meinen* Zwecken zu dienen. Prioritäten und Ziele werden von mir bestimmt. Nur das *Wie* unterliegt deiner Entscheidung.« Und wer war wohl dabei, wem das Kommando über die Dendarii zu übergeben? Sofern diese Frage Tung nicht in den Sinn kam.

»Als mein Verbündeter«, begann Tung.

»Nicht Verbündeter. Dein Befehlshaber. Oder nichts«, sagte Miles.

Tung stand stämmig da und zuckte verwirrt mit den Augenbrauen. Schließlich sagte er in mildem Ton: »Papa Kys kleiner Junge scheint erwachsen zu werden.«

»Das ist nicht die Hälfte davon. Bist du dabei oder nicht?«

»Die andere Hälfte davon ist etwas, das ich hören will.« Tung saugte an seiner Unterlippe. »Ich bin dabei.«

Miles streckte die Hand aus. »Abgemacht.«

Tung ergriff sie entschlossen und mit Nachdruck. »Abgemacht.«

Miles atmete auf. »Also gut. Ich habe dir beim letztenmal ein paar Halbwahrheiten gesagt. Jetzt sage ich dir, was wirklich vor sich geht.« Er begann auf und ab zu gehen, und sein Zittern war nicht bloß die Nachwirkung des Nervendisruptors. »Ich habe einen Kontrakt mit einem interessierten Außenseiter, aber da ging es nicht um ›militärische Einschätzung‹; das ist nur die Tarnung, die ich Oser vortäuschte. Als ich jedoch zu dir sagte, es gehe um die Verhinderung eines planetarischen Bürgerkriegs, so war das keine Tarnung. Ich wurde von den Barrayaranern engagiert.«

»Sie engagieren normalerweise keine Söldner.«

»Ich bin kein normaler Söldner. Ich werde vom Kaiserlich Barrayaranischen Sicherheitsdienst bezahlt« – Gott, endlich eine ganze Wahrheit –, »dafür, daß ich eine Geisel finde und befreie. Nebenbei hoffe ich, eine jetzt bevorstehende Invasion einer cetagandanischen Flotte davon abzuhalten, die Hegen-Nabe zu erobern. Unsere zweite strategische Priorität wird sein, beide Seiten des vervanischen Wurmlochsprungs zu besetzen und so viel mehr, wie wir können, bis barrayaranische Verstärkungen eintreffen.«

Tung räusperte sich. »Zweite Priorität? Was ist, wenn sie nicht kommen? Sie müssen an Pol vorbei ... Und ... hm ... die Befreiung einer Geisel hat normalerweise keinen Vorrang vor flottenweiten strategisch-taktischen Operationen, oder?«

»Angesichts der Identität dieser Geisel garantiere ich dir, daß sie kommen. Der Kaiser von Barrayar, Gregor Vorbarra, wurde entführt. Ich habe ihn gefunden, wieder verloren, und jetzt muß ich ihn zurückbekommen. Wie du dir vorstellen kannst, erwarte ich, daß die Belohnung für seine Rückkehr beträchtlich sein wird.«

Tungs Gesicht war eine Studie von Erschrecken und Erleuchtung. »Dieser dünne, nervenschwache Kerl, den du neulich im Schlepptau hattest – das war er, nicht wahr?«

»Ja, das war er. Und im Vertrauen gesagt, du und ich, wir haben es geschafft, ihn direkt an Kommandantin Cavilo auszuliefern.«

»Oh, verdammt.« Tung rieb sich seinen kurzgeschorenen Schädel. »Sie wird ihn direkt an die Cetagandaner verkaufen.«

»Nein. Sie hat vor, ihre Belohnung von Barrayar zu kassieren.«

Tung öffnete den Mund, schloß ihn wieder, hielt einen Finger hoch. »Wart mal einen Augenblick ...«

»Es ist *kompliziert*«, gab Miles hilflos zu. »Das ist der Grund, weshalb ich den einfachen Teil, die Besetzung des Wurmlochs, an dich delegiere. Für den Teil der Geiselbefreiung werde ich verantwortlich sein.«

»Einfach. Die Dendarii-Söldner. Wir fünftausend. Ohne jede Hilfe. Gegen das Imperium von Cetaganda. Hast du in den letzten vier Jahren verlernt zu zählen?«

»Denk an den Ruhm. Denk an deinen Ruf. Denk daran, wie großartig sich das in deinem nächsten Lebenslauf ausmachen wird.«

»Auf meinem leeren Ehrengrabmal, meinst du wohl. Niemand wird genügend von meinen verstreuten Atomen einsammeln können, um ein Begräbnis zu veranstalten. Wirst du meine Bestattungskosten tragen, Sohn?«

»Ich werde für Pomp sorgen. Fahnen, Tänzerinnen und genug Bier, um deinen Sarg nach Walhalla zu schwemmen.«

Tung seufzte. »Nimm Pflaumensaft, um den Sarg schwimmen zu lassen, ja? Trink das Bier. Nun gut.« Er stand einen Moment lang schweigend da und rieb sich seine Lippen. »Der erste Schritt ist, dafür zu sorgen, daß die Flotte in einer Stunde einsatzbereit ist statt in vierundzwanzig Stunden.«

»Das ist noch nicht geschehen?« Miles runzelte die Stirn.

»Wir waren auf Verteidigung eingestellt. Wir gingen davon aus, daß wir mindestens sechsunddreißig Stunden zur Verfügung hätten, um alles zu untersuchen, was auf uns durch die Nabe zukäme. Oder Oser ging davon aus. Es wird etwa sechs Stunden dauern, uns zu einer Einsatzbereitschaft von einer Stunde zu bringen.«

»In Ordnung ... das ist dann der zweite Schritt. Dein erster Schritt wird sein, dich mit Kapitän Auson zu küssen und zu versöhnen.«

»Der kann mal meinen Arsch küssen!« schrie Tung. »Der Hohlkopf ...«

»Wird gebraucht, um die *Triumph* zu kommandieren, während du die Flottentaktik leitest. Du kannst nicht beides tun. Ich kann die Flotte so kurz vor dem Einsatz nicht umorganisieren. Wenn ich eine Woche Zeit hätte für eine Säuberung – nun ja, die habe ich nicht. Osers Leute müssen überredet werden, auf ihren Posten zu bleiben. Wenn ich Auson habe«, Miles hochgehaltene Hand schloß sich wie ein Käfig, »dann kann ich mit dem Rest fertigwerden. So oder so.«

Tung willigte frustriert knurrend ein. »In Ordnung.« Sein düsterer Blick ging langsam in ein Grinsen über.

»Ich würde jedoch etwas dafür geben, um zu sehen, wie du ihn dazu bringst, daß er Thorne küßt.«

»Jedes Wunder zu seiner Zeit.«

Kapitän Auson, der schon vor vier Jahren ein massiger Mann gewesen war, hatte noch ein bißchen mehr Gewicht angesetzt, aber sonst schien er unverändert. Er trat in Osers Kabine, sah die auf ihn gerichteten Betäuber und blieb mit geballten Fäusten stehen. Als er Miles sah, der auf dem Rand von Osers Komkonsolentisch saß (ein psychologischer Trick, um seinen Kopf in gleicher Höhe wie alle anderen zu haben; Miles befürchtete, wenn er auf dem Dienststuhl säße, dann würde er aussehen wie ein Kind an einem Eßtisch, das ein erhöhten Sitz bräuchte), ging Ausons Gesichtsausdruck von Ärger in Entsetzen über. »Oh, zum Teufel! Nicht schon wieder Sie!«

»Aber natürlich.« Miles zuckte die Achseln. Die mit Betäubern bewaffneten Mäuschen, Chodak und sein Mann, unterdrückten ein Grinsen glücklicher Erwartung. »Das Unternehmen geht bald los.«

»Sie können nicht dieses ...« Auson brach ab und guckte auf Oser. »Was habt ihr mit ihm gemacht?«

»Wollen wir mal sagen, wir haben seine Einstellung angepaßt. Was die Flotte angeht, die ist schon mein.« Nun ja, er arbeitete jedenfalls daran. »Die Frage ist, wollen Sie auf der Seite der Gewinner sein? Einen Kampfbonus einstecken? Oder soll ich das Kommando über die *Triumph* an ...«

Auson zeigte Tung mit stummem Knurren Zähne.

»... Bel Thorne übergeben?«

»Was?« schrie Auson auf. Tung zuckte erschrocken zusammen. »Sie können doch nicht ...«

Miles fiel ihm ins Wort: »Erinnern Sie sich zufällig, wie Sie vom Kommandanten der *Ariel* zum Kommandanten der *Triumph* aufstiegen? Ja?«

Auson zeigte auf Tung. »Was ist mit ihm?«

»Mein Auftraggeber wird einen Betrag beisteuern, der dem Wert der *Triumph* entspricht und Tungs persönlicher Anteil an der Korporation der Flotte werden wird. Dafür wird Kommodore Tung alle Ansprüche auf das Schiff selbst aufgeben. Ich werde Tungs Rang als Taktischer Stabschef bestätigen, und Ihren als Kapitän des Flaggschiffs *Triumph*. Ihr ursprünglicher Beitrag, entsprechend dem Wert der *Ariel* abzüglich bestimmter Pfandrechte, wird als Ihr persönlicher Anteil an der Flottenkorporation bestätigt werden. Beide Schiffe werden als Eigentum der Flotte registriert.«

»Machen Sie da mit?« fragte Auson Tung.

Miles traf Tung mit einem stählernen Blick. »Ja«, sagte Tung widerwillig.

Auson runzelte die Stirn. »Es geht nicht nur um das Geld ...« Er hielt inne und runzelte die Stirn. »Was für ein Kampfbonus? Was für ein Kampf?«

Wer zögert, hängt schon am Haken. »Sind Sie dabei oder nicht?«

In Ausons Mondgesicht erschien ein listiger Blick. »Ich bin dabei – wenn er sich entschuldigt.«

»Was? Dieser Sülzkopf denkt allen Ernstes ...«

»Entschuldige dich bei dem Mann, liebster Tung«, säuselte Miles zwischen zusammengebissenen Zähnen, »und dann laßt uns weitermachen. Oder die *Triumph* bekommt einen Kapitän, der ihr eigener erster Schiffsoffizier sein kann. Und zu dessen vielfältigen Tugenden es gehört, daß er nicht mit mir *streitet*.«

»Natürlich nicht, der kleine betanische Zwitter ist verliebt«, versetzte Auson. »Ich habe nie herausbekommen können, ob er gevögelt werden möchte oder es selber von hinten machen will ...«

Miles lächelte und hob Einhalt gebietend die Hand. »Nun, nun.« Er nickte Elena zu, die ihren Betäuber zugunsten eines Nervendisruptors eingesteckt hatte, mit dem sie ruhig auf Ausons Kopf zielte.

Ihr Lächeln erinnerte Miles beunruhigend an ein gewisses Lächeln ihres Vaters, Sergeant Bothari. Oder noch schlimmer: an ein Lächeln von Cavilo. »Habe ich jemals erwähnt, Auson, wie sehr mich der Klang Ihrer Stimme *reizt?*« fragte sie.

»Sie würden nicht schießen«, sagte Auson unsicher.

»Ich würde sie nicht stoppen«, log Miles. »Ich brauche Ihr Schiff. Es wäre bequem – aber nicht notwendig –, wenn Sie es für mich befehligten.« Sein Blick flog wie ein Messer auf seinen mutmaßlichen Taktischen Stabschef zu. *»Tung?«*

Mit Widerwillen gab Tung eine vornehm formulierte, wenn auch vage Entschuldigung an Ausons Adresse ab, für frühere Verunglimpfungen seines Charakters, seiner Intelligenz, seiner Vorfahren, seiner Erscheinung – als Ausons Gesicht immer düsterer wurde, unterbrach Miles Tung inmitten seiner Aufzählung und ließ ihn neu beginnen. »Mach es einfacher.«

Tung holte Luft. »Auson, du kannst manchmal ein echtes Arschloch sein, aber verdammt, du kannst auch kämpfen, wenn du mußt. Ich habe dich gesehen. Wenn es mulmig und schlimm und verrückt wird, dann möchte ich dich vor jedem anderen Kapitän der Flotte hinter meinen Rücken wissen.«

Auson zog einen Mundwinkel hoch. »Nun, das ist *ehrlich.* Danke vielmals. Ich weiß deine Besorgnis für meine Sicherheit wirklich zu schätzen. Wie mulmig und schlimm und verrückt, glaubst du, wird das werden?«

Tungs leises Lachen war, so meinte Miles, höchst unangenehm.

Die Kapitän-Eigner wurden einer nach dem anderen hereingebracht, um überredet, bestochen, erpreßt und geblendet zu werden, bis Miles' Mund trocken, seine Kehle rauh und seine Stimme heiser war. Nur der Kapitän der *Peregrine* versuchte körperlich zu kämpfen. Er wurde betäubt und gefesselt, und seinem Ersten

Offizier wurde die Wahl zwischen einer nominellen Beförderung und einem langen Gang aus einer kurzen Luftschleuse eingeräumt. Er wählte die Beförderung, obwohl seine Augen sagten: *Es wird einmal ein anderer Tag kommen.* Solange dieser andere Tag nach den Cetagandanern kam, war Miles es durchaus zufrieden.

Sie zogen in den größeren Konferenzraum gegenüber dem Taktikzentrum um, für die seltsamste Stabssitzung, an der Miles je teilgenommen hatte. Oser war gestärkt durch eine Wiederholungsinjektion von Schnell-Penta und wurde am Kopf des Tisches aufgestützt wie eine ausgestopfte lächelnde Leiche. Mindestens zwei weitere waren geknebelt an ihre Stühle gebunden. Tung hatten seinen gelben Pyjama mit einer grauen Interimsuniform vertauscht, auf der die Insignien eines Kommodore eilig über die Kapitänsabzeichen gesteckt waren. Die Reaktionen der Versammelten auf Tungs einführende taktische Präsentation reichten von Zweifel bis Erschrecken, überwältigt (fast) von der stürmischen Geschwindigkeit der Aktionen, die von ihnen verlangt wurden. Tungs zwingendstes Argument war die unheilvolle Andeutung, daß sie, wenn sie sich nicht selbst als die Verteidiger des Wurmloches etablierten, vielleicht gezwungen sein könnten, durch das Wurmloch hindurch später eine vorbereitete cetagandanische Verteidigung anzugreifen, eine Vision, die rings um den Tisch allüberall Schauder hervorrief. *Es könnte schlimmer sein,* war immer eine unwiderlegliche Behauptung.

Als sie ein Gutteil hinter sich hatten, massierte Miles seine Schläfen und beugte sich zu Elena hinüber, um ihr zuzuflüstern: »War es immer so schlimm, oder habe ich es nur vergessen?«

Sie schürzte nachdenklich ihre Lippen und erwiderte murmelnd: »Nein, die Beschimpfungen waren besser in den alten Tagen.«

Miles grinste gequält.

Er erhob hundert unbefugte Forderungen und machte hundert haltlose Versprechungen, und schließlich löste sich die Sitzung auf, jeder kehrte an seinen Dienstplatz zurück. Oser und der Kapitän der *Peregrine* wurde unter Bewachung zum Schiffsgefängnis gebracht. Tung hielt nur an, um kritisch auf die braunen Filzpantoffeln zu blicken. »Wenn du meinen Haufen kommandieren willst, mein Sohn, würdest du dann bitte einem alten Soldaten eine Gunst erweisen und dir ein Paar vorschriftsmäßige Stiefel besorgen?« Zum Schluß blieb nur Elena zurück.

»Ich möchte, daß du noch einmal General Metzov verhörst«, sagte Miles zu ihr. »Hol aus ihm all die taktischen Daten über die Aufstellung der Rangers heraus, die du kannst – Codes, im Dienst und außer Dienst befindliche Schiffe, letzte bekannte Positionen, Eigenheiten des Personals, und dazu alles, was er über die Vervani wissen mag. Streiche jede unglückliche Bezugnahme auf meine wahre Identität, die er von sich geben sollte, und gib die Daten dann ans Planungszentrum weiter, mit der Warnung, daß nicht alles, von dem Metzov denkt, es sei wahr, auch notwendigerweise wahr sein muß. Es kann hilfreich sein.«

»In Ordnung.«

Miles seufzte und sank an dem leeren Konferenztisch erschöpft auf seine Ellbogen. »Du weißt, die planetarischen Patrioten wie die Barrayaraner – wir Barrayaraner – haben unrecht. Unser Offizierskader denkt, daß Söldner keine Ehre haben, weil sie gekauft und verkauft werden können. Aber Ehre ist ein Luxus, den sich nur ein freier Mann leisten kann. Ein guter kaiserlicher Offizier wie ich ist nicht durch die Ehre gebunden, er ist nur *gebunden.* Wie viele dieser ehrlichen Leute habe ich gerade in ihren Tod gelogen? Es ist ein seltsames Spiel.«

»Würdest du heute irgend etwas ändern?«

»Alles. Nichts. Ich hätte zweimal so schnell gelogen, wenn ich es tun müßte.«

»Du sprichst schneller mit deinem betanischen Akzent«, räumte sie ein.

»Du verstehst mich. Tue ich das Richtige? Wenn ich es schaffe. Ein Mißerfolg ist automatisch falsch.« *Nicht ein Pfad in die Katastrophe, sondern alle Pfade …*

Sie hob ihre Augenbrauen. »Sicher.«

Seine Mundwinkel zuckten nach oben. »Also du«, *die ich liebe,* »meine Lady aus Barrayar, die Barrayar haßt, bist die einzige Person in der Hegen-Nabe, die ich auf ehrliche Weise opfern kann.«

Sie neigte ihren Kopf zur Seite und erwog seine Worte. »Danke, Mylord.« Sie berührte mit ihrer Hand seinen Scheitel und verließ den Raum.

Miles zitterte.

KAPITEL 15

Miles kehrte in Osers Kabine zurück, um schnell die Dateien der Komkonsole des Admirals durchzusehen. Er versuchte, all die Veränderungen in der Ausrüstung und im Personal in den Griff zu bekommen, die stattgefunden hatten, seit er zuletzt Kommandant gewesen war. Außerdem wollte er wissen, wie die Nachrichtendienste der Dendarii und der Aslunder die Ereignisse in der Hegen-Nabe darstellten. Irgend jemand brachte ihm ein Sandwich und einen Kaffee, die er zu sich nahm, ohne es wahrzunehmen. Der Kaffee konnte ihn nicht mehr munter halten, obwohl er immer noch unter einer fast unerträglichen Spannung stand.

Sobald wir vom Dock ablegen, werde ich in Osers Bett fallen. Er sollte wohl besser wenigstens einen Teil der sechsunddreißig Stunden Transitzeit schlafen, sonst würde er bei der Ankunft mehr eine Belastung sein als Gewinn. Denn dann würde er mit Cavilo fertig werden müssen, und ihr gegenüber kam er sich vor wie ein Unbewaffneter beim Duell.

Ganz zu schweigen von den Cetagandanern.

Miles dachte über den historischen Dreibeinwettlauf zwischen Waffenentwicklung und Taktik nach.

Projektilwaffen für den Kampf Schiff gegen Schiff im Weltraum waren schon früh überholt gewesen durch Massenabschirmung und Laserwaffen. Massenabschirmung, die dazu entwickelt worden war, sich bewegende Raumschiffe vor Weltraumschutt zu schützen, auf den sie bei normalen Raumgeschwindigkeiten bis zu halber Lichtgeschwindigkeit trafen, schüttelte schon ohne zusätzliche Anstrengung Projektile ab. Die Laserwaffen ihrerseits waren durch das Aufkommen des ›Schwertschluckers‹ nutzlos geworden, einer von den Betanern entwickelten Verteidigungswaffe, die tatsächlich das feindliche Feuer als eigene Energiequelle nutzte. Ein ähnliches Prinzip versprach beim Plasmaspiegel, der in der Generation von Miles' Eltern entwickelt worden war, das gleiche mit den Plasmawaffen kürzerer Reichweite zu machen. Nach einem weiteren Jahrzehnt würde Plasma vielleicht schon völlig außer Gebrauch sein.

Die vielversprechendste Waffe für den Kampf Schiff gegen Schiff schien in den letzten paar Jahren die Gravitationsimploder-Lanze geworden zu sein, eine Modifikation der Traktorstrahltechnologie. Dagegen gab es Abschirmungen mit künstlicher Gravitation in verschiedenen Konstruktionen, aber ihre Schutzwirkung reichte noch nicht aus. Der Imploderstrahl hinterließ scheußlich verbogene Trümmer, wo er auf Masse traf. Was er einem menschliche Körper antat, war der schiere Horror.

Aber die Reichweite der energieverschlingenden Imploderlanze war – verglichen mit den Geschwindigkeiten und Entfernungen im Raum – wahnsinnig kurz, knapp ein Dutzend Kilometer. Nun mußten also die Schiffe kooperieren, um miteinander zu kämpfen, mußten langsamer werden, sich näher kommen und manövrieren. In Anbetracht des geringen Umfangs der Wurmlochvolumina sah es so aus, als würde der Kampf plötzlich wieder eng und nah werden, außer daß zu enge Formationen ›Sonnenwand‹-Angriffe massierter Nuklearwaffen anlockten. So ging es immer im Kreis herum. Es deutete sich an, daß Rammen und Entern schließlich wieder zu einer praktischen Taktik werden könnten. Jedenfalls bis die nächste Überraschung aus der Werkstatt des Teufels eintraf. Miles sehnte sich einen kurzen Moment nach den guten alten Zeiten der Generation seines Großvaters, als die Menschen einander aus der Entfernung von fünfzigtausend Kilometern töten konnten. Da waren sie füreinander einfach Lichtpunkte auf dem Bildschirm gewesen, die es auszuknipsen galt. Eine saubere Angelegenheit.

Die Wirkung der neuen Imploder auf die Konzentration der Feuerkraft versprach merkwürdig zu werden, besonders wenn es um ein Wurmloch ging. Es war jetzt möglich, daß eine kleine Streitmacht in einem kleinen Gebiet ebensoviel Feuerkraft pro Kubikeinheit einsetzen konnte wie eine große Streitmacht, die ihre Größe nicht auf den effektiven Umfang herabschrumpfen konnte, obwohl natürlich der Unterschied in den Reserven noch blieb. Eine große Streitmacht, die bereit war, Opfer zu bringen, konnte nur dauernd zurückschlagen, bis ihre schiere Anzahl die kleinere Konzentration überwältigte. Die cetagandanischen Ghem-Lords waren nicht gegen Opfer allergisch, obwohl sie es allgemein vorzogen, mit Untergebenen zu beginnen, oder noch besser mit Verbündeten.

Miles rieb seine verkrampften Halsmuskeln.

Der Summer an der Kabinentür ertönte; Miles griff über das Komkonsolenpult, um den Türöffner zu drücken.

Ein hagerer, dunkelhaariger Mann Anfang dreißig mit Technikerabzeichen auf der grau-weißen Uniform der Söldner stand unsicher in der Türöffnung. »Mylord?« sagte er mit weicher Stimme.

Baz Jesek, Technischer Offizier der Flotte. Einst flüchtiger Deserteur aus den Kaiserlich Barrayaranischen Streitkräften; dann eidgebundener persönlicher Gefolgsmann von Miles in dessen Identität als Lord Vorkosigan. Und schließlich Ehemann der Frau, die Miles liebte. Einst geliebt hatte. Immer noch liebte. Baz. Verdammt. Miles räusperte sich verlegen. »Komm rein, Kommodore Jesek.«

Baz schritt lautlos über die Bodenmatten und blickte abwehrend und schuldbewußt drein. »Ich bin gerade vom Reparaturtender hereingekommen und habe die Nachricht gehört, daß du wieder da bist.« Sein barrayaranischer Akzent war durch die Jahre seines galaktischen Exils abgeschliffen, bedeutend weniger hörbar als noch vor vier Jahren.

»Zeitweilig jedenfalls.«

»Tut mir leid, daß du die Dinge nicht so wiedergefunden hast, wie du sie verlassen hattest, Mylord. Mir kommt es vor, als hätte ich Elenas Mitgift verschleudert, die du ihr mitgegeben hattest. Ich erkannte die Auswirkungen von Osers ökonomischen Manövern nicht, bis ... nun ja ... es gibt keine Entschuldigung.«

»Der Mann hat auch Tung ausgetrickst«, betonte Miles. Er krümmte sich innerlich, als er hörte, wie Baz sich bei ihm entschuldigte. »Ich habe gehört, es war nicht gerade ein fairer Kampf.«

»Es war überhaupt kein Kampf, Mylord«, sagte Baz langsam. »Das war das Problem.« Baz stand in Rührteuch-Haltung. »Ich bin gekommen, um dir meinen Rücktritt einzureichen, Mylord.«

»Das Angebot wird zurückgewiesen«, sagte Miles prompt. »Erstens können eidgebundene Gefolgsmänner nicht zurücktreten, zweitens, woher bekomme ich einen fähigen Flotteningenieur binnen ...« – er warf einen Blick auf sein Chrono – »zwei Stunden, und drittens, drittens ... ich brauche einen Zeugen, der meinen Namen entlastet, falls die Dinge schiefgehen. Noch schiefer gehen. Du mußt mich über die Möglichkeiten der Ausrüstung der Flotte ins Bild setzen und mir dann helfen, alles in Bewegung zu bringen. Und ich muß dich darüber ins Bild setzen, was wirklich vor sich geht. Du bist der einzige außer Elena, dem ich die geheime Hälfte der ganzen Sache anvertrauen kann.«

Mühsam überredete Miles den unschlüssigen Ingenieur, sich zu setzen. Dann sprudelte er eine geraffte Zusammenfassung seiner Abenteuer in der Hegen-Nabe hervor, wobei er nur die Erwähnung von Gregors halbherzigem Selbstmordversuch ausließ; das war Gregors eigene Schmach. Miles war ganz und gar nicht überrascht, als er erfuhr, daß Elena von seiner vorigen kurzen und wenig rühmlichen Rückkehr, seiner Befreiung und seinem neuerlichen Weggang von den Dendarii nichts erzählt hatte; daß der Kaiser inkognito dabeigewesen war, schien für Baz ein offensichtlicher und ausreichender Grund für Elenas Schweigen zu sein. Als Miles seinen Bericht beendete, war Baz' inneres Schuldgefühl ganz und gar äußerster Besorgnis gewichen.

»Wenn der Kaiser umgebracht wird – wenn er nicht zurückkehrt –, dann könnte das Durcheinander zu Hause jahrelang dauern«, sagte Baz. »Vielleicht solltest du Cavilo ihn retten lassen, anstatt zu riskieren …«

»Bis zu einem gewissen Punkt beabsichtige ich genau das zu tun«, sagte Miles. »Wenn ich nur wüßte, was Gregor denkt.« Er machte eine Pause. »Wenn wir sowohl Gregor als auch den Kampf ums Wurmloch verlieren, dann werden die Cetagandaner just in dem Augenblick vor unserer Tür erscheinen, wo bei uns die größte innere Unordnung herrscht. Was für eine Versuchung für sie, was für eine Verlockung! – Sie wollten schon immer Komarr haben. Wir könnten einer zweiten cetagandanischen Invasion in den Rachen blicken, was für sie eine fast so große Überraschung wäre wie für uns. Sie mögen schlau angelegte Pläne bevorzugen, aber sie sind nicht erhaben über einen kleinen Opportunismus – nicht über eine Gelegenheit, die sich so überwältigend anbietet …«

Angetrieben von dieser Schreckensvision, wandten sie sich entschlossen den technischen Einzelheiten zu, wobei sich Miles an den alten Spruch über die Notwendigkeit eines Nagels erinnerte. Sie hatten den Überblick fast abgeschlossen, als der diensthabende Kommunikationsoffizier Miles über seine Komkonsole anrief.

»Admiral Naismith, Sir?« Der Offizier blickte interessiert Miles ins Gesicht und fuhr dann fort: »Da ist ein

Mann in der Andockbucht, der Sie zu sprechen wünscht. Er behauptet, wichtige Informationen zu haben.«

Miles erinnerte sich an den theoretischen Ersatzattentäter. »Was wissen Sie über seine Identität?«

»Er will, man solle Ihnen sagen, sein Name sei Ungari. Das ist alles, was aus ihm herauszubekommen ist.«

Miles hielt den Atem an. Endlich kam die Kavallerie! Oder war das ein schlauer Trick, um Zugang zu bekommen? »Können Sie mich einen Blick auf ihn werfen lassen, ohne daß er es merkt?«

»In Ordnung, Sir.« Das Gesicht des Offiziers wurde auf dem Vid durch eine Ansicht der Andockbucht der *Triumph* abgelöst. Das Vid zoomte auf zwei Männer in Aslunder Technikeroveralls. Miles sank erleichtert zusammen. Hauptmann Ungari. Und der liebe Sergeant Overholt.

»Danke sehr. Lassen Sie ein Kommando die beiden Männer zu meiner Kabine begleiten.« Er blickte schnell auf Baz. »In … hm … etwa zehn Minuten.« Er schaltete aus und erklärte: »Das ist mein Chef vom Sicherheitsdienst. Gott sei Dank! Aber – ich bin nicht sicher, ob ich in der Lage wäre, ihm den besonderen Status deiner Anklage wegen Desertion zu erklären. Ich meine, er gehört zum kaiserlichen Sicherheitsdienst, nicht zur Sicherheitsabteilung der Streitkräfte, und ich kann mir nicht vorstellen, daß der alte Haftbefehl für dich gerade jetzt auf der Liste seiner Anliegen obenan steht, aber es wäre vielleicht … einfacher, wenn du ihm aus dem Weg gehst, oder?«

»Mm.« Baz verzog das Gesicht zum Zeichen der Zustimmung. »Ich nehme an, ich habe Pflichten, um die ich mich kümmern muß?«

»Das ist nicht gelogen. Baz …« Einen Moment lang sehnte sich Miles danach, Baz zu sagen, er solle Elena nehmen und fliehen, weit weg in Sicherheit gehen vor der drohenden Gefahr. »Es wird bald echt verrückt zugehen.«

»Wenn Miles der Verrückte wieder die Leitung hat, wie könnte es da anders sein?« Baz zuckte die Achseln und lächelte. Er ging zur Tür.

»Ich bin nicht so verrückt wie Tung – guter Gott, niemand nennt mich so, nicht wahr?«

»Ach – das ist ein alter Scherz. Nur unter ein paar alten Dendarii.« Baz beschleunigte seinen Schritt.

Und es gibt sehr wenige alte Dendarii. Das war unglücklicherweise nicht witzig. Die Tür schloß sich zischend hinter dem Ingenieur.

Ungari. Ungari. Endlich jemand, der die Verantwortung übernahm. *Wenn ich nur Gregor bei mir hätte, dann wäre ich genau jetzt fertig. Aber zumindest kann ich herausfinden, was unsere Seite die ganze Zeit über im Schilde geführt hat.* Erschöpft legte er den Kopf auf die Arme über Osers Komkonsolenpult und lächelte. Hilfe kam. Endlich.

Ein Traum schlich sich zwischen seine Gedanken und verwirrte sie; als der Summer an der Kabinentür erneut ertönte, schreckte Miles aus zu lang aufgeschobenem Schlaf hoch. Er rieb sich benommen das Gesicht und drückte den Türöffner auf dem Tisch. »Herein.« Er blickte schnell auf sein Chrono: nur vier Minuten hatte er mit diesem Abgleiten des Bewußtseins verloren. Es war endgültig Zeit für eine Pause.

Chodak und zwei Dendarii-Wachen eskortierten Hauptmann Ungari und Sergeant Overholt in den Raum. Ungari und Overholt waren beide in die gelbbraunen Overalls Aslunder Aufseher gekleidet, zweifellos mit dazu passenden Ausweisen. Miles lächelte ihnen glücklich zu.

»Sergeant Chodak, Sie und Ihre Männer warten draußen.« Chodak wirkte arg enttäuscht über diesen Ausschluß. »Und bitten Sie Oberstleutnant Elena Bothari-Jesek, daß sie hierherkommt, wenn sie mit ihrer gegenwärtigen Aufgabe fertig ist. Danke.«

Ungari wartete ungeduldig, bis sich die Tür hinter Chodak geschlossen hatte, und trat dann vor. Miles stand auf und salutierte schneidig. »Froh, Sie zu sehen.«

Zu Miles' Überraschung erwiderte Ungari den Gruß nicht; statt dessen packten seine Hände Miles' Uniformjacke und hoben ihn hoch. Miles spürte, daß Ungari nur unter größter Zurückhaltung nach seinen Jackenaufschlägen statt nach seinem Hals gegriffen hatte. »Vorkosigan, Sie Idiot! Was für ein Spiel haben Sie, zum Teufel noch mal, getrieben?«

»Ich habe Gregor gefunden, Sir. Ich ...« – sag nicht, *habe ihn verloren.* »Ich rüste gerade eine Expedition aus, um ihn zu retten. Ich bin so froh, daß Sie Kontakt mit mir aufgenommen haben; eine Stunde später, und Sie hätten das Boot verpaßt. Wenn wir unsere Informationen und Ressourcen zusammentun ...«

Weder lockerte sich Ungaris Griff noch entspannten sich seine verzerrten Lippen. »Wir wissen, daß Sie den Kaiser gefunden haben, wir sind euch beiden von der Haftabteilung des Konsortiums bis hierher gefolgt. Dann seid ihr beide plötzlich verschwunden.«

»Haben Sie nicht Elena gefragt? Ich dachte, Sie würden das tun – hören Sie, Sir, setzen Sie sich, bitte«, *und lassen Sie mich herunter, verdammt* – Ungari schien nicht zu bemerken, daß Miles' Zehen nach dem Boden tasteten, »und erzählen Sie mir, wie das alles von Ihrem Standpunkt aus ausgesehen hat. Das ist sehr wichtig.«

Ungari atmete heftig, ließ Miles los und setzte sich auf den angewiesenen Dienststuhl, oder zumindest auf dessen Rand. Auf ein Handzeichen hin bezog Overholt hinter ihm Position. Miles blickte mit einer gewissen Erleichterung auf Overholt, den er zuletzt mit dem Gesicht nach unten bewußtlos auf dem Boden der Halle der Konsortium-Station hatte liegen sehen;

der Sergeant schien völlig erholt zu sein, wenn auch müde und gestresst.

Ungari sagte: »Als Sergeant Overholt endlich zu sich kam, folgte er Ihnen zur Haftabteilung des Konsortiums, aber da waren Sie schon verschwunden. Er dachte, *die* hätten das bewerkstelligt; die dachten, *er* hätte das eingefädelt. Er warf mit Bestechungsgeldern um sich, und schließlich erfuhr er die Geschichte von dem Kontraktsklaven, den Sie zusammengeschlagen hatten – einen Tag später, als der Mann endlich reden konnte …«

»Er hat also überlebt«, sagte Miles. »Gut, Gre … – wir hatten uns deshalb Sorgen gemacht.«

»Ja, aber Overholt erkannte anfangs den Kaiser in den Berichten des Kontraktsklaven nicht – der Sergeant war nicht auf der Liste derer gewesen, die man über sein Verschwinden informiert hatte.«

Ein schwacher Anflug von Zorn huschte über das Gesicht des Sergeanten, als würde er sich an große Ungerechtigkeit erinnern.

»Erst als er mit mir hier Kontakt aufgenommen hatte, als wir in eine Sackgasse geraten waren und noch mal alle Schritte nachgingen in der Hoffnung, eine Spur von Ihnen zu finden, die wir übersehen hatten, da identifizierte ich den fehlenden Kontraktsklaven als Kaiser Gregor. *Tage* waren da verloren.«

»Ich war mir sicher, Sie würden Kontakt mit Elena Bothari-Jesek aufnehmen, Sir. Sie wußte, wohin wir gegangen waren. Sie wußten doch, daß sie meine eidgebundene Lehnsfrau ist, das steht in meinen Akten.«

Ungari preßte die Lippen zusammen und warf ihm einen wütenden Blick zu, lieferte aber ansonsten keine Erklärung für diesen Fehlgriff. »Als die erste Welle barrayaranischer Agenten in der Hegen-Nabe ankam, hatten wir endlich genügend Verstärkung, um eine ernsthafte Suche vorzubereiten …«

»Gut! Also weiß man zu Hause, daß Gregor in der

Nabe ist. Ich befürchtete schon, Illyan würde immer noch all seine Ressourcen auf Komarr verschwenden, oder, noch schlimmer, in Richtung Escobar.«

Ungari ballte wieder die Fäuste. »Vorkosigan, *was haben Sie mit dem Kaiser gemacht?*«

»Er ist momentan in Sicherheit, aber trotzdem in großer Gefahr.« Miles dachte eine Sekunde lang darüber nach. »Das heißt, im Moment geht es ihm gut, denke ich, aber das wird sich ändern mit der taktischen …«

»Wir wissen, wo er ist, er wurde vor drei Tagen von einem Agenten bei den Randall's Rangers entdeckt.«

»Das muß gewesen sein, als ich gerade abgereist war«, rechnete Miles nach. »Nicht, daß er mich hätte entdecken können, ich war im Schiffsgefängnis – was tun wir jetzt in dieser Richtung?«

»Rettungsstreitkräfte werden zusammengezogen; ich weiß nicht, wie groß die Flotte sein wird.«

»Wie steht es mit der Erlaubnis, den Raum von Pol zu durchqueren?«

»Ich zweifle, daß man darauf warten wird.«

»Wir müssen Pol alarmieren, nicht beleidigen. Die …«

»Fähnrich, Vervain hält den Kaiser gefangen!« knurrte Ungari wütend. »Ich werde nicht …«

»Nicht Vervain hält Gregor gefangen, sondern Kommandantin Cavilo«, unterbrach Miles eilig. »Es ist strikt unpolitisch, ein Komplott zu ihrem privaten Gewinn. Ich glaube – tatsächlich bin ich mir absolut sicher –, die Regierung von Vervain weiß nicht das geringste über ihren ›Gast‹. Unsere Rettungsstreitkräfte müssen gewarnt werden, keinen feindseligen Akt zu begehen, bevor die cetagandanische Invasionsflotte auftaucht.«

»Die was?«

Miles zögerte, dann sagte er leiser: »Wollen Sie damit sagen, Sie wissen nichts über die cetagandanische Invasion?« Er hielt inne. »Nun ja, nur weil Sie davon noch nichts wissen, muß das noch nicht bedeuten, daß Illyan das noch nicht rausgekriegt hat. Selbst wenn wir nicht herausgefunden haben, wo sie sich innerhalb ihres Imperiums sammeln – sobald der Sicherheitsdienst zusammenzählt, wieviel cetagandanische Raumkriegsschiffe von ihren Heimatstandorten verschwunden sind, wird man erkennen, daß etwas im Busche ist. Irgend jemand muß ja noch solche Dinge im Auge behalten, selbst in der gegenwärtigen Aufregung wegen Gregor.« Ungari saß immer noch wie betäubt da, deshalb fuhr Miles mit seinen Erklärungen fort. »Ich erwarte, daß eine cetagandanische Streitmacht in den Lokalraum von Vervain eindringt und dann weitermacht, um sich die Hegen-Nabe zu sichern, und zwar mit Einwilligung von Kommandantin Cavilo. Sehr bald. Ich plane, die Dendarii-Flotte auf die andere Seite des Systems zu nehmen und die Cetagandaner am Wurmloch von Vervain zu bekämpfen, und dieses Wurmloch zu halten, bis Gregors Befreiungsflotte eintrifft. Ich hoffe, man schickt mehr als nur ein diplomatisches Verhandlungsteam ... Übrigens, haben Sie noch die Blankokreditanweisung für den Söldnervertrag, die Illyan Ihnen gab? Ich brauche sie.«

»Sie, mein Herr«, begann Ungari, als er seiner Stimme wieder mächtig war, »gehen *nirgendwohin* außer in unsere konspirative Wohnung auf der Aslund-Station. Wo Sie ruhig – sehr ruhig – warten werden, bis Illyans Verstärkungen eintreffen, um Sie *mir abzunehmen.*«

Miles ignorierte höflich diesen unpraktischen Ausbruch. »Sie müssen doch Daten für Ihren Bericht an Illyan gesammelt haben. Ist da irgend etwas dabei, das für mich von Nutzen ist?«

»Ich habe einen vollständigen Bericht über die Aslund-Station, über die Vorkehrungen der Aslunder Flotte und der Söldner und ihre Stärken, aber ...«

»*Ich* habe das alles inzwischen.« Miles trommelte mit den Fingern ungeduldig auf Osers Komkonsole. »Verdammt. Ich wünsche mir, Sie hätten die letzten zwei Wochen statt dessen auf der Vervain-Station verbracht.«

Ungari knirschte mit den Zähnen. »Vorkosigan, Sie stehen jetzt auf und kommen mit Sergeant Overholt und mir. Oder mein Ehrenwort, ich werde Overholt Sie mit Gewalt davontragen lassen.«

Overholt beäugte ihn mit kalter Berechnung, erkannte Miles. »Das könnte ein ernster Fehler sein, Sir. Schlimmer als Ihre Unterlassung, Elena zu kontaktieren. Wenn Sie mich nur mal die allgemeine strategische Situation erklären lassen ...«

Über das Erträgliche hinaus gereizt, stieß Ungari hervor: »Overholt, packen Sie ihn!«

Miles drückte den Alarmknopf an seinem Komkonsolenpult, als Overholt über ihn herfiel. Er sprang um seinen Stuhl herum und stieß ihn aus seiner Verankerung, als Overholt danebengriff. Die Kabinentür öffnete sich zischend. Chodak und seine zwei Wachen stürmten herein, gefolgt von Elena. Overholt, der um die Ecke des Komkonsolenpults hinter Miles herjagte, schlitterte direkt in Chodaks Betäuberfeuer. Er fiel mit einem heftigen Plumps zu Boden; Miles zuckte zusammen. Ungari sprang auf die Füße und hielt dann inne, eingerahmt von vier auf ihn zielenden Dendarii-Betäubern. Miles kam es vor, als müßte er gleich in Tränen ausbrechen, oder möglicherweise in ein Gelächter. Keins von beiden wäre nützlich gewesen. Er gewann wieder die Herrschaft über seinen Atem und seine Stimme.

»Sergeant Chodak, bringen Sie diese beiden Männer ins Schiffsgefängnis der *Triumph*. Stecken Sie sie ... stecken Sie sie mal in die Zelle neben Metzov und Oser.«

»Jawohl, Admiral.«

Ungari fiel in tapferes Schweigen, wie es sich für

einen gefangenen Spion ziemte, und duldete es, hinausgeführt zu werden, obwohl die Adern an seinem Hals vor unterdrückter Wut pulsierten, als er einen zornigen Blick zurück auf Miles warf.

Und ich kann ihn nicht einmal mit Schnell-Penta verhören, dachte Miles bedauernd. Ein Agent auf der Ebene von Ungari hatte sicher ein Implantat mit einer induzierten allergischen Reaktion gegen Schnell-Penta; nicht Euphorie, sondern anaphylaktischer Schock und Tod wären das Ergebnis solch einer Dosis. Einen Augenblick später erschienen zwei weitere Dendarii mit einer Schwebepalette und brachten den reglosen Overholt weg.

Als sich die Tür hinter ihnen schloß, fragte Elena: »Also gut, um was ging es bei dem Ganzen?«

Miles seufzte tief: »Das war unglücklicherweise mein Vorgesetzter beim Kaiserlichen Sicherheitsdienst, Hauptmann Ungari. Er war nicht in der Stimmung, mir zuzuhören.«

Elenas Augen leuchteten vor perverser Begeisterung. »Lieber Gott, Miles! Metzov – Oser – Ungari – alle hintereinander – du bist sicherlich hart zu deinen kommandierenden Offizieren. Was wirst du tun, wenn die Zeit kommt, sie alle herauszulassen?«

Miles schüttelte ratlos den Kopf. »Ich weiß es nicht.«

Die Flotte löste sich binnen einer Stunde von der Aslund-Station und bewahrte strikte Funkstille. Die Aslunder gerieten natürlich in Panik. Miles saß im Kommunikationszentrum der *Triumph* und hörte ihre hektischen Anfragen ab, entschlossen, nicht in den natürlichen Lauf der Ereignisse einzugreifen, es sei denn, die Aslunder eröffneten das Feuer. Bis er Gregor wieder in Händen hatte, mußte er um jeden Preis Cavilo das korrekte Bild präsentieren. Sie in dem Glauben lassen, daß sie bekäme, was sie wollte, oder zumindest, wonach sie verlangt hatte.

Tatsächlich versprach der natürliche Lauf der Ereignisse mehr von den Ergebnissen zu liefern, die Miles wünschte, als er durch Planung und Überredung hätte erreichen können. Die Aslunder hatten drei Haupttheorien, wie Miles aus ihrem Funkgeschnatter schließen konnte: die Söldner flohen ganz und gar aus der Hegen-Nabe aufgrund einer geheimen Nachricht von einem bevorstehenden Angriff; die Söldner hauten ab, um sich einem oder mehreren von Aslunds Feinden anzuschließen; oder, am schlimmsten von allem, die Söldner eröffneten einen nicht provozierten Angriff auf besagte Feinde, wobei eine nachfolgende Vergeltung auf die Häupter der Aslunder zurückfallen würde. Die Streitkräfte der Aslunder wurden in höchsten Alarmzustand versetzt. Da der plötzliche Abzug ihrer treulosen Söldner sie ihrer mutmaßlichen Verteidigung entblößt hatte, wurden Verstärkungen angefordert, mobile Streitkräfte in die Nabe verlegt, Reserven aktiviert.

Miles atmete erleichtert auf, als die letzten Schiffe der Dendarii-Flotte die Region der Aslunder geräumt hatten und dem offenen Raum zustrebten. Da die Aslunder durch die Verwirrung aufgehalten worden waren, konnte jetzt keine Aslunder Verfolgertruppe die Dendarii noch einholen, bis sie in der Nähe des Wurmlochs von Vervain die Geschwindigkeit verlangsamten. Und dort dürfte es mit der Ankunft der Cetagandaner nicht allzu schwer sein, die Aslunder dazu zu überreden, sich selbst als Reserven der Dendarii einzustufen.

Das Timing war, wenn schon nicht alles, so doch sehr viel. Angenommen, Cavilo hatte noch nicht ihren Startcode an die Cetagandaner gesendet. Die plötzliche Bewegung der Dendarii-Flotte könnte ihr durchaus einen solchen Schreck einjagen, daß sie ihr Komplott fallenließ. Schön, dachte Miles. In diesem Fall hätte er die cetagandanische Invasion gestoppt, ohne daß ein Schuß abgefeuert worden wäre. Ein perfekter Krieg der Manöver, nach Admiral Aral Vorkosigans eigener Definition. *Natürlich würde ich da politisch dumm aus der Wäsche schauen, und von drei Seiten wäre ein Lynchmob hinter mir her, aber Papa würde mich verstehen – hoffe ich.* Das würde das Überleben und Gregors Befreiung als seine einzigen taktischen Ziele übriglassen, was im Kontrast zur gegenwärtigen Lage absurder- und erfreulicherweise leicht erschien. Es sei denn natürlich, Gregor wollte nicht befreit werden …

Weitere, feinere Zweige des Strategiebaums mußten auf die Ereignisse warten, entschied Miles völlig erschöpft. Er wankte in Osers Kabine, fiel dort ins Bett und schlief zwölf ganze, volle Stunden.

Die Kommunikationsoffizierin der *Triumph* weckte Miles mit einem Anruf über Vid. Miles tappt in seiner Unterwäsche zur Komkonsole und sank auf den Stuhl. »Ja?«

»Sie wünschten über Botschaften von der Vervain-Station informiert zu werden, Sir.«

»Ja, danke.« Miles rieb sich den Schlaf aus den Augen und blickte nach der Uhr. Es blieben noch zwölf Stunden Flugzeit bis zu ihrer Ankunft am Ziel. »Schon irgendwelche Anzeichen für ungewöhnliche Aktivitäten auf der Vervain-Station oder an ihrem Wurmloch?«

»Noch nicht, Sir.«

»In Ordnung. Fahren Sie fort, allen nach draußen gehenden Verkehr zu überwachen, aufzuzeichnen und zu verfolgen. Wieviel beträgt gegenwärtig die Zeitverzögerung bei der Übertragung von uns zu ihnen?«

»Sechsunddreißig Minuten, Sir.«

»Mm. Sehr schön. Übertragen Sie mir die Botschaft hierher.« Gähnend lehnte er seine Ellbogen auf Osers Komkonsole und betrachtete das Vid. Ein hochrangiger Offizier der Vervani erschien auf dem Schirm und wünschte eine Erklärung für die Bewegungen der Oser-/Dendarii-Flotte. Es klang sehr ähnlich wie bei den Aslundern. Kein Zeichen von Cavilo. Miles wählte die Kommunikationsoffizierin an. »Senden Sie als Antwort, daß ihre wichtige Botschaft durch statische Störungen und eine Fehlfunktion in unserem Decodiersystem hoffnungslos verzerrt war. Bitten Sie dringend um eine Wiederholung mit Verstärkung.«

»Jawohl, Sir.«

In den folgenden siebzig Minuten nahm Miles in aller Ruhe ein Bad, zog eine passende Uniform (samt Stiefel) an, die man besorgt hatte, während er schlief, und aß ein reichhaltiges Frühstück. Rechtzeitig für die zweite Übertragung kam er in den Navigationsraum der *Triumph* spaziert. Diesmal stand Kommandantin Cavilo mit überkreuzten Armen hinter dem vervanischen Offizier. Der Vervani wiederholte seinen Text von vorher, buchstäblich mit Verstärkung; diesmal war seine Stimme lauter und schärfer. Cavilo fügte hinzu: »Erklären Sie sich sofort, oder wir werden Sie als feindliche Streitmacht betrachten und entsprechend reagieren.«

Das war die Verstärkung, die er gewollt hatte. Miles ließ sich auf dem Stuhl an der Kommunikationsstation nieder und brachte seine Dendarii-Uniform so gut wie möglich in Ordnung. Er gab acht, daß die Admiralsabzeichen auf dem Vid deutlich sichtbar waren. »Bereit zum Senden«, nickte er der Kommunikationsoffizierin zu. Er glättete seine Gesichtszüge zu einem so unbewegten und todernsten Ausdruck, wie er nur konnte.

»Hier spricht Admiral Miles Naismith, Kommandant der Freien Dendarii-Söldnerflotte. An Kommandantin Cavilo, Randall's Rangers, vertraulich. Madame. Ich habe meine Mission erfüllt, genau wie Sie befohlen haben. Ich erinnere Sie an die Belohnung, die Sie mir für meinen Erfolg versprochen haben. Was sind Ihre nächsten Instruktionen? Naismith Ende.«

Die Offizierin schickte die Aufzeichnung in den Dichtstrahl-Zerhacker. »Sir«, sagte sie unsicher, »wenn das nur für die Augen von Kommandantin Cavilo bestimmt ist, sollten wir es dann auf dem Befehlskanal von Vervain senden? Die Vervani werden es erst entschlüsseln müssen, bevor sie es weitergeben. Es wird von einer Menge anderer Augen außer den ihren gesehen werden.«

»Ganz recht, Leutnant«, sagte Miles. »Machen Sie weiter und senden Sie!«

»Oh. Und wenn – falls – sie antworten, was soll ich dann Ihrem Wunsch gemäß tun?«

Miles blickte auf sein Chrono. »Um die Zeit ihrer nächsten Antwort dürfte unsere Flugroute uns hinter die störende Corona der Zwillingssonne führen. Wir dürften dann gute... oh... drei Stunden unerreichbar sein.«

»Ich kann die Verstärkung noch erhöhen, Sir, und durch...«

»Nein, nein, Leutnant. Die Störung wird schrecklich sein. Wenn Sie das auf vier Stunden ausdehnen können, so ist es genaugenommen noch viel besser. Aber lassen Sie es echt erscheinen. Ich möchte, daß Sie sich als Nichtkommunikationsoffizierin betrachten, bis wir in einem Bereich für eine Dichtstrahl-Konferenz zwischen mir und Cavilo in Fastechtzeit sind.«

»Jawohl, Sir«, grinste sie. »Jetzt verstehe ich.«

»Machen Sie weiter. Erinnern Sie sich daran: ich wünsche ein Maximum an Ineffizienz, Inkompetenz und Fehlern. Das heißt, auf den Kanälen der Vervani. Sie haben sicher schon mit Rekruten gearbeitet. Seien Sie kreativ.«

»Jawohl, *Sir.*«

Miles ging fort, um Tung zu suchen.

Als sich die Kommunikationsoffizierin erneut meldete, waren er und Tung im Taktikzentrum der *Triumph* völlig in das Display des Taktikcomputers vertieft, wo sie projizierte Wurmlochszenarien ablaufen ließen.

»Veränderungen auf der Vervain-Station, Sir. Der gesamte abgehende kommerzielle Schiffsverkehr wurde angehalten. Ankommenden Schiffen wird die Erlaubnis zum Andocken verweigert. Codierte Sendungen auf allen militärischen Kanälen haben sich just verdreifacht. Und vier große Kriegsschiffe sind gerade gesprungen.«

»In die Nabe oder hinaus nach Vervain?«

»Hinaus nach Vervain, Sir.«

Tung lehnte sich vor. »Übertragen Sie die bestätigten Daten in das Taktikdisplay, Leutnant.«

»Jawohl, Sir.«

»Danke«, sagte Miles. »Halten Sie uns auf dem laufenden. Und hören Sie auch die zivilen nichtcodierten Nachrichten ab, alle, die Sie aufschnappen können. Ich möchte, daß wir die Gerüchte beobachten, sobald sie auszuschwirren beginnen.«

»In Ordnung, Sir. Ende.«

Während die Kommunikationsoffizierin die neuen Daten in den Computer schickte, rief Tung ein Programm auf, das mit einem gewissen Lachen das ›Echtzeit‹-Taktikdisplay genannt wurde, eine farbenprächtige schematische Darstellung. Er untersuchte die Identität der vier ausgelaufenen Kriegsschiffe. »Es geht los«, sagte er grimmig. »Du hast es vorhergesagt.«

»Glaubst du nicht, daß wir der Auslöser sind?«

»Nicht bei diesen vier Schiffen. Sie hätten nicht die Station verlassen, wenn sie nicht dringend woanders benötigt würden. Du solltest besser deinen Arsch rüber…, das heißt, mach jetzt die *Ariel* zu deinem Flaggschiff, mein Sohn.«

Miles rieb nervös die Lippen und betrachtete im schematischen Display im Taktikraum der *Ariel* das, was er bei sich seine ›Kleine Flotte‹ getauft hatte. Das Gerät zeigte jetzt die *Ariel* selbst sowie die zwei nächstschnellsten Schiffe der Dendarii-Streitkräfte. Seine eigene, persönliche Angriffsgruppe: schnell, manövrierbar, geeignet für plötzliche Kurswechsel, wobei sie weniger Wenderaum brauchte als jede andere mögliche Kombination. Zugegebenermaßen hatten die Schiffe geringe Feuerkraft. Aber wenn sich die Dinge so entwickelten, wie Miles es geplant hatte, dann war Feuern sowieso keine wünschenswerte Option.

Der Taktikraum der *Ariel* war mit einer Stammannschaft besetzt: Miles, Elena als seine persönliche Kommunikationsoffizierin, Arde Mayhew für alle anderen Systeme. Alle vom engsten Kreis, in Erwartung dieser nächsten höchst privaten Unterredung. Wenn es zu einem wirklichen Kampf käme, so würde er den Raum an Thorne übergeben, der im Augenblick in den Navigationsraum ausquartiert war. Und dann würde er sich vielleicht in seine Kabine zurückziehen und sich den Bauch aufschlitzen.

»Schauen wir uns jetzt mal die Vervain-Station an«, sagte er zu Elena, die an der Kommunikationsstation saß. Das zentrale Holoviddisplay in der Mitte des Raumes drehte sich verwirrend, als sie die Steuerung betätigte. Die schematische Darstellung ihres Zielgebiets schien zu brodeln mit sich verschiebenden Linien und Farben, die Schiffsbewegungen darstellten, Energieanschlüsse an verschiedene Waffensysteme und Abschirmungen, sowie Funkübertragungen. Die Dendarii waren jetzt kaum eine Million Kilometer entfernt, etwas mehr als drei Lichtsekunden. Die Annäherungsgeschwindigkeit verringerte sich, da die Kleine Flotte, volle zwei Stunden den langsameren Schiffen der Hauptflotte der Dendarii voraus, jetzt langsamer wurde.

»Sie sind jetzt sicher aufgescheucht«, bemerkte Elena. Ihre Hand faßte an den Kopfhörer. »Sie wiederholen ständig ihre Forderung, daß wir mit ihnen kommunizieren.«

»Aber sie starten immer noch keinen Gegenangriff«, beobachtete Miles, der das Schema studierte. »Ich bin froh, daß sie erkennen, wo die wahre Gefahr liegt. In Ordnung. Sag ihnen, daß wir unsere Kommunikationsprobleme überwunden haben – endlich –, aber sag wieder, daß ich zuerst nur zu Kommandantin Cavilo sprechen möchte.«

»Sie ... ah ... ich glaube, man stellt sie endlich durch. Ich bekomme einen Dichtstrahl auf dem reservierten Kanal herein.«

»Orte ihn.« Miles beugte sich über ihre Schulter, als sie diese Information aus dem Kommunikationsnetz herausholte.

»Die Quelle bewegt sich ...«

Miles schloß die Augen in stummem Gebet und riß sie dann wieder auf, als Elena triumphierend rief: »Ich hab's! Da! Das kleine Schiff.«

»Gib mir seinen Kurs und sein Energieprofil. Ist sie in Richtung auf das Wurmloch unterwegs?«

»Nein, sie bewegt sich davon weg.«

»Ha!«

»Es ist ein schnelles Schiff – klein – es ist ein Kurier der *Falcon*-Klasse«, berichtete Elena. »Wenn ihr Ziel Pol ist – und Barrayar –, dann muß sie unser Dreieck schneiden.«

Miles atmete aus. »Stimmt. Stimmt. Sie hat gewartet, um auf einem Kanal zu sprechen, den ihre Vervani-Bosse nicht abhören können. Das dachte ich mir schon. Was für Lügen hat sie ihnen wohl erzählt? Sie hat den kritischen Punkt überschritten, weiß sie das?« Er öffnete die Arme für den neuen kurzen Vektor in dem Schema. »Komm, meine Liebe. Komm zu mir.«

Elena hob sarkastisch ihre Augenbrauen. »Jetzt kommt sie durch. Deine Liebste erscheint gleich auf Monitor Drei.«

Miles warf sich auf den entsprechenden Stuhl und ließ sich vor dem Holovidschirm nieder, der zu funkeln begann. Nun war der Zeitpunkt gekommen, wo er noch jedes bißchen Selbstbeherrschung aufbieten mußte, über das er je verfügt hatte. Er glättete sein Gesicht zu einem Ausdruck kühlen ironischen Interesses, als Cavilos feine Züge vor ihm erschienen. Außerhalb des Blickwinkels der Vidkamera wischte er seine schwitzenden Hände an den Knien seiner Hose ab.

Cavilos blaue Augen leuchteten triumphierend, ihr Lippen waren zusammengepreßt, ihre Augenbrauen angespannt. »Lord Vorkosigan. Was tun Sie hier?«

»Ich befolge Ihre Befehle, Madame. Sie sagten mir, ich solle die Dendarii holen. Und ich habe nichts an Barrayar übermittelt.«

Eine Zeitverzögerung von sechs Sekunden, während der Dichtstrahl von Schiff zu Schiff flog und ihre Antwort zurückbrachte. Schade, daß sie dadurch ebensoviel Zeit zum Nachdenken hatte wie er.

»Ich habe Ihnen nicht befohlen, die Nabe zu durchqueren.«

Miles hob die Brauen in gespielter Verwirrung. »Aber wo sonst würden Sie meine Flotte brauchen, außer am Ort des Geschehens? Ich bin doch nicht schwer von Begriff.«

Cavilos Pause dauerte diesmal länger, als durch die Zeitverschiebung notwendig war. »Sie wollen damit sagen, Sie haben Metzovs Botschaft nicht bekommen?« fragte sie.

Die kam mir verdammt nahe. Was für ein tolles Aufgebot an Doppeldeutigkeiten. »Warum, haben Sie ihn als Kurier geschickt?«

Verzögerung. »Ja!«

Eine offensichtliche Lüge gegen eine offensichtliche Lüge! »Ich habe ihn nie gesehen. Vielleicht ist er desertiert. Er muß erkannt haben, daß er Ihre Liebe an jemanden anderen verloren hat. Vielleicht hat er sich jetzt in die Bar irgendeines Raumflughafens verkrochen und ertränkt seinen Schmerz.« Miles seufzte tief bei diesem traurigen Szenario.

Cavilos besorgt-aufmerksamer Gesichtsausdruck wich der Wut, als dies ankam. »Idiot! Ich weiß, daß Sie ihn gefangengenommen haben!«

»Ja, und ich frage mich seitdem, warum Sie es zugelassen haben, daß so was passiert. Wenn dieser Zwischenfall unerwünscht war, dann hätten Sie Vorkehrungen dagegen treffen sollen.«

Cavilos Augen verengten sich. Sie schwenkte um. »Ich befürchtete, daß Stanis' Emotionen ihn unzuverlässig machen könnten. Ich wollte ihm noch eine Chance geben, um seine Loyalität zu beweisen. Ich gab meinem Ersatzmann den Befehl, ihn zu töten, falls er versuchen sollte, Sie umzubringen, aber als Metzov danebenschoß, zögerte der Dummkopf.«

Wenn man *falls / versuchen* durch *sobald / Erfolg haben* ersetzte, dann kam diese Aussage vermutlich der Wahrheit nahe. Miles wünschte, er hätte eine Aufzeichnung von dem Feldbericht jenes Rangers und von Cavilos heftiger Antwort. »Da, sehen Sie? Sie *wollen* Untergebene, die für sich selbst denken können. Wie mich.«

Cavilo warf den Kopf zurück. »Sie als Untergebener? Lieber schlafe ich mit einer Schlange!«

Eine interessante Vorstellung. »Sie sollten sich lieber an mich gewöhnen. Sie suchen Zugang zu einer Welt, die Ihnen fremd und mir vertraut ist. Die Vorkosigans sind ein integraler Bestandteil der herrschenden Klasse von Barrayar. Sie könnten einen einheimischen Führer gebrauchen.«

Verzögerung. »Genau. Ich versuche – ich muß – Ihren Kaiser in Sicherheit bringen. Sie blockieren seine Flugroute. Gehen Sie mir aus dem Weg!«

Miles warf schnell einen Blick auf das Taktikdisplay. Ja, genau so war es. *Gut, komm zu mir.* »Kommandantin

Cavilo, ich bin mir sicher, daß Ihnen eine wichtige Größe in Ihren Berechnungen über meine Person fehlt.«

Verzögerung. »Lassen Sie mich meine Position klarstellen, Sie kleiner Barrayaraner. Ich habe Ihren Kaiser. Ich kontrolliere ihn absolut.«

»Schön, lassen Sie mich diese Befehle dann von ihm selbst hören.«

Verzögerung – um einen Bruchteil kürzer, ja. »Ich kann ihm vor Ihren Augen die Kehle durchschneiden lassen. Lassen Sie mich durch!«

»Nur zu!« Miles hob die Schultern. »Das wird allerdings eine schreckliche Schweinerei auf Ihrem Deck anrichten.«

Sie grinste säuerlich, nach der Verzögerung. »Sie bluffen schlecht.«

»Ich bluffe überhaupt nicht. Gregor ist für Sie lebendig viel mehr wert als für mich. Dort, wohin Sie gehen, können Sie nichts machen, außer durch ihn. Er ist ihr Kapital. Aber hat Ihnen schon jemand gesagt, daß ich der nächste Kaiser von Barrayar werden könnte, falls Gregor stirbt?« Nun ja, darüber ließe sich streiten, aber jetzt war wohl kaum die Zeit, in die feineren Details der sechs rivalisierenden barrayaranischen Erbfolgetheorien einzusteigen.

Cavilos Gesicht erstarrte. »Er hat gesagt ... er hätte keinen Erben. Das haben Sie auch gesagt.«

»Keinen *ernannten* Erben. Weil mein Vater es ablehnt, ernannt zu werden, nicht weil ihm die Abstammung fehlt. Aber wenn man die Abstammung auch ignoriert, so wird sie doch dadurch nicht ausradiert. Und ich bin das einzige Kind meines Vaters. Und er kann nicht ewig leben. Ergo ... Also, widerstehen Sie mit allen Mitteln meinen Prisenkommandos. Drohen Sie. Führen Sie Ihre Drohungen aus. Geben Sie mir die Kaiserherrschaft. Ich werde mich hübsch bei Ihnen bedanken, bevor ich Sie im Schnellverfahren hinrichten lasse. Kaiser Miles der Erste. Wie klingt das? So gut wie Kaiserin Cavilo?« Miles betonte es nachdrücklich. »*Oder,* wir könnten zusammenarbeiten. Die Vorkosigans haben traditionell empfunden, daß die Substanz besser ist als der Name. Die Macht hinter dem Thron, wie mein Vater vor mir – der gerade diese Macht viel zu lange innehatte, wie Gregor Ihnen zweifellos erzählt hat –, Sie werden *ihn* nicht einfach durch einen Schlag Ihrer Wimpern vertreiben. Er ist immun gegen Frauen. Aber ich kenne jede seiner Schwächen. Ich habe es durchdacht. Das könnte meine größte Chance sein, so oder so. Übrigens, Mylady, macht es Ihnen etwas aus, welchen Kaiser Sie heiraten?«

Die Zeitverzögerung erlaubte es ihm, die Veränderungen ihres Gesichtsausdrucks voll auszukosten, als seine plausiblen Verleumdungen ins Ziel trafen. Bestürzung, Abscheu, widerstrebender Respekt.

»Es sieht so aus, als hätte ich Sie unterschätzt. Also gut… Ihre Schiffe können uns in Sicherheit eskortieren. Wo wir uns – das ist klar – weiter beraten müssen.«

»Ich werde Sie in Sicherheit *transportieren,* an Bord der *Ariel.* Wo wir dann uns sofort beraten werden.«

Cavilo richtete sich auf, ihre Nasenflügel bebten. »Auf gar keinen Fall!«

»Also gut, machen wir einen Kompromiß. Ich werde Gregors Befehle befolgen, und nur Gregors Befehle. Wie ich gesagt habe, Mylady, Sie sollten sich lieber daran gewöhnen. Kein Barrayaraner wird am Anfang Befehle direkt von Ihnen entgegennehmen, bis Sie sich etabliert haben. Wenn Sie sich entscheiden, dieses Spiel zu spielen, dann sollten Sie lieber anfangen zu üben. Es wird nachher nur noch komplizierter. Oder Sie können sich entscheiden, Widerstand zu leisten, und in diesem Fall bekomme ich alles.« *Spiel auf Zeit, Cavilo! Beiß an!*

»Ich werde Gregor holen.« Das Vid nahm den grauen Schleier des Wartesignals an.

Miles warf sich auf seinem Stuhl zurück, rieb sich den Hals und rollte den Kopf, versuchte seine aufgekratzten Nerven zu entspannen. Er zitterte. Mayhew blickte ihn beunruhigt an.

»Verdammt«, sagte Elena mit gedämpfter Stimme. »Wenn ich dich nicht kennen würde, so würde ich denken, du seist die zweite Besetzung für Yuri den Wahnsinnigen. Der Blick in deinem Gesicht... Lese ich in all diese verdeckten Andeutungen zu viel hinein, oder hast du gerade mit dem einen Atemzug in die Ermordung Gregors eingewilligt, im nächsten angeboten, ihm Hörner aufzusetzen, deinen Vater der Homosexualität bezichtigt, ein vatermörderisches Komplott gegen ihn vorgeschlagen und dich mit Cavilo verbündet – was wirst du als Zugabe tun?«

»Das hängt davon ab, wie es weitergeht. Ich kann es kaum erwarten, es herauszufinden«, keuchte Miles. »War ich überzeugend?«

»Du warst *unheimlich.*«

»Gut.« Er wischte wieder seine Handflächen an den Hosen ab. »Es ist ein Duell Geist gegen Geist, zwischen Cavilo und mir, bevor es je ein Kampf Schiff gegen Schiff wird... Sie ist eine zwanghafte Intrigantin. Wenn ich sie ans Licht locken kann, sie mit Worten einwickeln kann, mit ›was – wenn‹, mit all den Verzweigungen ihres Strategiebaumes, gerade lang genug, um ihre Augen von dem einen wirklichen *Jetzt* abzulenken...«

»Das Signal«, warnte Elena.

Miles straffte sich und wartete. Das nächste Gesicht, das auf dem Vidschirm erschien, war das von Gregor. Gregor, lebendig und wohlbehalten. Gregors Augen weiteten sich, dann wurde sein Gesicht reglos.

Cavilo stand hinter ihm, ein bißchen außerhalb des Fokus. »Sag ihm, was wir wollen, Liebster.«

Miles verbeugte sich im Sitzen, so tief, wie es körperlich möglich war. »Majestät, ich schenke Ihnen die Kaiserliche Freie Dendarii-Söldnerflotte. Tun Sie mit uns, wie Ihnen beliebt.«

Gregor blickte schnell zur Seite, offensichtlich auf eine taktische Anzeige, analog zur eigenen der *Ariel.* »Bei Gott, du hast sie sogar *dabei.* Miles, du bist übernatürlich.« Der Anflug von Humor wurde sofort von trockener Förmlichkeit erstickt. »Danke, Lord Vorkosigan. Ich nehme Ihr Vasallenangebot von Truppen an.«

»Wenn Sie sich der Mühe unterziehen würden, an Bord der *Ariel* zu kommen, Majestät, dann können Sie persönlich das Kommando über Ihre Streitkräfte übernehmen.«

Cavilo beugte sich vor und unterbrach Miles: »Und *jetzt* ist sein Verrat offenkundig. Laß mich einen Teil seiner letzten Worte für dich abspielen, Greg.« Cavilo griff an Gregor vorbei, um einen Knopf zu drücken, und Miles kam in den Genuß einer sofortigen Wiederholung seiner atemlosen Aufwiegelung, beginnend – natürlich – mit dem Mumpitz über den ernannten Erben und endend mit dem Angebot seiner selbst als ersatzweiser kaiserlicher Bräutigam. Sehr hübsch ausgewählt, sichtlich ungekürzt.

Gregor hörte zu und hatte dabei den Kopf nachdenklich zur Seite geneigt, sein Gesicht war vollkommen beherrscht, als die Aufnahme von Miles stammelnd zu dem vernichtenden Schluß kam. »Aber überrascht dich das, Cavie?« fragte Gregor in einem unschuldigen Ton, nahm ihre Hand und blickte über die Schulter zu ihr auf. Nach dem Ausdruck auf ihrem Gesicht überraschte sie tatsächlich *etwas.* »Lord Vorkosigans Mutationen haben ihn zum Wahnsinn getrieben jedermann weiß das! Er schmollt schon seit Jahren und murmelt solches Zeug. Natürlich traue ich ihm nicht weiter, als ich ihn werfen kann...«

Danke, Gregor, den Satz werde ich mir merken.

»… aber solange er das Gefühl hat, er kann seine Interessen fördern, indem er unsere fördert, wird er ein wertvoller Verbündeter sein. Das Haus Vorkosigan war immer mächtig in den Staatsangelegenheiten von Barrayar. Sein Großvater Graf Piotr hat meinen Großvater Kaiser Ezar auf den Thron gesetzt. Sie würden einen gleich mächtigen Feind darstellen. Ich würde vorziehen, Barrayar mit ihrer Kooperation zu regieren.«

»Ihre Ausrottung würde sicherlich genauso gut helfen«, sagte Cavilo mit einem wütenden Blick auf Miles.

»Die Zeit ist auf unserer Seite, meine Liebe. Sein Vater ist ein alter Mann. Miles ist ein Mutant. Seine Drohung mit der Abstammung ist leer; Barrayar würde nie einen Mutanten als Kaiser akzeptieren, wie Graf Aral gut weiß und sogar Miles in seinen klareren Momenten erkennt. Aber er kann uns Schwierigkeiten bereiten, wenn er das will. Ein interessantes Gleichgewicht der Macht, oder, Lord Vorkosigan?«

Miles verbeugte sich erneut. »Ich denke viel darüber nach.« *Und das hast du auch getan, scheint's.* Er gestattete sich einen beschwichtigenden Blick auf Elena, die vom Stuhl gefallen war, als Gregor von Miles verrückten Selbstgesprächen geredet hatte, die ohne Zweifel als Nebenbemerkungen bei Staatsbanketten gefallen sein mußten. Sie saß jetzt auf dem Boden und hatte ihren Ärmel in den Mund gestopft, um ihr kreischendes Gelächter zu dämpfen. Ihre Augen leuchteten über dem grauen Tuch. Sie gewann die Beherrschung über ihr ersticktes Kichern und kletterte wieder auf ihren Sitz. *Mach deinen Mund zu, Arde.*

»Also, Cavie, dann wollen wir uns meinem zukünftigen Großwesir anschließen. Zu diesem Zeitpunkt will ich seine Schiffe steuern. Und dein Wunsch«, er wandte den Kopf, um ihre Hand zu küssen, die immer noch auf seiner Schulter ruhte, »wird mir Befehl sein.«

»Glaubst du wirklich, daß das sicher ist? Wenn er so ein Psychopath ist, wie du sagst.«

»Brillant – nervös – sprunghaft – aber er ist in Ordnung, solange seine Medikation richtig angepaßt ist, das verspreche ich dir. Ich nehme an, seine Dosis ist jetzt ein bißchen zu gering, aufgrund unserer irregulären Reisen.«

Die Zeitverzögerung der Übertragung war jetzt sehr verringert. »Zwanzig Minuten zum Rendezvous, Sir«, berichtete Elena von der Seite.

»Kommen Sie in Ihrer Fähre herüber, oder in unserer, Majestät?« erkundigte sich Miles höflich.

Gregor zuckte unbekümmert die Achseln. »Das ist die Entscheidung von Kommandantin Cavilo.«

»In unserer«, sagte Cavilo sofort.

»Ich werde warten.« *Und bereit sein.*

Cavilo brach die Übertragung ab.

KAPITEL 16

Miles beobachtete über Vid, wie der erste Ranger in Raumrüstung den Fährenlukenkorridor der *Ariel* betrat. Dem vorsichtigen Vordermann folgten unmittelbar vier weitere. Sie überprüften den leeren Durchgang, der durch die geschlossenen Drucktüren, die seine beiden Enden abriegelten, zu einer Kammer geworden war. Keine Feinde, keine Ziele, nicht einmal automatische Waffen, die sie bedrohten. Eine völlig verlassene Kammer. Verwirrt nahmen die Rangers eine Verteidigungsstellung um die Fährenluke ein.

Gregor trat hindurch. Miles war nicht überrascht zu sehen, daß Cavilo dem Kaiser keine Raumrüstung zur Verfügung gestellt hatte. Gregor trug eine ordentlich gebügelte Arbeitsuniform der Rangers, ohne Abzeichen; sein einziger Schutz waren seine Stiefel. Selbst die wären ganz unzulänglich, wenn eines dieser schwergepanzerten Monster ihm auf die Zehen träte. Eine Kampfrüstung war eine großartige Sache, undurchlässig für Betäuber- und Nervendisruptorfeuer, für die meisten Gifte und biologischen Kampfstoffe; widerstandsfähig (bis zu einem gewissen Grad) gegen Plasmafeuer und Radioaktivität, vollgestopft mit intelligenter eingebauter Bewaffnung, Taktikcomputern und Telemetrie. Sehr geeignet für eine Prisenaktion. Allerdings hatte Miles tatsächlich einmal selbst die *Ariel* mit weniger Leuten, weniger eindrucksvoll bewaffnet und völlig ungepanzert gekapert. Damals hatte er die Überraschung auf seiner Seite gehabt.

Cavilo kam hinter Gregor herein. Sie hatte eine Raumrüstung an, jedoch trug sie im Moment ihren Helm wie einen abgeschlagenen Kopf unter dem Arm. Sie blickte in dem leeren Korridor umher und runzelte die Stirn. »Also gut, was ist der Trick dabei?« fragte sie laut.

Um deine Frage zu beantworten ... Miles drückte den Knopf an der Fernsteuerungsbox in seiner Hand.

Eine gedämpfte Explosion ließ den Korridor erbeben. Das Anschlußrohr wurde gewaltsam von der Fährenluke weggerissen. Die automatischen Türen, die den Druckabfall spürten, klappten sofort zu. Bloß ein Hauch von Luft entwich. Ein gutes System. Miles hatte die Techniker angehalten, sicherzustellen, daß es richtig funktionierte, bevor sie die Richtminen in die Fährenklampen einfügten. Er blickte auf seine Monitore. Cavilos Kampffähre taumelte von der Flanke der *Ariel* weg; ihre Korrekturtriebwerke und Sensoren waren von derselben Explosion beschädigt worden, die sie hinausgetrieben hatte. Ihre Waffen und in Reserve wartenden Rangers waren nutzlos, bis der Pilot, der jetzt zweifellos hektisch am Rudern war, wieder die Herrschaft über die Fluglage der Fähre gewonnen hatte. Falls er das schaffte.

»Hab ein Auge auf ihn, Bel, ich möchte nicht, daß er zurückkommt, um uns zu verfolgen«, sagte Miles über seinen Kommunikator zu Thorne, der sich im Taktikraum der *Ariel* befand.

»Ich kann ihn jetzt hochgehen lassen, wenn du willst.«

»Wart ein bißchen. Wir sind noch lange nicht klar hier unten.« *Jetzt helfe uns Gott.*

Cavilo zog ihren Helm über, ihre überraschten Kämpfer umringten sie in einer Verteidigungsformation. Alle waren voll gerüstet – und hatten nichts, worauf sie schießen konnten. Sollen sie sich nur einen Moment beruhigen, genug, um reflexartige Schießereien zu verhindern, aber nicht genug, um sie zum Nachdenken kommen zu lassen ...

Miles blickte schnell auf seine eigenen Leute in Raumrüstung, sechs an der Zahl, und schloß seinen Helm. Nicht, daß Zahlen eine Rolle spielten. Eine Million Soldaten mit Nuklearwaffen, ein Kerl mit einer

Keule: beide wären gleich ausreichend, wenn das Ziel eine einzige unbewaffnete Geisel war. Die Situation zu miniaturisieren, erkannte Miles traurig, hatte keinen qualitativen Unterschied gebracht. Er konnte es immer noch großartig verpfuschen. Der Hauptunterschied war seine Plasmakanone, die den Korridor hinab gerichtet war. Er nickte Elena zu, die an der großen Waffe stand. Das war normalerweise kein Spielzeug für Innenräume, aber sie würde anstürmende Gegner in Raumrüstungen aufhalten – und den Rumpf an der gegenüberliegenden Seite aufsprengen. Miles rechnete, daß sie theoretisch aus dieser Entfernung … hm … einen von Cavilos fünf Leuten wegpusten konnten, wenn es zu einem verzweifelten Ansturm kam, bevor die Aktion ganz in einen Kampf Mann gegen Mann, oder Rüstung gegen Rüstung, überging.

»Also los«, warnte Miles über seinen Befehlskanal, »erinnert euch an die Übung.« Er drückte auf einen anderen Knopf; die Drucktüren zwischen seiner Gruppe und Cavilos Leuten begannen zur Seite zu gleiten. Langsam, nicht plötzlich, in einer Geschwindigkeit, die sorgfältig berechnet worden war, um Furcht ohne Erschrecken auszulösen.

Volle Übertragung auf allen Kanälen plus Lautsprecher. Es war absolut wesentlich für Miles' Plan, daß er das erste Wort hatte.

»Cavilo!« rief er. »Deaktivieren Sie Ihre Waffen und bleiben Sie stehen, oder ich atomisiere Gregor!«

Körpersprache war eine wunderbare Sache. Es war erstaunlich, wieviel Ausdruck durch die blank glänzende Oberfläche einer Raumrüstung dringen konnte. Die kleinste der gepanzerten Gestalten stand mit offenen Händen da, wie betäubt. Der Worte beraubt; wertvolle Sekunden lang auch der Reaktionen beraubt. Natürlich deshalb, weil Miles ihr gerade ihre einleitenden Worte zunichte gemacht hatte. *Na, was hast du jetzt zu sagen, meine Liebe?* Es war ein verzweifelter Trick. Miles war zu dem Schluß gekommen, daß das Geiselproblem logisch unlösbar war; deshalb war es klar, daß seine einzige Chance darin bestand, daß er es zu Cavilos Problem machte, statt zu seinem eigenen.

Nun gut, er erreichte immerhin das *Stehenbleiben.* Aber er wollte den Stillstand nicht anhalten lassen. »Hören Sie auf damit, Cavilo! Nur ein nervöses Zucken ist nötig, um Sie von einer Kaiserbraut in jemanden ohne jegliche Bedeutung zu verwandeln. Und dann in überhaupt niemanden. Und Sie machen mich *wirklich nervös.*«

»Du hast gesagt, daß er ungefährlich sei«, zischte Cavilo Gregor zu.

»Seine Medikation muß geringer sein, als ich dachte«, erwiderte Gregor und blickte besorgt drein. »Nein, paß auf – er blufft. Ich beweise es dir.«

Mit beiderseits offen ausgestreckten Händen ging Gregor direkt auf die Plasmakanone zu. Miles blieb hinter seiner Gesichtsscheibe der Mund offen stehen. *Gregor, Gregor, Gregor …!*

Gregor blickte standhaft auf Elenas Gesichtsscheibe. Sein Schritt wurde nicht langsamer und geriet nicht ins Stocken. Er blieb erst stehen, als seine Brust die wulstige Mündung der Kanone berührte. Es war ein außerordentlich dramatischer und eindrucksvoller Augenblick. Miles war so in der Würdigung dieser Situation versunken, daß er etwas länger brauchte, um seinen Finger ein paar verschwindend wenige Zentimeter zu bewegen und den Knopf an seiner Steuerbox zu drücken, der die Drucktüren schloß.

Das Schott war nicht für langsames Schließen programmiert worden; es knallte schneller zu, als das Auge folgen konnte. Kurze Geräusche von Plasmafeuer auf der anderen Seite, Rufe – Cavilo schrie einen ihrer Männer an, gerade rechtzeitig, um ihn von dem fatalen Fehler abzuhalten, eine Mine gegen die Wand eines geschlossenen Raumes abzufeuern, in dem er sich selber aufhielt. Dann herrschte Schweigen.

Miles ließ sein Plasmagewehr fallen und riß seinen Helm herunter. »Allmächtiger Gott, *das* hatte ich nicht erwartet. Gregor, du bist ein Genie.«

Gregor hob sanft einen Finger und schob die Mündung der Plasmakanone zur Seite.

»Hab keine Angst«, sagte Miles. »Keine unserer Waffen ist geladen. Ich wollte keinen Unfall riskieren.«

»Ich war mir fast sicher, daß es so war«, murmelte Gregor. Er blickte über die Schultern auf die Drucktüren zurück. »Was hättest du gemacht, wenn ich mich nicht in Bewegung gesetzt hätte?«

»Weiter geredet. Verschiedene Kompromisse ausprobiert. Ich hatte noch einen Trick oder zwei … hinter der anderen Drucktür ist ein Kommando mit geladenen Waffen. Am Ende, wenn sie nicht anbiß, wäre ich bereit gewesen aufzugeben.«

»Genau das hatte ich befürchtet.«

Einige seltsame gedämpfte Geräusche drangen durch die Drucktür.

»Elena, übernimm du«, sagte Miles. »Räum auf. Fang Cavilo lebend, wenn möglich, aber ich möchte nicht, daß irgendwelche Dendarii bei dem Versuch ums Leben kommen. Geh kein Risiko ein. Vertrau auf nichts, was sie sagt.«

»Ich habe kapiert.« Elena salutierte schwungvoll und gab ihrem Kommando ein Zeichen; die Leute traten zur Seite, um ihre Waffen zu laden. Elena begann über den Befehlskanal mit dem Anführer des zweiten Kommandos zu beraten, das auf Cavilos anderer Seite wartete, und mit dem Kommandanten der Kampffähre der *Ariel,* die sich aus dem Raum näherte.

Miles führte Gregor durch den Korridor, um ihn so schnell wie möglich aus dem Gebiet des möglichen Durcheinanders zu entfernen. »In den Taktikraum, und dann werde ich dich informieren. Du mußt einige Entscheidungen treffen.«

Sie betraten ein Liftrohr und fuhren aufwärts. Mit jedem Meter, um den die Entfernung zwischen Gregor und Cavilo zunahm, atmete Miles leichter.

»Meine größte Sorge«, sagte Miles, »bis wir persönlich miteinander sprachen, war, daß Cavilo wirklich gelungen war, was sie glaubte getan zu haben, nämlich deinen Geist zu vernebeln. Ich konnte nicht erkennen, woher sie ihre Ideen haben sollte, wenn nicht von dir. Ich war nicht sicher, was ich in diesem Fall tun konnte, außer mitzuspielen, bis ich dich an höhere Experten auf Barrayar weitergeben konnte. Wenn ich überlebte. Ich wußte nicht, wie schnell du sie durchschauen würdest.«

»Oh, sofort«, sagte Gregor und zuckte die Achseln. »Sie hatte das gleiche hungrige Lächeln im Gesicht, das Vordrozda zu zeigen pflegte. Und seit ihm ein Dutzend zweitrangiger Kannibalen. Einen machthungrigen Schmeichler kann ich jetzt schon auf tausend Meter Entfernung riechen.«

»Ich ergebe mich meinem Meister der Strategie«, Miles gepanzerte Hand machte die Andeutung eines Kniefalls. »Weißt du, daß du dich selbst gerettet hast? Sie hätte dich den ganzen Weg mit nach Hause genommen, wenn ich nicht vorbeigekommen wäre.«

»Es war leicht.« Gregor runzelte die Stirn. »Voraussetzung war nur, daß ich überhaupt keine persönliche Ehre habe.« Der Blick aus Gregors Augen war todernst, erkannte Miles, bar jeden Triumphs.

»Man kann einen ehrlichen Menschen nicht betrügen«, sagte Miles unsicher. »Oder eine ehrliche Frau. Was hättest du getan, wenn sie dich heimgebracht hätte?«

»Das hängt davon ab.« Gregor starrte in die Ferne. »Wenn es ihr gelungen wäre, dich umzubringen, dann hätte ich sie vermutlich hinrichten lassen.« Gregor blickte zurück, als sie aus dem Liftrohr traten. »Das ist besser. Vielleicht… vielleicht gibt es einen Weg, ihr eine faire Chance zu geben.«

Miles blinzelte. »Ich wäre sehr vorsichtig damit, Cavilo überhaupt irgendeine Art von Chance zu geben, wenn ich du wäre. Ich würde sie nicht einmal mit einer Zange anfassen. Verdient sie eine Chance? Weißt du wirklich, was los ist, wie viele sie verraten hat?«

»Zum Teil. Und doch…«

»Doch was?«

Gregors Stimme wurde so leise, daß sie fast unhörbar wurde: »Ich wünschte mir, sie wäre echt gewesen.«

»… und das ist die gegenwärtige taktische Situation in der Nabe und im Lokalraum von Vervain, soweit meine Informationen reichen«, schloß Miles seine Darstellung für Gregor. Sie hatten den Besprechungsraum der *Ariel* ganz für sich allein; Arde Mayhew stand Wache im Korridor. Miles hatte mit seinem Schnellüberblick begonnen, als Elena berichtete, daß die feindliche Entermannschaft erfolgreich hinter Schloß und Riegel gebracht war. Er hatte nur eine Pause gemacht, um sich aus seiner schlecht sitzenden Rüstung zu schälen und wieder seine graue Dendarii-Uniform anzuziehen. Die Rüstung hatte er eilends von derselben Soldatin geliehen, die ihm schon vorher mit Kleidung ausgeholfen hatte, und die Installationen waren notgedrungenermaßen nicht angeschlossen gewesen.

Miles hielt das Holoviddisplay in der Mitte des Tisches an. Könnte er doch auch die echte Zeit und die Ereignisse mit dem Tippen auf eine Taste anhalten, um ihr schreckliches Vorwärtsstürmen aufzuhalten. »Du wirst feststellen, daß unsere größten Wissenslücken bei den genauen Informationen über die cetagandanischen Streitkräfte liegen. Ich hoffe, daß die Vervani einige dieser Lücken füllen werden, wenn wir sie überzeugen können, daß wir ihre Verbündeten sind, und daß die Rangers noch mehr Informationen übergeben werden. Auf die eine oder andere Weise.

Nun – Majestät – liegt die Entscheidung bei dir. Kämpfen oder fliehen? Ich kann die *Ariel* jetzt unmittelbar von den Dendarii abziehen, um dich heimzubringen, und das wäre eine geringe Einbuße bei diesem heißen und schmutzigen Wurmlochkampf. Feuerkraft und Panzerung werden dort gefragt sein, nicht Schnelligkeit. Es gibt wenig Zweifel daran, wofür mein Vater und Illyan stimmen würden.«

»Nein.« Gregor bewegte sich. »Andrerseits sind sie nicht hier.«

»Stimmt. Im Gegensatz dazu, um das gegenteilige Extrem zu nehmen, willst du der Oberbefehlshaber in dem Schlamassel sein? Sowohl dem Namen nach als auch de facto?«

Gregor lächelte sanft. »Was für eine Versuchung. Aber meinst du nicht, es wäre eine gewisse... ah... Hybris, die Führerschaft im Kampf zu übernehmen, ohne vorher Gefolgschaft im Kampf gelernt zu haben?«

Miles errötete leicht. »Ich – hm! – war mit einem ähnlichen Dilemma konfrontiert. Du hast die Lösung getroffen, sie heißt Ky Tung. Wir werden uns mit ihm beraten, wenn wir später wieder auf der *Triumph* sind.« Miles hielt inne. »Es gibt noch ein paar andere Dinge, die du für uns tun könntest. Wenn du das willst. Echte Dinge.«

Gregor rieb sich das Kinn und betrachtete Miles so, wie er auch ein Spiel beobachten würde. »Heraus damit, Lord Vorkosigan.«

»Legitimiere die Dendarii. Präsentiere sie den Vervani als die barrayaranische Eingreiftruppe. Ich kann nur bluffen. Dein Wort ist Gesetz. Du kannst einen rechtlich bindenden Verteidigungspakt zwischen Barrayar und Vervain schließen – mit Aslund auch, wenn wir sie dazu bewegen können. Dein größter Wert ist – tut mir leid – diplomatisch, nicht militärisch. Geh auf die Vervain-Station und verhandle mit diesen Leuten. Und ich meine wirklich verhandeln.«

»Sicher hinter der Front«, bemerkte Gregor trocken.

»Hinter der Front ist das nur, wenn wir auf der anderen Seite des Wurmlochsprungs gewinnen. Wenn wir verlieren, dann kommt die Front zu dir.«

»Ich wünschte mir, ich könnte ein Soldat sein. Ein einfacher Leutnant mit nur einer Handvoll Leute, für die ich sorgen müßte.«

»Es gibt keinen moralischen Unterschied zwischen einem und zehntausend, das versichere ich dir. Du bist genauso verdammt, egal wie viele du in den Tod schickst.«

»Ich möchte beim Kampf dabei sein. Vielleicht die einzige Chance für echtes Risiko, die ich in meinem Leben haben werde.«

»Was, das Risiko, das du jeden Tag von seiten verrückter Attentäter hast, ist noch nicht genügend Nervenkitzel für dich? Du willst mehr?«

»Aktiv. Nicht passiv. Echten Dienst.«

»Wenn – nach deinem Urteil – der beste und stärkste Dienst, den du allen anderen leisten kannst, die hier ihr Leben riskieren, in der Aufgabe eines niedrigen Frontoffiziers besteht, dann werde ich dich natürlich nach meinen besten Möglichkeiten unterstützen«, sagte Miles düster.

»Autsch«, murmelte Gregor. »Du kannst einem einen Satz herumdrehen wie ein Messer, weißt du das?« Er hielt inne. »Verträge, ja?«

»Wenn Sie so freundlich wären, Majestät.«

»Oh, hör auf«, seufzte Gregor. »Ich werde die Rolle übernehmen, die mir zugeteilt ist. Wie immer.«

»Ich danke dir.« Miles dachte daran, eine Entschuldigung anzubieten, einen Trost, dann besann er sich eines besseren. »Der andere Joker im Spiel sind Randall's Rangers. Die jetzt, wenn ich mich nicht ganz irre, in beträchtlicher Unordnung sein dürften. Ihr stellvertretender Kommandant ist verschwunden, ihre Kommandantin ist beim Beginn der Aktion desertiert – wie kam es übrigens, daß die Vervani sie weggehen ließen?«

»Sie sagte ihnen, sie würde hinausfahren, um sich mit dir zu beraten – dabei gab sie zu verstehen, daß sie dich irgendwie in ihre Truppe eingegliedert hätte. Sie sollte danach mit ihrem Schnellkurier direkt auf die heiße Seite springen.«

»Hm. Sie mag unabsichtlich uns den Weg bereitet haben – leugnet sie eine Verstrickung mit den Cetagandanern?«

»Die Vervani haben, glaube ich, noch nicht kapiert, daß die Rangers den Cetagandanern das Tor öffnen. Zu dem Zeitpunkt, als wir die Vervain-Station verließen, schrieben sie den Mißerfolg der Rangers bei der Verteidigung des Wurmlochsprungs auf der Seite nach Cetaganda hin noch deren Unfähigkeit zu.«

»Vermutlich unterstützen viele Indizien diesen Eindruck. Ich bezweifle, daß die Masse der Rangers von dem Verrat wußte, sonst hätte er nicht so lang geheim bleiben können. Und welcher innere Kader auch immer mit den Cetas zusammenarbeitete, er wurde im ungewissen gelassen, als Cavilo unvermittelt auf ihren Kaiserinnentrip ging. Erkennst du, Gregor, daß du dies gemacht hast? Die cetagandanische Invasion eigenhändig sabotiert?«

»Oh«, flüsterte Gregor, »es waren beide Hände dazu nötig.«

Miles beschloß, dieses Thema nicht zu vertiefen. »Auf jeden Fall müssen wir die Rangers loseisen – wenn wir können. Sie unter Kontrolle bekommen, oder wenigstens aus ihrer Stellung hinter dem Rücken aller anderen herausholen.«

»Sehr gut.«

»Ich schlage eine Runde des Spiels vom guten Kerl und vom bösen Buben vor. Ich übernehme gern die Rolle des bösen Buben.«

Cavilo wurde von zwei Männern mit Handtraktoren hereingebracht. Sie trug noch ihre Raumrüstung, die jetzt verschandelt und verkratzt war. Ihr Helm war weg. Die Waffenhüllen waren entfernt, die Steuersysteme abgeschaltet und die Gelenke blockiert, wodurch aus der Rüstung ein hundert Kilo schweres Gefängnis geworden war, eng wie ein Sarkophag. Die beiden Dendarii-Soldaten stellten sie am Ende des Konferenztisches aufrecht hin und traten schwungvoll zurück. Eine Statue mit einem lebendigen Kopf, an der eine Metamorphose nach Art von Pygmalion unterbrochen worden und schrecklich unvollständig geblieben war.

»Danke, meine Herren, Sie können gehen«, sagte Miles. »Oberstleutnant Bothari-Jesek, bleiben Sie bitte.«

Cavilo drehte ihren kurzgeschorenen blonden Kopf in vergeblichem Widerstand; es war die einzige Bewegung, die ihr jetzt physisch möglich war. Sie blickte wütend auf Gregor, als die Soldaten hinausgingen. »Du Schlange«, knurrte sie, »du *Scheißkerl.*«

Gregor saß da, mit den Ellbogen auf dem Konferenztisch, das Kinn auf die Hände gestützt. Er hob den Kopf, um müde zu sagen: »Kommandantin Cavilo, meine Eltern sind beide aufgrund politischer Intrigen gewaltsam ums Leben gekommen, bevor ich sechs Jahre alt war. Eine Tatsache, die Sie hätten in Erfahrung bringen können. Glaubten Sie, Sie hätten es mit einem *Amateur* zu tun?«

»Sie waren von Anfang auf Abwegen, Cavilo«, sagte Miles und ging langsam um sie herum, als nehme er seinen Preis in Augenschein. Sie drehte den Kopf, um ihn im Auge zu behalten, dann mußte sie ihn schnell auf die andere Seite wenden, um Miles'

Kreisbahn zu folgen. »Sie hätten sich an Ihren ursprünglichen Kontrakt halten sollen. Oder an Ihren zweiten Plan. Oder den dritten. Sie hätten sich genaugenommen an *irgend etwas* halten sollen. Egal was. Ihr totaler Eigennutz machte Sie nicht stark, er machte Sie zu einem Fetzen im Wind, den jeder beliebige aufheben konnte. Nun meint Gregor – jedoch nicht ich –, Sie sollten eine Chance haben, Ihr wertloses Leben zu verdienen.«

»Sie haben nicht dem Mumm, mich zur Luftschleuse hinauszustoßen.« Vor Wut waren ihre Augen zu engen Schlitzen geworden.

»Das hatte ich nicht geplant.« Da es ihr sichtlich Gänsehaut bereitete, umkreiste Miles sie aufs neue. »Nein. Wenn ich in die Zukunft schaute – wo alles vorbei ist –, so dachte ich, ich könnte Sie den Cetagandanern übergeben. Ein Leckerbissen für die Vertragsverhandlungen, der uns nichts kostet und uns helfen würde, sie freundlich zu stimmen. Ich nehme an, sie werden nach Ihnen lechzen, meinen Sie nicht auch?«

Das Blut wich aus ihrem Gesicht. Die Sehnen traten an ihrem zarten Hals hervor.

Darauf sagte Gregor: »Aber wenn Sie das tun, was wir verlangen, dann werde ich Ihnen sicheres Geleit aus der Hegen-Nabe hinaus zusichern, über Barrayar. Zusammen mit allen überlebenden Resten Ihrer Truppe, die Ihnen noch folgen. Das gibt Ihnen einen Vorsprung von zwei Monaten gegenüber der cetagandanischen Rache für dieses Debakel.«

»Tatsächlich«, warf Miles ein, »könnten Sie, wenn Sie Ihren Part spielen, aus dieser Geschichte sogar als Heldin hervorgehen. Was für ein Spaß!«

Der düstere Blick, mit dem Gregor ihn bedachte, war nicht gänzlich gespielt.

»Ich werde Sie kriegen«, keuchte Cavilo Miles zu.

»Das ist das beste Angebot, das Sie heute bekommen werden. Leben. Rettung. Ein neuer Beginn, weit weg von hier – sehr weit weg von hier. Dafür wird Simon Illyan sorgen. Weit weg, aber nicht unbeobachtet.«

Berechnung begann die Wut in ihren Augen einzuschränken. »Was wollt ihr von mir?«

»Nicht viel. Übergeben Sie alle Kontrolle, die Sie noch über Ihre Truppe haben, an einen Offizier unserer Wahl. Wahrscheinlich an einen Verbindungsoffizier von Vervain, denn schließlich bezahlen die Sie ja. Sie werden Ihren Ersatzmann in Ihre Befehlskette einführen und sich dann für die Dauer der Reise in die Sicherheit des Schiffsgefängnisses der *Triumph* zurückziehen.«

»Es wird keine überlebenden Reste der Rangers geben, wenn das alles um ist!«

»Diese Möglichkeit besteht«, gestand Miles zu. »Sie waren drauf und dran, alle wegzuwerfen. Nehmen Sie bitte zur Kenntnis, daß ich nicht eine Wahl anbiete zwischen diesem Vorschlag und einem besseren Handel. Entweder dies oder die Cetagandaner – deren Billigung von Verrat sich strikt auf diejenigen beschränkt, die zu Gunsten der Cetagandaner handeln.«

Cavilo blickte drein, als wollte sie ausspucken, aber sie sagte: »Also gut. Ich ergebe mich. Sie haben Ihren Handel.«

»Danke.«

»Aber Sie ...« – ihre Augen waren Splitter von blauem Eis, ihre Stimme leise und giftig – »Sie werden lernen, kleiner Mann. Sie haben heute Oberwasser, aber die Zeit wird Sie herunterbringen. Ich würde sagen, warten Sie einfach zwanzig Jahre, aber ich bezweifle, daß Sie so lange leben werden. Die Zeit wird Sie lehren, wieviel *Nichts* Ihnen Ihre Loyalitäten einbringen. Der Tag, an dem man Sie schließlich zermalmen und ausspucken wird – es tut mir einfach leid, daß ich nicht dabei sein werde, um ihn zu erleben, denn man wird *Hackfleisch* aus Ihnen machen.«

Miles rief die Soldaten wieder herein. »Bringt sie

weg!« Es war fast eine Bitte. Als sich die Tür hinter der Gefangenen und ihren Trägern schloß, wandte er sich um und fand Elenas Augen auf sich gerichtet.

»Gott, diese Frau macht mich frösteln«, sagte er zitternd.

»So?« bemerkte Gregor, immer noch mit den Ellbogen auf dem Tisch. »Aber auf eine unheimliche Weise scheint ihr miteinander zurechtzukommen. Ihr denkt auf die gleiche Weise.«

»Gregor!« protestierte Miles. »Elena?« rief er um eine Gegenstimme.

»Ihr seid beide ganz schön verdreht«, sagte Elena voller Zweifel. »Und ... hm ... klein.« Als Miles sie mit zusammengepreßten Lippen wütend anschaute, erklärte sie: »Die Ähnlichkeit besteht mehr in der Verhaltensweise als im Wesen. Wenn du verrückt nach Macht wärst anstelle von, von ...«

»Einer anderen Art von Verrücktheit, ja, fahr fort!«

»... dann könntest du Ränke schmieden wie sie. Du schienst es irgendwie zu genießen, herauszubringen, was sie denkt.«

»Ich sollte wohl danke sagen.« Er machte einen Buckel. War es wahr? Konnte er in zwanzig Jahren so sein? Krank vor Zynismus und unterdrückter Wut, ein abgekapseltes Ich, das nur von Gewalt, Machtspielen, Herrschaft erregt wurde, eine gepanzerte Rüstung mit einem verwundeten Tier drinnen?

»Kehren wir zur *Triumph* zurück«, sagte er kurz angebunden, »wir haben alle eine Arbeit zu erledigen.«

Miles ging ungeduldig an der Breitseite von Admiral Osers Kabine auf der *Triumph* auf und ab. Gregor lehnte schief an der Ecke des Komkonsolenpults und beobachtete sein Hin und Her.

»Natürlich werden die Vervani mißtrauisch sein, aber mit den Cetagandanern im Nacken werden sie den echten Willen haben, uns zu glauben. Und mit uns zu verhandeln. Du wirst es so attraktiv wie möglich machen wollen, um die Dinge schnell zum Abschluß zu bringen, aber natürlich gibst du nicht mehr preis, als du mußt...«

Gregor sagte trocken: »Vielleicht würdest du gern mitkommen und meinen Holoprompter bedienen?«

Miles blieb stehen und räusperte sich. »Tut mir leid. Ich weiß, du weißt mehr über Verträge als ich. Ich... plappere manchmal, wenn ich nervös bin.«

»Ja, das weiß ich.«

Miles gelang es, seinen Mund zu halten, bis der Kabinensummer ertönte. Seine Füße konnte er allerdings nicht stillhalten.

»Die Gefangenen, wie befohlen, Sir«, meldete Sergeant Chodaks Stimme über die Bordsprechanlage.

»Danke sehr, kommen Sie herein.« Miles lehnte sich über den Tisch und drückte den Türöffner.

Chodak und sein Trupp brachten Hauptmann Ungari und Sergeant Overholt in die Kabine. Die Gefangenen waren tatsächlich genau so hergerichtet, wie Miles es befohlen hatte: gewaschen, rasiert, gekämmt und in frisch gebügelte graue Dendarii-Uniformen mit den entsprechenden Rangabzeichen gekleidet. Wegen letzterem waren sie auch spürbar sauer und feindselig.

»Danke, Sergeant, Sie und Ihre Leute können gehen.«

»Gehen?« Chodaks Augenbrauen zeigten, daß er die Klugheit dieser Maßnahme anzweifelte. »Sind Sie sicher, daß wir uns nicht wenigstens auf dem Korridor bereithalten sollen, Sir? Erinnern Sie sich an letztesmal.«

»Diesmal wird es nicht nötig sein.«

Ungaris zorniger Blick strafte diese lässige Behauptung Lügen. Chodak zog sich voller Zweifel zurück und hielt seinen Betäuber ständig auf die beiden gerichtet, bis die Tür sich schloß und ihm die Sicht nahm.

Ungari holte tief Luft. »Vorkosigan! Sie meuterischer

kleiner Mutant, ich werde dafür sorgen, daß Sie vors Kriegsgericht kommen, daß Sie gehäutet werden, ausgestopft und aufgehängt für diese …«

Sie hatten noch nicht den schweigenden Gregor bemerkt, der immer noch über die Komkonsole gebeugt war und auch eine geliehene graue Dendarii-Uniform trug, allerdings ohne Abzeichen, da es bei den Dendarii kein Äquivalent für Kaiser gab.

»Mm, Sir …« Miles lenkte den Blick des düster dreinblickenden Hauptmanns auf Gregor.

»Diese Empfindungen werden von so vielen Leuten geteilt, Hauptmann Ungari, daß ich fürchte, Sie werden sich an einer Schlange anstellen müssen und warten, bis Sie drankommen«, bemerkte Gregor und lächelte leicht.

Die restliche Luft wich tonlos aus Ungari. Er nahm Haltung an; zu seinen Gunsten ist zu sagen, daß unter den wild sich mischenden Gefühlen, die sich auf seinem Gesicht abzeichneten, eine tiefe Erleichterung die Oberhand gewann. *»Majestät!«*

»Ich bitte um Verzeihung, Hauptmann«, sagte Miles, »daß ich Sie und Sergeant Overholt so eigenmächtig behandelt habe, aber ich betrachtete meinen Plan zur Rettung Gregors zu … hm … delikat für … für …« *Ihre Nerven.* »Ich dachte, ich sollte lieber die persönliche Verantwortung übernehmen.« *Sie waren glücklicher dran, daß Sie nicht dabei zuschauen mußten, wirklich. Und ich war glücklicher dran, daß ich nicht ständig gegen den Ellbogen gestoßen wurde.*

»Für Operationen dieser Größe haben Fähnriche keine persönliche Verantwortung, jedoch ihre Kommandanten«, knurrte Ungari. »Wie Simon Illyan Ihnen als erster dargelegt haben würde, wenn Ihr Plan – wie delikat er auch immer sein mochte – mißlungen wäre …«

»Also, dann meinen Glückwunsch, Sir: Sie haben soeben den Kaiser befreit«, versetzte Miles. »Der, als Ihr

Oberbefehlshaber, ein paar Befehle für Sie hat, wenn Sie ihm erlauben, zu Wort zu kommen.«

Ungari biß die Zähne aufeinander. Mit sichtlicher Bemühung zog er seine Aufmerksamkeit von Miles ab und richtete sie auf Gregor. »Majestät?«

Gregor sagte: »Als die einzigen Mitglieder des Kaiserlichen Sicherheitsdienstes im Umkreis von ein paar Millionen Kilometern – abgesehen von Fähnrich Vorkosigan, der andere Aufgaben hat – unterstelle ich Sie und Sergeant Overholt meiner Person, bis wir Kontakt mit unseren Verstärkungen aufnehmen. Ich kann auch Kurierdienste von Ihnen verlangen. Bevor wir die *Triumph* verlassen, teilen Sie bitte alle einschlägigen Informationen, über die Sie vielleicht verfügen, der Führung der Dendarii mit; die sind jetzt meine Kaiserlichen ... äh ...«

»Gehorsamsten Diener«, schlug Miles flüsternd vor.

»Streitkräfte«, schloß Gregor. »Betrachten Sie diese graue Uniform« – Ungari blickte an seiner mit Widerwillen hinunter – »als vorschriftsmäßige Dienstkleidung, und respektieren Sie sie entsprechend. Sie werden ohne Zweifel Ihre grüne Uniform zurückbekommen, wenn ich meine auch zurückkriege.«

Miles warf ein: »Ich werde den leichten Kreuzer *Ariel* der Dendarii und das schnellere unseren beiden Eilkurierschiffe für Gregors persönlichen Dienst abstellen, wenn ihr nach der Vervain-Station abfliegt. Wenn Sie sich wegen Kurierpflichten trennen müssen, dann schlage ich vor, daß Sie das kleinere Schiff nehmen und die *Ariel* Gregor überlassen. Ihr Kapitän, Bel Thorne, ist mein zuverlässigster Kapitän unter den Dendarii.«

»Denkst du immer noch an meine Rückzugslinie, hm, Miles?« fragte Gregor und hob die Augenbrauen.

Miles verbeugte sich leicht. »Wenn die Dinge ganz schiefgehen, dann muß jemand überleben, um uns zu rächen. Nicht zu vergessen, es muß auch unbedingt sichergestellt werden, daß die überlebenden Dendarii ihren Sold kriegen. Soviel schulden wir Ihnen, meine ich.«

»Ja«, sagte Gregor sanft.

»Ich habe auch meinen persönlichen Bericht über die jüngsten Ereignisse parat, den Sie an Simon Illyan abliefern sollen«, fuhr Miles fort, »für den Fall, daß ich … – für den Fall, daß Sie ihn vor mir sehen.« Miles überreichte Ungari eine Datendiskette.

Ungari blickte verwirrt drein angesichts dieser schnellen Umkehr seiner Prioritäten. »Vervain-Station? Auf Pol Sechs sind Sie sicher, bestimmt, Majestät.«

»Auf der Vervain-Station erwartet mich meine Pflicht, Hauptmann, und wohl oder übel auch Sie die ihre. Kommen Sie mit. Ich werde Ihnen alles unterwegs erklären.«

»Lassen Sie Vorkosigan frei herumlaufen?« Ungari warf Miles einen kritischen Blick zu. »Mit diesen Söldnern? Ich habe ein Problem damit, Majestät.«

»Es tut mir leid, Sir«, sagte Miles zu Ungari, »ich kann nicht, kann nicht …« *Ihnen gehorchen*, aber Miles ließ dies ungesagt. »Ich habe ein größeres Problem, wenn ich für diese Söldner einen Kampf vorbereite und mich dann, wenn es losgeht, dabei nicht sehen lasse. Ein Unterschied zwischen mir und … der früheren Kommandantin der Rangers. Es muß einen Unterschied zwischen uns geben, vielleicht ist es das. Gre … – der Kaiser versteht es.«

»Hm«, sagte Gregor. »Ja. Hauptmann Ungari, ich ernenne Fähnrich Vorkosigan zu Unserem Verbindungsoffizier zu den Dendarii. Unter meiner persönlichen Verantwortung. Was selbst für Sie ausreichend sein sollte.«

»Nicht ich bin es, für den es ausreichend sein muß, Majestät!«

Gregor zögerte kurz. »Dann in den besten Interessen von Barrayar. Ein ausreichendes Argument selbst für Simon. Gehen wir, Hauptmann.«

»Sergeant Overholt«, fügte Miles hinzu, »Sie werden des Kaisers persönlicher Leibwächter und Kammerdiener sein, bis Sie abgelöst werden.«

Overholt sah alles andere als erleichtert aus ob dieser abrupten Beförderung im Dienst. »Sir«, flüsterte er verstohlen Miles zu, »ich habe den Fortgeschrittenenkurs noch nicht absolviert!«

Er bezog sich damit auf Simon Illyans obligatorischen, von ihm persönlich geführten Sicherheitskurs für die Palastwachen, die Gregors normaler Sicherheitsmannschaft diesen harten Schliff gab.

»Wir alle haben hier ein ähnliches Problem, Sergeant, glauben Sie mir«, murmelte Miles zurück. »Tun Sie Ihr Bestes.«

Der Taktikraum der *Triumph* war von lebhafter Aktivität erfüllt, jeder Stuhl war besetzt, jedes Holovid-Display leuchtete mit den Darstellungen von Schiffen und taktischen Veränderungen. Miles stand neben Tung und fühlte sich doppelt überflüssig. Er erinnerte sich an den Kalauer von der Akademie: *Regel 1) Überstimme den Taktikcomputer nur, wenn du etwas weißt, was er nicht weiß. Regel 2) Der Taktikcomputer weiß immer mehr als du.*

War das der Kampf? Dieser gedämpfte Raum, ein Wirbel von Lichtern, diese gepolsterten Stühle? Vielleicht war die Distanz eine gute Sache für Kommandanten. Sein Herz pochte sogar jetzt. Ein Taktikraum dieses Kalibers konnte Informationsüberlastung und Gedankensperre verursachen, wenn man es zuließ. Der Trick bestand darin, herauszunehmen, was wichtig war, und niemals zu vergessen, daß die Landkarte nicht die Wirklichkeit war.

Seine Aufgabe hier, erinnerte sich Miles, war nicht zu befehlen. Sie bestand darin, Tung beim Kommandieren zu beobachten und zu lernen, wie er es tat, seine Denkmethoden, die vom barrayaranischen Akademiestandard abwichen. Der einzige Moment, wo

Miles Tung legitim überstimmen durfte, könnte kommen, wenn irgendeine äußere politisch/strategische Notwendigkeit Vorrang hätte vor innerer taktischer Logik. Miles betete darum, daß dieses Ereignis nicht einträte, denn ein kürzerer und häßlicherer Name dafür war *die eigenen Truppen verraten*.

Miles' Aufmerksamkeit nahm zu, als ein kleiner Sprungaufklärer an der Mündung des Wurmloches aufblinkte. Auf dem Taktikdisplay war er ein rosafarbener Lichtpunkt in einem langsam sich bewegenden Strudel von Dunkelheit. Auf einem Teleschirm war es ein schlankes Schiff vor unbewegten fernen Sternen. Vom Standpunkt des eigenen Piloten, der mit ihm verkabelt war, stellte das Schiff eine seltsame Erweiterung seines eigenen Körpers dar. Auf einem weiteren Viddisplay war es eine Sammlung telemetrischer Anzeigen, Numerologie, ein platonisches Ideal. *Was davon ist die Wahrheit? Alles. Nichts.*

»Haiköder Eins meldet an Flotte Eins«, erklang die Stimme des Piloten über Tungs Konsole. »Sie haben zehn Minuten Durchflugerlaubnis. Halten Sie sich bereit für den Dichtstrahlimpuls!«

Tung sprach in seinen Kommunikator: »Flotte beginnt Sprung, dicht hintereinander in numerischer Reihenfolge.«

Das erste Dendarii-Schiff, das an dem Wurmloch wartete, ging in Ausgangsstellung, leuchtete auf dem Taktikdisplay hell auf (obwohl es auf dem Televid nichts zu tun schien) und verschwand. Ein zweites Schiff folgte nach dreißig Sekunden und reduzierte damit die Sicherheitsgrenze für die Zeitspanne zwischen zwei Sprüngen extrem. Wenn zwei Schiffe versuchten, am selben Ort zur selben Zeit zu rematerialisieren, dann wäre das Ergebnis: keine Schiffe, aber eine riesige Explosion.

Als die von Haiköder per Dichtstrahl übermittelten Telemetriedaten von dem Taktikcomputer verarbeitet waren, rotierte das Displaybild so, daß der dunkle Strudel, der das Wurmloch repräsentierte (aber keineswegs abbildete), plötzlich von einem Ausgangsstrudel gespiegelt wurde. Jenseits dieses Ausgangs repräsentierte eine Anordnung von Punkten, Flecken und Linien Schiffe, die flogen, manövrierten, feuerten und flohen; die gepanzerte Kampfstation der Vervani auf der Heimatseite, Zwilling der Station auf der Nabenseite, wo Miles Gregor zurückgelassen hatte; die cetagandanischen Angreifer. Endlich ein Blick auf ihr Ziel. Alles war natürlich nicht mehr aktuell, um Minuten veraltet.

»Pfui Teufel«, kommentierte Tung. »Was für ein Durcheinander. Jetzt geht's los ...«

Die Sprungsirene ertönte. Jetzt war die *Triumph* an der Reihe. Miles griff nach der Lehne von Tungs Stuhl, obwohl er rational wußte, daß die Empfindung von Bewegung illusorisch war. Ein Wirbel von Träumen schien seinen Geist zu umwölken, einen Augenblick lang, eine Stunde lang; es war unmeßbar. Der Ruck in seinem Bauch und die darauf folgende scheußliche Welle von Übelkeit waren alles andere als traumhaft. Der Sprung hinüber. Einen Augenblick herrschte Schweigen im ganzen Raum, als die anderen sich bemühten, ihre Desorientierung zu überwinden. Dann ging das Gemurmel dort weiter, wo es aufgehört hatte. *Willkommen in Vervain. Nehmen Sie einen Wurmlochsprung zur Hölle.*

Das Taktikdisplay drehte und veränderte sich, nahm neue Daten auf, zentrierte sein kleines Universum aufs neue. Ihr Wurmloch wurde gegenwärtig von seiner umlauerten Station und einer dünnen und angeschlagenen Kette von vervanischen Schiffen und von Vervani kommandierten Rangerschiffen bewacht. Die Cetagandaner hatten ihnen schon einmal einen Schlag versetzt, waren abgeschlagen worden und schwebten jetzt außerhalb der Reichweite, wo sie auf Verstärkungen für den nächsten Schlag warteten. Cetagandanischer Nachschub strömte vom anderen Wurmloch aus durch das System von Vervain.

Das andere Wurmloch war schnell gefallen. Aus der Perspektive des Angreifers war es der einzige Zugang. Obwohl den Cetagandanern mit ihrem massiven Erstschlag eine vollkommene Überraschung gelungen war, hätten die Vervani sie vielleicht stoppen können, wenn drei Ranger-Schiffe nicht anscheinend ihre Befehle mißverstanden und den Kampf nicht abgebrochen hätten, als sie einen Gegenangriff starten sollten. Aber die Cetagandaner hatten ihren Brückenkopf gesichert und begannen durchzuströmen.

Das zweite Wurmloch, Miles' Wurmloch, war besser für die Verteidigung ausgerüstet gewesen – bis die in Panik geratenen Vervani alles abgezogen hatten, was entbehrt werden konnte, um den Bereich des hohen Orbits um ihre Heimatwelt zu schützen. Miles konnte ihnen kaum einen Vorwurf machen; beide Optionen stellten eine schwere strategische Entscheidung dar. Aber jetzt brausten die Cetagandaner praktisch ungehindert durch das System. Sie übersprangen den massiv geschützten Planeten in einem kühnen Versuch, das Hegen-Wurmloch zu erobern, wenn nicht durch Überraschung, dann wenigstens durch Geschwindigkeit.

Die erste Methode zum Angriff auf ein Wurmloch, die zur Auswahl stand, war List, Bestechung und Infiltration, d. h. Betrug. Die zweite, zu deren Ausführung auch List bevorzugt wurde, bestand in einem Umweg, indem man Streitkräfte über eine andere Route (wenn es sie gab) in den umstrittenen Lokalraum schickte. Die dritte war, einen Angriff mit einem Opferschiff zu eröffnen, das eine ›Sonnenwand‹ legte, eine massive Decke von kleinen Nuklearprojektilen, die als Einheit plaziert wurden und eine Welle der Zerstörung aufbauten, die den Raum um das Wurmloch von fast allem freiräumte, häufig auch von dem Angriffsschiff; aber Sonnenwände waren teuer, schnell zerstreut und nur lokal wirksam. Die Cetagandaner hatten versucht, alle drei Methoden zu kombinieren, wie die Unordnung der Rangers und der schmutzige radioaktive Nebel, der aus der Umgebung ihrer ersten Eroberung ausströmte, bezeugten.

Die vierte anerkannte Lösung des Problems eines Frontalangriffs auf ein bewachtes Wurmloch war, den Offizier zu erschießen, der den Angriff vorschlug. Miles hoffte, die Cetagandaner würden sich auch zu dieser Methode durchringen, sobald er mit seiner Arbeit fertig wäre.

Die Zeit verging. Miles befestigte einen Stationsstuhl in der Halterung und studierte das zentrale Display, bis ihm die Augen tränten und sein Geist in einen hypnotischen Dämmerschlaf zu fallen drohte, dann stand er auf, schüttelte sich, ging zwischen den Dienststationen umher und schaute dabei den anderen über die Schulter.

Die Cetagandaner manövrierten. Das plötzliche und unerwartete Eintreffen der Dendarii-Streitmacht während ihrer Ruhepause hatte sie zeitweilig in Verwirrung gestürzt; ihr geplanter Schlußangriff auf die gestressten Vervani mußte notwendigerweise im Flug in noch eine weitere, sanfter werdende Runde von punktuellen Angriffen umgewandelt werden. Das war teuer. Zu diesem Zeitpunkt hatten die Cetagandaner wenige Möglichkeiten, ihre Anzahl oder ihre Bewegungen zu verbergen. Das Eingreifen der Dendarii legte den Cetagandanern die Folgerung nahe, daß die Söldner über verborgene Reserven verfügten (wer wußte, wie unbegrenzt? Miles sicher nicht), die auf der anderen Seite des Wurmlochsprung versteckt waren. In Miles flackerte kurz die Hoffnung auf, daß diese Drohung allein schon genügen könnte, um die Cetagandaner zum Abbruch ihres Angriffs zu veranlassen.

»Nö«, seufzte Tung, als Miles ihm diesen optimistischen Gedanken anvertraute. »Sie stecken schon zu tief drin. Die Metzgerrechnung ist schon zu hoch für sie, als daß sie noch vorgeben könnten, sie hätten nur Faxen gemacht. Selbst für sie selber. Ein cetagandanischer Kommandant, der jetzt aufstecken würde, käme zu Hause vor ein Kriegsgericht. Sie werden noch weitermachen, wenn es schon lange hoffnungslos ist, weil ihre hohen Tiere verzweifelt ihre blutenden Ärsche mit einer Siegesfahne bedecken wollen.«

»Das ist … abscheulich.«

»Das ist das System, mein Sohn, und nicht nur für die Cetagandaner. Einer der verschiedenen eingebauten Defekte des Systems. Und außerdem«, Tung grinste kurz, »es ist für sie noch nicht ganz so hoffnungslos. Eine Tatsache, die wir vor ihnen zu verheimlichen versuchen werden.«

Die cetagandanischen Kräfte begannen sich zu bewegen, ihre Richtungen und Beschleunigungen signalisierten die Absicht, einen schweren Stoß durchzuführen. Der Trick war, lokale Konzentration von Kräften zu versuchen, drei oder vier Schiffe, die sich gegen ein gegnerisches zusammenrotteten und so die Plasmaspiegel des Verteidigers überwältigten. Die Dendarii und die Vervani würden eine gleiche Strategie gegenüber versprengten Cetagandanern versuchen, ausgenommen ein paar bravouröse Kapitäne auf beiden Seiten, die mit den neuen Imploderlanzen ausgerüstet waren und ein wahnsinnig wagemutiges Spiel trieben, indem sie versuchten, ein Ziel in die kurze Reichweite der Waffe zu bekommen. Miles versuchte auch, ein Auge auf die Dispositionen der Rangers zu haben. Nicht jedes Ranger-Schiff hatte vervanische Berater an Bord, und Kampfaufstellungen, die die Rangers vor die Cetagandaner brachten, waren solchen sehr vorzuziehen, in denen Rangers im Rücken von Dendarii postiert wurden.

Das ruhige Gemurmel der Techniker und Computer in dem Taktikraum veränderte kaum seinen Rhythmus. Es hätte eigentlich einen Tusch geben sollen mit Trommelwirbel und Dudelsäcken, etwas, das diesen Tanz mit dem Tod ankündigte. Aber wenn die Realität überhaupt in diese gepolsterte Blase einbrach, dann plötzlich, absolut und endgültig.

Eine Vidnachricht unterbrach sie, eine schiffsinterne – ja, es gab noch ein wirkliches Schiff, das sie umhüllte –: ein atemloser Offizier meldete sich bei Tung: »Hier das Schiffsgefängnis, Sir. Passen Sie dort oben auf sich auf. Wir hatten einen Ausbruch. Admiral Oser ist entkommen und hat auch all die anderen Gefangenen rausgelassen.«

»Verdammt«, sagte Tung, warf einen zornigen Blick auf Miles und zeigte auf das Vid. »*Erledige* das. Scheuche Auson hoch.« Dann wandte er seine Aufmerksamkeit wieder dem Taktikdisplay zu und murmelte: »Zu *meiner* Zeit wäre so etwas nicht passiert.«

Miles schlüpfte auf den Stuhl an der Kommunikationsstation und rief die Brücke der *Triumph* an. »Auson! Haben Sie das mit Oser gehört?«

Ausons irritiertes Gesicht erschien auf dem Schirm. »Ja, wir arbeiten daran.«

»Befehlen Sie extra Kommandowachen zum Taktikraum, zur Maschinenabteilung und Ihrer Brücke. Das ist eine wirklich schlechte Zeit für Unterbrechungen hier unten.«

»Wem sagen Sie das! Wir sehen, daß die Scheißkerle von Cetas auf uns zukommen.« Auson schaltete wieder ab.

Miles begann die internen Sicherheitskanäle abzuhören und hielt nur inne, um die Ankunft gut bewaffneter Wachen auf dem Korridor zur Kenntnis zu nehmen. Oser hatte offensichtlich Helfer bei dieser Flucht gehabt, einen loyalen oserischen Offizier oder deren mehrere, was Miles seinerseits zu der Frage veranlaßte, wie es mit der Sicherheit der Sicherheitswachen bestellt war. Und würde Oser versuchen, sich mit Metzov und Cavilo zusammenzutun? Ein paar Dendarii, die für Disziplinarverfehlungen eingesperrt gewesen waren, wurden in den Korridoren herumwandernd aufgegriffen und ins Schiffsgefängnis zurückgebracht; ein weiterer kam von selbst zurück. In einem Laderaum wurde ein mutmaßlicher Spion gestellt. Noch kein Zeichen von den wirklich Gefährlichen …

»Da haut er ab!«

Miles wählte den Kanal an. Eine Frachtfähre löste sich aus ihrer Halterung an der Seite der *Triumph* und bewegte sich in den Raum hinaus.

Miles übersprang diverse Kanäle, bis er schließlich die Feuerleitstation fand. »Nicht, ich wiederhole, nicht auf diese Fähre feuern!«

»Hm …«, kam die Antwort. »Jawohl, Sir. Nicht feuern.«

Warum bekam Miles den unterschwelligen Eindruck, daß der Techniker überhaupt nicht die Absicht gehabt hatte, Feuer zu eröffnen? Eine sichtlich gut koordinierte Flucht. Die spätere Hexenjagd würde scheußlich werden. »Schalten Sie mich zu dieser Fähre durch!« verlangte Miles vom Kommunikationsoffizier. *Und, ach ja, schicken Sie eine Wache in die Korridore bei der Fährenluke* … Dafür war es zu spät.

»Ich werd's versuchen, Sir, aber sie antworten nicht.«

»Wie viele sind an Bord?«

»Einige, aber wir sind nicht ganz sicher …«

»Schalten Sie mich durch. Die müssen zuhören, auch wenn sie nicht antworten wollen.«

»Ich habe einen Kanal, Sir, aber ich weiß nicht, ob sie zuhören.«

»Ich werd's versuchen.« Miles holte Atem. »Admiral Oser. Wenden Sie Ihre Fähre, und kommen Sie zur *Triumph* zurück. Es ist zu gefährlich dort draußen, Sie rasen Hals über Kopf in eine Gefechtszone. Kehren Sie um, und ich werde persönlich Ihre Sicherheit garantieren …«

Tung blickte über Miles' Schulter. »Er versucht, zur *Peregrine* durchzukommen. Verdammt, wenn dieses Schiff ausschert, dann wird unsere Verteidigungsstellung zusammenbrechen.«

Miles warf schnell einen Blick zurück auf den Taktikcomputer. »Sicherlich nicht. Ich dachte, wir haben die *Peregrine* im Reservegebiet aufgestellt, weil wir gerade ihre Zuverlässigkeit bezweifelt haben.«

»Ja, aber wenn die *Peregrine* ausschert, dann kann ich dir drei andere Kapitän-Eigner nennen, die folgen werden. Und wenn vier Schiffe ausscheren …«

»Dann werden die Rangers sich trotz ihrer Vervani-Kommandanten auflösen, und wir sind erledigt, stimmt, ich verstehe.« Miles blickte wieder auf den Taktikcomputer. »Ich glaube nicht, daß er es schafft – Admiral Oser! Können Sie mich verstehen?«

»Zum Teufel!« Tung kehrte zu seinem Platz zurück und vertiefte sich wieder in die Cetagandaner. Vier cetagandanische Schiffe verbanden sich gegen den Rand der Dendarii-Formation, während ein anderes versuchte, in die Mitte einzudringen, offensichtlich, um in die Reichweite für einen Angriff mit der Imploderlanze zu kommen. Beiläufig, im Vorüberfliegen, schoß ein cetagandanischer Plasmaschütze die fliehende Fähre ab. Eine Wolke leuchtender Funken …

»Bis er sich mit seiner gestohlenen Fähre von der *Triumph* absetzte, wußte er nicht, daß die Cetagandaner ihren Angriff durchführen«, flüsterte Miles. »Guter Plan, schlechtes Timing … Er hätte umkehren können, aber er entschied sich, es zu versuchen und Reißaus zu nehmen …« Hatte Oser seinen Tod selbst gewählt? War das der Trost?

Die Cetagandaner brachen ihre Angriffswelle nicht eigentlich ab, sondern beendeten sie, in deprimierend guter Ordnung. Das Ergebnis stand leicht zugunsten der Dendarii. Eine Anzahl von cetagandanischen Schiffen war schlimm beschädigt, und eins war völlig zerstört worden. Auf den Schadenskontrollkanälen der Dendarii und der Rangers herrschte hektischer Sprechverkehr. Die Dendarii hatten noch keine Schiffe verloren, jedoch Feuerkraft, Maschinen, Flugsteuerungen, Lebenserhaltungssysteme, Abschirmungen. Die nächste Angriffswelle würde noch mehr Verheerungen anrichten.

Sie können sich es leisten, drei zu verlieren für eines von den unseren. Wenn sie immer wieder kommen, immer weiter knabbern, dann ist es unvermeidlich, daß sie gewinnen, überlegte Miles kühl. *Es sei denn, wir bekommen Verstärkung.*

Stunden vergingen, während die Cetagandaner sich neu formierten. Miles machte kurze Pausen in dem Erfrischungsraum, der für diese Zwecke neben dem Taktikraum zur Verfügung stand, aber er war zu aufgedreht, um Tung nachzuahmen, der erstaunlicherweise auf der Stelle ein fünfzehnminütiges Nickerchen machen konnte. Miles wußte, daß Tung nicht Entspannung heuchelte, um die Moral zu heben; niemand konnte ein so abstoßendes Schnarchen simulieren.

Im Televid konnte man beobachten, wie die cetagandanischen Verstärkungen durch das System von Vervain herankamen. Das war der Kompromiß mit der Zeit, das Risiko. Je länger die Cetagandaner warteten, desto besser ausgerüstet konnten sie sein, aber je länger sie warteten, desto größer war auch die Chance für ihre Gegner, sich zu erholen. Es gab ohne Zweifel einen Taktikcomputer auf dem Kommandoschiff der Cetagandaner, der eine Wahrscheinlichkeitskurve generiert hatte, die den optimalen Schnittpunkt von ›wir‹ und ›sie‹ markierte. Wenn nur diese verdammten Vervani aggressiver wären im Angriff auf diesen Nachschubstrom von ihrer planetarischen Basis aus …

Und hier kamen sie wieder heran. Tung beobachtete seine Displays, wobei er seine Hände unbewußt im Schoß zu Fäusten ballte und dann wieder öffnete, zwischen den ruckhaften Tänzen kräftiger Finger auf seiner Steuertastatur, von wo aus er Befehle schickte, korrigierte, vorwegnahm. Miles' Finger zuckten in winzigen Echos, während sein Geist versuchte, hinter Tungs Gedanken zu kommen und alles aufzusaugen. Ihr Bild der Realität bekam immer mehr verborgene Löcher, weil Datenerfassungspunkte ausfielen, wenn Sensoren oder Sender auf verschiedenen Schiffen beschädigt oder vernichtet wurden. Die Cetagandaner flogen durch die Dendarii-Formation und teilten Schläge aus… ein Dendarii-Schiff explodierte, ein anderes, dessen Waffen ausgefallen waren, versuchte sich aus der Reichweite der Cetagandaner zu entfernen, drei Rangerschiffe scherten als Einheit aus… es sah schlimm aus…

»*Haiköder Drei* meldet sich«, übertönte eine schroffe Stimme alle anderen Kommunikationskanäle. Miles sprang aus seinem Sitz hoch. »Halten Sie dieses Wurmloch *frei.* Es kommt Hilfe.«

»Nicht *jetzt*«, knurrte Tung, aber er begann den Versuch einer schnellen Umgruppierung, um diesen kleinen Bereich des Raumes zu schützen, ihn freizuhalten von Trümmern, Projektilen, feindlichem Feuer und vor allem von feindlichen Schiffen mit Imploderlanzen. Diejenigen Schiffe der Cetagandaner, die in einer Position waren, um darauf zu reagieren, schienen fast ihre Ohren aufzustellen und zögerten, da die Bewegungen der Dendarii-Schiffe signalisierten: *Veränderungen im Gange.* Die Dendarii zogen sich vielleicht zurück… Es ergab sich vielleicht eine Gelegenheit, die man ausnutzen konnte…

»Was, zum Teufel, ist *das?*« sagte Tung, als etwas Riesiges, vorerst nicht zu Enträtselndes in der Mündung des Wurmloches erschien und sofort zu beschleunigen begann. Er rief Anzeigen am Computer ab. »Es ist zu groß, um so schnell zu sein. Es ist zu schnell, um so *groß* zu sein.«

Miles erkannte das Energieprofil, noch bevor das Televid eine Visualisierung anbot. *Was für einen Testflug sie haben.* »Es ist die *Prinz Serg*. Unsere kaiserlich barrayaranischen Verstärkungen sind soeben eingetroffen.« Er holte verwirrt Luft. »Habe ich euch nicht versprochen …«

Tung fluchte schrecklich – vor purer ästhetischer Bewunderung. Andere Schiffe folgten, Aslunder, Polianische Raumflotte, und schwärmten schnell in eine Angriffsformation aus.

Durch die Formationen der Cetagandaner ging eine Welle wie ein stummer Schrei des Entsetzens. Ein mit Implodern bewaffnetes cetagandanisches Schiff flog kühn auf die *Prinz Serg* zu und wurde in zwei Hälften zerschnitten, denn die Imploderlanzen der *Serg* waren verbessert worden und hatten die dreifache Reichweite der Lanzen der Cetagandaner. Das war der erste tödliche Schlag.

Der zweite kam über Funk, ein Ruf an die cetagandanischen Aggressoren, sich zu ergeben, ansonsten würden sie vernichtet – im Namen der Flotte der Hegen-Allianz, Kaiser Gregor Vorbarra und Admiral Graf Aral Vorkosigan, Vereinigte Befehlshaber.

Ein Moment lang dachte Miles, Tung würde gleich ohnmächtig werden. Tung japste besorgniserregend und brüllte mit Vergnügen: »Aral Vorkosigan! Hier? Nicht zu glauben!« Und in einem nur leicht vertraulicheren Flüsterton: »Wie hat man ihn aus dem Ruhestand gelockt? Vielleicht gelingt es mir, ihn zu sehen!«

Tung, der Enthusiast für Militärgeschichte, war einer der fanatischsten Fans von Miles' Vater, wie sich Miles erinnerte, und er konnte – solange man ihn nicht entschlossen daran hinderte – jedes öffentlich bekannte Detail der frühen Aktionen des barrayaranischen Admirals herunterrasseln. »Ich werde sehen, was ich machen kann«, versprach Miles.

»Wenn du das arrangieren kannst, mein Sohn ...« Mit sichtlicher Anstrengung zog Tung die Gedanken von seinem geliebten Hobby, dem Studium der Militärgeschichte, ab und wandte sich wieder seiner Aufgabe zu, nämlich Militärgeschichte zu schreiben.

Die cetagandanischen Schiffe wichen zurück, zuerst einzeln in Panik, dann in mehr koordinierten Gruppen, die versuchten, einen ordentlich gesicherten Rückzug zu organisieren. Die *Prinz Serg* und ihre taktische Unterstützungsgruppe vergeudeten keine Millisekunde, sondern folgten den Cetagandanern sofort, griffen die Formationen feindlicher Schiffe an, die versuchten, sich gegenseitig zu sichern, und brachten sie durcheinander, und dann setzten sie den dadurch Versprengten zu. In den folgenden Stunden wurde aus dem Rückzug eine wirklich wilde Flucht, als die Schiffe der Vervani, die ihren hohen planetarischen Orbit schützten, endlich ermutigt den Orbit verließen und sich dem Angriff anschlossen. Die Reserven der Vervani kannten keine Gnade, angesichts der schrecklichen Angst um ihre Heimat, die die Cetagandaner ihnen eingeflößt hatten.

Die detaillierten Säuberungs- und Aufräumarbeiten, die erschreckenden Probleme der Schadenskontrolle, die Rettungsaktionen für Besatzungen, all das nahm Miles so sehr in Anspruch, daß er mehrere Stunden brauchte, bis er allmählich einsah, daß der Krieg für die Dendarii-Flotte vorüber war. Sie hatten ihre Aufgabe erfüllt.

KAPITEL 17

Bevor Miles den Taktikraum verließ, erkundigte er sich klugerweise bei der Sicherheitsabteilung der *Triumph*, wie ihre Razzia nach den entflohenen Gefangenen vorankam. Es fehlten und blieben noch ungeklärt Oser, der Kapitän der *Peregrine* und zwei weitere loyale oserische Offiziere, sowie Kommandantin Cavilo und General Metzov.

Miles war sich ziemlich sicher, daß er über seine Monitore Augenzeuge gewesen war, als Oser und dessen Offiziere in radioaktive Asche verwandelt worden waren. Waren auch Metzov und Cavilo an Bord jener fliehenden Fähre gewesen? Hübsche Ironie, wenn am Ende Cavilo durch die Hände der Cetagandaner gestorben wäre. Obwohl es – zugegebenermaßen – ebenso ironisch gewesen wäre, wenn sie durch die Hände der Vervani, Randall's Rangers, Aslunder, Barrayaraner oder irgendwelcher anderer Leute gestorben wäre, mit denen sie in ihrer kurzen, kometenhaften Karriere in der Hegen-Nabe ihr Doppelspiel getrieben hatte. Ihr Ende war sauber und praktisch, falls es stimmte, aber – ihm gefiel der Gedanke nicht, daß ihre letzten, wilden Äußerungen, die sie ihm gegenüber gemacht hatte, jetzt das prophetische Gewicht des Fluches einer Verstorbenen bekommen hatten. Eigentlich sollte er Metzov mehr fürchten als Cavilo. Sollte er eigentlich, aber er tat es nicht. Ihn schauderte, und er lieh sich einen Kommandowächter aus für den Rückweg zu seiner Kabine.

Unterwegs begegnete er einer Fährenladung von Verwundeten, die in die Krankenstation der *Triumph* verlegt wurden. Die *Triumph* hatte in der Reservegruppe (in der sie nun einmal war) keine Schläge abbekommen, mit der ihre Abschirmungen nicht fertiggeworden wären, aber andere Schiffe waren nicht so glücklich dran gewesen. Die Proportionen der Verlustlisten eines Raumkampfes waren gewöhnlich umgekehrt zu denen von planetaren Kämpfen: die Toten waren in der Überzahl gegenüber den Verwundeten; jedoch bei glücklichen Umständen, wo die künstliche Umgebung erhalten geblieben war, konnten Soldaten ihre Verletzungen überleben. Unsicher änderte Miles seine Richtung und folgte dem Zug. Was konnte er auf der Krankenstation Gutes tun?

Die Mediziner, die die Triage durchführten, hatten nicht die leichteren Fälle auf die *Triumph* geschickt. Drei gräßliche Verbrennungen und eine massive Kopfverletzung kamen als erste an die Reihe und wurden von den besorgt wartenden Sanitätern weggebracht. Einige Soldaten waren bei Bewußtsein und warteten ruhig, bis sie drankamen, von Airbag-Bändern auf ihren Schwebepaletten ruhiggestellt, die Augen getrübt von Schmerz und von Schmerzmitteln.

Miles versuchte, jedem ein paar Worte zu sagen. Einige starrten verständnislos vor sich hin, andere schienen dankbar dafür zu sein; bei letzteren hielt er sich ein bißchen länger auf und ermutigte sie, so gut er konnte. Dann zog er sich zurück und stand einige Minuten lang stumm an der Tür, überflutet von den vertrauten, beängstigenden Gerüchen einer Krankenstation nach einem Kampf: Desinfektionsmittel und Blut, verbranntes Fleisch, Urin und Elektronik, bis er erkannte, daß die Erschöpfung ihn völlig stupid und nutzlos machte, zitterig und den Tränen nahe. Er stieß sich von der Wand ab und stapfte hinaus. Ins Bett. Wenn irgend jemand wirklich seine Anwesenheit in der Führung wünschte, so konnte er kommen und ihn holen.

Er betätigte das Codeschloß vor Osers Kabine. Jetzt, da er sie geerbt hatte, sollte er eigentlich die Zahlenkombination ändern, dachte er. Er seufzte und ging hinein. Als er eintrat, wurde er sich zweier bedauerlicher Tatsachen bewußt. Erstens, obwohl er seine Begleitwache vor dem Betreten der Krankenstation entlassen hatte, hatte er vergessen, sie wieder zu rufen, und zweitens, er war nicht allein. Die Tür schloß sich hinter ihm, bevor er in den Korridor zurückweichen konnte, und er bumste mit dem Rücken gegen sie, als er zurücksprang.

Das dunkle Rot von General Metzovs Gesicht fesselte seinen Blick noch mehr als der silbrige Schimmer der Parabolmündung des Nervendisruptors in seiner Hand, die auf seinen Kopf zielte.

Metzov hatte sich irgendwie eine graue Dendarii-Uniform beschafft, die ein bißchen zu klein für ihn war. Kommandantin Cavilo, die hinter Metzov stand, hatte sich die gleiche Uniform beschafft, die ein bißchen zu groß für sie war. Metzov sah riesig und wütend aus. Cavilo wirkte… seltsam. Bitter, ironisch, auf unheimliche Art amüsiert. Blaue Flecken entstellten ihren Hals. Sie trug keine Waffen.

»Hab ich dich«, flüsterte Metzov triumphierend, »endlich.« Mit einem breiten Lächeln kam er schrittweise auf Miles zu, bis er ihn mit einer großen Hand um den Hals gegen die Wand drücken konnte. Er ließ den Nervendisruptor klappernd zu Boden fallen und umfaßte auch mit den anderen Hand Miles' Hals, nicht um ihn zu brechen, sondern um ihn zusammenzudrücken.

»Sie werden niemals überleben…«, war alles, was Miles hervorbringen konnte, bevor ihm die Luft abgewürgt wurde. Er spürte, wie seine Luftröhre zu knirschen begann; als die Blutzufuhr abgeschnitten wurde, fühlte sein Kopf sich an, als gäbe es gleich eine dunkle Explosion. Von *diesem* Mord konnte Metzov nicht durch Reden abgehalten werden…

Cavilo glitt nach vorn und beugte sich nieder, lautlos und unbemerkt wie eine Katze, um den Nervendisruptor vom Boden aufzuheben, dann trat sie zurück, zur linken Seite von Miles.

»Stanis, Liebling«, gurrte sie. Metzov, der von Miles' allmählicher Erdrosselung besessen war, wandte seinen Kopf nicht um. In deutlicher Nachahmung von Metzovs Tonfall sagte Cavilo: »›Mach deine Beine breit, du Schlampe, oder ich blase dir das Gehirn raus!‹«

Da schnellte Metzovs Kopf herum, und seine Augen weiteten sich. Sie blies ihm das Gehirn heraus. Der knisternde blaue Blitz traf ihn voll zwischen die Augen. Bevor er zu Boden fiel, brach er in seinem letzten Krampf Miles fast den Hals, obwohl diese Knochen mit Plastik verstärkt waren. Der ätzende elektrochemische Geruch des Todes aus dem Nervendisruptor schlug Miles ins Gesicht.

Miles sackte erstarrt gegen die Wand und wagte nicht, sich zu bewegen. Er hob den Blick von der Leiche zu Cavilo. Ihre Lippen waren zu einem Lächeln enormer Genugtuung verzogen, voll befriedigt. Waren Cavilos Worte ein direktes Zitat aus jüngster Zeit gewesen? Was hatten sie all die Stunden getrieben, die sie in ihrem Hinterhalt in Osers Kabine zugebracht haben mußten? Das Schweigen hielt an.

»Nicht«, Miles schluckte und versuchte, sich mit seiner gequetschten Kehle zu räuspern, und krächzte dann: »Nicht, daß ich mich beschweren will, wohlgemerkt, aber warum machen Sie nicht weiter und erschießen auch mich?«

Cavilo grinste. »Eine schnelle Rache ist besser als gar keine. Eine langsame und allmähliche ist noch besser, aber um sie voll genießen zu können, muß ich sie überleben. Ein andermal, Kleiner.« Sie schwenkte den Nervendisruptor hoch, als wollte sie ihn mit Schwung in ein Halfter stecken, dann ließ sie ihn in ihrer entspannten Hand mit der Mündung nach unten an ihrer Seite hängen. »Sie haben geschworen, Sie würden mich sicher aus der Hegen-Nabe bringen, Vor-Lord. Und ich bin inzwischen bereit zu glauben, daß Sie tatsächlich dumm genug sind, Ihr Wort zu halten. Nicht, daß ich mich beschweren will, wohlgemerkt. Nun, wenn Oser uns mehr als eine Waffe gegeben hätte, oder wenn er den Nervendisruptor mir gegeben hätte und den Code für seine Kabine an Stanis, und nicht umgekehrt, oder wenn Oser uns mit sich genommen hätte, wie ich ihn bat… dann hätten sich die Dinge vielleicht anders entwickelt.«

Ganz anders. Sehr langsam und sehr, sehr vorsichtig näherte sich Miles Zentimeter um Zentimeter der Komkonsole und rief die Sicherheitsleute. Cavilo beobachtete ihn nachdenklich. Nach ein paar Augenblicken, als es an der Zeit war, daß gleich die Verstärkungen hereinstürmen mußten, kam sie langsam auf ihn zu. »Ich habe Sie unterschätzt, wissen Sie.«

»Ich habe Sie nie unterschätzt.«

»Ich weiß. Ich bin nicht gewöhnt an solche… danke.« Verächtlich schleuderte sie den Nervendisruptor gegen Miles' Körper. Dann fletschte sie plötzlich die Zähne, drehte sich um, schlang einen Arm um Miles' Hals und küßte ihn heftig. Ihr Timing war perfekt: Die Sicherheitsleute, angeführt von Elena und Sergeant Chodak, stürmten durch die Tür, kurz bevor Miles Cavilo abschütteln konnte.

Miles trat von der Fähre der *Triumph* durch das kurze Anschlußrohr an Bord der *Prinz Serg*. Er blickte sich neidisch in dem sauberen, geräumigen und schön beleuchteten Korridor um, dann schaute er auf die Reihe schneidiger und glitzernder Ehrenwachen, die Haltung annahmen, auf die geschniegelten Offiziere, die in ihren grünen kaiserlich barrayaranischen Uniformen warteten. Er blickte verstohlen und besorgt an seiner eigenen grau-weißen Dendarii-Uniform hinab. Die *Triumph*, Haupt und Stolz der Dendarii-Flotte, schien zu etwas Kleinem, Abgenutztem und Verbrauchten zu schrumpfen.

Na klar, aber ihr Burschen würdet jetzt nicht so hübsch aussehen, wenn wir uns nicht so hart abgenutzt hätten, tröstete Miles sich selbst.

Tung, Elena und Chodak guckten auch alle wie Touristen. Miles ließ sie Haltung annehmen, um die schneidigen militärischen Willkommensgrüße ihrer Gastgeber entgegenzunehmen und zu erwidern.

»Ich bin Oberstleutnant Natochini, stellvertretender Kommandeur der *Prinz Serg*«, stellte sich der ranghöchste Barrayaraner vor. »Leutnant Yegorov hier wird Sie und Oberstleutnant Bothari-Jesek zu Ihrem Treffen mit Admiral Vorkosigan führen, Admiral Naismith. Kommodore Tung, ich werde Sie persönlich auf der *Prinz Serg* herumführen, und es wird mir eine Freude sein, alle Ihre Fragen zu beantworten. Falls die Antworten nicht der Geheimhaltung unterliegen, natürlich.«

»Natürlich.« Tungs breites Gesicht sah enorm befriedigt aus. Wirklich, wenn Tung noch ein bißchen selbstgefälliger würde, dann könnte er implodieren.

»Wir werden uns Admiral Vorkosigan zum Mittagessen in der Offiziersmesse der höheren Ränge anschließen, nach Ihren Treffen und unserem Rundgang«, fuhr Oberstleutnant Natochini an Miles gewandt fort. »Unsere letzten Dinnergäste hier waren der Präsident von Pol und seine Begleitung, vor zwölf Tagen.«

In dem sicheren Bewußtsein, daß die Söldner die Bedeutung des Privilegs verstanden, das ihnen eingeräumt wurde, führte der barrayaranische Offizier Tung und Chodak, die beide glücklich waren, den Korridor hinab. Miles hörte, wie Tung leise kicherte: »Mittagessen mit Admiral Vorkosigan, höhö …«

Leutnant Yegorov dirigierte Miles und Elena in die entgegengesetzte Richtung. »Sie sind Barrayaranerin, Madame?« wollte er von Elena wissen.

»Mein Vater war achtzehn Jahre lang ein durch Lehnseid gebundener Gefolgsmann des verstorbenen

Grafen Piotr«, erklärte Elena. »Er starb im Dienste des Grafen.«

»Ich verstehe«, sagte der Leutnant respektvoll. »Sie sind also mit der Familie bekannt.« *Das erklärt Ihre Einladung*, konnte Miles ihn fast denken sehen.

»Ah, ja.«

Der Leutnant blickte mit etwas mehr Zweifel auf ›Admiral Naismith‹ herab. »Und … hm … ich habe gehört, daß Sie Betaner sind, Sir?«

»Ursprünglich«, sagte Miles in seinem breitesten betanischen Akzent.

»Sie … finden vielleicht die Art, wie wir Barrayaraner manche Dinge tun, ein bißchen formeller, als Sie es gewohnt sind«, warnte der Leutnant. »Der Graf, verstehen Sie, ist an den Respekt und die Ehrerbietung gewöhnt, die seinem Rang zustehen.«

Miles beobachtete amüsiert, wie der ernsthafte Offizier nach einer höflichen Methode suchte, um ihm zu sagen: *Nennen Sie ihn ›Sir‹, wischen Sie nicht Ihre Nase an Ihrem Ärmel ab und unterlassen Sie Ihre verdammten egalitären betanischen Frechheiten.* »Sie dürften ihn als sehr respekteinflößend empfinden.«

»Ein echter Wichtigtuer, nicht wahr?«

Der Leutnant runzelte die Stirn. »Er ist ein großer Mann.«

»Och, ich wette, wenn wir ihm beim Essen genügend Wein zu trinken geben, dann wird er schon auftauen und schmutzige Geschichten erzählen wie jeder andere auch.«

Yegorovs höfliches Lächeln fror auf seinen Lippen fest. Elena rollte mit den Augen, beugte sich herab und flüsterte energisch: »Admiral, benehmen Sie sich!«

»Oh, ist schon gut«, seufzte Miles bedauernd.

Der Leutnant war über Miles' Kopf hinweg Elena einen dankbaren Blick zu.

Miles bewunderte im Vorübergehen, daß alles wie aus dem Ei gepellt aussah. Abgesehen davon, daß sie neu war, hatte man bei der Planung der *Prinz Serg* an die Diplomatie ebenso wie an den Krieg gedacht und ein Schiff gebaut, das geeignet war, den Kaiser bei Staatsbesuchen zu befördern, ohne an militärischer Wirksamkeit einzubüßen. In einem Querkorridor, dessen Wandverkleidung zum Teil offenstand, sah er einen jungen Fähnrich, der eine Technikergruppe bei kleineren Reparaturen dirigierte – nein, bei Gott, das war originale Installationsarbeit. Die Prinz Serg hatte den Orbit mit den Arbeitsmannschaften noch an Bord verlassen, wie Miles gehört hatte. Er blickte schnell über die Schulter zurück. Wenn Gott und General Metzov es nicht anders gewollt hätten, dann wäre ich jetzt hier an Bord. Wenn er seine Nase auf der Insel Kyril bloße sechs Monate sauber gehalten hätte … – er empfand einen Stich unlogischen Neides auf den geschäftigen Fähnrich.

Sie betraten den Offiziersbereich. Leutnant Yegorov führte sie durch ein Vorzimmer in ein spartanisch eingerichtetes Flaggbüro, das doppelt so groß war wie alles, was Miles je zuvor auf einem barrayaranischen Raumschiff gesehen hatte. Admiral Graf Aral Vorkosigan blickte von seinem Komkonsolenpult auf, als die Türen lautlos zur Seite glitten.

Miles trat ein, und dabei wurde ihm plötzlich flau im Magen. Um seine Emotionen zu verbergen und in den Griff zu bekommen, sagte er lässig: »He, ihr kaiserlichen Schnecken werdet alle dick und weichlich, wenn ihr in solchem Luxus herumhängt, wißt ihr das?«

»Ha!« Admiral Vorkosigan stolperte fast, als er sich von seinem Sessel erhob und hastig um die Ecke seines Schreibtisches polterte. *Nun ja, kein Wunder, wie kann er richtig sehen mit alle dem Wasser, das ihm in den Augen steht?* Er schloß Miles heftig in die Arme. Miles grinste und blinzelte und schluckte, als sein Gesicht gegen den kühlen grünen Ärmel gedrückt wurde, und er hatte seine Züge fast wieder unter Kontrolle, als ihn Graf Vorkosigan eine Armlänge von sich hielt, um ihn besorgt und prüfend zu betrachten. »Geht es dir gut, Junge?«

»Wirklich gut. Wie hat dir dein Wurmlochsprung gefallen?«

»Wirklich gut«, erwiderte Graf Vorkosigan flüsternd. »Sieh dich vor! Es gab Momente, da manche meiner Berater wollten, daß man dich erschießt. Und es gab Momente, da war ich einer Meinung mit ihnen.«

Leutnant Yegorov, dem das Wort mitten in der Ankündigung ihrer Ankunft abgeschnitten worden war (Miles hatte ihn nicht sprechen hören, und er zweifelte, ob sein Vater ihn gehört hatte), stand da, den Mund noch offen und vollkommen verwirrt. Leutnant Jole, der selber ein Grinsen unterdrückte, erhob sich von der anderen Seite des Komkonsolenpults und führte Yegorov sanft und gütig wieder zur Tür hinaus. »Danke, Leutnant. Der Admiral weiß Ihre Dienste zu schätzen, das wäre es dann ...« Jole blickte schnell über die Schulter zurück, verzog nachdenklich die Augenbrauen und folgte Yegorov nach draußen. Bevor sich die Türen schlossen, erhaschte Miles noch einen Blick auf den blonden Leutnant, wie er sich auf einem Sessel im Vorzimmer niederließ und den Kopf in der entspannten Pose eines Mannes zurücklehnte, der sich auf ein langes Warten einrichtet. Jole konnte manchmal geradezu übernatürlich höflich sein.

»Elena.« Mit einer gewissen Anstrengung riß sich Graf Vorkosigan von Miles los, um Elenas beide Hände mit einem kurzen festen Griff zu umfassen. »Geht es dir gut?«

»Ja, Sir.«

»Das freut mich ... mehr als ich sagen kann. Cordelia läßt dich herzlich grüßen, sie hofft das Beste für dich. Falls ich dich sehen sollte, so sollte ich dich daran erinnern ... ah – ich muß die Worte richtig zusammenbekommen, es war einer ihrer schlauen betanischen Sprüche – ›Dein Zuhause ist dort, wo man, wenn du dort hingehen mußt, dich aufnehmen muß.‹«

»Ich kann direkt ihre Stimme hören«, sagte Elena und lächelte. »Übermitteln Sie ihr meinen Dank. Sagen Sie ihr … ich werde mich daran erinnern.«

»Gut.« Graf Vorkosigan drang nicht weiter in sie. »Setzt euch, setzt euch«, er winkte sie zu Stühlen, die er bequem an das Komkonsolenpult herangezogen hatte, und setzte sich selbst. Für einen Augenblick schaltete er quasi in einen anderen Gang, und seine Gesichtszüge entspannten sich, dann konzentrierte er sich wieder mit aller Aufmerksamkeit. *Gott, er sieht müde aus,* erkannte Miles; für den Bruchteil einer Sekunde fast todmüde. *Gregor, du hast viel zu verantworten.* Aber Gregor wußte das ja.

»Was ist die neueste Nachricht bezüglich des Waffenstillstands?« fragte Miles.

»Er hält noch, danke. Die einzigen cetagandanischen Schiffe, die nicht dorthin zurückgesprungen sind, von wo sie kamen, hatten beschädigte Necklin-Stäbe oder beschädigte Steuersysteme oder verletzte Piloten. Oder alles drei. Wir lassen sie zwei dieser Schiffe reparieren und dann mit Kernbesatzungen hinausspringen, die übrigen sind nicht mehr zu retten. Ich schätze, daß der kontrollierte kommerzielle Verkehr in sechs Wochen wieder aufgenommen werden kann.«

Miles schüttelte den Kopf. »So endet der Fünftage-Krieg. Ich habe nie einen Cetagandaner von Angesicht zu Angesicht gesehen. All die Mühe und all das Blutvergießen, nur um zum Status quo ante zurückzukehren.«

»Nicht für alle. Eine Anzahl höherer Offiziere der Cetagandaner wurden in ihre Hauptstadt zurückgerufen, um ihrem Kaiser ihr ›unbefugtes Abenteuer‹ zu erklären. Man erwartet, daß ihre Entschuldigungen fatal sein werden.«

Miles schnaubte. »Es geht doch eher darum, daß sie für ihre Niederlage büßen. ›Unbefugtes Abenteuer‹ – glaubt das überhaupt jemand? Warum macht man sich überhaupt die Mühe?«

»Das ist Raffinesse, mein Junge. Einem Feind, der sich zurückzieht, sollte man soviel von seinem Gesicht überlassen, wie er davontragen kann. Laß ihn nur nicht irgend etwas anderes davontragen.«

»Ich habe gehört, daß du die Polianer eingewickelt hast. Die ganze Zeit erwartete ich, daß Simon Illyan persönlich auf der Bildfläche erscheinen würde, um uns verlorene Knaben nach Hause zu holen.«

»Er wollte unbedingt kommen, aber es gab keinen Weg, wie wir beide die Heimat zur selben Zeit verlassen konnten. Die wackelige Tarnung, die wir über Gregors Abwesenheit gebreitet hatten, hätte jeden Augenblick zusammenfallen können.«

»Wie habt ihr übrigens das geschaukelt?«

»Wir suchten einen jungen Offizier aus, der Gregor sehr ähnlich sah, sagten ihm, es gebe ein Attentatskomplott gegen den Kaiser und er solle den Köder spielen. Segen über ihn, er machte sofort bereitwillig mit. Er – und sein Sicherheitsteam, dem die gleiche Geschichte erzählt worden war – haben die nächsten paar Wochen damit verbracht, ein geruhsames Leben drunten in Vorkosigan Surleau zu führen und die besten Speisen zu schnabulieren – allerdings gab es dann eine Magenverstimmung. Schließlich schickten wir ihn auf eine ländliche Campingreise, als die Anfragen aus der Hauptstadt immer drängender wurden. Die Leute werden es bald spitzkriegen, da bin ich mir sicher, wenn sie es nicht schon spitzgekriegt haben, aber jetzt, da wir Gregor wieder haben, können wir das Ganze erklären, wie immer wir wollen. Wie immer er will.« Graf Vorkosigan blickte einen Augenblick auf seltsame Weise finster drein, seltsam deshalb, weil er nicht gänzlich unzufrieden zu sein schien.

»Ich war überrascht«, sagte Miles, »obwohl sehr glücklich, daß du deine Streitkräfte so schnell an Pol vorbeigebracht hast. Ich fürchtete, sie würden dich nicht durchlassen, bis die Cetagandaner in der Nabe wären. Und dann wäre es zu spät gewesen.«

»Ja, also gut, das ist der andere Grund, weshalb ich gekommen bin anstatt Simon. Da ich Premierminister bin und früherer Regent, war es für mich vollkommen angemessen, einen Staatsbesuch auf Pol zu machen. Wir stellten schnell eine Liste zusammen mit den fünf wichtigsten diplomatischen Zugeständnissen, die sie seit Jahren von uns haben wollten, und schlugen sie als Tagesordnung vor.

Da alles sehr förmlich und offiziell und einwandfrei war, war es dann vollkommen angemessen für uns, meinen Besuch mit der Jungfernfahrt der *Prinz Serg* zu verbinden. Wir befanden uns im Orbit von Pol und pendelten immerzu hinauf und hinunter zu offiziellen Empfängen und Parties« – seine Hand rieb unbewußt seinen Unterleib in einer Schmerz abwehrenden Geste –, »wobei ich noch verzweifelt versuchte, durch Reden unseren Weg in die Nabe zu erreichen, ohne daß wir auf jemand schießen müßten, als die Nachricht von dem cetagandanischen Überraschungsangriff gegen Vervain eintraf. An diesem Punkt bekamen wir plötzlich ganz schnell die Erlaubnis weiterzufahren. Und wir waren nur Tage, nicht Wochen, vom Schauplatz entfernt. Die Aslunder dazu zu bringen, daß sie gemeinsame Sache mit den Polianern machten, war eine delikatere Angelegenheit. Gregor überraschte mich, wie er das hinkriegte. Die Vervani waren kein Problem; sie waren zu dem Zeitpunkt hochmotiviert, sich Verbündete zu suchen.«

»Wie ich höre, ist Gregor jetzt sehr populär auf Vervain.«

»Er wird in ihrer Hauptstadt gerade gefeiert, während wir hier miteinander reden, glaube ich.« Graf

Vorkosigan blickte auf sein Chrono. »Sie sind ganz verrückt nach ihm. Ihn im Taktikraum der *Prinz Serg* mit in den Kampf fliegen zu lassen, war vielleicht eine bessere Idee, als ich dachte. Vom rein diplomatischen Standpunkt aus gesehen.« Graf Vorkosigan schaute ziemlich zerstreut drein.

»Es ... hat mich überrascht, daß du ihm erlaubt hast, mit euch in die Kampfzone zu springen. Das hatte ich nicht erwartet.«

»Nun ja, wenn du darauf zu sprechen kommst, der Taktikraum der *Prinz Serg* mußte wohl zu den am stärksten verteidigten paar Kubikmetern im ganzen Lokalraum von Vervain gehört haben. Er war ... er war ...«

Miles beobachtete fasziniert, wie sein Vater versuchte, die Worte *vollkommen sicher* auszusprechen, und statt dessen an ihnen herumwürgte. Ihm ging ein Licht auf. »Das war nicht deine Idee, oder? Gregor war auf seinen eigenen Befehl hin an Bord!«

»Er hatte verschiedene gute Argumente, um seine Haltung zu rechtfertigen«, sagte Graf Vorkosigan. »Der Propagandaaspekt scheint Früchte zu tragen.«

»Ich dachte, du wärest zu ... vorsichtig. Um ihm das Risiko zu gestatten.«

Graf Vorkosigan studierte seine breiten Hände. »Ich mochte diese Idee gar nicht, nein. Aber ich habe einmal einen Eid geschworen, einem Kaiser zu dienen. Der moralisch gefährlichste Augenblick für einen Vormund kommt dann, wenn die Versuchung, ein Marionettenspieler zu werden, am vernünftigsten erscheint. Ich wußte immer, dieser Moment mußte ... nein. Ich wußte, falls dieser Moment *nie* käme, dann hätte ich meinen Eid am tiefsten verfehlt.« Er hielt inne. »Es war trotzdem ein Schock für mich. Das Loslassen.«

Gregor hat dich in einer Machtprobe besiegt? Oh, *dabei* als Mäuschen zugegen gewesen zu sein ...

»Obwohl ich alle diese Jahre mich an dir üben konnte«, fügte Graf Vorkosigan nachdenklich hinzu.

»Ach ... wie geht es deinen Magengeschwüren?«

Graf Vorkosigan verzog das Gesicht. »Frag nicht danach.« Sein Gesicht hellte sich etwas auf. »Besser, in den letzten drei Tagen. Vielleicht kann ich zum Lunch wirkliches Essen verlangen statt diesen miserablen medizinischen Brei.«

Miles räusperte sich. »Wie geht es Hauptmann Ungari?«

Graf Vorkosigan zuckte mit den Lippen. »Er ist nicht sonderlich erfreut über dich.«

»Ich ... kann nicht um Entschuldigung bitten. Ich habe eine Menge Fehler gemacht, aber die Nichtbefolgung seines Befehls, auf der Aslund-Station zu warten, gehörte nicht dazu.«

»Offensichtlich nicht.« Graf Vorkosigan blickte mit gerunzelter Stirn auf die Wand am anderen Ende des Raums. »Und doch ... ich bin mehr als je zuvor der Überzeugung, daß die regulären Streitkräfte nicht der richtige Platz für dich sind. Es ist, als wollte man einen viereckigen Pflock – nein, schlimmer: als wollte man einen Tesserakt in ein rundes Loch einpassen.«

Miles unterdrückte einen Anflug von Panik. »Ich werde doch nicht entlassen, oder?«

Elena, die ihre Fingernägel betrachtete, warf ein: »Wenn du entlassen würdest, dann könntest du einen Job als Söldner bekommen. Genau wie General Metzov. Ich habe gehört, Kommandantin Cavilo sucht ein paar gute Männer.« Miles jaulte fast auf; seinen wütenden Blick erwiderte sie mit einem sarkastischen Grinsen.

»Mir tat es fast leid zu hören, daß Metzov umgekommen ist«, bemerkte Graf Vorkosigan. »Wir hatten geplant, seine Auslieferung zu betreiben, bevor alles wegen Gregors Verschwinden durcheinanderlief.«

»Aha! Habt ihr endlich entschieden, daß der Tod jenes komarranischen Gefangenen damals während ihrer Revolte Mord war? Ich dachte mir schon es könnte ...«

Graf Vorkosigan hielt zwei Finger hoch. »Zwei Morde.«

Miles stockte. »Mein Gott, er hat doch nicht etwa versucht, den armen Ahn aufzuspüren, bevor er von Barrayar wegging, oder?« Er hatte Ahn fast vergessen.

»Nein, aber wir spürten Ahn auf. Allerdings leider nicht, bevor Metzov Barrayar verlassen hatte. Und ja, der komarranische Rebell war zu Tode gefoltert worden. Nicht ganz absichtlich, er hatte anscheinend eine verborgene gesundheitliche Schwäche gehabt. Aber es war nicht, wie der ursprüngliche Ermittler geglaubt hatte, eine Rache für den Tod des Wächters. Es war umgekehrt. Der barrayaranische Wachkorporal, der an der Folter teilgenommen oder sie zumindest geduldet hatte, allerdings nach einem schwachen Protest, laut Ahn – der Korporal hatte plötzlich einen Umschwung seiner Gefühle erlebt und drohte damit, Metzov anzuzeigen.

Metzov ermordete ihn in einem seiner panischen Wutanfälle, dann zwang er Ahn, ihm zu helfen, die Sache zu vertuschen und sich für die Tarngeschichte mit der Flucht zu verbürgen. Metzov hielt Ahn in Schrecken, aber er befand sich doch gleicherweise in Ahns Gewalt, wenn die Tatsachen je ans Licht kämen; auf seltsame Weise hatten sie einander gegenseitig in der Hand … bis Ahn schließlich sich davonmachte. Ahn schien fast erleichtert zu sein und war freiwillig zu einem Schnell-Penta-Verhör bereit, als Illyans Agenten ihn aufspürten.«

Miles dachte mit Bedauern an den Wettermann. »Wird Ahn jetzt irgend etwas Schlimmes passieren?«

»Wir hatten geplant, ihn als Zeugen bei Metzovs Prozeß auftreten zu lassen … Illyan dachte, wir könnten das Ganze sogar zu unseren Gunsten wenden, im Hinblick auf die Komarraner. Ihnen diesen armen Idioten von Wachkorporal als einen unbesungenen Helden präsentieren. Metzov aufhängen als Beweis der

Ehrlichkeit des Kaisers und seines Engagements für Gerechtigkeit gegenüber Barrayaranern und Komarranern gleicherweise... ein hübsches Szenario.« Graf Vorkosigan runzelte bitter die Stirn. »Ich denke, wir werden es jetzt still und heimlich fallen lassen. Wieder einmal.«

Miles stieß seinen Atem aus. »Metzov. Ein Sündenbock bis zuletzt. An ihm muß ein schlimmes Karma gehangen haben... nicht, daß er es nicht verdient hätte.«

»Hüte dich vor dem Wunsch nach Gerechtigkeit. Du könntest sie sonst bekommen.«

»Das habe ich schon gelernt, Sir.«

»Schon?« Graf Vorkosigan blickte ihn schräg an. »Hm.«

»Da wir gerade von Gerechtigkeit sprechen«, Miles ergriff die Gelegenheit, »ich bin besorgt über die Geschichte mit der Bezahlung der Dendarii. Sie haben eine Menge Schäden erlitten, mehr als eine Söldnerflotte gewöhnlich ertragen kann. Ihr einziger Vertrag war meine mündliche Zusage. Wenn ... wenn das Kaiserreich nicht für mich eintritt, dann bin ich des Meineids schuldig.«

Graf Vorkosigan lächelte verhalten. »Wir haben diese Angelegenheit schon beraten.«

»Wird Illyans Budget für verdeckte Operationen ausreichen, um das abzudecken?«

»Illyans Budget würde bersten, wenn er versuchen würde, dies abzudecken. Aber du... hm... scheinst einen Freund an höchster Stelle zu haben. Wir werden dir eine Anweisung ausstellen für einen Sonderkredit aus den Mitteln des Kaiserlichen Sicherheitsdienstes, dem Fonds dieser Flotte und der Privatschatulle des Kaisers, und wir hoffen alles später wiederzubekommen durch eine Gesetzesvorlage für eine Sonderbewilligung, die wir im Ministerrat und im Rat der Grafen durchbringen werden. Reiche eine Rechnung ein.«

Miles fischte eine Datendiskette aus seiner Tasche. »Hier, Sir. Von der Buchhalterin der Dendarii-Flotte. Sie war die ganze Nacht auf. Einige Schadensschätzungen sind noch vorläufig.« Er legte die Diskette am Komkonsolenpult ab.

Graf Vorkosigan hob einen Mundwinkel. »Du lernst schnell, mein Junge…« Er schob die Diskette in die Konsole zu einer schnellen Überprüfung. »Ich werde dir während des Mittagessens eine Kreditanweisung ausstellen lassen. Du kannst sie mitnehmen, wenn du wieder gehst.«

»Danke, Sir.«

»Sir«, warf Elena ein, die sich mit ernstem Gesicht vorbeugte, »was wird jetzt mit der Dendarii-Flotte geschehen?«

»Was immer die Dendarii wollen, nehme ich an. Allerdings können sie sich nicht so nah an Barrayar aufhalten.«

»Werden wir wieder aufgegeben?« fragte Elena.

»Aufgegeben?«

»Ihr habt uns einmal zu einer Kaiserlichen Streitmacht gemacht. Dachte ich. Dachte Baz. Dann verließ Miles uns, und dann… nichts.«

»Genau wie die Insel Kyril«, bemerkte Miles. »Aus den Augen, aus dem Sinn.« Er zuckte traurig die Achseln. »Ich habe gehört, sie haben einen ähnlichen Verfall der Moral erlebt.«

Graf Vorkosigan blickte ihn scharf an. »Das Schicksal der Dendarii – wie deine zukünftige militärische Karriere, Miles – ist eine Angelegenheit, die sich noch in der Diskussion befindet.«

»Werde ich an dieser Diskussion beteiligt? Und sie auch?«

»Wir werden es euch wissen lassen.« Graf Vorkosigan stützte sich mit seinen Händen auf den Tisch und erhob sich. »Das ist alles, was ich jetzt sagen kann, selbst euch gegenüber. Wollen wir jetzt nicht zum Mittagessen gehen?« Miles und Elena erhoben sich notgedrungen ebenfalls.

»Kommodore Tung weiß noch nichts über unsere wirkliche Beziehung«, warnte Miles. »Wenn du das geheimzuhalten wünschst, dann muß ich weiter Admiral Naismith spielen, wenn wir uns ihm wieder anschließen.«

Graf Vorkosigan lächelte sonderbar. »Illyan und Hauptmann Ungari sind sicherlich dafür, eine möglicherweise nützliche Tarnidentität nicht aufzugeben. Mit allen Mitteln. Dürfte faszinierend sein.«

»Ich sollte dich warnen. Admiral Naismith ist nicht sonderlich respektvoll.«

Elena und Graf Vorkosigan blickten einander an und brachen beide in Gelächter aus. Miles wartete, in alle Würde gehüllt, die er aufbieten konnte, bis sie sich beruhigten. Endlich.

Admiral Naismith war übertrieben höflich während des Essens. Leutnant Yegorov hätte an ihm nichts auszusetzen gehabt.

Der Kurier der Regierung von Vervain reichte die Kreditanweisung über das Komkonsolenpult des Kommandanten der Station auf der Vervain-Seite hinweg. Miles bestätigte den Empfang mit Daumenabdruck, Retinascan und Admiral Naismiths schwungvollem, unleserlichem Gekritzel, das in nichts Fähnrich Vorkosigans sorgfältiger Unterschrift glich. »Es ist ein Vergnügen, Geschäfte mit rechtschaffenen Herren wie Ihnen zu machen«, sagte Miles, als er die Anweisung mit Befriedigung in die Tasche steckte und die Tasche sorgfältig verschloß.

»Das ist das Geringste, was wir tun können«, sagte der Kommandant der Sprungpunktstation. »Ich kann Ihnen meine Emotionen nicht ausdrücken, die ich hatte, als ich wußte, daß der nächste Stoß, den die Cetagandaner führten, ihr letzter sein würde, und mich darauf gefaßt machte, bis zum bitteren Ende zu kämpfen, und als da die Dendarii erschienen, um uns zu verstärken.«

»Die Dendarii hätten es nicht allein tun können«, sagte Miles bescheiden. »Alles, was wir taten, war, Ihnen zu helfen, den Brückenkopf zu halten, bis die wirklich großen Kaliber ankamen.«

»Und wenn er nicht gehalten worden wäre, dann hätten die Streitkräfte der Hegen-Allianz – die großen Kaliber, wie Sie sagen – nicht in den Lokalraum von Vervain springen können.«

»Nicht ohne große Kosten, sicherlich«, räumte Miles ein.

Der Stationskommandant blickte auf sein Chrono. »Nun gut, mein Planet wird seine Meinung darüber in Kürze in einer greifbareren Form ausdrücken. Darf ich Sie zu der Zeremonie begleiten, Admiral? Es ist Zeit.«

»Danke.« Miles erhob sich und ging ihm voraus, zum Büro hinaus, wobei seine Hand nochmals den greifbaren Dank in seiner Tasche überprüfte. *Medaillen … hm … mit Medaillen kann keine Flotte ihre Reparaturen bezahlen.*

Er hielt an einem transparenten Aussichtsportal an, halb gefangen von dem Ausblick von der Sprungstation und halb von seinen Überlegungen. Die graue Dendarii-Ausgehuniform war schon in Ordnung, beschloß er: Eine Jacke aus weichem grauen Samt mit blendend weißen Verzierungen und silbernen Knöpfen auf den Schultern, dazu passende Hosen und graue Stiefel aus synthetischem Wildleder. Er stellte sich vor, daß diese Ausstattung ihn größer erscheinen ließ. Vielleicht würde er das Design beibehalten.

Jenseits des Aussichtsportals schwebten einige Schiffe der Dendarii, Rangers, Vervani und der Allianz. Die *Prinz Serg* war nicht darunter; sie befand sich jetzt im Orbit um die Heimatwelt der Vervani, während Gespräche auf – buchstäblich – höchster

Ebene weitergeführt wurden, in denen die Einzelheiten des dauernden Vertrags über Freundschaft, Handel, Zollermäßigung und den gegenseitigen Verteidigungspakt etc. zwischen Barrayar, Vervain, Aslund und Pol ausgearbeitet wurden. Gregor war, so hatte Miles gehört, ganz brillant sowohl in der Öffentlichkeitsarbeit als auch bei den praktischen Grundlagen des Geschäfts. *Besser du als ich, alter Knabe.* Die Sprungpunktstation der Vervani hatte ihren eigenen Zeitplan für die Reparaturen gestreckt, um den Dendarii Hilfe zu leisten; Baz arbeitete rund um die Uhr. Miles riß sich von der Aussicht los und folgte dem Kommandanten.

Sie hielten auf dem Korridor vor dem großen Besprechungsraum, wo die Zeremonie stattfinden sollte, und warteten, daß die Anwesenden sich niederließen. Die Vervani wünschten offensichtlich, daß die Hauptakteure einen großen Auftritt hatten. Der Kommandant ging hinein, um die Vorbereitungen zu treffen. Die Zuhörerschaft war nicht groß – zu viele lebenswichtige Arbeiten waren auszuführen –, aber die Vervani hatten genügend Leute zusammengebracht, daß es respektabel aussah, und Miles hatte einen Zug von Dendarii auf Genesungsurlaub beigesteuert, um die Menge zu vergrößern. Er entschloß sich, in seiner Rede die Ehre in ihrem Namen anzunehmen.

Während Miles wartete, sah er Kommandantin Cavilo mit ihrer barrayaranischen Ehrenwache eintreffen. Seiner Kenntnis nach wußten die Vervani noch nicht, daß die Waffen der Ehrenwache scharf geladen waren und daß die Männer den Befehl hatten, tödliche Schüsse abzugeben, wenn ihre Gefangene versuchen sollte zu fliehen. Zwei Frauen mit harten Gesichtern in den Uniformen des barrayaranischen Hilfskorps sorgten dafür, daß Cavilo Tag und Nacht bewachte wurde. Cavilo ignorierte ihre Anwesenheit glänzend.

Die Ausgehuniform der Rangers war eine gefälligere

Version ihrer Arbeitsuniform, in Gelbbraun, Schwarz und Weiß, und erinnerte Miles unterschwellig an das Fell eines Wachhundes. *Diese Hündin beißt,* rief er sich ins Gedächtnis. Cavilo lächelte und näherte sich Miles. Sie roch nach ihrem giftig herb duftenden Parfüm; sie mußte darin gebadet haben.

Miles neigte den Kopf zum Gruß, dann griff er in eine Tasche und holte zwei Nasenfilter heraus. Er schob je einen in jedes Nasenloch, wo sie sich sanft ausdehnten und eine Abdichtung bildeten. Dann holte er tief Luft, um sie zu testen. Sie funktionierten gut. Sie würden noch viel kleinere Moleküle herausfiltern als die üblen organischen Stoffe dieses verdammten Parfüms. Miles atmete durch den Mund aus.

Cavilo beobachtete diese Vorführung mit einem Ausdruck unterdrückter Wut. »Der *Teufel* soll Sie holen«, flüsterte sie.

Miles zuckte die Achseln und hielt dabei seine Hände ausgestreckt, als wollte er sagen: *Was hätten Sie denn schon an mir?* »Sind Sie und Ihre Überlebenden schon bereit, hier abzuhauen?«

»Direkt nach diesem idiotischen Theater. Ich muß sechs Schiffe aufgeben, die zu beschädigt sind, um zu springen.«

»Das ist vernünftig von Ihnen. Falls die Vervani nicht bald kapieren, was Sie vorhatten, dann werden vermutlich die Cetagandaner, wenn sie erkennen, daß sie selbst Ihrer nicht habhaft werden können, den Vervani die häßliche Wahrheit mitteilen. Sie sollten sich nicht länger in dieser Gegend aufhalten.«

»Ich habe nicht die Absicht. Ich will diesen Ort nie wiedersehen. Das gilt doppelt für Sie, Sie Mutant. Wenn Sie nicht gewesen wären…«, sie schüttelte den Kopf in bitteren Gedanken.

»Übrigens«, fügte Miles hinzu, »die Dendarii sind jetzt dreimal für diese Operation bezahlt worden. Einmal von unseren ursprünglichen Auftraggebern, den

Aslundern, einmal von den Barrayaranern, und einmal von den dankbaren Vervani. Alle drei waren einverstanden, alle unsere Ausgaben voll zu erstatten. Da bleibt ein sehr ordentlicher Profit übrig.«

Sie zischte wirklich. »Sie sollten lieber darum beten, daß wir uns nie wieder begegnen.«

»Also dann, adieu.«

Sie betraten den Raum, um ihre Ehrungen entgegenzunehmen. Würde Cavilo den Nerv haben, ihre Ehrung im Namen der Rangers anzunehmen, die durch ihre verdrehten Komplotte vernichtet worden waren? Es stellte sich heraus: ja. Miles würgte schweigend daran.

Die erste Medaille, die ich je gewonnen habe, dachte Miles, als der Stationskommandant sie ihm mit peinlich übertriebenen Lobsprüchen ansteckte, *und ich kann sie nicht einmal zu Hause tragen.* Die Medaille, die Uniform und Admiral Naismith selbst mußten bald wieder in den Wandschrank zurückkehren. Für immer? Das Leben des Fähnrichs Vorkosigan war im Vergleich dazu nicht allzu attraktiv. Und doch … die Mechanik des Soldatentums war die gleiche, auf jeder Seite. Wenn es irgendeinen Unterschied zwischen ihm und Cavilo gab, dann mußte er darin liegen, wessen Dienst sie wählten. Und wie sie zu dienen wählten. *Nicht alle Pfade, aber ein Pfad …*

Als Miles ein paar Wochen später wieder auf Barrayar zu seinem Heimaturlaub eintraf, lud ihn Gregor zum Mittagessen in die kaiserliche Residenz ein. Sie saßen an einem schmiedeeisernen Tisch in den Nördlichen Gärten, die berühmt waren, weil sie von Kaiser Ezar, Gregors Großvater, entworfen worden waren. Im Sommer würde diese Stelle in tiefem Schatten liegen; jetzt war sie durchmustert von Licht, das zwischen den jungen Blättern durchdrang, die leicht in der sanften Frühlingsbrise wogten. Die Wächter hielten ihre

Wache außer Sicht, die Diener warteten außer Hörweite, wenn nicht Gregor seinen Piepser betätigte. Mit den ersten drei Gängen angefüllt, nippte Miles kochend heißen Kaffee und erwog einen Angriff auf eine zweite Torte, die am anderen Ende des leinengedeckten Tisches unter einer dicken Sahnetarnung hockte. Oder würde das seine Kräfte überfordern? Das war etwas ganz anderes als die Kontraktsklavenrationen, die sie einst geteilt hatten, nicht zu erwähnen Cavilos Hundekuchen.

Selbst Gregor schien alles mit neuen Augen zu sehen. »Raumstationen sind wirklich langweilig, weißt du? Alle diese Korridore«, bemerkte er und blickte an einem Springbrunnen vorbei, wobei seine Augen einem sich schlängelnden aus Pfad aus Ziegeln folgten, der in einer Orgie aus Blumen verschwand. »Ich hatte aufgehört zu sehen, wie schön Barrayar war, weil ich es jeden Tag anschaute. Ich mußte vergessen, um mich zu erinnern. Seltsam.«

»Es gab Momente, da konnte ich mich nicht erinnern, auf welcher Raumstation ich war«, stimmte Miles mit einem Mund voller Torte und Sahne zu. »Der Luxushandel ist eine andere Sache, aber die Stationen in der Hegen-Nabe tendierten zum bloß Zweckmäßigen.« Er verzog das Gesicht bei den Assoziationen dieses letzten Wortes.

Das Gespräch kreiste um die neuesten Ereignisse in der Hegen-Nabe. Gregors Gesicht hellte sich auf, als er erfuhr, daß auch Miles niemals einen tatsächlichen Kampfbefehl im Taktikraum der *Triumph* ausgegeben hatte, außer daß er die innere Sicherheitskrise behandelt hatte, wie von Tung beauftragt.

»Die meisten Offiziere haben ihre Aufgaben erledigt, wenn die Aktion beginnt, weil der Kampf zu schnell vor sich geht, als daß die Offiziere ihn noch beeinflussen könnten«, versicherte ihm Miles. »Wenn du einmal einen guten Taktikcomputer aufgestellt hast – und, wenn du Glück hast, einen Mann mit einer magischen Nase –, dann ist es besser, deine Hände in den Hosentaschen zu lassen. Ich hatte Tung, du hattest … hm.«

»Und hübsche tiefe Taschen«, sagte Gregor. »Ich denke noch immer darüber nach. Es erschien mir fast unwirklich, bis ich danach die Krankenstation besichtigte. Und erkannte, dieser oder jener Lichtpunkt bedeutete den Verlust des Armes dieses Mannes, die Lunge jenes Mannes erstarrt …«

»Du mußt bei diesen kleinen Lichtern aufpassen. Sie erzählen so beruhigende Lügen«, stimmte Miles zu. »Wenn du sie läßt.« Er spülte einen weiteren klebrigen Happen mit Kaffee hinunter, machte eine Pause und bemerkte dann: »Du hast Illyan nicht die Wahrheit gesagt über deinen kleinen Sturz von dem Balkon, nicht wahr.« Das war eine Feststellung, keine Frage.

»Ich erzählte ihm, ich sei betrunken gewesen und dann hinabgeklettert.« Gregor betrachtete die Blumen. »Woher wußtest du das?«

»Er spricht über dich nicht mit geheimem Schrecken in den Augen.«

»Ich habe ihn gerade dazu gebracht … mir ein bißchen Raum zu geben. Ich möchte es jetzt nicht vermasseln. Du hast es ihm auch nicht erzählt – dafür danke ich dir.«

»Keine Ursache.« Miles trank noch mehr Kaffee. »Tu mir deinerseits einen Gefallen. Sprich mit jemandem.«

»Mit wem? Nicht mit Illyan. Nicht mit deinem Vater.«

»Wie wäre es mit meiner Mutter?«

»Hm.« Gregor biß zum erstenmal in seine Torte, in die er mit seiner Gabel Furchen gezogen hatte.

»Sie könnte die einzige Person auf Barrayar sein, die automatisch Gregor den Mann vor Gregor den Kaiser setzt. Alle unsere Ränge sehen für sie wie optische Täuschungen aus, glaube ich. Und du weißt, sie kann ihre Meinung für sich behalten.«

»Ich werde darüber nachdenken.«

»Ich möchte nicht der einzige sein, der ... der einzige. Ich weiß, wann ich den Boden unter den Füßen verliere.«

»Das weißt du?« Gregor hob seine Augenbrauen, einer seiner Mundwinkel zog sich nach oben.

»O ja. Ich laß es mir nur normalerweise nicht anmerken.«

»Also gut. Ich werde mit ihr reden«, sagte Gregor.

Miles wartete.

»Ich gebe dir mein Wort«, fügte Gregor hinzu.

Miles entspannte sich, grenzenlos erleichtert. »Danke.« Er faßte ein drittes Tortenstück ins Auge. Die Portionen waren irgendwie klein. »Fühlst du dich jetzt besser?«

»Viel besser, danke.« Gregor begann wieder, Furchen in seine Sahne zu pflügen.

»Wirklich?«

Jetzt wurde eine Kreuzschraffierung daraus. »Ich weiß es nicht. Anders als der arme Trottel, den sie herumführten und der mich spielte, während ich weg war, habe ich mich für das alles eigentlich nicht freiwillig gemeldet.«

»In diesem Sinne sind alle Vor Dienstpflichtige.«

»Jeder andere Vor könnte weglaufen und würde nicht vermißt.«

»Würdest du mich nicht ein bißchen vermissen?« sagte Miles wehmütig. Gregor kicherte. Miles blickte im Garten umher. »Der Posten hier scheint nicht sonderlich hart zu sein, verglichen mit der Insel Kyril.«

»Versuch es allein im Bett um Mitternacht, wenn du dich fragst, wann deine Gene anfangen werden, Monster in deinem Geist zu erzeugen. Wie bei Großonkel Yuri dem Wahnsinnigen. Oder Prinz Serg.« Er warf Miles heimlich einen scharfen Blick zu.

»Ich ... weiß über Prinz Sergs ... hm ... Probleme«, sagte Miles vorsichtig.

»Jedermann scheint davon gewußt zu haben. Außer mir.«

Also war das der Auslöser des ersten echten Selbstmordversuchs des depressiven Gregor gewesen. Der Schlüssel drehte sich im Schloß, *klick!* Miles versuchte, nicht triumphierend zu wirken, nachdem er plötzlich diese Einsicht gewonnen hatte. »Wann hast du das herausgefunden?«

»Während der Konferenz auf Komarr. Ich war schon vorher auf Hinweise gestoßen … hatte sie feindlicher Propaganda zugeschrieben.«

Der Tanz auf dem Balkon war dann also eine unmittelbare Reaktion auf den Schock gewesen. Gregor hatte niemanden gehabt, bei dem er sich hätte abreagieren können …

»Ist es wahr, daß er wirklich high wurde, wenn er folterte …«

»Nicht alle Gerüchte, die über Kronprinz Serg erzählt werden, sind wahr«, fiel ihm Miles hastig ins Wort. »Obwohl der wahre Kern … schlimm genug ist. Meine Mutter weiß es. Sie war Augenzeugin von verrückten Dingen, die selbst *ich* nicht weiß, bei der Invasion von Escobar. Aber sie wird es dir erzählen. Frag sie direkt, dann wird sie es dir direkt erzählen.«

»Das scheint auch in der Familie zu liegen«, räumte Gregor ein.

»Sie wird dir erzählen, wie verschieden du von ihm bist – am Blut deiner Mutter gibt es nichts auszusetzen, ich habe nie etwas gehört –, auf jeden Fall trage ich fast so viele Gene von Yuri dem Wahnsinnigen in mir wie du, durch die eine oder andere Abstammungslinie.«

Gregor grinste. »Gilt das als beruhigend?«

»Mm, mehr nach der Theorie, daß Elend Gesellschaft liebt.«

»Ich fürchte die Macht …« Gregors Stimme wurde leise, nachdenklich.

»Du fürchtest nicht die Macht, du fürchtest es, Leute zu verletzen. Wenn du diese Macht ausübst«, folgerte Miles plötzlich.

»Hm. Ziemlich nah getroffen.«

»Nicht ins Schwarze?«

»Ich fürchte, ich könnte es genießen. Das Verletzen. Wie er.«

Er meinte Prinz Serg. Seinen Vater.

»Quatsch«, sagte Miles. »Ich habe beobachtet, wie mein Großvater jahrelang versucht hat, dich dazu zu bringen, die Jagd zu genießen. Du wurdest gut, vermutlich, weil du gedacht hast, es sei deine Pflicht als Vor, aber du mußtest dich jedesmal fast übergeben, wenn du nur halb getroffen hattest und wir irgendein verwundetes Tier aufspüren mußten. Du magst irgendeine andere Perversion in dir haben, aber nicht Sadismus.«

»Was ich gelesen ... und gehört habe«, sagte Gregor, »ist so entsetzlich faszinierend. Ich kann nicht anders, ich muß darüber nachdenken. Ich bekomme es nicht aus dem Kopf.«

»Dein Kopf ist voller Greuel, weil die *Welt* voller Greuel ist. Schau auf die Greuel, die Cavilo in der Hegen-Nabe angerichtet hat.«

»Wenn ich sie im Schlaf erdrosselt hätte – wozu ich eine Chance gehabt hatte –, dann hätte sich keiner dieser Greuel ereignet.«

»Wenn sich keiner dieser Greuel ereignet hätte, dann hätte sie es nicht verdient, erdrosselt zu werden. Das ist eine Art von Zeitreiseparadoxon, fürchte ich. Der Pfeil der Gerechtigkeit fliegt nur in eine Richtung. Du kannst es nicht bereuen, sie nicht am Anfang erdrosselt zu haben. Allerdings nehme ich an, daß du es bereuen kannst, sie nicht danach erdrosselt zu haben ...«

»Nein ... nein ... ich werde das den Cetagandanern überlassen, falls die sie einholen, nachdem sie jetzt ihren Vorsprung hat.«

»Gregor, es tut mir leid, aber ich glaube einfach nicht, daß ein Kaiser Gregor der Wahnsinnige möglich ist. Es sind deine Berater, die dabei sind, verrückt zu werden.«

Gregor starrte auf den Tortenteller und seufzte. »Ich fürchte, es würde die Wachen beunruhigen, wenn ich versuchte, dir eine Sahnetorte in die Nase zu schieben.«

»Zutiefst. Du hättest das tun sollen, als wir acht und zwölf Jahre alt waren, damals wärst du damit davongekommen. Die Sahntetorte der Gerechtigkeit fliegt nur in eine Richtung«, kicherte Miles.

Sie erörterten dann einige ungewöhnliche und kindische Dinge, die man mit einem Tablett voller Sahnetorte anstellen könnte, und brachen dabei in Gelächter aus. Gregor brauchte mal eine gute Sahnetortenschlacht, vermutete Miles, wenn auch nur in Worten und in der Phantasie. Als das Gelächter endlich abebbte und der Kaffee kalt wurde, sagte Miles: »Ich weiß, bei Schmeicheleien kannst du senkrecht die Wand hochgehen, aber verdammt noch mal, du warst wirklich gut in deinem Job. Du mußt das wissen, auf irgendeiner Ebene innen drin, nach den Gesprächen in Vervain. Bleib da dran, ja?«

»Ich denke, ich werde dranbleiben.« Gregors Gabel fuhr kraftvoller in seinen letzten Bissen Nachtisch. »Und du bleibst auch bei dir dran, abgemacht?«

»Was immer es auch sein mag. Ich werde heute nachmittag Simon Illyan treffen, genau wegen dieses Themas«, sagte Miles. Er entschloß sich, doch auf das letzte Stück Torte zu verzichten.

»Du klingst nicht gerade, als seist du deswegen aufgeregt.«

»Ich nehme an, er kann mich nicht degradieren: es gibt keinen Rang unterhalb des Fähnrichs.«

»Du gefällst ihm, was sonst?«

»Er schaute nicht erfreut aus, als ich ihm meinen

Einsatzbericht ablieferte. Er schaute mürrisch drein. Sagte nicht viel.« Miles blickte mit einem plötzlichen Verdacht schnell auf Gregor. »Du weißt etwas, nicht wahr? Raus mit der Sprache!«

»Ich darf mich nicht in die Befehlskette einmischen«, sagte Gregor salbungsvoll. »Vielleicht steigst du in ihr auf. Ich habe gehört, daß das Kommando auf Kyril offen ist.«

Miles lief ein Schauder über den Rücken.

Der Frühling war in Vorbarr Sultana so schön wie der Herbst, befand Miles. Er hielt einen Augenblick inne, bevor er zum Haupteingang des großen massiven Gebäudes des Hauptquartiers des Kaiserlichen Sicherheitsdienstes einbog. Der Erdahorn stand immer noch da, unten an der Straße, um die Ecke. Die Nachmittagssonne schien von hinten auf seine jungen Blätter und ließ sie zartgrün leuchten. Die einheimische Vegetation von Barrayar brachte meist nur langweilige Rot- und Brauntöne hervor. Würde er je die Erde besuchen? Vielleicht.

Miles legte den Wachen an der Tür passende Ausweise vor. Ihre Gesichter waren vertraut, sie gehörten zu derselben Mannschaft, die zu beaufsichtigen er während jener endlosen Periode im letzten Winter geholfen hatte – vor nur ein paar Monaten? Es schien länger her zu sein. Er konnte immer noch ihre Gehaltssummen aufsagen. Sie tauschten Höflichkeiten miteinander aus, aber da sie gute Sicherheitsleute waren, stellten sie nicht die Frage, die in ihren Augen leuchtete: *Wo sind Sie gewesen, Sir?* Miles wurde für den Weg zu Illyans Büro keine Sicherheitsbegleitung zugeteilt, ein gutes Zeichen. Jetzt kannte er den Weg.

Er folgte den vertrauten Wendungen in das Labyrinth, hinauf durch die Liftrohre. Der Hauptmann in Illyans äußerem Büro winkte ihn einfach durch und blickte dabei kaum von seiner Komkonsole auf. Das innere Büro war unverändert, Illyans übergroßes Komkonsolenpult war unverändert, Illyan selbst sah… eher müder aus, bleicher. Er sollte eigentlich hinausgehen und etwas von dieser Frühlingssonne aufschnappen, oder? Wenigstens war sein Haar nicht ganz weiß geworden, es war immer noch in etwa dieselbe Mischung von Braun und Grau. Sein Geschmack in Kleidungsfragen war immer noch so fad, daß es fast wie Tarnung aussah.

Illyan deutete auf einen Stuhl – ein weiteres gutes Zeichen, Miles setzte sich sofort hin –, beendete das, was auch immer ihn beschäftigt hatte, und blickte schließlich auf. Er beugte sich nach vorn, stützte seine Ellbogen auf die Komkonsole, verschränkte seine Finger und betrachtete Miles mit einer Art klinischer Mißbilligung, als wäre er ein Datenpunkt, der eine Kurve durcheinanderbrachte, und als müßte Illyan entscheiden, ob er seine Theorie noch retten konnte, indem er Miles als Fehler beim Experiment einstufte.

»Fähnrich Vorkosigan«, seufzte Illyan, »es scheint, Sie haben immer noch ein kleines Problem mit der Unterordnung.«

»Ich weiß, Sir. Ich bedaure.«

»Haben Sie je vor, etwas in dieser Richtung zu tun, außer zu bedauern?«

»Ich kann nichts machen, Sir, wenn mir Leute die falschen Befehle geben.«

»Wenn Sie nicht meine Befehle befolgen können, dann möchte ich Sie nicht in meiner Abteilung haben.«

»Nun ja… ich dachte, ich hätte die Befehle befolgt. Sie wollten eine militärische Einschätzung der Hegen-Nabe. Ich habe sie erstellt. Sie wollten wissen, woher die Destabilisierung kam. Ich habe es herausgefunden. Sie wollten die Dendarii-Söldner aus der Nabe heraushaben. Die werden sie in etwa drei Wochen verlassen, wie ich höre. Sie fragten nach Ergebnissen. Sie haben sie bekommen.«

»*Jede Menge*«, murmelte Illyan.

»Ich gebe zu, ich hatte keinen direkten Befehl, Gregor zu retten, ich nahm einfach an, daß Sie das wollten, Sir.«

Illyan forschte in Miles' Gesicht nach Ironie, und er preßte die Lippen zusammen, als er sie anscheinend fand. Miles versuchte, sein Gesicht ausdruckslos zu halten, obwohl es beträchtliche Mühe bedeutete, ausdrucksloser als Illyan zu erscheinen. »Wie ich mich erinnere«, sagte Illyan (und Illyans Gedächtnis war eidetisch, dank einem illyricanischen Biochip), »habe ich diesen Befehl Hauptmann Ungari erteilt. Ihnen gab ich nur einen einzigen Befehl. Können Sie sich daran erinnern, was das war?« Diese Frage wurde in dem gleichen ermutigenden Ton gestellt, den man gegenüber einem Sechsjährigen gebrauchen mochte, der gerade lernte, seine Schnürsenkel zu binden. Der Versuch, Illyan an Ironie zu übertreffen, war so gefährlich wie der Versuch, ihn an Ausdruckslosigkeit zu übertreffen.

»Hauptmann Ungaris Befehlen zu gehorchen«, erinnerte Miles sich widerstrebend.

»Genau so.« Illyan lehnte sich zurück. »Ungari war ein guter, zuverlässiger Detektiv. Wenn du es verpfuscht hättest, dann hättest du ihn mit dir hinabgezogen. Der Mann ist jetzt halb ruiniert.«

Miles machte kleine abwehrende Gesten mit der Hand. »Er traf die korrekten Entscheidungen, für seine Ebene. Sie können ihm keinen Vorwurf machen. Es ist nur ... die Dinge wurden zu wichtig für mich, als daß ich weiter einen Fähnrich hätte spielen können, als der Mann, der gebraucht wurde, Lord Vorkosigan war.« *Oder Admiral Naismith.*

»Hm«, sagte Illyan. »Und doch ... wem soll ich dich jetzt zuweisen? Welchem loyalen Offizier wird als nächster seine Karriere zerstört?«

Miles dachte darüber nach. »Warum unterstellen Sie mich nicht direkt sich selbst, Sir?«

»Danke«, sagte Illyan trocken.

»Ich meinte nicht...« Miles begann seinen Protest hervorzusprudeln, hielt inne, entdeckte das verdeckte Funkeln von Humor in Illyans braunen Augen. *Sie braten mich am Spieß zu Ihrem eigenen Spaß, nicht wahr?*

»Tatsächlich wurde genau dieser Vorschlag ins Gespräch gebracht. Nicht von mir, das ist eigentlich unnötig zu sagen. Aber ein galaktischer Detektiv muß mit einem hohen Grad von Unabhängigkeit arbeiten. Wir überlegen uns, aus der Not eine Tugend zu machen und...« Ein Licht, das auf Illyans Komkonsole aufleuchtete, lenkte ihn ab. Er überprüfte etwas und drückte eine Taste. Die Tür in der Wand rechts von seinem Tisch öffnete sich, und Gregor trat herein. Der Kaiser ließ einen Leibwächter zurück, der im Durchgang blieb, der andere ging schweigend durch das Büro hindurch und bezog Stellung jenseits des Vorzimmers. Alle Türen glitten wieder zu. Illyan stand auf, um einen Stuhl für den Kaiser herzuziehen, und nickte Gregor in einer Andeutung von Verbeugung zu, bevor er sich wieder setzte. Miles, der ebenfalls aufgestanden war, salutierte andeutungsweise und setzte sich auch wieder.

»Haben Sie ihm schon von den Dendarii erzählt?« fragte Gregor Illyan.

»Ich war gerade dabei, mich an dieses Thema heranzutasten«, sagte Illyan.

Schrittweise. »Was ist mit den Dendarii?« fragte Miles, unfähig, seine Ungeduld nicht in seiner Stimme anklingen zu lassen, so sehr er sich auch um eine jüngere Version von Illyans leidenschaftsloser Oberfläche bemühen mochte.

»Wir haben uns entschlossen, sie für ständig zu engagieren«, sagte Illyan. »Du, in deiner Tarnidentität als Admiral Naismith, wirst unser Verbindungsoffizier sein.«

»Beratende Söldner?« Miles blinzelte. *Naismith lebt!*

Gregor grinste. »Des Kaisers Eigene Söldner. Wir schulden ihnen, meine ich, etwas mehr als nur die Grundentlohung für ihre Dienste uns gegenüber – und Uns gegenüber – in der Hegen-Nabe. Und sie haben sicherlich gezeigt, wie … hm … nützlich es ist, wenn man Orte erreichen kann, die unseren regulären Streitkräften aufgrund politischer Schranken verwehrt sind.«

Miles deutete den Ausdruck auf Illyans Gesicht eher als tiefe Trauer über das Budget seiner Abteilung denn als Mißbilligung an sich.

»Simon soll Ausschau halten nach Gelegenheiten, um sie aktiv einzusetzen«, fuhr Gregor fort. »Wir müssen schließlich diese Verpflichtung rechtfertigen.«

»Ich sehe für sie mehr Nutzen in der Spionage als in verdeckten Aktionen«, warf Illyan eilig ein. »Das ist nicht eine Lizenz, um auf Abenteuer auszugehen, oder, schlimmer, eine Art Kaperbrief. Tatsächlich ist das erste, was ich von dir will, daß du deine Abteilung Nachrichtendienst verstärkst. Ich weiß, daß ihr dafür bei Kasse seid. Ich werde dir ein paar meiner Experten leihen.«

»Nicht wieder Leibwächter, die gleichzeitig Marionettenspieler sind, Sir?« fragte Miles nervös.

»Soll ich Hauptmann Ungari fragen, ob er sich freiwillig meldet?« forschte Illyan mit einem unterdrückten Kräuseln seiner Lippen. »Nein. Du wirst unabhängig operieren. Gott helfe uns! Wenn ich dich schließlich nicht irgendwo anders hinschicke, dann wirst du hier bei mir sein. Also hat dieser Plan seine Meriten, selbst wenn die Dendarii nie etwas tun.«

»Ich fürchte, es ist hauptsächlich deine Jugend, die schuld ist an Simons Mangel an Zutrauen«, murmelte der fünfundzwanzigjährige Gregor. »*Wir* empfinden, daß es Zeit für ihn ist, dieses Vorurteil aufzugeben.«

Ja, das war ein kaiserliches Wir gewesen. Miles' auf barrayaranische Feinheiten eingestellte Ohren hatten sich nicht getäuscht. Illyan hatte es ebenso deutlich gehört. Er, der sonst hauptsächlich Leute unter Druck setzte, wurde jetzt selber unter Druck gesetzt. Diesmal hatte Illyans Ironie einen Anflug von – Zustimmung? »Aral und ich haben zwanzig Jahre daran gearbeitet, uns überflüssig zu machen. Wir leben vielleicht lange genug, um uns endlich in den Ruhestand zurückzuziehen.« Er hielt inne. »Das wird in meinem Geschäft ›Erfolg‹ genannt. Ich würde nicht widersprechen.« Und geflüstert: »... diesen höllischen Chip endlich aus meinen Kopf herauszubekommen ...«

»Mm, gehen Sie bitte noch nicht auf die Suche nach einem Alterssitz an der Meeresbrandung«, sagte Gregor. Das war kein Nachgeben, kein Rückzieher und keine Unterwerfung, sondern einfach ein Ausdruck des Vertrauens in Illyan. Nicht mehr, nicht weniger. Gregor blickte auf Miles' ... Hals? Die blauen Flecken von Metzovs Griff waren jetzt sicherlich fast ganz verschwunden. »Haben Sie sich auch an die andere Sache herangetastet?« fragte Gregor Illyan.

Illyan öffnete eine Hand. »Bitte sehr!« Er suchte in einer Schublade unter seiner Komkonsole.

»Wir – und Wir – dachten, wir schuldeten dir auch etwas mehr, Miles«, sagte Gregor.

Miles schwankte zwischen einem ›*Quatsch, das war doch nichts*‹ und einem ›*Was hast du mir mitgebracht?*‹ und zeigte auf seinem Gesicht einen wachsam fragenden Ausdruck.

Illyan tauchte wieder auf und warf Miles etwas Kleines zu, das in der Luft rot aufblitzte. »Hier. Du bist jetzt Leutnant. Was immer das dir bedeuten mag.«

Miles fing sie mit den Händen auf, die rechteckigen, aus Plastik gefertigten Kragenspiegel seines neuen Ranges. Er war so überrascht, daß er das erste aussprach, was ihm in den Kopf kam: »Nun ja, das ist der Beginn einer Lösung des Unterordnungsproblems.«

Illyan widmete ihm einen geplagten, finsteren Blick.

»Gerate nicht in Verzückung! Etwa zehn Prozent aller Fähnriche werden nach ihrem ersten Dienstjahr befördert. Deine gesellschaftlichen Kreise unter den Vor werden sowieso denken, es sei alles Vetternwirtschaft.«

»Ich weiß«, sagte Miles düster. Aber er öffnete seinen Kragen und begann auf der Stelle die Rangabzeichen auszutauschen.

Illyan wurde etwas sanfter. »Dein Vater wird es allerdings besser wissen. Und Gregor. Und … hm … ich selbst.«

Miles blickte auf, um ihm zum erstenmal während dieses Gesprächs direkt in die Augen zu blicken. »Ich danke Ihnen.«

»Du hast es verdient. Du wirst nichts von mir bekommen, was du nicht verdient hast. Das schließt auch die Standpauken ein.«

»Auf die freue ich mich ganz besonders, Sir.«